ज्ञान गरिमा के
70 वर्ष

भारतीय ज्ञानपीठ

णाणं
पयासयं
वीर नि.सं. 2470
ई. सन् 1944
भारतीय ज्ञानपीठ

स्त्री, साहित्य और नोबेल पुरस्कार

स्त्री, साहित्य और नोबेल पुरस्कार

विजय शर्मा

भारतीय ज्ञानपीठ

लोकोदय ग्रन्थमाला : ग्रन्थांक 1221

ISBN 978-93-263-5250-5

स्त्री, साहित्य और नोबेल पुरस्कार
(विवेचन)
विजय शर्मा

दूसरा संस्करण : 2016
मूल्य : 340 रुपये

प्रकाशक : भारतीय ज्ञानपीठ
18, इन्स्टीट्यूशनल एरिया, लोदी रोड, नयी दिल्ली-110 003

मुद्रक : आर.के. ऑफसेट, दिल्ली

आवरण-सज्जा : ज्ञानपीठ कला प्रभाग

STREE, SAHITYA AUR NOVEL PURASKAR
(Description)
by Vijay Sharma

Published by
Bharatiya Jnanpith
18, Institutional Area, Lodi Road, New Delhi-110 003
Ph. : 011-24698417, 24626467; 23241619 (Daryaganj)
Mob. : 9350536020; e-mail : bjnanpith@gmail.com
sales@jnanpith.net; website : www.jnanpith.net

Second Edition : 2016
Price : Rs. 340

राजा बिटिया अनघा

तथा

सखा प्रो. सत्य चैतन्य

को

सप्रेम समर्पित

जिनके साथ मिलकर नोबेल स्त्री साहित्य को

पढ़ा–समझा और उसका आनन्द उठाया

अपनी बात

''लिखना पुरुष का सहज कर्म है, स्त्री उनमें एक अपवाद की तरह होती है।''

—सुधीश पचौरी

स्त्री प्रारम्भ से साहित्य में है पर स्त्री को साहित्यकार का दर्जा बहुत बाद में मिला। पहले यदि कोई स्त्री लिखती भी थी तो उसे अपना नाम गुप्त रखना पड़ता था अथवा पुरुष के फर्जी नाम से लिखना पड़ता था। हिन्दी की पहली कहानी की रचनाकार एक स्त्री है (कुछ लोग इसे खारिज करने की कसम खाए बैठे हैं)। इस पहली कहानी 'दुलाईवाली' का रचनाकाल 1900 है। मगर बहुत दिन तक वे केवल बंग महिला के नाम से जानी जाती रहीं। बंग महिला का असली नाम श्रीमती राजेन्द्रबाला घोष पाठकों से छिपा रहा। इसी तरह इंग्लैंड की मेरी एन (मेरीयन भी कहा जाता है) इवान्स को अपना नाम गुप्त रखकर पुरुष के फर्जी नाम जॉर्ज इलियट का उपयोग करना पड़ा। यह उसे अपने परम्परावादी सोचवाले समाज के कारण करना पड़ा। लोगों ने इन लोगों के लिखे को सराहा पर लेखिका को स्वीकारने के लिए वे प्रस्तुत न थे। यदि किसी स्त्री ने अपने नाम से लिखने की हिमाकत की तो उसे समाज से प्रताड़ना और आलोचना मिली। 1926 में साहित्य का नोबेल पुरस्कार पानेवाली ग्राज़िआ डेलेडा ने तेरह वर्ष की नन्हीं-सी उम्र में अपने आसपास के जीवन को समेटकर एक कहानी 'सारडेनियन ब्लड' लिखी जो संयोग से प्रकाशित हो गयी। मगर इसके छपते ही उनके गाँव में कहर बरपा हो गया। गाँववाले इस बच्ची की हिम्मत से हैरान-परेशान थे। स्त्री का कार्य घर के भीतर है। उसे लिखने-पढ़ने से क्या लेना-देना। उसे दूसरे किसी काम में क्यों मन लगाना? ग्राज़िआ डेलेडा की खूब जमकर आलोचना हुई।

वर्जीनिया वुल्फ का कहना है कि यदि स्त्री को फिक्शन लिखना है तो उसके पास पैसा और अपना एक कमरा होना चाहिए। लेकिन अमेरिकी लेखिका एनाइस निन 'ए वूमन स्पीक्स' में कहती हैं कि स्त्री सदैव अपराध-बोध के साथ लिखती है। क्योंकि स्त्री लेखन को, सृजन की इच्छा को पुरुष से जोड़कर देखती

है। क्योंकि यह उपलब्धि लाता है। वह उपलब्धि को पुरुष का क्षेत्र मानती है। इसीलिए जब एक पुरुष को लिखना होता है वह खुद को एक कमरे में बन्द करके बिना किसी अपराध-बोध के लिखता है। घर-परिवार को भुलाकर, सबसे कटकर महीनों लेखन में डूबा रह सकता है, मगर स्त्री ऐसा नहीं कर पाती है। उसे लगता है कि ऐसा करना स्वार्थी होना है। आत्मरति है। स्त्री रसोई, बच्चों और सोने के कमरे में बैठकर लिखती है। वह घर का हिस्सा बनी रहती है। निन की एक दोस्त लेखक हैं। उनके पति भी लिखते हैं। दोनों ने जब घर बनाया तो पति ने अपने लिखने के लिए एक अलग कमरा बनवाया, परन्तु पत्नी के लिए उसने ऐसा कुछ नहीं सोचा। पत्नी ने भी नहीं सोचा। वह घर, मेहमानों और बच्चों के बीच लिखती रही।

मगर एक बार वह स्वयं निश्चय कर ले तो घर के सदस्य उसे भी स्पेस देने लगते हैं। समस्या दूसरों की ओर से उतनी नहीं है जितनी कि स्त्री की खुद की निर्मिति है। कभी-कभी लेखन जारी रखने के लिए उसे अपनों से अलग भी होना पड़ता है। जैसा कि 1928 की नोबेल सम्मानित लेखिका सीग्रिड अंडसेट को करना पड़ा। उनके पति एक कलाकार थे और पुरुष कलाकार से जिम्मेदारी की उम्मीद समाज नहीं करता। जबकि सीग्रिड अंडसेट अपनी, अपने पति और दोनों के बच्चों की देखभाल कर रही थीं। जिसमें विकलांग बच्चे भी शामिल थे। वे 1919 में अपने तीसरे बच्चे की उम्मीद कर रही थीं और तय हुआ था कि पति नये घर का इन्तजाम करें। जो कभी न हो सका। अन्त में उनके सम्बन्ध टूट गये। दो साल के भीतर सीग्रिड अंडसेट ने अपना एक बड़ा और सुन्दर घर बना लिया। यह परम्परागत नॉर्वे शैली का तीन बड़े घरों का समूह था। जिसमें एक बड़ा-सा बगान भी सम्मिलित था। इस घर के चारों ओर का वातावरण बहुत खूबसूरत था। अब वे सुरक्षित थीं उनके पास एक ऐसा स्थान था जहाँ बैठकर वे शान्ति से लिख-पढ़ सकती थीं। लोगों से मिलजुल सकती थीं।

लेखन उपलब्धि लाता है। अस्तित्व निर्मित करता है। स्त्री की उपलब्धि और अस्तित्व निर्मिति को पुरुष सत्ता स्वीकार नहीं कर पाती है। इसीलिए मीरा को जहर का प्याला पीना पड़ा। आज जब एल्फ्रिड जेलिनिक लिखती हैं तो सत्ता में बैठे लोगों को यह सहन नहीं होता है। वे सत्ता में बैठे लोगों की आँख की किरकिरी हैं। जब कुछ नहीं कर पा रहे थे तो ये लोग उनके नाटकों के दौरान हूटिंग किया करते थे। आज भी उन्हें प्रतिक्रियावादी कहा जाता है। जब उनके नाम पर नोबेल पुरस्कार देने की बात चल रही थी तो खूब विवाद चला। समिति के सदस्यों में इतना मतभेद था कि नाम की घोषणा की पिछली रात एक सदस्य ने समिति से इस्तीफा ही दे दिया। इसी तरह जब हेरटा मूलर को नोबेल मिला तो मीडिया में पूछा जा रहा था, 'हेरटा मूलर, हू? कौन है यह हेरटा मूलर?

जबकि वे कई दशकों से बराबर लिख रही हैं। लिख-लिखकर तानाशाहों की बखिया उधेड़ रही हैं।

जब 1900 में नोबेल पुरस्कारों की शुरुआत हुई तब काफी समय तक समिति ने किसी महिला रचनाकार को पुरस्कार के योग्य न समझा। पुरस्कार के इतिहास के पहले दशक में मात्र एक स्त्री रचनाकार सेलमा लेगरलॉफ को 1909 में साहित्य के नोबेल पुरस्कार से सम्मानित किया गया। एक सौ नौ साल के इसके इतिहास में मात्र बारह महिला लेखन को पुरस्कृत किया गया है। इस क्षेत्र में बीच-बीच में दशकों तक सन्नाटा छाया रहता है। 1909 के बाद दूसरा महिला पुरस्कार 1926 में दिया गया। इसी तरह सीग्रिड अंडसेट तथा पर्ल बक को नोबेल मिलने के बीच दस साल का अन्तराल है। और गैब्रिएला मिस्त्राल को 1946 में पुरस्कार देकर समिति फिर भूल गयी इस बात को कि स्त्रियाँ भी लिख रही हैं। उसे दो दशकों के बाद पुरस्कार के लिए नेली जॉक्स जँचीं मगर उन्हें अकेले को पुरस्कार न दिया गया। उस साल एक और यहूदी लेखक को मिलाकर संयुक्त रूप से नोबेल पुरस्कार दे दिया गया। उसके बाद हद हो गयी, अगला नोबेल नदीन गॉर्डीमर को 1991 में जाकर मिला। इसके बाद परिदृश्य बदला है। हर दो-तीन साल के अन्तराल पर नोबेल पुरस्कार स्त्री साहित्यकारों को मिल रहा है। आधी आबादी को मिलना भी चाहिए। कम-से-कम दो तिहाई पुरस्कार तो उनकी झोली में आने चाहिए। बढ़ावा मिलेगा तो ज्यादा-से-ज्यादा स्त्रियाँ इस क्षेत्र में उतरेंगी।

मगर स्त्री लिखती जाती है बढ़ावा मिले या न मिले। खुद लिखती है और दूसरों को लिखने के लिए प्रेरित करती है। उससे प्रशंसा पाकर लिखनेवाले बाद में नोबेल पुरस्कार पाते हैं। यह दीगर है कि उसे भी नोबेल मिलता है। नोबेल पुरस्कृत पाब्लो नेरुदा के प्रारम्भिक लेखन को उत्साहित करनेवाली ग्रैब्रिएला मिस्त्राल को भी नोबेल समिति ने पुरस्कार से नवाजा।

ये स्त्री रचनाकार अपने देश के प्रति कृतज्ञ हैं और जिस देश की मिट्टी-पानी-हवा से इन्होंने लिखना सीखा उसे भी नहीं भूली हैं। अमेरिकी नागरिक पर्ल बक अपने नोबेल भाषण में अपने पोषक देश चीन और वहाँ की उपन्यास कला की भरपूर प्रशंसा करती हैं। प्रीतिभोज के अवसर पर पुरस्कृत साहित्यकार अपनी कृतज्ञता ज्ञापित करता है। इन बारह स्त्री साहित्यकारों में से कुछ ने नोबेल भाषण नहीं दिये। विभिन्न कारणों से सेलमा लेगरलॉफ, ग्राज़िआ डेलेडा, सीग्रिड अंडसेट और ग्रैबिएला मिस्त्राल ने पुरस्कार समारोह पर नोबेल भाषण नहीं दिया। साहित्यकार के लिए नोबेल भाषण बहुत महत्त्व का होता है क्योंकि इसमें वह अपनी बात सारी दुनिया के सामने रखता है। जिन साहित्यकारों ने भाषण दिये उन्होंने अपने भाषण में अपने रचनाकार बनने की प्रक्रिया को बताया है। वे किन

रचनाकारों से प्रभावित हैं। किनको पढ़ती हैं। लेखन उन्हें कैसा लगता है। लेखन के समय किस मानसिक प्रक्रिया से गुजरना होता है आदि बातें कही हैं। नादीन गॉर्डीमर अपने भाषण में अन्य लेखकों के उदाहरण देती चलती हैं। टोनी मॉरीसन भाषण का उत्सव मनाती हैं।

स्त्री को लिखने-पढ़ने का चस्का नहीं लगाना चाहिए। उसका स्वर्ग उसका चूल्हा-चौका है। साहित्य-सृजन की उसको क्या आवश्यकता है? बच्चे जनकर सृजन की तृप्ति भोगनी चाहिए। खुदा-न-खास्ता यही बच्चा मानसिक रूप से विकलांग हो तो पति बड़े आराम से पल्ला झाड़ लेता है। उसे अपनी मेहनत की कमाई लाइलाज बच्चे पर लुटाना गँवारा नहीं है। ऐसे में क्या स्त्री भी बच्चे को छोड़ दे? नहीं, स्त्री बच्चे को नहीं छोड़ती है। न ही अपना लेखन त्यागती है। लेखन से कमाकर वह अपने बच्चे के रहने का इन्तजाम करती है और तो और दुनिया के तमाम ऐसे बच्चों के लिए 'वेलकम हाउस' बनाती है। यह उसकी दृढ़ प्रतिज्ञा, लगन और मेहनत ही है जो उससे इतने सारे काम एक साथ करवा ले जाती है। यही तो किया है पर्ल बक ने।

निःसन्देह नोबेल पुरस्कार एक बड़ा और सम्मानित पुरस्कार है। जब 'अपनी धरती, अपना आकाश-नोबेल के मंच से' का लिखना चल रहा था तब से ही मन में विचार था कि क्यों न केवल स्त्री साहित्यकारों पर काम किया जाए। हितैषी जनों ने भी उत्साहित किया। 'अपनी धरती' अपना आकाश-नोबेल के मंच से' में ऐसे पन्द्रह लेखकों को लिया है जिन्होंने नोबेल भाषण दिया है। शहर में सार्वजनिक पुस्तकालय का न होना एक बहुत बड़ी कमी है इस कारण लेखन कार्य में बहुत कठिनाई आती है। वैसे हमारे देश में ही बहुत कम नोबेल पुरस्कृत स्त्री लेखन उपलब्ध है। आज इंटरनेट की सुविधा के चलते विश्व के बहुत सारे साहित्यकारों का काम सहज उपलब्ध है। महिला साहित्यकारों के विषय में भी काफी कुछ उपलब्ध है। वैसे कम्प्यूटर और इंटरनेट पर अभी भी हिन्दी जगत का हिस्सा नहीं के बराबर है। फिर भी एक बार मन बना लिया तो काम में जुट गयी। सामग्री जुटाने में मित्रों से सहायता मिली। कुछ लेख पत्रिकाओं में प्रेषित किये। प्रकाशित हो गये। पाठकों से प्रतिक्रिया मिली। प्रतिक्रिया सकारात्मक थी। उत्साह बढ़ा और लिखना हुआ। इस तरह यह पुस्तक तैयार हो गयी। अब आपके हाथ में है। क्या पता जब तक आप इसे पढ़ें, एकाध और स्त्री रचनाकारों को नोबेल पुरस्कार मिल जाए।

विजय शर्मा

अनुक्रम

सेलमा लेगरलॉफ
पहली नोबेल पुरस्कार विजेता

"उन (सेलमा लेगरलॉफ) के लेखन की विशेषताओं–गौरवपूर्ण आदर्शवाद, सजीव कल्पना और आध्यात्मिक अनुभूति–की प्रशंसा में यह पुरस्कार दिया जा रहा है।"

—नोबेल समिति

2003 के नोबेल पुरस्कृत जॉन मैक्सवेल कट्ज़ी अपने प्रीतिभोज समारोह के अवसर पर बताते हैं कि पुरस्कार मिलने पर एक दिन उनकी संगिनी डोरोथी ने अचानक कहा कि तुम्हारी माँ को कितना गर्व होता! अफसोस वे यह देखने को जीवित नहीं है! और तुम्हारे पिता भी! उन्हें तुम पर कितना गर्व होता! अपनी संगिनी की बात को पहले वे गम्भीरता से नहीं लेते हैं परन्तु बाद में उन्हें लगता है कि वह ठीक कह रही है। नोबेल पुरस्कार पाने पर उनकी माँ गर्व से भर उठती। मेरा बेटा नोबेल पुरस्कार विजेता! इससे बढ़कर एक माँ के लिए और कौन–सी प्रसन्नता और गर्व की बात हो सकती है। आगे वे जोड़ते हैं कि अगर हम अपनी माँ के लिए नहीं तो आखिरकार किनके लिए ऐसे काम करते हैं जो हमें नोबेल पुरस्कार तक ले आता है? वे बचपन का उदाहरण देते हैं, जब हम पुरस्कार जीतते ही दौड़कर अपनी माँ को दिखाने आते हैं, "मम्मी, मम्मी, देखो मैंने इनाम जीता है।" पुरस्कार ही नहीं जब भी हमारे अन्दर किसी गहरी संवेदना का संचार होता है, हम उसे अपनों से बाँटना चाहते हैं। चाहे यह पुलक हो अथवा भय। बच्चा मिट्टी खाता है तो वह अपनी माँ को दिखाने आता है और उसे भी वह मिट्टी खिलाना चाहता है। एक वीरबहूटी पकड़ लाता है तो किलककर माँ को दिखाता है। चोट लग जाती है तो उसका दर्द तब तक कम नहीं होता है जब तक कि माँ चोट को फूँक से उड़ा नहीं देती है। हम बड़े हो जाते हैं तब यह बालक कहीं हमारे अन्दर छुप जाता है परन्तु आह्लाद के समय, खुशी

के वक्त हमारे अन्दर बैठा यह बालक निकल आता है और हम अपनों के पास दौड़ पड़ता है। जीवन के गहनतम पल हम अपनों के साथ साझा करना चाहते हैं।

सच है, बचपन से अपनी जीत में हम सबसे पहले अपने माता-पिता को शामिल करना चाहते हैं। कट्ज़ी को जब यह पुरस्कार मिला, उनके माता-पिता चल बसे थे। वे कहते हैं कि यदि उनकी माँ जीवित होती भी तो वह उस समय तक साढ़े निन्यानबे साल की हो चुकी होती। तब तक उसकी संज्ञा जा चुकी होती। उसे पता नहीं चलता कि उसके आसपास क्या हो रहा है। इसके बावजूद उन्हें अवश्य अफसोस हुआ होगा कि जब उन्हें पुरस्कार मिला तब तक उनके माता-पिता जीवित नहीं थे। इसी तरह 2006 के विजेता ओरहन पामुक को यह कचोट हुई होगी कि जब उन्हें पुरस्कार मिला उसके मात्र एक साल पहले उनके पिता गुजर चुके थे। उनकी माँ उनके लेखक बनने के खिलाफ थीं, उनके पिता ने इसके लिए सदैव उन्हें उत्साहित किया था। वे बड़े प्यार से कहा करते थे कि एक दिन तुम्हें नोबेल पुरस्कार मिलेगा। और पामुक को यह मिला और बहुत कम उम्र में मिला। मात्र बावन वर्ष की उम्र में मिला। फिर भी उनके पिता यह देखने को जीवित न थे। उनकी माँ भले ही उनके लेखक बनने के निर्णय से शुरुआत में खुश नहीं रही हों, परन्तु जब बेटे ने सफलता प्राप्त की, जब उसे नोबेल पुरस्कार मिला तब वे अवश्य न केवल खुश होंगी वरन् गर्वित भी होंगी।

केवल बचपन में ही नहीं, जीवन में जब भी हमें कुछ कीमती प्राप्त होता है, उसे हम अपनों के साथ बाँटना चाहते हैं। जब हमें किसी से प्यार हो जाता है तो हम अपने साथी को, सबसे पहले अपने माता-पिता को दिखाना चाहते हैं। जब कोई अच्छी किताब पढ़ते हैं तो लगता है कि इसे अपनों से शेयर किया जाए। इसी तरह जब कोई उपलब्धि-छोटी अथवा बड़ी उपलब्धि हमें मिलती है, हम यह खबर सबसे पहले अपने क़रीबी लोगों को देना चाहते हैं। अपने माता-पिता या दोनों में से जिसके ज्यादा करीब होते हैं, उससे शेयर करना चाहते हैं। हमें बहुत अफसोस होता है जब उपलब्धि का सुख, उसकी खुशी में साथ देने के लिए हमारे अपने, हमारे संग नहीं होते हैं। वे हमसे दूर, कहीं बहुत दूर जा चुके होते हैं। यह बड़ी कचोटनेवाली बात होती है कि वे कठिनाइयों में, दुःखों में हमारे संग थे पर खुशी के समय संग नहीं हैं।

ऐसा ही कुछ हुआ 1909 की साहित्य की पुरस्कार विजेता सेलमा लेगरलॉफ के साथ। जब उन्हें यह नोबेल पुरस्कार मिला, उनका सौभाग्य था कि उनकी माँ यह शुभ दिन देखने के लिए जीवित थीं। परन्तु उनके पिता चल बसे थे। वे अपनी सुदृढ़ कल्पना के द्वारा एक ऐसा शब्द-चित्र खींचती हैं मानो उनके पिता

जीवित हों। और वे उन्हें यह खुशखबरी सुनाने पहुँची हैं। इसी रेखाचित्र के माध्यम से वे पुरस्कार प्राप्ति में सब सहयोगियों के प्रति अपनी कृतज्ञता ज्ञापित करती हैं।

नोबेल पुरस्कार प्राप्ति के अवसर पर पुरस्कृत व्यक्ति भाषण देते हैं, यह एक परम्परा है। पर कुछ लोग भाषण नहीं भी देते हैं। कारण अलग-अलग हो सकते हैं। हेरॉल्ड पिंटर अपनी अस्वस्थता के कारण स्टॉकहोम न जा पाए और उन्होंने आधुनिक युग की संचार सुविधाओं का लाभ उठाते हुए लन्दन के एक स्टूडियो से व्हील चेयर पर बैठे हुए, वीडियो द्वारा अपना भाषण प्रसारित किया। नजीब महफ़ूज़ जीवन में कभी कैरो के बाहर नहीं गये। उनका भाषण उनके पत्रकार दोस्त ने पढ़ा और पुरस्कार उनकी बेटियों ने ग्रहण किया। राजनीतिक कारणों से अलैक्ज़ेंडर सोल्ज़ेनित्सिन ने पुरस्कार की घोषणा के बरसों बाद पुरस्कार प्राप्त किया और उस अवसर पर भाषण दिया। नोबेल के इतिहास में जिस पहली महिला साहित्यकार, सेलमा लेगरलॉफ को यह पुरस्कार मिला उन्होंने भी भाषण नहीं दिया था। हाँ, उन्होंने अपनी कृतज्ञता अवश्य प्रकट की थी। इस वर्ष इस बात को सौ वर्ष हो रहे हैं। यह जानना रोचक होगा कि उन्होंने क्या कहा। नोबेल पुरस्कार के अवसर पर होनेवाले प्रीतिभोज के अवसर पर वे अपना आभार प्रकट करने का एक बड़ा नायाब तरीका अपनाती हैं। वे बड़े काल्पनिक तरीके से अपनी बात कहती हैं।

कुछ दिन पहले वे स्टॉकहोम आनेवाली ट्रेन में बैठी थीं। यह शाम का समय था। रेल के डिब्बे में धुँधली रोशनी थी और बाहर अँधेरा था। कहानी कहने का इससे बेहतर समय क्या हो सकता है! इससे बढ़िया सेटिंग, इससे अच्छी पृष्ठभूमि क्या हो सकती है? अर्ध अन्धकार—थोड़ा उजाला, थोड़ा अँधेरा, यह धुँधलका रहस्य का सृजन करता है। उनके सहयात्री अपनी-अपनी सीट पर ऊँघ रहे थे। वे बिल्कुल शान्त होकर ट्रेन की गड़गड़ाहट सुन रही थीं।

वे उन सारे अवसरों को स्मरण करने लगीं जब वे इसके पहले स्टॉकहोम आयी थीं। वे सदैव कुछ कठिन कार्य करने स्टॉकहोम आयी थीं। कभी परीक्षा देने, कभी अपनी पांडुलिपि लिए हुए किसी प्रकाशक की खोज में। इस बार वे नोबेल पुरस्कार ग्रहण करने आ रही थीं। और यह भी कोई आसान कार्य न था। उनका विचार था कि यह भी एक कठिन कार्य होगा। उस साल पूरे पतझड़ के दौरान वे वार्मलैंड के अपने पुराने घर में पूरे एकाकीपन में रह रही थीं। अब वे बहुत सारे लोगों, बहुत सारे विशिष्ट लोगों का सामना करनेवाली थीं। अकेले रहते-रहते वे जिन्दगी की चहल-पहल से कट गयी थीं। बहुत शर्मीली हो गयी थीं। और अब उन्हें दुनिया का सामना करने को लेकर कुछ अजीब हिचकिचाहट

हो रही थी। थोड़ा अजीब लग रहा था। अगर हम काफी देर तक बन्द स्थान में रहें और तब बाहर निकलें तो पहले-पहल रोशनी में आँखें ठीक से नहीं खुलती हैं। वे प्रकाश का अभ्यस्त होने में कुछ समय लेती हैं। यही स्थिति उनकी थी। वे विचित्र मन:स्थिति से गुजर रही थीं। कहाँ लम्बे समय का एकान्त काट रही थीं और कहाँ अब समारोह में सबके आकर्षण का केन्द्र बनना है।

इस यात्रा के दौरान सेलमा लेगरलॉफ को अपने भीतर, कहीं गहरे में, एक आश्चर्यजनित खुशी का अनुभव हो रहा था। वे अपनी उथल-पुथल को यह सोचकर भगाने का प्रयास कर रही थीं कि उनके सौभाग्य से किन-किन लोगों को प्रसन्नता मिलेगी। वे अपने दोस्तों, भाई-बहनों को याद करती हैं, उनके पुरस्कार प्राप्ति से जिन्हें हार्दिक प्रसन्नता होगी। सबसे ज्यादा सन्तोष उन्हें अपनी बूढ़ी माँ के लिए है। वे जिन्दा हैं और घर पर हैं। वे यह शुभ दिन देखने के लिए जीवित हैं। पर अपने जीवन के ऐतिहासिक दिन उन्हें अपने पिता की कमी बहुत खलती है, जो उस समय जीवित न थे। उन्हें पूरा विश्वास है कि पिता इस दिन सर्वाधिक प्रसन्न होते, परन्तु दु:ख है कि वे जा चुके हैं। उन्हें इस एहसास से गहरी पीड़ा होती है, आज चाहकर भी वे उनके पास जाकर उन्हें यह शुभ समाचार नहीं दे सकती हैं। अगर वे जीवित होते तो वे उनके पास जाकर बतातीं कि उन्हें नोबेल पुरस्कार मिला है, इसे सुनकर वे कितने खुश होते। पिता के खुश होने का कारण वे जानती हैं। वे मात्र इसलिए खुश नहीं होते कि उनकी बेटी ने इनाम जीता है। वरन् वे खुश होते क्योंकि उन्हें लिखित शब्दों और उनके रचयिताओं से प्रेम था। वे लिखनेवाले लोगों का आदर करते थे। वे अपने जीवन में अन्य किसी ऐसे व्यक्ति से नहीं मिली हैं जो लेखन को उनके पिता जितना प्रेम करता हो, जो लेखक का इतना आदर करता हो। वे नि:श्वास लेकर सोचती हैं, काश उनके पिता जीवित होते और जान पाते कि स्वीडिश अकादमी ने उनकी बेटी को इस पुरस्कार, लेखन के पुरस्कार से नवाज़ा है। उन्हें गहरा दु:ख है कि वे अब उन्हें यह बात कभी नहीं बता सकती हैं।

वे कभी किसी अन्य व्यक्ति से नहीं मिली थीं जिसके मन में लिखित शब्दों और उसके सृजनकर्ता के लिए इतनी श्रद्धा और प्रेम हो, इतना आदर हो। उनकी इच्छा हो रही है कि किसी तरह उनके पिता को पता चले कि स्वीडिश अकादमी ने उन्हें इस महान पुरस्कार से नवाज़ा है। ख़ैर ट्रेन चल रही थी। जो भी रात में भागती ट्रेन में बैठा है जानता है, कि लम्बे लमहे आते हैं जब रात के अँधेरे में ट्रेन सुगमता से चलती जाती है। ट्रेन की धड़धड़ाहट लुप्त हो जाती है। और उसके स्थान पर पहियों का आवाज शान्त, सुकून पहुँचानेवाला मधुर संगीत बन जाता है। ट्रेन लोरी गाने, सुनाने लगती है। डिब्बे रेल की पटरियों पर दौड़ते हुए

नहीं बल्कि समष्टि में सरकते जा रहे होते हैं। हमारा परिवेश हमारी मन:स्थिति को प्रतिबिम्बित करता है। यदि हम प्रसन्न हैं तो परिवेश भी खुश होता है। यदि दु:खी हैं तो वह हमें रोता हुआ लगता है। हम शान्त हैं तो परिवेश भी हमारे संग हमें शान्त नजर आता है। जिस मन:स्थिति में सेलमा ट्रेन में बैठी थीं वे सोच रही थीं कि मुझे अपने पिता से पुन: मिलना चाहिए। वे किसी और दुनिया में चली जाती हैं, ट्रेन की आवाज़ें इतनी हल्की हो जाती हैं कि वे उनसे बेखबर दिवास्वप्न में खो जाती हैं। उन्हें स्मरण नहीं रहता कि वे ट्रेन में हैं। रह जाते हैं बस उनके पिता और वे। बाकी सबकुछ उनके लिए बेमानी हो जाता है।

वे सोचती हैं कि वे स्वर्ग में अपने पिता से मिलने गयी हैं। आज तक उन्होंने ऐसी बातें दूसरों के सम्बन्ध में खूब सुनी थीं। तो आज यह उनके संग क्यों नहीं हो सकता था। उनके विचार ट्रेन से भी तेज दौड़ने लगे। वे कल्पना में बह जाती हैं। उनके पिता अवश्य फूलों और खुशनुमा धूप से भरे बगीचे में बरामदे में रॉकिंग चेयर पर बैठे होंगे। उनके सामने चिड़ियाँ होंगी। वे फ्रिटजोफ का आख्यान पढ़ रहे होंगे और उन्हें देखते ही किताब नीचे रख देंगे। अपना चश्मा सिर पर चढ़ा लेंगे। उठेंगे और उनकी ओर बढ़ेंगे। वे कहेंगे, 'गुड डे, मेरी बिटिया, तुम्हें देखकर बहुत खुशी हो रही है,' या फिर 'तुम यहाँ कैसे? कैसी है मेरी बिटिया?' ठीक वैसे ही जैसे वे सदा कहा करते थे। सेलमा इस समय एक छोटी बच्ची, मात्र बेटी बन जाती हैं। उनका उल्लास उनका उत्साह देखते बनता है। वे कहती हैं कि पिता फिर से कुर्सी पर बैठ जाएँगे और तब आश्चर्य करने लगेंगे कि मैं उन्हें देखने क्यों आयी हूँ, 'पक्का कुछ गड़बड़ नहीं है?' वे अचानक पूछेंगे। वे कहेंगी कि सब ठीक है। फिर जब वे खुशखबरी सुनाने जा रही होंगी वे उसे थोड़ी देर के लिए रोक लेंगी। पिता से खिलवाड़ करने लगेंगी, थोड़ा सताकर, थोड़ा खिजा कर, जरा रुककर खुशखबरी देंगी। अप्रत्यक्ष रूप से धीरे-धीरे पिता के समक्ष वे इस बात को खोलती हैं। वे एक दूसरा रास्ता अपनाते हुए पिता से कहती हैं कि वे उनसे कुछ सलाह करने आयी हैं। वे बहुत भारी ऋण के तले हैं। वे पिता के इतना नजदीक थीं तभी इतना लाड़ जता रही हैं। पिता-पुत्री का इतना सुन्दर सम्बन्ध देखकर मन खुशी और गर्व से भर जाता है। उनके पिता कहेंगे कि इस सम्बन्ध में वे उनकी कोई सहायता नहीं कर सकते हैं। उनके इस घर में पैसे के अलावा सबकुछ है। वे कहेंगी कि पिताजी यह पैसा नहीं है जिसका ऋण मुझपर है, यह उससे भी खराब है। और तब उनके पिता कहेंगे, बेटी शुरू से सब बताओ।

वे अपने पिता से कहती हैं कि आपसे सहायता माँगना ज्यादती नहीं है। आप ही शुरू से इसके ज़िम्मेदार हैं। याद है कैसे हम बच्चों के लिए आप पियानो

बजाते थे और बेलमैन के गीत गाते थे। सर्दियों में आप तेग्नर, रनबर्ग और एंडरसन पढ़ने देते थे। यहीं से पहली बार वे कर्ज में फँसी, परिकथाओं, वीरगाथाओं को पढ़ने का चस्का, मानव जीवन से प्रेम, इसकी सारी हीनता और गौरव के साथ धरती जिस पर हम रहते हैं, वे इस कर्ज को कैसे चुकाएँगी? पिता कुर्सी पर उठकर बैठ जाएँगे। उनकी आँखों में चमक आ जाएगी और वे कहेंगे कि मैं खुश हूँ कि तुम इस कर्ज में हो, सेलमा कहेंगी कि यह ठीक है पर इतना ही नहीं है। जरा सोचिए मैं कितने लोगों के कर्ज में हूँ, कितने लोगों की देनदार हूँ, उन बेघरबार, गरीब लोगों के बारे में सोचिए जो आपकी जवानी के दिनों में वार्मलैंड (उनके घर) आते-जाते थे और मसखरी करते थे। गीत सुनाते थे। उन लोगों का मनोरंजन करते थे। क्या हम पर उनकी मसखरी और मजाकों का कर्ज नहीं है? और वे पहाड़ी लोग जो छोटी-सी झोपड़ी में रहते थे और जिन्होंने उन्हें जल-आत्माओं और पर्वत-कन्याओं की कहानियाँ सुनायीं। जिन्होंने उन्हें बताया कि कठोर पहाड़ और जंगल में कविता है। वे पीले चेहरे और पिचके गालवाले संन्यासी और संन्यासिनें जिन्होंने अपने अँधेरे बन्द कोटरों में स्वप्न देखे और आवाजें सुनीं। सेलमा ने उनसे पौराणिक और दन्त कथाएँ उधार लीं। उन लोगों के किसान जो यरूशलम गये, क्या उन्होंने लिखने के लिए सेलमा को जो खजाना दिया उसकी देनदार नहीं हैं वे? सिर्फ उनकी ही नहीं, समस्त प्रकृति की भी वे देनदार हैं? पृथ्वी पर विचरण करनेवाले जानवर, आकाश के पक्षी, पेड़-पौधे, फूल-पत्तियाँ सबने उन्हें अपने रहस्य सौंपे। क्या वे उनकी कर्जदार नहीं हैं? वे अपने लेखन में प्रेरक बननेवाले हर व्यक्ति, हर वस्तु का स्वयं को देनदार मानती हैं। वे उन सबकी कृतज्ञ हैं।

वे कल्पना करती हैं कि यह सब सुनकर उनके पिता मुस्कुराकर सिर हिलाएँगे और जरा भी चिन्तित नहीं दिखेंगे। लेकिन वे कहेंगी कि क्या आपको नहीं समझ में आता है कि मेरे सिर पर कर्ज का बड़ा बोझ है? दुनिया में कोई नहीं बता सकता है कि वे इससे कैसे मुक्त हो सकती हैं। वे सोचती हैं कि स्वर्ग में बैठे केवल वे ही यह बता सकते हैं। और यह कहते हुए वे और गम्भीर होने का नाटक करेंगी। पिता सदा की तरह बेफिक्री से कहेंगे, 'हाँ, वे उनकी परेशानी का हल बता सकते हैं'। इस पर वे रुकेंगी नहीं। आगे कहेंगी कि उन पर केवल इतना ही नहीं और बहुत सारा ऋण है, वे उनकी ऋणी हैं जिन्होंने भाषा बनायी है। भाषा जो एक बड़ा औजार है और उन सबकी जिन्होंने उस भाषा का प्रयोग करना उन्हें सिखाया है। उनकी भाषा को इस ऊँचाई तक पहुँचाया है कि वे अभिव्यक्ति में कुशल हो सकी हैं। वे मात्र उनकी कर्जदार नहीं हैं जो उनके समय में लिख-पढ़ रहे थे बल्कि उन सबकी जो उनसे पहले हुए हैं। वे

अपने पूर्ववर्ती एवं समकालीन, अपने देश के साथ अन्य सब देशों के साहित्य की देनदार हैं। उन सबकी जिन्होंने लेखन को कला में ढाला, जो मशाल बने, जिन्होंने राह दिखायी। नार्वे के महान, महान रूसी रचनाकार सबकी ऋणी हैं। वे उस काल में हुईं जब उनके अपने देश का साहित्य अपने चरम पर था। फिर वे एक-एक करके अपने देश के महान लेखकों का नाम गिनाती हैं। उन रचनाकारों की विशेषता बताती हैं। संगमरमरी सम्राट के निर्माता राइडबर्ग, स्नोइल्सकाई की काव्य दुनिया, स्ट्रिंगबर्ग के पहाड़ की चोटियाँ, गैजेर्स्टम की लोककथा, एन-सार्लोट एडग्रेन के आधुनिक पात्र, अरंस्ट अहल्ग्रेन, हैडंस्टाम का पूर्व, सोफी एल्कान जो इतिहास को जीवन्त बनाती है। वार्मलैंड के मैदानी भागों की कहानियाँ कहनेवाले फ्रोडिंग, लेवर्टिन के आख्यान, हॉलस्ट्रोम के मृत्यु विषय, कार्लफील्ड के रेखाचित्र, वे सब रचनाकार जिन्होंने उन्हें प्रेरित किया। जिन्होंने उनकी कल्पना को पोषण दिया, उन्हें प्रतिस्पर्धा की शक्ति दी और उनके स्वप्नों को साकार होने में सहायता दी। क्या वे इन सारे लोगों की ऋणी नहीं हैं?

उनके पिता आश्वासन देंगे कि चिन्ता मत करो। हम इस देनदारी का कोई न कोई उपाय अवश्य निकाल लेंगे। वे बात को आगे बढ़ाते हुए कहेंगी कि पिता आप समझ नहीं रहे हैं कि यह सब मेरे लिए कितना कठिन है। आप इस बात को नहीं देख रहे हैं कि मैं अपने पाठकों की भी ऋणी हूँ। देखा जा सकता है कि इस पुरस्कार ने उन्हें कितना विनीत बना दिया है। वे हर उम्र के अपने पाठक के प्रति कृतज्ञता अनुभव करती हैं। बच्चे, बड़े-बूढ़े, सब उम्र के पाठकों के प्रति। उन सब पाठकों की जिन्होंने उनके लिखे को पढ़कर अपनी प्रतिक्रिया उन तक किसी-न-किसी रूप में पहुँचाई और उनकी भी जो प्रत्यक्ष रूप से अपनी बात उन तक ना पहुँचा सके। और भला वे अपने समीक्षकों-आलोचकों को कैसे भूल सकती हैं। वे अपने सब समीक्षकों का ऋण भी स्वीकार करती हैं जिन्होंने उन्हें प्रसिद्धि दिलायी। ये समीक्षक उनके पुरस्कार की घोषणा के समय जीवित हों या न हों पर वे कृतज्ञता अवश्य व्यक्त करती हैं और वे तमाम अनुवादक जिन्होंने उनका काम दुनिया के अन्य भाषा-भाषियों तक पहुँचाया, उन्हें भला वे कैसे भूल सकती हैं।

और तब वे देखेंगी कि उनके पिता अब उतने शान्त नहीं हैं। वे बात की गम्भीरता को समझ रहे हैं। उन्हें पता चल रहा है कि उनकी सहायता करना इतना आसान नहीं है। एक व्यक्ति का अपने आप पर विश्वास, उसके आत्मविश्वास को सुदृढ़ कर देता है। वे अपने मित्र एसलडे को याद करती हैं जिसने उन पर तब विश्वास कर उनके लिए राह खोली जब उन पर कोई और विश्वास नहीं कर रहा था। जिन लोगों ने उनके कार्य को सुरक्षित रखा, उनकी और उनके काम

की चिन्ता की, वे अपने उस साथी और सहयात्री को भी स्मरण करती हैं जो उन्हें दक्षिण ले गया। जिसने उन्हें कला की महानता दिखायी और उनकी जिन्दगी को खुशनुमा बनाया। वे सारे लोग जिन्होंने उन्हें प्यार, आदर, सम्मान दिया। वे अपने पिता से पूछेंगी कि इन ढेर सारे लोगों का कर्ज कैसे चुकाया जाए? अब तक उनके पिता इस बात की गहनता को समझ चुके होंगे और कहेंगे कि तुम ठीक कहती हो बिटिया। सच में यह काम कठिन है। लेकिन वे यह भी पूछेंगे कि क्या किसी और की देनदारी नहीं है? और तब वे कहेंगी कि यह सब काफी भारी कर्ज है पर असली बात तो अभी आनी है और इसीलिए वे उनसे सलाह करने आयी हैं। वे नहीं जानती हैं कि उनके पिता इस बात में उनकी क्या सहायता करेंगे। पिता बात पूछते हैं और तब वे अपने नोबेल पुरस्कार पाने की, नोबेल समिति के प्रति कृतज्ञ होने की बात कहेंगी।

तब उनके पिता आश्चर्य से कहेंगे कि वे विश्वास नहीं कर पा रहे हैं कि उनकी बेटी को इतना बड़ा पुरस्कार मिला है। पिता जब बेटी का चेहरा देखेंगे तो उन्हें इस बात की सचाई पर यकीन आ जाएगा। इसके बाद जो वे बताती हैं वह ठीक वैसा ही है जैसे एक कली को फूल बनते हुए निहारना। उनके पिता के चेहरे की प्रत्येक झुर्री काँपने लगेगी और उनकी आँखें आँसुओं से भर जाएँगी। वे कहेंगी कि उन लोगों का ऋण उन पर कितना ज्यादा है जिन्होंने उनका नाम नोबेल पुरस्कार के लिए प्रस्तावित किया और जिन लोगों ने उनके नाम पर निर्णय लिया। यह केवल सम्मान और पैसे की बात नहीं है। यह दिखाता है कि नोबेल समिति ने उनके काम पर आस्था दिखायी है। सारी दुनिया के समक्ष उन्हें प्रस्तुत किया है। वे समिति के इस कर्ज को कैसे चुका सकती हैं? अब उनके पिता मौन हो जाएँगे, गहन विचारमग्न हो जाएँगे। उनके मुँह से कोई शब्द नहीं निकलेगा। फिर वे अपनी खुशी के आँसू पोंछते हुए अपनी मुट्ठी रॉकिंग चेयर के हत्थे पर मारकर कहेंगे कि मैं उस बात के लिए अपना सिर नहीं खपाऊँगा जिसका हल स्वर्ग और पृथ्वी पर किसी के पास नहीं है। मैं इतना खुश हूँ कि तुम्हें नोबेल पुरस्कार मिला है। कहेंगे कि अब मुझे किसी बात की चिन्ता नहीं है।

और इसी के साथ वे रात्रिभोज के अवसर पर उपस्थित स्वीडन के राजसी लोगों तथा सब गणमान्य व्यक्तियों को सम्बोधित करते हुए कहती हैं कि मेरे सारे प्रश्नों का इससे बेहतर उत्तर क्या हो सकता है! इसी के साथ वे स्वीडिश अकादमी के सम्मान में टोस्ट प्रपोज करती हैं और सबको उसमें सम्मिलित होने का आमन्त्रण देती हैं।

मनुष्य की दृढ़ इच्छाशक्ति, लगन और पराशक्ति पर आस्था, कठिन से

कठिन परिस्थितियों में भी उसके लिए राह खोलती चलती हैं। जीवन की तमाम बाधाओं को पार करते हुए भी सृजन जारी रह सकता है। सेलमा लेगरलॉफ इसका जीता-जागता उदाहरण हैं। अपने माता-पिता की चौथी सन्तान सेलमा का जन्म 1858 में मारबाका में हुआ। सेलमा दूसरे बच्चों से अलग थीं, जन्म के समय से ही। उनके पिता एरिक गुस्तॉव लेगरलॉफ लेफ्टिनेंट थे। उनकी माता का नाम लुसिया था। सेलमा लेगरलॉफ का पूरा नाम सेलमा ओटीलियाना लोविसा लेगरलॉफ है। सेलमा की पैदाइश कूल्हे की खराबी के साथ हुई थी और जल्द ही उनकी दोनों टाँगें बेकार हो गयीं। इसी कारण वे कभी भी बच्चों के साथ न खेल सकीं। उनका जीवन बचपन और बच्चों से दूर एकाकी गुजरा। अपनी शारीरिक अक्षमता के कारण वे अपने भाई-बहनों तथा अन्य बच्चों से अलग स्वभाव की थीं। वे प्रारम्भ से ही ज्यादा गम्भीर और शान्त थीं। जो बच्चा खेल-कूद नहीं सकता है और प्रतिभाशाली है वह अन्तरमुखी हो जाता है। अपनी आन्तरिक शक्ति के बल पर बाद में उन्होंने अपनी शारीरिक अयोग्यता से काफी हद तक छुटकारा पा लिया। उस युग में जीवन और उनके आसपास का समाज धार्मिक था। इस प्रतिभाशालिनी बालिका ने सात वर्ष की उम्र में अपना पहला उपन्यास लिख डाला और दस वर्ष की उम्र में सम्पूर्ण बाइबिल पढ़ डाली थी।

विपत्तियाँ कभी अकेली नहीं आती हैं। पिता की बीमारी के कारण 1884 में उन लोगों को अपना मारबाका का इस्टेट बेचना पड़ा। और सेलमा को शिक्षिका की नौकरी करनी पड़ी। लेकिन क्या अच्छा है और क्या बुरा है, यह बता पाना बहुत कठिन है। उनका प्रशिक्षण स्टॉकहोम के रॉयल वीमेंस सुपिरियर ट्रेनिंग एकेडमी में हुआ था। वे लैंड्सक्रोना में दस वर्ष (1885-1895) तक शिक्षिका थीं। यह शिक्षण कार्य उनके लिए ब्लेसिंग इन डिसगाइज साबित हुआ। बच्चों के लिए लिखे 'द वंडरफुल एडवेंचर्स ऑफ नाइल्स' ने उन्हें सदैव के लिए अमर कर दिया। असल में 'वंडरफुल एडवेंचर्स ऑफ नाइल्स' नेशनल टीचर एसोशियेशन के द्वारा कमीशन किताब थी तथा पब्लिक स्कूल के छात्रों के लिए भूगोल शिक्षण के लिए लिखी गयी थी। इस किताब को लिखने के लिए उन्होंने तीन साल तक प्रकृति-अध्ययन किया। जानवरों और पक्षियों के जीवन का निरीक्षण किया। विभिन्न प्रदेशों की लिखित-अलिखित लोककथाओं और लोकगीतों का अध्ययन किया। इतनी तैयारी के बाद उन्होंने यह किताब लिखी। इसी से उनकी लगन और परिश्रम को समझा जा सकता है। यह किताब दो भागों में है।

नाइल्स के रोमांचक कारनामों की कहानी बहुत सरल परन्तु रोचक है। इस पर बाद में कई भाषाओं में एनीमेशन तथा बाल फिल्मों का निर्माण भी हुआ। कहानी कुछ यूँ है, किशोर नाइल्स होल्ग्रेसन को खाने, सोने और शैतानी करने

में मजा आता था। उसे अपने परिवार के फॉर्म पर जानवरों को तंग करना बहुत अच्छा लगता था। एक दिन जब परिवार के लोग उसे बाइबिल के पाठ कंठस्थ करने के लिए देकर चर्च चले गये, वह जाल लेकर चल दिया। उसने एक टोम्टे पकड़ा। टोम्टे ने वादा किया यदि नाइल्स उसे छोड़ देगा तो वह उसे एक बहुत बड़ा सोने का सिक्का देगा। नाइल्स ने प्रस्ताव ठुकरा दिया तो टोम्टे ने उसे भी टोम्टे बना दिया। टोम्टे बनते ही नाइल्स का आकार बहुत छोटा हो गया और वह जानवरों की भाषा समझने लगा। जानवर लड़के को इस लघु आकार में देखकर बहुत रोमांचित थे, साथ ही बहुत गुस्से में भी थे। वे उससे बदला लेना चाहते थे। नीचे जब यह सब चल रहा था फॉर्म के ऊपर से जंगली बत्तखों का एक झुंड प्रवास से लौटता, उड़ता हुआ गुजरा। फॉर्म की एक सफेद बत्तख ने इस झुंड में शामिल होने का प्रयास किया। परिवार के चर्च से लौटने के पहले मुक्ति के लिए नाइल्स ने इस ऊपर जाती बत्तख की गर्दन को पकड़ लिया और उसके साथ उड़ता हुआ जंगली बत्तखों के झुंड में जा मिला।

जंगली बत्तखों को एक लड़के और एक पालतू बत्तख का इस तरह उनमें शामिल होना अच्छा नहीं लगा। वे उन्हें पूरे स्वीडन की यात्रा पर ले चले। सारे ऐतिहासिक क्षेत्र दिखाये, उनकी सारी प्राकृतिक विशेषताएँ और आर्थिक स्रोत दिखाये। इन सारे अनुभवों ने नाइल्स को किशोर से पुरुष बना दिया। उसे ज्ञात हुआ कि पालतू बत्तख को अनुभवी जंगली बत्तख की तरह उड़कर अपनी क्षमता सिद्ध करनी होगी। और नाइल्स को सिद्ध करना होगा कि प्रारम्भिक गलतफहमी के बावजूद वह एक उपयोगी साथी है। इसी यात्रा के दौरान नाइल्स को ज्ञात होता है कि यदि वह साबित कर सके कि वह बदलकर एक अच्छा आदमी बन गया है तो शायद टोम्टे उसे वापस सामान्य आकार का बना दे। कितने नायाब तरीके से सेलमा ने भूगोल को बच्चों के लिए रोचक बनाया है। इस किताब में सेलमा नाइल्स के बहाने समूचे स्वीडन की खेतिहर, आर्थिक, प्राकृतिक दुनिया की सैर कराती हैं। मगर आलोचकों को क्या कहा जाए। उन्हें इस मनोरंजक बाल कहानी में भी खामियाँ नजर आयी। कुछ लोग इस बात से नाखुश थे कि 53वें अध्याय में बत्तखें और नाइल्स हॉलैंड के ऊपर से गुजरते हैं। लेकिन उससे प्रभावित नहीं होते हैं। वहाँ उतरते नहीं हैं। इस कमी को कुछ संस्करणों में पूरा कर दिया गया। बाद में कुछ अनुवादों में इस बात को एक और अध्याय में जोड़ दिया गया।

उन्होंने बच्चों के लिए रोचक भूगोल की किताब लिखने के अलावा शिक्षण से जुड़ी अन्य बातों, समस्याओं पर भी काम किया। वे स्वीडन की वर्तनी सुधार के कार्य में भी जुटी हुई थीं और कुछ अन्य बुद्धिजीवियों के संग मिलकर उन्होंने अपनी भाषा लिपि की जो वर्तनी तैयार की, वह सरकारी तौर पर 1906 में मान्य

हुई। उनके देश, उनके लोगों ने भी उन्हें विभिन्न तरीकों से सम्मानित किया है। उनके देश में उनके नाम पर दो होटल हैं। उनका जन्मस्थान मारबाका अब एक संग्रहालय है। 1992 से स्वीडन की मुद्रा पर उनका फोटो प्रकाशित हो रहा है। इसी तरह उनके नाइल्स के रोमांचक कारनामों का चित्र भी वहाँ की मुद्रा पर अंकित है।

1895 तक शिक्षण कार्य करने के बाद उन्होंने अपना जीवन लेखन को समर्पित कर दिया। वे प्राचीन स्वीडिश जीवन की चितेरा हैं। उन्होंने स्वीडिश भाषा में उपन्यास लिखे। वे तत्कालीन स्वीडिश लेखकों जैसे अगस्ट स्ट्रिंगबर्ग के यथार्थवाद से सहमत नहीं थीं। उन्होंने 'गोस्टा बर्लिंग्स सागा' लिखना शुरू किया। इसके पहले अध्याय को उन्होंने एक साहित्यिक प्रतियोगिता के लिए भेजा और वह चुन लिया गया। पूरी किताब के प्रकाशन का पुरस्कार मिला और सेलमा साहित्य की दुनिया में पूरी तौर पर आ गयीं।

स्कॉटिश लेखक थॉमस कारलाइल से प्रभावित उनकी पहली किताब 'गोस्टा बर्लिंग्स सागा' के दोनों भाग काव्यात्मक गद्य विधा में हैं। इसे उन्होंने 1891 में रचा और इसका इंग्लिश अनुवाद 1898 में आया। इसमें उन्होंने वार्मलैंड की लोककथाओं को पुनर्निर्मित किया है। 1894 में 'इनविजिबल लिंक्स' उनका कहानी संग्रह आया, जिसने उन्हें साहित्य के क्षेत्र में स्थापित कर दिया।

1894 में वे एक अन्य लेखिका सोफी एल्कान से मिलीं। जल्दी ही दोनों में दोस्ती हो गयी। दोनों के बीच खूब पत्राचार होता। सेलमा को सोफी से प्रेम हो गया। कई वर्षों तक दोनों एक दूसरे के रचनात्मक कार्यों की समीक्षा-आलोचना करती रहीं। लेकिन समान पेशे और प्रतिभा के लोग ज्यादा समय तक एक दूसरे को सहन नहीं कर पाते हैं। इन दोनों की दोस्ती भी टूटने लगी। सेलमा ने अन्य कई लोगों को लिखा कि उनका काम सोफी के कार्य से प्रभावित है। वे जो भी दिशा लेना चाहती हैं सोफी उससे इत्तिफ़ाक़ नहीं रखती है और इस तरह उनका कार्य मनचाही दिशा में नहीं हो पाता है। सोफी के हस्तक्षेप से उनका नुकसान हो रहा है। बाद के दिनों में ऐसा लगता है, और जो स्वाभाविक भी है कि एल्कान को सेलमा की सफलता से ईर्ष्या होने लगी।

1897 में सेलमा फालन चली गयीं। यहाँ उनकी मुलाकात वाल्बोर्ग ओलांडर से हुई जो शीघ्र ही उनके साहित्यिक सहायक बन गये। यह साहित्यिक दोस्ती जल्द ही मित्रता में बदली। सोफी को ओलांडर से ईर्ष्या थी। इसने सेलमा और सोफी के रिश्ते में आग में घी का काम किया। ओलांडर का जुड़ाव शिक्षा से था। साथ ही उसका काम स्वीडन में उस समय चल रहे स्त्री-मताधिकार के आन्दोलन से भी जुड़ा हुआ था।

जब वे इटली गयीं तो उन्होंने वहाँ बाल ईशु की गाथा को एक मिथ्या में परिवर्तित देखा। इसी से प्रेरित होकर उन्होंने अपना उपन्यास 'द मिरेकल्स ऑफ एंटीक्राइस्ट' लिखा। इसमें वे ईसाई धर्म और नैतिक सामाजिक सिस्टम के अन्तः-सम्बन्धों को खोजती हैं। इसे उन्होंने सिसली में घटित दिखाया है। वैसे उनके अधिकांश लेखन की घटनाएँ उनके अपने स्थान वार्मलैंड में घटित होती हैं। यूरोप भ्रमण के दौरान उन्होंने यरूशलम नाम के एक कम्यून को देखा और उसी से प्रोत्साहित होकर उन्होंने अपना उपन्यास 'यरूशलम' (द होली सिटी) लिखा। इस उपन्यास की कथावस्तु स्वीडन का धार्मिक आन्दोलन है। एक बड़े जनसमूह के फिलिस्तीन की ओर पलायन से जिसकी परिणति होती है। इसका प्रकाशन 1901-1902 में हुआ और इसका अनुवाद काफी बाद में 1915-1918 में जाकर छपा। इस पर 1996 में एक फीचर फिल्म भी बनी, जिसने काफी नाम कमाया। उनकी कई अन्य कहानियों पर भी फिल्में बनीं। स्वीडन के प्रारम्भिक फिल्म निर्देशक विक्टर जोस्ट्रोम ने उनकी कई कहानियों को फिल्म में ढाला। उन्होंने सेलमा की कहानियों की ग्रामीण पृष्ठभूमि का फिल्मांकन बहुत संवेदनशीलता के साथ किया है। इस कारण फिल्मों में कहानियों की संवेदना उभरकर आयी है। ये मूक फिल्में अपने ऐतिहासिक और फिल्मी विशेषताओं के लिए आज भी महत्त्वपूर्ण हैं।

रचना कई भाग में करना सेलमा लेगरलॉफ की खासियत है। उन्होंने 1925-28 में 'द रिंग ऑफ द लोवेनस्कोल्डा', एक त्रयी के रूप में रचा। दो भागों में 'द आउटकास्ट' तथा 'द वंडरफुल एडवेंचर्स ऑफ नाइल्स', 'फ्रॉम अ स्वीडिश होम्सट्ड' उनका कहानी संग्रह है। 'क्राइस्ट लेजेंड्स', 'द एम्परर ऑफ पुर्तगालिया', 'द सिल्वर माइन' आदि उनके अन्य उपन्यास हैं। इतना ही नहीं उन्होंने बच्चों के लिए 'ट्रोल्स एंड मैन' नाम से दो भाग में कहानी संग्रह तैयार किया। बहुत कम नोबेल पुरस्कृत साहित्यकार हैं जिन्होंने बच्चों के लिए कहानियाँ लिखीं। एक और नोबेल पुरस्कृत साहित्यकार हैं जिन्होंने बच्चों के लिए कहानियाँ लिखीं। ये हैं आइजक बासविस सिंगर। इन्होंने न केवल बच्चों के लिए कहानियाँ लिखीं बल्कि यह भी विस्तार से बताया कि वे बच्चों के लिए कहानियाँ लिखने के अलावा 1922 में 'मारबाका', 'मेमोरीज़ ऑफ माई चाइल्डहुड' नाम से आत्मकथात्मक कार्य भी किया। इसके साथ ही वे अपनी डायरी 'द डायरी ऑफ सेलमा लेगरलॉफ' जिसका प्रकाशन 1932 में हुआ, के लिए भी जानी जाती हैं।

ताजिन्दगी वे स्वीडन की लोककथाओं से अपना कच्चा माल लेती रहीं। लोककथाओं का भंडार असीमित होता है। उन्होंने अपने काम में इन लोककथाओं की प्रकृति और इनकी ताजगी को बनाए रखा। उनकी उच्च कल्पना शक्ति का नमूना उनके प्रीतिभोज सम्बोधन में देखा जा सकता है। आज भी सेलमा लेगरलॉफ

स्वीडिश साहित्य में बेजोड़ हैं और उनकी इस कामयाबी का श्रेय उनके लेखन की सादगी को जाता है। उनके चरित्र विचारों और अपने क्रियाकलापों में बहुत सरल होते हैं और लोककथाओं के प्रभाव के कारण उनके साहित्य में बुराई पर अच्छाई की जीत होती है। कहानीपन इनकी विशेषता है और इसी कथा-रस के कारण आज भी ये लोकप्रिय हैं। नोबेल समिति ने अपनी घोषणा में उनके कार्य की प्रशंसा करते हुए कहा है कि यह पुरस्कार उन्हें उनके उदार आदर्शवाद, स्पष्ट कल्पना चित्रण और आध्यात्मिक नजरिये के लिए दिया जा रहा है। वे लेखन में इन विशेषताओं के लिए जानी जाती हैं। स्वीडिश अकादमी अपने पुरस्कार विजेताओं में से कुछ विशिष्ट लेखकों को अपनी समिति में शामिल कर लेती है। सेलमा लेगरलॉफ उन भाग्यशाली लोगों में से एक हैं। उन्हें 1909 में नोबेल पुरस्कार मिला और इसके पाँच साल बाद 1914 में उन्हें समिति की सम्मानित सदस्यता प्रदान की गयी। द्वितीय महायुद्ध के प्रारम्भ होने पर उन्होंने अपना नोबेल प्राइज़ मेडल और स्वीडिश अकादमी से प्राप्त अपने स्वर्ण पदक को फिनलैंड की सरकार को दान कर दिया ताकि सोवियत यूनियन से लड़ा जा सके। उनके इस औदार्य से फिनलैंड की सरकार इतनी विगलित हो गयी कि उन लोगों ने दूसरे तरीकों से धन एकत्र किया और सेलमा लेगरलॉफ के तमगों को उन्हें ज्यों-का-त्यों लौटा दिया। 18 मार्च 1940 को गुजरनेवाली सेलमा लेगरलॉफ पहली महिला साहित्यकार हैं जिन्हें नोबेल पुरस्कार प्राप्त हुआ। उनका मानना है कि बुद्धिमान और सक्षम लोगों के द्वारा की गयी प्रशंसा से बढ़कर कोई और स्वाद नहीं होता है। और यह स्वाद उन्हें भरपूर मिला।

जिस साल सेलमा को नोबेल पुरस्कार मिला उसी साल एक और लेखिका उभर रही थी जिसे आगे चलकर 1928 में नोबेल पुरस्कार मिला। 1909 में सिग्रिड अंडसेट का पहला उपन्यास 'द गनर डॉटर' आया और उन्हें साहित्य जगत में पहचान मिली। वे नोबेल पुरस्कार प्राप्त करनेवाली तीसरी महिला साहित्यकार हैं। प्रथम होने का अपना महत्त्व है और यह गौरव सेलमा लेगरलॉफ को प्राप्त है।

ग्राज़िआ डेलेडा

स्थानीय में सार्वभौमिक

''असल में, इन्होंने एक महान खोज की है—सारडीनिया की खोज।''

—हेनरिक शुश

''कहावत है कि सारी सड़कें रोम की ओर जाती हैं। आपके साहित्यिक कार्य में सारी सड़कें मनुष्य के हृदय की ओर जाती हैं। आप इसकी दन्तकथाओं, इसके रहस्यों, संघर्षों, चिन्ताओं और इसकी शाश्वत चाहत को प्रेमपूर्वक सुनते हुए कभी नहीं थकती हैं। रिवाज, नागरिक और सामाजिक संस्थान समय के अनुसार बदलते हैं। राष्ट्रीय चरित्र और इतिहास, विश्वास, परम्परा परिवर्तित होते हैं और उनका आदर होना चाहिए। इसके विपरीत काम करना, सब चीजों को एकरूपता में बाँधना, कला और सत्य के प्रति अपराध है। लेकिन मनुष्य हृदय और उसकी समस्याएँ सब स्थान पर समान हैं। जो लेखक जानता है कि मानव प्रकृति और उसकी तब्दीलियों को सर्वाधिक स्पष्ट रंगों में चित्रित करना है, इससे भी ज्यादा महत्त्वपूर्ण बात यह कि जो जानता है कि कैसे शोध करना चाहिए और जो हृदय की दुनिया को उजागर करता है, वह सार्वभौमिक होता है, भले ही वह स्थानीयता में सिमटा हो।'' नोबेल समारोह के प्रीतिभोज के अवसर पर ये वाक्य 1926 की साहित्य की नोबेल पुरस्कार विजेता ग्राज़िआ डेलेडा के सम्मान में आर्कबिशप नाथन सोडेरलोम ने कहे थे।

ग्राज़िआ डेलेडा मात्र मनुष्य तक सीमित नहीं रहती हैं। वे सबसे पहले आदमी की पशुता और उसकी आत्मा के उच्च लक्ष्य को प्रकाशित करती हैं। उनके लिए सड़क आगे जाती है। वे सड़क के उन चिह्नों को देखती हैं जो गुजरनेवाले यात्रियों की निगाह में नहीं आते हैं। जिनको देखने से लोग चूक जाते हैं। उनके लिए सड़क ईश्वर की ओर ले जाती है। इसी कारण वे मनुष्य के पतन और दुर्बलता के बावजूद पुनर्जन्म में विश्वास करती हैं। वे जानती हैं कि दलदल को ठोस

और उर्वर बनाया जा सकता है। उनके कार्यों में एक चमकीली किरण है। अन्धकार और मनुष्य की दारुण अवस्था से सन्तोष के शाश्वत प्रकाश की ओर ले जाती हुई किरण है।

ग्राज़िआ डेलेडा का जन्म 27 सितम्बर 1871 को सारडीनिया के नूरो नामक एक छोटे से गाँव में हुआ था। सारडीनिया क्वाँरी प्रकृति की गोद में बसा हुआ एक छोटा-सा स्थान है। दुनिया से कटा हुआ लेकिन अपने आप में भरपूर। भूमध्य सागर में इटली के पश्चिमी क्षेत्र में स्थित सारडीनिया जिसे इटैलियन भाषा में सारडेग्ना कहा जाता है, एक टापू है। नूरो इसके चार प्रदेशों में से एक है। सारडीनिया क्षेत्र प्राकृतिक सुन्दरता का नायाब नमूना है। इसकी सतह पहाड़ों से ढँकी हुई है। खेती और पशुपालन यहाँ के निवासियों का प्रमुख व्यवसाय है। अनाज, ऑलिव (जैतून), अंगूर तथा तम्बाकू यहाँ की मुख्य फसलें हैं। मछली-पालन और खनन का कार्य भी यहाँ के लोग करते हैं। प्रारम्भ से यह प्रदेश शासकों की खींचतान का शिकार रहा है। 15वीं से 17वीं सदी तक यह स्पेन के अधीन रहा। 1861 में सारडीनिया इटली राज्य का अंग बन गया। डेलेडा के घर के पास ऑर्थोबेन पहाड़ थे और उनकी खिड़की से घने जंगल से ढँकी हुई उसकी भूरी चोटियाँ नजर आती थीं। उसके आगे चूना पत्थर (लाइम स्टोन) के पहाड़ों की श्रृंखला थी जो प्रकृति की धूप-छाँव के कारण कभी बैंगनी, कभी नींबू के रंग की तो कभी गहरी नीली और कभी किसी अन्य रंग की नजर आती थी। उसके भी आगे जेनेरगेंटू की बर्फीली पहाड़ियाँ प्रारम्भ हो जाती थीं। यह सतरंगी झिलमिलाती पर्वत श्रृंखलाएँ बचपन से उनके मन में गड़ गयीं जो आजन्म उनकी थाती रहीं और उनके लेखन की पूँजी बनीं। उनका गाँव एक टापू की तरह था जिसमें कभी- कदा घोड़े की पीठ पर सवार, अपने पीछे औरत बिठाए कोई अतिथि शहर से चला आता था वरना बाहरी दुनिया से उसका कोई सम्पर्क न था। रोजमर्रा की नीरसता टूटती थी परम्परागत धार्मिक त्यौहारों की गहमागहमी से अथवा लोकप्रिय छुट्टियों के दिन जब नाचना-गाना अपने शबाब पर होता या फिर कार्नीवाल के समय होनेवाले रंगारंग कार्यक्रमों से।

अपने गाँव के इन्हीं चित्रों को उन्होंने बार-बार अपने रचनात्मक कार्यों में उकेरा है। तभी तो समीक्षक मानते हैं कि उन्होंने एक महान खोज की है। उन्होंने सारडीनिया को खोज निकाला है। उसे साहित्य में अमर कर दिया है। जिस तरह ओरहान पामुक ने इस्ताम्बूल को, गुंटर ग्रास ने डेज़िंग को और नजीब महफ़ूज़ ने कैरो को साहित्य में अमर कर दिया उसी तरह ग्राज़िआ डेलेडा ने सारडीनिया को साहित्य में अमर कर दिया। नूरो में पच्चीस साल की उम्र तक रहने के कारण वे सारडीनिया के चप्पे-चप्पे से परिचित थीं। जीवन के प्रथम हिस्से में पड़ा प्रभाव

अमिट होता है। वे कैग्लियारी और रोम जाने के बाद भी अपने जन्म स्थान को न छोड़ सकीं, न भुला सकीं। लौट-लौटकर वहाँ आती रहीं। अपने साहित्य में उसे बार-बार चित्रित करती रहीं। उनका सम्बन्ध अपने गाँव से बराबर बना रहा। वैसे उनके अपने देश के इसी शैली में लिखनेवाले और भी लोग हुए हैं। इटली के साहित्य में प्रादेशिकता, क्षेत्रीयता को रचना का विषय बनाने में वेर्गा, फोगाज़ारो का नाम आता है। वेर्गा ने सिसली का चित्रण किया और फोगाज़ारो लोम्बार्डो—वेनेटो क्षेत्र के चित्रण के लिए जाने जाते हैं।

उनका परिवार एक मध्यमवर्गीय परिवार था। गाँव का प्रतिष्ठित, समृद्ध परिवार। उनके पिता कुछ समय के लिए नूरो के मेयर थे। परिवार में कट्टर धार्मिक वातावरण था। वे ऐसे लोगों से घिरकर बड़ी हुईं जो सरल थे, अपने आदिम स्वभाव की उच्चता लिये हुए। उस वातावरण में लड़कियों को बाहर जाने की इजाजत न थी। वे केवल प्रार्थना के लिए चर्च जा सकती थीं, अथवा कभी-कदा गाँव में घूमने की स्वतन्त्रता उन्हें थी। गाँव के अन्य बच्चों के साथ वे भी स्थानीय स्कूल गयीं परन्तु मात्र एलीमेंट्री स्कूल तक ही। उनकी औपचारिक शिक्षा मात्र दस वर्ष की उम्र में समाप्त हो गयी परन्तु सीखना चलता रहा। इस अनौपचारिक शिक्षा में निजी शिक्षक रखकर फ्रेंच और इटैलियन सीखना भी शामिल है। इसी शिक्षक ने उन्हें लिखने के लिए प्रोत्साहित किया और लिखने के विषय भी सुझाये। लिखने के बाद जब उन्होंने अपने मेंटर को दिखाया तो उन्हें उन रचनाओं में दम लगा और शिक्षक ने शिष्या को इन रचनाओं को प्रकाशित करने की सलाह दी। इस तरह ग्राज़िआ के लेखन और प्रकाशन का प्रारम्भ हुआ। उनके गाँव के लोग लैटिन भाषा की एक उपबोली लोगूडोरेस का प्रयोग करते थे। पढ़ने में उनकी रुचि का एक कारण उनके परिवार में इटैलियन साहित्य के साथ-साथ अन्य साहित्य भी अनुवाद रूप में उपस्थित होना था, जिसे उन्होंने बचपन से पढ़ा। शुरू से ही वे काफी पढ़ाकू थीं और रूसी उपन्यासकार कैडूसी, डि'एनुंज़िओ उनके पसन्दीदा रचनाकार थे।

हालाँकि वे लड़की थीं परन्तु उन्हें परिवार की जिम्मेदारी सँभालनी पड़ी। जब वे इक्कीस साल की थीं, उनके पिता चल बसे। इसके चार साल के बाद उनकी बड़ी बहन एक गर्भपात के बाद गुजर गयी। होना तो यह चाहिए था कि उनका बड़ा भाई परिवार की जिम्मेदारी सँभाले। पिता के बाद वही परिवार का मुखिया बना भी। भाई को पीने की लत लग गयी और वह नकारा हो गया। वे स्वयं लिखती हैं कि उन्हें याद है कि पहले एंड्रिया में यह बुराई ना थी, बाद में वह पीकर गन्दा और भयंकर बन गया। इस समय डेलेडा ने लिखना और पारिवारिक जिम्मेदारी उठाना दोनों कार्य कुशलतापूर्वक जारी रखे। वैसे तो डेलेडा

आठ वर्ष की उम्र से कविताएँ लिख रही थीं और उन्होंने पन्द्रह साल की उम्र से कहानियाँ लिखनी शुरू कीं, यह सिलसिला आजीवन चलता रहा।

हर रचनाकार अपने वातावरण की उपज होता है। डेलेडा भी अपने जन्मस्थान की उपज हैं। उनका जन्मस्थान जो दुनिया से भले ही कटा हुआ था परन्तु जहाँ प्राकृतिक सुषमा भरपूर थी और जहाँ के मनुष्य के सुख-दुःख, आशाएँ-आकांक्षाएँ अपनी विशिष्टताएँ लिये हुए दुनिया के अन्य प्रदेश के लोगों की तरह ही थीं। इसी दुनिया को डेलेडा अपने अधिकांश साहित्य का आधार बनाती हैं। सारडीनिया प्रदेश का जनजीवन उनकी रचनाओं का प्रेरणास्रोत भी है और उनके साहित्य के पात्र भी ये ही लोग हैं। बचपन से उन्होंने जो कहानियाँ नौकरों, सेवकों, खेतिहर मजदूरों, किसानों और गड़ेरियों से सुनी थीं वे उनके संग सदैव जीवित रहीं और उनकी रचनाओं में स्थान पाती रहीं। वे वहाँ की शौर्यगाथाओं, लोक गीतों, भजनों और लोरियों से न केवल परिचित थीं वरन् उनपर उन्हें गर्व तथा प्रसन्नता थी। वे इटली की मुख्य भूमि से कटे हुए नूरो की परम्पराओं और दन्तकथाओं से पूर्णतः सराबोर थीं। उनके प्रारम्भिक कार्य पर यहाँ के लोक गीतों का स्पष्ट प्रभाव नजर आता है। वे अपने काम में अपने गाँव के तौर-तरीकों को यूँ ही प्रस्तुत नहीं कर देती हैं, वे उसका मुआयना करती हैं।

18वीं सदी के मध्य में यूरोप के साहित्य में एक नया आन्दोलन उठ खड़ा हुआ। उस समय के लेखक ग्रीक और रोमन साहित्य के आदर्शों पर चलते-चलते तंग आ चुके थे। उन्हें किसी नयी चीज की तलाश थी। संयोग से उसी समय रूसो का 'प्रकृति की ओर लौट चलो' का आह्वान प्रारम्भ हुआ। मनुष्य का उसकी प्राकृतिक अवस्था में सभ्यता से अछूते मनुष्य की आराधना एक युगान्तकारी घटना थी। इन्हीं के बीच से एक नये स्कूल की शुरुआत हुई। इस नये आन्दोलन का फल हुआ स्थानीयता की साहित्य में प्रमुखता। और इटली के साहित्य में इसकी प्रवक्ता बनी डेलेडा। डेलेडा के कार्य को समीक्षक 'वेरिस्मो' (यथार्थवाद) की श्रेणी में रखते हैं। इटली में 19वीं सदी में इस साहित्यिक आन्दोलन का प्रारम्भ हुआ जो प्रकृतिवाद से जुड़ा था और जिसका जोर प्रेम, पाप, अपराधबोध तथा मृत्यु जैसी संवेदनाओं और अतार्किक विषयों से था। डेलेडा की रचनाओं में ये तथ्य प्रचुर मात्रा में मिलते हैं। समीक्षक मानते हैं कि ग्राज़िआ डेलेडा सामान्य स्त्री-पुरुष के जीवन में जो रुचि दिखाती हैं, ग्रामीण जनजीवन रीति-रिवाजों का चित्रण करती हैं, यह सारा चित्रण उन्हें लेखक गिओवानी वर्गा से जोड़ता है। गिओवानी वर्गा (1840-1922) ने सिसली के जनजीवन को अपने लेखन का केन्द्र बनाया है। वह क्षेत्रीय जीवन का रचनाकार है। उसका लेखन इतना प्रभावशाली है कि उसने कई गद्य लेखकों को प्रभावित किया है। गिओवानी वर्गा इटली का

प्रसिद्ध उपन्यासकार, कहानीकार और नाटककार है। वह यथार्थवादी आन्दोलन का प्रमुख हस्ताक्षर माना जाता है। उसका जन्म एक जमींदार परिवार में हुआ। पहले वह रोमांटिक, फैशनेबल रचनाएँ कर रहा था परन्तु बाद में उसने सिसली के किसानों और मछुआरों के जीवन का सच्चा चित्रण प्रारम्भ किया। इन बाद की रचनाओं में उसने जिस विस्तार से और नाटकीय अन्दाज में वहाँ के जनजीवन, रीति-रिवाजों का चित्रण किया, वह अनुकरणीय बन गया। उसका लेखन कुशल निरीक्षण पर आधारित है, जिसने द्वितीय विश्वयुद्ध के बाद के कई लेखकों तथा नवयथार्थवादी सिनेमा के प्रणेता लुसिनो विस्कोंटी जैसे फिल्म निर्देशकों को प्रेरित किया। उससे प्रभावित होकर लुसिनो विस्कोंटी ने 'ओसेसिओन', 'बेलीसिमा', 'द अर्थ ट्रेम्बल्स' जैसी फिल्में बनायी। उनकी फिल्म 'द अर्थ ट्रेम्बल्स' (ला टेरा ट्रेमा) गियोवानी वर्गा के उपन्यास 'आई मालावोग्लिया' पर आधारित है। गियोवानी वर्गा के उपन्यासों और कहानियों का डी.एच. लॉरेंस ने अनुवाद किया। इसी रचनाकार से डेलेडा भी प्रभावित थीं।

ग्राज़िआ डेलेडा की रचनाओं में उनके प्रदेश के जीवन का गहराई, सहानुभूति तथा स्पष्टता के साथ चित्रण है। ये रचनाएँ मानवीय समस्याओं को उठाती हैं। भले ही उनके पात्र एक लघु भौगोलिक सीमा में निवास करते हैं। उनकी इन्हीं प्रेरणादायक, आदर्शवादी रचनाओं के लिए उन्हें 1926 का साहित्य का नोबेल पुरस्कार प्रदान किया गया। नोबेल पुरस्कारों का यह शुरुआती दौर था। उस समय तक एल्फ्रेड नोबेल की वसीयत में प्रयुक्त 'आदर्श' शब्द का बहुत संकीर्ण अर्थ लिया जाता था और रचनाओं को पुरस्कार के लिए चयनित करते समय इस बात का खास ध्यान रखा जाता था कि पुरस्कार केवल उन्हीं रचनाकारों को दिये जाएँ जिनकी रचनाएँ एक खास श्रेणी की हों। इसी कारण कई उत्कृष्ट रचनाकार इस पुरस्कार से वंचित रह गये। ख़ैर, समिति ने इन गुणों को डेलेडा की रचनाओं में पाया और उन्हें नोबेल पुरस्कार के सम्मान से नवाज़ा गया। इस कार्य के लिए नोबेल समिति ने उनके अधुनातन उपन्यास 'द फ्लाइट इनटू इज़िप्ट' को लिया था। नोबेल पुरस्कार के इतिहास में नोबेल पुरस्कार प्राप्त करनेवाली वे दूसरी महिला साहित्यकार थीं।

इसके सत्रह साल पहले महिला साहित्यकार सेलमा लेगरलॉफ को 1909 में साहित्य का नोबेल पुरस्कार मिला था। वे नोबेल पुरस्कार प्राप्त करनेवाली पहली महिला रचनाकार थीं।

तेरह वर्ष की उम्र में उन्होंने 'संगू रास्डो' (सारडेनियन ब्लड) एक त्रासद कहानी लिखी जो एक रोमन न्यूजपेपर के फैशन पेज पर प्रकाशित भी हो गयी। गाँव में इस घटना से तूफान आ गया। उनकी इस गुस्ताखी से गाँववाले सन्न रह

गये। उन लोगों को उनकी यह उद्दंडता पसन्द न आयी क्योंकि उनके अनुसार स्त्री का कार्य और स्थान घर के भीतर होता है। उसे अपनी घरेलू जिम्मेदारियों के अलावा किसी अन्य बात में रुचि लेने की कोई आवश्यकता नहीं होनी चाहिए। नतीजन डेलेडा की खूब आलोचना हुई। डेलेडा ने इन बातों की परवाह न की और लिखने में जुटी रहीं। यह कहानी एक प्रेम त्रिकोण थी। 1889 तक उनकी कहानियाँ मिलन तथा रोम की पत्रिकाओं में प्रकाशित होती रहीं। तबतक वे मात्र कहानियाँ लिख रही थीं। उनके प्रारम्भिक कार्यों पर उनके प्रदेश की लोककथाओं, लोकगीतों का पर्याप्त प्रभाव परिलक्षित होता है।

इस नैसर्गिक वातावरण के प्रभावस्वरूप उनमें जीवन के प्रति एक निष्कपट, एक अनोखा और आदिम दृष्टिकोण विकसित हुआ। सारडीनिया के समाज की कई बातें हमारे देश की बातों से मिलती-जुलती हैं। जैसे एक समय हमारे यहाँ चौर कर्म एक कुशलता माना जाता था, वैसे ही उनके यहाँ भी डकैती को सामाजिक रूप से अपराध नहीं माना जाता था। न ही डकैत होना कोई शर्म की बात थी। उनके एक उपन्यास में एक वृद्धा किसान स्त्री कहती है, "तुमको लगता है कि डकैत बुरे होते हैं?" "तुम गलत हो। बस, उन लोगों को अपनी चतुराई प्रदर्शित करनी है। प्राचीनकाल में लोग युद्ध करने जाते थे, आजकल युद्ध नहीं होते हैं, पर लोगों को अब भी लड़ना है। इसीलिए वे बन्धक बनाते हैं, चोरी करते हैं और पशु चराते हैं, किसी बुराई के लिए नहीं, केवल अपनी क्षमता और ताकत दिखाने के लिए।" इसीलिए डकैत लोगों की सहानुभूति पाता है। अगर वह पकड़ा जाता है और जेल में डाला जाता है तो इसके लिए किसानों में एक खास कहावत है, 'वह परेशानी में पड़ गया है।' और जब वह छूटता है तो उसके माथे पर कोई कलंक नहीं होता है। उसके चरित्र पर कोई बट्टा नहीं लगता है। असल में जब वह गाँव लौटता है तो लोग यह कहते हुए उसका स्वागत करते हैं कि ऐसी मुसीबत आज से सौ साल बाद आये। इसी तरह खानदानी दुश्मनी वहाँ का खास रिवाज है। बदला लेनेवाले का प्रतिरोध करना बुरा माना जाता है। जो व्यक्ति पुश्तैनी बैर निभाता है समाज में उसकी इज़्ज़त होती है। खून का बदला खून, शान की बात मानी जाती है। शत्रुता पाली जाती है। जिसके सिर पर तिगुना इनाम होता है उससे भी कोई गाँववाला धोखा नहीं करता है। केवल एक नियम चलता है, व्यक्ति की ताकत का सम्मान करो और समाज के न्याय की अवज्ञा।

उपन्यासकार के रूप में उन्होंने 1891-92 में 'फिओर डी सार्डेग्ना' (फ्लॉवर ऑफ सारडेनिया) लिखकर अपनी यात्रा प्रारम्भ की। उन्हें 1895 में लिखे अपने दूसरे उपन्यास 'ऑनेस्ट सोल्स' से ख्याति मिली। इसी बरस आये 'ट्रेडिजियोनी पोपोलारी डी नूरो इन सारडेग्ना' में उन्होंने अपने गाँव के रीति-रिवाजों का जायज़ा

लिखा है। स्वयं उनके अनुसार उनको पहली बार असली सफलता 1903 में मिली जब उनका 'एलियास पोर्टोलो' आया जिसका यूरोप की करीब-करीब सब भाषाओं में अनुवाद हुआ। अनुवाद के द्वारा उनकी रचनाएँ उनके देश के बाहर पहुँचीं। उन्हें इटली की सर्वोच्च युवा महिला लेखक स्वीकारा गया। उन्हें स्वयं भी अनुवाद करने से एतराज़ न था। उन्होंने तकरीबन प्रति वर्ष एक पुस्तक के प्रकाशन के साथ-साथ बाल्ज़ाक के 'यूजीन ग्रैंडेट' का इटैलियन भाषा में अनुवाद किया। 'द ओल्डमैन ऑफ द माउंटेन', 'हेट विंस', 'ऐशेस', 'द इविल वे', 'आफ्टर द डिवर्स', 'दि आइवी', 'ऑवर मास्टर', 'अप टू द लिमिट', 'इन द डेजर्ट', 'ड्वस ऐंड फॉल्कंस', 'कैंस इन द विंड', 'दि अदर्स फॉल्ट्स', 'द मदर', 'द फ्लाइट इनटू इजिप्ट', 'द डांस ऑफ द नेकलेस', 'टू द लेफ्ट', 'अ सीक्रेट ऑफ द सोलिटरी मैन', 'द गॉड ऑफ द लिविंग', 'द फायर,' 'इन दि ऑलिव ग्रोव' आदि ढेर सारे उपन्यास उन्होंने रचे। उनके लेखन में निरन्तर प्रौढ़ता आती गयी। नोबेल पुरस्कार प्राप्ति के बाद भी उनका लिखना जारी रहा।

कई लेखकों को जब नोबेल पुरस्कार प्राप्त होता है तब तक उनका लिखना चुक जाता, होता है। वे अपना बेहतरीन कार्य समाप्त कर चुके होते हैं जैसेकि जब नजीब महफ़ूज़ या डोरिस लेसिंग को यह नोबेल पुरस्कार मिला तो वे काफी उम्र पार कर चुके थे। परन्तु डेलेडा को यह पुरस्कार पचपन वर्ष की आयु में मिला। यह बात दीगर है कि पुरस्कार प्राप्ति के बाद वे केवल दस वर्ष और जीवित रहीं और पैंसठ वर्ष की आयु में 15 अगस्त 1936 को गुजर गयीं। परन्तु वे अन्त तक लेखन में सक्रिय थीं। पुरस्कार मिलने के बाद उनके दो कहानी संग्रह प्रकाशित हुए। हालाँकि वे कई बरस जानलेवा बीमारी से ग्रसित थीं, लेकिन जीवन से लबरेज थीं। उनकी रचनाओं में बीमारी की, निराशा की कोई छाया नजर नहीं आती है। इसके विपरीत इन कहानियों में जीवन से भरा एक आशावादी दृष्टिकोण गोचर होता है। उनके लिए इस दर्दनाक समय में भी जीवन शान्त, सुन्दर और उच्च बना रहा। व्यक्तिगत तकलीफें रचना में व्यक्त विचारों को प्रभावित न कर सकीं, निराशा का पुट न ला सकीं। इनमें मानव और प्रकृति एकजुट होकर भौतिक और आध्यात्मिक कठिनाइयों को हल करने, कमजोरियों को जीतने का प्रयास करती नजर आती हैं। यही उनके लेखन का मुख्य कथानक है। उन्होंने अपनी रचनाओं में अपने प्रदेश के लोगों के कठिन जीवन और भावात्मक दुविधाओं का चित्रण किया है।

वे 1899 में नूरों से जाकर सारडीनिया की राजधानी काग्लीआरी में बस गयी थीं। यहीं उनकी मुलाकात एक सिविल सर्वेंट पाल्मीरो मैडेसानी से हुई जिनसे उन्होंने विवाह किया और उसके बाद पिता के साथ वे रोम में बस गयीं। उनके

दो बेटे हैं। शादी के बाद वे ग्राज़िआ डेलेडा से ग्राज़िआ मैडेसानी बन गयीं। अन्य बहुत सारे नोबेल पुरस्कार विजेताओं की भाँति उन्हें अपने देश से इतना लगाव था कि उन्होंने ताजिन्दगी वहीं रहकर लेखन किया। वे अपने देश को छोड़कर शायद ही कभी बाहर गयी। हाँ, उन्होंने नोबेल पुरस्कार ग्रहण करने के लिए स्कॉटहोम की यात्रा की थी।

बेनिटो मुसोलिनी का दावा था कि वह ग्राज़िआ डेलेडा की रचनाओं का घोर प्रशंसक है। परन्तु डेलेडा पर फासिज्म का प्रभाव नहीं पड़ा। उन्होंने रोम में एक कठोर जीवन बिताया। उनका दुनिया से ज्यादा सम्पर्क नहीं था। वे विदेश यात्रा पर भी नहीं जाती थीं। उनकी रचनाओं में मनुष्य और प्रकृति मिलकर एक इकाई बनाते हैं। उनके पात्र सारडीनिया की भूमि से अंकुरित होते हैं। भले ही वे कहीं भी पल्लवित हों। उनके अधिकांश पात्र खेतिहर किसान हैं जिनके पास आदिम संवेदना है। जो सरल हैं और जिनकी सोच और नजरिया आदिम है। यह आदिम संवेदना मनुष्यता से आती है और सारडीनिया की प्राकृतिक विशालता की पृष्ठभूमि के साथ उपस्थित होती है। कई पात्र इतने सरल हैं, साथ ही उनका कद इतना महान है लगता है मानो साक्षात् ओल्ड टेस्टामेंट से निकले हों। सारडीनिया की प्राकृतिक सुषमा उन्हें विस्तार प्रदान करती है। 1900 में आया 'द ओल्डमैन ऑफ द माउंटेन' उनका प्रथम प्रयास है जिसमें उन्होंने सामान्य चरित्रों का वर्णन किया है, चरित्र जो विध्वंस की ओर बढ़ते हैं। यह त्रासदी चरित्रों के यौनिक आकर्षण से जकड़ने का परिणाम है। फिर तो उन्होंने इसे ही अपनी प्रमुख थीम बना लिया। इसी त्रासदी को लेकर उन्होंने कई रचनाएँ कीं। उनका मानना था कि जब आदमी यौनाकर्षण में जकड़ जाता है तो उसका विनाश अवश्यम्भावी है। 1902 में प्रकाशित 'आफ्टर द डिवोर्स' कांटांटीनो की कहानी है। वह एक हत्या के सिलसिले में काल कोठरी में बन्द है। उसकी पत्नी गीओबना अन्त में उसे तलाक देने का निश्चय कर लेती है। एक दिन वास्तविक अपराधी जो अब मृत्यु-शय्या पर पड़ा है अपना ज़ुर्म कबूल कर लेता है और इस तरह कांटांटीनो सज़ा से बरी हो जाता है। इस तरह सत्य की जीत होती है। यह उपन्यास एक नीतिकथा है।

वैसे तो हर रचनाकार की रचना में उसका जीवन किसी-न-किसी रूप में उपस्थित होता है लेकिन कुछ रचनाएँ लेखक के जीवन से इतनी जुड़ी होती हैं कि वे आत्मकथा का रूप ले लेती हैं। उनका उत्तरवर्ती कार्य 'लैंड ऑफ द विंड' (1931) एवं 'द बैरियर' (1934) कल्पना तथा आत्मकथा का मिश्रण है। डेलेडा का 1937 में मृत्योपरान्त प्रकाशित उपन्यास 'कॉसीमा' भी इसी श्रेणी में आता है। 'द सेडार ऑफ लेबनान' भी उनकी मृत्यु के बाद 1939 में प्रकाशित हुआ।

अपने बाद के लेखन में वे अपने लेखकीय जीवन को प्रस्तुत करती हैं। एक ऐसा लेखक जो आत्म-बलिदान को जीवन का सर्वोच्च उद्देश्य मानता है और उच्च लक्ष्य की प्राप्ति के लिए सांसारिक बातों, यहाँ तक कि प्रेम का भी त्याग करता है। उनका आत्मकथात्मक उपन्यास 'कॉसीमा' एक लेखिका के जीवन की कठिनाइयों का चित्रण है। लेखन एक कठिन पेशा है जो एकाग्रता और परिश्रम की माँग करता है। रचनाकार यदि स्त्री है तो यह और भी कठिन हो जाता है क्योंकि स्त्री पर पारिवारिक और सामाजिक दबाव और जिम्मेदारियाँ कुछ भिन्न प्रकार की होती हैं। उसे लेखन और परिवार दोनों सँभालना पड़ता है। कॉसीमा उनका दूसरा नाम था। इसी काल्पनिक चरित्र के जरिए वे लेखिका बनने की इच्छा रखनेवाली एक स्त्री के जीवन में आनेवाली कठिनाइयों का वर्णन करती हैं। आज कैंसर एक जानी-पहचानी बीमारी है। उसे लेकर काफी साहित्य रचा गया है। लेकिन डेलेडा ने 1936 में इसे अपना कथानक बनाया। उन्होंने 1936 में 'द चर्च ऑफ सोलीट्यूड' स्तन कैंसर के कथानक पर रचा।

आज युग बदल चुका है लोगों की धारणाओं, मूल्यों में आमूल परिवर्तन आ चुका है। नैतिकता की परिभाषा बदल चुकी है। आज धर्म का जीवन में वही स्थान नहीं है जो एक जमाने में हुआ करता था। अत: डेलेडा के ईसाई धर्म के कट्टर और आदिम विचार आज के पाठक को शायद उतना अपील न करें। परन्तु आज भी उनकी सरल और नैसर्गिक लेखन शैली, बिना किसी आडम्बर और दिखावे के की गयी रचनाएँ पाठकों पर गहन प्रभाव डालती हैं। डेलेडा ने एनरीकोथोवेज़, पेट्रो पैनक्राज़ी तथा रेनाटो सेरा जैसे एक समय के युवा लेखकों को प्रभावित किया है।

लेखक को अपनी सब रचनाएँ प्यारी लगती हैं। उसके लिए किसी एक रचना का प्रिय रचना के रूप में चुनाव करना कठिन होता है। फिर भी जब डेलेडा से अपनी सर्वाधिक प्रिय रचना का चुनाव करने के लिए कहा जाता था तो वे 1913 में रची 'कैन एल वेंटो' को अपनी प्रिय रचना का खिताब देती थीं। यह एक कुलीन परिवार की कहानी है। यह पिंटोर परिवार धीरे-धीरे गरीबी के गर्त में समा जाता है। उनकी एक नौकरानी एफिक्स वफादारी की प्रतिमूर्ति है परन्तु उसने एक रहस्य छिपा रखा है। उसने तीन बहनों के पिता की हत्या की हुई है और वह लड़कियों की सुरक्षा का प्रयास करने को प्रतिबद्ध है। इसका प्रमुख स्वर भी नैतिक दुविधा है।

1903 में उनका एक और प्रमुख कार्य 'एलियास पोर्टोलू' आया। इसमें अपने भाई की मंगेतर के प्रेम में पड़ा एक गड़ेरिया अपनी पाप ग्रन्थि से छुटकारा पाने के लिए पादरी बनने का प्रशिक्षण लेने लगता है। अब समाज और धर्म उससे

कई नयी अपेक्षाएँ रखता है। इसी बीच उसके भाई की मृत्यु हो जाती है। उसके मन में अपने प्यार और धर्म तथा समाज की अपेक्षाओं को लेकर ऊहापोह है। एक ओर उसका प्यार है जिसके मार्ग में अब कोई बाधा नहीं है, परन्तु धर्म उससे ब्रह्मचर्य की माँग करता है। वह इन दो विरोधी भावनाओं के बीच फँसा हुआ है।

साहित्य में इडिपस कॉम्प्लैक्स की थीम को लेकर विद्वानों के बीच सदा से चर्चा रही है। माँ-बेटे के सम्बन्धों को लेकर विश्व में बहुत से रचनाकारों ने अपनी कलम चलायी है। मैक्सिम गोर्की के उपन्यास का नाम ही 'माँ' है। डी.एच. लॉरेंस का 'संस ऐंड लवर्स', थॉमस मान का 'द होली सिनर' इसी श्रेणी की प्रसिद्ध रचनाएँ हैं। डेलेडा ने इस विषय पर कई रचनाएँ की हैं। 'सेंटेरे' उनका एक ऐसा ही उपन्यास है। यह एक युवा लड़की की कहानी है जो अपने अवैध बच्चे की रक्षा की खातिर स्वयं को होम कर देती है। बच्चे के भविष्य को कोई हानि न पहुँचे इसलिए वह आत्महत्या कर लेती है। डेलेडा के इस उपन्यास पर 1916 में एक फिल्म भी बनी जिसमें इटली की प्रसिद्ध अभिनेत्री एलिनोरा डूज़ ने अभिनय किया है। वे नैतिकता की पक्षपाती हैं। उनकी यह नायिका शोषण का शिकार हुई थी परन्तु अन्त में वही अपने जीवन का बलिदान करती है। 1920 में आई उनकी कहानी 'ला मादरे' (द मदर 1923) की पृष्ठभूमि सारडीनिया का एक एकाकी गाँव है। यहाँ भी एक गरीब स्त्री कई बलिदान करती है ताकि उसका बेटा पाओलो एक पादरी बन सके। दूसरी ओर पाओलो प्रेम तथा पादरी जीवन के बीच अनिश्चय की स्थितियों में फँसा हुआ है। कहानी के अन्त में माँ एक दिन जब चर्च में सर्विस चल रही थी तब मर जाती है। जबकि उस समय उसका पादरी पुत्र वेदी से उसे देखता रहता है। गोर्की और डेलेडा की रचनाओं का शीर्षक एक होने के बावजूद दोनों बिल्कुल भिन्न हैं। 'ऐशेस' भी माँ-बेटे से सम्बन्धित उपन्यास है, जिसमें वे माँ-बेटे के सम्बन्धों की पड़ताल करती हैं।

डेलेडा की बाद की कई रचनाएँ सारडीनिया के प्राकृतिक सौन्दर्य की परिधि से बाहर निकलीं। फिर भी उनका कथानक वही नैतिकता और धार्मिकता ही बना रहा। मनुष्यता में उनका विश्वास और ईश्वर में उनकी आस्था बनी रही। उनके प्राकृतिक चित्रण का एक नमूना देखना अन्यथा न होगा। 'कैन एल वेंटो' में वे लिखती हैं, 'उसके सामने चाँद उदित हुआ और शाम की आवाजों ने कहा कि दिन का अन्त हो चुका है : एक कोयल लय में गायन, झिंगुरों की झनझनाहट, एक पक्षी की पुकार : सरकंडों की सरसराहट और उससे भी दूर से आती नदी का स्वर; लेकिन उससे भी ज्यादा एक उसाँस, एक रहस्यमय स्पन्दन जो स्वयं

धरती से आता लगता है। हाँ, आदमी के काम का दिन समाप्त हो गया। लेकिन परियों, घूमती-फिरती आत्माओं का विलक्षण जीवन प्रारम्भ हो रहा था।'

डेलेडा की शैली की तुलना यदि हम उस समय के यूरोप के अन्य साहित्यकारों से करें तो हम पाते हैं कि उनकी शैली की बुनावट और बनावट बहुत भिन्न है। उनकी जोड़ के बहुत कम साहित्यकार मिलते हैं। उनमें जीवन्तता, सरलता है। वे सजीव रंगों से प्राचीन दृश्यों को चित्रित करती हैं। उनके लेखन में एक प्रकार की सादगी और विशालता मिलती है। प्राकृतिक सुषमा, पात्रों की आन्तरिक दुनिया के साथ मिलकर एकाकार हो जाती है। वे लोगों के भावों के साथ-साथ रीति-रिवाजों, सामाजिक नियमों को अपने प्राकृतिक चित्रण में समेटती हैं। उनकी निरीक्षण शक्ति कितनी सजग थी यह उनके लेखन से ज्ञात होता है। उनके लेखन के नमूनों के तौर पर 'एलियास पोर्टोलो' के उस हिस्से का उदाहरण दिया जाता है जिसमें वे तीर्थयात्रियों के लूला पर्वत पर चढ़ाई का वर्णन करती हैं, 'वे मई की एक सुबह रवाना होते हैं। परिवार के परिवार प्राचीन चर्च की ओर चढ़ने लगे। कुछ घोड़ों की पीठ पर सवार हैं। कुछ पुरानी गाड़ियों पर। वे अपने साथ करीब एक सप्ताह चलने योग्य रसद लिये हुए हैं। धनी-मानी परिवार ऐन चर्च के बगल में डेरा डाले हुए हैं। इन परिवारों के पूर्वज चर्च के संस्थापक थे और हरेक का दीवार पर खूँटा गड़ा हुआ है और एक चूल्हा है जो बताता है कि किसका कौन-सा हिस्सा है। इस क्षेत्र में कोई और कदम नहीं रख सकता है। ये परिवार प्रत्येक शाम जब तक खाना-पीना चलता है, अपने-अपने क्षेत्र में जमा होते हैं। गर्मी की लम्बी रातों में ये चूल्हों पर खाना बनाते हैं और पौराणिक कथाएँ कहते हैं। संगीत बजाते हैं। गीत गाते हैं'। ईश्वर, चर्च और धर्म पर भी गरीब और अमीर का बराबर का अधिकार नहीं है। इन पर भी अमीरों का आधिपत्य है और यह डेलेडा की नजर से नहीं चूका है।

इसी तरह वे सारडीनिया की अनोखी विवाह पद्धति तथा अन्तिम संस्कार का विवरण भी अपने उपन्यासों में देती हैं। ये विवरण हमारे देश के कुछ हिस्सों की परम्परा और रीति-रिवाज से काफी मिलते-जुलते हैं। ठीक हमारी अपनी संस्कृति की भाँति ही वहाँ भी जब किसी की मृत्यु हो जाती है, सारे कार्यकलाप ठप्प पड़ जाते हैं। सारे दरवाजे बन्द कर दिये जाते हैं। खिड़की रोशनदान भी बन्द कर दिये जाते हैं। चूल्हे नहीं जलते हैं। किसी को खाना बनाने की इजाजत नहीं होती है। और हमारे देश के कुछ प्रदेशों की भाँति वहाँ भी रोनेवालों (रुदाली) को किराये पर बुलाया जाता है। ये पेशेवर रोनेवाले लोग मृत्यु वाले घर में मातम मनाते हैं। इसे पढ़कर गोविन्द निहलानी की 'रुक्मा बाई की हवेली' फिल्म आँखों के सामने घूम जाती है। वैसे बेनेगल ने भी फेडरिको गार्शिया लोर्का के 'हाउस

ऑफ बर्नडा अल्वा' का भारतीयकरण किया है।

डेलेडा यथार्थवाद और आदर्शवाद का अनूठा सम्मिश्रण प्रस्तुत करती हैं। आदिम रीति-रिवाजों का सजीव व सरल चित्रण उन्हें होमर की शैली में ला खड़ा करता है। वे न तो थीसिस लिखती हैं, न ही समस्याओं का विश्लेषण प्रस्तुत करती हैं। बल्कि रोजमर्रा के जीवन से, जीवन-संघर्षों से, स्वयं को जोड़े रखती हैं। एक बार जब किसी ने इस बात पर टिप्पणी की तो उनका उत्तर था कि वे अतीत से बिलाँग करती हैं, अतीत से गहरा जुड़ाव अनुभव करती हैं। अपने लोगों के इतिहास में रुचि रखती हैं। यह उनपर उनके पिता के प्रभाव को दर्शाता है जो एक पुरातत्त्ववेत्ता थे। उनके लेखन में अतीत वर्णन के अलावा एक विशेषता और है, वे अतीत से लगाव रखती हैं। उसका वर्णन करती हैं। परन्तु वहीं ठहर नहीं जाती हैं। वर्तमान की खोज-खबर लेती रहती हैं। वर्तमान में कैसे जीना है, उसे कैसे प्रत्युत्तर देना है, यह भी वे जानती हैं। यह सही है कि उनकी रुचि सिद्धान्तों में नहीं है, पर मानव जीवन में उनकी गहन रुचि है। उन्होंने लिखा है कि जीवन की धीमी मौत हमारी सबसे बड़ी यन्त्रणा, सबसे बड़ा सन्ताप है। इसीलिए हम जीवन को धीमा कर देने की कोशिश करते हैं। हम इसे सघन कर देते हैं जो इसे सम्भवतः समृद्ध अर्थ देता है। आदमी को अपने जीवन से ऊपर जाने का प्रयास करना चाहिए। जैसे समुद्र के ऊपर बादल होते हैं। क्योंकि जीवन इतना समृद्ध लगता है इसी खास कारण से वे उसकी प्रशंसा करती हैं।

उन्होंने अपने समय के किसी भी राजनीतिक, सामाजिक अथवा साहित्यिक विवाद में हिस्सा नहीं लिया। न ही इनमें से किसी विवाद में किसी भी पक्ष का साथ दिया। वे सामाजिक, राजनीतिक तथा साहित्यिक विषयों में निरपेक्ष रहकर अपना लेखन करती रहीं। दुनिया की हलचलों से दूर एकान्त में अपने लोगों को, उनकी दुनिया को साहित्य में दर्ज करती रहीं। वे कहती हैं कि मुझे नियति ने एकाकी सारडीनिया में पैदा किया है। अगर मैं रोम या स्कॉटहोम में पैदा होती तब भी भिन्न न होती। सदा वही रहती जो मैं हूँ, एक आत्मा जो जीवन की समस्याओं से आवेशित रहती है और जो मनुष्यों को वैसा ही देखती है जैसे वे हैं। जबकि वह विश्वास करती है कि वे बेहतर जीवन व्यतीत कर सकते हैं। उनके इस जीवन के लिए कोई और नहीं वे स्वयं जिम्मेदार हैं। पृथ्वी पर ईश्वर के राज्य को रोकने के लिए वे स्वयं जिम्मेदार हैं। इस धरती पर सब चीजों में घृणा और खून है। दर्द है। लेकिन शायद एक दिन ऐसा आएगा जब सबकुछ प्रेम और सदिच्छा से जीत लिया जाएगा। वे निराश नहीं हैं। आशा से भरी हुई हैं। धर्म का उनके जीवन में बहुत महत्त्वपूर्ण स्थान है। वे ईसाई धर्म में पूर्णतः विश्वास करती हैं तथा मानती हैं कि एक दिन इस पृथ्वी पर स्वर्ग यानी ईश्वर

का राज्य होगा। वे उदास होती हैं परन्तु आशावादिता का दामन कभी नहीं छोड़ती हैं। उन्हें पक्का विश्वास है कि एक दिन बुराई पर अच्छाई की जीत होगी। क्या इसी आशा पर यह पृथ्वी नहीं टिकी हुई है? क्या इसी आशा पर मनुष्य का जीवन नहीं टिका हुआ है?

एक लेखक के रूप में उनके सारे कार्यों पर जो बात हावी है वह बहुत स्पष्ट रूप से उनके उपन्यास 'ऐशेस' के अन्त में दीखती है। इसमें एनानिया की माँ बर्बाद हो जाती है। बेटे की राह में वह रोड़ा न बन जाए, इसलिए वह अपना जीवन समाप्त कर देती है। अब वह अपने बेटे के सामने मृत पड़ी है। जब वह एक छोटा बच्चा था, उसकी माँ ने उसे एक ताबीज दिया था। वह उसे खोलकर देखता है, उसमें केवल राख है। हाँ, केवल राख : जीवन, मृत्यु, आदमी, नियति जिसने उसे बनाया था वह भी मात्र राख है। यह पढ़कर लगता है कि निहिलिज्म की परिभाषा लिखी जा रही हो। पर वे यहीं नहीं रुकती हैं। आगे इसी में वे लिखती हैं कि अन्तिम समय में वह उसके सामने खड़ा है जो जीवन में सर्वाधिक महत्त्वपूर्ण प्राणी थी। जिसने बुराई के समस्त व्यापक मुखड़े देखे थे। लेकिन स्वयं वह किसी और की अच्छाई के लिए मर मिटी। किसी और की भलाई एवं प्रसन्नता के लिए अपने प्राण त्याग गयी। वह स्मरण करता है कि अक्सर राख के बीच से एक चिंगारी निकलती है। एक पवित्र लौ निकलती है। वह आशा करता है। वह जीवन से अब भी प्रेम करता है। ग्राज़िआ डेलेडा की रचनाओं को उनकी दुनिया के बरक्स देखने-समझने की आवश्यकता है। उन्हीं सन्दर्भों में उनकी सही जाँच-परख हो सकती है। गुजरे जमाने की रचनाएँ होने के बावजूद उनकी रचनाएँ स्थान-काल की सीमा तोड़कर सार्वभौमिकता में विस्तार पाती हैं।

सिग्रिड अंडसेट

ऐतिहासिक गाथाओं को आधुनिकता में पिरोती

"लिखना मेरे लिए बोलने से ज्यादा आसान है। खासकर अपने विषय में बोलने में मुझे बहुत अरुचि है।"

—सिग्रिड अंडसेट

बहुत कम रचनाकार होते हैं जिन्हें भरी युवावस्था में नोबेल पुरस्कार मिलता है और पुरस्कार प्राप्ति के बाद भी वे सक्रिय रहते हैं। साहित्य में अपना योगदान करते रहते हैं। 2006 में ओरहान पामुक को यह बहुत कम उम्र में मिला। वैसे अभी तक सबसे कम उम्र में नोबेल पानेवाले व्यक्ति लॉरेंस हैं, मगर उन्हें 1915 में साहित्य के लिए नहीं वरन् फिजिक्स के लिए नोबेल पुरस्कार मिला था। 1928 में भी ऐसा ही सिग्रिड अंडसेट के साथ हुआ। जब उन्हें साहित्य का नोबेल पुरस्कार मिला वे मात्र अड़तालीस साल की थीं। वे नोबेल पुरस्कार पानेवाली नार्वे की तीसरी साहित्यकार हैं। इसके पहले दो अन्य लेखकों (क्नूत हाम्सुन और ब्योर्नस्टेर्न ब्योर्नसन) को यह मिल चुका था। नोबेल पुरस्कार पानेवाली वे तीसरी महिला साहित्यकार हैं। नोबेल प्राप्ति के पश्चात उन्होंने काफी कुछ लिखा। 'द हैप्पी एज', 'द गारलेंड', 'द मिस्ट्रेस ऑफ हसाबाई', 'द क्रॉस', 'द मास्टर ऑफ हेस्टविकेन', 'ओलाव अऊडसन एंड हिस चिल्ड्रेन' आदि तमाम पुस्तकों की रचनाकार सिग्रिड अंडसेट का जन्म 1882 में डेनमार्क के कालुंडबर्ग में हुआ था। उनका कहना है कि उनके पिता का परिवार ओस्टर्डेलन से आया। जिस पूर्वज के बारे में ज्ञात है वह 1730 में एटना नदी की घाटी में आ बसा। यहीं उसने खेती प्रारम्भ की। जब तक सिग्रिड अंडसेट के बाबा वहाँ से बाहर न निकले ये लोग वहीं रह रहे थे। सिग्रिद के बाबा ट्रोंधजेम में अपनी नौकरी के सिलसिले में आये। वे वर्क हाउस के वार्डन थे। उनका नाम हाल्वोर हाल्वोरसन था। लेकिन उन्होंने अपना नाम बदलकर हाल्वोर अंडसेट रख लिया। वे जहाँ रह रहे थे उसी

स्थान के नाम को उन्होंने ग्रहण कर लिया। उनकी मृत्यु के बाद सिग्रिड की दादी बहुत दिनों तक वहीं रहीं। सिग्रिड अंडसेट के पिता का नाम इंगवॉल्ड मार्टिन अंडसेट था। 1881 में उनके पिता ने 'द बिग्निंग्स ऑफ दि आयरन एज इन नॉर्दन यूरोप' विषय पर डॉक्टरेट किया था। और उसी साल उनके पिता ने शादी की। शादी के पहले सिग्रिड की माँ का नाम शार्लोट गिथ काल्लुंडबोर्ग था। सिग्रिड के नाना डैनिश अटर्नी थे। पता नहीं किन कारणों से उनकी माता के परिवार के लोग अट्ठारहवीं सदी के अन्त में डेनमार्क में बस गये थे। चूँकि उनके पिता का परिवार यूरोप के लगभग सब हिस्सों में घूम चुका था। अतः उनके पिता ने काल्लुंडबोर्ग में अपना डेरा डाला। वहीं से उन्होंने अपना नाम चुना। बीमारी के कारण सिग्रिड के पिता को अपना यूरोप का घूमनेवाला काम छोड़ना पड़ा और वे लोग स्थान परिवर्तन के लिए मजबूर हुए। जब वे दो साल की बच्ची थीं उनका परिवार नॉर्वे के क्रिस्टिअनिआ में आ बसा। क्रिस्टिअनिआ का नाम 1924 में बदलकर ओस्लो हो गया। इसे आजकल ओस्लो कहते हैं।

सिग्रिड अंडसेट के पिता इंगवाल्ड एक पुरातत्त्ववेत्ता थे और माँ एना शार्लोट एक डेनिस एटर्नी की सबसे बड़ी बेटी थी। सिग्रिड तीन बहनों में सबसे बड़ी थी। वैसे तो यह सामान्य बात है कि बेटियाँ पिता से प्रभावित होती हैं मगर सिग्रिड पर यह प्रभाव कुछ ज्यादा ही था। पिता ने भी इस बात को जाना-समझा था। बेटी को उसकी रुचि के विषय में बढ़ावा दिया। सिग्रिड पर पिता के चलते उनकी रुचि मध्यकालीन इतिहास, गाथाओं, वीरगाथाओं तथा स्कैंडिनेविया की मिथलॉजी में हो गयी। ऐसा नहीं कि सिग्रिड ने अपनी माँ से कुछ नहीं लिया। माँ से उन्होंने सामान्य जीवन की सच्चाइयों को सीखा। उनकी माँ की, धर्म के प्रति बहुत कटु अभिवृत्ति थी। मगर इसको उन्होंने कभी ग्रहण नहीं किया। 1884 में उनके पिता ने म्युजियम ऑफ एंटिक्युटीज में एक पद सँभाला। यह म्युजियम क्रिस्टिआनिआ विश्वविद्यालय का हिस्सा था।

उनके परिवार वाले इतने प्रगतिशील विचारों के थे कि उन्होंने अपनी लड़कियों को सह शिक्षा वाले स्कूल में भेजा। बचपन में उन्हें पढ़ने के लिए मिसेज रागन नेल्सन के स्कूल भेजा गया। उनकी बहनें भी वहीं गयीं। उनके पिता चाहते थे कि बेटियों को अच्छी शिक्षा प्राप्त हो। वे सिग्रिड में बहुत सम्भावना देख रहे थे अतः उसकी शिक्षा के लिए खासतौर पर उत्सुक थे। चाहते थे कि वह अच्छी शिक्षा प्राप्त करे और उनके नक़्शे-क़दम पर चले। यह स्कूल को-एडूकेशनल था और प्रोग्रेसिव (प्रगतिवादी) एडूकेशनल विचारों के प्रति समर्पित था। इसका युवा सिग्रिड के व्यक्तित्व पर बहुत गहरा प्रभाव पड़ा। इसने उन पर इस तरह के विश्वासों के प्रति अविश्वास की अमिट छाप डाल दी। वे कहती हैं ऐसा नहीं

था कि वे मिसेज नेल्सन को नापसन्द करती थीं और ऐसा भी नहीं था कि वे मन की अच्छी न थीं। अपने सिद्धान्तों के प्रति जैसा लगाव वे प्रदर्शित करती थीं सिग्रिड का उन सिद्धान्तों के प्रति ऐसा लगाव नहीं था। ऐसा न होते हुए भी उन्हीं सिद्धान्तों ने युवा सिग्रिड को असीमित संशयों और सन्देहों से भर दिया। पता नहीं क्यों तब और बाद में एक लम्बे समय तक वे इनसे ग्रसित रहीं। बहुत बाद में उन्होंने अपने संशयों का हल खोज निकाला। लेकिन उस समय तो वे भरी बैठी रहतीं और मौका मिलते ही मिसेज नेल्सन का विरोध करतीं। नेल्सन तीनों बहनों को मुफ्त शिक्षा देती थीं। उन्हें सिग्रिड का अपने प्रति भाव ज्ञात था। इसीलिए एक दिन उन्होंने सिग्रिड को बुलाया और कहा कि तुम स्कूल में इतनी कम रुचि लेती हो और बहुत सारे बच्चे इससे (फ्री एडुकेशन) लाभ उठा सकते हैं। क्या तुम एंट्रेंस एक्जाम देना चाहोगी? सिग्रिड उस समय चौदह साल की थी मगर उन्हें मालूम था कि क्या करना है। उन्होंने नेल्सन को उत्तर दिया, 'नहीं थैंक यू'। पहले तो नेल्सन को यह उत्तर अजीब लगा पर बाद में उन्होंने कहा कि ठीक है तब तुम एक वयस्क की तरह अपना भविष्य तय करो। सिग्रिड जानती हैं कि उनका उत्तर बहुत कटु था लेकिन उनको अपने उत्तर का कभी अफसोस नहीं हुआ। नेल्सन ने उनकी छोटी बहनों की शिक्षा (मुफ्त) जारी रखी। माँ ने कोई विकल्प न देखते हुए उनका नाम कमर्शियल स्कूल में लिखा दिया। यहाँ भी सिग्रिड को अच्छा नहीं लगता था, पर यहाँ लोगों की उनसे कोई अपेक्षा न थी।

वे अपने पिता के बहुत करीब थीं। मगर जीवन अपने ढंग से चलता है। जब वे मात्र 11 साल की बालिका थीं, उनके पिता चल बसे। पिता की उम्र तब केवल 43 साल थी। पिता भयंकर रूप से बीमार रहते थे मगर उन्होंने पिता से पुरातत्त्व का रहस्य जाना और स्कैंडिनैवियन लोकगीत और लोक गाथाओं की जानकारी प्राप्त की। उनके पिता की मृत्यु 1893 में हो गयी। आमदनी का कोई जरिया न था और उनकी माँ को अकेले तीन बच्चों की देखभाल करनी थी। सिग्रिड के बचपन और किशोरावस्था पर इन बातों का बड़ा गहरा असर पड़ा। कहाँ तो वह खूब पढ़ने, कॉलेज-यूनिवर्सिटी जाने के सपने देख रही थी और कहाँ परिवार पर यह विपत्ति आ पड़ी। नतीजन उन्हें अपने सपनों को दरकिनार कर परिवार के भरण-पोषण के लिए अपनी माँ का हाथ बँटाने में लगना पड़ा। वे बड़ी बेटी थीं उन्हें अपनी छोटी बहनों की देखभाल करनी थी। मन मारकर नौकरी की। वैसे इस दौरान भी वे किसी तरह समय निकालकर लिखना-पढ़ना कर रही थीं। उन्होंने सोलह वर्ष की उम्र से एक बड़ी इंजीनियरिंग कम्पनी में सेक्रेटरी का काम किया। उन्होंने यह काम दस साल तक किया। कम्पनी में काम करना उन्हें बड़ा

बुरा लगता था। काम मन लायक़ न था। उन्हें लगता था कि वे अपना कीमती वक्त बेकार के काम में ज़ाया कर रही हैं। ऑफिस के दस साल आसान न थे पर उन्होंने एक लेखक को पैदा करने में महत्त्वपूर्ण भूमिका निभायी थी। यहाँ के अनुभवों ने उन्हें सामान्य व्यक्ति के जीवन की जानकारी दी। ये लोग भले ही हीरो न थे मगर इतने साहसी थे कि खतरा उठाकर भी अपनी खुशियाँ प्राप्त करना जानते थे। वैसे सिग्रिड बहुत लोगों से मिलती-जुलती नहीं थी। वह बहुत शर्मीली और अन्तर्मुखी किस्म की लड़की थी। लेकिन उसके पास अवलोकन की बहुत तीव्र दृष्टि थी जिनसे वह बड़ी बारीकी से लोगों की निरीक्षण करती थी जो लिखने का एक बहुत बड़ा गुर है। वह अपने शहर में पैदल खूब घूमती। लम्बी-लम्बी सैर करती। वह अपने शहर को कई लोगों से ज्यादा जानती थी। और यह सारा जानना उनके प्रारम्भिक उपन्यासों में बखूबी आया है। उन्हें इस बड़ी कम्पनी में काम करते हुए अनुभव मिला कि काम को कैसे क्रमबद्ध तरीके से किया जाना चाहिए। साथ-ही-साथ सचिव के काम ने उन्हें एक कुशल टाइपिस्ट बना दिया जो आगे चलकर उनके लेखन में बहुत सहायक सिद्ध हुआ। इन अनुभवों ने उन्हें अपना घर-बार सँभालने में सहायता की, साथ ही जब वे नॉर्वे के लेखक समाज की चेयरपर्सन बनीं तो उन्होंने बड़ी कुशलता से अपना दायित्व निभाया। इसने उन्हें अपने सीरियल उपन्यास लिखने में भी सहायता दी।

जब वे काम कर रहीं थी तो जो भी समय मिलता उसका एक-एक पल लिखने-पढ़ने में लगातीं। देर तक रात, सप्ताहान्त तथा सारी छुट्टियों का उपयोग अपने साहित्यिक काम के लिए सँभालकर रखतीं। सोलह साल की उम्र में उन्होंने अपना पहला उपन्यास लिखने का प्रयास किया, इसमें उन्होंने नार्वे के मध्यकाल को अपना विषय वस्तु बनाया। इस बीच उन्होंने नॉर्वे के साहित्य को पढ़ा और विदेशी साहित्य, ख़ासकर इंग्लिश साहित्य का भी अध्ययन किया। शेक्सपियर ने उन्हें अभिभूत किया, चौसर के 'द कैंटबरी टेल्स' पढ़कर उन्हें उत्साह मिला। किंग ऑर्थर की गाथाओं ने उन्हें आकर्षित किया। उन्होंने अपने यहाँ के लेखकों में विशिष्ट रूप से इब्सन, अगस्ट स्ट्रिंडबर्ग और ब्रैंडस को पढ़ा। उन्हें ब्रॉन्टी बहनें और जेन ऑस्टिन बहुत अच्छी लगती थीं। वे लेखन को अपना भाग्य मानती थीं। उन्होंने इस कला को साधने के लिए खूब मेहनत की। नौकरी छोड़ने तक उनकी दो किताबें प्रकाशित हो चुकी थीं। 1907 में उनकी पहली किताब आयी और 1908 में 'द हैप्पी एज' प्रकाशित हुई। उन्हें एक स्कॉलरशिप मिली और उसके तहत वे जर्मनी और इटली गयीं।

वे खूब जमकर मेहनत कर रही थीं, दिन में 18-18 घंटे काम करतीं। जब वे 20 साल की थीं, उन्होंने स्वीडन के अपने मित्र को लिखा कि आजकल वे

मध्य युग की पृष्ठभूमि पर एक उपन्यास लिखने में डूबी हुई हैं। दो साल बाद उन्होंने अपनी पांडुलिपि एक प्रसिद्ध प्रकाशन गृह, गायलडेंडल को भेजी। प्रकाशक पीटर हैनसेन ने बड़ा रूखा-सा जवाब दिया। उसने उत्तर दिया कि तुम ऐतिहासिक उपन्यासों पर अपना हाथ मत आजमाओ, यह तुम्हारे बस का नहीं है। लेकिन प्रकाशक ने उन्हें तात्कालिक विषय पर लिखने की सलाह दी। पक्के निश्चय वाली सिग्रिड प्रकाशक की बात से निराश नहीं हुईं उसने साहस के साथ फिर लिखना प्रारम्भ किया। इस बार सलाहानुसार उन्होंने तत्कालीन, आधुनिक नॉर्वे के जीवन पर एक उपन्यास लिखा। अपनी इस पांडुलिपि को उन्होंने एक दूसरे प्रकाशक को भेजा जिसने 'मिसेज मार्टा औली' को स्वीकार कर तत्काल प्रकाशित किया। उपन्यास की पहली ही पंक्ति थी, 'मैं अपने पति के प्रति बेवफा रही हूँ' ज़ाहिर है कि साहित्यिक जगत में इसकी चर्चा होनी थी। खूब चर्चा हुई।

पहली किताब आ गयी और उसकी चर्चा भी हुई मगर सिग्रिड के मन में पहले प्रकाशक की कही बात चुभ रही थी। उन्होंने इसे चुनौती के रूप में लिया और दो साल बाद एक ऐतिहासिक उपन्यास तैयार था। अपने इस उपन्यास को उन्होंने ग्यारहवीं सदी के उत्तरार्द्ध में सजाया था। 'गनर्स डॉटर' तेजी से चलने वाला एक छोटा-सा उपन्यास है। पूरी कहानी मात्र 150 पन्नों में सिमटी हुई है। मगर इन्हीं पन्नों में पैशन और उग्रता भरी हुई है। सबसे बड़ी बात यह है कि इसे 26 साल की एक अनुभवहीन लड़की ने लिखा था। पिता से मिले लगाव के कारण उन्हें प्राचीन गाथाओं का अच्छा-खासा ज्ञान था, उसी ज्ञान का उन्होंने इसमें उपय़ोग किया। यह वह समय था जब उनका देश ईसाइयत और मूर्तिपूजक ग़ैर-ईसाई धर्म से बाहर निकल रहा था।

'गनर्स डॉटर' आइसलैंड के साहसी योद्धा और नॉर्वे के एक उच्चकुल की युवती के जीवन की कहानी है। मगर यह ऐतिहासिक प्रेम कहानी मात्र नहीं है। आज के उपन्यास के सारे तत्त्व इसमें उपस्थित हैं। पाठक आधुनिक जीवन की सारी समस्याओं को इसमें पाता है। बलात्कार, प्रतिकार, नागरिक और पारिवारिक अत्याचार, वैवाहिक जीवन की परेशानियाँ, इन परेशानियों में पिसनेवाले बच्चे, माता-पिता की ग़लतफ़हमी के शिकार बच्चे। क्या नहीं है इस उपन्यास में! वे गाथाओं में प्राप्त बातों को यथार्थ के परिप्रेक्ष्य में प्रस्तुत करना चाहती थीं। ऐतिहासिक गाथा में ये सारी बातें बहुत रोमांटिक लगती हैं मगर जब यही बातें वास्तविक जीवन में, रोज़मर्रा के जीवन में घटित होती हैं तो बिल्कुल अलग नजर आती हैं। इस उपन्यास में भावुकता के दर्शन कहीं नहीं होते हैं। सिग्रिड का चित्रण बहुत प्रभावशाली बन पड़ा है। जिस कुशलता से वे समुद्री लड़ाई का चित्रण करती हैं, उसी कुशलता से उन्होंने छोटे बच्चे के प्रति एक माँ के कोमल प्रेम का वर्णन

किया है। भावुकता से दूर रहकर वे बड़ा तटस्थ लेखन करती हैं यह उनकी खासियत है। यह विशेषता उनके अन्य कार्यों में भी दृष्टिगोचर होती है।

सिग्रिड जिस दुनिया को रचती हैं वह बहुत सघनता के साथ जीवन्त होती है। प्राचीन नार्वे में प्रतिकार बहुत आम बात थी। शायद सारे देशों में ऐसा ही है। हमारे अपने देश में भी ऐसा ही था। खून का बदला खून सामान्य था। अक्सर बदला लेने का दायित्व पुरुषों पर होता था लेकिन जहाँ पुरुष वारिस नहीं होता था वहाँ इस काम को स्त्री अंजाम देती थी। इसी कारण नार्वे की स्त्री को धैर्य और तितिक्षा का प्रशिक्षण दिया जाता था। अपने लोगों की हत्या की अपेक्षा सामान्य बात थी। उसे मालूम होता था कि अपनों की हत्या का प्रतिकार उसे कभी भी लेना पड़ सकता है।

गर्वीली विगडिस खूबसूरत योद्धा विगा जोट के प्रति आकर्षित होती है। नॉर्वे की भाषा में उपन्यास का नाम ही 'द स्टोरी ऑफ विगा जोट एंड विगडिस' है। विगा जोट विगडिस के पिता के घर में रह रहा था। पिता उनके विवाह के लिए राजी नहीं है, वह नहीं चाहता है कि उसकी बेटी विगा जोट के साथ दूर आइसलैंड में रहने जाए। युवा योद्धा जंगल में विगडिस के साथ बलात्कार करता है और उसे छोड़कर चला जाता है। गर्भवती विगडिस छिपकर रहती है और एक बेटे को जन्म देती है। जन्म के बाद वह शिशु को मरने के लिए छोड़ देती है। यह उस काल की एक सामान्य बात थी जबकि गर्भपात भयंकर माना जाता था। कहानी में बालक बच जाता है और विगडिस उसे स्वीकार कर लेती है। स्वीकार करने का अर्थ था अपने पिता के सामने अपनी शर्मनाक स्थिति को स्वीकारना। वह यह करती है। एक साल के बाद विगा जोट लौटता है और विगडिस को अपने साथ आइसलैंड चलने के लिए कहता है। मगर विगडिस का उत्तर कुछ और है। वह उसे बुरी तरह चाकू मारती है और शाप देती है। वह कहती है कि तुम बदतर मौत मरो, लम्बे समय तक जीओ और जब तक जिन्दा रहो, दयनीय बने रहो। वह केवल उसे ही नहीं कोसती है, वह कहती है ऐसा तुम और जो भी तुम्हारा प्रिय है सबके साथ हो।

दो साल के बाद एक पड़ोसी जमींदार विगडिस के पिता से उसके चरित्र के विषय में कटाक्ष करता है। बूढ़ा पिता जमींदार पर वार करता है। उस पर प्रतिवार में वह बुरी तरह घायल हो जाता है। विगडिस अपने पैरों में स्की पहनती है और खंजर लिये रात को लम्बी दूरी तय करके उस जमींदार के पास पहुँचती है। पहले वह उसके सोते हुए नौकर को अपनी कटार के एक वार से समाप्त करती है फिर जमींदार को जगाकर कहती है कि यह सच है कि मैं अपनी इज्जत गँवा चुकी हूँ क्योंकि मैं रात को तेरे बिस्तर पर आयी हूँ, इतना कहकर वह उस

पर तीन वार करती है। अन्तिम बार वह कटार उसके शरीर से बाहर नहीं निकलती है और उसे मरते हुए वह देखती रहती है। वह इतने पर नहीं रुकती है, जमींदार के रक्त को अपनी अंजुरी में भरकर अपने बाल पर लगाती है। वाइकिंग लोगों के अत्याचार की एक बिल्कुल सत्य कथा की भाँति। मगर इसे पढ़ते हुए क्या द्रौपदी और उसके प्रतिकार का दृश्य आँखों के समक्ष नहीं घूम जाता है? दोनों में काफी साम्यता है।

वह गजब का साहस दिखाती है। बच्चे को अपने शरीर से चिपकाये बर्फीले रास्ते तय करती है। समय बीतता है और एक दिन जब लड़का बड़ा हो जाता है, वह उसे उसके पिता के विषय में बताती है। लड़का अपने पिता से मिलने की इच्छा जाहिर करता है। विगडिस कहती है कि यदि तुम मेरे बेटे हो तो इस मुलाकात का अन्त तब होगा जब तुम विगा जोट का सिर लाकर मेरी गोद में रखोगे। उसका शाप और उसकी कामना पूरी होती है। विगडिस ईसाई धर्म स्वीकार कर लेती है, वह दस साल और जीती है। उसका बेटा अपने पिता का सिर लाकर उसे देता है लेकिन इसके बाद खुद भी माँ को छोड़कर चला जाता है। जाते-जाते कहता है कि अगर जिन्दा रहा तो एक दिन लौटकर आएगा। लेकिन वह कभी नहीं लौटता है। वह अकेली मरती है। उसका इकलौता बेटा उससे दूर जा चुका है। प्रतिकार सिर्फ नष्ट करता है।

अजीब संयोग है 1949 में जब सिग्रिड आधी रात को गुजरी तो वे भी निपट अकेली थीं। और तो और चर्च की ओर से अन्तिम संस्कार भी न हुआ। स्टोइकवादी सिग्रिड जीवन से वीतरागी थीं। अतः बहुत समय तक उन्होंने किसी डॉक्टर की सहायता नहीं ली। जब तक वे इलाज के लिए राजी हुईं, बहुत देर हो चुकी थी। एक लापरवाह कलाकार से उत्पन्न उनके तीन बच्चों में से कोई उनके पास न था। सबसे बड़ा बेटा नात्सी आक्रमण के समय नार्वे का बचाव करते हुए मारा गया। मानसिक रूप से अपंग बेटी बीस साल की होकर मर चुकी थी और सबसे छोटा बेटा जो द्वितीय विश्वयुद्ध के समय उनके साथ रूस, जापान होते हुए अमेरिका गया था, वह भी उनके जीवन से दूर जा चुका था। अजीब कारुणिक अन्त हुआ लेखिका का।

सिग्रिड ने लिखा और खूब लिखा। उन्होंने उपन्यास, संस्मरण, साहित्यिक आलेख, बच्चों की किताबें, मंडनात्मक लेखन तथा धर्मराज्य (हैगिओग्राफी) तमाम विधाओं में 36 किताबें लिखीं। मगर इतना लिखनेवाली के लिए जब बोलने का अवसर आया तो वह साफ मुकर गयी। सब लोग बोलना पसन्द नहीं करते हैं। इसके अलग-अलग कारण हो सकते हैं। सिग्रिड बहुत स्पष्ट रूप से कहती हैं कि लिखना मेरे लिए आसान है, बोलना नहीं, ख़ासकर अपने बारे में बोलना तो

बिल्कुल नहीं। नोबेल पुरस्कार के अवसर पर होनेवाले प्रीतिभोज के अवसर पर वे कहती हैं कि उनके पूर्व वक्ताओं ने बहुत अच्छी तरह से पुरस्कार के प्रति अपना आभार प्रकट किया है। उन्हें नहीं लगता है कि वे इससे बेहतर तरीके से कृतज्ञता ज्ञापित कर सकती हैं। अत: वे पूर्व वक्ताओं की बातों को स्वीकार करती हैं। इसके स्थान पर वे स्वीडन को सैल्यूट करती हैं अपनी ओर तथा अपने सारे देशवासियों की ओर से। वे जब पुरस्कार लेने स्वीडन आ रही थीं तो वहाँ के प्रशासनिकों तथा उनके मित्रों ने इस उपलक्ष्य में एक पार्टी दी और उसमें कहा कि वे उन लोगों का सैल्यूट स्वीडन तक पहुँचा दें। ये दोनों देश दुनिया के एक छोर पर हैं मगर इन दोनों देशों में काफी कुछ जुड़ाव है। दोनों के पहाड़ साझे हैं और नदियों का पानी साझा है। दोनों देशों के घरों की बनावट में समानता है। इसके साथ ही वे जोड़ती हैं कि भगवान की दया से यह अच्छा है कि अब तक उत्तर की मानवता में आधुनिक तकनीकी ने घुसपैठ नहीं की है। वे और उनके देशवासी स्वीडन को प्रसन्नता से याद करते हैं। स्टॉकहोम को दुनिया का सबसे खूबसूरत शहर मानते हैं। उन्होंने कृतज्ञता ज्ञापित की, मगर नोबेल भाषण नहीं दिया।

शुरुआत में ही सिग्रिड की खूब चर्चा हुई। स्वीकारा गया कि नॉर्वे में एक प्रतिभाशाली रचनाकार का जन्म हो चुका है। 1919 तक उन्होंने तत्कालीन समाज को अपने उपन्यासों की कथाभूमि बनाया। उन्होंने अपने इस निरीक्षण का उपयोग अपने 'जेनी' तथा 'वारेन' (स्प्रिंग) उपन्यासों में अपने धूसर शहर, यहाँ के गैरमामूली लोग, सचिवों के रहने के लिए बने नीरस बोर्डिंग हाउस, उनकी थोड़ी-सी गर्माहट और प्रेम की चाहत, उनके साहस, उनके नकार को चित्रित किया है। यह कामकाजी लोगों, उनके परिवारों की विडम्बना, माता-पिता और बच्चों के सम्बन्धों की कहानियाँ हैं जो बड़े अपनेपन के साथ लिखी गयी हैं। मगर इनमें भावुकता नहीं है। प्रारम्भ से उनकी दृष्टि स्त्रियों और उनके प्रेम पर रही है। स्त्रियाँ और उनका यह प्रेम स्वयं उनके शब्दों में 'अनैतिक तरह का है'।

'जेनी' एक चित्रकार की कहानी है जो सोचती है कि वह अपना जीवन बर्बाद कर रही है। और अन्त में आत्महत्या कर लेती है। यह आंशिक रूप से रोम में स्थित है। रोम को सिग्रिड इटरनल सिटी के रूप में खूब उत्साह के साथ चित्रित करती हैं। जेनी एक प्रतिभाशाली चित्रकार है मगर वह अपने प्रेम तथा कलात्मक उद्देश्यों के बीच समझौता करने का प्रयास करती है। यह सिग्रिड का तीसरा उपन्यास है। जेनी के मंगेतर हेल्गे के लिए रोम उसके सपनों का शहर है। वह रोम के लिए कहता है, 'रोम, रोम इटरनल रोम'। वह अभिभूत है। डरा हुआ है और अपने एकाकी अस्तित्व से शर्माया हुआ है। जबकि उसे ज्ञात है

कि कोई उसे देख नहीं रहा है। इसके बावजूद वह पलटता है और स्पेनिश स्टेप्स की ओर तेजी से उतर पड़ता है। जेनी अपने निष्क्रिय मंगेतर हेल्गे ग्राम को छोड़ देती है और उसके पिता ग्रेट की ओर आकर्षण अनुभव करती है। ग्रेट एक असफल चित्रकार था। ग्रेट उसके लिए अपनी पत्नी को छोड़ देता है। मगर जेनी उससे विवाह नहीं करना चाहती है। उसका बच्चा भी नहीं बचता है, अन्त में वह रोम में जाकर आत्महत्या कर लेती है।

जब सिग्रिड काम कर रही थीं तो इस बीच स्वीडन में रहनेवाले अपने पत्र- मित्र (पेन पाल) एंड्रिया हेडबर्ग को लम्बे-लम्बे खत लिखा करतीं थी। एक बार उन्होंने अपने दोस्त को पत्र में लिखा था कि जिन्दगी गौरवशाली है—भले ही इसमें मेरे-तुम्हारे लिए प्रसन्नता न हो। विडम्बना यह है कि सच में जिन्दगी ने उन्हें बहुत प्रसन्नता न दी। बचपन में पिता गुजर गये। शादी की तो एक बेकार से कलाकार से जिसके पहले से ही तीन बच्चे थे। खुद के तीन बच्चे हुए मगर अन्त समय कोई उसके पास न था। दो पहले ही मर चुके थे। तीसरा जाने कहाँ था। अपनी दूसरी किताब की सफलता के बाद वे रोम में जा बसीं, वहाँ उन्होंने कई लोगों से दोस्ती की, मुख्यत: उनके दोस्त स्कैंडिनेविया के कलाकार थे। यहीं उनका प्रेम एंडर्स स्वार्स्टाड से हुआ। एंडर्स ने सिग्रिड से विवाह करने के लिए अपनी पत्नी को तलाक दे दिया।

अपनी किताबों की सफलता के बाद सिग्रिड ने घूमना शुरू किया। रोम में वे नार्वे के चित्रकार एंडर्स कैस्टस स्वार्स्टाड से मिलीं। जिनसे उन्होंने दो-तीन साल बाद विवाह किया। 1912 में दोनों की शादी हुई। जब उनकी शादी हुई वे तीस साल की महिला थीं और सम्भवत: यह उनका पहला प्रेम था। इसके पहले वे बहुत संकोची और गुमसुम रहनेवाली व्यक्ति थीं। पति उम्र में सिग्रिड से नौ साल बड़े थे। इस चित्रकार का पहले से विवाह हो चुका था, उनकी पत्नी जीवित थीं और उनके तीन बच्चे नॉर्वे में थे। दोनों नॉर्वे लौट आए जहाँ पति चित्रकारी का अपना काम करते रहे और वे उपन्यास लिखती रहीं। लेकिन वे स्त्री थीं। शादी के बाद उनपर और कई जिम्मेदारियाँ आ गयीं। लेखन के साथ-साथ अब उन्हें घर भी सँभालना पड़ता, जिसमें बच्चों की देखभाल भी शामिल थी। अपने बच्चों के साथ ही उन्हें पति के पहले विवाह से उत्पन्न बच्चों की देखभाल भी करनी थी। उनके पति के पहले विवाह से उत्पन्न तीन बच्चों में से एक लड़का मानसिक रूप से अविकसित था और उनकी अपनी बेटी भी मानसिक रूप से अविकसित थी। दो अस्वस्थ बच्चों, तीन स्वस्थ बच्चों, आने-जानेवाले मित्र, रिश्तेदार और परिचितों की देखभाल आसान नहीं है। उनका घर अब अजनबियों के लिए भी खुल गया था। तिस पर लेखन कार्य जिसके बिना

रहा नहीं जा सकता था। शादी के बाद वे लोग छः महीने लन्दन में रहे। इस बीच पति पेंटिंग करते रहे और पत्नी इंग्लिश कला और साहित्य से परिचय बढ़ा रही थीं। इस परिचय ने उनके जीवन पर प्रभाव डाला। यहाँ से वे लोग रोम आ गये जहाँ उनका पहला बच्चा पैदा हुआ। इस लड़के का नाम उसके पिता के नाम पर रखा गया। दूसरी बेटी मानसिक रूप से विकलांग थी। 1939 में उनकी माँ और मानसिक रूप से विकलांग उनकी बेटी दोनों चल बसीं।

जब सब सो जाते, वे लिखने बैठतीं। उन्होंने उपन्यास और कहानियाँ लिखीं। इसके साथ ही वे पब्लिक डिबेट से भी जुड़ गयीं। इन बहसों का मुख्य विषय नारी मुक्ति, नैतिकता और सदाचार होते थे। 1919 में अपने तीसरे बच्चे की उम्मीद कर रही थीं और तय हुआ था कि पति नये घर का इन्तजाम करें जो कभी न हो सका। इसके स्थान पर उनका सम्बन्ध टूट गया। दो साल के भीतर सिग्रिड ने अपना एक बड़ा और सुन्दर घर बना लिया। यह परम्परागत नॉर्वे शैली का तीन बड़े घरों का समूह था जिसमें एक बड़ा-सा बगान भी सम्मिलित था। इस घर के चारों ओर का वातावरण बहुत खूबसूरत था। अब वे सुरक्षित थीं उनके पास एक ऐसा स्थान था जहाँ बैठकर वे शान्ति से लिख सकती थीं। 1919 में दोनों अलग हो गये और सिग्रिड गुड बैंड्सडाल में लिलेहामर में एक फॉर्म पर रहने लगीं। उन्होंने स्त्रियों के लिए नये अवसरों और उनके परम्परागत कार्यों के विरोधाभास को केन्द्र में रखकर एक उपन्यास 'स्पिंटेन एव ट्रोल्डस्पेलेट' लिखा।

उनका उपन्यास वारेन एक ऐसी स्त्री की कहानी है जो खुद अपने परिवार को टूटने से बचाती है, अपने प्रेम को भी नष्ट नहीं होने देती है और अन्त में एक सुरक्षित परिवार निर्मित करती है। उस समय यूरोप में चल रहे नारी मुक्ति आन्दोलन से ये उपन्यास बिल्कुल भिन्न हैं। इनमें सिग्रिड आन्दोलन की भावना से बहुत अलग नहीं हैं लेकिन स्तर की दृष्टि से बहुत भिन्न हैं। प्रारम्भ से ही उनकी किताबों को पाठकों में लोकप्रियता मिली। इसीलिए तीसरे उपन्यास के साथ उन्होंने नौकरी छोड़ दी। उन्हें लेखक की स्कॉलरशिप मिली, जिसके बल पर वे यूरोप घूमने निकलीं। डेनमार्क, जर्मनी में कुछ समय रुककर वे रोम पहुँची जहाँ वे नौ महीने रहीं। स्थान व्यक्ति के जीवन में बहुत महत्त्वपूर्ण भूमिका अदा करता है। उनके माता-पिता का रोम से बड़ा निकट का सम्बन्ध था। यदि उनके पिता अचानक बहुत बीमार नहीं हो गये होते तो उनका जन्म रोम में ही होता क्योंकि वे लोग 1992 तक रोम में ही रह रहे थे। बीमारी के कारण अचानक वे लोग रोम छोड़कर सिग्रिड के ननिहाल आ बसे, यहीं सिग्रिड का जन्म हुआ। उन्हें सदा लगता था कि उनका सही जन्मस्थान रोम ही है। यहीं वे अपने पति

से पहली बार मिलीं, यहाँ आकर वे काफी खुल गयीं और जल्द ही उन्होंने लेखकों-कलाकारों का अपना एक समूह बना लिया। अब वे काफी लोगों से मिलने-जुलने और बातें करने लगीं थीं। लोगों से उनके सम्बन्ध नजदीकी के और गर्माहट भरे होने लगे।

वे जानती थीं कि वे कुशलतापूर्वक काम कर सकती हैं और उन्होंने एक बड़ा प्रोजेक्ट शुरू कर दिया। इसके आधार के लिए वे काफी काम कर चुकी थीं। उन्होंने अपना उपन्यास 'क्रिस्टीन लैवरंस्डाटार' लिखना प्रारम्भ किया। उन्होंने 1924 में धर्म परिवर्तन कर लिया। प्रोटेस्टेंट धर्म से रोमन कैथोलिक आस्था स्वीकार कर ली। इस धर्म परिवर्तन के अनुसार उनका विवाह स्वयं खारिज हो गया क्योंकि उनके पति की पहली पत्नी अभी जीवित थी। 'द वाइल्ड ऑर्चर्ड', 'द बर्निंग बुश' तथा 'द फेथफुल वाइफ' में उनके अपने धार्मिक विकास को देखा जा सकता है। बाद के उपन्यासों में धर्म एक मुख्य मुद्दा बनकर उभरता है।

पिता से पुरातत्त्व सम्बन्धी मिले ज्ञान और रुचि के कारण विषय उनके मन लायक था। इस विषय (मध्यकाल) पर वे पहले ही एक उपन्यास लिख चुकी थीं, साथ ही उन्होंने आर्थर की पौराणिक कथाओं का पुनर्लेखन किया था। इस बीच उन्होंने प्राचीन नॉर्वे और मध्यकालीन ऐतिहासिक पांडुलिपियों का अध्ययन किया, मध्यकालीन चर्च तथा मोनास्ट्रीज का देश-विदेश में निरीक्षण किया। पूरी जानकारी एकत्र करके लिखने के लिए वे पूरी तरह से तैयार थीं। अब वे एक प्रौढ़ महिला और लेखिका थीं जिसके पास लिखने और जीवन का भरपूर अनुभव था। इतिहास और साहित्य से ज्यादा इस बीच उन्हें जीवन ने सिखाया था। प्रथम विश्वयुद्ध के अनुभव उनके संग थे। निजी जीवन में प्रेम, विकलांगता और कड़ुवाहट वे झेल चुकी थीं। वे जानती थीं कि जिन्दगी क्या है। लिखने के लिए वे पूरी तरह चाक-चौबन्द थीं।

इस बार वे तीन खंडों में एक बड़ा उपन्यास लिख रही थीं। यह उपन्यास ऐतिहासिक था, लेकिन मात्र ऐतिहासिक न था। वह इससे ज्यादा था। इतिहास यहाँ मात्र पृष्ठभूमि का काम करता है। इतिहास सटीक यथार्थ है और तनिक भी रोमांटिक नहीं है। असल में इनमें वे मानवीय भावनाओं, अनुभूतियों को चित्रित करती हैं। मनुष्य के सुख-दुःख, प्रेम-हताशा इसके मुख्य मुद्दे हैं। पूरे कथानक को उन्होंने मध्य युग में अवस्थित किया है क्योंकि इस युग की सभ्यता संस्कृति से उन्हें लगाव था। इसकी जानकारी उन्हें थी। अपनी भावनाओं और अपने विचारों को उन्होंने दूर अतीत में स्थापित किया। इसमें वे जीवन के रहस्यों को अपने अनुभव के आधार पर चित्रित करती हैं। इनके मुख्य और गौण सारे पात्र जटिल तथा बहुआयामी हैं। काल उन्होंने दूर अतीत से चुना, परन्तु स्थान के लिए उन्होंने

अपने और अपने पिता के स्थान को चुना। उन्होंने ओस्लो, जिसे वे जानती-पहचानती और प्रेम करती थीं तथा पिता के स्थान ट्रोंडेलाग को रखा। यह उपन्यासत्रयी उन्होंने अपने तलाक के बाद लिखी। 1920 से 1927 के बीच उन्होंने त्रयी प्रकाशित की और 'ओलाव' के चार भाग भी इसी दौरान प्रकाशित हुए। शीघ्र इनका अँग्रेज़ी अनुवाद आ गया। लिखने के साथ-साथ वे अपने जीवन का अर्थ भी खोज रही थीं। और जीवन का अर्थ जानने के लिए उन्होंने ईसाई धर्म का सहारा लिया। विवाह, तलाक और विश्वयुद्ध ने उनकी आस्थाओं को हिला दिया था। उनके नजरिये को बदल दिया था। वे इसी आन्तरिक संकट से उबरने के लिए ईसाइयत की शरण में गयीं। उनका पालन-पोषण धर्मनिरपेक्ष बौद्धिक वातावरण में हुआ था। उन्होंने अपने जीवन का काफी हिस्सा अज्ञेयवादी के रूप में बिताया था, हालाँकि अन्य फ्री थिंकर की भाँति विज्ञान और भौतिकतावाद में भी उनका अन्धविश्वास न था। उनके पास काफी हद तक तार्किक शक्ति थी। नारी मुक्ति जिस तरह विकसित हो रही थी, उसके प्रति वे बहुत आलोचनात्मक दृष्टि रखती थीं। और उसकी ऐसी ही दृष्टि प्रथम विश्वयुद्ध के साथ मनुष्य के होनेवाले नैतिक पतन के प्रति भी थी।

जीवन के रहस्य जिन्हें तर्क और बुद्धि से नहीं जाना-समझा जा सकता है, उनके लेखन का अंग रहे हैं। पहले वे मानती थीं कि आदमी ने ईश्वर को बनाया है। अब दृष्टिकोण में परिवर्तन के बाद वे मानने लगीं कि ईश्वर ने आदमी को बनाया है। उनके विचारों में आमूल-चूल परिवर्तन हो गया था। वे क्रूर यथार्थ चित्रित करती हैं लेकिन कुछ ऐसा है जो सदा अनुत्तरित रहता है। इसी को जानने का वे प्रयास कर रही थीं। जीवन की गुत्थियों को सुलझाने और उसका अर्थ और रहस्य जानने के लिए वे नॉर्वे के लुथर चर्च की शरण में नहीं गयीं, बल्कि रोमन कैथोलिक चर्च की ओर मुड़ीं। इसके लिए काफी समय तक उन्होंने कैथोलिक पादरी से शिक्षा ली। नवम्बर 1924 में उन्होंने धर्म ग्रहण किया, उस समय उनकी उम्र चौबीस साल थी। सिग्रिड ने प्रथम विश्वयुद्ध की विभीषिका देखी थी। अत: जब वे कैथोलिक धर्म में शामिल हुईं तो उन्होंने कहा कि युद्ध और उसके बाद के वर्षों ने उनके विश्वास को पुख्ता कर कि उदारवाद, नारीवाद, राष्ट्रवाद, समाजवाद कोई भी काम नहीं आएगा, क्योंकि ये सब मनुष्य के स्वभाव को जैसा वह है स्वीकार नहीं करते हैं। उन्हें लगा कि कैथोलिक धर्म अपनाकर वे अपने आध्यात्मिक घर में प्रवेश कर गयी हैं। इतिहास के उनके ज्ञान ने उन्हें बताया था कि पूरी सभ्यता में वे ही लोग पूरी तरह से स्वस्थ और विवेकी लोग हैं जो कैथोलिक चर्च के द्वारा सन्त कहे जाते हैं, भले ही वे विचित्र दिखते हों। वे लोग मनुष्य की प्रसन्नता की भूख की सही व्याख्या जानते थे। वे उसकी त्रासद नाकाफी शान्ति,

न्याय और कल्याण के प्रति प्रेम को जानते थे। वे जानते थे कि आदमी सदैव नीचे गिरता है। उन्हें ऐसा लगता था कि मूल ईसाइयत में जरूर कुछ सचाई है।

मगर यदि हम किसी चीज की सचाई जानना चाहते हैं तो उसे पाने का खिम रहता है। और एक तरह से हम सच नहीं जानना चाहते हैं, हम भ्रम खोजना और पाना चाहते हैं। मगर वे ईश्वर के दोस्तों (प्राचीन नॉर्वे में सन्तों के लिए प्रयुक्त शब्द) की खोज में सच के काफी निकट पहुँची थीं। यह भी एक कारण वे बताती हैं अपने नये धर्म के स्वीकार का। मगर इस घटना ने नॉर्वे में सनसनी पैदा कर दी। इसने उन्हें खूब बदनामी भी दी। चूँकि वे इस समय तक विदेशों में प्रसिद्ध हो चुकी थीं। अत: इस बात की चर्चा अन्य देशों में भी हुई। इस समय तक नॉर्वे प्रोटेस्टेंट देश था, वहाँ इक्का-दुक्का लोग ही कैथोलिक धर्म को माननेवाले थे। न केवल लुथर चर्च के पादरी कैथोलिक धर्म के विरुद्ध थे, सामान्य जनता में भी अधिकांश लोग इसी विचार के थे। यहाँ तक कि मुट्ठी भर बौद्धिक लोग भी कैथोलिक धर्म को निन्दनीय मानते थे। स्वयं वे लोग समाजवाद और कम्युनिज्म की ओर झुके हुए थे। अत: सबने मिलकर उनपर आक्रमण किया। सिग्रिड इससे विचलित न हुईं वरन उन्होंने अपने लेखन की गति बढ़ा दी। अब वे अपनी बहस में रोमन कैथोलिक चर्च की वकालत करने लगीं। नतीजन उन्हें 'द कैथोलिक लेडी', 'द मिस्ट्रेस ऑफ जर्क बीक' नाम से नवाज़ा जाने लगा। उनके घर का नाम जर्क बीक था।

1929 के बाद कुछ स्थिर होकर उन्होंने कैथोलिक तत्त्वों को लेकर तत्कालीन ओस्लो को अपने कथानक की भूमि बनाकर उपन्यासों की एक शृंखला लिख डाली। उन्होंने नॉर्वे के छोटे से कैथोलिक समुदाय से अपना कथानक चुना। इन उपन्यासों में भी मुख्य मुद्दा प्रेम ही रहा। उन्होंने नॉर्वे के इतिहास पर काफी काम प्रकाशित किया। उनका यह ऐतिहासिक अवदान दस्तावेज़ के रूप में सदा नॉर्वे में दर्ज रहेगा। इतना ही नहीं उन्होंने आइसलैंड गाथाओं को आधुनिक नॉर्वे की भाषा में लिखा और अँग्रेज़ी साहित्य पर कई आलेख लिखे। इनमें से ब्रौन्टी बहनों तथा डी.एच. लॉरेन्स पर लिखे आलेख ख़ास हैं। ये आलेख साहित्य की दृष्टि से बहुत महान कार्य नहीं हैं मगर प्रेरणादायक हैं।

समीक्षक सिंथिया ग्रेनिअर सिग्रिड को जॉर्ज इलियट के समकक्ष रखती हैं। स्त्री-पुरुष के जटिल सम्बन्धों के चित्रण के लिए नोबेल समिति के पार हालस्ट्रोम ख़ासकर लेखिका के दो उपन्यासों-कैस्टीन 'लैवरंस्डाटार' तथा 'द मास्टर ऑफ हेस्टिअव्केन' की प्रशंसा करते हैं। वे स्वयं एक जाने-माने लेखक हैं। असल में अपने इन दोनों उपन्यासों में वे स्त्री-पुरुष के जटिल सम्बन्धों से आगे जाती हैं। वे इनमें आदमी-औरत के ईश्वर से सम्बन्ध को चित्रित करती हैं। इन उपन्यासों

के अनुवाद 17 भाषाओं में हुए हैं। रैंडम हाउस के एक विभाग विंटेज बुक्स तथा पैंगुइन क्लासिक्स ने कुछ समय पहले इनका प्रकाशन किया है। 1989 से अब तक 'क्रिस्टीन' की एक लाख से ज्यादा प्रतियाँ बिक चुकी हैं। 'द मास्टर' की साठ हजार प्रतियों की रिकॉर्डतोड़ बिक्री हुई है। सिग्रिड का 'गनर्स डॉटर', 'इमेजेज इन अ मिरर', 'जेनी', 'द ब्राइडल रीथ', 'द मिस्ट्रेस ऑफ हसाबाई', 'द क्रॉस', 'द फेथफुल वाइफ', 'हैप्पी टाइम्स इन नॉर्वे' आदि बहुत सारा काम आज अँग्रेज़ी में उपलब्ध है।

सिग्रिड के धार्मिक झुकाव के कारण भले ही आज के नारीवादी आन्दोलन वाले लोग उनके लेखन को तवज्जो न दें पर उनकी नायिकाएँ बहुत मजबूत, समर्थ और जटिल चरित्रवाली हैं, उन्होंने अपनी नायिकाओं को बहुत मनोयोग से तैयार किया है, उनका चरित्र-चित्रण बहुत स्पष्ट और आकर्षक है। उनकी नायिकाओं में मातृत्व है, वे जीवन की व्यवहारगत समस्याओं से जूझती हैं। यह दुर्भाग्यपूर्ण है कि ऐसी लेखिका से बहुत सारे लोग परिचित नहीं हैं, ख़ासकर नारी विषय कार्यों में लगे लोग भी।

बचपन, अपने बचपन के घर, घर के प्रेम, बौद्धिक और मूल्यों वाले वातावरण, बीमार पिता सबको मिलाकर उन्होंने आत्मकथात्मक कार्य 'इलेवन इयर्स ओल्ड' नाम से 1934 में प्रकाशित किया। यह नॉर्वे में अपने तरीके का अनोखा कार्य है जिसको हाथों-हाथ लिया गया और ऐसा बहुत कम लेखन हुआ है। एक छोटी बच्ची के विषय में लिखा गया कार्य। इस तरह वे अपने लेखन में स्थापित होती चली गयीं और नोबेल पुरस्कार तक पहुँचीं।

पर्ल बक
निजी त्रासदी का उदात्तीकरण

"चीन में उपन्यास लेखन कभी भी एक कला नहीं था और उसे कभी ऐसा नहीं माना गया, किसी चीनी उपन्यासकार ने खुद को कभी एक कलाकार नहीं माना।"

—पर्ल बक

यह एक मनोवैज्ञानिक तथ्य है कि व्यक्ति जिस वातावरण में बड़ा होता है, जिस मिट्टी में पलता-पुसता है, जिस हवा-पानी में साँस लेता है वहीं का हो जाता है। व्यक्ति के व्यक्तित्व-निर्माण में पर्यावरण का बहुत बड़ा हाथ होता है। उसकी नस्ल, उसका धर्म, उसकी जाति से ज्यादा असर उस पर उस वातावरण का होता है जिसमें वह अपना बचपन व्यतीत करता है। उसकी मातृभाषा कुछ भी हो पर वह जहाँ पलता है वहाँ की भाषा सहज ही उसकी अपनी भाषा हो जाती है। वहाँ की संस्कृति उसकी नस-नस में रच-बस जाती है। वह वहीं के मुहावरे में सोचने-बोलने लगता है। एक भारतीय बच्चा यदि इंग्लैंड या अमेरिका में पलता-पुसता है तो जाहिर है कि वह वहीं की संस्कृति को अपनाएगा। इसी तरह यदि एक स्पैनिश बच्चा शुरू से भारत में रहता है तो यहाँ की भाषा-संस्कृति से वह खुद को जुड़ा अनुभव करेगा। जैसे 2008 के साहित्य के नोबेल पुरस्कार विजेता जीन मारी गुस्तॉव ले क्लेज़िओ फ्रांसीसी हैं, परन्तु मॉरीशस को अपना देश मानते हैं। कुछ ऐसा ही हुआ पर्ल सिडेनस्ट्राइकर बक के साथ भी। पर्ल सिडेनस्ट्राइकर्स बक का जन्म 1892 में हिल्सबोरो, वेस्ट वर्जीनिया में हुआ था। उनकी माता कैरोलाइन (कैरी) और पिता एब्सलोम सिडेनस्ट्राइकर्स चीन में मिशनरी थे। वे अपने परिवार में सात बच्चों में चौथे स्थान पर थीं। अपने बचपन और युवावस्था में वे चीन में रहीं। बीच के पढ़ाई के वर्षों को छोड़कर वे 1934 तक लगातार चीन में रहीं। इसीलिए वे कहती हैं कि वे चीनी भाषा के मुहावरों में सोचती-बोलती हैं। उनका बचपन यॉंग्ज़े नदी के तट पर चिंकियाँग शहर में बीता। उन्होंने

अपनी मातृभाषा अँग्रेज़ी से पहले चीन की भाषा सीखी।

जब उन्हें 1938 में साहित्य के लिए नोबेल पुरस्कार मिला तो उन्होंने उसे ग्रहण करते हुए कहा कि वे यह पुरस्कार अपने देश यूनाइटेड स्ट्ेटस ऑफ अमेरिका के लिए ग्रहण कर रही हैं। परन्तु अनऑफिशियली वे यह पुरस्कार चीन के लोगों की ओर से भी ग्रहण करती हैं। चीन जो एक प्राचीन देश है। जहाँ उन्होंने अपने जीवन के कई बरस बिताये हैं और जो सदा उनके जीवन का हिस्सा रहेगा। वे दोनों देशों की तुलना करते हुए कहती हैं कि उनका अपना देश अमेरिका और उनके पोषक देश चीन दोनों कई मायनों में समान हैं। दोनों देशों में जिस बात को लेकर सर्वाधिक समानता है वह है स्वतन्त्रता के प्रति प्रेम। जिस समय उन्हें पुरस्कार मिला उस समय इस समानता का खास महत्त्व था। जब वे पुरस्कार ग्रहण कर रही थीं, उस समय चीन का एक बड़ा भाग जापान के अधीन था और चीन अपनी स्वतन्त्रता के लिए संघर्ष कर रहा था। वे स्वतन्त्रता के लिए संघर्ष करते चीन का सम्मान करती हैं। प्रशंसा करती हैं। क्योंकि स्वतन्त्रता की इस चाहत ने चीन को संगठित कर दिया है। इतना संगठित कि जितना वह पहले कभी ना था। इस समय का चीन स्वतन्त्रता के लिए प्रतिबद्ध है। स्वतन्त्रता ख़ासकर आज के दौर में स्वतन्त्रता मनुष्य के लिए ज्यादा कीमती है। स्वीडन और अमेरिका के पास स्वतन्त्रता है जबकि चीन उसके लिए संघर्ष कर रहा है और उन्हें पक्का विश्वास है कि वह दिन दूर नहीं जब उसे यह स्वतन्त्रता प्राप्त होगी।

लेखक को जब अपने लोगों के बीच पुरस्कार मिलता है तो उसे अधिक खुशी होती है। इसीलिए पर्ल बक को नोबेल पुरस्कार मिलने से भी ज्यादा खुशी तब हुई थी जब उन्हें इसके बहुत पहले 1931 में नानकिन में पुलित्जर पुरस्कार मिला था। वे नोबेल पुरस्कार पाकर प्रसन्न हैं पर पहला पुरस्कार और वह भी अपने लोगों के बीच पाकर वे ज्यादा प्रसन्न हुई थीं। चीन जिसे वे अमेरिका से ज्यादा अपना देश मानती हैं वहाँ नानकिन में पुरस्कार पाने का मजा कुछ और ही था, वह ज्यादा रोमांचक क्षण था। चीन उनका पोषक देश है। वहाँ के लोग, वहाँ का जीवन, वहाँ की संस्कृति उनके व्यक्तित्व में घुलमिल गयी है। वहाँ उन्होंने तीन विश्वविद्यालयों में शिक्षण कार्य भी किया। जहाँ एक छोटी बच्ची के रूप में उनके आलेख 'शंघाई मर्करी' में प्रकाशित होते थे। वे 1923 से ही चीन पर लिख रहीं थीं। 1930 में उनका पहला प्रमुख कार्य 'ईस्ट विंड, वेस्ट विंड' आया, लेकिन उनकी ख्याति का श्रेय उनकी अगली रचना 'गुड अर्थ' को जाता है। 1931 में आया 'गुड अर्थ' उनकी उपन्यासत्रयी का प्रथम भाग है। इसके दूसरे भाग 'सन्स' का प्रकाशन 1932 में तथा तीसरे भाग 'ए हाउस डिवाइडेड' का प्रकाशन 1935 में हुआ। यह त्रयी चीन के वांग नामक एक किसान के परिवार

की गाथा है। यह अनपढ़, गरीब किसान वाँग की जीवन यात्रा है। वह अपने बूढ़े पिता के साथ रह रहा होता है और शादी करने के लिए एक अमीर परिवार ह्वान हाउस से एक गुलाम चुनता है। वह वहाँ से सपाट, तकरीबन कुरूप परन्तु मेहनती एकउलामा, ओ लैन को अपनी पत्नी के रूप में लाता है। कठोर श्रम की अभ्यस्त ओ लैन अपने पति के यहाँ भी जानवरों की तरह काम करती है। जमीन को उर्वरा बनाती है। साथ ही वह स्वयं भी बहुत उर्वरा है। वाँग को तीन-तीन बेटे देती है। मशीन की तरह खटते हुए वह कभी किसी बात की शिकायत नहीं करती है। कभी अपने गिरते स्वास्थ्य की ओर ध्यान नहीं दिलाती है। अपनी जरूरतों के प्रति किसी का ध्यान आकर्षित नहीं करती है। पति उसके साथ गुलामों की तरह व्यवहार करता है। कभी उसपर कोई ध्यान नहीं देता है नतीजन उन दोनों में कभी कोई भावात्मक सम्बन्ध नहीं बन पाता है। एक ही घर में रहते हुए भी दोनों एक-दूसरे के लिए अजनबी बने रहते हैं। ओ लैन गुलाम थी, उसके लिए अपने खोल से बाहर निकलना मुश्किल है। वह कभी किसी से अपनी भावनाएँ नहीं बाँटती है। दूसरी तरफ वाँग कर्भा उसे मनुष्य नहीं समझता है। वह कभी किसी स्त्री के साथ नहीं रहा था। स्त्री के संग कैसा व्यवहार करना है, उसे ज्ञात नहीं है। ओ लैन की ऊर्जा, कठिन मेहनत और लगन का नतीजा होता है वाँग का दिनोंदिन समृद्ध होते जाना। वह जमीन खरीदता जाता है और एक दिन इतना धनी हो जाता है कि जिस धनी घर से गुलाम ओ लैन को खरीदकर अपनी पत्नी बनाता है, उस घर को खरीदने की कूबत हासिल कर लेता है। इतना ही नहीं, एक समय आता है जब वह उस घर को खरीदकर एक धनी-मानी व्यक्ति की भाँति रहने लगता है। मगर समृद्धि अपने संग अपनी परेशानियाँ भी लाती है।

लहलहाती फसल से उनके खेत भरे हुए थे। पर जिन्दगी कभी एक समान नहीं रहती है। वाँग के यहाँ टिड्डी दल का प्रकोप होता है। खड़ी फसल नष्ट हो जाती है। अकाल के दौरान भंडार का अनाज समाप्त हो जाता है। इतना ही नहीं गरीबी में आटा गीला, वाँग के पड़ोसी उसको लूट लेते हैं। चारों ओर त्राहि-त्राहि मच जाती है, जो घर बच्चों की किलकारियों से गूँजा करता था, अब भूख से, उनके रुदन से हिलता रहता है। मिट्टी खाकर भूख शान्त करने की नौबत आ जाती है। प्राकृतिक दुर्भिक्ष के समय मनुष्य बहुत क्रूर हो जाता है। उस समय ओ लैन एक अमानवीय कृत्य करती है। वह अपनी नवजात बच्ची को गला घोंटकर मार डालती है। गरीबी जो न कराये थोड़ा। आज भी गरीबी के मारे लोग रोज-रोज न जाने कितने अमानवीय कृत्य करते रहते हैं। भूख से परेशान होकर वाँग अपने परिवार के साथ अपनी जमीन छोड़कर दक्षिण की ओर चल पड़ता है। लेकिन

वहाँ उसे बहुत संघर्ष करना पड़ता है। उसे यह देखकर आश्चर्य होता है कि उसके यहाँ लोग दाने-दाने को मोहताज हैं पर उसी के देश में, दक्षिण में अनाज के भंडार भरे पड़े हैं। वह रिक्शा चलाने लगता है। यह पढ़ते हुए बिमल राय की 'दो बीघा जमीन' की याद आती है। वाँग रिक्शा खींचता है जबकि ओ लैन, वाँग का बूढ़ा पिता और उसके बेटे भीख माँगकर पेट भरने की कोशिश करते हैं। भीख की बात सोचकर ही वह काँप उठता है। उसे अपनी जमीन की याद आती है। भाग्य एक बार फिर पलटा खाता है। शहर में विद्रोह होता है और लोग अमीरों को लूटने लगते हैं। वाँग को इस समय अचानक सोना मिलता है। यहाँ पहली बार वाँग का नैतिक पतन होता है। वे अपनी जमीन पर लौटते हैं। वहाँ पहुँचकर उसे पता चलता है कि इस विद्रोह के समय उसकी पत्नी भी ढेरों रत्न छुपाकर ले आयी है। इससे वह जमीन और घर खरीदता है। पर अब खून उसके मुँह लग चुका है। उसमें नाम और प्रसिद्धि की भूख जग चुकी है।

धनी होने के साथ-साथ उसमें अन्य इच्छाएँ जागने लगती हैं। वह अपनी पत्नी को कभी मनुष्य न समझ सका और अब लोटस नाम की एक वेश्या से सम्बन्ध स्थापित करता है। अपनी इच्छाओं, कल्पनाओं की पूर्ति के लिए वह और भी बहुत कुछ करता है। वह लोटस के लिए खूब धन लुटाता है। वह भी उससे खूब फायदा उठाती है। इन सबके बीच वाँग का हृदय उसे चैन से जीने नहीं देता है। जिस दिन उसने ओ लैन के साथ पहली बार बेईमानी की तब से ही उसका मन अशान्त है। उसका अपराध बोध उसे परेशान करता रहता है। एक बार फिर अच्छी फसल होती है और वह सब भूलकर खेत में जुट जाता है।

पर्ल बक ने नायक वाँग का चित्र काफी जटिल और यथार्थ के करीब रखा है। उसके व्यक्तित्व में कई विरोधाभासी प्रवृत्तियाँ हैं। वाँग अपने बेटों को बहुत प्यार करता है और बड़े बेटे को पढ़ाता-लिखाता भी है। वह अपने बूढ़े पिता, चाचा और उनके बच्चों की भी देखभाल करता है। वह अपने खेत पर काम करने वालों के प्रति भी बहुत दयालु है। उसका अपने पड़ोसी चिंग के साथ भी बहुत अच्छा सम्बन्ध है, वह उसकी सुरक्षा करता है। उसमें एक परम्परागत मालिक के सब गुण हैं। अब वह उसी घर में रह रहा है जहाँ से कभी वह अपनी पत्नी लेकर आया था। अब वह उस घर की एक और गुलाम लड़की को अपनी रखैल बना लेता है। समय चक्र चलता रहता है। उसके पिता, ओ लैन और उसके पड़ोसी की मृत्यु हो जाती है। पढ़े-लिखे बेटे की जमीन में कोई रुचि नहीं है। यह एक आदमी की नहीं बल्कि सब आदमियों की गाथा है। चीन में घटित होने के बावजूद इसमें सार्वभौमिकता है। जीवन चक्र सब स्थानों पर इसी तरह चलता रहता है। मनुष्य इसी तरह नैतिक-अनैतिक कार्य करता रहता है। परिस्थिति में फँसकर वह

क्या नहीं करता है। एक ओर वह अच्छे कर्म करता है तो दूसरी ओर अपराधबोध से ग्रसित होने पर भी बुरे काम करने से नहीं चूकता है। जीवन में उतार-चढ़ाव लगे रहते हैं, समय कभी एक-सा नहीं रहता है।

इस उपन्यास में एक बच्ची का चरित्र है जिसका पूरे उपन्यास में कोई नाम नहीं है। वाँग उसे बेवकूफ बच्ची कहता है। यह बच्ची मानसिक रूप से अविकसित है और नायक के लिए दुःख और करुणा का बायस है। यह सदा हँसती रहती है। जब भी पिता पुत्री की आँखें मिलती हैं वह हँसती है। शुरू-शुरू में पिता निहाल है। लेकिन जैसे-जैसे समय बीतता है उसका धैर्य चुकने लगता है। वह बच्ची के मुँह से अपने लिए कुछ शब्द सुनने की आशा करता है जैसेकि इस उम्र में उसके अन्य बच्चे डा डा पुकारते थे। पर उसकी यह आशा, दुराशामात्र सिद्ध होती है। समय बीतता जाता है जो मुस्कुराहट खुशी लाती थी, वह चिढ़ पैदा करने लगती है। वह मुनमुनाने लगता है, 'बेवकूफ, बिचारी, मेरी बेवकूफ बेटी।' वह मन-ही-मन रोता है। बच्ची इतनी अक्षम है कि उसे खाना खिलाना पड़ता है। सूरज दिखाना पड़ता है और सर्दी, वर्षा पानी से बचाने के लिए चिन्ता करनी पड़ती है। वह इतनी नासमझ है कि जब सब लोग रो रहे होते हैं तब भी वह हँसती रहती है, घंटों कपड़े के एक टुकड़े को तह लगाती, खोलती रहती है। कोई आए, जाए, कोई कुछ करे, कहे, उसे कोई फ़र्क़ नहीं पड़ता है। वह केवल अपने माँ-बाप को पहचानती है, पर उनसे भी कोई संवाद कायम नहीं कर सकती है। बाद के वर्षों में जैसी कि उम्मीद थी, वाँग लंग की बहू का कथन,—'ऐसे लोगों को जीना नहीं चाहिए'—वाँग की बेबसी और गुस्से को बढ़ाता है। पर वह लाचार है। कुछ आलोचक इस चरित्र का अर्थ बेबस मानवता से लेते हैं। वे इसे मनुष्यता की शाश्वत असहायता का प्रतीक मानते हैं।

इसी तरह पर्ल बक ने एक और कहानी लिखी, 'द चाइल्ड हू नेवर ग्रू' इसमें भी एक अविकसित मानसिक बच्चे की बात वे लिखती हैं। ऐसे बच्चों की माँ पर क्या गुजरती है, इसका वर्णन करती हैं। 'माई सेवरल वल्ड्र्स' भी इसी कथानक पर है और उनका 'द गिफ्ट्स दे ब्रिना' भी ऐसी ही है। 'टाइम इज़ नून' में भी ऐसे संकेत हैं।

पर्ल बक का समय ऐसा समय था, जब विकलांगता चाहे वह मानसिक हो अथवा शारीरिक, समाज में अभिशाप मानी जाती थी। न केवल वह व्यक्ति समाज के द्वारा दुत्कारा जाता था वरन् पूरा परिवार अछूत मान लिया जाता था। लोग ऐसे परिवार से कोई सम्बन्ध नहीं रखना चाहते थे, जिसका कोई सदस्य किसी भी प्रकार की अपंगता का शिकार होता था। इसलिए जो लोग समर्थ होते थे वे दिल पर पत्थर रखकर ऐसी सन्तान को समाज की नजरों से बचाकर रखते

थे। उसको छिपाकर रखा जाता था। कहीं उसका उल्लेख नहीं किया जाता था। उसके अस्तित्व को पूरी तरह से नकार दिया जाता था। जीवित सन्तान को भी लोग सामाजिक बदनामी के भय से मृत घोषित कर देते थे। छिप-छिपकर भले ही ज़ार-ज़ार रोये पर उसे खुले तौर पर अपना स्वीकार करने की हिम्मत नहीं कर पाते थे। ऐसे अभिभावकों की असहायता, दारुण दुःख को समझा जा सकता है। पिता के लिए भी ऐसी सन्तान कष्टकर होती है परन्तु माँ का, स्त्री का कष्ट कई गुण ज्यादा होता है। स्त्री बच्चे की इस स्थिति का दोषी स्वयं को मानने लगती है और अपराधबोध से ग्रसित रहती है। यहाँ पद्मा राय की एक कहानी याद आ रही है जिसमें एक ऐसे ही बच्चे की माँ अपराधबोध से ग्रसित है। वह विशेषज्ञ से जानना चाहती है कि क्या उसके बच्चे की विकलांगता का कारण स्वयं है? और जब उसे बताया जाता है कि इसमें उसका कोई दोष नहीं है तो जैसे उस स्त्री के सीने पर रखा कोई पत्थर हट जाता है।

पर्ल बक का इसी विषय को लेकर लिखा गया एक और उदाहरण है 'टाइम इज़ नून'। 'टाइम इज़ नून' की नायिका मानसिक रूप से अविकसित बच्चे को जन्म देकर इतनी टूट गयी है कि वह अपने पति से सहवास के लिए स्वयं को तैयार ही नहीं कर पाती है। माँ बच्चे को डॉक्टरी परीक्षण के लिए ले जाती है। डॉक्टर जाँच के बाद वह बच्चे की स्थिति बताने के पहले चुप रहता है। यह चुप्पी जानलेवा होती है। यह प्रतीक्षा की घड़ी कितनी नाजुक होती है। इसके लिए बक बहुत सटीक उदाहरण प्रस्तुत करती हैं। वे लिखती हैं 'जन्म देने के समय की प्रतीक्षा का दर्द इस इन्तजार के दर्द के समक्ष कुछ नहीं है। सारा जीवन, सारी दुनिया रुक गयी।' 'इस क्षण दुनिया में इस कमरे, इस बूढ़े आदमी, इस बच्चे और उसके सिवा कुछ नहीं बचा। पर डॉक्टर एक लम्बे समय तक कुछ नहीं कहता है, चुप रहता है। वह बच्चे को धीरे-धीरे उसके कपड़े पहना देता है।' शायद डॉक्टर भी इस कड़वे सच को कहने का साहस जुटा रहा है। उसका चेहरा झुर्रियों से विकृत हो गया है। अन्त में वह बच्चे की वास्तविक स्थिति माँ को बताता है। मेडिकल साइंस आज की तरह विकसित नहीं था। उस समय अधिकतर ऐसे केस लाइलाज माने जाते थे। उस समय थे भी लाइलाज।

पर्ल बक के लेखन में मानसिक रूप से अविकसित बच्चों और उनके अभिभावकों का चित्र बार-बार आया है। बहुत कम पाठक जानते हैं कि इन पंक्तियों में बक स्वयं को ही चित्रित कर रही हैं। बहुत समय तक दुनिया को नहीं मालूम था कि पर्ल बक ने 1921 में 29 वर्ष की उम्र में एक बच्ची को जन्म दिया जो जन्म के समय स्वस्थ थी। कुछ दिन बाद उन्हें ज्ञात हुआ कि वह सामान्य बच्ची नहीं है। पहले वे इस बात को स्वीकार नहीं कर पायीं। बाद में

वे इस बात को छिपाने लगीं कि उनकी ऐसी कोई बेटी है। उन्होंने इस राज को बीस साल तक छिपाये रखा। जो लोग जानते थे वे उन लोगों से मिन्नतें करतीं कि वे इस बाबत चुप रहें। उनके पति जॉन लोसिंग बक विकलांग बच्चे पर खर्च करने के पक्ष में नहीं थे और उन दिनों चीन में ऐसे बच्चों के लिए कोई संस्थान न था। पर्ल अपनी बच्ची कैरोलाइन ग्रेस बक या कैरोल (उनकी माँ का नाम कैरोलाइन था) को अमेरिका में रखना चाहती थीं। उन्हें पता चला था कि न्यू जर्सी के वाइनलैंड ट्रेनिंग स्कूल में ऐसे बच्चों की अच्छी तरह देखभाल की जाती है। परन्तु उसका खर्च बहुत ज्यादा था। पर्ल ने निश्चय किया कि वे स्वयं उपार्जन करेंगी और बच्ची को इस संस्थान में रखेंगी। इस तरह उन्होंने स्वयं को लिखने के लिए समर्पित कर दिया। लिख वे पहले भी रही थीं पर अब लिखने का एक ख़ास मक़सद था। यह कहना अतिशयोक्ति न होगी कि उन्होंने अपने निजी दुःख को लेखन के सहारे झेला। उन्होंने लिखा और खूब लिखा। उन्होंने चालीस किताबें लिखीं।

वे लिखकर चुप न बैठी रहीं। उन्होंने अपनी बेटी की अवस्था की सही जानकारी के लिए खूब प्रयास किया। बहुत विशेषज्ञों से सम्पर्क किया, सलाह की। बाद में उन्हें ज्ञात हुआ कि वह वंशानुगत है। इसका कारण उनके या उनके पति अथवा दोनों के जींस हैं और जब तक उन्हें यह बात पता चली बहुत देर हो चुकी थी। कैरोल ठीक होने की उम्र पार कर चुकी थी।

पर्ल, कैरोल के अस्तित्व को नकारती नहीं थीं, पर उसके विषय में किसी को कुछ बताती नहीं थीं। एक बार जब उनके एक पड़ोसी ने कैरोल की स्थिति पर एक लेख लिखा तो उन्होंने उसे प्रकाशित होने से रोकने का हर सम्भव प्रयास किया। वे कैरोल की निजता को बचाए रखना चाहती थीं। साथ ही माँ के रूप में अपने दर्द को सार्वजनिक भी नहीं करना चाहती थीं। वे एक परफेक्शनिस्ट थीं, भला अपनी बेटी के अधूरेपन को सार्वजनिक रूप से कैसे स्वीकार कर पातीं। इसकी पूर्ति के लिए उन्होंने एक बच्ची को गोद लिया। 1925 में जिस बच्ची को उन्होंने गोद लिया था बाद में वे जेनिस वाल्स कहलायी और उनकी वारिस बनी। उनके जीवन की विडम्बना यह थी कि वे स्वयं ट्यूमर से ग्रसित थीं और पुनः माँ बनने में असमर्थ थीं। बाद में उन्होंने अन्य कई बच्चों को गोद लिया, ख़ासकर एशियन अमेरिकन अनाथ बच्चों को। आज इस तरह के बच्चों की सहायता करना सामाजिक सेवा का अंग है। अनाथ और विकलांग बच्चों की देखभाल करना आ़म बात हो गयी है। कई हॉलीवुड एक्टर ऐसा कर भी रहे हैं। एंजलीना जोली और ब्रैड पिट इसका जीता-जागता उदाहरण हैं। हमारे देश में फिल्म अभिनेत्री सुष्मिता सेन ने ऐसा किया है। पर्ल बक के समय ऐसा चलन न था। 1949 में

पर्ल बक ने 'वेलकम हाउस' की स्थापना की। जहाँ ऐसे बच्चों का पालन-पोषण होता है। मानवता के लिए किया गया उनका यह सबसे बड़ा कार्य है।

अपने जीवन, अपने लेखन की परवाह न करते हुए, अपने व्यक्तित्व को नष्ट करते हुए जब अपनी बेटी को लेकर वे विशेषज्ञों के पास भटक रही थीं। तब एक डॉक्टर ने उन्हें सुझाया, 'एक जगह देखो, जहाँ यह खुश रह सके। इसे वहाँ रखो और तुम अपना जीवन जीओ।' अनुभव किया जा सकता है यह सुनकर उनका हृदय कैसे टुकड़े-टुकड़े हो गया होगा। उन्हें वैसा ही अनुभव हुआ, जैसा कि नाखून को मांस से अलग करने पर होता है। पहले वे डॉक्टर की बात सुनकर काठ हो गयीं, उन्हें डॉक्टर बड़ा क्रूर और अमानवीय लगा। परन्तु कुछ देर बाद डॉक्टर की बात उनकी समझ में आ गयी।

पहले उन्होंने स्वयं बच्ची की देखरेख और उसे कुछ कार्यों में प्रशिक्षित करने की कोशिश की, परन्तु यह निराशाजनक था। जब उन्हें स्वयं इस कार्य में सफलता न मिली तब उन्होंने इससे सम्बन्धित प्रशिक्षित और पेशेवर लोगों की सहायता लेने की बात सोची। यह बहुत खर्चीली योजना थी। उन्होंने कई देशों में इसकी जानकारी ली। सबसे ज्यादा अच्छा और सुरक्षित तथा उचित उन्हें वाइनलैंड का प्रशिक्षण केन्द्र लगा। बच्ची की देखरेख का खर्च पर्ल बक की औकात से कहीं ज्यादा था। वे लिखती हैं, 'मैंने पता किया है कि मैं अपने बच्ची के रहने के लिए जैसा स्थान चाहती हूँ वह महँगा है और मेरे पास पैसे नहीं हैं। इस खर्च को किसी और को नहीं मुझे ही देना है। मुझे स्वयं ही उपाय करना है कि मैं अपने बच्चे के साथ क्या करना चाहती हूँ।' उनके पति ने बच्ची पर कुछ भी खर्च करने से स्पष्ट इनकार कर दिया था। पिता अपनी मेहनत की कमाई बच्चे पर व्यर्थ नहीं करना चाहता है, पर क्या माँ भी ऐसे बच्चे को छोड़ दे।

बक सहायता के लिए बहुत लोगों के पास गयी और उन्हें सहायता मिली भी। इसी सिलसिले में वे श्रीमती फिनले से मिलीं। श्रीमती फिनले 'न्यूयॉर्क टाइम्स' के एक एक्जिक्यूटिव की पत्नी थीं। श्रीमती फिनले यह बात देख-सुनकर बहुत प्रभावित हुईं कि एक युवा माँ अपने अविकसित बच्चे की सहायता के लिए इतना संघर्ष कर रही है। उन्होंने न केवल 2,000 डॉलर कर्ज की व्यवस्था की वरन् एक और करार यह भी करवाया। करार कि यदि बक बच्चों की एक कहानी लिखें तो उन्हें 500 डॉलर दिये जाएँगे। अन्धा क्या चाहे, दो आँखें। सोचा जा सकता है कि पर्ल बक इन लोगों की कितनी कृतज्ञ हुई होंगी। इस आर्थिक मजबूती ने उन्हें जीने और लिखने का सहारा दिया। अब वे न केवल अपनी बच्ची को उचित स्थान पर रख सकती थीं वरन् चैन से बैठकर लिख भी सकती थीं। उन्होंने यही किया। बच्ची दूर थी। वे उसे कई बरस देख न सकीं। इससे उनके मन में

अपराधबोध था जिसे उन्होंने लिखा भी है। परन्तु कहते हैं न आँख ओट, पहाड़ ओट, बच्ची दिन-रात उनकी आँखों के समक्ष न थी, सो उसका दर्द भी उनके सामने प्रत्यक्ष न था। अतः वे अपना मन लिखने में समर्पित कर सकीं और उन्होंने खूब लिखा, खूब अच्छा लिखा। इतना अच्छा लिखा कि उन्हें पुलित्ज़र और नोबेल पुरस्कार मिले।

वे पढ़ने के साथ-साथ लिखने का कार्य पहले से ही कर रही थीं। जिस किताब पर करार हुआ था उसे उन्होंने लिखा भी। परन्तु 'द यंग रिवॉल्यूशनरी' के पहले उन्होंने वह लिखा जो उनके दिमाग में काफी समय से उमड़-घुमड़ रहा था। इस तरह 'द यंग रिवॉल्यूशनरी' से पहले 'गुड अर्थ' रची गयी जिसके आते ही उनकी ख्याति फैल गयी। इसके पहले 'ईस्ट विन्ड वेस्ट विन्ड' आ चुकी थी। 'गुड अर्थ' ने उन्हें ख्याति, पुरस्कार और पाठक दिये। पाठक आज भी इसे चाव से पढ़ता और सराहता है। आज भी अमेरिका में इसे उच्च साहित्य का दर्जा प्राप्त है। इस बीच उन्होंने अपनी बच्ची की अस्वस्थता के कारण का पता लगाने का अथक प्रयास किया। उन्होंने पता लगाया भी। साठ के दशक में जाकर उन्हें पता चला कि कैरोल को एक असामान्य बीमारी है जिसे मेडिकल भाषा में पी. के. यू. (फेनिलकेटोनूरिया) कहते हैं। पी. के. यू. के फलस्वरूप मानसिक अस्वस्थता होती है। इसके अन्य लक्षण हैं सुनहरे बाल (ब्लोंड), नीली आँखें तथा चर्म पर एक्ज़ीमा और मूत्र एवं शरीर से एक तीखी गन्ध आना। बच्ची कैरोल में यह सब वर्तमान था। इन लक्षणों की जानकारी का श्रेय भी एक जिद्दी माँ को जाता है, श्रीमती बोर्जनी एजलैंड के दो बच्चे इससे ग्रसित थे। डॉक्टर यह मानने को कतई तैयार ही नहीं थे कि यह अन्य मानसिक बीमारियों से अलग प्रकार की अक्षमता है। मगर इस माँ ने हिम्मत नहीं हारी। वह बार-बार कहती थी कि उसके बच्चों के अन्तःवस्त्रों से एक भिन्न प्रकार की गन्ध आती है। यहाँ तक कि एक डॉक्टर ने परेशान होकर कह डाला कि हो न हो उन्हें ही नाक की कोई बीमारी है। उन्हें बच्चों का नहीं, अपना, अपनी नाक का इलाज कराना चाहिए। कोई उनकी बात मानने को तैयार न था। पर वह लगी रहीं और अन्ततः एक डॉक्टर को उनकी बात में कुछ दम लगा। उसने विभिन्न परीक्षण किये। बात सत्य निकली। आज इस बीमारी का पता मूत्र परीक्षण द्वारा ही लगाया जाता है।

यह बीमारी किसी भी परिवार के बच्चे को हो सकती है। यह बीमारी अमीर-ग़रीब का फ़र्क़ नहीं करती है। पी. के. यू. से ग्रसित बालक किसी भी बात या काम पर अपना ध्यान केन्द्रित नहीं कर पाता है। वह मात्र कुछ शब्द बोलता है, जिसे केवल उसके नजदीकी लोग ही समझ पाते हैं। आज ऐसे बच्चों को अपना काम करने के लिए प्रशिक्षित किया जा सकता है। लेकिन आज भी उन्हें

अकेला नहीं छोड़ा जा सकता है। उन्हें निरन्तर स्वस्थ लोगों के संरक्षण और निरीक्षण में ही रखना पड़ता है।

बक ने इस तरह के बच्चों के अभिभावकों के संग मिलकर खूब काम किया और साहित्य से भी ज्यादा इस कार्य के द्वारा मानवता की सेवा की। उन्होंने वाइनलैंड में दो-मंज़िली इमारत बनवायी और संस्थान के बोर्ड में सम्मानित सदस्य बनीं। इसके लिए उन्हें ढेरों पुरस्कार और सम्मान मिले। आज पर्ल बक नहीं हैं, लेकिन उनके बनाए संस्थान ऐसे बच्चों की देखभाल के लिए काम कर रहे हैं। उन्होंने इसके लिए तमाम शोध की व्यवस्था की। आज भी शोध कार्य जारी है। कैरोल ने एक लम्बी उम्र पायी। वह सत्तर वर्ष की उम्र में गुजरी। तब तक वह अपने कई काम, जैसे कपड़े पहनना, बाल काढ़ना, खाना खाने के लिए काँटा-छुरी का प्रयोग करना आदि खुद करने लगी थी। अस्सी साल की उम्र में फेफड़े के कैंसर से 1973 में पर्ल बक की मृत्यु के बाद जेनिस वाल्स, कैरोल की अभिभावक बनीं। वे पर्ल फाउंडेशन तथा पर्ल द्वारा स्थापित अन्य संस्थानों को भी सँभालने लगीं।

मन में एक प्रश्न उठता है यदि पर्ल बक की बेटी ऐसी न होती तो क्या वे लिखतीं? उत्तर भी स्वत: आ जाता है। हाँ, वे अवश्य लिखतीं, पर तब वह न लिखतीं जो उन्होंने लिखा है। वह लिखना कुछ और होता।

जैसे कई अन्य नोबेल पुरस्कृत विजेताओं को पुरस्कार पाकर आश्चर्य हुआ था। पर्ल बक को भी नोबेल पुरस्कार पाकर आश्चर्य हुआ। यह उनके लिए अप्रत्याशित था। वे एक बार पहले भी 1932 में घूमने के लिए स्टॉकहोम आ चुकी थीं। इस बार की यात्रा भिन्न थी। इस बार वे पुरस्कार ग्रहण करने आयी थीं। अपना नोबेल भाषण देने आयी थीं। वे यह पुरस्कार प्राप्त करनेवाली चौथी महिला थीं और अमेरिका की पहली महिला थीं जिन्हें यह पुरस्कार मिला। इसके पूर्व स्वीडन की ही सेलमा लेगरलॉफ (1909), इटली की ग्राज़िआ डेलेडा (1926), नॉर्वे की सिग्रिड अंडसेट (1928) को यह पुरस्कार मिल चुका था। वे प्रीतिभोज के अवसर पर उनके लिए पढ़े गये कसीदे से अभिभूत होकर कहती हैं कि पुस्तकों में वे जो कुछ दे पायी हैं उससे बहुत ज्यादा उनके विषय में कहा गया है। वे उसे विनीत-भाव से ग्रहण करते हुए कहती हैं कि अब उन पर एक और जिम्मेदारी आ गयी है। पाठकों को उनसे अब और अधिक अपेक्षाएँ होंगी। वे उन्हें पूरा करने का प्रयास करेंगी। वे आशा करती हैं कि आनेवाले समय में वे जो लिखेंगी वह इसके योग्य होगा। लिखते समय उन्हें इन बातों का ध्यान रहेगा।

2008 के नोबेल विजेता फ्रांस के होते हुए भी मॉरीशस को अपनी पितृभूमि

मानते हैं। क्योंकि क्लेज़िओ का लालन-पालन मॉरीशस में हुआ। वे अपने नोबेल भाषण में भी इस विषय पर बोलते हैं। ठीक इसी तरह की बात बक भी अपने नोबेल भाषण में कह चुकी हैं। वे जब सोचने लगीं कि नोबेल भाषण में उन्हें क्या कहना चाहिए तो उन्हें लगा कि चीन के विषय में न बोलना गलत होगा। क्योंकि उन्होंने जन्म और वंश से अमेरिकन होते हुए भी अपने जीवन का एक लम्बा समय चीन में व्यतीत किया है। उनके लेखन को चीन और चीन की उपन्यास कला ने धार दी है। बक अमेरिकन उपन्यास को चीन के उपन्यास की तुलना में कमतर मानती हैं। उन्हें लगता है कि चीन के उपन्यासों से अमेरिका के उपन्यासकार काफी कुछ सीख सकते हैं। चीन के उपन्यास के पास पश्चिम को देने के लिए बहुत कुछ है। कहानी का ज्ञान, कहानी कहने और लिखने का ज्ञान उन्हें चीन से मिला। चीन के उपन्यास से उनका तात्पर्य चीन के देसी उपन्यास से है। जिसे वहाँ के विद्वान साहित्य के रूप में स्वीकार नहीं करते हैं। वे आधुनिक चीन के उपन्यास की बात नहीं कर रही हैं। चीन के आधुनिक उपन्यासकारों पर पश्चिम का प्रभाव है। वे पश्चिम के रंग में रँगे हुए हैं। अपनी जमीन से कटे हुए। अपनी सभ्यता-संस्कृति से उनकी नाल कट चुकी है। प्राचीन चीन में उपन्यास को कला का दर्जा नहीं प्राप्त था, न ही ये उपन्यासकार स्वयं को कलाकार मानते थे। चीन के उपन्यास का इतिहास, इसका क्षेत्र, इसके लोगों के जीवन में इसका स्थान सब जीवन्त है। मगर इसे एक विशिष्ट नज़रिये से देखना होगा। यह नजरिया आधुनिक विद्वानों के लिए अजनबी है। उपन्यास की उनकी परिभाषा भिन्न है। उनके लिए उपन्यास की कसौटी अलग है। जो चीन की प्राचीन उपन्यास कला पर सटीक नहीं बैठती है। प्राचीन चीनी उपन्यास विद्वानों की कसौटी पर खरा नहीं उतरता है।

चीन में कला और उपन्यास सदा से अलग थे। साहित्य कला था और विद्वानों की सम्पत्ति था। एक कला जिसे वे एक-दूसरे के लिए अपने नियमों के तहत रचते थे। कला में वे उपन्यास को शामिल नहीं करते थे। चीन में विद्वानों के लिए फिलॉसफी, धर्म, साहित्य का एक ख़ास स्थान था। इन्हें उन लोगों ने नियमों में जकड़कर रखा हुआ था। शुष्क और दम्भी विद्वान अपने आगे किसी को नहीं गिनते थे। वे सबसे कटकर अपने आपमें सिमटे हुए थे। उनके बनाये नियमों के परे कोई कला, कोई साहित्य न था। बाकी सब सर्जक हेय थे, जिन्हें वे कीड़े-मकोड़ों की तरह देखते थे। नियमों के तहत जो रचा जाता उसे वे लोग खुद ही पढ़ते थे क्योंकि वे ही लोग पढ़ना-लिखना जानते थे। लोक साहित्य उनकी दृष्टि में साहित्य का दर्जा नहीं रखता था। कमोबेश भारत में भी यही स्थिति थी। शिक्षा सर्वसुलभ न थी। चीन में राजा तक विद्वानों से डरता था। राजदरबार

में ऐसे ही मिथ्या, दिखावटी विद्वानों की पहुँच थी। दरबार में स्थान पाने के लिए कठोर परीक्षा पास करनी पड़ती थी, जिस परीक्षा की तैयारी में सारा जीवन गुजर जाता था। क्योंकि परीक्षा के लिए मृत और उबाऊ साहित्य रटना तथा नकल करना होता था। इस सारे तामझाम वाले साहित्य में उपन्यास को शुमार न किया जाता था।

उपन्यास ठीक उनकी नाक के नीचे जनता में, जनता द्वारा रचा जा रहा था। पर उसे देखने की आँख इन विद्वानों के पास न थी। ये घमंडी लोग जनसामान्य से बिल्कुल कटे हुए थे, जन की उपेक्षा करते थे। बदले में जनता भी उन्हें घास नहीं डालती थी। उनकी खिल्ली उड़ाती थी। पर्ल बक अपने भाषण में जनता के बीच इन रूखे-सूखे लोगों के लिए प्रचलित कहावतों का उल्लेख करती हैं कि कैसे सामान्यजन इनका मजाक उड़ाया करता था। एक उदाहरण काफी होगा। एक बार जंगल के जानवर एक पहाड़ी पर शिकार पर जाने से पहले इकट्ठे हुए। उन लोगों ने तय किया कि वे पूरे दिन शिकार करेंगे। शाम को यहीं आकर मिलेंगे और एक-दूसरे को दिखाएँगे कि उन्होंने क्या मारा। शाम को सब लौटे। चीता बिना किसी शिकार के लौटा। जब उससे पूछा गया कि क्या बात है, तो उसने कहा कि सुबह सबसे पहले उसे स्कूल जाता एक लड़का मिला मगर उसे डर था कि वो तुम लोगों के स्वाद के लिए बहुत कच्चा होता। दोपहर तक कोई शिकार नहीं मिला, तब एक पुरोहित मिला। मैंने उसे जाने दिया क्योंकि मुझे मालूम है कि वह कितना खोखला होता है। दिन बीत रहा था और मैं परेशान हो रहा था क्योंकि मुझे कोई नहीं मिल रहा था। शाम ढले मुझे एक विद्वान दिखा। मगर उसे लाने में मुझे कोई सार नहीं लगा क्योंकि वह इतना रूखा-सूखा और कठोर था कि यदि हम अपने दाँत उस पर आजमाते तो हमारे दाँत टूट जाते।

चीनी जन के बीच विद्वान एक वर्ग के रूप में एक लम्बे समय से हँसी के पात्र रहे हैं। जैसा कि वह जीवन में होता है लोक उपन्यास में भी सदा वह इसी रूप में मिलता है। लम्बे समय से मृत साहित्य घोटते-घोटते वे एक जैसे हो गये हैं। देखने में एक जैसे, सोच-विचार में एक जैसे। वे कहती हैं कि पश्चिम में उसके जोड़ का एकाध कोई भले हो पर ऐसा कोई वर्ग नहीं है। फिर वे चीनी विद्वान का शब्द चित्र खींचती हैं, उभरे हुए सिर वाला एक लघु आकार, सिकुड़ा हुआ मुख, ऊँची चपटी नाक, चश्मे के पीछे से झाँकती अस्पष्ट आँखें, तीखी ऊँची पंडिताऊ आवाज, सिद्धान्तवादी, सदा नियमों की घोषणा करता हुआ। नियम जो किसी और के काम के नहीं। निरन्तर एक अहंकारी, न केवल जन के द्वारा तिरस्कृत वरन् अन्य सब स्कॉलर के द्वारा भी तिरस्कृत। लम्बे, मुचड़े हुए लबादे में एक आकृति। यदि कभी चलता तो डगमगाता हुआ। उसे साहित्य गोष्ठियों के अलावा

कहीं नहीं देखा जाता। अधिकतर समय वह मृत साहित्य रट रहा होता या फिर ऐसा ही मृत साहित्य लिख रहा होता। वह सब ताज़ा, मौलिक और सजीव चीजों से घृणा करता क्योंकि इन्हें वह अपने बनाए किसी चौखटे में बिठा नहीं पाता। जिस शैली को वह जानता उसमें ये बातें फिट नहीं होती। और यदि वह किसी चीज को अपनी सूची में शामिल नहीं कर पाता तो उसे पक्का मालूम था कि वह महान नहीं हो सकती है। उसे विश्वास था कि केवल वही सही है, बाकी सब गलत हैं। इसीलिए यदि वह कहता है कि यहाँ कला है तो वह कहीं और नहीं हो सकती है। क्योंकि वह उसका अस्तित्व स्वीकार ही नहीं करेगा। वह उपन्यास की शैली को किसी श्रेणी में नहीं रख पाया। इसलिए उसके लिए उपन्यास का अस्तित्व नहीं था। उसके लिए उपन्यास साहित्य या कला नहीं था। इस तरह चीन के विद्वानों ने सिद्ध कर दिया था कि उपन्यास साहित्य या कला नहीं था।

चीन के एक बहुत महान विद्वान, साहित्यिक आलोचक ने 1776 में साहित्य की एक सूची बनायी और घोषित कर दिया कि इसमें जो है, मात्र वही साहित्य है। बाकी कुछ भी साहित्य की श्रेणी में नहीं रखा जा सकता है। उसकी सूची में आलेख, सरकारी टिप्पणियाँ, जीवनियाँ, समाधि लेख, मृत्यु लेख, कविता, इतिहास सब समाहित था, पर उपन्यास नहीं था। जबकि जनसामान्य के द्वारा रचा जाता हुआ और विकसित होकर उस काल तक चीनी उपन्यास अपने चरम पर था। 1772 में चीन के महान सम्राट चिएन लंग के द्वारा बनवाए विश्वकोश 'सू कू चुन शू' में ही उपन्यास साहित्य के अन्तर्गत आया। पर्ल बक प्रसन्न हैं। वे उपन्यास और उसके निर्माताओं के लिए प्रसन्न हैं। क्योंकि वे दोनों बौद्धिक लोगों की आलोचना के परे रहे। उससे बच गये। इसीलिए जीवित रह सके। विकसित हो सके। वे विद्वानों द्वारा निश्चित किए गये कला के नियमों से जकड़कर मर नहीं गये। वे निर्धारित शैली, उनकी तकनीकी साहित्यिक शब्दावली से बच गये। उनकी खोखली बहसों का मुद्दा नहीं बने। इन तथाकथित विद्वानों के अनुसार कला परिवर्तनशील नहीं, शाश्वत है। दशकों में भी अपने आसन से काँपती नहीं है। कला उच्च आसन से नीचे नहीं उतरती है। जबकि इन तथाकथित विद्वानों के द्वारा उपन्यास निम्न स्तर का माना गया। चीनी उपन्यास स्वतन्त्र था। वह मनमाने ढंग से विकसित हुआ। फूला-फला। अपनी जमीन, अपने लोगों के साथ फूला-फला-फैला। आम जन के द्वारा पोषित हुआ। उसे भरपूर धूप, पानी, खाद, मिट्टी मिली। कला की तरह वह बन्द कमरों में सर्द और बर्फीली हवाओं का शिकार नहीं हुआ। विद्वानों के द्वारा की जानेवाली हत्या से बचा रहा।

यदि चीनी विद्वान चीन के उपन्यास के विकास को जान लेता तो उसे और कठोरता से नकारता। कभी-कभी, दुर्भाग्य से उन्हें इस पर ध्यान देना पड़ता था

क्योंकि युवा सम्राटों को उपन्यास पढ़ना अच्छा लगता था। तब ये बेचारे विद्वान इसे अनदेखा न कर पाते। उन्होंने 'सामाजिक महत्त्व' शब्द का ईजाद किया। यह सिद्ध करने के लिए कि उपन्यास सामाजिक महत्त्व का दस्तावेज़ मात्र है, लम्बे-लम्बे लेख लिखे। अमेरिका में इस शब्द का उपयोग हाल में शुरू हुआ है मगर चीन में यह काफी समय पहले से प्रचलित है। इन विद्वानों ने माँग की कि जब वह सामाजिक महत्त्व का होगा तब ही उपन्यास को कला का दर्जा दिया जाएगा। उन लोगों का कहना था कि साहित्य कला है। सब कलाएँ सामाजिक महत्त्व की होती हैं। इस किताब में सामाजिक महत्त्व नहीं होता है अतः यह साहित्य नहीं है। इस तरह चीन में उपन्यास कला या साहित्य न था। उन लोगों ने सिद्ध कर दिया कि उपन्यास कला या साहित्य नहीं हो सकता है।

पर्ल बक ऐसी ही परम्परा में बड़ी हुईं। वे यही मानते हुए बड़ी हुईं कि उपन्यास का शुद्ध साहित्य से कुछ लेना-देना नहीं है। ऐसा ही उन्हें विद्वानों ने समझाया था। उन्हें बताया गया था कि कला, साहित्य विद्वानों के द्वारा बनाया जाता है। उपन्यास उस कसौटी पर खरा नहीं उतरता है।

पंडितों के दिमाग से निकले नियम प्रज्ञा के बहाव को नियन्त्रित करेंगे? जंगली झरने को जिसका उद्‌गम गहनतम जीवन है, उसको पंडित नियमित करेंगे? प्रज्ञा महान हो अथवा कम वह फूटता सोता है, जबकि कला चाहे वह प्राचीन हो अथवा आधुनिक तराशी हुई आकृति है, जिसमें पंडितों और आलोचकों को जबरदस्ती पानी डालना पड़ता है। चीन के जन ने ऐसा नहीं किया। प्रज्ञा से जल बहा, जोश से बहा। प्राकृतिक चट्टानों और वृक्षों से होता हुआ बहा और केवल सामान्य जनता उसके नजदीक आयी और उन्होंने इसका पान किया। इसमें राहत पायी और आनन्द उठाया। चीन में उपन्यास जनता का उत्पाद था। यह केवल उनकी सम्पत्ति थी। उपन्यास की भाषा उनकी भाषा थी, वेन-ली की साहित्यिक भाषा न थी। जो साहित्य और पंडितों की भाषा थी वह इसकी भाषा न थी। वेन-ली की भाषा कुछ वैसे ही थी जैसी कि चौसर की प्राचीन अँग्रेज़ी आज के आदमी को लगेगी। विडम्बना यह है कि एक समय वेन-ली भी बोली का प्रयोग कर रहा था। मगर पंडित कभी भी समय के साथ कदम मिलाकर नहीं चलते हैं। लोगों की बदलती भाषा के साथ बदलने को वे तैयार नहीं हैं। वे पुरानी बोली से चिपके रहते हैं। तब तक चैन से नहीं बैठते हैं जब तक उसे साहित्यिक मृत भाषा नहीं बना देते हैं। और जनभाषा आगे निकल जाती है। जीवित भाषा आगे और आगे बढ़ती जाती है और ये पंडित पीछे छूट जाते हैं। चीनी उपन्यास 'पेइहुआ' लोगों की सामान्य बातचीत है। यह बात स्वयं में ही पुराने पंडितों को खिझानेवाली थी। वे इससे बचते थे। क्योंकि इसकी शैली सरल और प्रवाहमान थी, इसे पढ़ना

आसान था। पंडितों के अनुसार इसमें अभिव्यक्ति की कोई तकनीकी ही न थी।

आज शोध द्वारा यह सिद्ध हो चुका है कि कहानी के माध्यम से किया गया शिक्षण स्थायी अधिगम का आधार होता है। भारत में यह बात बहुत पहले से व्यवहार में थी और दुनिया के सब धर्मप्रचारक भी सदा से इसका उपयोग करते रहे हैं। अपने भाषण के इस मोड़ पर आकर वे तनिक ठहरती हैं। भारत से आये पंडितों का हवाला देती हैं जो चीन में बौद्ध धर्म की सौगात लेकर आये थे। पश्चिम में प्रारम्भ से ही शुद्धिवाद अथवा अतिनैतिकतावाद उपन्यास का दुश्मन माना गया। परन्तु प्राच्य में बौद्ध होशियार थे। जब वे चीन आये तो उन्होंने देखा कि साहित्य लोगों से दूर था और छठे वंश के अर्न्तगत औपचारिकता से जकड़े होने के कारण मर रहा था। साहित्य के पेशेवर ठेकेदार उस सबको खारिज कर रहे थे जो उनके नियमों के अन्दर नहीं समाता था। इसी दौर में बौद्ध अनुवादक अपनी स्वतन्त्र चेतना और महान ख़ज़ाने के साथ आये। उनमें से कुछ भारतीय थे, कुछ चीनी, इन धर्म प्रचारकों ने स्पष्ट कर दिया कि इन्हें नियमों से कुछ लेना-देना नहीं है। इन्हें तो अनपढ़ सामान्य जनता के बीच अपनी बात का प्रचार-प्रसार करना है, अतः वे सरल और सीधी भाषा में अपनी बात कहेंगे। इन लोगों ने अपनी धार्मिक शिक्षा सर्वसामान्य की भाषा में रखी, जिसका प्रयोग उपन्यास पहले से ही कर रहा था। चूँकि लोग कथा-कहानी पसन्द करते हैं इसलिए इन लोगों ने अपनी बात लोगों तक पहुँचाने का माध्यम कहानी को बनाया। धर्म प्रचारक सब स्थानों पर यही करते हैं।

बौद्धों की सर्वाधिक प्रचलित किताब 'फा शू चिंग' की प्रस्तावना में कहा गया है कि जब भगवान के शब्द देने हों तो सरल रूप में देने चाहिए। यही चीनी उपन्यास का मूलमन्त्र था जिनके लिए आदमी भगवान था और भगवान आदमी। चीनी उपन्यास मुख्य रूप से सामान्य जनता के मनोरंजन के लिए लिखा जाता था। मनोरंजन से यहाँ तात्पर्य मात्र हँसी-मज़ाक़ न होकर उनके मन को पूरी तौर पर आकर्षित करना। उनके पूरे ध्यान को खींचना था। वह शब्द चित्र के द्वारा लोगों के मन में जीवन और उसके अर्थ को बैठाते थे। और यह वे कला के किसी नियम के तहत न करके हर आयु के लोगों के जीवन की कहानियों के द्वारा करते थे। वे लोगों के जीवन को लोगों के समक्ष उनकी ही भाषा में प्रस्तुत करते थे। प्रचारकों ने भी देखा कि जब वे देवों को सामान्य जन की तरह रोज़मर्रा के कामकाज में व्यस्त रूप में प्रस्तुत करते हैं तो लोग देवों को अच्छी तरह समझ पाते हैं। इसलिए उन्होंने देवों को भी सामान्य जन के रूप में चित्रित किया।

उपन्यास के सामान्य जनभाषा में लिखे जाने का असली कारण यह था कि

उस समय अधिकांश जनता पढ़-लिख नहीं सकती थी। वे मौखिक भाषा का प्रयोग करते थे और सुनकर बात समझते थे। एक कोई पढ़ने-लिखने में सक्षम व्यक्ति उपन्यास जोर-जोर से पढ़कर सुनाता और बहुत सारे लोग सुनकर उसका आनन्द लेते थे। सौ-दो-सौ लोगों में एकाध कोई पढ़ना-लिखना जानता था। चीन में लेखन परम्परा भी काफी प्राचीन है। दिनभर के कामकाज के बाद, किसी पर्व-त्योहार या किसी छुट्टी के दिन फुरसत में लोग बैठते और कोई एक पढ़कर उपन्यास सुनाता। जो उनकी तरह के जीवन की ही कहानी होती, जिससे वे स्वयं को आसानी से जोड़ पाते और उसका आनन्द उठाते। हमारे अपने देश में भी शाम को अलाव के चारों ओर बैठकर किस्से-कहानी सुनाने की प्रथा रही है। सब देशों में रही है। ऐसे किस्सों को पंडित कभी भी साहित्य का दर्जा देने को तैयार नहीं होते हैं। इसी प्रकार दुर्गा प्रसाद खत्री और देवकीनन्दन खत्री के उपन्यास जनता में लोकप्रिय थे, जिनका आनन्द उठाने के लिए न जाने कितने लोगों ने हिन्दी सीखी और उससे भी कई गुणा ज्यादा लोगों ने इन्हें सुनकर इनसे अपना मनोरंजन किया। लेकिन इन्हें साहित्य का दर्जा देने में अभी तक विद्वानों को हिचकिचाहट है। हाँ आजकल थोड़ी जागरूकता आयी है और अपनी इस महान विरासत को बचाने का बीड़ा कुछ सुधिजनों ने उठाया है। वे लोक-साहित्य एकत्र कर रहे हैं। आजकल इनके दस्तावेज़ीकरण का काम तेजी से हो रहा है। हमारे एक मित्र हरिन्द्रनाथ और उनके भाई पुरुषोत्तमन इस तरह का कार्य कर रहे हैं। वे स्वयं केमिस्ट्री और फिजिक्स के विद्वान हैं परन्तु जब भी समय मिलता है केरल की विलुप्त होती संस्कृति को विडियोग्राफी के रूप में सँजोने का कार्य करते हैं। ये दोनों भाई केरल की संस्कृति के प्रमुख अंग कृष्णाटम तथा तैयम के संरक्षण में प्राणप्रण से जुटे हुए हैं।

चीनी उपन्यास का विकास इसी सरल तरीके से हुआ। वाचक को गला तर करने के लिए चाय की जरूरत होती थी, अतः कुछ लोग टोपी या कटोरा लेकर जमा हुए लोगों से कुछ सिक्के भी जमा करते। यदि यह रकम ज्यादा होती तो यह वाचक को दे दी जाती और इस तरह एक नये पेशे का उदय हुआ। वाचक जो समय उपन्यास पढ़कर सुनाने में लगाता, यदि वह ये समय रेशम बुनने की खड्डी पर लगाता या कोई और काम करता तो उसे कुछ आमदनी होती और आखिरकार उसे भी जीने के लिए दाना-पानी चाहिए। वे कहानी सुनाते थे और जब इससे आमदनी होने लगी तो पेशेवर कथावाचक सामने आये। क्या हमारे यहाँ पुरोहिताई का पेशा ऐसे ही प्रारम्भ हुआ होगा?

ये कथावाचक जो कहानियाँ सुनाते थे, वही उपन्यास का प्रारम्भ था। ऐसी बहुत सी कहानियाँ लिखी नहीं जाती थीं क्योंकि जनता नाटकीय कहानियाँ पसन्द

करती है। अतः इस माँग की पूर्ति इतनी आसान न थी। वाचक कहानियों की खोज में लगे रहने लगे। पंडितों ने जो शुष्क इतिहास लिखा था वे उससे भी अपना कच्चा माल लेने लगे। इस कच्चे माल को जन-रुचि के अनुसार अपनी कल्पना से वे विस्तार देते। उसमें रंग भरते और उसमें झूठ-सच मिलाते और इस तरह रूखे-सूखे ढाँचे को सजा-सँवारकर, नये-नये रूप में जन के समक्ष प्रस्तुत करते। जनता की रसाई दरबार में नहीं होती है, अतः वहाँ का जीवन उसकी उत्सुकता का कारण होता है। चीनी कथावाचक दरबार और महल, सम्राटों के उत्थान-पतन की कहानी चटपटे रूप में जनता के सामने परोसते। चूँकि वाचक अक्सर एक गाँव से दूसरे गाँव की यात्रा करते रहते थे, वे तमाम तरह की विचित्र गाथाएँ सुनते थे। इन्हें वह अपने भंडार में समाते चलते। वे लोगों के बीच रहते थे। लोगों के सुख-दुःख में शामिल होते थे। लोग उनसे अपने अनुभव बाँटते थे। यह सब भी वे अगले श्रोताओं के लिए दर्ज करते चलते और इस तरह उनके खजाने में दिन-दूनी-रात चौगुनी वृद्धि होती रहती। इस तरह उपन्यास का विस्तार होता गया। वह जन की घटनाओं, उनके अनुभवों को शब्द देते परन्तु उन्हें पांडित्य का जामा नहीं पहनाते थे। वे लोगों तक उनकी बात, उनकी भाषा, उनके मुहावरों में ही पहुँचाते थे। इसीलिए चीनी उपन्यास जनप्रिय रहे। वाचक साहित्य के नियमों के फेर में नहीं पड़ते थे। उनके मन में सदैव अपने श्रोता रहते थे। वे उनकी नब्ज़ पहचानते थे। वे उनके बीच के व्यक्ति थे। उनकी रग-रग से वाक़िफ़, आज की शब्दावली में कहें तो उन्हें अपने टारगेट ऑडियन्स का हमेशा ध्यान था और इसीलिए वे सफल थे। वे जानते थे कि जन उसी शैली को चाहता है जिसमें प्रवाह है, जो सरल है और स्पष्ट है। शब्दावली जिसे जन अपने दैनन्दिन जीवन में प्रयोग करता है। यहाँ मुझे कविगुरु रविन्द्रनाथ टैगोर की पंक्ति याद आ रही है, उन्होंने कहा है, 'आमार आकास, आमार बातास, ऐ ते सबै सोझासोझी'। इस सीधी-सी बात को न मालूम क्यों लोग उलझाकर प्रस्तुत करते हैं। अपना पांडित्य प्रदर्शित करने के चक्कर में वे सीधी-सादी बात को भी घुमा-फिरा कर कहते हैं। चीनी वाचक उतना ही चित्रण करता जिससे व्यक्ति, घटना अथवा स्थान के वर्णन में स्पष्टता आ जाए। वह चित्रण के शब्दजाल में उलझाकर कहानी के प्रवाह को बाधित नहीं करता था। क्योंकि उसके श्रोता के पास इतना धैर्य नहीं था कि वे चित्रण के जंगल में कहानी खोजते फिरें। वे कहानी चाहते थे जिसे बताने में चीनी कथावाचक देरी नहीं करता था।

पर्ल बक चीनी उपन्यास की अन्य विशेषताएँ गिनाती हैं। चीनी उपन्यास बेकार के क्रियाकलापों या क्रूर क्रियाओं का वर्णन मात्र नहीं था। चीन के तीन प्रमुख उपन्यास हैं। इन उपन्यासों को महान कहने के पीछे ठोस कारण हैं। जिस

पहले उपन्यास का वे हवाला देती हैं वह है 'शू हू चुआन'। यह उपन्यास एक्शन से भरपूर है। इसमें एक सौ आठ चरित्र हैं। लेकिन इसकी विशेषता है कि सब चरित्र एक-दूसरे से भिन्न, और अपने क्रिया-कलापों और भाषा के द्वारा एक-दूसरे से भिन्न हैं। अलग-अलग पहचाने जा सकते हैं। वे एक-दूसरे से इतने भिन्न हैं कि जब वे बोलते हैं तो बताना नहीं पड़ता है कि कौन बोल रहा है। नाम बिना बताए ही श्रोता उसे पहचान लेता है। हरेक की भाषा इतनी सजीव और सुस्पष्ट है कि मुँह खोलते ही उनका जीवन्त चित्र उपस्थित हो जाता है। लेखक को उनका विवरण अलग से नहीं देना पड़ता है। ठीक वैसे ही जैसे महाभारत के विभिन्न चरित्र।

मजे की बात यह है कि जब कहवा घरों, गाँवों, शहरों की सड़कों, गलियों में उपन्यास का विकास हो रहा था तब महलों में भी यह पनप रहा था। और वहाँ भी यह बिना किसी नियम कायदे के फल-फूल रहा था। चीन के राजदरबार में एक प्राचीन रीति थी, ख़ासकर उन दरबारों में जहाँ विदेशी शासक थे। शासक एक 'शाही श्रवण' (राजसी कान) की नियुक्ति करते थे, जिसका एकमात्र काम था जनसामान्य के बीच बैठकर उनकी बातें सुनना। वह उन्हीं की वेशभूषा में उनमें शरीक होकर जनता की सारी बातें सुनता। एक तरह से यह गुप्तचर का काम करता। पता लगाता रहता कि कहीं सम्राट के विरुद्ध कोई षड्यन्त्र तो नहीं चल रहा है। कहीं तख्ता पलटने की कार्यवाही तो नहीं हो रही है। चीन का इतिहास देखें तो ज्ञात होता है कि जब-जब कोई शासक अत्याचारी हो गया, तब-तब जनता ने विप्लव किया और उसे गद्दी से उतार फेंका। तो इस व्यक्ति का काम जनता के विचारों से शासक को अवगत कराना था। लेकिन शासक भी आखिरकार मनुष्य है। ये गुप्तचर जब गाँव-जवार की खबर लाते तो पाते कि शासक को जनता की बातें सुनने में ख़ासी रुचि है। राजा अक्सर दुनिया से कटा हुआ बहुत उबाऊ जीवन जीता था। अतः ये लोग जब नमक-मिर्च लगाकर जनता की बातें उसे सुनाते तो शासक को बड़ा रस मिलता। जैसा कि हमारे यहाँ भाँड़ या चारण करते थे। राजा के ये पालतू मुँहलगे लोग राजा को वही बातें सुनाते जो उसे अच्छी लगती। जाहिर है राजनीति से ऊबा राजा सामान्यजन की अजीबोगरीब कहानी सुनने में ज्यादा रुचि लेता। कुछ दिनों के बाद वे लोग इन कहानियों को लिखने लगे। ये लोग दोनों ओर के लिए बिचौलिए का काम करने लगे। शासक के जीवन की बातें जन तक पहुँचाते और जन की जिन्दगी शासक को दिखाते। जनता भी जानने को उत्सुक रहती कि शासक कैसे खाता-रहता है। कैसे अपनी रानियों से लड़ता है। कैसे हरम में रास-रंग रचाता है। जनता को मजा आता क्योंकि वे पाते कि राजा भी उन्हीं की तरह सुख-दुःख, आशा-निराशा, भूख-प्यास, प्रेम-

घृणा से चालित होता है। वह स्वर्ग का बेटा है पर उसकी भी अपनी मुसीबतें हैं। उसके जीवन में भी कठिनाइयाँ हैं। और इस तरह चीन में दो स्थानों पर उपन्यास का विकास हुआ, जिसने इसकी चिन्ता नहीं की कि वह पंडितों द्वारा कला और साहित्य के रूप में स्वीकृत होगा या नहीं। न करें पंडित इसे साहित्य और कला में समाहित, जनता और इन वाचकों, लेखकों के ठेंगे से।

इस विनम्रता के साथ चीन में उपन्यास का प्रारम्भ हुआ जो सदा लोकभाषा-बोली में रचा गया। जो लोकरंजन के लिए मिथक, प्रेम, प्रणय-व्यापार, षडयन्त्र, युद्ध उन सब ऊँची-नीची बातों से जुड़ा था जिनसे जीवन बनता है। चीन में पश्चिम की भाँति उपन्यास का विकास कुछ चुने हुए महान लोगों के द्वारा नहीं हुआ। चीन में शुरू से उपन्यास उपन्यासकार से ज्यादा महान रहा है। चीन में कोई डिफो, कोई फील्डिंग या स्मोलेट नहीं हुआ। न ही ऑस्टिन या ब्रोंटी, डिकेंस या थाकरे, मेरेडिथ, या हार्डी हुआ, न ही बाल्ज़ाक या फ्लॉबेयर हुआ। लेकिन यहाँ उतने ही महान उपन्यास हुए जितने कि किसी अन्य देश में लिखे जा सकते हैं। वे श्रोताओं के समक्ष एक प्रश्न उछालती हैं कि तब किसने उपन्यास लिखे? आज चीन के आधुनिक साहित्यिक लोग सदियों बाद यह जानने का प्रयत्न कर रहे हैं कि ये उपन्यास किसने रचे?

वे कहती हैं कि पिछले पच्चीस वर्षों (भाषण के समय) से पश्चिमी विश्वविद्यालयों में शिक्षित पश्चिमी शिक्षा से लैस आलोचक अपने उपेक्षित उपन्यास की तह में जाने की कोशिश कर रहे हैं। पश्चिमी शिक्षा ने मूल संस्कृति के प्रति रुचि जगायी। अपनी चीजों के प्रति कौतूहल पैदा किया। ऐसा भारत में भी हुआ। पर जिन्होंने उपन्यास रचे उन्हें खोजना न हो सका। क्या किसी एक आदमी ने 'शू हू चुआन' लिखा है? आज जिस आकार-प्रकार में वह मिलता है उसे इस रूप तक पहुँचाने में न मालूम कितने लोगों का हाथ है। कितने लोगों का दिमाग और कल्पना इसमें लगी है। यह बता पाना कठिन ही नहीं असम्भव है।

ये रचनाकार अपने समय में जिये। उन्होंने अपने समय के लोगों के जीवन को देखा और लिखा। परन्तु स्वयं अपने बारे में कभी कुछ नहीं लिखा। 'द ड्रीम ऑफ द रेड चैम्बर' का लेखक उसकी भूमिका में कहता है, यह जरूरी नहीं है कि मुझे और टैंग के समय को जाना जाए। केवल यह जरूरी है कि मैं अपने समय के बारे में कहूँ। प्रसिद्ध मलयाली लेखक ओ.वी. विजयन से किसी ने कहा कि आप फूको पर क्यों नहीं लिखते हैं? उन दिनों हमारे यहाँ फूको की लहर थी। विजयन ने कहा कि हमारे यहाँ फूको का क्या काम है? चीन के उपन्यासकारों ने अपने समय के बारे में लिखा। वे एक प्रकार की अज्ञानता की कृपा में जिये। उन्होंने कभी अपने उपन्यास की आलोचना नहीं पढ़ी, कभी चिन्ता न की कि

जो वे लिख रहे हैं वह पंडितों के नियम-क़ायदे के अनुसार है या नहीं। राहुल सांकृत्यायन ने भी कहा था मेरे पास लिखने के लिए इतना कुछ है कि उसमें सुधार करने का समय मेरे पास नहीं है। जिन्हें सुधार करना हो, करते रहें। जिस ऊँचाई पर पंडित साँस लेते थे उस पर जाने की चिन्ता उन लोगों ने नहीं की। कभी इस पर भी ध्यान नहीं दिया कि पंडितों के अनुसार किस मिट्टी से महानता बनती है। उन्होंने मनमाफ़िक़ लिखा। वैसा लिखा, जैसा उन्हें आता था। कभी उन्होंने अच्छा लिखा, कभी उतना अच्छा नहीं लिखा। और वे इसी अज्ञात प्रसन्नता के साथ मर गये। आज चीन के सारे विद्वान मिलकर उनका आदर करना चाहें तो भी वे दोबारा उठकर नहीं आएँगे। वे साहित्य की शल्य-क्रिया से दूर जा चुके हैं। लेकिन वे मरने के बाद भी बचे रहे। क्योंकि चीन के सामान्यजन ने उनके उपन्यास को बचाकर रखा। जो लिख-पढ़ नहीं सकती थी, उस अशिक्षित जनता ने बचाकर रखा। उसने मुँह से मुँह होते हुए, वाचिक परम्परा से उनके उपन्यास को बचाकर रखा। जब तक मौखिक परम्परा है तब तक साहित्य बचा रहेगा। ऐसा ही नोबेल पुरस्कृत साहित्यकार गुंटर ग्रास भी मानते हैं।

बाद के एक संस्करण में 'शू हू चुआन' के प्राक्कथन में उसका एक लेखक कहता है कि जो मैं कहता हूँ, मेरी आशा है कि उसे लोग आसानी से समझेंगे। चाहे पाठक अच्छा हो, बुरा हो, पढ़ा-लिखा हो या अनपढ़ हो, कोई भी इस किताब को पढ़ सकता है। किसी को चिन्ता करने की जरूरत नहीं है कि किताब अच्छी चलती है या नहीं। अफसोस मैं मरने के लिए पैदा हुआ हूँ, मैं कैसे जान सकता हूँ कि मेरे बाद आनेवाले पाठक जो इसे पढ़ेंगे, वे इसके बारे में क्या सोचते हैं। मैं स्वयं नहीं जानता हूँ कि अगले जन्म में, पुनर्जन्म में, मैं खुद इसके बारे में क्या सोचूँगा। मुझे यह भी पता नहीं है कि मैं पढ़ा-लिखा होऊँगा या नहीं। इसीलिए मैं ज्यादा चिन्ता क्यों करूँ?

इन उपन्यासकारों के लिए लिखना एक निहायत निजी बात है, सार्त्र ने अपनी एक किताब का शीर्षक ही दे दिया, 'मैं किसके लिए लिखता हूँ?'। इसी प्रश्न के उत्तर में एक लेखक ने एक लम्बी फेहरिस्त बना डाली। यह एक मनोरंजक प्रश्न है। लेकिन यह एक खतरनाक प्रश्न भी है। चीनी उपन्यासकार स्वयं को भाग्यशाली मानते हैं कि उन्हें इस प्रश्न से जूझना ही नहीं पड़ा। लिखते समय वे स्वयं को ही अपना पाठक मानते हैं। अगर लेखक सोचने लगे कि वह किसके लिए लिखता है, तब उसका वही हाल हो जाएगा जैसाकि मजे-मजे से जाते हुए कनखजूरे का हो गया, जिससे किसी ने पूछा कि वह कौन-सा पैर पहले उठाता है और वह फिर चल ही न सका। अगर एक लेखक एक सामाजिक वर्ग या समूह को प्रभावित करना चाहता है, जो करना उसे पसन्द है, तो न केवल

उन्हें खुश करने के लिए, बल्कि उन्हें प्रभावित करने के लिए, उसे सबसे पहले देखना होगा कि उसकी शैली प्रभाव डालने के लिए उपयुक्त है या नहीं। वह अपना समय इसी को देखने में, अपनी स्टाइल को देखने में गुजारने लगेगा। वह पक्के तौर पर कैसे जान सकता है कि उसके पाठक को क्या पसन्द है? उन्हें वास्तव में क्या अच्छा लगता है? वह प्रत्येक पाठक से पूछ नहीं सकता है। और अगर वह पूछता भी है तो इससे कोई फायदा नहीं होगा। वह भविष्य के पाठकों से कैसे पूछेगा? अपनी छवि पर भरोसा करना होगा।

तब फिर लेखक किसके लिए लिखता है? वह स्वयं के लिए लिखता है। अगर वह कोई लक्ष्य रखता है तो वह होता है हाथ में लिए गये विषय के अनुकूल भाषा, उसके अनुकूल फॉर्म बनाए रखना। इससे ज्यादा कुछ नहीं। चीनी उपन्यासकार के लिए यह खासतौर पर उस काल में और जरूरी था। उनके देश में साहित्य अनपढ़ लोगों के लिए था। लेखक क्यों लिखता है? चीनी उपन्यासकार के सामने यह प्रश्न आया तो कोई विकल्प था ही नहीं। जैसे गुंटर ग्रास कहते हैं कि उनके लिए कोई विकल्प नहीं था। उसी तरह इमरे के लिए भी कोई विकल्प न था। इसी तरह इन प्राचीन चीनी उपन्यासकारों के लिए कोई विकल्प नहीं था। उस समय के पंडित यदि प्रश्न करते कि इस किताब का क्या करोगे? तो शायद इन लेखकों के पास कोई उत्तर न होता। किसी के पास नहीं हो सकता है। कोई नहीं बता सकता है कि किसी किताब का भविष्य क्या होगा? आनेवाली पीढ़ी उसके साथ कैसा सलूक करेगी? बदलते समय के साथ उसका क्या मूल्य होगा? यह सब पहले से बताना कठिन है। लेखक या कलाकार क्यों चिन्ता करे? उसे जो लिखना है, जो करना है, लिखता जाय, करता जाय। उस समय बाजार नहीं था। आज का बाजारवाद नहीं था। उस समय के लेखक को बाजार की चिन्ता नहीं थी। उसका काम रचना था और वह रचता गया। विचित्र बात यह है कि उस समय भी कुछ ऐसे पंडित थे जिन्हें अज्ञानता की स्वतन्त्रता से ईर्ष्या थी। जिसके बोझ से वे अपने निजी जीवन में दबे हुए थे। परन्तु खुलकर इस बात को नहीं कहते थे। शायद वे अपने रचे नियमों के जाल से परेशान थे। अपनी कला के बन्धन से छूटना चाहते थे। ऐसे लोगों ने छद्म नामों से उपन्यास लिखे। और जब वे लिखते थे तो पांडित्य को किनारे हटाकर सरल भाषा में स्वाभाविक रूप से सामान्यजन के लिए लिखते थे।

उपन्यासकार विश्वास करते थे कि उन्हें किसी तकनीकी के चक्कर में नहीं पड़ना चाहिए। उन्हें वैसा ही लिखना चाहिए जैसाकि सामने की, सामग्री की माँग हो। अगर कोई उपन्यासकार किसी ख़ास शैली या तकनीकी के लिए जाना जाता है तो इसका मतलब हुआ कि वह एक साहित्यिक तकनीशियन बन गया और

अच्छे उपन्यासकार के रूप में वह समाप्त हो गया। कला–कला के लिए माननेवाले बहुत अच्छे तकनीशियन हो सकते हैं। बहुत अच्छे रचनाकार होंगे इसमें शक है। महान रचनाकार वही है जो अपनी शैली को स्वयं तोड़े, स्वयं को दोहराये नहीं। लेखन में तकनीकी कमाल आ सकता है, मगर तकनीकी कमाल के लिए लिखना रचनाकार की मौत है। रूपवाद कुछ लोगों को, कुछ समय के लिए लुभा सकता है पर ज्यादा देर यह जादू कायम नहीं रहता है। पर्ल बक कहती हैं कि उन्हें चीन में सिखाया गया था कि एक अच्छे उपन्यासकार को सब तरह के वाद से ऊपर होना चाहिए। उसे स्वाभाविक, बिना दूसरों से प्रभावित हुए हाथ की सामग्री की माँग के अनुसार लिखना चाहिए। उसे कथानक द्वारा संचालित होना चाहिए। उसका यही कर्तव्य है कि वह अपने भीतर से जीवन को निर्बाध बहने दे...हमें पढ़कर कभी ज्ञात नहीं होना चाहिए कि कौन रचनाकार है। क्योंकि जब किसी उपन्यासकार की शैली निश्चित हो जाती है तब वह अपनी ही कैद में पड़ जाता है। चीन के उपन्यासकार अपने लेखन में वैसी ही विभिन्नता रखते थे जैसेकि संगीत अपनी धुन स्वयं चुनता है। पर्ल बक इसी सभ्यता–संस्कृति में बड़ी हुई थीं। इसी में उनकी साहित्य की समझ विकसित हुई थी।

पश्चिम के मापदंडों के अनुसार ये चीनी उपन्यास परिपूर्ण नहीं हैं। वे अक्सर शुरू से अन्त तक योजनाबद्ध नहीं होते हैं। उनकी दृष्टि में वे सुसंगठित भी नहीं हैं। असल में वे उतने ही सुसंगठित हैं जितना जीवन होता है। वे अक्सर बहुत लम्बे हैं। उनमें बहुत ज्यादा चरित्र हैं। उनमें घटनाओं की भरमार होती है। तथ्यों और कल्पनाओं का घालमेल, रोमांस और वास्तविकता का घपला, अविश्वसनीय जादू और स्वप्न इतने ज्यादा कि किसी तर्क की कोई गुंजाइश ही नहीं होती है। पहले के उपन्यास लोककथाओं, लोकगीतों से भरे हुए होते हैं, क्योंकि उस समय के लोग लोकगीतों में सोचते और स्वप्न देखते थे। यदि आपने उस समय के उपन्यासों को नहीं पढ़ा है तो आप चीन के दिमाग को नहीं समझ सकते हैं। क्योंकि आज के चीन के दिमाग को भी उन्हीं उपन्यासों ने गढ़ा है। और आज के प्रशासनिक अधिकारी और पश्चिमी शिक्षा के निष्णात लोग कुछ भी कहें इन बातों के बावजूद लोकगीत का आग्रह बना हुआ है। वह आज भी दृढ़ है। मुख्य रूप से चीन का मस्तिष्क आज भी वही है जिसके बारे में जॉर्ज रसल ने लिखा कि आइरिश मस्तिष्क विचित्र तरीके से चीन जैसा है। मस्तिष्क जो अपनी लोक कल्पना में सब बातों पर विश्वास करता है।

इसी जनमानस ने हजारों साल के जीवन को कहानियों में ढाला जो सच में चीन का उपन्यास है। क्योंकि ये उपन्यास जैसे–जैसे विकसित होते गये वैसे–वैसे समय के साथ परिवर्तित होते गये। कोई एक नाम किसी महान उपन्यास

के साथ नहीं जुड़ा है क्योंकि किसी एक हाथ ने उसे नहीं लिखा। शुरू में जो एक कहानी मात्र थी, उसी के अगले संस्करणों में उसका विकास होता गया। कई हाथ लगे और कहानी बनती गयी। वे इस स्थान पर एक उदाहरण प्रस्तुत करती हैं, 'पे शी चुआन' (द व्हाइट स्नेक) पहले-पहल टैंग काल में एक अज्ञात लेखक द्वारा लिखी गई कहानी है। इस समय यह एक अलौकिक सफेद सर्प की सरल-सी कहानी थी। अगली सदी में इसका नया संस्करण बना, इसमें सर्प एक खून पीने वाली बुरी स्त्री के रूप में चित्रित था। समय बदला और तीसरे अवतार में यह थोड़ा नरम पड़ गया। रक्त चूसनेवाली स्त्री निष्ठावान पत्नी बन गयी जो हर काम में अपने पति की सहायता करती है और उसे पुत्र भी देती है। इस तरह से न केवल कहानी में नये चरित्र जुड़े वरन् नये गुण भी जुड़ते गये। जो कहानी अलौकिक से प्रारम्भ हुई थी वह ज्यादा मानवीय बन गयी। हर काल की प्रचलित धारणा के साथ, उसके अनुसार परिवर्तित होती गयी।

इस तरह चीन की कई प्रारम्भिक किताबें उपन्यास न होकर उपन्यास का स्रोत हैं। ऐसी किताबें हैं, उनमें यदि शेक्सपियर हाथ डालता तो उन कंकड़ों से जवाहरातों का निर्माण करता। क्योंकि उन्हें महत्त्वपूर्ण नहीं माना गया अतः आज इनमें से कई किताबें नष्ट हो चुकी हैं। सब नहीं, जैसे कि प्रारम्भिक 'हन' की कहानियाँ आज भी घोड़ों की तरह दौड़ती हैं। और कई वंशों की कहानियाँ, सब नष्ट नहीं हुआ है। कुछ बच रहीं। मिंग वंश के काल में कई कहानियों का 'ताइपिंग क्वान शी' के नाम से एक महान संग्रह हुआ है। जिसमें अलौकिक और धार्मिक, बुराई के बदले अच्छाई, दया, स्वप्न और चमत्कारों, ड्रैगन, देवी-देवताओं, पुरोहितों, चीता, लोमड़ी जानवरों, मृतकों के पुनर्जीवन की कहानियाँ संग्रहित हैं। इनमें से अधिकांश में परालौकिक, कुँवारी कन्या से उत्पन्न देव, आदमी देव के रूप में वर्णित हैं। इन पर बौद्ध धर्म का प्रभाव देखा जा सकता है। चमत्कार और रूपक कथाएँ हैं। स्वप्न में आदमी-औरतें गुलिवर की तरह विचित्र नगरी में पहुँच जाते हैं और जादुई छड़ी से तमाम अनोखे कार्य होते हैं। हर कहानी अपने युग का आईना है। 'हान' काल की कहानियाँ अक्सर राजकाज से जुड़ी हैं और किसी महान व्यक्ति, किसी होरी के आसपास घूमती हैं। हास्य इनकी प्रमुख विशेषता है। आदिम हास्य। 'सिआओ लिंग' संग्रह में भी हास्य की धारा प्रवाहित है। कहा जाता है कि इसका संग्रह हन तांग ने किया। जब स्वर्णयुग समाप्त होने लगा, कहानियाँ भी बदलने लगीं। हान वंश के काल को कभी नहीं भुलाया गया। आज भी चीन के लोग स्वयं को हन के पुत्र मानते हैं। आनेवाले कमजोर और भ्रष्ट काल में कहानियाँ भी कमजोर थीं। चीन में कहावत है कि छठे वंश के दिनों में छोटी-छोटी बातों पर लिखा गया। स्त्रियों, झरनों और चिड़ियों पर लिखा

गया।

अगर हान साम्राज्य स्वर्णयुग था तो तांग काल रजत काल था और इसी तरह की कहानियाँ तब प्रचलित हुईं। यह प्रेम का युग था और सुन्दरी यांग कुई फेई पर कहानियाँ बनीं। उससे कुछ कम सुन्दर परन्तु सम्राट की चहेती मेई फेई पर भी कहानियाँ बनीं। ये अपनी गठन और जटिलता में पश्चिमी उपन्यासों के काफी नजदीक की कहानियाँ हैं। चीन के लोग कहते हैं कि उन्हें तांग की कहानियाँ अवश्य पढ़नी चाहिए, हालाँकि वे छोटे लघु व्यापार से जुड़ी हैं परन्तु वे इस भावप्रवणता के साथ लिखी गयी हैं कि पढ़ते हुए आँखों में आँसू आ जाते हैं। यह आश्चर्य नहीं कि ये कहानियाँ अधिकतर विवाह में समाप्त नहीं होती हैं या वैवाहिक जीवन में सन्तोष नहीं पाती हैं। बल्कि विवाहेतर सम्बन्धों में इन प्रेमकथाओं की परिणति होती है। जब विवाह के कथानक पर लिखा जाता है तो अन्त त्रासद होता है। फिर पर्ल बक दो उदाहरण देती हैं। एक 'पे ई ली शी' और दूसरा 'चाओ फेंग ची' दोनों विवाहेतर सम्बन्धों की कहानियाँ हैं और वेश्याओं की उच्चता को दर्शाती हैं। एक समय था जब हमारे देश में भी नगरवधू निपुणता और सुसंस्कृति का प्रतीक हुआ करती थीं। वे नृत्य, संगीत तथा व्यवहार कुशलता में दक्ष होती थीं और कुलीन युवकों को शिक्षित करने का काम करती थीं। चीन की ये वार वनिताएँ भी पढ़ने, लिखने, गाने बजाने में कुशल हुआ करती थीं। वे सामान्य अनपढ़, पीले चेहरेवाली पत्नियों की बनिस्बत सुन्दर, सुघर, कुशल और होशियार थीं। ये कहानियाँ इतनी लोकप्रिय हुईं कि परम्परावादी लोग इनकी लोकप्रियता को पचा न सके। वे भयभीत हो गये और उन्होंने इन कहानियों को अवैध तथा खतरनाक घोषित कर दिया। उनका कहना था कि ये चीन की सभ्यता के लिए खतरा हैं और परिवार प्रणाली को नष्ट करनेवाली हैं जो समाज के लिए बहुत बुरा है। नैतिकता के तथाकथित दावेदार इसी तरह सुन्दर साहित्य को काट-छाँट कर नष्ट करते रहे हैं। हमारे देश में भी कथा सरितसागर के साथ सामाजिक दायित्व और नैतिकता की दुहाई देते हुए ऐसे अत्याचार हुए हैं। मूल रचना को बाद में सजा-सँवारकर, काट-छाँटकर प्रस्तुत किया गया। कुलीनता का जामा पहनाया गया है। लेकिन इससे उसकी आत्मा मर गयी। उसकी आदिम गन्ध समाप्त हो गयी।

प्रतिक्रिया के तौर पर चीन में 'हुई चेन ची' पुरानी कहानी का नया अवतार बनी। एक युवा स्कॉलर चांग की कहानी जो खूबसूरत यिंग यिंग को प्यार करता है परन्तु अन्त में यह कहकर छोड़कर चला जाता है कि 'सब विशिष्ट स्त्रियाँ खतरनाक होती हैं'। इन लोगों ने खुद के साथ-साथ औरों को भी नष्ट कर दिया। इन लोगों ने सम्राटों तक को नष्ट कर दिया, मैं सम्राट नहीं हूँ, भला हो कि

मैं इसे छोड़ दूँ, उसने बौद्धिक लोगों की प्रशंसा पाने के लिए यही किया। भली यिंग यिंग भी कुलीन उत्तर देती है, 'यदि तुमने मुझे रखा और छोड़ा, यह तुम्हारा अधिकार है।' वह उसे भला-बुरा कुछ नहीं कहती है। लेकिन पाँच सौ सालों के बाद चीनी लोगों की भावुकता ने आगे बढ़कर रोमांस को फिर से सही किया। इसके अन्तिम संस्करण में लेखक चाँग और यिंग यिंग पति-पत्नी हैं। और किताब का अन्त इस भरत वाक्य से करते हैं, 'इस आशा में कि दुनिया के सब प्रेमी खुशी-खुशी विवाह बन्धन में बँधें।' सुखद अन्त के लिए समय की सतत धारा में पाँच सौ साल बहुत नहीं हैं। यह कहानी चीन की सर्वाधिक प्रसिद्ध कहानी है। संग काल में चाओ ते लिंग ने इसे काव्य के रूप में प्रस्तुत किया और 'द रलक्टेंट बटरफ्लाई' शीर्षक दिया और फिर युआन काल में तुंग चाई येन ने नाटक के रूप में 'सुह सी सियांग' नाम से लिखा। मिंग काल में इसके दो संस्करण मिलते हैं। यह ली रेह हुआ के 'नान सी सियांग ची' के रूप में उपस्थित है। दक्षिण में यह 'से' नाम से है। चीन का बच्चा-बच्चा चांग सेन का नाम जानता है।

वे कहती हैं कि यदि वे ताँग काल में रोमांस पर बल देती हैं तो इसका कारण है कि इस काल में स्त्री-पुरुष के बीच रोमांस ही उपन्यास का सबसे बड़ा उपहार था। ऐसा नहीं है कि उस काल में दूसरी कहानियाँ नहीं थीं। जैसे भारत में मुर्ग़ा-लड़ाई, कबूतरबाज़ी अमीर-ग़रीब दोनों के बीच प्रचलित थी, वैसे ही ताँग काल में चीन में भी थी। सामान्य जन और दरबारी दोनों ही इन मुर्ग़ा-लड़ाई, कबूतरबाजी में मशगूल रहते थे। और इन्हीं पर आधारित बहुत-सी कहानियाँ इस काल में रची गयीं। इन उपन्यासों में हास्य और व्यंग्य प्रमुख होता है, कटाक्ष होता है। इनमें से सबसे अच्छी कहानी चेन हंग की 'तुंग चेन लाओ फू चुआन' है। चेन हंग चीआ चांग एक प्रसिद्ध मुर्ग़ा लड़ानेवाला है। जिसे सामान्य जन और सम्राट दोनों ही प्यार करते हैं। समय चलता रहता है। संग काल में उपन्यास का स्वरूप निखरने लगा और युआन काल में यह चरम विकसित हो गया। चीन का उपन्यास इसके आगे न बढ़ा। 'हंग लाऊ मेंग' या 'द ड्रीम ऑफ द रेड चेम्बर' भी इसके बराबर का ही है, इससे बढ़कर नहीं।

पर्ल बक कहती हैं कि काश वे बता पातीं कि तीन उपन्यास चीन के लोगों के लिए क्या अर्थ रखते हैं। उन्हें पश्चिमी साहित्य जगत में इसकी तुलना का कुछ नजर नहीं आता है। पश्चिम में उपन्यास के इतिहास में किसी खास समय को नहीं कह सकते हैं कि यह उपन्यास काल का उत्कर्ष काल है। ये तीनों उपन्यास सामान्य चीनी लोगों, चीनी उपन्यास को न्यायसंगत ठहराते हैं। ये जन-साहित्य में, भले ही साहित्य में नहीं, पूर्ण स्मारक के रूप में उभरकर आते हैं।

इनकी भी बौद्धिक लोगों ने उपेक्षा की और इन पर प्रतिबन्ध लगाये। आनेवाले काल में इनकी धज्जियाँ उड़ाई गयीं। इन्हें खतरनाक, विद्रोही, पतित कहा गया। परन्तु ये जीवित रहे क्योंकि लोग इन्हें पढ़ते थे। लोग इन्हें कहानियों के रूप में कहते रहे, गाथाओं के रूप में गाते रहे और नाटक के रूप में अभिनीत करते रहे। यह सब तब तक होता रहा जब तक कि हारकर विद्वानों ने भी इस पर ध्यान देना नहीं शुरू किया। वे इन पर ध्यान देने के लिए मजबूर हो गये। पर चालाकी से कहने लगे कि ये उपन्यास नहीं प्रतीक गाथाएँ और रूपक हैं। और जब ये रूपक हैं तो इन्हें साहित्य में समाहित किया जा सकता है। साहित्य के रूप में देखा जा सकता है। पर विद्वानों के इन कथनों की जन-सामान्य ने परवाह न की। जनसामान्य भाषा का निर्माण करता है। वही साहित्य की सतत धारा को प्रवाहमान रखता है। जनता ने इन सिद्धान्तों पर ध्यान नहीं दिया। विद्वानों ने जो लम्बी-लम्बी व्याख्याएँ लिखीं, उसको नजरअन्दाज करते हुए जनता उपन्यास का आनन्द उठाती रही। सामान्य लोगों के लिए कहानी में मनोरंजन के अलावा कोई उद्देश्य न था और कहानी उनकी अभिव्यक्ति का माध्यम थीं। वे इसमें खुद को व्यक्त करते रहे।

हाँ लोगों ने इन्हें बनाया। त्रयी का पहला उपन्यास किसी एक व्यक्ति द्वारा नहीं रचा गया था। हालाँकि आधुनिक संस्करण के रचयिता का नाम सी नाइ एन है। संग काल के लुटेरों का एक झुंड इस महान उपन्यास का केन्द्र है। इसका प्रारम्भ इतिहास में हुआ। 1926 की नोबेल पुरस्कार विजेता ग्राज़िआ डेलेडा के देश के लुटेरे भी जनता के लोकप्रिय हीरो हैं। हमारे यहाँ भी जनता के डाकुओं की बीच बहुत इज्जत थी। जनता उनपर निष्ठा रखती थी। रॉबिन हुड भी ऐसा ही नायक है। अभी हाल-हाल तक डाकुओं को ही नायक के रूप में चित्रित किया जा रहा था। तेरहवीं सदी में हुई चुंग के काल में चीन पतन के कगार पर पहुँच गया। अमीर और अमीर होते गये, गरीब और गरीब होता गया। दोनों के बीच की खाई चौड़ी होती गयी। इस अन्याय को ठीक करने के लिए न्यायप्रिय डाकू आगे आये। जैसे जब अन्याय अपने चरम पर होता है, शहर में अँधेरा होता है तो शहंशाह न्याय करने के लिए आते हैं।

पर्ल बक अपने भाषण के इस मुकाम पर कहती हैं कि इस उपन्यास के विकास की पूरी लम्बी प्रक्रिया बता पाना कठिन है। न ही यह बताया जा सकता है कि यह उपन्यास कितने हाथों से होकर गुजरा, किस-किसने इसके विकास परिवर्तन-परिवर्धन में हाथ बँटाया। कहा जाता है कि शीह नाइ एन ने इसे पुरानी किताबों की एक दुकान में बहुत बुरी अवस्था में पाया। वह इसे अपने साथ ले आया और उसने इसे दोबारा लिखा। उसके बाद भी कहानी का परिवर्तन चलता

रहा। आज इसके पाँच-छः संस्करण मिलते हैं। एक चुंग आई शुई हु के नाम से है, जिसमें एक सौ अध्याय हैं। एक और संस्करण में एक सौ सत्ताइस अध्याय हैं। शीह नाइ एन वाले संस्करण को मूल माना जाता है, इसमें एक सौ बीस अध्याय हैं। परन्तु आज जो सबसे ज्यादा प्रचलित है उसमें केवल सत्तर अध्याय हैं। यह संस्करण मिंग काल में चिंग शेन टान द्वारा रचा गया। कहा जाता है कि उसने इसे अपने बेटे के पढ़ने के लिए उचित नहीं माना। इसलिए उसने एक और संस्करण स्वयं तैयार किया जो उसने अपने बेटे को दिया। उन्हें मालूम था कि कोई लड़का इसे पढ़ना अस्वीकार नहीं कर सकता है। एक ऑफिशियल संस्करण भी मिलता है, जब लगा कि जनता को इसे पढ़ने से रोका नहीं जा सकता है तो अधिकारियों ने इसे अपनी निगरानी में लिखवाया। शुई हु के इस संस्करण का शीर्षक 'तुंग काऊ ची' या 'लेइंग वेस्ट द रोबर्स' है, इसमें दिखाया गया है कि कैसे अन्तिम जीत राज्य-सेना की होती है, कैसे राज्य की सेना ने डाकुओं को हराकर नष्ट किया। चीन की जनता और कुछ हो या न हो स्वतन्त्र अवश्य है। उन्होंने ऑफिशियल संस्करण को कभी भी स्वीकार नहीं किया। उनका उपन्यास आज भी जीवित है। यह एक संघर्ष है जिसे वे बखूबी जानते हैं। जनता का भ्रष्ट सरकारी तन्त्र से रोज-रोज संघर्ष।

इन संस्करणों में 'लेस कैवेलियर्स शिवेलियर्स चिनोइस' नाम से फ्रेंच अनुवाद को भी जोड़ा जा सकता है। पर्ल बक के अपने भारी भरकम कार्य अँग्रेज़ी अनुवाद को भी। जिसे उन्होंने 'ऑल मेन आर ब्रदर्स' शीर्षक दिया। उन्होंने यह शीर्षक दिया क्योंकि अँग्रेज़ी में 'शुइ हु चुआन' नाम अर्थहीन है, जहाँ डाकू रहते थे यह मात्र उस झील का नाम है। चीनी भाषा में इसका सांस्कृतिक महत्त्व है। नाम लेते ही सदियों पुरानी स्मृतियाँ सजीव हो उठती हैं। लेकिन दूसरे लोगों के मन में चीनी शीर्षक से ऐसी कोई भावना उत्पन्न नहीं होगी। यह उपन्यास सदियों के हवा पानी को सहता आया है। आज इसका एक और ख़ास महत्त्व है, क्योंकि चीन के कम्युनिस्ट लोगों ने इसका अपना एक और संस्करण प्रकाशित किया है, जिसकी भूमिका एक प्रमुख कम्युनिस्ट ने लिखी है। इसे चीन के प्रथम कम्युनिस्ट साहित्य के रूप में प्रस्तुत किया जाता है। इस उपन्यास ने समय के थपेड़ों को सहा है और काल ने इसे अमर किया है। यही इसकी महानता का सबूत है कि समय से छनकर भी यह बचा हुआ है।

यह आज भी उतना ही सत्य है जितना सदियों पूर्व था। चीन के लोग आज भी इसके पन्नों पर विराजमान हैं। पुरोहित, वेश्या, व्यापारी, विद्वान, भली स्त्रियाँ, बुरी औरतें, बूढ़े, बच्चे, जवान, यहाँ तक कि शरारती छोटे बच्चे भी। यदि कोई नहीं है तो वह है प्रशिक्षित आधुनिक, हाथ में पी-एच.डी. का डिप्लोमा

लिए हुए पश्चिमी विद्वान। पर्ल बक पश्चिम के डिग्रीधारी विद्वान की खिल्ली उड़ाती हैं। उसका उपहास करते हुए कहती हैं कि यदि यह पश्चिमी विद्वान उस समय चीन में रह रहा होता जब यह किताब ब्रश से लिखी जा रही थी तो यह व्यक्ति भी इस कहानी का अंग होता। परन्तु उसका चित्रण उसके नये ज्ञान के कारण हास्य और उपहासपूर्ण तरीके से किया गया होता। क्योंकि नया ज्ञान चीन के प्राचीन ज्ञान के समक्ष बेकार और अधूरा है, अपूर्ण है। यह वैसा ही है जैसे मखमल पर टाट का पैबन्द या किसी पुराने लिबास पर छोटी-सी चिप्पी।

चीनी लोग कहते हैं कि युवा लोगों को 'शुइ हु' नहीं पढ़ना चाहिए और बूढ़ों को 'सान कुओ' या 'थ्री किंगडम्स' नहीं पढ़ना चाहिए। क्योंकि इससे आकर्षित होकर युवाओं के डाकू बन जाने की आशंका है और बूढ़े अपनी उम्र को भूलकर बहुत सक्रिय काम करने लगेंगे। 'शुइ हु चुआन' चीन के सामाजिक जीवन का दस्तावेज़ है, और दूसरी पुस्तक 'सान कुओ' युद्ध और राजकीय कार्यों का, और 'हुंग लोऊ मेंग' पारिवारिक जीवन और मानवीय प्रेम का। अलग-अलग उपन्यास जीवन के अलग-अलग रंग प्रस्तुत करते हैं। समाज के भिन्न-भिन्न आयामों को प्रदर्शित करते हैं। 'थ्री किंग्डम्स' का इतिहास भी ऐसी ही बनावट और लेखक के विषय में ऐसी ही शंका उपस्थित करता है जैसा कि 'शुइ हु' के विषय में है। कहानी की शुरुआत हान वंश में तीन मित्रों के सदैव भाईचारे की कसम खाने से होती है। सत्तानबे साल बाद अगले वंश सिक्स वंश में इसका अन्त होता है। इस उपन्यास का अन्तिम स्वरूप कुआन चंग नामक व्यक्ति ने लिखा। माना जाता है कि यह व्यक्ति शिह नाइ एन का शिष्य था। शायद 'शुइ हु चुआन' लिखने में जिसने अपने गुरु की मदद भी की थी। परन्तु यह वैसा ही है जैसा बाकोनांड—शेक्सपियर के विवाद। विवाद का चीनी रूप, जिसका कोई अन्त नहीं है।

चुंग युआन वंश के अन्तिम समय में लो कुआन जन्मा था और वह मिंग काल तक जीवित रहा। उसने बहुत से नाटक लिखे परन्तु वह अपने उपन्यासों के लिए जाना जाता है। जिसमें से 'सान कुओ' निःसन्देह सर्वोत्तम है। आज चीन में इस उपन्यास के जिस संस्करण का सामान्य रूप से प्रयोग किया जाता है वह माओ चेन कान के द्वारा पुनर्लिखित, संशोधित संस्करण है, जिसे कांग सी के काल में लिखा गया। माओ ने इसे लिखा और इसकी आलोचना भी की। उसने इस उपन्यास की सामग्री को परिवर्तित किया, उसने इसमें काफी जोड़ा-घटाया भी। उसने एक प्रमुख चरित्र की पत्नी के रूप में सुआन फु रेन को जोड़ा और तो और उसने इसकी शैली को भी परिवर्तित कर दिया! आज 'शुइ हु कुओ' उपन्यास का महत्त्व लोगों की स्वतन्त्रता के संघर्ष के लिए है। 'सान कुओ' का

महत्त्व इसके युद्ध कला वर्णन में है। इसमें चीन की युद्ध कला का विशद और सूक्ष्म वर्णन मिलता है। यह युद्ध कला पश्चिम की युद्ध कला से बहुत भिन्न है। चीन के गुरिल्ला जो आज (जब भाषण दिया जा रहा था) जापान के विरुद्ध प्रभावपूर्ण तरीके से युद्ध कर रहे हैं। इसी युद्ध कला का उपयोग कर रहे हैं। किसानों को 'सान कुओ' कंठस्थ है। भले ही उन्होंने इसे पढ़ा न हो। यह उन्होंने सर्दियों में घंटों आग के चारों ओर बैठकर अथवा गर्मी की लम्बी शामों को कथावाचक के इर्द-गिर्द बैठकर, सुनकर, सीखा है। क्या ठीक इसी तरह हमारे यहाँ अलाव के चारों ओर बैठकर लोग लोक साहित्य नहीं बुनते हैं? कथावाचक विस्तार से बताता है कि किस तरह 'थ्री किंगडम्स' के योद्धाओं ने अपने युद्ध कुशलतापूर्वक लड़े। यह उनके प्राचीन काल की युद्ध कला है जिसे आज के चीनी गुरिल्ला प्रयोग करते हैं। शायद पूरे पूरब में युद्ध कला बहुत विकसित थी। खूब जटिल थी। क्योंकि हमारे अपने देश में भी प्राचीन साहित्य में युद्ध कला, चक्रव्यूह, सेना का विशद वर्णन मिलता है। चीन की युद्ध कला में भी वर्णित है कि योद्धा को कब और कैसे आक्रमण करना है, कब पीछे हटना है। कब सन्धि प्रस्ताव भेजना है। पीछे हटना है तो किस विधि का प्रयोग करना है। जब शत्रु पीछे हट रहा हो तो कब और कैसे आक्रमण करना है। यही सारी कला इस उपन्यास की बुनावट में समाई हुई है। यही उसका उत्स है, जिसे चीन का बच्चा-बच्चा बहुत अच्छी तरह से जानता-समझता है।

इस महान त्रयी का तीसरा उपन्यास 'हंग लोऊ मेंग' अथवा 'द ड्रीम ऑफ द रेड चेम्बर' चीन का आधुनिक उपन्यास है। यह मूल रूप में एक आत्मकथात्मक उपन्यास है, जिसे ताओ हुवेनचिंग ने रचा। वह मंचु राज्य में एक उच्च पदाधिकारी था और मंचु उसे अपने में से एक मानते थे। मंचु लोगों के आठ सैनिक समूह थे और यह लेखक उन आठों का अपना था। उसने अपना उपन्यास कभी समाप्त नहीं किया, अन्तिम चालीस अध्याय एक अन्य व्यक्ति द्वारा जोड़े गये। कदाचित् उपन्यास के विस्तार करनेवाले इस व्यक्ति का नाम काओ ओ था। अपने जीवन की जिस कहानी को ताओ ह्वेन चिंग कह रहा था। उसे पहले युआन मे ई ने फिर आधुनिक काल में हु शिह ने विस्तृत किया। जो भी हो यह पीकिंग से 1765 में निकला और इसका मूल शीर्षक 'शिह तू ची' था। पाँच-छ: सालों के कम समय में ही पूरे चीन में प्रसिद्ध हो गया। जब यह निकला तब मुद्रण काफी खर्चीला था। इसका प्रचार-प्रसार 'तुम मुझे एक किताब दो, मैं तुम्हें एक किताब दूँगा'। चीनी विनिमय पद्धति से हुआ।

इस उपन्यास का कथानक सरल है। निहितार्थ जटिल हैं। इसमें चरित्रों का अध्ययन हुआ है और मानवीय संवेदनाओं का चित्रण है। यह तकरीबन करुणाजनक

है। इसमें एक बहुत बड़े घराने की बात कही गयी है जो एक समय समृद्ध और राज्य का दुलरुआ था। अतः इसकी एक सदस्य राजकीय रखैल थी। लेकिन सब दिन एक समान नहीं रहते हैं। जब इस पुस्तक की कहानी प्रारम्भ होती है उस समय यह घराना पतन के कगार पर है। इसकी सम्पत्ति नष्ट हो चुकी है। परिवार का अन्तिम वारिस एक मात्र पुत्र चिआ पाओ यु अपने परिवार की घिनौनी स्थिति के प्रभाव से ही भ्रष्ट हो रहा है। जबकि जन्म के समय वह एक विशिष्ट गुण वाला व्यक्ति था जैसा कि प्रतीक रूप में जन्म के समय उसके मुँह में एक टुकड़ा जेड (हरिताश्म) पाया गया था। भूमिका का प्रारम्भ 'जब एक बार स्वर्ग टूटा और उसकी मरम्मत हो रही थी, एक टुकड़ा बिना प्रयोग का रह गया। यही विशिष्ट टुकड़ा विख्यात हरिताश्म चिआ पाओ यु बना।' वाक्य से होता है। चीन के लोगों में शुरू से ही अलौकिकता के प्रति बहुत रुचि रही है और आज भी यह रुचि उनके जीवन में कायम है।

इस उपन्यास की कहानी लोगों को जकड़ती है क्योंकि मुख्य रूप से यह उनके अपने पारिवारिक जीवन का चित्रण करती है। उनकी अपनी परिवार प्रणाली, जिसमें स्त्रियों को घर के मामलों में चरम अधिकार प्राप्त हैं, मातृसत्तात्मक परिवार की शक्तियाँ नानी से माँ को प्राप्त होती हैं। यहाँ तक कि बन्धक बालाएँ भी यह शक्ति रखती हैं। ये बालाएँ युवा और बला की ख़ूबसूरत होती हैं और मारक रूप से स्वतन्त्र। अक्सर ये परिवार के बेटों के खेल का बायस बनती हैं और उन्हें बुरी तरह से बर्बाद कर देती हैं। साथ ही बेटों के द्वारा स्वयं भी नष्ट हो जाती हैं। चीनी परिवार में स्त्रियों के हाथ में असीम शक्ति होती है। उन्हीं की चलती है। पर वे घर की चारदीवारी में बन्द रहती हैं और अक्सर अनपढ़ होती हैं। वे पुरुषों को भी बच्चा बनाकर रखती हैं और उन्हें किसी भी प्रकार का कठिन कार्य नहीं करने देती हैं। सब तरह की परेशानियों से उन्हें दूर रखती हैं। जबकि पुरुषों को इतनी सुरक्षा की आवश्यकता नहीं होनी चाहिए। इसी तरह का सब ओर से सुरक्षित एक आदमी चिआ पाओ यु था और उसी के त्रासद अन्त की कहानी यह 'द ड्रीम ऑफ द रेड चेम्बर' है।

तथाकथित विद्वान स्वयं छिपाकर वही सब करते हैं जिसके लिए वे दूसरे लोगों की आलोचना करते हैं। पर्ल बक यहाँ आकर बताती हैं कि जब विद्वानों ने देखा कि इस उपन्यास को सम्राट भी छुप-छुपकर पढ़ता है और जनसामान्य पर इसका इतना गहरा प्रभाव है, तो उन्होंने लीपापोती का काम शुरू किया। इस उपन्यास को रूपक सिद्ध करने के लिए एड़ी-चोटी का जोर लगा दिया। पर्ल बक को इसमें कोई शक नहीं है कि ये विद्वान भी इस उपन्यास को छिपाकर पढ़ रहे थे। चीन में इस बात पर कई मजाक प्रचलित हैं कि वहाँ विद्वान छिपाकर

उपन्यास पढ़ते हैं और सार्वजनिक रूप से उसकी आलोचना करते हैं। ऐसा दिखाते हैं मानो उन्होंने इसका नाम ही न सुना हो। जो भी हो विद्वानों ने इस उपन्यास को लेकर सन्धि प्रस्ताव लिखे कि यह एक राजनैतिक रूपक है। कि इसमें विदेशी मंचू लोगों के शासन में चीन के पतन को प्रदर्शित किया गया है। उपन्यास के नाम में आया रेड शब्द मंचू लोगों का प्रतीक है। लिंग ताइ यु युवा लड़की जिसकी शादी पाओ यु से होनी थी जो मर जाती है, वह चीन का प्रतीक है। पाओ साई उसका विरोधी विदेशी का प्रतीक है जिसे लड़की के स्थान पर मिलता है। इसी तरह उन लोगों ने उपन्यास को तोड़-मरोड़ कर अपनी बात सिद्ध करने का प्रयास किया। इन विद्वानों के अनुसार चीआ नाम ही बताता है कि यह गलत है। परन्तु ये सब दूर की कौड़ियाँ थीं। जो उपन्यास में वास्तव में है और इन लोगों ने जो सिद्ध करना चाहा, दोनों में कोई सम्बन्ध नहीं है। यह चीन की विशेषताओं को दिखाता है। जहाँ यथार्थवाद और रोमांस घुला-मिला हुआ है, एक गर्वित तथा शक्तिशाली परिवार के पतन को दिखाता हुआ। एक ही परिवार में, एक ही छत के नीचे कई पीढ़ियों के लोगों का रहना, चरित्रों की भीड़भाड़, यह उपन्यास जीवन का बड़ा करीबी चित्रण है। चीन में भी हमारे यहाँ की भाँति संयुक्त परिवार की प्रथा थी। इस तरह के परिवार की अपनी विशेषताएँ होती हैं और अपनी ख़ामियाँ भी।

इन तीन उपन्यासों के विषय में बताते हुए पर्ल बक चीन की पूरी जीवन-पद्धति को वर्णित कर देती हैं। चीन में यदि एक आम आदमी से उपन्यास के विषय में पूछा जाए तो उसका उत्तर होगा, 'शू हू, सैन कुआऊ' 'हंग लाऊ मेंग', परन्तु वहाँ ये तीन ही नहीं और भी सैकड़ों उपन्यास हैं। जिनमें से कुछ और का नाम पर्ल गिनाती हैं। जैसे 'सी यु ची' या 'रिकॉर्ड ऑफ ट्रेवेल्स इन द वेस्ट'। यह भी इन तीनों उपन्यासों की भाँति ही लोकप्रिय है। एक और उपन्यास 'फेंग शेन चुआन' है जिसका नायक एक दैविक योद्धा है। इसका लेखक भी कोई अज्ञात व्यक्ति है। परन्तु यह मिंग शासन काल में रचा गया। वे 'रु लिंग वाइ शी' का नाम लेती हैं जो सिंग शासन की बुराइयों पर व्यंग्यात्मक रीति में लिखा गया है। इसमें द्विअर्थी संवादों की भरमार है। ये संवाद बुरे नहीं हैं परन्तु उपहास, हास्य, करुणा से भरे हुए हैं। कई घटनाओं का सांकेतिक उपयोग किया गया है। इसमें शुष्क विद्वानों का उपहास किया गया है जो कोई भी व्यावहारिक तथा उपयोगी कार्य नहीं कर सकते हैं। वे रात-दिन अपनी सैद्धान्तिक बातों में इतने उलझे रहते हैं कि जीवन की वास्तविकताओं से उनका कुछ लेना-देना नहीं होता है। इन विद्वानों से किसी मौलिक सृजना की उम्मीद नहीं की जा सकती है। किताब बहुत लम्बी है परन्तु इसमें कोई केन्द्रीय चरित्र नहीं है। हर चरित्र किसी

घटना से दूसरे चरित्र से जुड़ा हुआ है और अगली घटना तक चलता है और फिर यह चरित्र अगले चरित्र को घटना के साथ ही रिले रेस की तरह कहानी का सूत्र पकड़ा देता है। एक प्रसिद्ध आधुनिक चीनी लेखक के अनुसार ये चरित्र और घटनाएँ चमकदार सिल्क और साटन के टुकड़ों से बुनी गयी हैं।

चीन में 'यी शाऊ पे ई यिन' या 'एन ओल्ड हेरमिट टॉक्स इन द सन' है जिसे शिया के. किआंग यिन ने लिखा है। पर्ल बक एक अजीबोगरीब किताब का हवाला देती हैं, यह किताब है 'चिंग हुआ युएन' यह स्त्रियों की फन्तासी की किताब है। उन स्त्रियों की फन्तासी की जिनका शासक एक सम्राट था जो इन स्त्रियों की भाँति ही विद्वान था। यह बताता है कि स्त्रियों का ज्ञान पुरुषों के समान ही होता है। वे कहीं से कम नहीं हैं। हालाँकि इस पुस्तक का अन्त एक युद्ध में होता है। यह युद्ध स्त्रियों और पुरुषों के बीच लड़ा जाता है। इसमें पुरुषों की जीत होती है तथा सम्राज्ञी सम्राट से सहायता पाती है। मेरे मन में यहाँ एक प्रश्न उठ रहा है, क्या इस पुस्तक का महत्त्व आज के सन्दर्भ में स्त्री-विमर्श के लिए हो सकता है? एक विद्वान सम्राट की विद्वान स्त्रियों के विषय में फन्तासी।

पर्ल बक कहती हैं कि चीन की सामान्य जनता सैकड़ों उपन्यासों का आनन्द उठाती हैं। वे यहाँ मात्र कुछ नमूने पेश कर रही हैं। वे कहती हैं कि यदि चीन की जनता को पता चले कि मैं आप लोगों को क्या बता रही हूँ तो वे कहेंगे बस तीन के बारे में बताओ उतना ही काफी है। क्योंकि इन तीन उपन्यासों में ही चीन के लोगों का जीवन है। उनका अस्तित्व है। वे इनके गीत गाते हैं। इनके संग हँसते हैं। इनके संग रोते हैं। ये इनके जीवन में रचे-बसे हैं। उन्होंने इन तीनों में पीढ़ियों के अपने व्यावहारिक ज्ञान को भरा है। इसी से वे बार-बार जीवन प्राप्त करते हैं। इनसे ही उनके जीवन में संचार होता है। वे इन्हें ही बार-बार नये रूपों में रचते हैं। इन्हीं से नये गीत, नाटक और उपन्यास बनाते हैं। इन नयी बनी कृतियों में से कई मूल से भी ज्यादा प्रसिद्ध हो गयी हैं, जैसेकि शुई हु चुआन की मात्र एक घटना पर आधारित 'चिंग पिंग मे ई' आज भौतिक प्रेम की एक शास्त्रीय किताब मानी जाती है।

आगे वे कहती हैं कि मेरे लिए यह महत्त्वपूर्ण नहीं है कि मैं चीन के उपन्यासों की सूची सुनाऊँ...वे इस बात पर बल देना चाहती हैं कि चीन के इन उर्वरक स्वतन्त्र लोगों की कल्पना का विकास उनके अपने देश में इनके अपने काल में साहित्य न कहलाया। कहानी के लिए जिस शब्द 'सिआओ शुओ' का प्रयोग किया जाता है, उसका शाब्दिक अर्थ ही है मूल्यहीन। उपन्यास कहानी से थोड़ा लम्बा होता था। परन्तु वह भी बेकार और मूल्यहीन था। विद्वानों ने उसे कोई महत्त्व नहीं दिया। उसे सदैव निचले दर्जे का माना। जो अपने समय

में साहित्य न कहलाया वही आज जीवित है। आनेवाले समय में भी रहेगा। जबकि सारा औपचारिक साहित्य जिसे कला कहा जाता था आज मर चुका है। अक्सर इन उपन्यासों के प्लॉट अधूरे होते हैं। प्रेम की पूर्ण परिणति नहीं होती है, समस्याओं का हल नहीं दिखाया जाता है। नायिकाएँ सुन्दर नहीं हैं। नायक कई बार बहादुर नहीं हैं। कहानी भी अक्सर समाप्त नहीं होती है। कई बार बस रुक जाती है, जैसेकि जिन्दगी अचानक चलते-चलते रुक जाए। तब रुक जाए जब मौत की अपेक्षा नहीं हो। यही इसकी विशेषता है, ताकि आगे आनेवाला इसे जारी रख सके। गुंटर ग्रास भी अपने नोबेल भाषण में कहते हैं कि रचना सदैव जारी रहेगी। यह सब परम्परा, संस्कृति का अंग है। ठीक रिले रेस की तरह जिसमें एक धावक बैटन लेकर एक सीमा तक दौड़ता है और उसके बाद बैटन आगेवाले धावक के हाथ में थमाकर खुद वहीं रुक जाता है।

जो प्रवृत्ति कला का सृजन करती है वही कला का उत्पादन नहीं करती है। सृजनात्मक प्रवृत्ति अपने अन्तिम विश्लेषण और अपने सरलतम रूप में एक बहुत बड़ी जीवन्तता है, एक महान ऊर्जा है। एक व्यक्ति में इसका उद्भव व्याख्या से परे है। उस व्यक्ति के जीवन की सारी आवश्यकताओं के पार एक महान जीवन्तता। एक ऐसी ऊर्जा जो किसी एक जीवन द्वारा उपभोग नहीं की जा सकती है। यह ऊर्जा स्वयं से ही संचालित होती है। स्वयं ही अपना ईंधन बनती है। इस स्वसृजित ऊर्जा से जीवन का और सृजन करती है। स्व-संचालित होकर यह संगीत, चित्र, लेखन या जिस माध्यम में अभिव्यक्त होना चाहे बहुत कुछ और सृजित करती है। जिसमें यह ऊर्जा होती है, वह सृजन की प्रक्रिया से स्वयं को चाहकर भी दूर नहीं रख सकता है, बच नहीं सकता है। इस ऊर्जा के सृजन से ही वह व्यक्ति इस अनोखी और अतिरिक्त ऊर्जा के भार से मुक्त हो सकता है। यह ऊर्जा भौतिक और मानसिक एक साथ दोनों होती है। अतः उस व्यक्ति के सारे संवेदना तंत्र दूसरे मनुष्यों की अपेक्षा बहुत ज्यादा जागरुक, सतर्क और विशिष्ट होते हैं। उसका मस्तिष्क ज्यादा त्वरित और संवेदनशील होता है। उसकी संवेदनतन्त्रियाँ उसके मस्तिष्क तक इतनी अधिक मात्रा में संवेदनाएँ पहुँचाती हैं कि वह कल्पना के रूप में प्रवाहित होने लगती हैं। यह प्रक्रिया भीतर से चलती है। उस व्यक्ति का प्रत्येक अणु अपने चरम पर क्रियाशील होता है। यह न केवल उसे बहा ले जाता है वरन् उसके आसपास के समस्त जीवन, उसके स्वप्न को अपने क्रियावृत्त में ले लेता है। इस क्रिया से कला उत्पन्न होती है परन्तु उसके द्वारा नहीं। जिस प्रक्रिया से सृजन होता है उससे कला के आकार नहीं निःसृत होते हैं। अतः कला की परिभाषा गौण है, यह प्रमुख प्रक्रिया नहीं है। और जब कोई सृजन की प्रमुख प्रक्रिया के लिए उत्पन्न होता है, जैसे कि उपन्यासकार, और वह द्वितीय प्रक्रिया

के प्रति चिन्ता करने लगता है तो उसकी शिक्षा निरर्थक हो जाती है। जब वह आकार और शैली तथा तकनीकी और नये स्कूल बनाने में लग जाता है तो यह ऐसा है मानो जहाज एक पथरीले स्थान पर खड़ा हो और उसका पंखा बहुत तेजी से घूम तो रहा है परन्तु वह जहाज को आगे ले नहीं जा सकता है। जहाज तभी आगे बढ़ेगा जब वह अपने तत्त्व, पानी में हो।

उपन्यासकार के लिए उसका तत्त्व मनुष्य जीवन है। जीवन जो वह स्वयं में पाता है या अपने बाहर, अपने आसपास पाता है। उसके कार्य का एकमात्र मूल्यांकन है कि उसकी ऊर्जा और जीवन निर्मित करती है या नहीं यही। क्या उसके जीव सजीव हैं? यही एकमात्र प्रश्न है। जीवित लोगों के अलावा यह उसे कौन बता सकता है। ये जीवित लोग यह नहीं जाँचते हैं कि यह कला है या यह कैसे निर्मित हुआ है। वे देखते हैं कि यह उनकी खुशी, उनकी भूख, उनकी हताशा, दुःख, निराशा और सबसे बढ़कर उनके स्वप्नों में कहाँ तक समाता है। ये लोग ही उपन्यासकार के कार्य को वास्तव में जाँच सकते हैं क्योंकि वे मात्र एक तरीके से जाँचते हैं, वह है यथार्थ। वे देखते हैं कि उपन्यास का यथार्थ उनके जीवन के यथार्थ के एवज़ में कहाँ ठहरता है। इसी परम्परा में पर्ल बक एक लेखक के रूप में जन्मी हैं, पली-पुसी हैं, बड़ी हुई हैं। यह चीन के उपन्यासकारों के नजरिये का सत्व है—शायद कला के पंडितों के तिरस्कार का फल है। पर्ल बक ने इसे यह रूप दिया है और किसी अन्य ने अब तक इसे इस रूप में प्रस्तुत नहीं किया है।

इसीलिए पर्ल बक कहती हैं कि मैंने सीखा है कि भले ही उपन्यासकार कला को सही आकार और शान्त होकर देखे, वह भले ही कला को दूर से निर्लिप्त होकर वैसे ही देखे जैसेकि वह किसी गैलरी में रखी हुई संगमरमर की प्रतिमा को निहारता है क्योंकि उसका स्थान उनके संग नहीं होता है। उसका स्थान गली में होता है। वह वहाँ सबसे ज्यादा प्रसन्न होता है। गली शोर-शराबे से भरी हुई। मगर आदमी तथा औरतें अपनी अभिव्यक्ति की तकनीक में कुशल नहीं है जैसेकि मूर्ति नहीं होती है। वे मनुष्य के रूप में भी कुरूप हैं। अपूर्ण हैं और वे कहाँ से आते हैं, कहाँ जाते हैं यह भी ज्ञात नहीं। मगर वे लोग हैं और इसलिए पर्ल बक चीनी उपन्यासकारों की तरह लिखना चाहती हैं। अगर वे करोड़ों की संख्या में अपनी पत्रिकाएँ पढ़ रहे हैं तो वे उसी में प्रकाशित होना चाहेंगी। बनिस्बत उन पत्रिकाओं के जो मात्र कुछ लोगों के द्वारा पढ़ी जाती हैं। कहानी लोगों के लिए है। सामान्य लोग किसी और से ज्यादा अच्छे न्यायाधीश हैं, क्योंकि उनकी संवेदना भ्रष्ट नहीं हुई है। उनके इमोशन्स स्वतन्त्र हैं। वे कहती हैं कि उपन्यासकार को अपना लक्ष्य शुद्ध साहित्य नहीं बनाना चाहिए। उसे इस क्षेत्र को बहुत अच्छी

तरह से जानना भी नहीं चाहिए। क्योंकि उसका जो कच्चा माल-लोग-हैं, वे शुद्ध साहित्य में नहीं होते हैं। वह गाँव के एक टेंट में कहानी कहनेवाला है। कहानियों के द्वारा वह लोगों को फुसलाकर टेंट में लाता है। जब वहाँ से कोई विद्वान गुरजता है तो उसे अपनी आवाज ऊँची नहीं करनी है। परन्तु जब एक झुंड में गरीब तीर्थयात्री लोग देवता की खोज में पहाड़ पर जा रहे हैं तब उसे जरूर अपने सारे नगाड़े बजाने चाहिए। तब उसे अवश्य चिल्लाकर कहना चाहिए कि मैं भी देवताओं के बारे में बोलता हूँ। और किसानों से उसे उनकी जमीन की बात करनी चाहिए। बूढ़ों से शान्ति की और बूढ़ी औरतों से उसे उनके बच्चों के बारे में बातें करनी चाहिए। युवा पुरुष से युवा पुरुष के बारे में और युवा पुरुषों से युवा स्त्रियों के बारे में बातचीत करनी चाहिए। अगर सामान्य जन उसकी बात प्रसन्नता से सुने तो उसे सन्तुष्ट होना चाहिए। पर्ल बक ने चीन में ऐसा ही सीखा है और इसी के साथ वे अपना नोबेल भाषण समाप्त करती हैं। वे स्वयं भी ऐसा ही करती हैं। इसीलिए वे निजी जिन्दगी की त्रासदी को उदात्तीकरण के साथ अपने लेखन में प्रस्तुत कर सकीं।

एक समय था जब पर्ल बक चीन में प्रतिबन्धित थीं। परन्तु अब चीन का रुख़ उनके प्रति बदल गया है। वे न केवल उसे स्वीकृत हैं, वरन् चीन में आज वे सम्मानित भी हैं। पर्ल बक इंटरनेशनल संस्थान के साथ अब चीन के सम्बन्ध इतने अच्छे हैं कि वे मिलकर कई कार्यक्रम चला रहे हैं। उनकी एक पुस्तक 'गुड अर्थ' ही उनकी ख्याति को स्थायी करने के लिए पर्याप्त है।

ग्रैबिएला मिस्त्राल

चिली के पर्वतों का विलाप

"कुछ मिनटों में मैंने सेलमा लेगरलॉफ के देशवासियों को आपकी एक स्कूल टीचर की कुर्सी से कविता के सिंहासन तक की विशिष्ट तीर्थयात्रा का वर्णन किया है।"

—हाल्मर गुलबर्ग

आदमी के जीवन में कब क्या हो जाय, कहना मुश्किल है। अजीब-अजीब हादसे होते रहते हैं आदमी की ज़िन्दगी में। कभी प्रेम में असफलता, कभी किसी अपने की मौत, तो कभी किसी अपने का जीवन से दूर चले जाना। ऐसे ही तमाम हादसे हुए ग्रैबिएला मिस्त्राल की जिन्दगी में। वे लुसिया गोडोय एल्कयागा के रूप में 7 अप्रैल 1889 को जन्मी थीं। पिता गोडोय एक स्कूल टीचर थे। शिक्षण के साथ-साथ वे कलाप्रेमी और कवि भी थे। कवियों के दिमाग का क्या ठिकाना कब क्या फितूर सवार हो जाए। सो जब बेटी दो साल की थी वे घर-बार छोड़कर पता नहीं किस खोज में निकल पड़े। यह भी न सोचा कि खूबसूरत पत्नी और नन्हीं बेटी का क्या होगा। हाँ, जाने से पहले अपनी प्यारी बिटिया के लिए एक बगीचा जरूर बनाते गये। माँ एल्कयागा बताती हैं कि एकाकी, नन्हीं लुसिया इसी बगीचे में बैठकर कभी चिड़ियों से बात करती तो कभी फूलों से। उसे तब क्या पता था कि उसे जिन्दगी भर अकेली ही रहना है।

कुछ लोगों का कहना है कि लुसिया के पिता दस वर्ष के बाद लौटे, पर ज्यादा समय के लिए नहीं। पिता के अभाव में जिन्दगी बड़ी मुश्किल से कट रही थी। गरीबी का आलम था। बड़ी बहन एमिलीना स्कूल में पढ़ाने का काम कर रही थी। जल्दी ही छोटी भी परिवार की आमदनी में हाथ बँटाने लगी। बड़ी बहन उसकी मेंटर थी। उसी ने उसे शिक्षित करने में मुख्य भूमिका निभायी। स्कूल में शिक्षिका बनाने में भी इसी बहन का हाथ था। वैसे इस एकाकी बच्ची को

स्कूल से निकाल दिया गया था। उसकी शिक्षिकाओं को नहीं लगा कि इस नामालूम-सी बच्ची पर उन्हें अपनी मेहनत बेकार करनी चाहिए। उन दिनों चिली में अच्छे स्कूलों जैसे 'नॉर्मल स्कूल' में शिक्षा पाना आसान न था। इसके लिए राजनैतिक सम्बन्ध और सामाजिक स्थिति का अच्छा होना एक सामान्य शर्त थी। लुसिया इन शर्तों को कहाँ से पूरा करती, अतः उसे बिना कोई कारण बताए स्कूल से निकाल दिया गया। उस समय उसकी उम्र मात्र दस-ग्यारह साल थी। अक्सर शिक्षक-शिक्षिकाएँ बच्चों की प्रतिभा को पहचानने में धोखा खा जाते हैं। लेकिन इस बच्ची ने आगे चलकर ऐसी गलती न की। जब वे लड़कियों के एक स्कूल की मुख्याध्यापिका थी, वहाँ एक लड़का आया करता था। उसमें प्रतिभा थी और इस प्रतिभा को मुख्याध्यापिका ने पहचानकर प्रोत्साहित किया। तेरह वर्ष की उम्र से यह बालक कविता करने लगा। यही लड़का आगे चलकर पाब्लो नेरुदा के नाम से विश्वप्रसिद्ध कवि बना और नोबेल पुरस्कार का हकदार भी। पाब्लो नेरुदा ने अपनी इस गुरुआनी की भाँति जीवन से जुड़ी सामान्य वस्तुओं जैसे टमाटर, साइकिल, नमक आदि पर कविताएँ लिखीं। पाब्लो नेरुदा को मिस्त्राल (वे इसी नाम से जानी जाती हैं) के चेहरे पर मुस्कान के रूप में स्वयं कोमलता दीखती है।

स्कूल ने लुसिया को निकाल दिया पर वह स्कूल शिक्षिका बन गयी। इस चमत्कार के पीछे उस समय की चिली की सामाजिक, राजनैतिक और शैक्षिक स्थिति भी जिम्मेदार है। बीसवीं सदी के प्रारम्भिक दो दशकों में चिली में शिक्षकों की भारी माँग थी, ख़ासकर ग्रामीण इलाकों में। उस समय प्रशिक्षित शिक्षकों का बड़ा अभाव था, उसमें भी ऐसे शिक्षकों का जो कहीं भी जाकर पढ़ाने को राजी हों। तबादले से हिचकिचाते न हों। ऐसे कठिन दौर में जिसने भी पढ़ाने में तनिक भी रुचि दिखाई उसे सरकार ने शिक्षक के रूप में भर्ती कर लिया। पहले यहाँ भी लुसिया को नकार मिला। मगर स्कूल चैपलेन फादर इग्नासियो मुनिज़ागा लुसिया को बराबर स्थानीय अख़बार में पढ़ रहे थे। वे उदार शिक्षा, और सबके लिए शिक्षा की वकालत कर रही इस स्त्री के विचारों से प्रभावित थे। बड़ी बहन ने भी प्रयास किया और लुसिया को शिक्षिका की नौकरी मिल गयी। कवि के रूप में उनकी ख्याति और कहीं भी जाकर पढ़ाने में कोई आपत्ति न होना भी सहायक बनीं। एक बार शिक्षिका बनीं तो सफलता की सीढ़ी चढ़ती चली गयीं। 1906 से 1912 तक छः वर्षों के बीच उन्होंने ला सेरेना के निकट तीन स्कूलों, बारांकाज़, ट्रैगुएन तथा एंटोफागास्टा में अध्यापन किया। अन्तिम स्कूल चिली के उत्तर में एक रेगिस्तान में था। 1912 में उनकी पदोन्नति लॉस एंडेस के हाई स्कूल में हो गयी। यहाँ वे छः साल रहीं। बीच-बीच में सेंटियागो आती-जाती रहतीं।

शिक्षा से जुडे होने, निरन्तर प्रकाशित होते रहने और वाकपटुता तथा निजी आकर्षण के चलते उनकी दोस्ती कई बड़े और प्रभावशाली व्यक्तियों से हो गयी। ये लोग उनके विश्वासपात्र मित्र थे। ये लोग उनकी उन्नति में भी सहायक बने। 1918 में उस समय चिली के शिक्षा मन्त्री और भविष्य के राष्ट्रपति पेड्रो एगुइरे सेड्रा ने उन्हें पुंटा एरेनस के शिक्षा विभाग के नीति निर्धारण समिति में शामिल कर लिया। वे 1921 तक टेमेको और सेंटियागो में रहीं। जहाँ उन्होंने रेडिकल पार्टी की, अपने विरोधी प्रतिभागी जोसेफिना डे देल कैस्टिलो को हराया और चिली के लड़कियों के नये तथा सर्वाधिक प्रसिद्ध स्कूल की डायरेक्टर बनीं। इस उच्च पद पर उनकी नियुक्ति ने कई विवादों को जन्म दे दिया। विवादों का मुँह बन्द रखने के लिए वे 1922 में मैक्सिको का आमन्त्रण स्वीकार कर वहाँ चली गयीं।

ये सारे काम करते समय वे अपने जन्म के नाम लुसिया के नाम से नहीं जानी जा रही थीं। उन्होंने बहुत पहले अपने लिए एक अन्य नाम चुन लिया था, ग्रैबिएला मिस्त्राल। इस नाम को चुनने के पीछे भी अजीबोगरीब कहानी है। सचाई क्या है आज बता पाना जरा मुश्किल है। इस सम्बन्ध में दो कहानियाँ प्रचलित हैं। एक के अनुसार 1908 से उन्होंने यह नाम प्रयोग करना प्रारम्भ किया। उन्होंने एक प्रतियोगिता के लिए कविताएँ लिखीं, कविताओं की एक शृंखला तैयार की इसे उन्होंने ग्रैबिएला मिस्त्राल के नाम से भेजा। वे प्रतियोगिता जीत गयीं और इसी नाम से उन्हें राष्ट्रीय ख्याति मिली जो शीघ्र ही दोनों अमेरिका में फैल गयी। कहा जाता है कि उन्होंने यह नाम अपने दो प्रिय कवियों के नामों को मिलाकर बनाया था। गैब्रिएल डेनुंज़िओ और फेडेरिक मिस्त्राल उनके प्रिय कवि थे। इस सम्बन्ध में दूसरी बात जो प्रचलित है वह ये है कि उन्होंने यहूदी-ईसाई देवदूत गैब्रिएल तथा अफ्रीका से रोडानोघाटी की ओर बहनेवाले भूमध्य सागरीय पवन जिसे मिस्त्राल कहा जाता है, दोनों को मिलाकर यह नाम रचा। जो भी हो वे इसी नाम से जानी जाती हैं। उनका जन्म से मिला नाम मात्र दस्तावेज़ों में सुरक्षित है। अच्छा किया उन्होंने अपनी प्रकृति के अनुरूप अपना नाम चुन लिया। निरन्तर यात्रा करनेवाली इस कवयित्री के लिए मिस्त्राल नाम ज्यादा उचित प्रतीत होता है। उसके नाम की प्रवृत्ति सामाजिक-राजनैतिक चिन्ता और काव्य में व्याप्त है।

जब उन्हें नोबेल पुरस्कार प्रदान किया जा रहा था तब अपनी प्रस्तुति में स्वीडिश समिति के गुलबर्ग ने कहा कि जब भूमध्य सागर के पवन के झोंके से अपना नाम लेनेवाले फेडेरिक मिस्त्राल ने युवा छात्र के रूप में फ्रेंच भाषा में अपनी काव्य रचना प्रारम्भ की तो उसे सुनकर उनकी माँ बेतहाशा रोने लगीं। उच्च कोटि की शास्त्रीय-साहित्यिक, कुलीन समाज में समादृत यह भाषा उस बेचारी सीधी-सादी लैंगुएडोक गाँव की रहनेवाली स्त्री के पल्ले न पड़ी। तब

बेटे ने 'मेरिओ' नाम से अपने प्रेम की कविताएँ लिखीं। उस कवि पर एक खूबसूरत किसान कन्या मरती थी। यह गाथा भूमि के खिलने की खुशबू से भरी हुई थी लेकिन जिसका अन्त बड़ा दुःखद था। यह किसान युवती बहुत दिन जिन्दा न रही थी। इस तरह चारणों की एक पुरानी भाषा पुनः काव्य में प्रतिष्ठित हुई। कवि ने उस समय कुलीन वर्ग में तिरस्कृत भाषा को वह ऊँचाई प्रदान की कि वह भाषा नोबेल पुरस्कार की अधिकारिणी बनी। इस मिस्त्राल ने अपने काव्य से इस भाषा को वह ऊँचाई दे दी कि 1904 का नोबेल पुरस्कार इसे मिला। गुलबर्ग कहते हैं कि एक माँ के आँसुओं ने उस समय के कुलीन समाज में तिरस्कृत एक पूरी भाषा को पुनः खोजकर उसे उसकी कुलीनता और गौरव के साथ स्थापित किया। मगर अफसोस कि पुरस्कार मिलने के दस वर्ष बाद कवि चल बसा।

वे आगे कहते हैं कि उसी साल जिस साल फेडरिक मिस्त्राल गुजरे, जिस साल प्रथम विश्वयुद्ध भड़का, दुनिया के दूसरे छोर पर एक नई मिस्त्राल उदय हुई। दोनों कवियों में साम्यता दिखाते हुए वे कहते हैं कि आज इस कवयित्री को भी अपनी बहुत सारी कविताओं में से एक मृत व्यक्ति के लिए कुछ कविता रचने पर पुरस्कार मिल रहा है।

प्रेम भी अजीब शय है। कब हो जाए, कहाँ हो जाए, किससे हो जाए, कुछ कहा नहीं जा सकता। इसीलिए ग़ालिब ने कहा है, 'ये वो आतिश है ग़ालिब लगाए, न लगे बुझाए न बुझे। यह इश्क आदमी को नीचे गिराकर समाप्त कर सकता है। कभी इतना ऊँचा उठा दे सकता है कि वह आध्यात्मिक ऊँचाई छूने लगे। आदमी सामान्य से सन्त की ऊँचाई पर पहुँच जाए। सूफी हो जाए। युवा ग्रैबिएला मिस्त्राल को एक रेलवे कर्मचारी रोमेलिओ उरेटा से प्रेम हो गया। मगर उनका साथी साहसी न था। उसने सिर पर गोली मारकर आत्महत्या कर ली। दोनों की प्रेम कहानी के विषय में ख़ास कुछ ज्ञात नहीं है। कहा जाता है कि उरेटा पर ग़बन का आरोप था। बीस साल की उम्र में मिस्त्राल को इस त्रासदी की अनुभूति हुई जो कविता में बह निकली। काव्य का प्रारम्भ ही आह से हुआ है। कुछ लोग कहते हैं कि मिस्त्राल को एक बार और प्रेम हुआ लेकिन वहाँ भी हताशा उनके पल्ले पड़ी। इस दूसरे प्रेमी ने किसी अन्य स्त्री से विवाह कर लिया। प्रेम में मिली दो-दो असफलताओं ने काव्य का सोता फोड़ दिया और अपने प्रत्येक संग्रह के साथ-साथ इस कवि का उत्तरोत्तर विकास होता गया। निजी दुःख-व्यथा विस्तृत होकर सार्वजनिक और वैश्विक बनती गयी। इश्क़मिज़ाजी, इश्क़ हक़ीक़ी बन गया। वे काव्य जगत में सन्त का दर्जा पा गयीं।

वे किसी एक बच्चे की माँ न बनकर तमाम अनाथ बच्चों की माँ बन गयीं।

उनके पहले संग्रह 'डेथ सॉनेट्स' की कविताओं का आकर्षण ऐसा था कि

जब अमेरिका में वह संग्रह स्पैनिश भाषा में प्रकाशित होना था तो उसके प्रकाशन का पूरा-पूरा खर्च वहाँ रहनेवाले स्पैनिश शिक्षकों ने खुशी-खुशी वहन किया। वे लोग मिस्त्राल की ये कविताएँ कोलम्बिया विश्वविद्यालय में सुन चुके थे और उनके प्रशंसक थे। निजी त्रासदी की इस काव्याभिव्यक्ति ने उन्हें प्रतियोगिता जीतकर जुगोस फ्लोरल गेम्स पुरस्कार तथा सेंटदियागो शहर से स्वर्ण पदक दिलाया। मिस्त्राल बहुत समय तक निजी प्रेम में न उलझी रहीं। वे ताजिन्दगी माँ न बनीं। उन्होंने कभी शादी न की। मगर इससे उनकी स्त्रियोचित मानवीय भावनाओं का अन्त नहीं हो गया। प्रकृति ने उन्हें स्त्री बनाया, वे मातृत्व की संवेदनाओं से परिपूर्ण थीं। उन्होंने अपने अजन्मे बच्चे के प्रति प्रेम को अपने काव्य में पिरोया। इस प्रेम को अपने छात्रों के प्रति स्थानान्तरित कर दिया। 1922 में उनका अगला काव्य संग्रह 'डिस्पेयर' या 'डिसोलेसन' आया। यह न्यूयार्क में प्रकाशित हुआ। उनके मित्र और शुभचिन्तकों की कमी न थी। उनके स्वभाव और काव्य से प्रभावित हो बहुत सारे प्रभावशाली लोग उनसे जुड़े थे। वक्त-बेवक्त इन लोगों ने मिस्त्राल की भरपूर सहायता की। हिस्पैनिक इंस्टीट्यूट ऑफ न्यूयार्क के निदेशक फेडरिको डे ओनिस के प्रयास से यह संग्रह प्रकाश में आया। इस संग्रह की अधिकांश कविताएँ पत्र-पत्रिकाओं में पहले प्रकाशित हो चुकी थीं। निजी प्रेम के साथ-साथ मातृत्व, धर्म, प्रकृति, नैतिकता और बच्चों के प्रति प्रेम से सराबोर इन कविताओं ने मिस्त्राल की ख्याति स्थापित कर दी और आलोचकों का ध्यान मिस्त्राल की ओर आकर्षित किया।

मगर आलोचक उनके प्रति सदय न थे। उन्होंने मिस्त्राल की कविताओं को सपाट, प्रत्यक्ष और बिना किसी सजावट की कविताओं के नाम से नवाज़ा। हाँ, उन्होंने यह स्वीकारा कि यह लैटिन अमेरिका में आधुनिकता से विमुखता का प्रारम्भ करती हैं, जो एक नये आन्दोलन का सूत्रपात है। आलोचकों का कहना है कि मिस्त्राल का काव्य प्रत्यक्ष रूप से उस व्यक्ति की अभिव्यक्ति है जिसे मरियम (वर्जिन मेरी) के बराबर देखा जाता है। जब उनकी कविताओं पर बात होती है तो उनके इस व्यक्तित्व, उनकी भक्ति की चर्चा उनके काव्य से अधिक होती है। उनका यह आयाम उनके काव्य पर हावी हो जाता है। उनके काव्य की निष्पक्ष समीक्षा नहीं होती है। बात में कितना दम है कहना कठिन है क्योंकि किस कवि के काव्य की आलोचना उसके व्यक्तित्व को किनारे हटाकर की जाती है? उनके आलोचकों को शिकायत है कि वे बौद्धिक नहीं हैं। कुछ तो यहाँ तक कहते हैं कि वे बौद्धिकता की दुश्मन हैं। वास्तविकता क्या है? क्या वे सच में बौद्धिकता के विरुद्ध हैं? हाँ, वे उस बौद्धिकता के विरोध में हैं जो मानवता का पक्ष नहीं लेती है। जो अपनी तार्किकता से मानवता की अतार्किकता को नापना

चाहते हैं उनके लिए वे बौद्धिक नहीं हैं। मिस्त्राल के लिए बौद्धिकता तब तक महत्त्वपूर्ण है जब तक वह मानवीयता को संवेदनशीलता से अभिव्यक्त करती हैं। यदि पत्र-पत्रिकाओं में उनके लिखे लेख पढ़े जाएँ, उनके भाषणों का अध्ययन किया जाए तो पता चलता है कि वे मात्र बच्चों के लिए लिखनेवाली कवयित्री नहीं हैं। वे अपने देश, अपने समय की जानकार हैं और उसके लिए उन्हें चिन्ता भी है, उन्हें साहित्य की समझ है। काव्य की तकनीकी वे जानती हैं। संस्कृति और भाषा पर उनकी पकड़ है। संस्कृति में भाषा के उपयोग तथा उसके महत्त्व का इल्म उन्हें है। और किसे कहते हैं बौद्धिकता, हाँ वे दिखावटी बौद्धिक न थीं जैसा कि अक्सर देखने में आता है। हाँ, चिली के उच्च, धनी वर्ग के लोगों में उनके प्रति उपेक्षा का भाव था। इससे वे कहीं बहुत आहत हैं। उनके निजी पत्रों का अध्ययन कर पैट्रिशिया रुबियो निष्कर्ष निकालती हैं कि मिस्त्राल ऐसी स्त्री हैं जिसे गपशप (गॉसिप) करना अच्छा लगता है और जो उच्च तथा बौद्धिक वर्ग की उपेक्षा के प्रति बहुत संवेदनशील हैं।

वे एक संवेदनशील कवयित्री हैं। 'डिसोलेसन' के मध्य में संग्रह की पन्द्रहवीं कविता में एक मृत व्यक्ति के पुत्र, पुत्र जो कभी जन्मा ही नहीं, के लिए उसे प्रसव न दे सकनेवाली माँ के आँसू फूट पड़ते हैं। वे अपनी एक कविता में दुनिया की जनगणना करनेवाली बुढ़िया से कहती हैं कि ठगनी, छलिया मौत! तू जब जनगणना के लिए जाना तो मेरे बच्चे से मत मिलना। तू लोगों को समेटनेवाली है। तू सबसे मिलना मगर मेरे बच्चे से मत मिलना। वे कामना करती हैं कि यह बुढ़िया पागल हो जाए। इसकी स्मृति भ्रमित हो जाए ताकि यह मेरे बच्चे को न छुए। कवयित्री यहीं नहीं रुकती है। दुनिया के सब दमित-प्रताड़ित बच्चों के प्रति द्रवित होकर कविता लिखती जाती है। इसके एक साल बाद उन्होंने 'रीडिंग्स फॉर वीमेन' प्रकाशित किया। उनकी यह रचना गद्य और पद्य दोनों में है। इसमें उन्होंने लैटिन अमेरिका का उत्सव मनाया है। मैक्सिको के आन्दोलन की पृष्ठभूमि में अमेरिका में विकसित हुए नज़रिये को दर्शाया है। आनेवाले दो वर्षों में वे जो कविताएँ रचती हैं, वे 'टेंडरनेस' के नाम से प्रकाशित हुईं।

'टेंडरनेस' में उन्होंने बच्चों के लिए सरल गीत, लोरियाँ और 'रोन्ड्स' (तेरह पंक्तियों के गीत) लिखे, वे मातृत्व की गायिका बन गयीं। इतनी सम्मानित कवयित्री बन गयीं कि उनके सम्मान में चार हजार मैक्सिकन बच्चों ने इन गीतों को उनके लिए एक साथ गाया। युद्ध में सबसे ज्यादा नुकसान बच्चों का होता है। वे अनाथ हो जाते हैं। माता के जिन्दा रहने पर भी वे अनाथ होते हैं। वैधव्य से जूझती माँ बच्चों का कितना और कैसा ध्यान रख पाती है, यह अजानी बात नहीं है। मिस्त्राल ने विश्वयुद्ध की विभीषिका में जलते बचपन को देखा और

अनुभव किया। उनका हृदय इन बच्चों के लिए विगलित हो उठा और यही संवेदना काव्य बनकर फूट निकली। अक्सर निजी जीवन की त्रासदी सामान्य मनुष्य को कड़वाहट से भर देती है, लेकिन विशिष्ट व्यक्ति को उदात्त बना देती है। उसका उत्तरोत्तर विकास होता जाता है। उसका गहन दु:ख उसे विस्तार देता है। वह अपने दु:ख का शमन दूसरों के लिए मुक्ति के प्रयास में करता है। शायद इसीलिए किसी ने सही कहा है, दु:ख विमुक्त करता है। दूसरों के कष्ट के प्रति संवेदनशीलता व्यक्ति को अपने दु:ख मोचन में सहायता प्रदान करती है। ऐसा व्यक्ति यदि कवि है तो वह कविता के माध्यम से दूसरों को जीवन के इस दु:खद पहलू का परिचय देकर लोगों को एक नवीन दृष्टिकोण से परिचित कराता है। वह अपने जीवन का मकसद खोज लेता है और दूसरों का भी मार्गदर्शक बनता है। मिस्त्राल ने भी व्यक्तिगत दु:ख को समष्टिगत दु:ख का गान बनाकर एक आध्यात्मिक राह खोली। यहाँ आध्यात्मिकता का अर्थ धर्म के संकुचित अर्थ से नहीं है। यह धर्म का उच्च रूप है जो मानवता को एक ऊँचाई प्रदान करता है।

इसी ऊँचाई को लेकर आया मिस्त्राल का अगला काव्य संग्रह। 1938 में उनका काव्य संग्रह 'ताला' आया। ताला का अनुवाद रैवज (तहस-नहस करना) हो सकता है। साथ ही यह बच्चों के एक खेल का नाम भी है। इससे हुई आमदनी को मिस्त्राल ने स्पेन के गृहयुद्ध में अनाथ हुए शिशुओं के लिए प्रदान कर दिया। इस कार्य से उनकी छवि एक मानवतावादी व्यक्ति तथा सन्त के रूप में बन गयी। मित्र सदैव उनकी सहायता के लिए आगे आते रहे। ताला भी लम्बे समय से उनकी मित्र रही विक्टोरिया ओकाम्पो के प्रयास से प्रकाशित हुआ। इसमें कई कविताएँ मध्य यूरोप तथा लैटिन अमेरिका की लोककथाओं और रीति-रिवाजों का उत्सव मनाती हैं। इसमें कवयित्री अनोखे ढंग से इन स्थानों और उनसे जुड़ी बातों का मिश्रण करती है। यह उनके अपने अस्तित्व को भी दिखाता है। वे असल में कई मूलों-स्पैनिश, यूरोपियन बास्क, इंडियन अमेरिकन—का सम्मिश्रण हैं। उनकी रगों में विभिन्न देशों की प्रजातियों का रक्त दौड़ रहा है। चौदह साल बाद आये संग्रह 'ताला' का स्वर पहले की अपेक्षा खुशनुमा है। इसमें अमेरिका के दृश्य हैं, बच्चों के लिए लोरियाँ हैं। कवयित्री अब प्रौढ़ हो चुकी है। जीवन और मृत्यु के प्रति उसके नज़रिये में परिवर्तन आया है। जीवन जिस रूप में मिला है उसने जीवन को उसी रूप में स्वीकार कर लिया है। यहाँ मृत्यु का स्वीकार है। वह अध्यात्म की ओर बढ़ चली हैं। इस संग्रह की कविताओं की शैली भी पिछले संग्रहों की कविताओं की बनिस्बत ज्यादा मँजी हुई है। डिसोलेशन की बनिस्बत इन कविताओं में वैश्विक स्थिरता है। इन कविताओं में ज्यादा शान्ति है।

'ताला' में वे अपनी लैटिन अमेरिका की भूमि के विनाश, अपनी आस्थाओं, आशाओं, और लोगों के कल्याण के नष्ट होने की बात करती हैं। इस संग्रह के आठ भागों में वे निजी दुःख और वैश्विक यातना की कविताएँ रचती हैं। इसके पहले खंड की एक कविता में वे अपनी माँ की मृत्यु से उत्पन्न उदासी को रेखांकित करती हैं। ममता की प्रशंसा करती हैं। उनकी माँ ने उनके लिए जो किया है वह कोई अन्य व्यक्ति नहीं कर सकता है। इतना ही नहीं वे अपनी माँ को आदेश देती हैं कि वह वापस आ जाए। वापस आकर माँ की विशिष्टता, प्रेम, देखभाल उन्हें फिर से प्रदान करे। हालाँकि उन्हें इस बात की पूरी जानकारी है कि माँ की मृत्यु अवश्यम्भावी है। उसका लौटना असम्भव है। वे मात्र आशा कर सकती हैं कि उनकी माँ स्वर्ग में ईश्वर के सन्तों के बीच चुनी जाएँ। बाइबिल में वर्णित उसी स्थान में रहें जहाँ अन्य सन्त माँएँ रहती हैं। वहीं स्वर्ग में उनकी माँ का भी वास हो। वे अपनी माँ को बाइबिल में दर्ज सन्तों के समकक्ष मानती हैं। उनके मन में अपनी माँ और उनकी ममता के लिए बहुत आदर है।

'ताला' में वे अपने विभ्रम, अपने संशय की बात करती हैं। इसमें भय, एकाकीपन, श्वेत-श्याम धार्मिक भावनाओं को लेकर कविताएँ हैं। धर्म के प्रलोभन, चमत्कार को अपने काव्य का विषय बनाती हैं। मृत्यु उनके काव्य की स्वरलहरी है। ताला में भी कई कविताएँ मृत्यु से सम्बन्धित हैं। इसमें उनके धार्मिक विश्वासों की पुष्टि होती है। विमोह में एक आत्मा उनकी अपनी है, दूसरी ईश्वर की। वे दो आत्माओं की बात करती हैं जिनका स्वर्ग में मिलन होगा। वे ईश्वर से बात करती हैं, ईश्वर को बोलते सुनती हैं, उसके श्वास को महसूस करती हैं। वे उस समय को याद करती हैं जब ये दोनों आत्माएँ स्वर्ग की कल्पना के पहले जीवित थीं। वे बताती हैं कि ओ समय जो जेवन दाता अहि इन दोनों को एक उदास, वीरनी जिन्दगी में पाता है। जब वे इहलोक के जीवन की बात करती हैं तब उनका स्वर दुःखी होता है, परलोक की बात करते हुए उनका स्वर बदल जाता है। वे ज्यादा शान्त, ज्यादा स्थिर नजर आते हैं। इस भौतिक जीवन के प्रति उनकी विरक्ति और स्वर्ग के लिए उनकी ललक, इन कविताओं में प्रतिध्वनित होती है।

इसी संग्रह में उनकी आन्तरिक एकाकीपन की कविताएँ भी हैं। शादी न होने, बच्चे न पैदा कर पाने से उत्पन्न यह निर्जन जीवन पहले भी आया है। इस संग्रह में भी उसकी आवृत्ति हुई है। एक कविता में वे इस वीरान जीवन से उबरने के लिए एक बार फिर से अपने बचपन की ओर लौटती हैं, जहाँ उदासी है। वे जानती हैं कि युवा लड़की के रूप में उनकी इच्छाएँ कभी पूर्ण नहीं होंगी। वे अपने बचपन के स्वप्न का स्मरण करती हैं जिसमें वे एक रानी होने की कल्पना

किया करती थीं। वे युवा लड़कियों की भाँति अपने रोमांटिक भविष्य की बात करती हैं। युवा लड़की जिससे कौन शादी करेगा, वह कहाँ रहेगी, उसके बच्चे कैसे होंगे आदि बातें करती हैं। वे यह भी स्पष्ट करती हैं कि एक स्त्री के रूप में उनकी ये अपेक्षाएँ कभी भी पूरी नहीं होंगी। युवा लड़की के रूप में सोचती थीं कि एक धनी-मानी व्यक्ति से विवाह कर, बच्चे पैदा करेंगी। सुखी जीवन की अपेक्षा करती थीं। पर नियति ने ठीक इसके विपरीत किया। ये सारे विषादपूर्ण भाव उनके इस संग्रह की कविताओं में हैं। युवावस्था के उनके सारे स्वप्न चकनाचूर हो गये क्योंकि उनके प्रिय ने आत्महत्या कर ली। प्रेम और विरह का ऐसा हृदय विदारक विलाप कविता में विरल है।

मृत्यु अवश्यम्भावी है। लेकिन कुछ लोगों के आसपास यह निरन्तर घूमती रहती है। मिस्त्राल भी ऐसी ही व्यक्ति हैं। बचपन में उनके पिता उन्हें छोड़कर चले गये। युवावस्था में उनके प्रेमी ने गोली मारकर आत्महत्या कर ली। द्वितीय विश्वयुद्ध के दौरान उनकी दोस्ती ब्राजील में रह रहे आस्ट्रिया मूल के लेखक स्टीफन स्वाइग और उनकी पत्नी से हुई। दुर्भाग्यवश उन दोनों ने भी 1942 में रिओ डि जानेरो में आत्महत्या कर ली। संवेदनशील कवयित्री के लिए यह बहुत बड़ा आघात था। मगर नियति यहीं न रुकी। उन्होंने अपने भांजे जुआन मिगुएल गोडोए को अपने बेटे की तरह पाला था। सत्रह साल के इस युवक ने 14 अगस्त 1943 को आत्महत्या कर ली। इसी समय उन्हें मधुमेह रोग हो गया। वे इलाज के लिए 1946 में अमेरिका चली गयीं। वहाँ वे कई स्थानों रोसलिन, न्यूयॉर्क में रहीं। यूनाइटेड नेशन्स में नियुक्ति के बाद लॉन्ग आईलैंड में रहने लगीं। यहीं पता चला कि उन्हें कैंसर भी है। 10 जनवरी 1957 को 67 साल की उम्र में मिस्त्राल ने अपनी अन्तिम साँस ली। नौ दिनों के बाद उनकी अस्थियाँ चिली भेज दी गयीं। चिली सरकार ने उनकी मृत्यु पर तीन दिन का राष्ट्रीय शोक घोषित किया। हजारों की तादाद में चिली के लोग उन्हें अपनी श्रद्धांजलि देने आये।

रोग से जूझती, मित्र युगल और भांजे की मौत से टूटी हुई, द्वितीय विश्वयुद्ध से व्यथित, यूरोप और अमेरिका के शीत युद्ध से मर्माहत, निज के साथ वैश्विक चिन्ता से ग्रसित मिस्त्राल अपने दारुण दुःख को काव्य की शक्ल देती गयीं। उनकी ये कविताएँ उनके जीवन में प्रकाशित उनके अन्तिम काव्य संग्रह 'लागार' (1954) में प्रकाशित हुईं। उनकी कविताओं का एक संग्रह उनकी मृत्यु के एक साल बाद 1958 में प्रकाशित हुआ। इस कालखंड (1938-1954) में उन्होंने बहुत सारी कविताएँ लिखीं। ये सारी कविताएँ इस संग्रह 'लागार' में नहीं हैं। लागार में वे बड़े धैर्य के साथ मृत्यु की प्रतीक्षा करती नजर आती हैं। उनके मित्रों ने मृत्यु के बाद भी उनका ख़याल रखा। उनकी एक मित्र डोरिस डाना ने मिस्त्राल की

मृत्यु के बाद उनकी कविताओं के एक संकलन का सम्पादन 1967 में किया और वह 'पोयम्स ऑफ चिली' के नाम से प्रकाशित हुआ। मिस्त्राल ने यहाँ कल्पना की है कि मृत्यु के बाद वे चिली में पुनः लौटती हैं। एटकामा की मरुभूमि से उनके संग एक इंडियन लड़का भी आया है और उन लोगों के संग है एंडी का एक हरिण। अपने विभिन्न स्रोत को वे इसमें पिरोती हैं। अपने स्पैनिश, इंडियन अमेरिकन मूल को यहाँ वे एक साथ विभिन्न रूपों में रखती हैं। इस संग्रह की कविताएँ दोनों अमेरिका में प्रयुक्त काव्य शैली का आभास देती हैं। इन कविताओं में वस्तुनिष्ठ वर्णन और महाकाव्यात्मक परम्परा के पुनर्निरीक्षण में रुचि दीखती है। अपने समय के इन कवियों को मिस्त्राल बड़े ध्यानपूर्वक पढ़ रही थीं। इसीलिए आनेवाली शैली का आगाज़ वे कर सकीं। 'पोयम्स ऑफ चिली' में वे अपने देश चिली की, उत्तर से दक्षिण तक की काल्पनिक यात्रा अपनी कविताओं में करती हैं। जीवन में उन्होंने बहुत यात्राएँ कीं। कविता और कल्पना में भी वे यात्राएँ करती हैं।

साहित्य का नोबेल पुरस्कार ग्रैबिएला मिस्त्राल को प्रदान करते हुए समिति ने उनकी अनुशंसा में कहा था कि इस वर्ष का नोबेल पुरस्कार ग्रैबिएला मिस्त्राल को दिया जाता है। यह पुरस्कार उनके गीतात्मक, शक्तिशाली भावनाओं को प्रेरित करनेवाले काव्य के लिए दिया गया। ऐसी मिस्त्राल को दिया गया है जिनका नाम समस्त लैटिन अमेरिकी दुनिया में आदर्शवादी प्रेरणा का प्रतीक है। कहा गया कि 1889 में जन्मी ये रचनाकार मात्र चिली की रचनाकार न रहकर समस्त लैटिन अमेरिका का प्रतिनिधित्व करती हैं। 1945 में नोबेल पुरस्कार प्राप्त करनेवाली वे प्रथम लैटिन अमेरिकी महिला थीं और नोबेल पुरस्कार पानेवाली महिला साहित्यकारों में उनका नाम पाँचवें स्थान पर आता है। दो साल बाद कैलीफोर्निया के मिल्स कॉलेज, ऑकलैंड ने उन्हें डॉक्टर की उपाधि से सम्मानित किया। इसके कुछ साल बाद 1951 में चिली में उन्हें 'नेशनल लिटरेचर प्राइज़' प्रदान किया गया। प्रीतिभोज के अवसर पर नोबेल मेडिसिन संस्थान के प्रोफेसर ए.एच.टी. थिरेल ने उनको सम्बोधित करते हुए कहा था : 'ग्रैबिएला मिस्त्राल मैं आपको हमारी ओर से आदरपूर्ण सम्मान देना चाहता हूँ। एक सुदूर महादेश से जहाँ अभी गर्मी का सूर्य चमक रहा है, आप एक लम्बी यात्रा करके गोस्टा बेर्लिंग की जमीन पर आयी हैं जब यहाँ भयंकर सर्दी का अन्धकार है। आज मेरी आवाज से ज्यादा उपयुक्त आवाज ने पहले आपकी कविता की प्रशंसा की है। फिर भी मैं कहना चाहूँगा कि हम सब इस बात को साझा करके प्रसन्न हैं कि इस बार नोबेल पुरस्कार एक ऐसी कवयित्री को प्रदान किया गया है जो अपने काव्य में भव्य कला को गहन एवं उच्च उद्देश्यों से मिश्रित करती हैं।'

ग्रैबिएला मिस्त्राल ने नोबेल भाषण नहीं दिया। प्रीतिभोज की संध्या पर स्वयं ग्रैबिएला मिस्त्राल ने कहा कि आज स्वीडन सुदूर लैटिन अमेरिकी देश की ओर मुख़ातिब है। वह उसके ऐसे व्यक्ति का सम्मान कर रहा है जिसने इसकी संस्कृति का बहुत तरह से प्रतिनिधित्व किया है। अपनी सभ्यता की सुरक्षित परिधि में दक्षिणी गोलार्ध को समेटकर अल्फ्रेड नोबेल की कोस्मोपोलिटन चेतना को प्रसन्नता होती। प्रजातान्त्रिक चिली की बेटी होने के नाते वे अपने समक्ष स्वीडिश प्रजातन्त्र परम्परा के प्रतिनिधि को पाकर बहुत भावुक अनुभव करती हैं। एक परम्परा जिसने समाज के सर्वाधिक मूल्यवान सृजनों के चौखटे के मध्य स्वयं को सदैव नया बनाया है। जिसने परम्परा को उसके सड़े-गले मूल्यों से स्वतन्त्र किया है, साथ ही पुराने शाश्वत मूल्यों को बचाया है। जहाँ वर्तमान का स्वीकार और भविष्य का पूर्वानुमान है, उसे ही वे स्वीडन कहती हैं और स्वीडन की इन उपलब्धियों को वे यूरोप का गौरव कहती हैं। स्वीडन जो पूरे अमेरिका की प्रेरणा का उदाहरण है। नये लोगों की पुत्री के रूप में वे स्वीडन के आध्यात्मिक अग्रणियों को सलाम करती हैं जिनसे उन्हें अनेकों बार सहायता मिली है। वे इस देश के वैज्ञानिकों को स्मरण करती हैं, जिन्होंने इस राष्ट्र के शरीर और मन को समृद्ध किया है। वे प्रोफेसरों और शिक्षकों को स्मरण करती हैं और आस्थापूर्ण प्रेम के साथ स्वीडन के अन्य लोगों की ओर देखती हैं। अन्य लोगों से उनका तात्पर्य स्वीडन के किसान, कलाकार और कामगार से है। इस तरह अपनी हृदयस्पर्शी बातों से उन्होंने लोगों का मन मोह लिया।

घूमने-फिरने की उनकी ललक और स्थान परिवर्तन से परहेज न होने के कारण उन्हें शिक्षण का काम मिला था। वे अपने काम के सिलसिले में खूब घूमीं। इसके अलावा राजदूत के रूप में भी वे विभिन्न देशों में एक लम्बे काल तक रहीं। मैड्रिड, लिस्बन, नाइस, ब्राज़ील, लॉस एंजेल्स में वे राजनीतिक पदों पर थीं। शिक्षा में उनकी रुचि प्रारम्भ से थी। उन्होंने मैक्सिको तथा चिली की शिक्षा नीतियों में महत्त्वपूर्ण भूमिका निभायी। स्कूल और पुस्तकालयों के सुधार की राष्ट्रीय योजना में उनका हाथ था। उनके कार्यकाल में उनके देश में राष्ट्रीय शिक्षा पद्धति लागू हुई। उनकी खुली सोच और वाकपटुता का नतीजा हुआ कि उन्हें विभिन्न देशों के शिक्षण संस्थानों से भाषण देने के लिए निमन्त्रण मिलने लगे। वे इस वजह से भी दुनिया के कई देशों में भ्रमण करती रहीं। पैन अमेरिकन यूनियन को सम्बोधित करने लारेडो, टेक्सास, वाशिंगटन डी.सी.गयीं। फिर न्यूयॉर्क और यूरोप के विभिन्न देशों का, उन्होंने भाषण देते हुए भ्रमण किया। फ्लोरेंस और ग्वाटेमाला के विश्वविद्यालयों ने भी उन्हें डिग्रियाँ प्रदान कीं। चिली के अलावा संयुक्त राज्य अमेरिका, स्पेन, क्यूबा ने उन्हें विभिन्न साहित्यिक और सांस्कृतिक

समितियों में आदरपूर्वक सम्मानित सदस्य बनाया। इतना ही नहीं मिस्त्राल ने कोलम्बिया विश्वविद्यालय, मिडलबरी कॉलेज, वासार कॉलेज, और पोर्टो रिको विश्वविद्यालय में स्पैनिश साहित्य का शिक्षण भी किया। यहाँ तक कि वे 'लीग ऑफ नेशन्स' की सांस्कृतिक समिति में भी काफी सक्रिय थीं। बाद में बीमारी ने उनकी यात्राओं की गति कम कर दी।

'ग्रैबिएला मिस्त्राल : दि अडोसियस ट्रेवेलर' नाम से 16 निबन्धों का एक संग्रह चिली की एक कवयित्री मारजोरी एगोसिन ने किया है। उसकी भूमिका में वे लिखती हैं कि मिस्त्राल एक जटिल व्यक्तित्व है। बचपन से लेकर अन्त तक यदि उनके जीवन को देखा जाए तो यह कोई विचित्र बात नहीं है। उनका पालन-पोषण गरीबी में हुआ। जिस तरह उन्होंने उन्नति की और ख्याति पायी। इनके विरोधियों की संख्या भी उसी तेजी से बढ़ी होगी। मगर उनके काव्य और जीवन का अध्ययन बताता है कि एक ओर वे बहुत परम्परावादी हैं। स्त्री के लिए विवाह और बच्चे उनके लिए बहुत महत्त्वपूर्ण हैं। वे अनाथ बच्चों के लिए लिखती और उनकी सहायता करती हैं। माँ की भूमिका निभाती हैं। दूसरी ओर एक विद्रोहिणी भी नजर आती हैं। उन्होंने निकारागुआ में अमेरिकी हस्तक्षेप की खुलेआम आलोचना की। जहाँ एक ओर वे कैथोलिक ईसाई कवयित्री हैं वहीं उनके यहाँ यहूदी परम्परा और इतिहास भी प्रचुर मात्रा में मिलता है। उनके व्यक्तित्व में जटिलता के साथ-साथ विरोधाभास भी है। मिस्त्राल ने जीवन में विभिन्न भूमिकाएँ कीं। वे कवयित्री हैं। चिली में शिक्षिका थीं। मैक्सिको में शिक्षाशास्त्री के रूप में कार्य किया और ब्राजील तथा कई अन्य देशों में राजदूत रहीं। इतने उच्च पदों पर रहने के बावजूद उनका निजी जीवन त्रासदियों से भरा था। कोई आश्चर्य नहीं कि ऐसे व्यक्ति का व्यक्तित्व जटिल है।

मिस्त्राल ने अपनी निजी त्रासदी को सुन्दर कविताओं में परिवर्तित कर दिया। कविताएँ जो बौद्धिक और आध्यात्मिक प्रेम, करुणा से पूरित हैं। उन्होंने दूसरों के पालन-पोषण, लिखाई-पढ़ाई में रुचि ली। ख़ासकर बच्चों और जरूरतमन्दों की, जिन्हें सुरक्षा की आवश्यकता है। ऐसे लोगों के प्रति द्रवित होकर कविताएँ रचीं। अपनी एक कविता में वे वीरान दुनिया और अपनी स्थिति में विरोध दिखाती हैं और बताती हैं कि वे क्यों अकेली नहीं हैं। 'मैं कहाँ अकेली' कविता में वे कहती हैं,

रात, वीरानी
चोटी से सागर तक।
पर मैं, तुझको झुलाती,
मैं कहाँ अकेली!

आकाश, वीराना
चन्दा गिरा सागर में,
पर, तुझे लिए गोद में,
मैं कहाँ अकेली!
दुनिया, वीरानी।
देख, सारे गात उदास,
पर, तुझे सीने से लगाए,
मैं कहाँ अकेली!

(मेरी गाल्वे के अँग्रेज़ी अनुवाद से)

उनकी कई कविताओं में विश्व के प्रति चिन्ता नजर आती है। वे विश्व में शान्ति चाहती हैं, युद्ध के विनाश की आलोचना करती हैं। नोबेल पुरस्कार के अवसर पर मानवता की इस दूत की बात करते हुए कहा गया कि इस वैश्विक शान्ति ने दक्षिण अमेरिका को अपनी लपेट में ले लिया है। उसे घेर लिया है। और उसी धरती की खुशबू आज हम (नोबेल समिति) तक पहुँची है। समिति ने उनकी प्रशंसा करते हुए कहा कि आज वे लोग फिर उनके बचपन के बगीचे में हैं। वे फिर से सामान्य चीजों और प्रकृति के साथ बड़ा नजदीकी, बड़ा अन्तरंग संवाद सुन रहे हैं। यहाँ पवित्र भजन गान हैं। साथ ही बच्चों के लिए मासूम गीत हैं। यह विचित्र कौतुकपूर्ण मिश्रण है। ब्रेड और वाइन, नमक, भुट्टे और पानी पर रची ये कविताएँ प्यासे आदमी को पानी अर्पित करती हैं। मानव जीवन के आदिम खाद्य का उत्सव है। ध्यातव्य है कि उनके द्वारा प्रोत्साहित एक प्रतिभा सम्पन्न कवि ने भी टमाटर, साइकिल जैसी दैनन्दिन प्रयोग की मामूली वस्तुओं पर कविताएँ रचीं और नोबेल के मंच तक पहुँचे। चिली के ही पाब्लो नेरुदा ने जीवन से जुड़ी हर छोटी-बड़ी बात पर कविता लिखी। यहाँ यह सोचकर सुखद आश्चर्य होता है कि एक ही शहर, एक ही स्कूल से सम्बन्धित दो-दो व्यक्तियों मिस्त्राल और नेरुदा को नोबेल मिला। उस परिवेश में कुछ तो ख़ासियत होगी। लैटिन अमेरिका साहित्यिक दृष्टि से कितना उपजाऊ है, यह बात आज किसी से छिपी नहीं है।

मिस्त्राल की लेखन शैली अनोखी है। इस कारण वह स्पैनिश में कर्णप्रिय है, लेकिन उसका अनुवाद कठिन कार्य है। अनुवाद में उसकी मधुरता, उसका संगीत नष्ट हो जाता है फिर भी उनकी रचनाओं का अँग्रेज़ी में ही नहीं अन्य भाषाओं में भी अनुवाद हुआ है। 1971 में मार्ग्रेट बैट्स ने ग्रैबिएला मिस्त्राल की चुनी हुई कविताओं का संकलन किया। संकलन के परिचय में लिखती हैं कि मिस्त्राल अपने समय की अन्य महिला कवयित्रियों से भिन्न हैं, क्योंकि अन्य

कवयित्रियाँ अपने नारीत्व के प्रति बहुत-ज्यादा सचेतन थीं। जबकि मिस्त्राल कदाचित् ही इसका उल्लेख करती हैं। कभी-कदा ही वे अपनी सादगी के विषय में हमें बताती हैं। वे अपने जीवन और अपनी कविताओं में दिखावे और घमंड की दुश्मन हैं। इसी तरह उनकी कविताओं का कई वर्षों तक प्रेमपूर्वक अनुवाद करनेवाली उर्सला के. ले गुइन कहती हैं कि मिस्त्राल की लोरियों, रोंड्स (गीतोन), प्रेम कविताओं में उग्र क्रोध, तथा उनकी बाद की कविताओं में जटिलता, कल्पना और इलहाम की शक्ति जैसी स्पष्टता के साथ मिलती है, अधिकांश कविताओं में ऐसी स्पष्टता नहीं मिलती है। वे आशा करती हैं कि इस अनुवाद के द्वारा कवयित्री को उसका प्राप्य सम्मान मिलेगा, जिसकी वह अधिकारिणी है। इससे भी ज्यादा बढ़कर वे आशा करती हैं कि यह पुस्तक उन पाठकों के हाथ में जाए जो उन्हें प्यार करेंगे।

मिस्त्राल के काव्य की बड़ाई करते हुए नोबेल समिति ने कहा है कि इनकी कविताएँ एक ऐसा पेय प्रदान करती हैं जिसमें धरती का स्वाद है, जो हृदय की प्यास बुझाता है। यह उसी स्रोत से आता है जो यूनान के टापू पर यूनानी कवयित्री सापो (सापो एक सुरीले पक्षी का नाम भी है) के लिए और एलिकस की घाटी (मिस्त्राल का जन्म स्थान) में ग्रैबिएला मिस्त्राल के लिए बहता है। यह काव्य की वह धारा है जो कभी नहीं सूखेगी। जब 1925 में वे चिली लौटीं और राष्ट्रीय शिक्षा से उन्होंने औपचारिक रूप से निवृत्ति ले ली और उन्हें पेन्शन मिलने लगी तभी जन्म भर की उनकी विरोधी एमान्डा लबार्का हुबेरटसन ने टीचर यूनियन के दबाव से सरकार में एक नियम पारित करवा दिया। इस नियम के अनुसार केवल विश्वविद्यालय में प्रशिक्षित व्यक्ति ही स्कूलों में शिक्षण कार्य के लिए नियुक्त किये जा सकेंगे। चिली के विश्वविद्यालय ने 1923 में मिस्त्राल को स्पैनिश प्रोफेसर की पदवी दे दी थी जबकि वे मात्र कुछ साल ही स्कूल गयी थीं। मगर उनकी शिक्षा का प्रमाण उनका कई संग्रहों में समाया काव्य और पत्र-पत्रिकाओं में प्रकाशित उनके सैकड़ों लेख हैं। 1926 से 1933 के बीच उन्होंने देश-विदेश में तमाम सेमिनार और कांफ्रेंस को सम्बोधित किया।

उनके काव्य की केन्द्रीय थीम माँ का प्रेम, प्रकृति, दुःख, निस्सारता और बाँझपन है। वे एक नन्ही-सी स्ट्राबेरी में जीवन का नाजुकपन और प्रेमपूर्वक देखभाल देखती हैं और कहती हैं कि धरती को मत कुचलो, मीठी खुशबू वाले फल को मत रौंदो। इसके प्यार के लिए झुको, इसे सूँघो और इसे अपना मुँह दो। उनकी कई प्रारम्भिक रचनाएँ उनके अपने मृत प्रेमी के लिए लिखी गयी हैं। बाद की कविताओं में वे कहती हैं कि जीवन-मृत्यु में समाप्त होनेवाली एक रहस्यमय तीर्थयात्रा है। मृत्यु संसार के बन्धनों से मुक्त करती है। वे स्वयं को

अपने समय का माध्यम मानती थीं और कहती हैं कि शरीर के लिए जो आत्मा होती है, कलाकार वही अपने लोगों के लिए होता है। एक बार किसी अवसर पर कही हुई यही पंक्तियाँ उनकी कब्र पर खुदी हुई हैं। वे अपनी थीम को ताजिन्दगी दोहराती रहीं। यही उनकी ख़ासियत बन गयी और यही उनकी मौलिकता है। मिस्त्राल की दारुण प्रेम कविताएँ, पाब्लो नेरुदा की प्रेम कविताओं से काफी हद तक मिलती हैं। डेसोलेसन में 'डॉलर' नाम से एक कविता उन्होंने अपने प्रेमी के लिए लिखी है और इसमें अपने दुःख को उन्होंने सीधे-सीधे व्यक्त किया है। उनके मन में शादी और बच्चों की साध सदा के लिए अधूरी रह गयी। अपनी कविताओं में वे बराबर अपने बचपन को याद करती हैं और मातृत्व की संवेदना को अभिव्यक्त करती हैं। उनका कार्य दूसरों से भिन्न है। वे अपने समय के अन्य कवियों से ज्यादा प्रौढ़ता प्रदर्शित करती हैं। उनकी कविताएँ आन्तरिक अनुभूति का संवेदनशील गान हैं।

अपने राजकीय और शैक्षिक कार्यों के लिए वे जानी जाती हैं। लेकिन वे एक कवयित्री हैं और उनकी वास्तविक ख्याति उनके काव्य के कारण है। उनके जीवनकाल में उनकी ख्याति थी। मगर उनके जाने के बाद लैटिन अमेरिका में उनका कार्य-काव्य, आलेख, भाषण और पत्र-अनुवाद और समीक्षा के लिए एक लोकप्रिय विषय बन गया। इसका फल यह हुआ कि अँग्रेज़ी में उनका काम उपलब्ध होने लगा और उत्तरी अमेरिका के लोगों में भी उनके काम के प्रति रुचि जाग्रत हुई। मृत्यु के बाद उनकी छवि उनके देश में और निखर गयी। डाक टिकटों, सिक्कों पर उनकी छवि अंकित होने लगी, सार्वजनिक स्थलों पर उनके चित्र उकेरे गये। चिली में शायद ही कोई शहर होगा जहाँ उनके नाम पर सड़क, स्कूल या सरकारी इमारत न हो। जीवन भर और जीवन के बाद भी साहित्य और समाज पर उन्होंने अपनी गहरी छाप छोड़ी। ऐसी विशिष्ट हैं ग्रैबिएला मिस्त्राल।

नेली ज़ाक्स
होलोकास्ट की रुदाली

"दूसरे तमाम जर्मन यहूदी लेखकों की तरह नेली ज़ॉक्स ने जलावतनी का भाग्य सहा।"
—एंडर्स ओस्टर्लिंग

उम्र और सृजनात्मकता का रिश्ता है भी और नहीं भी। जरूरी नहीं कि उम्र का प्राइम टाइम रचनात्मकता का भी प्राइम टाइम हो। शायद इसीलिए साठा तो पाठा जैसी कहावतें बनी हैं। रचनाओं का विस्फोट कब, किस उम्र में होगा बताना कठिन है। कुछ लोग बचपन में शुरू हो जाते हैं, तो कुछ और लोगों को शुरू होने में समय लगता है। कुछ लोग शुरू जल्दी हो जाते हैं लेकिन किसी कारण से बीच में रुक जाते हैं। फिर उनसे लिखना नहीं होता है। वे सदा के लिए चूक जाते हैं। कुछ लोग शुरू तो जल्दी हो जाते हैं लेकिन किसी कारण से बीच में रुक जाते हैं, एक तरह के हाइबरनेशन में चले जाते हैं और कुछ समय बाद या लम्बे अन्तराल के बाद पुनः रचना करना प्रारम्भ करते हैं। 1966 की, साहित्य की नोबेल पुरस्कार विजेता नेली ज़ाक्स के साथ कुछ ऐसा ही हुआ। उन्होंने बहुत बचपन में काव्य रचना प्रारम्भ कर दिया था। पर फिर कुछ अपरिहार्य कारणों से उनका लिखना रुक गया। पुनः उन्होंने पचास साल की उम्र में लिखना प्रारम्भ किया। और उनका यह दूसरा लेखकीय जन्म उनके लिए बहुत सारी प्रसिद्धि लेकर आया। उनके काव्य की प्रशंसा करते हुए नोबेल समिति ने अपनी अनुशंसा में कहा कि उन्हें विशिष्ट लयात्मक और नाटकीय लेखन के लिए यह पुरस्कार दिया जा रहा है। उनका लेखन बहुत संवेदनशीलता के साथ इज़राइल के भाग्य की व्याख्या करता है।

दो लेखकों को संयुक्त रूप से वर्ष 1966 का नोबेल पुरस्कार दिया गया था। समिति के अनुसार दोनों ने ही आज के समय में इज़राइल का सन्देश दिया है। नेली ज़ाक्स के साथ-साथ इस साल शैम्युअल योसेफ एगनॉन को भी पुरस्कार

मिला था। दोनों ही यहूदी लेखक हैं। यहूदी साहित्यकार गिनती के हैं। यहूदी रचनाकारों को नोबेल पुरस्कार मिलना अपने आप में एक घटना होती है। हालाँकि एगनॉन तथा नेली ज़ाक्स, दोनों ने अलग-अलग भाषाओं में लिखा है। एग्नॉन ने हिब्रू भाषा में तथा नेली ने जर्मन भाषा में लिखा है। दोनों भिन्न-भिन्न देश के रहनेवाले हैं। एगनॉन का घर यरुशलम में है जबकि बर्लिन की नेली ने स्वीडन में शरण ली है। पुरस्कार मिलते समय वे स्वीडन की नागरिक थीं। समिति ने दोनों को एक साथ पुरस्कार देने को न्यायोचित ठहराते हुए कहा कि क्योंकि दोनों रचनाकार भिन्न भाषा लिखने के बावजूद आत्मा में एक हैं। उनका एक दूसरे से आध्यात्मिक रिश्ता है। वे एक दूसरे के पूरक हैं। यहूदी लोगों को दोनों सर्वोत्तम ढंग से शब्दों में प्रस्तुत करते हैं। दोनों के लेखन का स्रोत और प्रेरणा एक महत्त्वपूर्ण शक्ति है। स्वयं नेली के अनुसार जहाँ एग्नॉन इज़राइल का प्रतिनिधित्व करते हैं। वे यहूदी लोगों की त्रासदी को प्रस्तुत करती हैं।

नेली को तमाम जर्मन-यहूदियों की भाँति प्रवास भोगना पड़ा। समिति ने अपनी अनुशंसा में कहा कि नेली ने स्वीडन में रहते हुए शान्तिपूर्वक अपना लिखना जारी रखा और लिखने में प्रौढ़ता हासिल की। इसी प्रौढ़ता की स्वीकृति नोबेल समिति ने पुरस्कार देकर की है। प्रारम्भ में जर्मनी में वे स्वीकृत नहीं की जा रही थीं परन्तु आज जर्मन दुनिया में भी वे एक लेखक के रूप में सम्मानित हैं और उन्हें गम्भीरता से लिया जाता है। वे यहूदी लोगों की त्रासदी को बहुत शक्तिशाली रूप में अपने लेखन में प्रस्तुत करती हैं। उनके काम में दु:ख का गायन बहुत खूबसूरती से अभिव्यक्ति पाता है। वे होलोकास्ट का विलाप हैं। होलोकास्ट की रुदाली हैं। उनकी सांकेतिक भाषा आधुनिक मुहावरों और प्राचीन बिबिलिकल कविता को बड़े सटीक तरीके से एक-दूसरे में समाहित करती हैं। उनकी कविता में प्राचीन काव्य के सौन्दर्य की झलक और प्रतिध्वनि मिलती है। वे अपने लोगों की आस्था और रहस्यात्मक रीति-रिवाजों से स्वयं को पूरी तौर पर जुड़ा हुआ मानती हैं। वे बिम्ब विधान की ऐसी दुनिया रचती हैं जिसमें लाशों की फैक्टरियाँ, गैस चैम्बर और यातना शिविर की भयंकर सचाई को किनारे नहीं हटाया गया है। लेकिन इसके साथ ही वे सब प्रकार की घृणा से ऊपर उठकर मनुष्य के पतन की दु:खद स्थिति को चित्रित करती हैं। उनकी रचनाएँ लयात्मक हैं और इसी लयात्मकता के भीतर वे आदमी पर आदमी द्वारा किये अमानुष कृत्यों को अपने काव्य में पिरोती चलती हैं।

होलोकास्ट मानव जीवन की एक शर्मनाक सचाई है। मनुष्यता के नाम पर एक काला धब्बा है। यह कलंक ऐसा है जिसे मिटाया नहीं जा सकता है। इस दौरान हुए अमानुषिक अत्याचारों को बहुत सारे भुक्तभोगी रचनाकारों ने अपने

साहित्य में मुखरित किया है। किसी ने इसे प्रत्यक्ष रूप से चित्रित किया है तो किसी ने परोक्ष रूप से संकेत और बिम्बों के माध्यम से इसे प्रस्तुत किया है। इमरे कर्टीज, गुंटर ग्रास, चेश्लाव मिलोश, प्राइमो लेवी, विक्टर फ्रैंकल आदि ऐसे ही रचनाकार हैं, जिन्होंने इन यातनाओं को भोगा और उसे साहित्य में वाणी दी। नेली इसी श्रेणी की रचनाकार हैं।

नेली का जन्म एक बहुत धनी परिवार में 10 दिसम्बर 1891 को बर्लिन में हुआ था। उनका असली पूरा नाम लिओनी ज़ाक्स है। संयोग की बात है कि इसी 10 दिसम्बर को नोबेल पुरस्कार दिया जाता है। और जिस दिन नेली को पुरस्कार मिला उस दिन उनका जन्मदिन भी था। वे कहती हैं कि यह उनके लिए परिकथा के सत्य होने के समान है। उनके पिता का नाम विलियम जाक्स था। वे एक बहुत बड़े उद्योगपति थे। उनके पिता एक उद्योगपति होने के साथ-साथ नयी-नयी चीजों के अन्वेषण करनेवाले और संगीत प्रेमी थे। नेली की माँ का नाम मागरिटा कारगर जाक्स था। वे लोग बर्लिन के एक बहुत प्रतिष्ठित इलाके में रहते थे। उनका पालन-पोषण बर्लिन के एक फैशनेबल इलाके में हुआ। उस समय की सामाजिक मान्यताओं के अनुरूप बचपन में काफी समय तक उनकी शिक्षा घर पर ही हुई। घर पर शिक्षा का एक कारण उनका नाजुक स्वास्थ्य भी था। बाद में वे स्कूल जाने लगीं। लड़कियों के एक बहुत अच्छे स्कूल, बर्लिन के अबर्ट हाई स्कूल में उनकी शिक्षा प्रारम्भ हुई। यहूदी लोग अपने संगीत प्रेम के लिए जाने जाते हैं। उस पर खासतौर पर चूँकि वे बहुत सम्पन्न इलाके में रहती थीं, अतः संगीत उनके जीवन का एक अहम हिस्सा था। उन्हें उस समय के रिवाज के अनुसार साहित्य, संगीत तथा नृत्य की शिक्षा मिली। बहुत बचपन से वे कविता करने लगीं। 1908 में स्कूली शिक्षा समाप्त करते समय तक वे खुशनुमा कविताएँ लिख रही थीं। लेकिन पहले-पहल स्कूली जीवन में उनकी सबसे बड़ी ख़्वाहिश एक नृत्यांगना बनने की थी। उस समय के सामाजिक रिवाजों की वजह से उनके माता-पिता नहीं चाहते थे कि वे नृत्यांगना बनें।

किसी के चाहने या न चाहने से जीवन की दिशा निर्धारित नहीं हो जाती है। जीवन को कब, कहाँ और कैसे मोड़ मिल जाए यह यह बताना कठिन है। उनके पिता के पुस्तकालय में भरपूर जर्मन साहित्य था और नेली को उसका चस्का लग गया। उन्होंने नोवालिस, होल्डरिन, दॉस्तोवस्की और टिफ्टर को पढ़ा। अपने माता-पिता की एकमात्र सन्तान नेली स्वीडन में रह रही कवयित्री सेलमा लेगरलॉफ की प्रशंसक बन गयीं। पन्द्रह वर्ष की उम्र में उन्होंने सेलमा लेगरलॉफ का गोस्टा बर्लिंग्स सागा पढ़ा। वह उन्हें इतना अच्छा लगा कि उसकी प्रशंसा में उन्होंने सेलमा को पत्र लिखा, जिसका उत्तर उन्हें तत्काल मिला। उन्होंने सेलमा लेगरलॉफ

को पत्र लिखने शुरू किये। सेलमा भी अपनी इस प्रशंसिका के पत्रों का उत्तर देने लगीं। फिर दोनों के बीच पत्रोत्तर का सिलसिला जारी हो गया। यह पत्रोत्तर का सिलसिला चल निकला। पत्राचार के चलते वे सेलमा के साथ-साथ स्वीडन से भी लगाव अनुभव करने लगीं। दोनों की पत्राचार की यह दोस्ती पैंतीस साल चली। मगर दोनों कभी एक-दूसरे को देख न सकीं। और इसी पत्र-मित्रता ने आगे चलकर उनकी जान बचायी और उन्हें होलोकास्ट के स्थान पर स्वीडन पहुँचाया। यही पत्राचार नेली के जीवन बचाने और आगे चलकर प्रत्यक्ष या परोक्ष रूप से नोबेल पाने में सहायक हुआ।

किशोरावस्था में हम दूसरों से शीघ्र प्रभावित हो जाते हैं। जिन्हें हम अपना आदर्श मानते हैं उनकी शैली जाने-अनजाने हमारी शैली बन जाती है। नेली के साथ भी ऐसा ही हुआ। वे सेलमा से ऐसी प्रभावित थीं कि उनकी प्रारम्भिक रचनाओं पर सेलमा की शैली का प्रभाव स्पष्ट रूप से दीखता है। पन्द्रह वर्ष की उम्र में उनका पहला संग्रह 'लेजे़ंड्स एंड स्टोरीज' आया, जो पूरी तरह से सेलमा की शैली पर आधारित था। कला संरक्षक स्टेफन ज़्विग ने नेली के प्रथम कार्य को प्रकाशित किया और उन्हें अवाँ गार्द अथवा उस समय के मुख्य धारा के अन्य अभिव्यंजनावादी जर्मन कवियों से भिन्न कहा। इस समय नेली की खूब सारी रचनाएँ प्रकाशित हुईं। जिनमें से ज्यादातर रोमांटिक शैली में थीं। उनकी प्रारम्भिक रचनाएँ प्रकृति और रहस्यमय घटनाओं का सम्मिश्रण हैं। परम्परागत, उदास मगर जर्मन रोमांटिक परम्परा में मजबूती से जुड़ी हुई। उन पर मध्ययुगीन कैथोलिक प्रभाव स्पष्ट रूप से दृष्टिगोचर होता है। जर्मन रहस्यवादियों की भाँति वे भी विश्वास करती हैं कि 'ईश्वर' श्वेत-श्याम, अच्छे-बुरे, प्रेम-घृणा दो विपरीत छोरों का सन्तुलन है। वह बहुत अन्तर्मुखी प्रकृति की बच्ची थीं। नेली ने कभी विवाह नहीं किया। उनके माता-पिता के बारे में थोड़ा बहुत लोगों को ज्ञात है। लेकिन बयालिस साल की उम्र से पहले के उनके जीवन के विषय में बहुत कम बातें मालूम हैं। एक शरणार्थी के रूप में जब वे स्वीडन आ गयीं उसके बाद का उनके जीवन की सब बातें यहाँ-वहाँ दर्ज हैं, उपलब्ध हैं। असल में उनके रचनात्मक जीवन का प्रारम्भ स्वीडन आने के बाद प्रारम्भ हुआ। यह सब उनके जीवन के पाँचवें दशक में हुआ। इसके उपरान्त वे ताजिन्दगी स्वीडन में रहीं और वहीं रहकर उन्होंने साहित्य में प्रौढ़ता हासिल की और साहित्य के एक उच्चतम मक़ाम नोबेल पुरस्कार तक पहुँचीं।

लेकिन इसी बीच उनके जीवन में एक दु:खद घटना हुई और उनके लेखन में परिवर्तन आया। वे अपने पिता के बहुत करीब थीं और एक लम्बी बीमारी के पश्चात उनके पिता की, 1930 में मृत्यु हो गयी। उनके पिता उनके हर जन्मदिन

पर, 10 दिसम्बर को उनके घर में बर्लिन में कहा करते थे, 'अब वे स्टॉकहोम में नोबेल समारोह मना रहे हैं'। अपने पुरस्कार प्राप्ति के अवसर पर नेली अपने पिता की यह उक्ति स्मरण करती हैं। परिकथाओं की तरह उनके जीवन में यह दिन आया। लेकिन अफसोस जब नेली को यह पुरस्कार मिला तो इस दिन इस समारोह को देखने के लिए उनके पिता जीवित न थे। यही कचोट कई अन्य रचनाकारों को रही है। ओरहान पामुक के पिता जो उन्हें आशीर्वाद के तौर पर सदा कहा करते थे कि तुम्हें नोबेल पुरस्कार मिले, जब पामुक को नोबेल पुरस्कार मिला तब वे भी जीवित न थे। नोबेल पुरस्कृत जॉन मैक्सवेल कट्ज़ी भी कुछ इसी तरह की बात अपने नोबेल भाषण में कहते हैं। अन्तर्मुखी तो वे बचपन से थीं। पिता की मृत्यु के बाद वे अपने लोगों से, समाज से कट गयीं। उन्होंने लोगों से मिलना-जुलना छोड़ दिया। लेकिन उनकी कविताएँ जर्मन-यहूदी पत्रिकाओं में प्रकाशित होती रहीं। सत्रह वर्ष की उम्र से वे कविताएँ लिख रही थीं। उनका पहला कविता संग्रह 1921 में प्रकाशित हुआ। इसमें मुख्य रूप से मध्यकाल की गाथाएँ उन्होंने पिरोई हैं। पहले वे ईसाइयत से प्रभावित थीं, उन्होंने अपने मूल धर्म, यहूदी धर्म की ओर ध्यान नहीं दिया था मगर हिटलर के उदय के साथ वे यहूदी धर्म की ओर मुड़ गयीं। निराश और अन्तर्मुखी व्यक्ति अक्सर धर्म और ईश्वर की ओर मुड़ जाता है। उनके संग भी ऐसा ही हुआ। वे धर्म की ओर मुड़ गयीं। यहूदी और ईसाई रहस्यवाद में उन्हें सहारा मिलने लगा। नतीजतन उनकी रचनाओं में ओल्ड टेस्टामेंट, हदीसी और काबाला की प्रतिध्वनि आने लगी। इन पुस्तकों में वर्णित चरित्रों की भाँति उनके काव्य में भी चरित्र रहस्यवादी आद्यचरित्र बनने लगे।

उनके जीवनीकार उन्हें एक शर्मीली और शान्त लड़की के रूप में चित्रित करते हैं। मगर इस शर्मीली और शान्त लड़की के जीवन में बहुत उथल-पुथल थी। उन्हें अपनी किसी-न-किसी की गयी गलती की सजा भोगनी पड़ी। मात्र इस कारण कि उनका जन्म एक ऐसे परिवार में हुआ जो संयोग से यहूदी था। उनके पिता की मृत्यु के आसपास नाज़ी सिर उठाने लगे और यहूदियों का जर्मनी में रहना दूभर होने लगा। नेली के लिए भी हुक्म जारी हुआ कि वह केवल यहूदी अखबारों के लिए ही लिखें। अन्य प्रकाशनों के लिए उनका लेखन प्रतिबन्धित कर दिया गया। कई बार गेस्टॉपो (नाज़ी सेना) ने उन्हें गिरफ्तार भी कर लिया पर वे रिहा कर दी गयीं। वे अट्ठारह वर्ष की उम्र में अपने माता-पिता के साथ छुट्टियाँ मना रही थीं, तब उनका एक साथी बना। बाद में उसके न रहने पर उनकी रचनाओं में वह लाखों-लाख यहूदियों की मृत्यु का वाहक बन गया। उनका यह मित्र प्रतिरोधी दस्ते का सक्रिय सदस्य था। उसी के साथ नेली भी 1937

गों बचाए ही पायीं। इसके बाद उन्होंने अपने इस साथी को फिर कभी नहीं देखा। उस साथी की पहचान का भी उन्होंने कभी खुलासा नहीं किया। उनके इस साथी को यहूदी कैम्प में भेज दिया गया। जहाँ उसकी मौत हुई। इस सदमे से वे कभी नहीं उबर पायीं। वैसे कहा जाता है कि बहुत बचपन से उनकी एक ग़ैर-यहूदी लड़के से दोस्ती थी। मगर वह नाज़ी सेना द्वारा मारा गया। इस दर्दनाक हादसे का उनके व्यक्तित्व पर बहुत गहरा असर पड़ा। परेशानी के इस आलम में वे यहूदी रहस्यवाद की ओर मुड़ीं जिसकी झलक उनके बाद के लेखन में मिलती हैं। 1933 से 1947 के बीच उन्होंने कोई सृजनात्मक कार्य नहीं किया। इसके बाद उन्होंने जो काम किया, उसमें उनका स्वर बदल चुका था।

1921 में उन्होंने 124 पेज की एक किताब 'लेज़ेंड्स ऐंड स्टोरीज' नाम से प्रकाशित करवायी जिसमें यहूदी धर्म की होने के बावजूद उन पर ईसाई धर्म की स्पष्ट छाप दीख पड़ती है। अपनी बाद की जिन्दगी में उन्होंने क्राइस्ट को सर्वोच्च व्यथा पानेवाला घोषित किया। लेकिन साथ ही वे होलोकास्ट पर रचे अपने काम को अपनी ख्याति के रूप में चाहती थीं। अतः बाद में उन्होंने अपनी प्रारम्भिक रचनाओं को अपने संग्रह में स्थान देने की इजाजत नहीं दीं। लिख तो वे काफी पहले से रही थीं परन्तु उनकी रचनात्मक प्रतिभा को 1950 के दशक के आस-पास पहचाना गया। 1957 में उनका 'एंड नो वन नोज़ वेयर टू गो' आया। 1959 में आया 'फ्लाइट ऐंड मेटामोर्फिसिस'। इन दोनों रचनाओं में उन्होंने अपनी पुरानी थीम को ही दोहराया है। इनमें भी उन्होंने होलोकास्ट के शिकार हुए लोगों की बात की है। इनमें भी उन्होंने अपने निजी जीवन के एकाकीपन को पिरोया है। वही श्याम पक्ष जिसके लिए वे सदा जानी जाती रही हैं। साहित्य की दुनिया में अचानक उन्हें पहचान और सम्मान मिलने लगा। और 1961 में उनका एक नया संग्रह 'जर्नी टू द बियोंड' आया। जिसमें उनके इक्कीस सालों में एकाग्रता से रची छः रचनाएँ हैं। उसी साल उनकी ड्रामेटिक कविताओं की एक श्रृंखला 'साइंस इन द सैंड' नाम से आयी। इस श्रृंखला की कथावस्तु यहूदी धर्म के रहस्यवाद से ली गयी है। लेकिन नेली के काव्य में आकर ये रहस्यवादी थीम भी आधुनिक सन्दर्भ को प्राप्त होती है।

अगले दशक में उन्हें बहुतेरे सम्मान प्राप्त हुए। जिनमें 1961 में उन्हीं के नाम पर आधारित एक सम्मान भी शामिल है। 1965 में फ्रैंकफर्ट में लगनेवाले मेले में जर्मन बुक ट्रेड ने उन्हें शान्ति पुरस्कार से नवाज़ा। और उनके सत्तरवें जन्मदिन के तोहफे के रूप में फ्रैंकफर्ट के एक प्रकाशक ने उनकी रचनाओं को एक संग्रह के रूप में प्रस्तुत किया, जिसमें उनका नवीनतम कार्य, उनकी कविताओं की श्रृंखला 'जर्नी टू द बियोंड' भी शामिल है। इस श्रृंखला को उन्होंने अपने

'मृत भाइयों और बहनों' को समर्पित किया है। जर्मन भाषा-भाषी पाठकों और प्रकाशकों के लिए भले ही वे सम्मानित रचनाकार रही हों, लेकिन जब 1966 में उन्हें साहित्य का नोबेल पुरस्कार मिला तब तक वे यूरोप तथा अमेरिका में अनजानी थीं। अमेरिका वैसे भी अपने अलावा किसी और को नहीं गिनता है। बहुत कम अमेरिकी विद्वान और साहित्यकार अन्य देशों तथा अन्य भाषा के रचनाकारों को जानते, पढ़ते और मानते-गोदानते हैं। यूरोप के लोगों की स्थिति भी कमोबेश यही है। इसीलिए ओरहान पामुक को बड़ा धक्का लगा कि उनका देश यूरोप के साहित्य में कहीं भी, कोई भी हिस्सा नहीं पाता है। कहीं समाहित नहीं है। इसी को चुनौती मानकर उन्होंने अपनी रचनाएँ कीं और अपने देश तुर्की और अपनी तुर्की सभ्यता को साहित्य में प्रमुखता से स्थापित किया।

नेली का प्रथम संग्रह ईसाइयत के रहस्यवाद के प्रति उनके रुझान को दर्शाता है। उनकी इन रचनाओं में इस रहस्यवाद की झलक मिलती है। वे स्वयं यहूदी हैं लेकिन जीवन के प्रारम्भ में ईसाइयत से खासी प्रभावित थीं। ऐसा नहीं है कि इन रचनाओं पर उनके धर्म का प्रभाव नहीं है। वह तो उनकी समस्त रचनाओं में दृष्टिगोचर होता है। कभी प्रच्छन्न रूप से, कभी प्रत्यक्ष रूप से, किशोरावस्था में वे इन दोनों प्रवृत्तियों से प्रभावित थीं। लेकिन जीवन से प्राप्त अनुभव, व्यक्ति के विचारों, उसके जीवन-दर्शन सबमें परिवर्तन ला देता है। जब हिटलर का राजनैतिक प्रभाव बढ़ा और यहूदी होने के नाते उन्हें काफी परेशानी झेलनी पड़ी, और तो और उनका बचपन का साथी भी हिटलर के पागलपन की भेंट चढ़ गया तो नेली के विचारों और आस्थाओं में भी बदलाव आया। उनका नजरिया आमूल-चूल बदला। यहूदियों से घृणा की बढ़ती लहर ने उन्हें ईसाइयत से दूर कर दिया और उनका झुकाव कट्टरपंथी हसीदी समुदाय की ओर होने लगा। रहस्यवाद की ओर उनका झुकाव था ही। अब वे यहूदी रहस्यवाद की ओर बढ़ चलीं। उनके लेखन को भी यह रहस्यवाद रँगने लगा।

वैसे तो देश से पलायन करने में उनके कई मित्रों ने सहायता की, लेकिन एक खास मित्र की सहायता से वे जर्मनी से पलायन कर सकीं। उनकी एक मित्र गुडरन हारलन ने किसी तरह स्वीडन की लेखिका सेलमा लेगरलॉफ से सम्बन्ध स्थापित किया। और सेलमा ने अपनी दरियादिली का परिचय देते हुए स्वीडन के राजपरिवार से सम्पर्क स्थापित कर नेली के स्वीडन आने की व्यवस्था करवा दी। वे पुरस्कार ग्रहण करते समय विस्तार से बताती हैं कि कैसे उनकी एक जर्मन मित्र सेलमा से मिली और उसने सेलमा से अनुरोध किया कि नेली और उनकी माँ को बचाने का प्रबन्ध किया जाए। जर्मनी से माँ-बेटी निकल आयीं। लेकिन उन दिनों और तब की परिस्थितियों में स्वीडन पहुँचना इतना आसान न था। कई

महीनों की तबाही के बाद वे स्वीडन पहुँचीं। इसमें सेलमा लेगरलॉफ के अलावा चित्रकार यूजीन ने भी सहायता की। हालाँकि सेलमा और नेली मिल न सकीं। जब नेली अपनी माँ के साथ किसी तरह स्वीडन की अन्तिम उड़ान भरने वाले जहाज में सवार होकर 16 मई 1940 को स्वीडन पहुँची तब तक सेलमा लेगरलॉफ इस दुनिया से जा चुकी थीं। एक नोबेल पुरस्कृत रचनाकार ने दूसरी पुरस्कृत होनेवाली रचनाकार की जाने-अनजाने में सहायता की थी। दुनिया से जाते-जाते सेलमा ने एक नोबेल पुरस्कार की हकदार को नयी जिन्दगी दी थी। वरना नेली के बचने की कोई उम्मीद न थी। लेकिन कहते हैं न, 'जाको राखे साईयाँ मांर सके न कोय।' सो इस तरह नेली और उनकी माँ स्वीडन पहुँचीं। वे स्वीडन पहुँच तो गयीं पर उन्हें वहाँ की भाषा नहीं आती थी। वे वहाँ किसी को नहीं जानती थीं। जिसे पत्रों के द्वारा जानती थीं वो इस दुनिया से जा चुकी थी।

कल्पना की जा सकती है उस समय नेली किस तरह की मानसिकता में जी रही होंगी। 1943 में जब नाज़ी कैम्पों की पहली खबर स्वीडन पहुँची तो उन्हें ज्ञात हुआ कि उनकी माँ, जो उनके साथ थीं और स्वयं उनके अलावा उनका मित्र, उनके सब सगे-सम्बन्धी होलोकास्ट की बलि चढ़ चुके हैं। इसी भयंकर मनःस्थिति का परिणाम हुआ 'इन द हैबीटेशंस ऑफ डेथ' और आयी कविताओं की लम्बी शृंखला। ये दोनों 1947 में प्रकाशित हुए। इसके दो साल बाद आया 'एक्लिप्स ऑफ स्टार्स'। इसके तत्काल बाद 1951 में आया उनका प्रसिद्ध नाटक 'एली'। 'ए मिस्ट्री प्ले ऑफ सफरिंग्स ऑफ इज़राइल' इस नाटक का उपशीर्षक है। बाद में इस नाटक को पश्चिम जर्मनी के रेडियो पर भी प्रसारित किया गया। जीवन में उतार-चढ़ाव लगा रहता है। यह नाटक नेली की हसीदी सम्प्रदाय पर आस्था को प्रदर्शित करता है। दैवी चमत्कारों पर उनके विश्वास को दिखाता है। 'एली' नाटक एक आठ साल के लड़के की कहानी है। जिसे जर्मन सिपाही पीट-पीटकर जान से मार डालते हैं। और क्या अपराध था इस निरे बालक का? इस बच्चे ने अपनी चरवाहेवाली बाँसुरी बजाकर स्वर्ग से सहायता की गुहार की थी। उसने सहायता की गुहार की थी क्योंकि उसके माता-पिता को उससे छीन लिया जाता है। नाटक की सारी घटना पोलैंड में घटित होती है। दिव्यदर्शी मोची माइकेल दोषी को अगले गाँव में ढूँढ़ निकालता है। सिपाही पश्चाताप से दुःखी है और जंगल में जब माइकेल से आमना-सामना होता है तो बिना माइकेल के हाथ लगाये ही सिपाही भहरा पड़ता है। यह अन्त दिखाता है कि पाप के लिए बिना पार्थिव सज़ा के दैवी न्याय होता है। पापी को सज़ा देने के लिए मनुष्य को न्याय अपने हाथ में लेने की कोई आवश्यकता नहीं है। 1962 में यह डोर्टमंड में भी प्रदर्शित हुआ। बाद में इसे स्वीडिश कम्पोजर मोसेस परगामेंट ने ओपेरा के लिए प्रयोग

किया। उनका दूसरा नाटक 'एब्राहम इन अ लैंडस्केप ऑफ सॉल्ट' (साइंस इन द सैंड) नाम से आया। यह किंग निमरोड और युवा एब्राहम की बिबिलिकल कहानी का रूपान्तरण है। यह नाटक नेली के नाटकों में किये प्रयोग का नतीजा है। इसमें बहुत सारे दृश्य हैं तथा उन्होंने इसमें पैंटोमाइम का प्रयोग भी किया है। नेली ने एक बैले भी लिखा, परन्तु उसे मंचित करना असम्भव है। नेली ने स्वयं इस बैले के मंचन के लिए निर्देश दिये हैं और उन निर्देशों के अनुसार कुछ दृश्य मनुष्य की आँख की रेटीना पर ही होने हैं।

जब उन्हें यातना कैम्प में ले जाने में मात्र एक सप्ताह बचा था, वे स्वीडन जानेवाले अन्तिम जहाज में बैठकर नात्सी जर्मनी से निकल भागने में सफल रहीं। करीब पचास साल की उम्र में नेली स्वीडन पहुँचीं। वे स्वीडन में बहुत गरीबी में दिन गुजार रही थीं। अपनी माँ के साथ वे एक बिल्डिंग के तीसरे माले पर दो कमरे के एक घर में रहकर गुजारा कर रही थीं। माँ खूब बीमार और कमजोर थीं। इसलिए माँ को छोड़कर काम की तलाश में कहीं और जाना भी सम्भव न था। पत्र लिखना उनका बचपन का शगल था। यही आदत अब बाहर से सम्बन्ध स्थापित करने के लिए काम आने लगी। बाहरी दुनिया से उनका सम्पर्क मात्र पत्रों के माध्यम से ही रह गया था। पहले उन्होंने स्वीडन के बुद्धिजीवियों से पत्राचार का रिश्ता कायम किया। जिसके फलस्वरूप इन बुद्धिजीवियों का नजरिया इन शरणार्थियों के प्रति बदला और वे लोग इनसे नजदीकी सम्बन्ध बनाने लगे। आजीविका के लिए वे स्वीडन के रचनाकारों गनर एकेल, एरिक लिंडग्रेन, जोहांस एडफेल्ट, कार्ल वेनबर्ग आदि की रचनाओं का जर्मन में अनुवाद करने लगीं। उन्होंने अपने अनुवाद के कई संग्रह प्रकाशित करवाये। वे स्वीडन काव्य के अनुवादक के रूप में खासा नाम कर चुकी थीं। फिर भी काफी समय तक जर्मन प्रकाशक उनका काम प्रकाशित करने को राजी न थे। 1947 में आये उनके स्वीडिश अनुवाद संग्रह 'वेव्स एंड ग्रैनाइट' ने उन्हें स्वीडन में ख्याति दी। 1947 में आया 'इन द हैबिटेशन ऑफ डेथ' 'इन द हाउसेस ऑफ डेथ' नाम से भी उपलब्ध है। ये अपने समय के दुःख-दर्द खासतौर पर यहूदियों के दुःख दर्द की रचनाएँ हैं। हालाँकि ये कविताएँ आधुनिक शैली में लिखी गयी हैं परन्तु इन पर ओल्ड टेस्टामेंट की छाप देखी जा सकती है।

1950 में अठत्तर वर्ष की आयु में उनकी माँ की मृत्यु हो गयी। नात्सियों के बढ़ते अत्याचार से वे इतनी भयभीत हो गयीं कि बहुत समय के लिए अपनी आवाज खो बैठीं। इसे उन्होंने अपने काव्य में भी पिरोया : 'जब भयंकर दहशत आयी/मैं गूँगी हो गयी'। माँ की मृत्यु के बाद उन्हें कई बार नर्वस ब्रेकडाउन हुआ। वे नात्सियों से इतना भयभीत थीं कि उन्हें इस दौरान नात्सियों के द्वारा

मारे जाने से सम्बन्धित मतिभ्रम, व्यामोह, तरह-तरह की भ्रान्ति होती रही। इस कारण कई सालों तक उन्हें मानसिक अस्पताल में रहना पड़ा। मगर वे इन सबसे उबर आयीं और अपना जीवन सामान्य तरीके से जीने लगीं। जब उन्हें नोबेल मिला, उनके माता-पिता दोनों जीवित नहीं थे। इसी बीच उन्होंने स्वीडन की नागरिकता के लिए प्रयास किया। उन्हें 1952 में स्वीडन की नागरिकता प्राप्त हुई। 1960 में बीस सालों के बाद वे एक पुरस्कार ग्रहण करने के लिए जर्मनी लौटीं। यह उनकी उदारता है कि बाद में उन्होंने नयी पीढ़ी के जर्मनों को माफ करने का रुख अख्तियार किया और युद्धोपरान्त कई जर्मन भाषाभाषी लेखकों जैसे हैंस मैग्नस एंज़ेंसबेर्गेर तथा एग्नेबोर्ग बॉखमान के प्रति दोस्ताना भाव रखा और उनसे पत्राचार कायम किया।

उन्होंने अपने मित्र पॉल सेलान से 16 सालों तक पत्राचार किया। यह पत्राचार बीसवीं सदी का एक अमूल्य दस्तावेज है। दोनों सही अर्थों में एक दूसरे के साथी हैं। दोनों ने ही होलोकास्ट की भयानकता झेली थी। दोनों का काम आज होलोकास्ट के क्रूर अनुभवों के सर्वाधिक चर्चित और प्रसिद्ध सृजनात्मक कार्य के रूप में जाना जाता है। पॉल सेलान ने ही सर्वप्रथम 1953 में नेली की रचित पंक्तियों, 'ह्वेन स्टोंस...' पढ़कर उन्हें होलोकास्ट की कवयित्री घोषित किया था। स्वयं पॉल ने उन भयानक अनुभवों को वाणी दी है। उनकी 'इवेन सन हैज...' तथा 'एक्लिप्स ऑफ द स्टार्स' दोनों रचनाएँ हिटलर की तानाशाही में नष्ट हुए छः लाख यहूदियों से सम्बन्धित है। लेकिन प्रारम्भ में इन संग्रहों को उतना ध्यान न मिला जितने के ये अधिकारी थे। बाद में जब यहूदियों पर हुए अत्याचार की चारों ओर चर्चा होने लगी। तब लोगों का ध्यान इन कविताओं पर गया और इनकी प्रसिद्धि हुई। दोनों की रुचि यहूदी और ईसाई रहस्यवाद में थी। उनके साहित्यिक आदर्श तथा उनके बिम्बविधान समान थे। समानता के बावजूद दोनों स्वतन्त्र रूप से विकसित हुए। लेकिन दोनों की दोस्ती ने लाभ के साथ हानि भी की। दोनों ने एक-दूसरे के पैरोनोइया को बढ़ाने का काम किया। सेलान को भी नात्सियों द्वारा अपने मारे जाने की दहशत थी। उसके काम को साहित्यिक समाज जैसे ग्रहण करता था, उससे भी उसे बहुत चिढ़ थी। नेली का भी फिनिश यहूदी कम्पोजर मोसेस से अपने नाटक एली के संगीत नाटक के रूप में मंचन को लेकर बहस हुई थी। अपने मतिभ्रम के कारण ही उसने मोसेस से झगड़ा किया था क्योंकि मोसेस उसके मारे जाने के भय को वास्तविक नहीं मानता था। जबकि नेली की मान्यता के अनुसार यह एक जीती-जागती सचाई थी। नेली को लगता था कि सेलान ही ऐसा व्यक्ति है जो उसकी सब बातों पर विश्वास करता है। मगर सेलान से मिलने के बाद वह पहली बार मानसिक अस्पताल में भर्ती हुई। मगर यह अन्तिम बार

न था। नि:सन्देह सेलान का नेली पर प्रभाव है, बहुत से रचनाकारों का प्रभाव उनकी रचनाओं में नहीं दीखता है, फिर भी वे गर्टुरेड कोल्मार, एल्स लास्कर शुलर का प्रभाव उन पर है।

लम्बी बीमारी के बाद पिता की मौत, देश से पलायन का दहशतज़दा अनुभव, पीछे छूटे हुओं की दर्दनाक मौत की खबर, माँ की मृत्यु, इन सबने नेली के जीवन की दिशा और दशा बदल दी। इन सबने मिलकर उनके व्यक्तित्व का निर्माण किया और उनसे वह सब लिखवाया जिसके लिए आज वे जानी जाती हैं। हताशा और अवसाद ताजिन्दगी उनके पीछे लगे रहे। कविता जीवन की निराशाजनक अनुभूतियों का उदात्तीकरण करती है। कवि जीवनानुभवों को कविता में जैसे का तैसा प्रस्तुत नहीं करता है। कवि जब जीवन के कटु अनुभवों को कविता में पिरोता है तो वे ज्यों-का-त्यों नहीं रह जाते हैं। वे जीवन को उच्च दिशा की ओर ले जाते हैं। कविता मात्र फोटोग्राफी नहीं है। वैसे कविता की तुलना फोटोग्राफी से करना ठीक नहीं है, क्योंकि आज फोटोग्राफी में भी बहुत परिवर्तन आ चुका है। जीवन के अवसाद ने उन्हें आँतों का कैंसर दिया। उनकी मृत्यु आँतों के कैंसर से 12 मई 1970 को स्टॉकहोम में हुई। वहीं उत्तरी कब्रगाह (नॉर्थ सिमेट्री) में उन्हें दफनाया गया। उनके जन्म के देश जर्मनी ने भी अब उन्हें सम्मान दिया है। बर्लिन में उनके नाम पर एक पार्क है।

नाज़ियों द्वारा सृजित सन्ताप और यन्त्रणा की ही सदैव बात करने के स्थान पर नेली ने परिवर्तन के सार्वभौमिक बिम्बों तथा कथानकों को अपने काव्य में प्रस्तुत करके पाठकों में आशा और जिन्दा रहने की अनुभूति का संचार किया है। वे अपनी कविता को होलोकास्ट के विरुद्ध मूक चीख की संज्ञा देती हैं। मगर यह मूक न था। यह तो होलोकास्ट की रुदाली है। जब एगनॉन के साथ उन्हें नोबेल के लिए चुना गया तो उनका कहना था कि एगनॉन इज़राइल का प्रतिनिधित्व करते हैं जबकि मैं यहूदियों की त्रासदी का प्रतिनिधित्व करती हूँ। नोबेल समिति ने नेली की प्रशंसा करते हुए कहा कि वे उनके देश में एक लम्बे समय तक रही हैं। पहले एक अजनबी की तरह, फिर एक सम्मानित अतिथि की भाँति। जर्मन भाषा-भाषियों के बीच सम्मानित होने के बावजूद जब उन्हें 1966 में नोबेल पुरस्कार मिला, वे यूरोप और अमेरिका के अधिकांश पाठकों के लिए अपरिचित नाम थीं। ठीक ऐसा ही जीन मारी क्लेजिओ के साथ भी हुआ। नोबेल पुरस्कार मिलने तक उनकी ख्याति एक सीमित पाठकों तक ही थी। नोबेल पुरस्कार समारोह में पुरस्कार ग्रहण करने के पूर्व उनकी प्रशस्ति में कहा गया, 'मिस नेली ज़ाक्स आप हमारे देश में एक लम्बे समय से रह रही हैं, पहले एक अजनबी की भाँति और फिर सम्मानित अतिथि की तरह। आज स्वीडिश अकादमी आपकी 'उत्कृष्ट

संगीतात्मक और ड्रामैटिक लेखन को सम्मानित करती है जो इज़राइल के भाग्य की मर्मस्पर्शी ताकत के साथ व्याख्या करती है।' आपने स्वीडन के साहित्य में जो महत्त्वपूर्ण रुचि दिखायी है उसे इस अवसर पर स्मरण करना स्वाभाविक है। मित्रता की एक निशानी, जिसके प्रत्युत्तर में स्वीडन के हमारे लेखकों ने आपके कार्य को अनूदित किया है। मैं आपको स्वीडिश अकादमी की ओर से बधाई देता हूँ,' इसके पश्चात उन्हें स्वीडन के राजा के हाथों से उस वर्ष का साहित्य का नोबेल पुरस्कार दिया गया। उत्कृष्ट साहित्य व्यक्तिगत त्रासदियों को समष्टिगत बनाकर प्रस्तुत करता है। इसी उद्देश्य को नेली ज़ॉक्स का जीवन समर्पित है। उन्होंने यहूदियों की त्रासदी को मानवता की त्रासदी के रूप में प्रस्तुत किया है। वे मात्र यहूदियों का, होलोकास्ट का विलाप नहीं है। वरन् जहाँ भी मानवता पर अत्याचार हो रहा है, उसका विलाप है। किसी देश, किसी समय में होनेवाले मानवता के शोषण की रुदाली हैं।

नादीन गॉर्डीमर

नस्लीय भेदभाव के विरोध की प्रवक्ता

''एक किताब को कुल्हाड़ी होना चाहिए जो हमारे भीतर की बर्फ को तोड़ दे।''

—फ्रैंक काफ्का

नादीन गॉर्डीमर अपने नोबेल व्याख्यान में लेखन और अस्तित्व को परिभाषित और व्याख्यायित करती हैं। वे लेखन की वंशावली बताती हैं कि कैसे इस दुनिया के प्रारम्भ में शब्द ईश्वर के साथ था। शब्द से सृष्टि हुई। परन्तु मनुष्य की सभ्यता की शताब्दियों में शब्द ने अनेक दूसरे अर्थ ग्रहण कर लिये। धर्मनिरपेक्ष और धार्मिक अर्थ ग्रहण कर लिये। शब्द चरम सत्ता का पर्याय बन गया। प्रतिष्ठा का, आश्चर्य के साथ, कई बार खतरनाक विनय-अनुनय का पर्याय बन गया। समझाने-बुझाने का पर्याय बन गया। आज शब्द प्राइम टाइम हो गया है। एक टीवी टॉक शो हो गया है। आज शब्द आकाश में उड़ते हैं, आजकल शब्द निकट हैं। वे सेटेलाइट से प्रसारित होते हैं। पहले माना जाता था कि वे स्वर्ग से आते हैं। परन्तु इसका सर्वाधिक रूपान्तरण नादीन और उन जैसों को तब ज्ञात हुआ जब पहली बार यह पत्थर पर उकेरा गया। कागज पर लिखा गया। वे बात कर रही हैं ध्वनि के लिपि में रूपान्तरित होने की। पहली बार जब उच्चरित शब्द लिपि में बँधकर काल और स्थान की सीमा पार कर गये, वे उस समय की बात कर रही हैं। जब यह ध्वनि से दृश्य बने, श्रवण से संकेतों की एक शृंखला के रूप में पठन का साधन बने। लिपि बने। और इस यात्रा में शब्द गुटनबर्ग अर्थात् छापाखाना के आविष्कार के फलस्वरूप सारे संसार में फैल गये। वे कहती हैं कि यह शब्द की कहानी लेखक की वंशावली की कहानी है। यह वह कहानी है जिसने लेखक के अस्तित्व को लिखा। यह विचित्र दोहरी प्रक्रिया है। एक साथ दोनों का सृजन होता है। लेखक और मानव की संस्कृति के परिवर्तनकारी एजेंट के रूप में लेखक के उद्देश्य दोनों का सृजन होता है।

वे उदाहरण देता है बोर्गेस की कहानी 'द गॉड्स स्क्रिप्ट' का जिसमें एक कैदखाने में कैदी चीते के संग रखा गया है। वह दिन की रोशनी में चीते के शरीर पर पड़े धब्बों में अपनी भाग्य रेखा को पढ़ने का प्रयास करता है। यह रोशनी दिन में केवल एक बार उसके ऊपर पड़ती है। हम जिस दुनिया का हिस्सा हैं उस समाज में शब्दों के माध्यम से अपने जीवन का अर्थ जानने का प्रयास करते रहते हैं। लेखक का काम बहुत कठिन है, बहुत जिम्मेदारी का काम है। लेखन जटिल और अवर्णनीय क्रिया है। इसकी भागीदारी में लेखक अपने स्व और दुनिया दोनों का अन्वेषण करता है; वह व्यक्तिगत और सामूहिक अस्तित्व दोनों का अन्वेषण करता है।

नोबेल समिति बीच-बीच में भूल जाती है कि स्त्रियाँ भी लिखती हैं। शायद इसीलिए 1966 में नेली ज़ाक्स के बाद पच्चीस साल तक किसी महिला साहित्यकार को नोबेल पुरस्कार नहीं मिला। नेली के बाद नादीन को यह पुरस्कार 1991 में मिला। पुरस्कार मिलने के बाद भी वे लेखन में निरन्तर सक्रिय हैं उनके कई महत्त्वपूर्ण काम इस पुरस्कार के बाद प्रकाशित हुए हैं। नादीन गॉर्डीमर का जन्म बीस नवम्बर 1923 को दक्षिण अफ्रीका में हुआ। उनके पिता का नाम इसीडोर तथा माँ का नाम नैन गॉर्डीमर है। वे नजीब महफ़ूज़ की भाँति ताजिन्दगी अपने देश दक्षिण अफ्रीका में रही हैं। उन्होंने 14 उपन्यास, 11 कहानी संग्रह तथा ढेरों आलेख लिखे। और अपने इस लेखन के द्वारा अफ्रीका के अश्वेतों के दुःख-दर्द को अभिव्यक्ति दी। 'द गेस्ट ऑफ ऑनर', 'द कंजरवेशनिस्ट', 'बर्गर्स डॉटर', 'जुलाईज़ पीपुल', 'ए स्पॉट ऑफ नेचर', 'माइ संस स्टोरी', और 'नन टू एकम्पनी मी', 'द पिकअप' उनके उपन्यास हैं। 'द मोस्ट रीसेंट जम्प', 'अह्वाई हैवंट यू रिटन', 'द मोस्ट रीसेंट लूट', आदि उनके कहानी संग्रह हैं। नादीन को अमेरिका, इंग्लैंड तथा दक्षिण अमेरिका से ढेरों ऑनरेरी डिग्रियाँ मिली हैं। रैंहोल्ड कैसियर से उनका विवाह हुआ।

नादीन ख़ासतौर से अपने यथार्थवादी संवादों और बिना प्रवचन दिये अपनी बात कहनेवाली लेखिका मानी जाती हैं। उनका लेखन दक्षिण अफ्रीका की सामाजिक और राजनीतिक रंगभेद नीति से होनेवाली कुंठा, विफलता से भरा हुआ होता है। वे अपने लेखन में नस्लवाद और राजनीतिक प्रतिबन्धों पर बड़ी क्रोधित नजर आती हैं। वे स्वयं श्वेत हैं परन्तु उनके लेखन में श्वेत और अश्वेत दोनों जीवन-पद्धतियाँ और नज़रिए आधिकारिक ढंग से परिलक्षित होते हैं। पन्द्रह वर्ष की उम्र में उनकी पहली कहानी आयी। उनका पहला कहानी संग्रह 'द सॉफ्ट वॉयज ऑफ द सरपेन्ट' 1962 में आया। फिर तो लगातार संग्रह आते गये। इनमें दक्षिण अफ्रीका के दैनन्दिन जीवन का आधिकारिक चित्रण मिलता है। ये पुस्तकें एक

श्वेत मध्यमवर्गीय व्यक्ति के नजरिए को प्रस्तुत करती हैं। ये नस्लवादी समाज के तनावों की अभिव्यक्ति हैं। नादीन की सहानुभूति अश्वेत तथा अन्य ग़ैर-श्वेत लोगों के प्रति है। वे अपने लेखन में इन लोगों के प्रति, उदारवादी श्वेत लोगों की भावनाओं, उनके तनावों का चित्रण करती हैं। ऐसे लोग जिन्हें नस्लीय भेदभाव वाले देश में रहना पड़ रहा है।

उनका उपन्यास 'द कंजरवेटिनिस्ट' एक श्वेत धनी व्यक्ति की कहानी है जो अपने लाभ के लिए अपने अश्वेत कर्मचारी का दोहन करता है। इस उपन्यास को 1974 का संयुक्त बुकर पुरस्कार मिला था। 1979 में आया उपन्यास 'बर्गर्स डॉटर' नस्लवादी समाज में एक श्वेत स्त्री के कम्युनिस्ट पिता की गिरफ्तारी के बाद उसकी द्वन्द्वात्मक भावनाओं का प्रदर्शन करता है। 1981 का 'जुलाईज पीपुल' भविष्य का उपन्यास है जब सिविल वार के बाद एक श्वेत परिवार भागने का प्रयास कर रहा है और उसे अपने अश्वेत नौकरों पर निर्भर रहना पड़ता है। 1990 में लिखा उपन्यास 'माइ सन्स स्टोरी' एक अश्वेत युवक की कहानी है जो अपने पिता के निजी और सार्वजनिक जीवन के संघर्षों को समझने का प्रयास कर रहा है। साहित्य के अलावा उन्होंने कई अमेरिकन विश्वविद्यालयों में लेखन-शिक्षण तथा भाषण देने का कार्य किया है। उनके आलेखों का संग्रह उनकी पुस्तक 'लिविंग इन होप एंड हिस्ट्री' में है जो 1999 में प्रकाशित हुआ। 'द हाउस गन' उनका अगला उपन्यास था।

2001 में आया उनका 'द पिकअप'। उपन्यास में वे दक्षिण अफ्रीका के बाहर जाती हैं। इसमें उन्होंने दक्षिण अफ्रीका तथा एक अरब गाँव का चित्रण किया है। यह अमेरिकी ट्रेड सेंटर के ध्वंस के बाद का उपन्यास है। जब श्वेत देशों में मुस्लिम लोगों के प्रति अविश्वास का भाव उत्पन्न हो गया है और गेहूँ के संग घुन भी पिस रहा है। सब देशों में आज प्रवासी लोगों की समस्या कितनी विकट है उन्हें बिना किसी अपनी गलती के कठिनाइयों का सामना करना पड़ता है। परन्तु जीवन में कितनी भी परेशानियाँ आएँ यदि व्यक्ति प्रेम करता है तो वह उनका सामना कर सकता है। प्रेम की शक्ति से कठिनाइयों का सामना करने की ताकत मिलती है। प्रेम जीवन को परिवर्तित करने का साहस रखता है। यही वे अपने इस उपन्यास में प्रदर्शित करती हैं। एक धनी लड़की अवैध रूप से उसके देश में रह रहे एक अरब युवक के प्रेम में पड़ती है। और उसके संग अरब आती है। वहाँ वह अपनी शिक्षा का सही प्रयोग करती है। साथ ही अरब युवक को अपने लक्ष्य की ओर बढ़ने में सहायता करती है। यह उपन्यास अस्मिता, बेहतर जीवन की तलाश जैसे पुराने प्रश्नों को नयी रोशनी में देखने का नजरिया प्रदान करता है। वैसे तो सीधे-सीधे यह राजनीतिक उपन्यास नहीं है फिर भी राजनीति

के नियमों पर कटाक्ष अवश्य करता है। राजनेताओं के लिए इसमें सन्देश भी है यदि चाहें तो वे इससे काफी कुछ सीख सकते हैं। वैसे कुछ समीक्षक इसे हमारे ख़ब्ती जमाने की खट्टी-मीठी रोमियो-जूलियट की कहानी भी कहते हैं।

वे नोबेल पुरस्कार समारोह के समय होनेवाले प्रीतिभोज के समय एक बड़ी मजेदार घटना बताती हैं। जब उन्हें नोबेल पुरस्कार मिला तो उनके एक परिचित किसी अन्य व्यक्ति को यह बात बता रहे थे। जो व्यक्ति बता रहे थे उनकी छः वर्षीय बच्ची ने यह बात सुनकर पूछा क्या यह उन्हें पहले भी मिला है। उस पर पिता ने बच्ची को बताया कि यह जिन्दगी में एक बार ही मिलता है। छोटी बच्ची ने कुछ क्षण सोचा और फिर कहा, 'ओह अच्छा यह चिकेन पॉक्स की तरह है'। नादीन कहती हैं उन्हें चिकेन पॉक्स की अपेक्षा पुरस्कार पाना ज्यादा अच्छा लगा। उन्हें चिकेन पॉक्स का भी अनुभव था। वे कहती हैं भले ही सार्त्र ने इसे ठुकरा दिया और फ्लॉबेयर इसे लेखक के आदर का अनादर मानते हों, पर उनके लिए यह प्रसन्नता की बात है। आगे वे कहती हैं कि वह बच्ची पूरी तरह से गलत नहीं थी। लेखन भी एक तरह की वेदना है। इस पेशे की माँग बड़ी कठोर है। यह आत्मचिन्तन और एकान्त की फरमाइश करता है। हम लेखकों के पास बढ़ावा और बहनापा नहीं होता है। जैसाकि समूह में कार्य करनेवाले अन्य पेशों में होता है।

जब उन्होंने बहुत छोटी उम्र में लिखना शुरू किया तो उनका औपनिवेशक समाज बहुत कठोर रूप से नस्लवादी था। नादीन गॉर्डीमर के जीवन में कई बार ऐसी स्थिति आयी जब लगा कि उन्हें अपना देश छोड़ देना चाहिए। इसके लिए उन्हें सुविधाएँ भी प्राप्त थीं परन्तु वे अपने देश दक्षिण अफ्रीका को छोड़कर नहीं जाना चाहती हैं। वे वहीं रहकर अपने देश में होनेवाले अन्याय और अत्याचार के खिलाफ लड़ना चाहती हैं। अपने रचनात्मक साहित्य के द्वारा निरन्तर इसके लिए संघर्ष कर रही हैं। वे अपने देश में व्याप्त भ्रष्टाचार, मानवीय अधिकारों के हनन के प्रतिरोध में लगातार आवाज उठा रही हैं। कई बार देश से बाहर गयी हैं। पर हर बार बाहर जाकर भी वे अपने लोगों के बीच कार्य करने के लिए बार-बार लौट आयी हैं। उनके इसी दृढ़ निश्चय और उत्कृष्ट परिश्रम का नतीजा है कि उन्हें साहित्य के लिए 1991 का नोबेल पुरस्कार प्राप्त हुआ।

वे अपने लक्ष्य के प्रति, अपने लेखकीय लक्ष्य के प्रति बहुत ईमानदार हैं। और क्या है यह लक्ष्य? नादीन के अनुसार लेखक का लक्ष्य है मानव संस्कृति में परिवर्तन का एजेंट होना। जैसाकि जॉर्ज ऑर्वल अपने विषय में कहते हैं, वैसे ही प्रारम्भ में नादीन की राजनैतिक चेतना उतनी जाग्रत न थी। उनका उत्तरोत्तर विकास होता गया। उनके विचार निरन्तर विकसित होते गये। और इस तरह उनके

सामाजिक सरोकार उनके समक्ष स्पष्ट हुए। उनकी राजनैतिक चेतना निरन्तर परिपक्व होती गयी। उनकी रचनाएँ दक्षिण अफ्रीकी समाज का दस्तावेज हैं। उनमें इस समाज के परिवर्तन को आँका जा सकता है। रंगभेद की नीति के फलस्वरूप होनेवाले अन्याय उनकी रचनाओं के कथ्य रहे हैं। उन्होंने काले और गोरे दोनों लोगों के जीवन पर कलम चलायी है। दोनों प्रकार के जीवन उनके साहित्य का विषय रहे हैं।

पीईएन द्वारा आयोजित एक भाषण में वे कहती हैं कि दक्षिण अफ्रीका के प्रत्येक लेखक ने अपने लेखन का प्रारम्भ परम्परावादी सेंसर के दबाव के तहत किया है। वे लोग सेंसर से गुस्सा थे। उन्होंने इसके विरोध में संघर्ष भी किया परन्तु अन्ततः वे सेंसर के आदी भी हो गये। इन लोगों ने सेंसर को चुनौती दी। इससे निकल भागने की राह भी निकाली। इन लोगों ने खूब प्रतिक्रिया की पर फिर उसी में रहने का अभ्यास कर लिया। वे कहती हैं कि एक लेखक के विषय में सबसे बड़ा भय यह है कि जब उसे मालूम न हो कि अब भविष्य में क्या लिखा जाय। जब वह संशय में हो। किंकर्तव्यविमूढ़ हो जाए। कहा भी गया है संशयात्मा नष्ट हो जाती है। सेंसर के प्रभाव में कल्पना शक्ति कुंठित होने लगती है। कल्पना शक्ति जकड़ जाती है और काफी हद तक विकृत भी हो जाती है। सेंसर और सेंसर के समय की सत्ता लेखक को प्रतिशोध के लिए उकसाती है। उससे यह माँग करती है कि वह अपने लेखन को एक हथियार, एक औजार के रूप में प्रयोग करे। इसीलिए वे कहती हैं कि सेंसर के फलस्वरूप दक्षिण अफ्रीका के लेखकों को रंगभेद-विरोध की भावना को दिखाने के लिए नये शब्दकोश का प्रयोग करना होगा। क्योंकि वह प्रतिबन्ध का अभ्यस्त हो गया है।

नादीन गॉर्डीमर खूब पढ़ती हैं। वे न केवल पढ़ती हैं बल्कि अपने लेखन और अपने भाषणों में भी अन्य लेखकों को जमकर कोट करती हैं। अपने नोबेल भाषण में भी उन्होंने बोर्गस, रोनाल्ड बार्थ्स, क्लाउड लेवी स्ट्राउस, बाल्ज़ाक, फोस्टर, कामू, मिलोस्ज़, गुंटर ग्रास और अन्य लेखकों के कथनों को उद्धृत किया है। वे अपने नोबेल भाषण में रोनाल्ड बार्थ्स के माध्यम से पूछती हैं कि मिथ की विशेषता क्या होती है? और फिर उसका उत्तर भी उसी के शब्दों में प्रस्तुत करती हैं। मिथ का अर्थ है एक मतलब (अर्थ) को रूपाकार देकर परिवर्तित करना। मिथ वे कहानियाँ हैं जो ज्ञात और अज्ञात के बीच संवाद करती हैं। जाने हुए और न जाने हुए के बीच एक पुल बनाती हैं। एक माध्यम का कार्य करती हैं, क्लाउड लेवी स्ट्राउस के अनुसार मिथ एक जेनर है जो परिकथा और जासूसी कहानियों के बीच की चीज है। एक खास साहित्यिक शैली है। इसमें हमें पता

नहीं बताता है कि किसने यह किया है। परन्तु [illegible] सन्तोष के लिए अन्वेषित कर सकते हैं कि यह किसने किया है। मिथ रहस्य और कल्पना की उड़ान दोनों एक साथ है। इसमें देवी-देवताओं, आदमी और जानवरों, पक्षियों के मिले-जुले रूप, असंगत कल्पना, मायावी जीव होते हैं। जिन्हें हम सच मानकर रहस्य के लिए कल्पना से एक प्रकार की व्याख्या करते हैं। मिथ में मानव और अन्य जीव कहानियों की सामग्री होती हैं। फिर वे निकस कज़ंजाकिस का कथन उद्धृत करती हैं, जिन्होंने एक बार कहा था कि कला उनका प्रतिनिधि नहीं है जो आकार हैं। बल्कि उन शक्तियों का प्रतिनिधि है जो आकार निर्मित करती हैं।

नादीन गॉर्डीमर अपने नोबेल व्याख्यान में भी कहती हैं कि आज प्राकृतिक घटनाओं के लिए वैज्ञानिक व्याख्याएँ उपलब्ध हैं। कुछ वैज्ञानिक उत्तरों से नये प्रश्न भी उठ खड़े होते हैं। इसी कारण मिथ कभी भी पूरी तरह से समाप्त नहीं होता है। हालाँकि इसे हम आद्य पुरातन सोच लेते हैं। यदि कुछ समाजों में जहाँ अभी भी दुनिया जंगल या रेगिस्तान में सुरक्षित है और अन्तरराष्ट्रीय महासंस्कृतियों से बची हुई है। यह बच्चों के बेड टाइम की कहानियों तक ही सीमित हो गया है। मात्र यहीं बचा हुआ है। मिथ व्यक्ति और उसके अस्तित्व के बीच एक माध्यम का काम करता है। वे आज के उदाहरण देती हुई कहती हैं कि आज यह तेजी से घूमता हुआ स्पेस से लौट आया है। बैटमैन तथा इसी तरह के अन्य रूपों में जो कभी भी पराजय के समुद्र में नहीं गिरता है। जीवन के गुरुत्वाकर्षण बलों से कभी हारता नहीं है। वैसे वे कहती हैं कि ये नये मिथ ज्यादा ज्ञान की खोज नहीं करते हैं। और न ही ध्यान बँटाने के लिए किसी प्रकार का उत्तर देते हैं। जो लोग इनके अस्तित्व की भयानक उपस्थिति के उत्तर देने से बचना चाहते हैं ये ऐसे लोगों के लिए काल्पनिक पलायन का रास्ता प्रस्तुत करते हैं। गुंटर ग्रास भी एक दूसरे सन्दर्भ में कहते हैं कि आज पश्चिम ने एक ऐसे हीरो का निर्माण कर लिया है जो कभी हारता नहीं है। जमीन पर गिरने पर प्लास्टिक के बबुए की तरह तुरन्त उठ खड़ा होता है और कितने भी दुश्मनों से चाहे वे आदमी हों या अन्य जीव उनसे अकेले लड़ सकता है।

तत्कालीन लोकप्रिय मिथ बनानेवालों से अलग आज भी लेखक प्रयास में जुटा है जैसाकि आदिकाल में वह लगा हुआ था। अस्तित्व के प्रश्न से लेखक जूझ रहे हैं। आज वे इतना प्रयोग कर रहे हैं जितना पहले कभी नहीं किया था। यह साहित्य के विद्वानों के अध्ययन का विषय है। इस अध्ययन का नतीजा कुछ भी निकले, नतीजों को कोई भी नाम दिया जाए, चाहे वे इतिहास की किसी भी श्रेणी में रखे जाएँ, लेकिन लेखक जुटे हुए हैं। देखे और अनदेखे कई तत्त्वों

से मिलकर यथार्थ निर्मित होता है। अभिव्यक्त और अनाभिव्यक्त दोनों होते हैं मन में। वे कहती हैं चाहे यह आधुनिकतावाद हो, उत्तर आधुनिकतावाद हो या फिर संरचनावाद या उत्तर संरचनावाद। किसी भी प्रकार का साहित्यिक अध्ययन हो अन्ततः वह अस्तित्व के प्रश्न से जूझ रहे हैं।

नादीन अपने नोबेल भाषण में पूछती हैं कि शब्द मिलने से कोई लेखक कैसे बन जाता है? वे कहती हैं कि उन्हें नहीं मालूम है कि उनकी शुरुआत कोई खास मनोरंजक है। इसमें शक नहीं कि उनकी शुरुआत भी दूसरों की तरह ही है जो लेखक नोबेल पुरस्कार के लिए इस प्रतिष्ठित स्थान पर उनसे पहले खड़े हो चुके हैं। अपने विषय में वे कहती हैं कि उनका कोई तथ्यपरक लेखन का कथन उनके साहित्य से ज्यादा वास्तविक न होगा। नॉयपॉल भी कहते हैं कि उनको जो कुछ कहना है वे अपनी किताबों में कह चुके हैं, भाषण देने के लिए उनके पास और कुछ नहीं है। जीवन, विचार कृति नहीं है दूर खड़े होकर और संलग्न होकर काम करने के बीच जो तनाव है यह तो कल्पना दोनों को परिवर्तित कर देती है। इसके बाद वे अपने विषय में बताती हैं। वे स्वयं को प्राकृतिक रूप से लेखक मानती हैं उन्होंने लेखक बनने का किसी प्रकार का कोई निर्णय नहीं लिया था। प्रारम्भ में उन्होंने लेखन से अपनी आजीविका चलाने की अपेक्षा भी नहीं की थी। बचपन में वे खुशी से लिखती थीं। अपनी संवेदनाओं से प्राप्त जीवन की खुशी के बोध से लिखतीं थीं। चीजों, चीजों की खुशबू, चीजों के स्पर्श से प्राप्त खुशी से लिखती थीं। जल्द ही उन भावनाओं के विषय में लिखने लगीं जो उन्हें उलझन में डालते थे या उनके भीतर उफान लाते थे। जो आकार ग्रहण कर रहा था, कुछ दीप्त हो रहा था। तसल्ली और प्रसन्नता लिखित शब्दों में आकार लेने लगीं। फिर वे काफ्का की एक कहानी का उल्लेख करती हैं, "मेरे पास तीन कुत्ते हैं : होल्ड हिम, सीज़ हिम, ऐंड नेवरमोर। होल्ड हिम तथा सीज़ हिम सामान्य छोटे सिपर्क्स जाति के हैं। अगर वे अकेले हैं तो कोई उनपर ध्यान नहीं देता है। लेकिन नेवरमोर भी है। नेवरमोर दोगला है। ग्रेट डेन और उसका आकार ऐसा है जैसाकि सदियों के नस्ल मिश्रण से कभी पैदा नहीं किया जा सका है। नेवरमोर एक जिप्सी है।"

छोटे से दक्षिणी अफ्रीकी सोने की खान में वे पल रही थीं। छोटे से दक्षिणी अफ्रीकी सोने की खान में जहाँ वे पल रही थीं वे नेवरमोर थीं। जिसमें शहरी लोगों की विशेषताओं को नहीं देखा जा सकता था। वे जिप्सी थीं, सेकेंड हैंड शब्दों से खनकती हुई, जो कुछ पढ़ा हुआ था, उसी के आधार पर अपने प्रयास से सुधार करती हुई। हालाँकि वे कहती हैं कि वे कदाचित् ही एक ग्रेट डेन के रूप में जानी जाती थीं। उनका स्कूल उनके इलाके का पुस्तकालय था। दोस्तवॉस्की,

प्रूस्ट, तोलस्तोय आदि कुछ लेखक हैं जिनका एहसान वे अपने लेखक बनने में मानती हैं। ये लेखक ही उनके प्रोफेसर थे। अपने जीवन के उस काल में वे इस बात का प्रमाण हैं कि किताबें दूसरी किताबों से ही बनती हैं। अर्थात् उन्होंने दूसरों की किताबों के आधार पर ही लिखा। परन्तु बहुत समय तक यह स्थिति न रही। वे मानती हैं कि किसी भी सम्भावित लेखक के जीवन में यह स्थिति बहुत दिनों तक नहीं रह सकती है। कोई कब तक उधार से काम चला सकता है?

वे कहती हैं कि किशोरावस्था के साथ काम, जन्मजात प्रवृति हमें अन्य की ओर, दूसरों की ओर ले जाती है। अधिकांश बच्चों के लिए यहाँ से उनकी कल्पना शक्ति जो खेल में प्रस्फुटित होती थी, उनकी दिवास्वप्न धारण की शक्ति उनके चाहत और प्रेम में खो जाती है। परन्तु जो किसी प्रकार के कलाकार बनने जा रहे हैं जन्म के बाद की यह पहली जीवन संक्रान्ति, यह जीवन संकट उनमें कुछ और जोड़ता है। नये आत्मनिष्ठ आकुंचन और तूफानी भावनाओं से कल्पना फैलने लगती है। नये बोध उत्पन्न होते हैं। लेखक दूसरों के जीवन में प्रवेश करने लगता है। वह दूसरों के जीवन में पैठने लगता है। दूर तटस्थ खड़े रहने और लिप्त होने की प्रक्रिया होने लगती है। वह वस्तुनिष्ठता की ओर जाने लगता है। इस तरह उनका भी विकास होने लगा। अनजाने ही वे स्वयं को अस्तित्व के विषय से सम्बोधित करने लगीं। चाहें वे उनकी प्रारम्भिक कहानियाँ हों जिनमें एक बच्चा मृत्यु पर विचार करता है। एक बिल्ली के द्वारा एक कबूतर पर आक्रमण हो या फिर नस्लवादी चेतना हो, जिसका अनुभव उन्हें स्कूल जाते समय होता था।

वे स्कूल जाते हुए दुकानदारों को देखती थीं जिन्हें एंग्लो उपनिवेश में ईस्ट यूरोपियन प्रवासी होने के कारण श्वेत होते हुए भी सबसे नीचा स्थान प्राप्त था। वे भी अश्वेत खान मजदूरों को जो उनके ग्राहक होते थे, उन्हें मनुष्य नहीं मानते थे। ये बातें उन्हें बहुत बाद में पता चलीं कि यदि वे भी अश्वेत बालक होतीं तो कभी भी लेखक न बन पातीं क्योंकि काले बच्चों के लिए पढ़ने और पुस्तकालय की सुविधा उपलब्ध न थी। उनकी तो सारी शिक्षा पुस्तकालय से ही हुई थी और पुस्तकालय में अश्वेत बच्चों के क़दम रखने की कल्पना भी नहीं की जा सकती थी। पुस्तकालय के दरवाजे उनके लिए बन्द थे।

जब लेखक स्वयं को दूसरों से सम्बोधित करने लगता है तब विकास का अगला चरण प्रारम्भ होता है। जो मैंने लिखा है उसे कोई पढ़ेगा इसलिए प्रकाशित करना, पहले स्वाभाविक रूप से भोलेपन में प्रकाशन का यही अर्थ समझती थीं और आज भी उनका यह विचार बदला नहीं है। वे कहती हैं कि अधिकांश लोग विश्वास करते और कहते हैं कि लिखते समय लेखक के मन में कोई और कोई

खास पाठक नहीं होता है। परन्तु वे पहले भी सोचती थीं और आज भी सोचती हैं कि प्रकाशन के लिए लिखने का मतलब ही है किसी अन्य के लिए लिखना। उनकी दूसरी चेतना होती है चेतन और अचेतन का लालच जो लेखक के मन के एक कोने में ध्यान दिलाता रहता है कि कौन उसके लिखे से नाराज होगा, कौन उसके लिखे से सहमत होगा, इसी तरह के लालच। वे पाठकों में विश्वास करती हैं लेकिन इसकी परवाह नहीं करती हैं कि कौन पढ़ेगा और कौन नहीं पढ़ेगा। कौन उन्हें पसन्द करेगा और कौन उनके लिखे को नापसन्द करेगा।

वे ग्रीक पुराण से यूरिडिस का उदाहरण देती हैं। यह पीछे देखने का लालच लेखक की प्रतिभा को नष्ट कर देता है। ग्रीक मिथॉलॉजी में यूरिडिस एक खूबसूरत अप्सरा और कवि तथा संगीतकार ओर्फियस की पत्नी थी। उनकी शादी के तुरन्त बाद यूरिडिस के पैर में एक साँप ने काट लिया और वह मर गयी। विरहकातर ओर्फियस मृत्युलोक पहुँच जाता है और अपनी वीणा पर संगीत सुनाकर मृत्युदेवता हैड्स को प्रसन्न कर लेता है। वरदानस्वरूप वह मृत्युदेवता से अपनी पत्नी यूरिडिस को वापस अपने संग मर्त्यलोक ले जाने का आशीर्वाद पा लेता है। परन्तु मृत्यु देवता की एक शर्त है कि वह जब तक ऊपर लोक में नहीं पहुँच जाएगा अपने पीछे आ रही पत्नी को उलटकर नहीं देखेगा। वे करीब-करीब ऊपर पहुँच चुके थे। तब प्रेम और चिन्ता से भरकर ओर्फियस पीछे फिरकर देखता है और वचन टूटने के कारण यूरिडिस पुनः सदा के लिए मृत्युलोक चली जाती है।

इसका विकल्प लोगों से कटकर एकान्त में लिखना भी नहीं है। यह भी लेखक को नष्ट कर देता है। फिर वे बोर्गस का उदाहरण देती हैं जिसने एक बार कहा था कि वह अपने दोस्तों के लिए और समय व्यतीत करने के लिए लिखता है। वे इस प्रश्न को ही बेमतलब का मानती हैं कि "आप किसके लिए लिखते हैं?" जैसे कि सार्त्र ने झिड़कते हुए कहा था लेखक को लिखना बन्द कर देना चाहिए, और दूसरे ढंग से काम करना चाहिए। यह उन्होंने कुंठित होकर कहा था दुनिया में अन्याय और इस ज्ञान से कि वे जो जानते हैं उसमें सर्वोत्तम है लिखना। बोर्गस और सार्त्र दोनों ने इससे बिल्कुल चरम रूप से साहित्य के सामाजिक उद्देश्य से इनकार किया है। वे अच्छी तरह से जानते थे कि इसका अन्तर्निहित और रूपान्तरित परिवर्तनीय सामाजिक भूमिका है अस्तित्व के अन्वेषण में, जिससे बाकी सारी भूमिकाएँ निकलती हैं। दोस्तों के बीच निजी, जनता के बीच प्रतिरोध प्रदर्शन की। बोर्गस अपने दोस्तों के लिए नहीं लिख रहा था क्योंकि यह प्रकाशित हुआ और हम सबको उसके कार्य का लाभ मिला। 1968 में प्रतिरोध के लिए खड़े होने के बावजूद सार्त्र ने लिखना बन्द नहीं किया।

लेखक किसके लिए लिखता है? यह प्रश्न उसे मुसीबत में डालता है।

प्रत्येक प्रकाशित रचना के पीछे मानो एक मुहल्ला लगा हो। गाँव [illegible] बाँधा हो। मुख्य रूप से यह प्रशंसा या कलुष में प्रयोजनमूलक बाधा है। इस सन्दर्भ में कामू प्रश्न का बड़ा सटीक इस्तेमाल करता है। वह कहता है कि वह उन लोगों को पसन्द करता है जो बहस करते हैं, बनिस्बत उस साहित्य के जो बहस करता है। ''या तो पूरे आदमी की सेवा करो अथवा सेवा ही मत करो। और अगर आदमी को रोटी और न्याय चाहिए और अगर इस जरूरत के लिए जो करना है वह करना ही है, उसे सौन्दर्य भी चाहिए जो उसकी आत्मा दिल की खुराक है।'' अत: कामू लेखक के काम में साहस और प्रतिभा की बात करता है। मार्केस का कहना है कि एक लेखक के लिए क्रान्ति का साथ देने का सर्वोत्तम तरीका है लिखना। जो वह कर सकता है। नादीन विश्वास करती हैं कि ये दो कथन लिखने वालों के लिए धर्म-सार होना चाहिए। ये तत्कालीन लेखकों के समक्ष जो द्वन्द्व हैं या जो द्वन्द्व आते रहेंगे उनका कोई हल देते हैं। लेकिन ये सरल तरीके से बताते हैं। एक ईमानदार सम्भावना है। ये लेखक का चेहरा उसके अस्तित्व की ओर मोड़ देते हैं। सामाजिक सन्दर्भ में उसके लेखक होने का कारण और एक जिम्मेदार मनुष्य होने के कारण वैसा ही करना। दूसरों की तरह करना। लेखक होने के कारण एक सामाजिक दायित्व रहता है। लेखक के रूप में आदमी एक जिम्मेदार व्यक्ति होता है। सामाजिक सन्दर्भ में वह किसी भी जिम्मेदार व्यक्ति की तरह व्यवहार करता है।

आगे वे अनेक महत्त्वपूर्ण लेखकों के साहित्य से उदाहरण देकर अपनी बात स्पष्ट करती हैं। 1980 के नोबेल पुरस्कार विजेता जो मानते हैं कि एक स्पष्ट पद्यांश लम्बे-चौड़े गद्य से पूरे भरे हुए एक वैगन से ज्यादा बोझ उठा सकता है। साहित्य के मिलोज़ का उदाहरण देती हैं जिसने कहा है, : 'वह कविता क्या है जो राष्ट्र या लोगों की सेवा नहीं करती है।' और ब्रेश्ट ने एक समय के बारे में कहा है, 'पेड़ों के बारे में बात करना अपराध है'...उनके नोबेल भाषण को समझने के लिए पाठक से एक खास उच्च स्तर की माँग अपेक्षित है] उसे विश्व साहित्य से परिचित होना चाहिए। क्योंकि वे बात-बात पर विभिन्न साहित्यकारों, दार्शनिकों तथा अन्य बौद्धिक लोगों के कथनों को उद्धृत करती चलती हैं।

नादीन अपने भाषण में आगे कहती हैं कि उनके जैसे कुछ और लेखकों ने अपने ही देश में अपनी पुस्तकों को यूँ ही बिना पढ़े, पड़ी रहते देखा है। प्रतिबन्धित होते देखा है। और फिर भी वे लोग लिखते चले जाते हैं। बहुत से लेखक कैद कर लिये गये हैं। यही बात अपने भाषण में गाओ जिंग्जियाँग भी कहते हैं। मात्र अफ्रीका में ही सोयिंका, गूगी वा थिओंगो, मोनगन वाली सेरोट, ब्रेटेन ब्रेयटेनबाक, डेनिस ब्रूटस, जैकी सेरोक ये सब अपने साहस के कारण जेल

गये। लेकिन आज भी वही कर रहे हैं जिसे सही समझते हैं। विभिन्न देशों में थॉमस मन से लेकर चिनुआ अकेब जैसे बहुत से महान लेखकों ने राजनीतिक मतभेद और दमन के कारण देश निकाले का दंश झेला है। इनमें से कुछ कभी भी लेखक के रूप में न बच सके और कुछ तो बच ही न सके। वे दक्षिण अफ्रीका की बात करती हैं। थेम्बा, एलेक्स ला गुमा, नैट नकासा, टोड माटिश्किज़ा और बहुत से लेखक आधी सदी से ज्यादा से जोसेफ रोथ से लेकर मिलन कुंडेरा तक को अपना नया काम पहले अपने देश और अपनी भाषा में नहीं बल्कि विदेश में विदेशी भाषा में प्रकाशित करना होता है।

धर्म की दुनिया के लोगों ने लेखक की मौत लिख दी है। फिर वे अपनी बात का खुलासा करने के लिए सलमान रुश्दी का उदाहरण रखती हैं। रुश्दी को खुमैनी द्वारा फतवा मिले तब तक तीन साल हो चुके थे और वे भूमिगत होकर जीवन व्यतीत कर रहे थे। वे कहती हैं कि रुश्दी के लिए आज कहीं शरण नहीं है। यह लेखक जब सुबह उठकर लिखने बैठता है तब उसे यह मालूम नहीं होता है कि आज वह जीवित रहेगा या नहीं। उसे यह भी ज्ञात नहीं होता है कि वह जिस पन्ने पर लिख रहा है उसे पूरा भर पाएगा या नहीं। वे कहती हैं कि रुश्दी एक प्रतिभासम्पन्न लेखक हैं। सैटनिक वर्सेस, जिस किताब पर उन्हें फतवा मिला है, यह किताब उत्तर उपनिवेश काल में आदमी के व्यक्तित्व के संक्रमण के दौरान जो द्वन्द्व उत्पन्न हुआ है उसको व्याख्यायित करने का प्रयास है। इन अनुभवों की अनोखी खोज का परिणाम है। वे ऐसे लेखकों का पक्ष लेती हैं। उनकी और उनके लेखन की वकालत करती हैं।

नादीन अपने नोबेल भाषण में आगे कहती हैं कि जीवन अपने आप में भाग्याधीन है। अस्तित्व निरन्तर चेतना के विभिन्न स्तरों पर परिस्थितियों के द्वारा लगातार इस या उस तरह से गठित होता रहता है। अस्तित्व की कोई प्योर, शुद्ध अवस्था नहीं होती है। यह चलता चला जाता है। जहाँ कोई प्योर टैक्स्ट, वास्तविक टैक्स्ट नहीं होता है। वे कहती हैं चाहे पाने के लिए कितना भी रोचक तरीका अपनाया जाय, यह सच में किसी आलोचनात्मक विधि से नहीं पाया जा सकता है। एक टैक्स्ट का विखंडन एक तरह से विरोधाभास है। विडम्बना है। क्योंकि इसे विखंडित करने का अर्थ है इन टुकड़ों से एक और निर्माण। वे फिर रोलैंड बार्थ्स का उदाहरण देती हैं। वह बाल्ज़ाक की कहानी 'सारासिन' के विखंडन के दौरान इस काम को बड़ी खूबसूरती से करता है। वे कहती हैं कि इस सारी प्रक्रिया में विद्वान स्वयं एक प्रकार के कहानीकार बन बैठते हैं। शायद अस्तित्व की अगर कुछ समझ पैदा हो सकती है तो वह कला द्वारा ही सम्भव है। लेखक अपना कार्य करते समय स्वयं विश्लेषित नहीं करता है। विश्लेषित करने का अर्थ

होगा बंधी हुई पतली डोर पर चलते हुए खाई से नीचे झाँकना। वे यहाँ लेखन की प्रक्रिया को रहस्यमय नहीं बना रही हैं। वे पूरे विश्व का ध्यान खींचती हैं तथा अपील करती हैं। ऐसे लोगों के प्रति व्यक्तियों, सरकारों और मानव अधिकार संघ वालों का ध्यान जाना चाहिए। नोबेल मंच पूरी दुनिया का ध्यान अपनी ओर खींचता है इसीलिए इसका उपयोग करते हुए नादीन अपने भाषण में लेखन और लेखक पर होनेवाले अत्याचार की ओर दुनिया का ध्यान आकर्षित करती हैं।

नादीन ने ढेरों कहानियाँ लिखी हैं। 'नॉट फॉर पब्लिकेश', 'द सॉफ्ट वॉयज ऑफ द सरपेन्ट', 'इज देयर नो ह्वेयर एल्स वी कैन मीट', 'फ्राइडेज़ फुट प्रिंट्स', 'सिक्स फीट ऑफ द कंट्री', 'सिटीए लवर्स', 'द लास्ट किस', 'द ब्राइड ग्रूम', 'विच न्यू इरा शुड दैट बी', 'टेनैंट्स ऑफ द लास्ट ट्री', 'ए कम्पनी ऑफ लाफिंग फेसेज़' आदि उनकी प्रसिद्ध और चर्चित क़हानियाँ हैं।

अधिकतर लेखक की प्रारम्भिक रचनाएँ उसकी आत्मकथा, अपने जीवन का अंग अपने अनुभवों का आख्यान होती हैं नादीन भी इसका अपवाद नहीं हैं। अपने पहले उपन्यास का नाम 'द लाइंग डेज' उन्होंने प्रसिद्ध आयरिश कवि यीट्स की काव्य पंक्ति से लिया है। उनका पहला उपन्यास 'द लाइंग डेज़' आत्मकथात्मक है। इसकी नायिका हेलेन शॉ एक चौबीस वर्षीय युवती है जिसका जीवन जोहान्सबर्ग के खदानों में बीतता है। उसकी वयसन्धि, किशोरावस्था से युवती बनने के समय की उसकी उद्दाम भावनाओं का वर्णन इतने कलात्मक ढंग से किया गया है कि नादीन की तुलना शीघ्र ही अँग्रेज़ी लेखिका वर्जिनिया बुल्फ से की जाने लगी। इसी तरह अपने 'अकेजन फॉर लविंग' उपन्यास में वे मार्गन नामक युवक की शारीरिक और मानसिक तथा भावनात्मक उथल-पुथल को दिखाती हैं। इसमें भी रंगभेद की समस्या को प्रस्तुत किया गया है। रंगभेद उनके लेखन का प्रमुख कथानक है।

केप टाउन में 1833 तक गुलामी की प्रथा थी। रंग-भेदभाव के प्रति बहुत सारे लेखकों ने कलम चलायी है। एलेन पैटन का प्रथम उपन्यास 'क्राई, द बेलवड कंट्री' (1948) दक्षिण अफ्रीका से आनेवाला प्रथम उपन्यास है जिसने दक्षिण अफ्रीका में होनेवाले रंगभेद की ओर विश्व का ध्यान खींचा। पैटन लेखक के साथ-साथ समाज सुधारक भी था। वह लिबरल पार्टी ऑफ साउथ अफ्रीका का संस्थापक और प्रेसीडेंट था। उसने 1988 में अपनी मृत्यु तक समाज सुधार और लेखन कार्य किये। नादीन का दूसरा उपन्यास 'ए वर्ल्ड ऑफ स्ट्रेंजर्स' 1950 में आया। इसमें नस्लभेद को बड़ी संवेदनशीलता के साथ चित्रित किया गया है। इसमें संवेदनाओं के कुचले जाने का बड़ी मार्मिकता से वर्णन किया है नादीन ने। उनके उपन्यासों के नायकों में उम्र की परिपक्वता आती जाती है। 'द लेट बुर्जुआ

वर्ल्ड' की कथावाचक एक तीस वर्ष की स्त्री है। इस उपन्यास में हताशा, विसंगतियाँ और सन्त्रास का चित्रण हुआ है।

उनके उपन्यास 'अकेजन फॉर लविंग' को उनके उपन्यासों में एक महत्त्वपूर्ण स्थान प्राप्त है। इसमें वे एक किशोर के भावनात्मक और शारीरिक विकास के समय होनेवाली संक्रान्ति का चित्रण करती हैं। यह रंगभेद से उपजे टकराव को भी बहुत कुशल ढंग से दिखाता है। उनका उपन्यास पुरानी बुर्जुआ दुनिया का स्त्री का चित्रण है। जो होने को तो तीस वर्ष पार कर रही है पर उसका दृष्टिकोण एक किशोरी जैसा ही है। यह स्त्री एलिजाबेथ ट्रेडिशन, परम्परा के प्रति बड़ा बुरा विचार रखती है। यह एलिजाबेथ ट्रेडिशन की कहानी है। उच्च कोटि का शिल्प इस उपन्यास की विशेषता है। नादीन ने अपने साहित्य में न केवल अपने देश दक्षिण अफ्रीका को अपनी रचना में स्थान दिया है वरन् वे अपने उपन्यास 'गेस्ट ऑफ ऑनर' में एक दूसरे देश को भी लेती हैं। देश जिसे अभी-अभी स्वतन्त्रता मिली है। हालाँकि यह देश भी अश्वेत लोगों का है। स्वतन्त्रता के तत्काल बाद राष्ट्र कैसे निजी स्वार्थों, सत्ता की लिप्सा और छुद्र राजनीति के चंगुल में जकड़ जाता है इसका बेहतरीन नमूना है यह देश। यह हम अपने और अपने आसपास के राष्ट्रों जैसे पाकिस्तान, बाँग्लादेश, नेपाल आदि में भी देख सकते हैं।

उनका उपन्यास 'कंजर्वेशनिस्ट' उनके उपन्यासों में श्रेष्ठ माना जाता है। इसका नायक मेहरिंग, उसका बेटा और उसकी रखैल इसके मुख्य पात्र हैं। यह एक बड़े फलक पर लिखी गयी एक महाकाव्यात्मक कृति है। नादीन को अपने राजनैतिक और सामाजिक विचारों के कारण कठोर आलोचना और प्रतिबन्ध का शिकार भी होना पड़ा। उनके उपन्यास 'बर्गर्स डॉटर' में उनके ये विचार काफी खुलकर आये हैं, नतीजन इस उपन्यास को प्रतिबन्धित कर दिया गया था। इसमें वे साम्यवादी विचारधारा और क्रान्ति के अपने विचारों को प्रकट करती हैं। इसमें इनकी भाषा भी बड़ी आक्रामक और तीखी है।

अपने अगले उपन्यास 'जुलाईज़ पीपुल' में वे दक्षिण अफ्रीका में सम्पूर्ण क्रान्ति के स्वप्न को चरितार्थ होता दिखाती हैं। वे इसमें दिखाती हैं कि पूरे देश पर अश्वेतों का शासन हो गया है। नादीन श्वेत और अश्वेत दोनों के जीवन से गहराई से परिचित हैं। यदि जुलाईज़ पीपुल में वे दोनों जीवन दृष्टिकोण को सफलतापूर्वक प्रस्तुत करती हैं तो 'ए स्पोर्ट ऑफ नेचर' में वे दक्षिण अफ्रीका के एक श्वेत पात्र को उठाती हैं। यह श्वेत महिला हाइलेला एक अश्वेत से विवाह करती है और पति के न रहने पर उसके आदर्शों पर चलती हुई उसके स्वप्नों को पूरा करने में जी-जान से लग जाती है।

नादीन के अनुसार लेखक मानवता की उतनी ही सेवा करता है जितना वह

शब्द को अपनी ही निष्ठाओं के ख़िलाफ़ प्रयोग करता है। जो है उस पर विश्वास करता है, जैसा भी उसके सामने अनावृत होता है। अपनी जटिलताओं के भीतर कहीं सत्य की रज्जु के रेशों को वहन करने के लिए, उन्हें एक साथ बाँधकर कला का सृजन करने के लिए, तथ्य के बीच-बीच में सत्य के खंड-खंड तथ्य पर विश्वास करता है। सत्य के टुकड़ों को अनावृत करने के लिए, सत्य जो अन्तिम शब्द है। जो बदलता नहीं है। नादीन कहती हैं कि शब्द को चाहे जितने भी रूपों में प्रयोग किया जाए वह सत्य को छिपा नहीं सकता है। शब्द का काम सत्य को उजागर करना है। मगर उसका उपयोग लोग गलत काम, सत्य को छिपाने के लिए करना चाहते हैं। मगर यह हो नहीं पाता है। झूठ कभी सत्य को बदलता नहीं है। सत्य को शब्दों का खेल बदल नहीं सकता है। शब्दों का मलिनीकरण बदल नहीं सकता है। जब शब्द का नस्लवाद, लिंगवाद, पूर्वाग्रह, दूसरों पर शासन करने, विनाश की स्तुतिगान करने, अभिशाप और महिमागान के लिए प्रयोग किया जाता है तब भी सत्य बदलता नहीं है। मगर शब्दों का दुरुपयोग तो उन्होंने देखा है। उन्होंने देखा कि एक तानाशाही कैसे कार्य करती है। उन्होंने देखा कि पूरे देश को कैसे उसके आदर्शों को नकारने के लिए मनवाया जा सकता है। तानाशाही कैसे सावधान चाल से सबको अपने में समाहित कर सकती है।

जब वे अपनी पुस्तक 'बर्गर्स डॉटर' के प्रमोशन के लिए 1979 में अमेरिकी गयी थीं। तब एक साक्षात्कार के दौरान उन्होंने अपने विचारों को बहुत विस्तार से प्रकट किया था।

नादीन को पुरस्कार मिलने की सूचना से ऑर्कबिशप डेस्मंड एम. टुटु बहुत प्रसन्न हुए। उन्होंने कहा कि वे एक उत्कृष्ट कलाकार हैं, शब्दों के साथ उनका एक ख़ास रिश्ता है, मगर किसी भी बात से ज्यादा वे लोगों तथा न्याय की चिन्ता के प्रति प्रतिबद्ध हैं।

इसी प्रतिबद्धता शब्द की व्याख्या करते हुए वे कहती हैं कि अक्सर लोग प्रतिबद्धता का गलत अर्थ निकालते हैं। वे इसे बहुत सीमित अर्थ में लेते हैं। और इस ग़लतफ़हमी में रहते हैं कि प्रतिबद्धता मात्र राजनीतिक प्रतिबद्धता ही होती है। जबकि बात ऐसी नहीं है। नोबेल पुरस्कृत सहित्यकार नादीन गॉर्डीमर इस बात से सहमत नहीं है। उनके अनुसार लेखकीय प्रतिबद्धता केवल राजनीतिक प्रतिबद्धता नहीं है। लेखकीय प्रतिबद्धता जीवन के प्रति लेखक की प्रतिबद्धता है। लेखक जीवन की अर्थवत्ता के प्रति प्रतिबद्ध होता है। वह जीवन की अर्थवत्ता की खोज के प्रति ईमानदार होता है। लेखन एक प्रकार की खोज है। यह एक प्रकार की प्रतिबद्धता है। चीजों की गहराई में जाने की ईमानदार और लगनशील प्रतिबद्धता। सत्य के उस छोटे से हिस्से को पकड़ पाने की, अभिव्यक्त कर पाने

की प्रतिबद्धता जो आपकी प्रतिभा के द्वारा सम्भव है। यदि लेखक के पास अपने युग की चेतना नहीं है तो वह एक जूम्बी है। निकम्मा है। शव तुल्य है। अगर वह जीवित है तो वह अपने समय से कैसे बेखबर रह सकता है? वह कैसे इस बात से नावाक़िफ़ रह सकता है कि वह और दूसरे कैसे जी रहे हैं? वह अपने आसपास की बातों से कैसे अनजान रह सकता है? कैसे उसके मन में अपने आसपास की परिस्थितियों को लेकर प्रश्न नहीं खड़े होंगे? अगर वह मरे हुए के समान नहीं है तो वह इन बातों से बच नहीं सकता है और उसकी आत्मा बेचैन हुए बग़ैर नहीं रह सकती है।

अगर आप किसी सुदूर क्षेत्र में रह रहे हैं। सारी प्रमुख विचारधाराओं से, विमर्शों से कटे हुए रह रहे हैं, तब भी आप और आपका जीवन, आपके आसपास का वातावरण युग चेतना की शक्तियों से प्रभावित होता है। चाहे आप उपनिवेशवाद के युग में रह रहे हों। चाहे आप औद्योगीकरण के जमाने में रह रहे हों। आप कोई भी हों, भारतीय, अमेरिकन या अफ्रीकी। आप इन बातों से बच नहीं सकते हैं। आज के भूमंडलीकरण से आप चाहें भी तो बच नहीं सकते हैं। चाहें आप शहर में रह रहे हों, अथवा गाँव में। भूमंडलीकरण, पूँजीवाद, सूचनातन्त्र आज की युग चेतना है और एक लेखक इनसे किनारा नहीं कर सकता है। युग चेतना वह है जिसे आप अपनी हर साँस के साथ अपने सब संवेदना अवयवों से ग्रहण करते हैं। आप नहीं कह सकते हैं कि आप निरपेक्ष हैं। आपका इन सब बातों से कुछ लेना-देना नहीं है। नादीन का पक्के तौर पर मानना है कि लेखक प्रतिबद्ध हुए बिना लेखन नहीं कर सकता है।

एक बार उनसे किसी ने पूछा कि आप उपनिवेश की भाषा में, उपनिवेशवाद के द्वारा किए गये विनाश को लिखकर अभिव्यक्त करती हैं। क्या यह विरोधाभासी नहीं है? इस पर उन्होंने छूटते ही कहा कि क्या आपको ज्ञात है कि एक राजनीतिज्ञ के रूप में गाँधी का यही धर्मसंकट था। सबसे पहले उन्होंने ही कहा था कि ब्रिटिश साम्राज्यवाद से ब्रिटिश साम्राज्यवाद की भाषा में लड़ना एक विडम्बना है। पर नादीन के अपने सन्दर्भ में बात अलग है। उनके देश दक्षिण अफ्रीका में अफ्रीकी लेखक भी अभिव्यक्ति के रूप में अँग्रेज़ी का प्रयोग करते हैं। वे श्वेत हैं, परन्तु अश्वेत लेखक जो अपनी अफ्रीकी भाषाओं के चुनाव के लिए स्वतन्त्र हैं, अँग्रेज़ी में लिखते हैं। वे लोग जो साम्राज्यवाद के भयंकर शिकार हुए हैं। वे भी साम्राज्यवादियों की भाषा का प्रयोग करते हैं। नादीन का विचार है कि एक बार जब आप किसी भाषा पर अधिकार कर लेते हैं तो वह आपकी अपनी भाषा हो जाती है। एक बार भाषा अधिकृत कर ली जाए तो व्यक्ति इसके उपयोग या दुरुपयोग के लिए स्वतन्त्र होता है। जो भाषा आपके विरुद्ध उपयोग में लाई

जाती है उसे स्वतन्त्र होकर आप अपना सकते हैं। उसका प्रयोग कर सकते हैं। वे उदाहरण देती हैं कि जैसे अफ्रीका के अश्वेत लेखकों ने अँग्रेज़ी भाषा के संग किया है। अँग्रेज़ी उनकी मातृभाषा नहीं है तब भी वे अभिव्यक्ति के लिए अँग्रेज़ी का प्रयोग करते हैं।

आदमी कितना छली है। इसके सन्दर्भ में नादीन का अनुभव है कि आदमी कहीं भी विश्वासघात कर सकता है। वह चाहे आपसी व्यवहार में हो या राजनीतिक क्षेत्र में। कमीनापन हमारे चारों ओर है। कारण भिन्न हो सकते हैं परन्तु धोखेबाजी हर कहीं होती है। उन्होंने इसके विषय में लिखा भी है। यदि वातावरण विचारों की भिन्नता को लेकर हो तो व्यक्ति निजी और राजनीति दोनों तरह के विश्वासघात करता है। ऐसे वातावरण में दोनों प्रकार के छल नजदीक आ जाते हैं। हमारे अपने देश में, इतिहास में इसके उदाहरण भरे पड़े हैं। यदि स्वतन्त्रता आन्दोलन के समय कुछ लोगों ने छल न किया होता तो आज भारत की तस्वीर दूसरी होती। इसी तरह यदि किसी पार्टी के भीतर फूट पड़ती है तो इसके मूल में कोई-न-कोई विभीषण होता है। नादीन गॉर्डीमर कहती हैं कि दक्षिण अफ्रीका में जब रंगभेद अपने चरम पर था, उस समय धोखेबाजी लोगों के जीवन का अंग बन गया था। आप किसी समूह में खड़े यह सोचकर बात कर रहे होते हैं, अपने विचार प्रकट कर रहे होते हैं कि यह तो आपका अपना ग्रुप है। आप निश्चिन्त होकर कुछ भी कह सकते हैं। ये आपके अपने लोग हैं। आपकी बात समझेंगे और बात यहाँ से बाहर नहीं जाएगी। लेकिन होता उसके ठीक विपरीत था। उसी ग्रुप में से कोई धोखेबाजी करता और सारी बातें उलट-पुलट जाती थीं। या फिर समूह में कोई पहले से ही गुप्तचर होता था। वह वहाँ इसी मकसद से शामिल रहता था। उसे इसी बात के पैसे मिले होते थे कि वह कैसे भीतर की जानकारी हासिल कर सके। वे उसका किसी और उद्देश्य के लिए उपयोग कर सकें। ऐसे कठिन समय में दूसरों से स्वयं को बचाना जरूरी हो जाता है। वे आगे कहती हैं कि ऐसे समय में अपने ही लोगों से अपनी सुरक्षा करना उससे भी ज्यादा जरूरी हो जाता है।

उन्होंने अश्वेत लेखकों का एक संघ स्थापित किया है जहाँ इन लेखकों की सहायता का प्रयास किया जाता है। नादीन को जब नोबेल पुरस्कार मिला तो उस साल पुरस्कार राशि काफी बढ़ गयी थी। नोबेल की वसीयत में दिए गये निर्देश को कार्य में परिणत करते हुए उस राशि का एक बड़ा भाग नादीन ने इस संघ को प्रदान कर दिया। वे चाहती हैं कि दक्षिण अफ्रीका के अश्वेत लेखक अँग्रेज़ी में लिखने के साथ-साथ अपनी मातृभाषा में भी लिखें।

एक समय उनके देश ने उनके लेखन को प्रतिबन्धित किया था, लेकिन

नोबेल पुरस्कार मिलने पर उनका सम्मान किया। राज्य संचालित दक्षिण अफ्रीकन ब्रॉडकास्टिंग कोरपोरेशन ने टीवी पर 80 सेकेंड की खबर प्रकाशित की, जिसमें बताया गया कि यह सम्मान विंसटन चर्चिल, अर्नेस्ट हेमिंग्वे और पर्ल बक को भी मिला है।

1958 में प्रकाशित 'ए वर्ल्ड ऑफ स्ट्रेंजर्स' को दक्षिण अफ्रीका सरकार ने प्रतिबन्धित कर दिया था। इसमें उन्होंने जोहान्सबर्ग में रहनेवाले ब्रिटिश और दक्षिण अफ्रीकी लोगों के बीच होनेवाली मैत्री में होनेवाली कठिनाइयों का चित्रण किया है। जोहान्सबर्ग का समाज विभाजित समाज है। यहाँ अश्वेत और श्वेत अलग-अलग समाज में रहते हैं। इसी तरह बीस साल बाद आये उपन्यास 'बर्गर्स डॉटर' को भी वहाँ की सरकार ने रोक दिया था। इतना ही नहीं इस उपन्यास के साथ-साथ 'द कंजर्वेशनिस्ट' तथा 'जुलाईज़ पीपुल' को प्रतिबन्धित कर दिया था।

भारतीय लेखक अमिताभ घोष से बहुत पहले नादीन गॉर्डीमर को ग्रिंज़ेन कैवूर पुरस्कार मिल चुका है। गुंटर ग्रास, डोरिस लेसिंग, कार्लोस फ्यूंटेन, टोनी मोरीसन, जोस सरामागो, वोल सोइंका, मारिओ वार्गास लुइसा, जे एम कोट्ज़ी, वीएस नॉयपॉल तथा अनीता देसाई को भी ग्रिंज़ेन कैवूर पुरस्कार मिला है। इसके अलावा उन्हें कई अन्य पुरस्कार प्राप्त हुए हैं। नोबेल पुरस्कार तो उन्हें मिला ही है। नादीन को अमेरिका, इंग्लैंड तथा दक्षिण अमेरिका से ढेरों ऑनरेरी डिग्रियाँ मिली हैं। उनके कार्यों का तीस से ज्यादा भाषाओं में अनुवाद हो चुका है। पन्द्रह स्थानों से डॉक्टरेट की डिग्री भी प्रदान की गयी है। उन्होंने तमाम लेखकों को निजी तौर पर सहायता दी है। वे इतने गहन और व्यापक पैमाने पर नस्लीय भेदभाव के विरुद्ध संघर्ष में जुटी रहती हैं कि यह सोचकर आश्चर्य होता है कि वे दिमाग को कैसे शान्त रखती हैं और कब और कैसे इतना लेखन करती हैं। अपने प्रतिरोध के काम में सक्रिय रहने के बावजूद जिस विस्तार और आधिकारिक तरीके से वे अपने लेखन में दक्षिण अफ्रीकी जीवन का चित्रण करती हैं, उन्हें कब समय मिलता है दक्षिण अफ्रीकी जीवन का इतनी सूक्ष्मता से अवलोकन करने का। वे विरोध प्रदर्शनों में भाग लेती हैं, भाषण देती हैं, अपने-अपने काम के सिलसिले में निरन्तर यात्रा करती रहती हैं। वे आसानी से मित्र नहीं बनाती हैं। लेकिन एक बार मित्रता होने पर वे उसे पूरी शिद्दत से निभाती हैं। अपने लेखन के प्रति बहुत संजीदा हैं, सुबह से दोपहर के भोजन तक वे लगातार अपने अध्ययन कक्ष में रहती हैं। आज भी वे अपने कार्यों, लेखन तथा अन्य कामों में बहुत सक्रिय हैं। अपनी प्रतिबद्धता बनाये हुए हैं।

टोनी मॉरीसन

अफ्रो-अमेरिकन जीवन की चितेरी

"मैं सब कुछ नहीं जानती हूँ, बस सब कुछ करती हूँ।"

—टोनी मॉरीसन 'सुला'

टोनी मॉरीसन आज एक विश्व प्रसिद्ध नाम है। साहित्य का शायद ही कोई विद्यार्थी होगा जिसने उनका नाम न सुना हो, जो उनसे और उनके साहित्य से परिचित न हो। उम्र और प्रसिद्धि की दृष्टि से वे विश्व के सफलतम साहित्यकारों में से एक हैं। तमाम प्रसिद्धि और पुरस्कारों के बावजूद वे बहुत ही नम्र और सरल स्वभाव की एक बहुत दृढ़ व्यक्ति हैं। जब एक बार किसी ने एक साक्षात्कार के दौरान टोनी मॉरीसन से कहा कि वे आत्मकथा क्यों नहीं लिखती हैं तो उनका उत्तर था कि उनके जीवन में आत्मकथा योग्य कोई सामग्री नहीं है, यह तो उनकी कल्पना है जो ध्यान देने योग्य है। उनकी कल्पना वास्तव में अभूतपूर्व है लेकिन उनका जीवन भी कम दिलचस्प नहीं है। उनके जीवन में आत्मकथा के योग्य भरपूर सामग्री उपलब्ध है। उनके कुछ उपन्यासों में उनके जीवन की झलकियाँ मिलती हैं। शायद किसी दिन वे आत्मकथा लिखें, अभी तो उनकी कल्पना उपन्यास विधा को समृद्ध करने में जुटी हुई हैं। यदि और जब वे आत्मकथा लिखेंगी तो यह एक अनूठी आत्मकथा होगी इसमें कोई शक नहीं है।

टोनी मॉरीसन का जन्म ओहायो के लोरैन नामक स्थान में 18 फ़रवरी 1931 को हुआ। उनका जन्म का नाम चोल एंथोनी वोफ़ोर्ड है। उनके पिता का नाम जॉर्ज रमाह वोफ़ोर्ड और माँ का नाम एला रमाह वोफ़ोर्ड है। वे चार बच्चों में से दूसरे नम्बर पर हैं। उनका बचपन काफ़ी गरीबी में बीता, एक बार वे लोग घर का किराया न दे पाए तो मकान मालिक ने उनके घर में आग लगा दी। मगर परिवार हँसमुख और उत्साही था। वे एक नये घर में रहने चले गये। उनके पिता खूब मेहनती व्यक्ति थे। वे यूएस स्टील में वेल्डर का काम करते थे। उन्होंने टोनी की पढ़ाई का खर्च निकालने के लिए तीन-तीन स्थानों पर काम करना शुरु कर

दिया। उनकी माँ भी काम करने लगीं क्योंकि उस समय उनकी बहन भी पढ़ रही थी। टोनी मॉरीसन ने अपनी हाईस्कूल की शिक्षा लोरैन हाई स्कूल से पाई और कॉलेज की शिक्षा हॉवर्ड विश्वविद्यालय तथा कॉर्नेल विश्वविद्यालय से प्राप्त की। उन्होंने टैक्सस, हॉवर्ड विश्वविद्यालयों में शिक्षण कार्य किया। बारह साल की उम्र में कैथोलिक धर्म स्वीकारते समय उन्हें एंथोनी नाम मिला उसी के संक्षिप्त रूप टोनी का वे उपयोग करने लगीं। उन्होंने एक जमैकन आर्किटेक्ट हेरॉल्ड मॉरीसन से 1958 में विवाह किया। उनके बेटों के नाम हेरॉल्ड फोर्ड तथा स्लेड केविन हैं। बरसों तक टोनी मॉरीसन ने रैंडम हाउस में एडीटर की हैसियत से काम किया। टोनी मॉरीसन अश्वेत गुलामों की वंशज हैं, उन्होंने गुलामों के दारुण दुःख-कष्ट, आशा-निराशा, जीवन-मरण को अपने साहित्य में वाणी दी है। अपने सृजनात्मक कार्य के द्वारा अफ्रो-अमेरिकन इतिहास को नवीन रूप देकर दुनिया के समक्ष पहुँचाने का महती काम किया है। शुरू-शुरू में उनकी और उनके साहित्य की खूब उपेक्षा हुई। उनके पहले उपन्यास 'द ब्लूएस्ट आई' को प्रकाशित करने के लिए कोई राजी न था, उन्हें कई प्रकाशकों के पास से निराश लौटना पड़ा परन्तु बाद में प्रकाशक उनके चक्कर काटने लगे। 'द ब्लूएस्ट आई' कई शिक्षण संस्थानों के पाठ्यक्रम में शामिल है। मॉरीसन ने अफ्रो-अमेरिकन साहित्यकारों को आगे बढ़ाने भरपूर सहायता की, उनके काम प्रकाशित करने में महती भूमिका अदा की है।

'द ब्लूएस्ट आई', 'सुला', 'साँग ऑफ़ सोलोमन', 'टार बेबी', 'बिलवड', 'पैराडाइज़', 'लव', 'जाज़' तथा 'द मर्सी' उनके नौ उपन्यास हैं। इसके अलावा उन्होंने तमाम आलेख लिखें हैं और बच्चों के लिए लेखन किया है। 1965 में अपने दूसरे बेटे के जन्म के समय ही उनका अपने पति से तलाक हो गया। टोनी मॉरीसन को नोबेल पुरस्कार के अलावा इतने ज्यादा पुरस्कार-सम्मान मिले हैं कि अगर सूची बनायी जाए तो कई पन्ने भर जाएँगे। अफ्रो-अमेरिकन लेखकों के बीच वे मातामही के रूप में सम्मानित हैं। जीवन के आठवें दशक में भी वे खूब सक्रिय हैं। उनके नाम पर बनी टोनी मॉरीसन सोसाइटी साहित्य के क्षेत्र में खूब सक्रिय है। उन पर और उनके काम पर आज सैंकड़ों किताबें उपलब्ध हैं। तमाम लोग उनके काम पर शोध कार्य कर रहे हैं। वे अपने साहित्य में अफरीकी, इंडियन-अमेरिकी, यूरोपियन मिथकों का भरपूर प्रयोग करती हैं। मिथकों को वे ज्यों-का-त्यों लेती हैं, साथ ही ज़रूरत पड़ने पर उसका पुनर्सृजन करती हैं, इतना ही नहीं यदि जरूरत पड़ी तो नये मिथकों का निर्माण भी करती हैं। वे स्वयं कहती हैं कि उन पर विलियम फॉक्नर, वर्जीनिया वुल्फ तथा जेम्स जॉयस का प्रभाव है। मगर उन्होंने अपनी स्वतन्त्र शैली विकसित की है जो एक ओर तो बहुत सरल और आकर्षक है, दूसरी ओर कई स्तरों पर चलने वाली जटिल शैली है। 'बिलवड'

उनका सर्वाधिक लोकप्रिय, सम्मानित और प्रसिद्ध उपन्यास है। यह मानवता, मातृत्व की पराकाष्ठा को प्रदर्शित करने वाला कार्य है। उनकी इस एक किताब पर अब तक न मालूम कितनी समीक्षाएँ, आलोचनाएँ तथा अध्ययन हो चुके हैं। इस पर फ़िल्म भी बनी है।

1979 में आया उनका पहला उपन्यास 'द ब्लूएस्ट आई' एक छोटे से अश्वेत समुदाय की कहानी है। इसमें सारे पात्र अश्वेत हैं। वे 1966 में लेखकों के एक समूह के साथ काम कर रही थीं। यहीं पढ़ने के लिए उन्होंने इसे एक कहानी के रूप में लिखा था, बाद में उसका विस्तार कर उपन्यास का रूप दिया। अश्वेत कैसे खुद को श्वेत मूल्यों पर तौलते हैं, कैसे उन्हें अपने से बेहतर मानते हैं यही इस दर्दनाक कहानी के पीछे की सच्चाई है। जब उन्होंने इसे कहानी के रूप में लिखा था उस समय मॉरीसन तलाक और उससे उत्पन्न प्रभाव को झेल रही थीं। इस उपन्यास की पिकोला ब्रीडलव अभिनेत्री शर्ली टेम्पल की नीली आँखों से प्रभावित है, वह खुद वैसी ही आँखें पाने की प्रार्थना रोज रात को किया करती थी। उसका विश्वास था कि यदि उसे नीली आँखें मिल गयी तो उसकी और उसके परिवार की सारी समस्याएँ मसलन माता-पिता की नितदिन की तकरार, भाई का घर से बार-बार भागना, पिता का पीना सब सुधर जाएगा, वह सुन्दर हो जाएगी। ग्यारह बरसों में किसी ने उस पर ध्यान नहीं दिया है। वह चाहती है कि लोग उस पर ध्यान दें, सब उसे देखने लगें। वह पूरी तरह से श्वेत जीवन से प्रभावित है, बिना अपनी नस्ल को जाने-समझे दूसरी नस्ल की नकल का जीवन बिताना चाहती है। कथावाचिका मैक्टीर पिकोला नायिका के नष्ट होते जाने की प्रक्रिया की गवाह है। वह इस प्रक्रिया को समझने का यत्न करती है।

इस किताब की सफलता को लेकर मॉरीसन बहुत यकीन में थीं। इसके पहले संस्करण के पिछले कवर पर अफ्रीकी ड्रेस में टोनी मॉरीसन का फोटो है, मगर मुख्य पृष्ठ पर कोई चित्र या कलाकृति नहीं है। पहले कवर पेज पर उपन्यास के पहले दो अनुच्छेद लिखे हैं। ज़ाहिर है तीसरा अनुच्छेद पढ़ने के लिए पाठकों को किताब खोलनी होगी और वह किताब खोलता है क्योंकि पहले दो अनुच्छेद उसे ऐसा करने पर मजबूर करते हैं। यह किताब पाठक से कठिन समर्पण की माँग करती है। किताब की यह अनूठी प्रस्तुति दुनिया का ध्यान आकर्षण का कारण बनती है और पाठक को अफ्रो-अमेरिकन स्वर से परिचित कराती है। 'द ब्लूएस्ट आई' मात्र उपन्यास नहीं है, इतिहास, समाजशास्त्र, लोककथा, दुस्वप्न और गीति का मिलाजुला रूप है। उन्होंने अपना यह पहला उपन्यास पढ़ने के लिए लिखा था। वे अपने सारे उपन्यासों की पहली पाठिका खुद को मानती हैं, उनका तर्क है कि अगर वह उन्हें अच्छा नहीं लगेगा तो दूसरे उसे कैसे पढ़ेंगे। मॉरीसन का

लिखा न केवल अफ्रो-अमेरिकन पढ़ते हैं बल्कि श्वेत अमेरिकन और विश्व के अन्य देश के पाठकों में भी उनके लिखे के प्रति श्रद्धा का भाव है।

टोनी मॉरीसन गुलाम परिवार की सन्तान हैं मगर वे खुद कभी गुलाम नहीं रहीं। आज भी वे अमेरिका के सामाजिक जीवन से बहुत प्रसन्न नहीं हैं। यहाँ तक कि बराक ओबामा के राष्ट्रपति बनने से भी उनके अनुसार रंगभेद की समस्या समाप्त नहीं हुई है। अपने प्रसिद्ध उपन्यास 'पैराडाइज' में वे एक ऐसे शहर की कल्पना करती हैं जहाँ मात्र श्वेत लोग रहते हैं। काफी समय तक अमेरिका में ऐसा ही था। अश्वेतों के पढ़ने-लिखने पर पाबन्दी थी। बाद में भी इसके लिए कोई सुविधा नहीं थी। 1907 के आसपास अश्वेत बच्चों के लिए वाशिंगटन में पहला स्कूल बना। खुद मॉरीसन जब हॉर्वर्ड विश्वविद्यालय गयी तो यह केवल अश्वेत छात्रों के लिए आरक्षित था। बाद में यह प्रथा टूटी। मॉरीसन ने विलियम फॉक्नर तथा वर्जीनिया वुल्फ़ के कार्यों में आत्महत्या' विषय पर अपना डॉक्टरेट किया है। खुद उन्होंने फ़िक्शन राइटिंग पर अध्यापन किया है मगर मानती हैं कि लेखन के कुछ आयामों का शिक्षण किया जा सकता है मगर प्रतिभा नहीं सिखाई जा सकती है, न ही किसी को जबरदस्ती नजरिया प्रदान किया जा सकता है। सीखने वालों की सहायता की जा सकती है। ये खुद खूब मेहनती हैं, अपने छात्र से भी ऐसी ही अपेक्षा करती थीं। खुद उन्होंने जीवन भर मल्टीटास्किंग की है। एक साथ लेखक, शिक्षक, सम्पादक, माँ, समाजनेत्री की भूमिकाएँ सफलतापूर्वक निबाही हैं।

'द ब्लूएस्ट आई' के बाद वे लड़कियों का चित्रण अलग ढंग से करना चाहती थीं। 'सुला' में उन्होंने यह किया। 'सुला' ओहोयो के एक छोटे शहर बोटम की बचपन की दो सहेलियों सुला पीस और नेल राइट के सम्बन्धों और उनके दो भिन्न तरह के जीवन की कहानी है। दोनों अश्वेत हैं। शैशव, बचपन, किशोरावस्था, जवानी में दोनों साथ रहती हैं मगर दोनों दो तरह का जीवन चुनती हैं, दो भिन्न राह पर चलती हैं। नेल ओहियो में ही रहती है जबकि सुला विद्रोह करके शहर जाती है। नेल शादी, बच्चों के साथ अपने अश्वेत समुदाय की मजबूत रीढ़ बनती है, परम्परागत जीवन जीती है। मगर सुला कॉलेज जाती है, अपने समाज की हँसी उड़ाती है, नैतिकता की परवाह न करती हुई खुद को सेक्स में पूरी तरह से डुबा देती है। सेक्स के प्रयोग करती है। कुछ समय के बाद वह अपनी जड़ों की ओर वापस आती है। नेट और सुला दोनों के जीवन के अपने-अपने दुःख-संघर्ष हैं, अपनी परेशानियाँ हैं। विपरीत जीवन शैली के बावजूद दोनों में अन्त तक प्रेम बना रहता है। मॉरीसन इसमें दिखाती हैं कि अमेरिकी समाज में एक अश्वेत स्त्री को अपना अस्तित्व बचाए रखने के लिए क्या करना पड़ता है, कौन से मूल्य

चुकाने पड़ते हैं। इस उपन्यास को नेशनल बुक क्रिटिक्स अवॉर्ड मिला था।

इसमें मॉरीसन अफ्रो-अमेरिकन समृद्ध जीवन को चित्रित करती हैं। उपन्यास अच्छे-बुरे, सुख-दुःख जैसी विपरीत भावनाओं को लेकर चलता है। नेल और सुला दोनों में हरेक के पास कुछ है और कुछ कमी है। सुला के पास जो है वह नेल के पास नहीं है और नेल के पास जो है वह सुला के पास नहीं है। नेल की माँ हेलन एक मजबूत स्त्री है मगर उसका पिता कुक की अपनी नौकरी के चलते उसके जीवन में बहुत कम स्थान रखता है। जबकि सुला अपनी विधवा माँ हन्ना और एक पैर वाली दादी एवा के साथ रहती है। नेल सामाजिक मूल्यों का पालन करती है, सुला अपनी माँ की तरह उनकी अवहेलना करती है और जिस-तिस के साथ यौन सम्बन्ध बनाती है। बाद में सुला नेल के पति जूड के साथ सोकर अपनी दोस्ती को नष्ट करती है। किशोरावस्था में दोनों लड़कियाँ अपने शारीरिक और संवेगात्मक परिवर्तनों के साथ खूब प्रयोग करती हैं। बचपन से दोनों खूब स्वतन्त्र जीवन बिताती हैं, स्वतन्त्रता के अपने खतरे होते हैं। प्रेम, भय, खुशी, दुख, मृत्यु सब दोनों के जीवन में सामानान्तर रूप से आते हैं। सुला बड़े शहर चली जाती है और दस साल के बाद लौटती है। वह स्वकेन्द्रित जीवन बिताती है यहाँ तक कि अपनी ग्रैंडमदर को भी नर्सिंग होम भेज देती है। यही सुला नेल के जीवन में खुशी और हँसी लाती है।

दोनों की दोस्ती के कारण कुछ आलोचक 'सुला' पर समलिंगी उपन्यास होने का आरोप लगाते हैं जबकि मॉरीसन इसका खंडन करती हैं, उनके अनुसार वे दो अश्वेत लड़कियों की भावात्मक दोस्ती दिखाना चाहती थीं न कि समलैंगिक सम्बन्ध। उनके अनुसार अश्वेत स्त्रियाँ, लड़कियाँ सदा गहरी मित्रता करती हैं, एक दूसरे के साथ रहती हैं। अमेरिका में पहले यह भ्रान्ति थी कि अश्वेत स्त्रियाँ समलिंगी होती हैं। आज यह माना जाता है कि इस टैंडेंसी का नस्ल से कुछ लेना-देना नहीं है। इस आरोप का एक कारण यह भी रहा है कि मॉरीसन सदैव स्त्री-पुरुष सम्बन्ध, विवाह और परिवार की आलोचना करती हैं। उपन्यास में नेल और सुला का यौन नज़रिया, यौनाकांक्षाएँ, यौन जरूरतें बहुत भिन्न हैं, उनके स्वभाव की भिन्नता की तरह उनके यौन विचार भी भिन्न हैं। मॉरीसन 'सुला' में सैडरैक के माध्यम से दिखाती हैं कि अश्वेत समुदाय बुरे को न तो जलाता है न मार डालता है वरन् उसे अपने समुदाय में समा लेता है। यहाँ गॉड के तीन नहीं बल्कि चार चेहरे हैं। 'सुला' लिखकर टोनी मॉरीसन को लगा कि उन्होंने अपना स्वर पा लिया है। 'सुला' को अमेरिकन बुक अवॉर्ड के लिए नामित किया गया और इसे ओहियोआना बुक अवॉर्ड प्राप्त हुआ।

अपने तीसरे उपन्यास के साथ वे खुद को एक लेखक मानने लगीं। एक

परिवार की गाथा के रूप में मॉरीसन ने 1977 में 'साँग ऑफ़ सोलोमन' लिखा। 1949 में अश्वेत लेखक रिचर्ड राइट को उनके 'नेटिव सन' के लिए बुक ऑफ़ द मन्थ क्लब' का ख़िताब मिला था, अट्ठाइस साल के बाद यही खिताब एक दूसरी अश्वेत रचना 'साँग ऑफ़ सोलोमन' को मिला। इस उपन्यास की तुलना अक्सर एलैक्स हेली के 'द रूट्स' से की जाती है। अपने दूसरे उपन्यास में मॉरीसन अपना फ़्रेम तोड़ती हैं और इसे पुरुष के नज़रिए से लिखती हैं। यह उनकी सबसे सरल रचना मानी जाती है। इसमें मिल्कमैन डेड द्वारा अपनी प्राचीन संपत्ति एक थैली में छिपे स्वर्ण को वापस पाने की जद्दोजेहद को दर्शाया गया है। वह उत्तर में एक उच्च श्रेणी का व्यापारी है और अपने अतीत को छिपाने का प्रयास करता है। पहले वह दक्षिण में एक मजदूर था, वह नहीं चाहता है कि लोग इस बात को जाने और उसका परिवार खतरों में पड़े अतः वह अपने पड़ोसियों से दूर-दूर रहता है। उसका बेटा ठीक उसके उलट सदा हथियारों से लैस, निचले दर्जे की औरतों के साथ रहता है।

अपने इस उपन्यास में वे अफ्रीकी मिथक का सहारा लेती हैं। अफ्रीका में उड़ने में सक्षम लोगों का मिथ है। युरुबा की गाथाओं में इसका वर्णन है। अश्वेत लोक गीत के अनुसार अमेरिका के दक्षिण के गुलामों का एक दल गुलामी का पट्टा छुड़ाकर भाग निकलता है और अपने घर अफ्रीका की ओर उड़ जाता है। मॉरीसन दिखाती हैं कि पिता या यूँ कहें पितृसत्ता उड़ जाती है और बाकी परिवार बिलखता रह जाता है, पिता की अनुपस्थिति में बच्चे उसका नाम भी नहीं जान पाते हैं। यह उड़ने की सम्भावना अश्वेत जीवन की दारुण दशा का आशावाद है। उपन्यास में अश्वेत लोग 'मर्सी हॉस्पीटल' को 'नो मर्सी हॉस्पीटल' कहते हैं क्योंकि वहाँ काफ़ी समय तक अश्वेतों का प्रवेश निषिद्ध था। उपन्यास में मिल्कमैन के जन्म पर (यह टोनी मॉरीसन का भी जन्मदिन है) पहली बार इस अस्पताल में अश्वेत को कोई सहायता मिलती है। इसी तरह लोग 'डॉक्टर स्ट्रीट' को 'नो डॉक्टर स्ट्रीट' कहते हैं। हास्य का पुट लिये यह उपन्यास गहरे अर्थों, बहुआयामी और बहुपरतीय है। यह श्वेत लोगों के छद्म को खोलता है। उपन्यास का नाम 'साँग ऑफ़ सोलोमन' बाइबिल से लिया गया है साथ ही यह अतीत को जानने-समझने की सूझ भी देता है। अफ्रीका से गुलाम लाते वक्त उनका नाम, उनका परिवार सब उनसे छिन लिया जाता था। यह एक बहुत बड़ा भावनात्मक अभाव है जिसकी पूर्ति नहीं हो सकती है। उपन्यास और कई महत्त्वपूर्ण मुद्दों की चर्चा करता है। नामों को लेकर भी यह उपन्यास विशिष्ट है। पिलेट, मिल्कमैन डेड, गिटार सब नामों के पीछे एक वजह है, एक कहानी है। यह काफी कुछ आत्मकथात्मक उपन्यास है। उनके यहाँ भी बाइबिल से नाम चुने जाते हैं, यह उपन्यास मॉरीसन

ने अपने पिता की मृत्यु के बाद, उनके दुःख में डूबकर लिखा है। नस्लीय भेदभाव के कारण होने वाली हिंसा भी इसकी एक थीम है। 1963 की वास्तविक घटना जिसमें अश्वेत लड़कियाँ मारी गयी थीं उसका भी चित्रण यहाँ है। 'साँग ऑफ सोलोमन' ने टोनी मॉरीसन को खूब ख्याति और पुरस्कार दिए। इसे 'बुक ऑफ द मन्थ क्लब' के लिए चुना गया। 1978 में इसे नेशनल बुक क्रिटिक्स सर्किल अवॉर्ड मिला। इसके साथ ही इस उपन्यास को अमेरिकन अकादमी और इंस्टीट्यूट ऑफ़ आर्ट्स एंड लेटर्स पुरस्कार, ऑस्कर मिशौक्स पुरस्कार, फ्रेंड्स ऑफ़ राइटर्स अवार्ड तथा क्लेवेलैंड आर्ट्स प्राइज़ फॉर लेटर्स भी प्राप्त हुआ। अमेरिकन अकादमी एंड इंस्टीट्यूट ऑफ आर्ट्स ऐंड लेटर्स ने टोनी मॉरीसन को विशिष्ट लेखक के रूप में रेखांकित किया। 1980 में उन्हें नेशनल काउंसिल ऑन दि आर्ट्स में सदस्यता दी गयी।

'टार बेबी' एक काल्पनिक टापू पर बसे कुछ लोगों की प्रेम कहानी है। गोरों की संस्कृति द्वारा रची गयी एक अश्वेत मॉडल की, उसके और एक अश्वेत आदमी के प्रेम की। अश्वेत आदमी उन सब बातों का प्रतिनिधित्व करता है जिसे यह मॉडल जैडीन चाहती भी है और जिससे खौफ़ भी खाती है। इस उपन्यास में मॉरीसन एक अमेरिकन मिलीनियर की ऐय्याशी से लेकर मैनहट्टन की शालीनता और दक्षिण अमेरिका की कटु सच्चाइयों को समेटा गया है। लयात्मकता, सौंदर्य, अपूर्व आकर्षण के साथ अनुभूतियों की सारी छटाएँ यहाँ नजर आती हैं। मॉरीसन इस उपन्यास को स्त्रियों के एक समुदाय को समर्पित करती हैं। 'टार बेबी' में कई स्त्रियाँ हैं जो अपनी ऑथेंटीसिटी विभिन्न तरह से व्यक्त करती हैं। यह उपन्यास मॉरीसन की लयात्मक शैली दिखाता है और समुदाय तथा अस्मिता के प्रति उनकी चिन्ता को व्यक्त करता है। यह उनके पहले के कामों से कई अर्थों में अलग है। यहाँ वे श्वेत चरित्रों को केंद्र में लाती हैं। क्रिसमस के एक दिन पहले के समय उपन्यास की शुरुआत होती है जिसका इंतजार है वह नहीं आता है और अनपेक्षित लोग खाने पर उपस्थित हैं। इस उपन्यास तक आते-आते वे संवादों का विशिष्ट प्रयोग करने लगती हैं।

टापू पर रहने का मतलब है समाज से कट कर रहना। टापू का नाम दृष्टिहीन गुलामों के निवास के नाम पर 'इसल डेस सेवालियर' है। विश्वास है कि गुलामों कोले जा रहा जहाज डूब गया और कुछ गुलाम इस टापू पर आ लगे। जबकि एक चरित्र वलैरियन का मानना है कि टापू का नाम फ्रेंच घुड़सवार के नाम पर है। उपन्यास में प्रकृति का अपना विशिष्ट महत्त्व है। सबसे अधिक निर्लिप्त चरित्र है वलैरियन, फूल उगाता है और संगीत सुनता है। अन्त आते-आते शक्ति-सत्ता परिवर्तन हो जाता है।

उपन्यास का नाम 'टार बेबी' मॉरीसन ने एक अश्वेत लोक कथा से लिया है। कथा में एक श्वेत किसान खरगोश को पकड़ने के लिए टार बेबी का फ़ंदा लगाता है, खरगोश गुड़िया के पास जाता है जब गुड़िया कोई हरकत नहीं करती है तो खरगोश परेशान हो जाता है, उसे बदतमीज़ी के लिए पैर से मारता है। टार बेबी को छूते ही खरगोश चिपक जाता है और अपने घर नहीं लौट पाता है। कहानी उपन्यास में बताई गयी है लेकिन मॉरीसन ने यह नाम एक और खास कारण से दिया है। श्वेत लोग अश्वेतों को जैसे निक नाम से बुलाते हैं वैसे ही वे उन्हें टार बेबी (चारकोल जिसे डामर भी कहते हैं, से काले रंग के कारण) भी बुलाते हैं। टार लेडी नाम से अफ्रीकन मिथ में एक चरित्र भी है, एक समय टार का गड्ढा अफ्रीका में पवित्र स्थान हुआ करता था। उनके लिए टार बेबी का अर्थ है अश्वेत स्त्री जो चीजों को समेटकर, जोड़कर एक साथ रख सकती है। 1981 के मार्च महीने में 'न्यूजवीक' पत्रिका ने उन्हें अपने कवर पर स्थान दिया।

1983 में मॉरीसन ने एक कहानी 'रेसीटाटिफ़' (Recitatif) लिखी। इसमें फिर से वे दो लड़कियों को लेती हैं। एक अश्वेत लड़की तथा दूसरी श्वेत लड़की है। पूरी कहानी समाप्त हो जाती है मगर अन्त तक पता नहीं चलता है कि कौन-सी लड़की श्वेत है और कौन-सी अश्वेत। कहानी एक अनूठी शैली में है जो बताती है कि रंग का महत्त्व वास्तविक जीवन में कितना बेमानी है। 1986 में उन्होंने 'ड्रीमिंग एमेट' नामक नाटक लिखा जिसे खेला गया मगर काफ़ी समय तक प्रकाशित नहीं किया गया।

टोनी मॉरीसन का पाँचवाँ उपन्यास 'बिलवड' एक गाथा है, अश्वेत गुलाम स्त्री के मातृत्व, शिशु हत्या, बलात्कार, क्रूरता, अत्याचार, पागलपन, अलगाव, शक्तिहीनता, पश्चाताप, बुद्धिमत्ता, प्रेम, आशा-निराशा, संस्कृतियों, मिथकों और आध्यात्म की। इसमें जहाँ तमाम नकारात्मक बातें हैं, वहीं कुछ सकारात्मक बातें भी हैं। दुनिया के हर देश की भाँति अमेरिका में भी सत्ताहीन लोगों को हाशिए पर ढकेलने की प्रवृति रही है मगर अपने व्यक्तित्व, लेखन और अपने साक्षात्कारों के द्वारा टोनी मॉरीसन ने सिद्ध कर दिया है कि यह गलत है। ये लोग वास्तविक रूप से प्रमुख समुदाय होते हैं। इनके बिना अमेरिका का अस्तित्व नहीं है। इसी तरह इनके बारे में अथवा इन पर लिखना बहुत समय तक कमतर माना जाता रहा है। यहाँ भी अपने काम से टोनी मॉरीसन ने दिखा दिया है कि ऐसा है नहीं। उनका और उन जैसे कई अश्वेत साहित्यकारों का काम मात्र अश्वेत पाठकों के बीच ही लोकप्रिय नहीं है वरन् यह नस्ल और देश के पार जाता है। सार्वकालिक तथा सार्वदेशीय है। वे दिखाती हैं कि जिन्हें हाशिए पर ढकेला जाता रहा है वे भी मनुष्य हैं, इन्हें भी दुःख-दर्द व्यापता है, उनके भीतर भी आशा-निराशा व्याप्ति

है और ये भी प्रेम-घृणा करते हैं, पैदा होते-जीते और मरते हैं। आज यह सिद्ध हो चुका है कि अश्वेत नस्ल हाशिए पर रहनेवाली नहीं है न ही इनका साहित्य किसी अन्य साहित्य से किसी तरह कम है।

ओप्रा विन्फ़्रे ने जबसे 'बिलवड' पढ़ा वे उसे परदे पर लाने के लिए बेताब थीं। 1996 में उन्होंने अपना प्रसिद्ध और लोकप्रिय बुक क्लब प्रारम्भ किया और तभी घोषणा कर दी कि उनके क्लब का दूसरा चुनाव टोनी मॉरीसन का 'साँग ऑफ़ सोलोमन' होगा। तुरन्त मॉरीसन की किताबों की बिक्री बढ़ गयी। ओप्रा के बुक क्लब की यह खासियत है, उनके यहाँ नाम आते ही रचनाकार का सम्मान बढ़ जाता है, उसकी किताबों की बिक्री तेज हो जाती है। मॉरीसन के प्रकाशक ने भी चमत्कार दिखाया, उसने सजिल्द प्रतियों का दाम कम कर दिया ताकि ज्यादा-से-ज्यादा पाठकों तक किताब की पहुँच हो सके। ओप्रा और मॉरीसन का एक साझा और लम्बा सम्बन्ध कायम हुआ। 1998 में इस क्लब ने टोनी मॉरीसन के एक और उपन्यास 'पैराडाइज' को चर्चा के लिए चुना, 2000 में इस क्लब की नजर में 'द ब्लूएस्ट आई' और 2002 में इस क्लब ने 'सूला' को अपने टॉक शो में रखा। हर बार टोनी मॉरीसन स्टूडियो में ऑनलाइन उपस्थित होकर चुने हुए अपने पाठकों से विमर्श करती हैं।

1974 में टोनी मॉरीसन ने एक योजना पर काम करना प्रारम्भ किया। यह योजना थी तीन सौ साल की अमेरिकी अश्वेत गुलामी का लेखा-जोखा तैयार करना। यह स्मृति एलबम उन्होंने 'द ब्लैक' नाम से बनाया। इस इतिहास को दर्ज करने का अनुभव उनके आगे के कामों की पूँजी बना। यहाँ से उन्हें अपने लेखन की थीम, भाव, प्रतीक, बिम्ब, छवि, प्रतिमाएँ प्राप्त हुए। यहीं से उन्हें 'बिलवड' के बीज मिले। इसी शोध के सिलसिले में उन्हें उन्नीसवीं सदी की एक पत्रिका की कतरन मिली जिससे 'बिलवड' की सेथ का जन्म हुआ। दस साल की मेहनत, चिन्तन-मनन का परिणाम है यह उपन्यास 'बिलवड'।

साहित्य की आलोचना एक बहुत बड़ा उत्तरदायित्व है। हर विधा और हर तरह के साहित्य की आलोचना के लिए भिन्न प्रकार के उपकरण की आवश्यकता है। अमेरिकी साहित्य और अफ्रो-अमेरिकी साहित्य को एक ही तुला पर नहीं तौला जा सकता है। इसके लिए एक अलग कसौटी की जरूरत है। यही कारण है कि प्रारम्भ में अकसर मॉरीसन के काम का उचित मूल्यांकन नहीं हुआ और कई बार अपने काम की समीक्षा देख कर वे बहुत दुःखी, परेशान और निराश हुई। उनके 'बिलवड' की तुलना एक टीवी धारावाहिक से कर दी गयी। वे अपनी तुलना अन्य अफ्रो-अमेरिकी साहित्यकारों से किए जाने का भी बुरा मानती हैं। बात सही है जैसा वे लिखती हैं वैसा दूसरे अफ्रो-अमेरिकन साहित्यकार नहीं लिखते हैं।

कोई भी दो रचनाकार एक जैसा नहीं लिखते हैं। जरूरी नहीं पर ज़ाहिर है जब तुलना होगी तो किसी एक को कमतर दिखाया जाएगा। मॉरीसन को आलोचकों की बुद्धि पर तरस आता है। समीक्षक तय कर लेते हैं तब उसी बँधी-बँधाई बातों को रचना में देखना चाहते हैं। प्रारम्भ में मॉरीसन से वे चाहते थे कि वे अश्वेत चित्रण उनके मनमाफिक करें, अपने अनुभव और कल्पना के आधार पर नहीं। कुछ आलोचक उनके काम से खुश नहीं थे क्योंकि मॉरीसन अश्वेतों को प्रचलित मान्यता के अनुसार कमजोर, बुद्धिहीन, दबा हुआ, डरा हुआ, गुलामी में ही खुश नहीं दिखाती थीं। उनके अश्वेत गुलाम जिजीविषा से भरपूर, स्वतन्त्रचेता, स्वतन्त्रता के आकांक्षी, स्वतन्त्रता के लिए संघर्ष करने वाले, दमन-शोषण का विरोध करने वाले होते हैं। उन पर लगनेवाले आरोप पहले की बातें हैं। आज स्थिति पूरी तौर पर बदल चुकी है। अपने लेखन की गुणवत्ता से उन्होंने खुद को सिद्ध कर दिया है, अब ऐसी बेवकूफ़ी भरी हिमाकत करने की किसी की हिम्मत नहीं होगी। इसी तरह जब आलोचक बिना पुस्तक पढ़े समीक्षा करते हैं तो मॉरीसन को बड़ी निराशा होती है, एक बार 'द न्यू यॉर्क टाइम्स' में ऐसा ही हुआ। इसे वे अपना अपमान मानती हैं, यह उन्हें व्यथित करता है। वक्त बदलने के साथ अश्वेत लेखन को परखने की स्वतंत्र कसौटियाँ बन गयी हैं। मॉरीसन के साथ अन्य अफ्रो-अमेरिकन लोगों के कार्य पर भी बौद्धिक विमर्श होने लगा है। मॉरीसन की हस्ती आज इतना ऊँचा स्थान रखती है कि उनके द्वारा समलिंगी, अश्वेत, अश्वेत महिला साहित्य सबके लिए नयी कसौटियाँ बन रही हैं और इन्हें मान्यता मिल रही है।

मनोवैज्ञानिक दृष्टि से समृद्ध उपन्यास 'बिलवड' ने कृतिकार को प्रसिद्ध दी और चर्चित कर दिया। उन पर पुरस्कारों और सम्मानों की वर्षा होने लगी हालाँकि उन्हें यह सब आसानी से न मिला। उनसे ज्यादा उन्हें चाहनेवालों लोगों ने उनके पुरस्कारों के लिए प्रयास किया। 1988 में उन्हें रिज़-हेमिंग्वे, नेशनल बुक, नेशनल बुक क्रिटिक पुरस्कारों के लिए नामित किया गया, मगर मिला एक भी नहीं। एक साहित्यकार के रूप में उनको अनदेखा किया गया इससे तमाम पाठक, आलोचक और अन्य कई साहित्यकार क्षुब्ध हुए। वे लोग चुप नहीं बैठे। कवयित्री जून जोर्डन के नेतृत्व में सारे प्रमुख अखबारों में विरोध दर्ज कराया गया। एलिस वॉकर, माया एंजेलो और तमाम लेखकों ने खुले पत्र लिखे। इसके अलावा 42 अन्य सहयोगियों ने विरोध प्रदर्शित किया। टोनी मॉरीसन इस सहयोग से अभिभूत और चकित दोनों थीं। 1988 में टोनी मॉरीसन को पुलित्जर, रॉबर्ट एफ. कैनेडी बुक अवार्ड तथा 'एलमर होम्स अवार्ड फ़ोर फ़िक्शन' मिला। उन्हें अमेरिकन अकादमी एंड इंस्टीट्यूट ऑफ आर्ट्स ऐंड लेटर्स में शामिल कर लिया गया। इसी साल उन्हें सिटी ऑफ़ न्यूयॉर्क मेयर्स अवार्ड ऑफ़ ओनर ऑफ़ आर्ट ऐंड कल्चर

मिला, कैरियर मेडल अवॉर्ड भी उनकी झोली में आया। इसी साल मिशीगन विश्वविद्यालय में उन्होंने रॉबर्ट सी. टेनर लेक्चर दिया। उनके लेक्चर का शीर्षक था 'अनस्पीकेबल थिंग्स, अनस्पोकन: दि अफ्रो-अमेरिकन प्रेजेंस इन अमेरिकन लिटरेचर'। यह बाद में प्रकाशित हुआ, इसमें वे अश्वेत लेखकों के महत्त्वपूर्ण योगदान की चर्चा करती हैं जिन्हें अब तक अनदेखा किया गया था।

आखिरकार 18 सप्ताह तक बेस्टसेलर की सूची में रहने वाले 'बिलवड' को 31 मार्च 1988 को पुलित्ज़र दिया गया। फ़िर तो जैसे पुरस्कारों-सम्मानों की झड़ी लग गयी। उनके अनुसार पुरस्कार मिलना उन्हें अच्छा लगा, उन्हें लगा कि उनकी ताजपोशी हुई है। टोनी मॉरीसन 1993 में साहित्य का नोबेल पुरस्कार ग्रहण करनेवाली प्रथम अश्वेत साहित्यकार थीं। उस अवसर पर उन्होंने कहा कि यह पुरस्कार वे केवल अपने लिए न लेकर तमाम अश्वेत और महिला रचनाकारों के लिए ग्रहण कर रही हैं। यह मात्र उन्हें नहीं बल्कि 'हमें' मिला है।

टोनी मॉरीसन कभी अपने लिखे से सन्तुष्ट नहीं रहीं, उन्हें सदैव लगा कि काफी कुछ जोड़ा-घटाया जा सकता है, जोड़ा-घटाया जाना चाहिए, सुधार किया जाना चाहिए। अगर एक बार सन्तुष्टि आ जाए तो विकास रुक जाता है। वे खुद को किसी 'वाद' में नहीं बाँधना चाहती हैं, 'वाद' रचनाकार को संकुचित करता है। नारीवादी कहलाना उन्हें पसन्द नहीं है, वे किसी वाद का माउथपीस नहीं बनना चाहती हैं। जब 'पैराडाइज' पर नारीवाद का ठप्पा लगा तो उन्होंने जोरदार तरीके से इसका खंडन किया, कहा, ''बिल्कुल नहीं। मैं कभी भी किसी वाद' में नहीं लिखूँगी। मैं 'वाद' के उपन्यास नहीं लिखती हूँ।'' वे स्वतन्त्र रहना चाहती हैं, जो भी लिखती हैं विस्तार से लिखती हैं, द्वार खोलने के लिए लिखती हैं। इसी कारण वे अपने उपन्यासों का अन्त खुला रखती हैं जहाँ पाठक को अपनी कल्पना की उड़ान भरने की सुविधा रहती है। वे खुद कहती हैं कि वे पितृसत्तात्मकता को मान्यता नहीं देती हैं लेकिन इसका मतलब यह नहीं है कि वे मातृसत्तात्मकता को मानती हैं। उनके अनुसार पितृसत्तामकता का स्थानापन्न मातृसत्तात्मकता नहीं है।

उनके लिए उपन्यास सदैव एक खोज का विषय रहा है, वे लिखने के पहले काफ़ी शोध करती हैं। अतीत में जिन्दगी कैसी थी, वर्तमान पर अतीत का कितना और कैसा असर पड़ा है, यह सब वे अपने कार्य में दिखाती हैं। उनके अनुसार जीवन एकरेखीय नहीं होता है। जीवन की जटिलता उनकी विषय वस्तु होती है। उनकी माँ श्वेत-अश्वेत, स्त्री-पुरुष के भेदभाव के विरुद्ध थीं, थियेटर में भी यह भेदभाव नहीं होने देती थीं। ऐसी माँ की बेटी कैसे नारीवादी हो सकती है। बच्चे पैदा करना, उनका पालन-पोषण करना, घर चलाना ये सब काम उन्हें नारीवादी

काम नहीं लगते हैं। बचपन से वे भरेपूरे घर में अपनी माँ, दादी-नानी को सब काम करती देखती आयी हैं, उन्होंने देखा है कि औरतें पुरुषों की बनिस्बत औरतों का साथ अधिक खोजती हैं। वे जब दोस्ती करती हैं तो यह देखकर नहीं करती हैं कि सामने वाला स्त्री है अथवा पुरुष है। उनकी कुछ महिला मित्र भी हैं, कुछ लेखक मित्र हैं, ये लोग मित्र हैं क्योंकि ये विशिष्ट हैं इसलिए नहीं कि ये स्त्री या पुरुष हैं। हेमिंग्वे को जब पुरुषवादी नहीं माना जाता है, केवल रूस पर लिखने के लिए जब सोल्सनित्स्न पर आरोप नहीं लगता है तो वे पूछती हैं कि कैसे नारीवादी हो गयीं।

मॉरीसन को शिक्षण कार्य बहुत अच्छा लगता है। उन्होंने कई शिक्षण संस्थानों में शिक्षण कार्य किया, वे क्रियेटिव राइटिंग पढ़ाती थीं, इसके साथ ही वे अफ्रो-अमेरिकन, अमेरिकन तथा वीमेन स्टडीज विभागों से भी जुड़ी रहीं हैं। लेकिन लेखन उनकी पहली प्राथमिकता है। इन्हीं सब कार्यों को करते हुए उन्होंने अपना छठवाँ उपन्यास 'जाज़' लिखना प्रारम्भ कर दिया जो 1992 में प्रकाशित हुआ। यह उपन्यास त्रयी का दूसरा भाग है। पहले भाग 'बिलवड' की भाँति ही उसके सूत्र भी इतिहास में हैं। यह 'जाज़-युग' को प्रतिध्वनित करता है। हारलम प्रतिरोध एक शक्तिशाली साहित्यिक और कलात्मक आन्दोलन था। 1918में करीब दस लाख अश्वेत अमेरिका के दक्षिण से अमेरिका के उत्तर की ओर आ गये। इसे 'ग्रेट माइग्रेशन' कहा गया। उन्हें अचानक नयी स्वतन्त्रता का स्वाद प्राप्त हुआ, दक्षिण के भयंकर शोषण से छुटकारा मिला। उपन्यास में न्यूयॉर्क शहर एक किरदार के रूप में है। दक्षिण से आकर यही अधिकांश अश्वेत बसे थे, यहीं उन्होंने संगठित हो कर आन्दोलन किया और यहीं उन्हें तमाम ख़तरों का सामना करना पड़ा।

खुद को समझने को प्रमुखता देनेवाला उपन्यास 'जाज़' ट्रेस और उसकी पत्नी वॉयलेट की कहानी है। दोनों शादी के बाद ग्रेट माइग्रेशन के दौर में हारलम में आ बसे हैं। यह सम्बन्धों की पुनर्खोज की कहानी है। मॉरीसन उपन्यास की शुरुआत में पूरी कहानी का सारांश बता देती हैं, उसके बाद भी पाठक इसे पूरा पढ़े बिना नहीं छोड़ सकता है। उन्होंने एक फोटोग्राफ़ देखा था जिसमें एक अट्ठारह साल की लड़की की हत्या उसके पूर्व प्रेमी ने कर दी थी और जो मर जाती है लेकिन अपने हत्यारे का नाम नहीं बताती है क्योंकि वह अब भी उससे प्रेम करती थी। उपन्यास चित्रित करता है कि अपनी-अपनी कहानी साझा करने से प्रेम और समझदारी बढ़ती है। जाज़ संगीत में जैसे एक सदस्य की छोड़ी हुई धुन को दूसरा सदस्य उठाता है और उसे इम्प्रोवाइज करता है उसी शैली का प्रयोग इसमें हुआ है। उपन्यास में वॉयलेट का अविश्वासी पति जो ट्रेस आवेश में आकर अपनी पूर्व प्रेमिका डोकरस को मार डालता है। पूरे उपन्यास में हत्या के क्रम और कारण

को वर्णित किया गया है। यह उपन्यास हारलेम आंदोलन के प्रमुख लोगों की बात नहीं करता है वरन् वहाँ के सामान्यजन की बात बताता है।

अक्सर जब तक नोबेल पुरस्कार मिलता है लेखक चूक गया होता है। मगर मॉरीसन के साथ ऐसा नहीं हुआ। पुरस्कृत होने के बाद भी उन्होंने काफ़ी लिखा और खूब अच्छा लिखा। 1993 में टोनी मॉरीसन को साहित्य का नोबेल पुरस्कार मिला। इसके बाद उनका सातवाँ उपन्यास 'पैराडाइज' प्रकाशित हुआ। उन्होंने इसे ओक्लाहोमा के रूबी नामक शहर में स्थापित किया है। शहर की जनसंख्या बहुत सीमित मात्र 360 है। यह एक बहुत छोटा-सा समुदाय है। यहाँ के रहनेवालों का इतिहास बहुत जटिल है, गुलामी, शिकार, पूर्वाग्रह आदि से यहाँ के लोगों का जीवन संचालित होता है। यह काल्पनिक शहर उन वास्तविक शहरों की कहानी है जहाँ मात्र और मात्र अश्वेत लोग रहते हैं। अमेरिका में पिछली सदी के आठवें दशक तक ऐसे कई शहर थे। गुलामी के दौरान शिकार होते लोग अब खुद शिकार करने पर जुटे हुए हैं।

'पैराडाइज' अमेरिका के स्वतन्त्रता की घोषणा की दूसरी सदी 1976 में शुरू होता है और शुरुआत में कहता है, ''उन्होंने पहले श्वेत लड़की को मारा।'' उपन्यास इस श्वेत स्त्री की अन्त तक पहचान नहीं बताता है। एक समय के 'द कॉन्वेंट' नाम से जाना जानेवाला लड़कियों का स्कूल अब अत्याचारी पतियों, दुष्ट प्रेमियों और सताए गये अतीत से भागी हुई पाँच स्त्रियों की शरणस्थली है। मगर क्या वे यहाँ रहकर सुरक्षित हैं? इस स्थान पर रूबी से आए हुए नौ पुरुष आक्रमण करते हैं। रूबी की सृष्टि स्वर्ग की तर्ज पर हुई है। कॉन्वेंट रूबी से सत्रह मील दूर है। इसमें मॉरीसन बड़ी सहजता से कई युगों में आवाजाही करती हैं। अश्वेतों की पृष्ठभूमि, उनकी आपसी लड़ाई, आर्थिक झंझटों, पूर्वजों की दुश्मनी आदि की पड़ताल करते हुए वे मात्र अश्वेतों के शहर रूबी और केवल स्त्रियों के सथान कॉन्वेंट का विश्लेषण बड़ी बारीकी से करती हैं। 'बिलवड' की भाँति इस उपन्यास में भी मृत व्यक्ति और उनकी आवाजों को देखा-सुना जा सकता है। यह शहर के अतीत और भविष्य दोनों को दिखाता है। यहाँ प्रश्न उठता है कि पुरुष अपने पितृसत्तात्मक स्वर्ग से स्त्रियों को क्यों जड़ से समाप्त कर देना चाहते हैं?

अपने इस अनोखे उपन्यास 'पैराडाइज' में मॉरीसन तमाम प्रश्न खड़े करती हैं। स्वर्ग कहाँ है? इसके निवासी कौन होते हैं? कौन इसे खोज रहा है? कौन इसे नष्ट करता है? जैसे प्रश्नों को खँगालता यह उपन्यास इन्हीं प्रश्नों के आस-पास घूमता है। एक साक्षात्कार में वे कहती हैं कि सभी स्वर्गों का वर्णन पुरुष के परिक्षेत्र के रूप में होता है जबकि स्त्री बिना सुरक्षा के होती है और खतरों से घिरी रहती है। वह हस्तक्षेप करती है। ऐसा माना जाता है कि जब हम सब

एकसाथ मिलकर शक्तिशाली हो जाती हैं तो यह सहन नहीं किया जाता है और तब हम पर आक्रमण होते हैं। अपने अन्य उपन्यासों की भाँति इसे भी उन्होंने खूब शोध करके लिखा है। गुलामों की लूसीयाना और मिसीसिपी से ओक्लाहोमा की यात्रा एक ऐतिहासिक सच्चाई है। जहाँ उन्होंने पूरे-के-पूरे शहर बसाए, चर्च बनाए, बैंक और दुकाने खोलीं। उपन्यासकार का मानना है कि सारे स्वर्ग, सारे यूटोपिया उन लोगों के द्वारा बनाए जाते हैं जो वहाँ कभी नहीं रहते हैं, जिनका प्रवेश भी वहाँ निषिद्ध होता है। यह उनका अपना अनोखा तरीका है स्वर्ग को जानने-समझने का। उनके हिसाब से यह एक सुरक्षित स्थान है, जहाँ सब कुछ प्रचुर मात्रा में उपलब्ध है, जहाँ आपको कोई हानि नहीं पहुँचा सकता है। लेकिन इसके साथ ही यह स्थान सबसे अलग-थलग है, सबसे कटा हुआ। मॉरीसन का मानना है कि पृथकता में खुद को नष्ट करने के तत्त्व निहित होते हैं। यहाँ लोग समय के साथ बदलने से इनकार कर देते हैं। वे सारी चीजों, सारी बातों को दूर रखना चाहते हैं और इसी कारण स्वर्ग नष्ट हो जाता है।

इस उपन्यास का एक किरदार रेवरेंड मैस्नर उपन्यासकार के लिए बहुत विशिष्ट, बहुत अपना है क्योंकि वह अपने धर्म सिद्धान्तों, नागरिक अधिकारों और इन अधिकारों के विलय से बहुत बड़े धर्म संकट में है। वह इस बात को लेकर बहुत परेशान और दु:खी है कि आज का युवा सब बातों से कट गया है, वह समाज से अलग-थलग पड़ गया है। असल में मैस्नर की चिन्ता मॉरीसन की अपनी चिन्ता है। आज का युवा 'अन्ना कैरेनीना' के लेव की तरह है। लेव की तरह नैतिकता को लेकर उलझा हुआ। वह बहस, तर्क करने के लिए राजी है। वह तर्क को महत्त्व देता है। यह कहानी धर्म के विषय में है अत: वे पहले से इस बात को लेकर सशंकित थीं कि उनका यह उपन्यास सही तरीके से नहीं पढ़ा जाएगा। लोग धर्म के विषय में कोई नयी बात सुनने को तैयार नहीं हैं। लोग इन बातों की चर्चा भी नहीं करना चाहते हैं। वे पूर्वाग्रह के कारण वही पढ़ना चाहते हैं जिसे वे सदा से मानते आए हैं। खासकर अश्वेतों के विषय में उनकी दृढ़ धारणा है, उससे हटकर वे अश्वेतों के विषय में जानना-समझना नहीं चाहते हैं।

लोगों के मन में अश्वेतों को लेकर पूर्व धारणा है मगर मॉरीसन नहीं चाहती हैं कि उनकी किताबें बिस्तर के सिरहाने की शोभा मात्र बनकर रह जाएँ अथवा केवल ड्राइंगरूम की शोभा वृद्धि के लिए कॉफ़ी टेबल पर सजी रहें। वे चाहती हैं कि उनके लिखे पर खूब बहस हो, विचार-विमर्श हो, चिन्तन-मनन हो। आज उन्हें यह देखकर खुशी होती है कि उनकी किताबों को लेकर ऐसा हो रहा है। वे देखती हैं कि इंटरनेट पर उनकी किताबों पर गम्भीर चर्चा चल रही है। ओप्रा विनफ्रे अपने बुक क्लब में मॉरीसन की किताबों की चर्चा करती हैं जहाँ मॉरीसन

खुद टेलीकांफ्रेंसिंग के द्वारा अपने पाठकों से बातचीत करती हैं। एक बार उन्होंने वॉशिंगटन पोस्ट को एक साक्षात्कार के दौरान बताया था कि केवल हम यानी केवल मनुष्य स्वर्ग की कल्पना कर सकते हैं। अतः यह क्यों न करें? आगे वे कहती हैं कि चलो इसकी सटीक कल्पना करें। यह केवल मेरा तरीका, मेरा स्वामी, मेरी सीमाएँ, मेरे मूल्य नहीं हैं, इसमें आपको, आपको और आपको दूर नहीं कर देना है। कुछ लोगों को रखना और कुछ को दूर रखना नहीं होगा। मानाकि स्वर्ग के अवसर बहुत विरल हैं। मगर इससे क्या? हम इसकी कल्पना कर सकते हैं, अतः आइए मिलकर इसके बारे में सोचें।

'पैराडाइज' का रूबी एक ऐसा स्वर्ग है जिसमें प्रवासन के लिए केवल अमेरिकन, केवल अफ्रो-अमेरिकन ही नहीं खोज कर रहे हैं। अफ्रीकनों ने अपना घर, अपना देश छोड़ा अतः वे दूसरा घर खोज रहे हैं। लेकिन श्वेत लोग भी यही कर रहे हैं। जिन लोगों ने अपना घर छोड़ा है वे अब वहाँ नहीं रहना चाहते हैं या यूँ कहें कि अब वे वहाँ नहीं रह पा रहे हैं। एक अमेरिकन के घर खोजने और एक अफ्रो-अमेरिकन के घर खोजने में फ़र्क़ है। वे ऐसा स्थान खोज रहे हैं जहाँ उनके अपने ही लोग हों, अपनी सभ्यता-संस्कृति हो, जहाँ उन्हें किसी बाहरी सहायता की जरूरत न हो। जहाँ वे अपने आप में परिपूर्ण हों। इस दृष्टि से स्वर्ग खोजने के उद्देश्य तनिक भिन्न हैं। रूबी के बाहर का कॉन्वेंट एक अलग स्वर्ग है और रूबी के भीतर का स्वर्ग अलग है। रूबी का स्वर्ग पुरुषों द्वारा नियन्त्रित है जबकि कॉन्वेंट का शासन स्त्रियों द्वारा चलाया जाता है। ऐसी स्त्रियाँ जो सताई गयी स्त्रियों द्वारा शासित की जाती हैं। उपन्यासकार ने रूबी की पूरी व्यवस्था ओल्ड टेस्टामेंट के आधार पर रची है। यह पूरी तरह से पितृसत्तात्मक है, यहाँ के पुरुष अपनी स्त्रियों की सुरक्षा को लेकर बड़े सतर्क हैं। जबकि कॉन्वेंट की स्त्रियाँ पुरुषों का साथ नहीं चाहती हैं। वे आपस में लड़ती-झगड़ती हैं मगर उन्हें इस बात का डर नहीं है कि कोई उनका शिकार करेगा। रूबी प्रोटेस्टेंट धर्म पर आधारित है जबकि कॉन्वेंट में कोई धार्मिक संगठन नहीं है। इसकी व्यवस्था करीब-करीब जादू पर है। दोनों स्थानों के मूल्यों में आधारभूत अन्तर है। यहाँ की स्त्रियाँ पिछली सदी के सातवें दशक की हैं, जिन्हें रूढ़िवादी अश्वेत लोग भयंकर मानते थे। वे उन्हें नष्ट कर देना चाहते थे।

पत्रकार एलीजाबेथ फरंसबर्थ के अनुसार 'पैराडाइज' में दिखाए गये स्थल कुछ अर्थों में बेहद सुन्दर हैं और कुछ अर्थों में बेहद खतरनाक। इसकी कथावस्तु 1970 ओक्लाहोमा में अश्वेत लोगों द्वारा अपनी बहुत सारी औरतों को मार डालने की वास्तविक घटना पर आधारित है। इन लोगों ने अपने सम्मान की रक्षा के लिए उन्हें मार डाला था। उन लोगों का मानना था कि ये औरतें बुरी हैं और इसका

असर उनकी नैतिकता पर पड़ेगा अतः इन्हें समाप्त कर देना चाहिए और उन लोगों ने उन्हें समाप्त कर दिया। यह सर्वांग हिला देने वाली मार्मिक घटना थी। सदैव स्त्री को ही बलि का बकरा बनाया जाता रहा है।

मज़े की बात है कि मॉरीसन अपने इस उपन्यास का नाम 'पैराडाइज' नहीं देना चाहती थीं, उन्होंने इसका नाम 'वार' (युद्ध) रखा था। मगर उनके प्रकाशक नॉफ़ (Knopf) की सोच कुछ और थी उन्हें भय था कि यदि उपन्यास का नाम 'वार' रखा गया तो मॉरीसन के पाठक उनसे बिदक जाएँगे। प्रकाशक की चली और उपन्यास 'पैराडाइज' नाम से ही प्रकाशित हुआ। लेकिन मॉरीसन आज भी बराबर सोचती हैं कि उपन्यास का नाम 'वार' ही होना चाहिए था, उसे 'पैराडाइज' नाम देना ठीक नहीं हुआ। जब 'पैराडाइज' प्रकाशित हुआ तो मॉरीसन पर राजनीति से प्रभावित होने का आरोप लगा। यह आरोप लगाना व्यर्थ है क्योंकि वे स्वयं स्वीकारती हैं कि उनका लेखन राजनैतिक है। वे मानती हैं कि हर एक कलाकार राजनैतिक होता ही है। जोनाथन यार्डली को एक साक्षात्कार के दौरान उन्होंने कहा कि वे विश्वास करती हैं कि एक सच्चा कलाकार कभी भी अराजनैतिक हो ही नहीं सकता है। वे भले ही इस ख़ास प्रण के प्रति असंवेदनशील रहे हों पर वे सब राजनैतिक थे, क्योंकि एक कलाकार यही होता है— एक राजनैतिक। टोनी मॉरीसन के काम पर फ़ॉक्नर की कथानक शैली और मार्केस के जादुई यथार्थवाद का बहुत गहरा प्रभाव देख जा सकता है। इसके बावजूद शैली उनकी अपनी और अनोखी है।

आज टोनी मॉरीसन के साहित्य का श्वेत और अश्वेत दोनों तरह के छात्रों के पाठ्यक्रम में अध्ययन के लिए प्रयोग होता है। वैसे कुछ लोगों को लगता है कि 'द ब्लूएस्ट आई' और 'बिलवड' जैसी क्रूर अत्याचार की रचनाएँ बच्चों को पढ़ने के लिए नहीं देनी चाहिए। उनका उपन्यास 'साँग ऑफ़ सोलोमन' और 'पैराडाइज' कई जेलों की लाइब्रेरी में आज भी प्रतिबंधित है, कारण बताया जाता है कि इसके पढ़ने से कैदी विप्लव कर सकते हैं। टोनी हँसते हुए कहती हैं कि इससे अच्छी बात एक लेखक के लिए क्या हो सकती है। एक कृति यदि विप्लव करा दे तो यह उसकी सबसे बड़ी सफलता कहलाएगी। एक प्रकाशन ने पाँच कारण बताते हुए 'पैराडाइज़' की पांडुलिपि नकार दी थी, उसमें एक कारण यह भी था। अस्वीकृति के इस पत्र को मढ़ाकर मॉरीसन ने अपने घर में टाँग रखा है, दूसरी दीवार पर टोनी मॉरीसन ने नोबेल पुरस्कार के सम्मान पत्र को फ़्रेम करके टाँग रखा है। जिन प्रकाशकों ने उन्हें नकारा उनके लिए इससे बड़ा क्रूर मज़ाक़ क्या हो सकता है?

कई अफ्रो-अमेरिकन महिला रचनाकार सिविल राइट्स मूवमेंट में शामिल

थीं, टोनी मॉरीसन ने उसमें शारीरिक रूप से भाग नहीं लिया। इसका मतलब यह नहीं था कि वे इसके विरोध में थीं अथवा इससे अपरिचित थीं। असल में उनके छात्र इसमें प्रमुख भूमिका निभा रहे थे। स्टॉकली कारमाइकल उनका छात्र था, वे उसकी मेंटर थी। आगे चलकर वह 'स्टूडेंट नॉनवायलेंट कॉ-ओर्डिनेटिंग कमेटी' का प्रणेता बना। यह कमिटी 'सिविल राइट्स आन्दोलन' का प्रमुख अंग थी। उनके इसी पूर्व छात्र ने 'ब्लैक पावर' का कान्सेप्ट भी दिया। जिसका अर्थ था अश्वेत गर्व, अलग अश्वेत समाज की स्थापना, अश्वेत राष्ट्रीयता, अश्वेत स्वायत्ता। इस अलग अश्वेत समाज, अलग अश्वेत राष्ट्रीयता के विचार से टोनी मॉरीसन सहमत नहीं थीं। वे अलगाव नहीं बल्कि समन्वय चाहती हैं। वे 'ब्लैक इज़ ब्यूटीफुल' नारे के भी ख़िलाफ़ थीं क्योंकि उन्हें लगता था कि ऐसा कह करके वे लोग श्वेत परिभाषा को पूरी-पूरी छूट दे रहे हैं। इससे श्वेत लोगों की दी परिभाषा अश्वेतों के लिए महत्त्वपूर्ण हो जा रही है। ऐसी दिखावटी सुन्दरता मूल मुद्दों से ध्यान बँटाती है। टोनी मॉरीसन का विचार है कि शारीरिक सौन्दर्य को खोजना अच्छा है और यह करने योग्य कार्य है। लेकिन इसके लिए दूसरों के विचारों को आँख मूँदकर स्वीकारना उचित नहीं है।

अश्वेत कलाओं का आन्दोलन (ब्लैक आर्ट्स मूवमेंट) अफ्रो-अमेरिकन जीवन को ताक़त देने के लिए चलाया गया था मगर इस आन्दोलन में पुरुषों का वर्चस्व था। यह पुरुषों से जुड़े मद्दों से सम्बन्धित था। इसीलिए इस आन्दोलन से टोनी मॉरीसन परेशान और खफ़ा थीं। यहाँ पुरुषों के बीच संघर्ष था। स्त्रियों और उनसे जुड़े मुद्दे की इन लोगों को परवाह नहीं थी। इन पुरुषों के लिए स्त्रियों से जुड़े मुद्दे मुद्दे ही नहीं थे। अमीरी बराका, विलियम वेल्स ब्राउन (क्लोटेल या द प्रेसिडेंट्स डॉक्टर) जैसे लेखक पुरुषसत्ता के संकुचित घेरे में थे। ये लोग श्वेत समुदाय, श्वेत पाठकों के लिए लिख रहे थे। अश्वेत पाठक, खासकार अश्वेत स्त्री पाठक स्वयं को इनके साहित्य में अनुपस्थित पाता। रैल्फ़ एलीसन के उपन्यास पर टोनी मॉरीसन प्रश्न करती हैं कि 'इनविजिबल मैन' किसके लिए अदृश्य है? यह अश्वेत व्यक्ति श्वेत लोगों के लिए अदृश्य है, अश्वेतों के लिए नहीं। इस लेखन में अश्वेत समुदाय, उसकी आन्तरिक समस्याएँ सिरे से गायब हैं। टोनी मॉरीसन, एलिस वॉकर, टोनी कैड बाम्बारा, लूसील क्लिफ़्टन, जून जोर्डन ने स्त्री से जुड़े मुद्दों को बाद में अपने साहित्य में उठाया। इन अश्वेत लेखिकाओं ने यह काम बीसवीं सदी के उत्तरार्द्ध में किया। इनके लेखन के विषय और शैलियाँ अश्वेत पुरुष रचनाकारों से भिन्न थीं फिर भी इन लोगों ने अपने तरीके से दमनकारी सामाजिक सिस्टम जैसे नस्लवाद, लिंगवाद और वर्गवाद जैसे मुद्दे साहित्य में उकेरे। इन रचनाकारों के साथ बौद्धिक और सामाजिक कार्यकर्ता स्त्रियाँ और बाद में कुछ

पुरुष भी जुड़े। इसका नतीजा हुआ सामाजिक परिवर्तन, स्त्री-पुरुष के सम्बन्धों में निकटता, अश्वेत अस्मिता, आत्मसम्मान, आत्मनिर्भरता का उदय। टोनी मॉरीसन का साहित्य इसका एक प्रमुख उदाहरण है।

'ब्लैक पॉवर' के विपरीत टोनी मॉरीसन ने अफ्रो-अमेरिकन इतिहास को पुनर्भासित, पुनर्परिभाषित किया। उन्होंने अपनी जड़ों को तलाशा और अपनी सभ्यता-संस्कृति को साहित्य में उचित स्थान दिलाने का अथक प्रयत्न किया। इन्होंने दिखाया कि जब तक हम दूसरों की निगाह से खुद को देखते-तौलते रहेंगे हमारी समस्याएँ बढ़ेंगी, घटेंगी कदापि नहीं। अमेरिका का ओहायो राज्य जहाँ उनका बचपन बीता 1803 से ही गुलामी के विरोध में रहा। यह स्थान 'अंडरग्राउंड रेलरोड' से भागते समय गुलामों की शरणस्थली था। बाद में यहाँ तमाम स्थानों के अनेक लोग आकर बसे। अफ्रो-अमेरिकन जब तक दक्षिण में गुलाम के रूप में थे वे कठिन परिश्रम करते थे और उनका जीवन दमन, असुरक्षित और अस्थिर था। अफ्रो-अमेरिकन गुलाम स्त्रियाँ ओवरसीयर, मालिक तथा अन्य गोरे और अक्सर काले लोगों के बलात्कार का भी शिकार होती थीं। वे अपने मालिकों के लिए खेतों में कपास, भुट्टे की खेती करती, उनके घर में खाना बनाती, आया का काम करतीं। जब भागकर या गुलामी की प्रथा समाप्त होने के बाद ये उत्तर की ओर बढ़े तब भी इनका जीवन आसान न हुआ। इनके लिए खासकर स्त्रियों के लिए कोई सुनिश्चित कार्य उपलब्ध न था। ये लोग ज्यादातर अशिक्षित थे, किसी काम में प्रशिक्षित न थे अतः इनमें से बहुत सारी स्त्रियों के लिए क्लब-बार में गाना, नाचना और वेश्यावृत्ति जैसे काम ही उपलब्ध थे। यहाँ भी इनका अपने लोगों द्वारा शोषण होता था। बहुत कम गुलाम ऐसे थे जिन्हें 'बिलवड' की सेथे की भाँति उत्तर दिशा ओहाओ राज्य के सिनसिनाटी के एक कस्बे में आने पर घर नसीब होता था, प्रेम मिलता था, परिवार मिलता था। मॉरीसन अश्वेतों को अपने लेखन द्वारा आमंत्रित करती हैं कि वे अपने परिवारों में, अपने समुदाय में और सबसे ज्यादा जरूरी है कि खुद अपने आप में ताकत खोजें।

खुद टोनी मॉरीसन ने यही किया। जब उनका दूसरा बच्चा गर्भ में था उनका तलाक हो गया, वे अपने परिवार में लौट आयी। उनका परिवार उनके इस फैसले के साथ था। जब वे अपने दो छोटे बेटों को लेकर नौकरी करने न्यूयॉर्क गयी तो बहुत सारे लोगों को लगा कि वे अकेलापन अनुभव करेंगी। मगर उनका कहना था कि आप अपने साथ अपना गाँव लेकर चलते हो। अगर समुदाय की अनुभूति आपके भीतर है तो किसी बाह्य समुदाय की जरूरत नहीं है। उन्होंने अपने भीतर ताकत खोजी और इस ताकत ने उन्हें दुनिया का एक सबसे बड़ा रचनाकार बनने में सहायता दी। उन्होंने फिर दोबारा कभी शादी न की। उनका छोटा बेटा लिखने

में उनके साथ है दोनों, ने मिलकर बच्चों के लिए खूब लिखा है। पीछे छोड़ आए परिवार और समुदाय से निकटता स्थापित करने की इच्छा का परिणाम है उनका लेखन। जब भी वे दो छोटे बच्चों, अपनी नौकरी के तथा अन्य उत्तरदायित्वों को लेकर परेशान होतीं तो सदा अपनी दादी को याद करतीं। उनकी दादी ने अपने सात बच्चों को लेकर अकेले संघर्ष किया था। तब उन्हें लगता कि दादी की अपेक्षा उनकी कठिनाइयाँ कुछ भी नहीं हैं। इस सोच से उन्हें साहस और बल मिलता।

बहुत सारे लोग टोनी मॉरीसन के तलाक लेने और दोबारा शादी न करने के निश्चय से प्रसन्न नहीं हैं। अक्सर वे अपने विचारों में शादी और परिवार संस्था के पक्ष में नहीं हैं, स्त्री–पुरुष के यौन सम्बन्ध की आलोचना करती हैं। इसलिए कुछ लोग मानते हैं कि उनके काम में चेतन या अचेतन रूप से स्त्री समलिंगी सम्बन्ध दिखाई पड़ते हैं। उनका उपन्यास 'सूला' स्पष्ट रूप से स्त्री समलिंगी सम्बन्धों को चित्रित करता है। सूला और नेल का सम्बन्ध ऐसा ही है जबकि वे पुरुषों से भी यौन सम्बन्ध कायम करती हैं। अफ्रो–अमेरिकन महिला रचनाकारों के काम में यह नजर आता है। एलिस वॉकर के उपन्यास 'द कलर पर्पल' में भी सीली और शुग आपस में यौन सम्बन्ध रखती हैं, इसी सम्बन्ध के कारण सीली अपनी यौनिकता को पहचानती है, अपने नारीपन को अनुभव करती है। अन्यथा बलात्कार के बाद उसे यौनक्रिया से अरूचि हो गई थी, अलबर्ट जब भी उसके पास आता उसे कोई अनुभूति नहीं होती थी। टोनी मॉरीसन के यहाँ यह सम्बन्ध केवल 'सूला' उपन्यास में ही नजर आता है।

'बिलवड', 'जाज़' और 'पैराडाइज़' उनकी उपन्यासत्रयी है। उपन्यासत्रयी की पहली कड़ी 'बिलवड' में टोनी मॉरीसन विस्तार से दिखाती हैं कि गुलामी मनुष्य की कोमल भावनाओं को नष्ट कर देती है। स्त्री से उसके माँ बनने का नैसर्गिक अधिकार छीन लेती है। बलात्कार से उपजी सन्तान के प्रति मातृत्व भावना वही नहीं होती है जो प्रेम से उत्पन्न सन्तान के प्रति होती है। अत्याचार–गुलामी में स्त्री की भावना अपनी सन्तान के प्रति मिश्रित होती है। जहाजियों, ओवरसीयरों, मालिकों के लिए गुलाम स्त्रियाँ मनुष्य न हो कर बच्चे पैदा करने वाली मशीन होती हैं। उन्हें सीधे–सीधे 'ब्रीडर' कहा जाता था। गुलाम स्त्री से जितने अधिक बच्चे पैदा होते मतलब उतने अधिक गुलाम, अर्थात् उतने अधिक काम करनेवाले लोग, काम करने के लिए उतने अधिक हाथ। 'बिलवड' एक जटिल उपन्यास है। हालाँकि टोनी मॉरीसन पहली रचनाकार नहीं हैं जिसने अपने उपन्यास में ममता की पराकाष्ठा में माँ को अपने बच्चे की जान लेते हुए दिखाया है। यह सही है कि इस उपन्यास के बीज सच्ची घटना में निहित हैं। साहित्य में इसके पूर्व ऐसी घटनाओं का विवरण मिलता है। 1861 में हैरिएट जैकब्स ने आत्मकथात्मक लेखन

किया था। वह स्वयं गुलाम थी उसने 'इंसिडेंट्स इन द लाइफ़ ऑफ़ ए स्लेव गर्ल' नाम से आत्मकथा लिखी। इस किताब में उसने अपनी पहचान छुपाने के लिए एक दूसरा नाम लिंडा ब्रेंट रखा। लिंडा ब्रेंट पूरी जिन्दगी अपने बच्चों की स्वतन्त्रता के लिए काम करती है। वह अपने बच्चों की सुरक्षा के बिना खुद पलायन नहीं करना चाहती है। बराबर सोचती है कि यदि वह अपने बच्चों को मार डाले तो वे गुलामी की गलीज़ जिन्दगी से बच सकते हैं। लिंडा ऐसा सोचती है पर अपने विचार को अन्त तक कार्य रूप में परिवर्तित नहीं करती है। इसी किताब में प्रू का बच्चा जब मर जाता है तो वह सोचती है कि चलो अच्छा हुआ मर कर गुलाम जिन्दगी बिताने से तो बच गया। वह खुद मरकर इस क्रूरता भरे जीवन से छुटकारा पाना चाहती है। लेकिन से थे अपने बच्चों को गुलामी की ज़ंजीर से दूर रखने के लिए मार डालती है, यह दीगर बात है कि दोनों बेटे और डेनवर बच जाती है और घुटनों चलनेवाली बच्ची (बिलवड) मारी जाती है। इस तरह वह अपने बच्चों पर अपना दावा सिद्ध करती है।

एक अन्य लेखिका ऐसी ही स्थिति अपने उपन्यास में दिखाती हैं। यह रचनाकार अश्वेत नहीं है पर इसने अश्वेतों के दुःख को अनुभव किया। इसके लेखन का अमेरिका में बहुत गहरा प्रभाव हुआ। अश्वेतों को गुलामी से उबारनेवालों के लिए इस स्त्री का लेखन प्रेरणा बना। एक पादरी की बेटी हैरिएट बीचर स्टोव ने विश्व प्रसिद्ध उपन्यास 'अंकल टॉम्स केबिन' लिखा। इस उपन्यास की एक पात्र केसी अपने दो बच्चों के बिक जाने के बाद अपने तीसरे बच्चे को मार डालती है। फ़र्क़ यह है कि केसी को अपना बच्चा मारने का कभी अफ़सोस नहीं होता है, बल्कि वह खुश है कि अब उसके इस बच्चे को कभी गुलामी का दर्द न सहना पड़ेगा। वह अपने बच्चे की भलाई के लिए ऐसा जघन्य कार्य करती है। सेथे भी अपने बच्चों की भलाई के लिए ऐसा अमानवीय कदम उठाती है पर बाद में वह सदैव अपराधबोध से भरी रहती है। टोनी मॉरीसन मनोवैज्ञानिक दृष्टि से अधिक सटीक हैं। उनके और हैरिएट बीचर स्टोव के बीच एक सौ साल से अधिक का अन्तराल है। टोनी मॉरीसन ज्यादा शिक्षित हैं और समय भी बदल चुका है।

यह एक निर्विवादित सत्य है कि मनुष्य के विकास में, उसके आत्मनिर्भर बनने में, उसके स्वतन्त्र होने में अपनी स्वतन्त्रता को बनाए रखने में शिक्षा का महत्त्वपूर्ण हाथ होता है। सत्ताधारी अपनी सत्ता की रक्षा के लिए जन को अनपढ़ बनाए रखना चाहते हैं। गुलामों के मालिक नहीं चाहते थे कि उनके गुलाम लिखना-पढ़ना सीखें। इसलिए बहुत दिनों तक अफ्रो-अमेरिकन गुलामों के पास केवल वाचिक परम्परा थी। इन जीवन विरोधी स्थितियों में भी कुछ गुलामों ने लिखना पढ़ना सीखा। लिख-पढ़कर अपनी कहानी लिखी। अपनी बात को दुनिया के और

लोगों तक पहुँचाया। फ्रेडरिक डगलस एक ऐसा ही व्यक्ति था जिसने गुलामी के दौरान खुद को शिक्षित किया और फिर अपनी कहानी लिखकर दुनिया तक पहुँचायी। एकाध नरम दिल मालिक की कृपा से किसी गुलाम का पढ़-लिख जाना एक अपवाद की तरह था। अश्वेत गुलामों के बच्चों के लिए शिक्षा की संस्थागत कोई व्यवस्था न थी। वाशिंगटन में अश्वेत बच्चों के लिए पहला स्कूल 1807 में खुला था। दक्षिण में इनकी शिक्षा की कोई व्यवस्था न थी। उत्तर में भी श्वेत-अश्वेत का भेदभाव शिक्षा में बहुत काल तक बना रहा। खुद मॉरीसन अश्वेतों के विशेष कॉलेज हॉर्वर्ड विश्वविद्यालय गई, यह 1949 का काल था। एक साक्षात्कार में वे बताती है कि उनके लिए शिक्षा का क्या अर्थ है। उनके अनुसार शिक्षित होने का अर्थ मुद्रित सामग्री को पढ़ पाना, उसके शब्दों का अर्थ समझ पाना है। मगर शिक्षा का अर्थ मुद्रित सामग्री का पढ़ पाना ही नहीं है। शिक्षा का अर्थ विस्फोटक है, यह विस्फोटक कानून के विरुद्ध नहीं कानूनन सही, कानून के भीतर विस्फोटक है। शिक्षा का अर्थ मुद्रित और गैर मुद्रित अर्थात् संकेतों, स्वादों, ध्वनियों, स्पर्शों, सूँघने की संवेदना जाग्रत करना है। यह अशिक्षितों के लिए जरूरी है साथ ही शिक्षितों के लिए भी आवश्यक है। कई बार शिक्षित लोगों के लिए भी लिखा हुआ पढ़ना सम्भव नहीं होता है, जैसा कि खुद टोनी मॉरीसन के साथ ब्राजील में हुआ। वे वहाँ की भाषा और लिपि नहीं जानती थी। उनके लिए शिक्षा का अर्थ मनुष्य का संवेदनशील होना है।

टोनी मॉरीसन अश्वेत कला के लिए पूर्वजों की उपस्थिति को प्रमुखता देती हैं। उनके लिए पूर्वज समयातीत लोग हैं जिनका कथा के पात्रों से मासूम सम्बन्ध बना रहता है। वे निर्देश देते हैं, सुरक्षा करते हैं और विशिष्ट तरह का ज्ञान प्रदान करते हैं। उनके लेखन में एक प्रमुख पूर्वज पात्र 'साँग ऑफ़ सोलोमन' की पिलैट है। यह होशियार हीलर दूसरों को प्रेम करने वाली है। वह अपने परिवार से गहरा लगाव और सम्बन्ध रखती है और सामाजिक मान्यताओं के लिए उसके मन में खास सम्मान नहीं है। उसका अपने मृत पिता से निकट का सम्बन्ध है। वह लोककार्यों, रीति-रिवाजों की जानकार है, वह उन पर बल देती है। 'बिलवड' में सेथे निरन्तर अपनी सास के सम्पर्क में है। उसकी कही बातों को सदैव याद करती है। मॉरीसन का मानना है कि अफ्रो-अमेरिकन उपन्यास में अफ्रीकी जीवन, रीति-रिवाज, तौर-तरीके, मूल्य आने ही चाहिए। इन्हीं मूल्यों, विश्वासों ने इस समुदाय के लोगों को अमानवीय दमन की भयंकर परिस्थितियों में जिलाए रखा। शोषण के बावजूद उनकी जिजीविषा को कायम रखा।

टोनी मॉरीसन सदैव समन्वय चाहती हैं, वे अश्वेतों के लिए अलग शहर, अलग समुदाय या अलग देश के विचार को खारिज करती हैं, इस अलगाववादी

विचार से वे सहमत नहीं हैं। वे मानती हैं कि श्वेत-अश्वेत दोनों मिलजुल कर रह सकते हैं, विकास कर सकते हैं। 'बिलवड' उपन्यास में एमी डेनवर को लाकर दिखाना चाहती हैं कि श्वेत-अश्वेत का साझा जीवन सम्भव है। खासकर दोनों समुदाय की स्त्रियों का साझा जीवन सम्भव है। एमी डेनवर सेथे की उसके कठिन समय में, प्रसव में सहायता करती है, नवजात शिशु को अपने कपड़ों में लपेटती है। यह संकेत है भविष्य में श्वेत लोगों द्वारा अश्वेतों पर हुए अत्याचार के मोचन का। बाद में सेथे अपनी बेटी डेनवर के जन्म की बात पॉल डी को बताती है, वह बताती है कि एमी डेनवर ने मेरी सहायता की। इस पर पॉल डी कहता है कि ऐसा करके उसने अपनी सहायता की है। एमी डेनवर सेथे के साथ परिवार की भूमिका निभाती है, वह नवजात को अपना नाम देती है। सेथे की इस बेटी का नाम डेनवर है। डेनवर आगे चलकर एक स्वावलम्बी, स्वाभिमानी युवती के रूप में विकसित होती है। डेनवर का घर से बाहर निकलकर शिक्षा और काम प्राप्त करके आत्मनिर्भर होना इस उपन्यास को सकारात्मकता प्रदान करता है। वह कड़ी है अश्वेत-श्वेत के बीच की। वह शुभाकांक्षा है मनुष्यता के भविष्य की।

अश्वेत लोग श्वेत लोगों पर विश्वास नहीं करते थे। उनका अनुभव इसका प्रत्यक्ष कारण है। मगर श्वेत लोग भी अश्वेत लोगों पर विश्वास नहीं करते थे उनसे भयभीत रहते थे। हर दमनकारी भीतर से डरा रहता है। उसे सदैव लगता रहता है कि जिनका वह शोषणकर रहा है वे कभी भी उस पर आक्रमण कर सकते हैं। 'बिलवड' में टोनी मॉरीसन कहती हैं कि श्वेत लोग मानते थे कि हर काली चमड़ी के नीचे एक भयानक जंगल है, मतलब कि ये बहुत खतरनाक लोग हैं। मगर ये जंगल अश्वेत लोग अपने साथ लेकर नहीं आए थे। वे इसे अफ्रीका से अपने साथ नहीं लाए थे। यह जंगल उनके भीतर श्वेत लोगों ने ही रोपा था। चीखता हुआ बबूल श्वेत लोगों की चमड़ी के भीतर है, लाल मसूढ़े उनके ही हैं। श्वेत लोगों के दमन-शोषण और अत्याचार ने अश्वेतों को विद्रोह के लिए उकसाया, उन्हें श्वेत लोगों के ख़िलाफ़ उठ खड़े होने पर मजबूर किया।

कुछ श्वेत लोग भले ही अश्वेतों की सहायता करते हों, उनके साथ नरम-अच्छा व्यवहार करते हों। पर गुलामों के प्रति किए गये उनके क्रूर व्यवहार को कैसे भुलाया जा सकता है। जिन्होंने उस अमानुषता को भोगा है वे कैसे उन्हें माफ़ कर सकते हैं। अश्वेत बेबी शुग्स कहती है, श्वेत लोगों ने मुझसे सब छीन लिया, जो मेरे पास था, या जो स्वप्न मैंने देखा था। उन्होंने मेरा दिल तोड़ दिया। दुनिया में श्वेत लोगों से बढ़कर कोई दुर्भाग्य नहीं है। इसी तरह सेथे बिलवड को अपने जघन्य कार्य की पीछे की अपनी मंशा स्पष्ट करती है, वह बताती है कि यदि वह अपनी बच्ची को न मार डालती तो इसकी पूरी-पूरी सम्भावना थी कि उसे

गुलामी का जीवन और गुलामी के अत्याचार सहने पड़ते और वह यह कभी नहीं चाहती थी कि उसके बच्चे उसकी तरह का नारकीय जीवन बिताएँ।

ओप्रा विन्फ्रे ने 'बिलवड' पर अपने क्लब में विमर्श नहीं किया बल्कि इस पर फ़िल्म बनाने का निश्चय किया। खुद को उन्होंने प्रमुख भूमिका में तय किया और डैनी ग्लोवर को पॉल दी की भूमिका में रखा। ओप्रा ने टोनी के साथ मिलकर स्क्रिप्ट तैयार की और कई फ़िल्म निर्देशकों के पास भेजी। वे सेथ और गुलामी की कहानी वृहत्तर दर्शकों तक ले जाना चाहती थीं। अकादमी पुरस्कृत निर्देशक जोनाथन डेम ने इस पर फ़िल्म बनाने की हामी भरी। ओप्रा विन्फ्रे की फ़िल्म कम्पनी ने इस फ़िल्म को प्रोड्यूस किया। दस साल के एक लम्बे समय के बाद फ़िल्म बनकर तैयार हुई। फ़िल्म की शूटिंग के समय एकाध बार टोनी मॉरीसन सेट पर गयी फिर उन्हें लगा कि वहाँ उनका कोई खास काम नहीं है। उन्होंने निर्देशक और ओप्रा विन्फ्रे पर सारा काम छोड़ दिया। ओप्रा विन्फ्रे और डैनी ग्लोवर ने बहुत अच्छा काम किया है। स्पेशल इफेक्ट कहानी को आधिकारिक बनाते हैं। पूरी फ़िल्म उपन्यास के प्रति ईमानदार है। अकोसुआ बुसिया, रिचर्ड लाग्रेवेंस, एडम बुक्स तीन लोगों ने मिलकर इस फ़िल्म की कहानी लिखी। संगीतकार रेचल पोर्टमैन का काम फ़िल्म को विशिष्टता प्रदान करता है। मगर फ़िल्म को बॉक्सऑफ़िस पर पर्याप्त सफलता न मिली। फ़िल्म प्रदर्शन के पूर्व खूब पब्लिसिटी की गयी थी। 'टाइम' तथा 'वोग' मैगज़ीन ने इसे अपनी कवर स्टोरी बनाया, ओप्रा विन्फ्रे ने अपने टॉक शो में इसे चर्चित किया फ़िर भी परिणाम कुछ खास न निकला। समीक्षकों का कहना है कि विषय की जटिलता के कारण ऐसा हुआ। हालाँकि फ़िल्म बहुत अच्छी बनी है फिर भी चली नहीं। अक्सर बहुत अच्छी कलात्मक फ़िल्मों के साथ ऐसा होता है। जो भी हो टोनी मॉरीसन ने इस फ़िल्म की सफलता-असफलता की बहुत अधिक चिन्ता नहीं की और अपने लेखन कार्य में जुटी रहीं।

टोनी मॉरीसन के अनुसार एक लेखक का जीवन और कार्य मानवता के लिए उपहार नहीं है। वह तो मानवता की एक अहम आवश्यकता है। 'बिलवड' उपन्यास के विषय में उनका कहना है कि यह किताब किसी एक व्यक्ति के बारे में न होकर हर पढ़नेवाले के बारे में है। भले ही इसकी मुख्य घटनाएँ बहुत पहले घटी हों, जो पहले हुआ और जो बाद में हुआ वह हमारे सबके जीवन का अंग है। क्योंकि स्मरण करना समझने का पहला सोपान है। यह किताब इस तरह से डिजाइन की गयी है कि यह पाठक को अमेरिकी जीवन के उस दौर में यात्रा पर ले जाती है जब जितनी घृणा थी उतना ही प्यार था, जितना क्रोध था उतनी ही आशा थी, जितने हीरो थे उतने ही कायर लोग भी थे।

टोनी मॉरीसन किसी वाद के तहत लिखना पसन्द नहीं करती हैं, उनके अनुसार वाद व्यक्ति को संकुचित कर देता है। आदमी के दृष्टिकोण को तंग बना देता है। यदि व्यक्ति रचनाकार हुआ तो उसकी रचनाएँ उस ख़ास वाद का नारा बनकर रह जाती हैं। वे किसी वाद में विश्वास नहीं करती हैं, विशेष रूप से खुद को नारीवादी तो बिल्कुल नहीं मानती हैं। उनके न चाहने के बावजूद उनके उपन्यास 'पैराडाइज' पर नारीवादी उपन्यास होने की मोहर लगी। मॉरीसन ने इस ठप्पे का जोरशोर से खंडन किया। उस समय एक इंटरव्यू में उन्होंने कहा कि वे किसी वाद के तहत कभी नहीं लिखेंगी। वाद बाँधते हैं और वे स्वतन्त्र होना चाहतीं हैं, स्वतंत्र रहना चाहती हैं। वे विस्तार के लिए लिखती हैं, बन्धन के लिए नहीं। अक्सर वे खोलने के लिए, चिन्तन-मनन को उकसाने के लिए लिखती हैं। इसीलिए उनके उपन्यासों का अन्त खुला होता है। पाठक अपनी कल्पना से, अपनी बुद्धि से उसे विस्तार देने को स्वतन्त्र होता है। अन्त में वे सोच-समझ कर पाठकों के लिए थोड़ी-सी गुंजाइश छोड़ती हैं। 'बिलवड' का अन्त भी खुला है, बहुत स्पष्ट रूप से इसे समाप्त नहीं किया गया है। क्या सेथे जीवित और स्वस्थ मानसिकता के साथ बची रहेगी? क्या उसके दोनों बेटे जिन्दा हैं? तमाम बातें पाठकों पर छोड़ दी गयी हैं।

वे खुद को 'काव्यात्मक लेखक' कहा जाना भी नापसन्द करती हैं। उनको लगता है कि जो लोग उन्हें काव्यात्मक लेखक मानते हैं वे उनकी प्रतिभा को कम करके आँकते हैं। उनकी कहानियों की शक्ति और उसकी प्रतिध्वनि को पूरी तरह समझते नहीं हैं, ठीक से मूल्यांकित नहीं करते हैं। अपने लेखन की लोकप्रियता और आलोचनात्मक प्रशंसा के कारण आज वे उस मुकाम पर हैं जहाँ वे चुनाव कर सकती हैं। वे चुन सकती हैं कि किस प्रशंसा को स्वीकारे और किसे नकारे। वे खुद पर बनाए सारे श्रेणीगत विभाजन को नहीं नकारती हैं। उन्हें खुद को 'ब्लैक वूमन राइटर' कहे जाने से कोई एतराज़ नहीं है। वे खुद भी अपने लिए इस विशेषण का प्रयोग करती हैं। कुछ आलोचक उन्हें अश्वेत चेतना का डी.एच.लॉरेंस कहते हैं। उनकी भाषा की प्रशंसा करते हुए नोबेल अकादमी ने अपनी अनुशंसा में मॉरीसन को 'प्रथम श्रेणी की साहित्यिक कलाकार' की संज्ञा दी है। समिति ने उन्हें भाषा में प्रवेश करने वाली, भाषा को नस्ल की ज़ंजीरों से स्वतन्त्र कराने वाली तथा काव्य द्युति से सम्बोधित करनेवाली कहा है। 'बिलवड' उनका ऐसा कार्य है जिसे 2006 में अमेरिका के साहित्य के पिछले पच्चीस वर्षों में सर्वोतम रचना के रूप में प्रतिष्ठा मिली।

टोनी मॉरीसन की अपनी एक ख़ास लेखन शैली है। 'बिलवड', 'जाज़' एवं 'पैराडाइज' अपनी इस उपन्यासत्रयी में वे कई स्तरों पर कहानियों की आवृत्ति करती हैं। इस तरह मॉरीसन इतिहास के आधिपत्य को पुनर्व्याख्यायित करती हैं।

इसके द्वारा वे बदलाव के स्वस्थ होने और सूझ-बूझ की प्रक्रिया को दिखाती हैं। 'बिलवड' में गुलाम सेथे की आजादी मात्र ओहियो नदी पार करने से ही नहीं आ जाती है। उसकी आजादी तब भी नहीं आती है जब वह हताशा-निराशा में हत्या जैसा जघन्य अपराध करती है। उसकी आजादी आती है जब हादसे की आवृत्ति होती है और इस बार वह आवृति एक ख़ास बदलाव के साथ होती है। इस बार वह फिर हथियार उठाती है मगर अपने बच्चों के खिलाफ़ नहीं उस श्वेत व्यक्ति के प्रति हथियार उठाती है जिसे वह अपने बच्चों के लिए खतरा समझती है। यह दीगर बात है कि वह व्यक्ति श्वेत होते हुए भी उसके बच्चों के लिए खतरा नहीं था। इसी तरह 'जाज़' में भी पूरा-का-पूरा कथानक जाज़ संगीत की संरचना की भाँति दोहराया गया है। यहाँ भी दोहराव में बदलाव है। मॉरीसन वॉयलेट और फ़ेलिस का प्रेम उभरता है वॉयलेट और डोरकास के हत्यारे के त्रिकोण से। इसमें भी हत्या के दृश्य की आवृति होती है। दृश्यों, चरित्रों, विचारों की आवृति हर बार एक नये परिवर्तन के साथ होती है। यह परिवर्तन पाठकों को सारी प्रक्रिया एक नयी रौशनी में देखने के लिए प्रेरित करती है, उसके नज़रिए का परिष्कार करती है। यदि परिवर्तन के बिना आवृत्ति हो तो वह बहुत अर्थहीन और बेमानी होगी।

टोनी मॉरीसन ने एक बार एक साक्षात्कार में बताया था कि उनका सारा लेखन प्रेम के विषय में है। या तो वे प्रेम के विषय में लिखती हैं अथवा इसके अभाव के विषय में। इतना ही नहीं वे बड़े प्रेम से लिखती हैं, अन्यथा कोई ऐसी कहानियाँ लिख सकता है क्या? 'द ब्लूएस्ट आई', 'सुला', 'साँग ऑफ़ सोलोमन', 'जाज़', 'बिलवड', 'पैराडाइज' सबमें प्रेम आया है, प्रेम के विभिन्न रूप चित्रित है। कभी यह आदमी को बनाता है कभी मिटा डालता है। उनके लिखे को प्रेम के साथ पढ़ने उसे समझने और उसमें भागीदारी करने के लिए है तभी उनके लिखे को पूरी तौर पर समझा-सराहा जा सकता है। वे केवल मनोरंजन के लिए नहीं लिखती हैं। टोनी मॉरीसन का पैराडाइज के बाद भी जारी रहा 2003 में उनका आठवाँ उपन्यास 'लव' आया। इसमें वे प्रेम के विभिन्न प्रकारों, खासतौर पर बच्चों के प्रेम का अन्वेषण करती हैं। इसमें 'एल' नाम की एक स्त्री है। अँग्रेज़ी भाषा में 'एल' प्रेम के लिए प्रयोग होता है। एल समुद्र किनारे बिल कोसे के एक रिसोर्ट में कुक है। एल इस रिसोर्ट का इतिहास बताती है। 1930 में बना यह रिसोर्ट नब्बे के दशक में लोगों की सैर के लिए नहीं रह गया है अब तो नव धनाढ्य लोग नयी-नयी जगहों पर जाते हैं। लोग इस रिसोर्ट के उजाड़ होने के कई कारण बताते हैं। किसी के अनुसार तूफ़ान से यह नष्ट हुआ तो किसी अन्य के अनुसार यह कोसे के व्यवहार का नतीजा है।

'लव' में एक बार फ़िर वे अपने समृद्ध गद्य को ले कर उपस्थित हैं, यह दिखाता है कि मॉरीसन अश्वेत समुदाय के प्रति कितनी समर्पित है। वे अपने समुदाय के लिए लिखती हैं, अपने समुदाय के बारे में दुनिया को बताने के लिए लिखती हैं। यह बिल कोसे की कहानी है, एक रिसोर्ट का मालिक जो बरसों पहले मर चुका है मगर अभी भी भुलाया नहीं गया है। उसकी विधवा हीड और उसकी पोती क्रिस्टीन उसी महलनुमा घर में रहती हैं और लगातार उसे याद करती हैं। पूरा उपन्यास गोथिक शैली में रचा गया है। इसमें ऐसे लोग हैं जो षड्यन्त्र रचते रहते हैं, कटु और स्वार्थी किस्म की स्त्रियाँ हैं और हैं शिकारी स्वभाव के पुरुष।

'सुला' की भाँति यहाँ भी दो लड़कियाँ हैं, दोनों की पृष्ठभूमि भिन्न है क्रिस्टीन हल्के रंग की और धनी परिवार की है, उसका परिवार रिसोर्ट चलाता है तो दूसरी ओर हीड उतने साफ़ रंग की नहीं है, न ही उसकी तरह धनी परिवार की है। मगर दोनों की दोस्ती पक्की है, दोनों मिल कर हँसती हैं, कूट भाषा में बातें साझा करती हैं, एक जैसे सपने देखती हैं। ''क्रिस्टीन हीड को बिलॉन्ग करती थी, हीड क्रिस्टीन को बिलाँग करती थी।'' उनके लिए रंग और वर्ग का कोई मतलब न था, सामाजिक दर्जे के भेदभाव उनके लिए न थे। वे अपने साझेपन को ही अपना अस्तित्व मानती थीं।

रिसोर्ट अश्वेत ग्राहकों को सारी सुविधाएँ देता है और ग्राहक भी वहाँ अपना सर्वोत्तम मुखौटा लगाए हुए आते हैं जो एक सप्ताह या छुट्टियों भर के लिए काफी होता है। मगर इसके पीछे और बहुत कुछ है। मॉरीसन का यह उपन्यास उनके अन्य उपन्यासों की अपेक्षा बहुत सरल और छोटा है। यह रिसोर्ट बाहर से आने वाले धनी अश्वेतों का स्वागत करता है मगर इसके द्वार स्थानीय अश्वेत लोगों के लिए नहीं खुलते हैं भले ही वे रकम देने की क़ुव्वत रखते हों, स्थानीय लोगों में वह नफ़ासत कहाँ? बहुत सारे लोगों के लिए यह नजदीक होते हुए भी दूर है। मॉरीसन आज की उपभोक्तावादी संस्कृति को चित्रित करती हैं।

क्रिस्टीन और हीड की दोस्ती में दरार आती है, यह दरार आती है क्रिस्टीन के ग्रैंडफ़ादर की यौन लालसा के कारण। दोनों एक दूसरे से बात करना बन्दकर देती हैं, अपने-अपने पहले यौन अनुभव से लगे झटके को भी साझा नहीं कर पाती हैं। जल्द ही कोसे बच्ची हीड से शादी करता है और सारे रिश्ते उलट-पुलट जाते हैं। कोसे के मन में क्रिस्टीन को ले कर भी बुरे भाव हैं, वह एक वस्तु की तरह हीड को खरीद लेता है। सत्ता-शक्ति व्यक्ति को कैसा बना देती है। दोनों लड़कियाँ एक-दूसरे की प्रतिद्वन्द्वी बन जाती हैं। अन्ततः क्रिस्टीन को हॉस्टल भेज दिया जाता है और कोसे हीड को बच्ची मानकर जरा-जरा सी

गलतियों पर मारता है। क्रिस्टीन की विधवा माँ पहले ही हीड को नीचे कुल की मानते हुए नफ़रत करती थी अब वह उसके साथ बहुत बुरा व्यवहार करने लगती है। इस तरह एक आदमी की यौन लिप्सा सारे वातावरण को दूषित कर देती है। विडम्बना यह है कि कोई भी कोसे को दोष नहीं देता है, और स्त्रियाँ स्त्रियों की सहायता न करके एक-दूसरे को नष्ट करने पर तुल जाती हैं। होना यह चाहिए था कि वे मिलकर कोसे का सामना करतीं उसे उसके औक़ात दिखा देतीं। उपन्यास का अन्त यहीं नहीं होता है। भूमिकाएँ अदल-बदल जाती हैं।

मॉरीसन के इस उपन्यास का नाम बहुत छोटा-सा मात्र दो अक्षरों (अँग्रेज़ी में चार अक्षरों) का है मगर यह देखने में भले ही छोटा हो इसका कथानक गम्भीर है इसीलिए इस उपन्यास को पाठकों ने उत्साह के साथ अपनाया और इसे ले कर समीक्षकों के बीच भी काफी गहमा-गहमी रही। डेली मेल के अनुसार मॉरीसन अपने इस उपन्यास में अपने बहुत ऊँचे पावर पर हैं। बाद में (2009) साहित्य का नोबेल पुरस्कार पानेवाली हिलरी मेंटल ने स्पैक्टर मैगजीन में लिखा कि जब मॉरीसन अपने सर्वोच्च में लिखती हैं तो उनके गद्य के माध्यम से इतिहास को अनुभव किया जा सकता है। फ़ाइनेन्सियल टाइम्स के अनुसार 'लव' एक शानदार किताब है। मॉरीसन इसमें अपने खेल के शिखर पर हैं। इस उपन्यास का नायक बिल कोसे एक साथ बहुत सारी स्त्रियों के विभिन्न माँगों को पूरा करता है। किसी के लिए वह पिता है, किसी के लिए पति, किसी के लिए प्रेमी तो किसी अन्य के लिए मात्र एक मित्र। फिर भी इसे मात्र नायक प्रधान उपन्यास कह कर इसके महत्व को कम कर के आँकना उचित न होगा। वे अपने सशक्त नारी चरित्र चित्रण के लिए जानी जाती हैं और यह उपन्यास इसका एक बहुत अच्छा उदाहरण है।

टोनी मॉरीसन का नौवाँ उपन्यास 'ए मर्सी' कलेवर में उनके पिछले उपन्यास से भी छोटा है। यहाँ भी वे इतिहास के विभिन्न दौर में सहजता से आती-जाती हैं, रोजमर्रा की जिन्दगी और काल्पनिक जीवन दोनों को आसानी से उपन्यास में पिरोती है। भले ही कलेवर छोटा हो मगर इसके पीछे बहुत परिश्रम किया है मॉरीसन ने। वर्षों की शोध के बाद उन्होंने इस उपन्यास को सत्रहवीं सदी में स्थापित किया है। इतिहास की एक किताब 'व्हाइट कारगो' की माने तो गुलामी केवल अश्वेतों के लिए नहीं थी। श्वेत और अमेरिका के मूल निवासी रेड इंडियंस भी गुलाम थे। प्रारम्भिक काल में गुलामी नस्ल के आधार पर नहीं थी। इसी को आधार मान कर उन्होंने 'ए मर्सी' लिखा। वे गुलामी से नस्ल को निकालना चाहती हैं। मगर अन्तर है वे खुद स्वीकारती हैं कि अफ्रीकन गुलाम और यूरोपियन गुलाम में बड़ा फ़र्क़ यह था कि अगर एक भागता था तो आराम से आबादी में घुल-मिल जाता था मगर अश्वेत तुरन्त नजर आ जाता था। 1676 में बेकन विद्रोह

के बाद नस्ल सामाजिक पहचान की एक खास श्रेणी बन गयी। श्वेत गुलाम इंडेंचर सेवक कहलाते थे और उनके लिए अलग व्यवहार होता था। नेथैनियल बेकन एक अमीर प्लांटर था और यह एक विरल विद्रोह था जिसमें श्वेत-अश्वेत मिलकर खड़े थे, इससे सत्ता और शासक वर्ग के लोग डर गये और उन्होंने अपनी सुरक्षा के लिए नए कानून बना डाले। और अफ्रीकन सन्तानों को गुलाम की श्रेणी में डाल दिया। 'ए मर्सी' का एक मुख्य किरदार जैकब वार्क एंग्लो-डच व्यापारी है।

टोनी मॉरीसन ने ओ. जे. सिम्सन पर लिखा तो बहुत आलोचना और चर्चा हुई। अमेरिकन फुटबॉलर, कई विज्ञापनों के मॉडल, ब्रॉडस्टर और 'द टॉवरिंग इंफर्नो', 'कसांडा क्रॉसिंग' तथा 'द नेकेड गन' जैसी फ़िल्मों के अभिनेता ओ. जे. सोम्सन ने 1994 में अपनी पत्नी और अपने एक दोस्त की हत्या कर दी थी। काफ़ी सनसनीखेज केस चला। अश्वेतों को सदा से चालाक, धूर्त, बेवकूफ, लुटेरा और पागल माना जाता रहा है, मॉरीसन ने सिम्सन केस के समय उस पर अपने विचार रखे और अश्वेतों के प्रति पूर्वाग्रह का विरोध किया। वे मानती हैं कि इस केस में बहुत सारे लोगों के स्वार्थ जुड़े हुए हैं इसलिए वास्तविकता कभी भी खुल कर सामने नहीं आएगी। उन्हें सिम्सन पर चला सारा केस एक तमाशा और साज़िश लगता है। लोग चटखारे ले रहे हैं, मजे उठा रहे है, कहानियाँ गढ़ रहे हैं, ऐसी कहानियाँ जिसका सच्चाई से कुछ लेना-देना नहीं है।

टोनी मॉरीसन अपने विशिष्ट उपन्यासों के लिए जानी जाती हैं, उपन्यास लिखने के अलावा उन्होंने बहुत सारे दूसरे काम किये हैं। उनका आलोचनात्मक और कलात्मक क्षेत्र में अप्रतिम योगदान है। उनका कार्य अश्वेत लोगों के जीवन से जुड़ा है, फ़िर भी निराशा नहीं, आह्लाद उत्पन्न करता है। उन्होंने एडीटर का काम करते हुए तमाम अफ्रो-अमेरिकन रचनाकारों का काम प्रकाशित कराने में सहायता की। ओप्रा विन्फ्रे के बुक क्लब के द्वारा बहुत सारे अफ्रो-अमेरिकन लेखकों के काम को प्रचारित-प्रसारित किया। राष्ट्रीय स्तर पर नस्ल और शोषण के मुद्दों पर चल रहे विमर्श में सक्रिय भागीदारी की। अपनी सम्मानित बौद्धिक स्थिति से उन्होंने राष्ट्रीय पहचान में अफ्रो-अमेरिकन की उपस्थिति दर्ज करवायी। अकादमिक और सामाजिक, कला और राजनीति, सैद्धान्तिकी और दैनन्दिन के जीवन को निकट लाने, उनके समायोजन का काम भी किया। उनका प्रभाव बहुत असरदार है, उनके नाम पर बिना लाभ वाली एक 'टोनी मॉरीसन सोसाइटी' है। यह सोसाइटी उन पर काम करने वाले स्कॉलर और उनके पाठकों ने मिलकर बनायी है। उनके 'बिलवड' लिखने का एक कारण यह भी क्योंकि अमेरिका में दासता का कोई स्मारक नहीं था। सड़क के किनारे कोई बेंच ऐसी नहीं थी जिस पर

इन दमित-दुःखी लोगों, दासता की क्रूरता से मरने वाले लोगों का उल्लेख हो। कहीं ऐसे लोगों का कोई चिह्न नहीं है, जो उनकी याद दिलाता हो। कोई ऐसा स्थान नहीं है, जो उनके संघर्ष, उनके दुःख-दर्द-दमन को प्रदर्शित करता हो, जो बताता हो कि कितने इस राह से चले, कितने रास्ते में समाप्त हो गए, कितने अन्त तक पहुँच सके। यह उपन्यास खुद तो दासता का स्मारक है ही, 'टोनी मॉरीसन सोसाइटी' ने समुद्र तट पर भौतिक रूप से बेंच बनवायी हैं। जहाँ राहगीर बैठकर सुस्ता सकें। अमेरिका में गगनस्पर्शी इमारतें हैं, मगर कोई स्मारक, कोई पट्ट, कोई दीवाल, कोई पार्क, कोई लॉबी इन दमित-शोषितों के नाम पर कहीं नहीं है। कोई तीन सौ फुट का टॉवर नहीं है इसलिए उन्होंने यह किताब लिखी और उनके नाम पर चलने वाली संस्था ने 2008 में 'बेंच बाई द रोड' बनवायी। यह दक्षिण कैरोलीना तट पर बनी और इसके उद्घाटन के लिए स्वयं टोनी मॉरीसन इस पर बैठीं। इस छः फीट लम्बी, छब्बीस इंच गहरी काले स्टील की बेंच सोसाइटी ने नेशनल पार्क सर्विस के सहयोग से बनवाकर लगायी। इस स्थान के चुनाव करने का विशिष्ट कारण है। जब अफ़्रीका के लोग गुलाम बनाकर अमेरिका लाए जाते थे करीब 40 प्रतिशत लोग इसी स्थान से अमेरिका में दाख़िल होते थे। यही वह प्रमुख सलीवान टापू था, गुलामों को अमेरिका में प्रवेश कराने का। सलीवान टापू की बेंच पहली थी, सोसाइटी इस तरह की दस और बेंच उन स्थानों पर लगानेवाली है जो अफ्रो-अमेरिकन इतिहास में प्रमुख स्थान हैं। इनमें हारलम का फ़िफ़्थ एवेन्यू, मिसीसिपी में एमेट टिल का हत्या स्थान, अंडरग्राउंड रेलरोड की निशानी के तौर पर के ओबेर्लिन, ओहाओ में मॉरीसन के घर के निकट लोरैन चुने गये हैं। इन लोगों ने एक बेंच वॉशिंगटन विश्वविद्यालय में भी प्रदान की है।

वॉशिंगटन डीसी के वॉशिंगटन विश्वविद्यालय में पहले अश्वेत छात्रों का प्रवेश नहीं था, यह वर्जना बाद में टूटी, इस उपलक्ष्य में सोसाइटी ने एक बेंच वहाँ भी प्रतीक स्वरूप रखी है और इसके उद्घाटन अवसर पर टोनी मॉरीसन स्वयं वहाँ प्रमुख अतिथि और वक्ता थीं। उनका कहना है कि जीवितों के लिए ताली बजाना और मृतकों का आदर करना कभी भी किया जा सकता है, जो लोग मृतकों का सम्मान करते हैं उनकी प्रशंसा की जानी चाहिए। मॉरीसन उस बेंच पर बैठीं जिसका उन्होंने स्वप्न देखा था। उन्होंने भाषा और अफ्रो-अमेरिकन जीवन की प्रतिबद्धता के एवज़ में लिखा और इस तरह के प्रोजेक्ट को बढ़ावा दिया। बेंच उदाहरण और प्रतीक है मॉरीसन की लेखनशक्ति का और इस बात का कि कैसे उन्होंने अमेरिकी समाज और जीवन को प्रभावित किया है। ये बेंच केवल अश्वेतों के लिए ही नहीं हैं। ये बेंचेज उनके उपन्यासों की भाँति सबके लिए

उपलब्ध हैं। ये अतीत, मनुष्य के जटिल स्वभाव, और उन कहानियों का प्रतीक है जो हमे चिन्तन-मनन करने और सीखने का अवसर देता है।

कई कामों को करती हुई टोनी मॉरीसन इतना कैसे लिख पाती हैं? मन में सहज जिज्ञासा होती है कि वे कब लिखती हैं? कैसे लिखती हैं? जब उनके बच्चे छोटे थे वे कई काम एक साथ करती थीं। रोज ऑफिस जातीं, घर संभालतीं, और लिखतीं। अब जब वे लौटकर सोचती हैं तो उन्हें खुद भी आश्चर्य होता है, एक तरह का पागलपन जैसा लगता है। मगर उस समय वे एक साथ यह सब कर रही थीं। वे इस सब में कुछ विचित्र भी नहीं मानती हैं क्योंकि उनके अनुसार हर एक सामान्य स्त्री यह सब यानी बहुत सारे काम एक साथ करती है। वे भोर में और लोगों के जगने से पहले जग जाती हैं और सुबह-सुबह खूब लिखती हैं। रात को ज्यादा नहीं लिख पाती हैं। भोर में उनकी सृजनात्मकता अपने चरम पर होती है। इसी तरह वे सप्ताहान्त में खूब लिखती थीं जब ऑफिस नहीं जाना होता था। गर्मी की छुट्टियों में जब उनके बच्चे उनके माता-पिता के पास ओहियो चले जाते थे, उनकी बहन भी वहीं रहती थी, तब भी वे खूब जमकर लिखती थीं। मॉरीसन कहती हैं कि यदि समय का उचित संयोजन कर लिया जाए तो यह सब सम्भव है। समय का उचित उपयोग करना सीखना पड़ता है। बहुत सारे काम एक साथ करते हुए भी आप चाहे तो लिखने की योजना बना सकते हैं और लिख सकते हैं। कई काम ऐसे करने होते हैं जिनमें दिमाग लगाने की जरूरत नहीं होती है आप मशीनी ढंग से उन्हें कर सकते हैं, उस समय भी लिखने की योजना मन में सक्रिय रह सकती है। अब मॉरीसन के बच्चे बड़े हो गए हैं। जीवन का तरीका भी बदल गया है लेकिन आज भी वे बहुत व्यस्त है। कई दूसरी तरह के काम करती है। व्यस्त हैं फिर भी लिखना जारी है।

टोनी मॉरीसन ने नौ उपन्यास, कई कहानियाँ, लेख, नाटक लिखे। एडीटर के रूप में कार्य किया। इसके अलावा उन्होंने टेक्सास सदर्न विश्वविद्यालय, हॉवर्ड विश्वविद्यालय, स्टेट यूनिवर्सिटी ऑफ़ न्यूयॉर्क, प्रिंसटन विश्वविद्यालय आदि विभिन्न विश्वविद्यालयों में शिक्षण कार्य किया। उन्होंने ओपेरा के लिए गीत-संगीत लिखा। 2009 में उन्होंने पीईएन संस्था के लिए 'बर्न दिस बुक: पीईएन राइटर्स स्पीक आउट ऑन द पॉवर ऑफ द वर्ड' का सम्पादन किया। उन्हें भाषण देने के लिए जगह-जगह से बुलावे मिलते हैं।

टोनी मॉरीसन ने जिन्दगी में बहुत सारे उतार-चढ़ाव देखे हैं। खुशी और गम उनकी जिन्दगी का भी हिस्सा रहे हैं। मगर वे इससे बहुत ज्यादा प्रभावित नहीं हुई। साहित्य का नोबेल पुरस्कार मिलने के ठीक बाद उनके घार में आग लग गयी और उनका काफी कुछ जल कर भस्म हो गया। एक समय था जब

वे हाथ से लिखा करती थीं उस समय की उनकी सारी पांडुलिपियाँ जल कर खाक हो गयीं। आज की तरह कम्प्यूटर नहीं थे सो जो गया सो गया। उनकी सोच थी कि उन पाण्डुलिपियों का उनके लिए कोई खास महत्त्व न था क्योंकि वे पुस्तकों के रूप में प्रकाशित हो चुकी थीं। मगर उनका दूसरे लोगों के लिए अवश्य महत्त्व है। उन्हें अफसोस है कि उनके बच्चों के विभिन्न उम्र के बहुत सारे फ़ोटोग्राफ़ थे वे भी जल गये और उनका स्थानापन्न नहीं है। उन्हें दु:ख है कि उनके बच्चों के रिपोर्ट कार्ड्स जल गये, उनके कुछ पौधे नष्ट हो गये, उनकी कुछ पोशाकें खराब हो गयीं। उनके पास एमिली डिकेंसन, फॉक्नर की किताबों के प्रथम संस्करण थे जो इस आग में जल गए। उनके बहुत सारे पत्र इस आग की भेंट चढ़ गए। करीब चालीस ऐसी किताबें जो उन्हें बेहद प्रिय थीं जल गयीं। इस आग में उनका सब कुछ नहीं पर बहुत कुछ नष्ट हो गया मगर वे निराश होकर रुक नहीं गई, लिखना उन्होंने जारी रखा। इसके बाद भी उन्होंने खूब लिखा और खूब अच्छा लिखा।

खूब अच्छा लिखनेवाला और हर बड़ा रचनाकार खूब पढ़ता भी है। लिखने के लिए पढ़ना अत्यावश्यक है। पढ़ना दृष्टि को विस्तार देता है, व्यक्तित्व का विकास करता है। टोनी मॉरीसन नोबेल भोज के समय दिए गये अपने कृतज्ञता ज्ञापन में अपने पूर्ववर्ती और समकालीन लेखकों को स्मरण करती हैं। उन्होंने अपने से पहले आनेवालों को स्मरण किया और अपने बाद आनेवालों को भी याद किया। जिन लोगों को उनसे पहले साहित्य का नोबेल पुरस्कार मिल चुका था, जिनके कार्यों को दुनिया जानती थी वे उनके साहस और स्पष्टता की मुरीद हैं। इन लोगों का लेखन उनके लिए एक चुनौती रहा है। इसके साथ ही उन्हें इन रचनाओं से सत्त भी मिलता है। पुरस्कार की घोषणा पर उनकी एक मित्र ने उनके लिए एक सन्देश छोड़ा कि यह पुरस्कार जो तुम्हारा है, हमारा भी है और इससे बेहतर हाथ में इसे नहीं दिया जा सकता था। इस सन्देश में आशा और विश्वास छिपा है। अपनी इस दोस्त के सन्देश का महत्त्व मॉरीसन जानती हैं। उन्हें मालूम है कि उन पर कितनी बड़ी जिम्मेदारी है। उनके अपने लोग उनसे कितनी अधिक अपेक्षाएँ रखते हैं। इस अवसर पर वे इन सारे लोगों को याद करती हैं। वे उन सारे लोगों को याद करती हैं जो इस समय अपने लेखन को चमका रहे हैं। वे कहती हैं कि यह दीगर है कि उनमें से सब इस प्रीति भोज तक नहीं पहुँचेंगे। यह देखना रोचक होगा कि वे किन लेखकों को याद करती हैं। कौन उनके प्रेरणा स्रोत रहे हैं। वे किन लेखकों को पसन्द करती हैं, किनकी ओर आशा भरी नजरों से देखती हैं। ग्रैबिएल गार्शा मार्केस जो भी लिखते हैं वे उसे अवश्य पढ़ती हैं। वे पढ़ती हैं पीटर कैरी, पंचोन तथा जमैइका किंकाइड को। एक और महत्वपूर्ण बात है कि

वे ये सारी किताबें खरीदकर पढ़ती हैं। बचपन से पढ़ने की आदत थी जिसने उन्हें अमेरिका के इतिहास से परिचित कराया। उनकी खुद की रचनाएँ इतिहास से निकलती हैं।

अपने इसी वक्तव्य में वे बताती हैं कि नेल्सन मंडेला एक महान राजनैतिक हैं और उनकी वे बहुत इज़्ज़त करती हैं। वे अपने मूल देश अफ्रीका जाने के लिए बहुत उत्सुक हैं। उन्हें दक्षिण अमेरिका से बहुत सारे आमन्त्रण भी मिले हैं, शायद अब तक वे अफ्रीका हो भी आई होंगी। पहले वे विनी मंडेला पर भी अपार श्रद्धा रखती थीं पर बाद में नेल्सन और विनी के सम्बन्धों में कड़वाहट आने के बाद मॉरीसन ने विनी के बारे में बोलना बन्द कर दिया। वे कहती हैं कि उन्हें सच्चाई नहीं ज्ञात है कि लोग विनी के इतने ख़िलाफ क्यों हैं। वे वास्तविक विनी को जानना-समझना चाहती हैं, जब उन्हें सच्चाई पता चलेगी तब वे अवश्य बोलेंगी।

भाषा पर टोनी मॉरीसन का ग़ज़ब का अधिकार है। उनके नियंत्रण में भाषा नृत्य करती है, वे अपना भाषा-प्रेम सहजता से दिखाती हैं। उनकी भाषा शैली पाठक को बहा ले जाती है, सारे भ्रम, सारे अविश्वास बह जाते हैं और पाठक उनके नज़रिए को, उनकी गम्भीरता को जानता-समझता है, धीरे-धीरे जब वह उनसे परिचित हो जाता है तो उनकी भाषा का आनन्द उठाने लगता है।

नोबेल पुरस्कार ने उनकी जीवन शैली को बदल दिया, उन्होंने एक नया घर ले लिया लेकिन लिखना चालू रखा। उनकी कला, उनकी विधा नहीं बदली। मॉरीसन ने उपन्यास, कहानी, आलेखों के अलावा बीच-बीच में गीत-संगीत भी लिखा है। उनके लिखे गीत गाये जाते हैं। उनके लेखन की प्रशंसा करते हुए नोबेल समिति ने कहा था कि टोनी मॉरीसन अपनी दिव्यद्रष्टा की शक्ति से और काव्यात्मक विशेषता वाले उपन्यासों में अमेरिकन सच्चाई के एक आवश्यक आयाम को जीवन प्रदान करती हैं। वे स्वयं मानती और कहती हैं कि यह उनके कार्य की जरूरत है कि वे खुद को एक अफ्रो-अमेरिकन स्त्री लेखक के रूप में देखें और यह दिखाएँ कि पूरी तौर पर लिंगवादी समाज तथा पूरी तौर पर नस्लवादी दुनिया में स्त्री कितनी स्वतन्त्र हो सकती है ।

मॉरीसन का लेखन बताता है कि प्रकृति के प्रति मनुष्य की दो दृष्टि हो सकती है। एक है उसे समझने और उसका सम्मान करने की, दूसरी उसे वश में करने और अपने उद्‌देश्यों के लिए उसका शोषण करने की। पहली प्रवृत्ति दूसरे नज़रिए से हर हाल में उत्तम है। प्रकृति के बिखराव में भी एक संतुलन है, प्रकृति को ज्यों-का-त्यों रहने देना चाहिए, उसे पालतू बनाने का, तोड़-मरोड़ कर सही करने प्रयास नहीं करना चाहिए। प्रकृति स्वयं में पवित्र और परिपूर्ण है, उसे छेड़ना नहीं चाहिए। इससे भी अधिक उनके सृजन में हमें यह दिखाई देता है कि अलग-

अलग समुदाय द्वारा प्रकृति के प्रति विभिन्न दृष्टिकोण हैं। उनका लेखन दीखता है कि कई दबंग-बलशाली समुदाय इस दृष्टिकोण के तहत प्रकृति और मनुष्य को दमित कर अपना गुलाम बनाना चाहते हैं। वे प्राकृतिक दुनिया के प्रति सांस्कृतिक नजरिए के संघर्ष को निरन्तर अपने लेखन में दिखाती हैं और इस बात पर बल देती हैं कि प्रकृति के प्रति नजरिया सांस्कृतिक प्रभाव का प्रतिफल है, व्यक्ति का प्राकृतिक-स्वभावगत सत्य ऐसा नहीं है।

जब टोनी मॉरीसन का दूसरा बच्चा उनके गर्भ में था तभी शादी के छः साल के बाद जमैइकन वास्तुकार हेरॉल्ड मॉरीसन से उनका तलाक हो गया। उनके जीवन का यह काल संवेगात्मक रूप से बहुत उथल-पुथल का था। वे दोबारा शादी नहीं करना चाहती थीं। इसके बावजूद वे विवाह या परिवार के ख़िलाफ़ नहीं हैं। वे मानती हैं कि विवाह का विचार एक अच्छा विचार है, शादी उन्हें अच्छी लगती है और बच्चों के लिए माता-पिता, दोनों अभिभावक आवश्यक हैं। अकेले रह जाना भायवक होता है। मॉरीसन भरे-पूरे परिवार की पक्षधर हैं। व्यक्ति अगर चाहे तो अपने हर अनुभव से कुछ-न-कुछ सीख सकता है। उन्होंने शादी से बहुत कुछ सीखा, तलाक के अनुभव से बहुत कुछ सीखा। उन्होंने जाना कि वे कौन-कौन से काम कर सकती हैं, कौन-कौन-सी जिम्मेदारियाँ उठा सकती हैं। तलाक के अनुभव से वे कटु नहीं हुईं, यह उन्हें अपनी पराजय नहीं लगा। एक बार वे तलाकशुदा औरतों से बात कर रहीं थीं उन्होंने अपने अनुभव बताए तो अन्य स्त्रियाँ भी बताने लगीं कि तलाक के बाद कैसे उन्होंने दोबारा खुद को अन्वेषित किया और क्या-क्या सीखा। किसी चुप्पी औरत को इसने बोलना सिखा दिया तो किसी को घर संभालना सिखा दिया, किसी ने संगठन चलाना सीख लिया तो किसी को बच्चों और अपनी जिन्दगी सँवारनी आ गयी। स्वयं मॉरीसन ने तलाक के कारण खूब सारा आत्म-गौरव सीखा और पाया। इसके कारण वे अपने अधिकारों के प्रति सचेत हो गयी। वे मानती हैं कि तलाक का अर्थ पराजय नहीं होता है। इससे काफ़ी कुछ प्राप्त भी होता है। वे विवाह के विचार की पोषक हैं, तलाक के बाद भी कभी उन्होंने अपने बच्चों के सामने उनके पिता की बुराई नहीं की। उनका मानना है कि पति-पत्नी का आपसी सम्बन्ध बच्चों और उनके पिता के आपसी सम्बन्ध के बीच नहीं आना चाहिए। बच्चों का पिता से सम्बन्ध एक अलग रिश्ता है उसे तलाक से प्रभावित नहीं होना चाहिए।

'बिलवड' नस्ल के एकाकीपन को दिखाता है। अफ्रो-अमेरिकन अन्य लोगों से घुलमिल नहीं सकते थे। डेनवर जिन्दगी में अकेली है, 124 ब्लूस्टोन पूरे समाज से कटा हुआ है। विलवड जन्म के समय से ही समाज से कट जाती है, उसके चलते सेथे का पूरा परिवार दुनिया से कट जाता है। पॉल डी बरसों बरस अकेला

भटकता है। मनुष्य सामाजिक प्राणी है वह अकेला नहीं रहना चाहता है। समाज उसकी इस कमजोरी को जानता हैं और सामाजिक नियन्त्रण के लिए समुदाय से बाहर करना सबसे बड़ी सज़ा है और इसकी धमकी इमोशनल ब्लैकमेल का साधन। 'बिलवड' में लोग अकेले नहीं रहना चाहते हैं। बेबी शुग्स अपने बेटे हाले के तीन बच्चों को रखती है। सेथे अपने बच्चों के साथ के लिए गर्भावस्था में अकेली निकल पड़ती है, रास्ते में तमाम कठिनाइयाँ झेलती हुई अपनी सास और बच्चों से मिलती है। पॉल डी का भटकना सेथे से मिलने के बाद रुकता है। वह डेनवर और सेथे के साथ परिवार बनाता है। वे लोग कार्नीवाल में अपने समुदाय से हँसी-खुशी से जुड़ते हैं। डेनवर पॉल डी को स्वीकार लेती है, वह बहुत प्रसन्न है। इसी समय बिलवड अपने एकाकीपन से घबराकर 124 ब्लूस्टोन में संग-साथ के लिए आती है। बिलवड पूरे परिवार को एक-दूसरे और दूसरों से दूर कर देती है। हॉवर्ड और बर्गलर उसके कारण घर छोड़ कर भागते हैं। बिलवड के आने से एक बार फिर पॉल डी परिवार से दूर कर दिया जाता है। मगर फ़िर वह लौट आता है। डेनवर अन्ततः समुदाय से सहायता लेने जाती है और समुदाय से डेनवर और सेथे जुड़ती हैं। एकाकीपन व्यक्ति को तोड़ देता है यह व्यक्ति, परिवार, समुदाय और देश सबके लिए खतरा है। व्यक्तिवाद, लालच, हवस, स्वार्थ परिवार को तोड़ता है। 'बिलवड' उपन्यास के पात्र मिलकर रहना चाहते हैं। सामूहिक प्रयास से तोड़नेवाली शक्तियों को तोड़ा जा सकता है। पहले पॉल डी उस शक्ति की पहचान करके उसे अकेले भगाने का प्रयास करता है। इस प्रयास में वह सफ़ल रहता है। पर पूरी तरह से इस विघटन करने वाली शक्ति से लड़ नहीं पाता है। जब पूरा समाज जुड़ता है, चाहता है, तभी विनष्टकारी शक्ति से छुटकारा मिलता है। टोनी मॉरीसन अफ्रीका की संस्कृति की एक विशेषता सामूहिकता को यहाँ प्रस्तुत करती हैं। यह 'बिलवड' उपन्यास की एक थीम है। एक बार बिलवड चली जाती है तो उसे कोई याद नहीं करता है। जिन लोगों ने उससे बात की थी, उसके साथ रहे थे, उसके प्रेम में पड़ गये थे वे भी उसे याद नहीं करते हैं। वह अतीत का प्रतीक है, उसे छोड़ कर जीवन आगे बढ़ जाता है। आगे बढ़ने का ही नाम जिन्दगी है। रचनाकार अश्वेत लोगों की मुक्ति का उपाय सुझाती है।

टोनी मॉरीसन कहती हैं कि वे ग्रामीण साहित्य लिखती हैं, जो ग्रामीणों के लिए है, उनके क़बीले के लिए है। अपने लोगों के लिए वे इस साहित्य का होना आवश्यक मानती हैं, उनके अनुसार यह न्यायसंगत है। उनका साहित्य इस बात का गवाह है और सुझाव देता है कि किस तरह कानून उनके लोगों को समाप्त कर रहा था, निगलता जा रहा था। जिन लोगों ने कानून तोड़ा वे लोग बच निकले, उनमें से कुछ अन्त तक अपने लक्ष्य तक पहुँचे। कुछ रास्ते में समाप्त हो गये।

वे दिखाती हैं कि ये लोग किन परिस्थितियों में रहते थे, क्यों ऐसे रहते थे। इस समुदाय के भीतर कानूनन क्या सही था और इस समुदाय के बाहर का कानून कैसा था। वे अफ्रो-अमेरिकन साहित्य को अमेरिकी राष्ट्रीय साहित्य का अनिवार्य अंग मानती हैं। उनके अनुसार अमेरिकी साहित्य और पहचान के केंद्र में नस्लगत विभिन्नता है।

शुरू में लोग टोनी मॉरीसन से अपेक्षा कर रहे थे कि वे अश्वेत चरित्रों को वैसा दिखाएँगी जैसा वे देखना चाहते हैं, यानी असहाय, अनपढ़, असमर्थ। लोग चाहते थे कि वे पॉलिटिकली करेक्ट उपन्यास लिखें। उनके अनुसार 'बिलवड' राजनैतिक उपन्यास नहीं है, यह गुलामी प्रथा को दिखानेवाला उपन्यास भी नहीं है। यह तो मानवता और अमानवीयता को दिखानेवाला कार्य है। यह उपन्यास टोनी मॉरीसन ने साठ मिलियन और उससे ज्यादा लोगों को समर्पित किया है। इस उपन्यास की प्रशंसा में पत्र-पत्रिकाओं के पन्ने रंगे हुए हैं। इस पर तमाम शोध हुए हैं, बहुत सारी किताबें लिखी गयी हैं। टोनी मॉरीसन के काम पर बहुत काम हुआ है सबसे ज्यादा इसी उपन्यास पर काम उपलब्ध है। उन्होंने कभी आलोचकों की परवाह नहीं, वे सदैव अपनी संवेदना के प्रति ईमानदार रहीं। उन्होंने लेखन की चुनौतियों को स्वीकारा, अपने भीतर उठनेवाले प्रश्नों का उत्तर अपने तरीके से पाना चाहा, अपने ढंग से दिया। सबसे बड़ी बात है अपनी रुचियों के अनुसार लिखा। किसी आलोचक अथवा पाठक को खुश करने के लिए लेखन नहीं किया। आजकल वे जानना चाह रही हैं कि गुलामों के मालिक का व्यक्तित्व कैसा होता था। इसके लिए वे इनमें से कुछ मालिकों की डायरी का अध्ययन कर रही हैं। जिसमें रोजमर्रा का, जिंस का, काम-धन्धे का हिसाब-किताब है ऐसी डायरियाँ नहीं हैं ये। इन डायरियों में दास मालिकों ने खुद को खोला है, अपनी भावनाओं को, अपनी संवेदनाओं को अभिव्यक्त किया है। इस अध्ययन से उन्हें ज्ञात हो रहा है कि गुलामी का, दूसरे मनुष्यों पर क्रूरता-अत्याचार करने वाले लोगों पर इसका क्या प्रभाव होता था। जब आप दूसरों को नष्ट कर रहे होते हैं आप खुद भी कहीं नष्ट हो रहे होते हैं। खुद भी कहीं अपना अपमान कर रहे होते हैं। जिस पर आप अत्याचार कर रहे हैं वे मनुष्य हैं, जानवर नहीं। डायरियाँ बताती हैं कि ये लोग क्रूरता करते थे पर ये सारे लोग क्रूर मनुष्य नहीं थे। आशा है शीघ्र हमें टोनी मॉरीसन से दास मालिकों के ईमानदार विचारों का पता चलेगा। वे जो भी लिखती हैं खूब शोध-अध्ययन करके प्रतिबद्धता और ईमानदारी के साथ लिखती हैं। इसी ईमानदारी, इसी प्रतिबद्धता, इसी शोध-अध्ययन का नतीजा है कि आज वे विश्व भर में समादृत हैं, अमेरिका में साहित्यकारों के बीच मातामही के रूप में आदर पाती हैं।

भाषा पर मॉरीसन का गजब का नियन्त्रण है, भाषा उनके हाथ में कठपुतली की तरह नाचती है। वे कहीं भी, कभी भी पाठकों को उकसाती हैं, बस चीजों को खोलकर सामने रख देती हैं। उनकी भाषा की सर्वत्र प्रशंसा होती है, नोबेल समिति ने भी अपनी प्रेस विज्ञप्ति में उन्हें प्रथम श्रेणी का साहित्यिक कलाकार कह कर सम्बोधित किया है। समिति ने कहा है कि वे स्वयं भाषा में गहन प्रवेश करती हैं, भाषा जिसे वे नस्ल की जंजीरों से स्वतन्त्र कराना चाहती हैं। मॉरीसन पाठकों को काव्य की द्युति से सम्बोधित करती हैं। वे खुद आजाद जीना चाहती हैं और अपने पूरे समुदाय को स्वतंत्र जीवन व्यतीत करते हुए देखना चाहती हैं। टोनी मॉरीसन अपने साहित्य में अतीत, वर्तमान और भविष्य को जोड़ते हुए सारी दुनिया को जोड़ने का प्रयास करती हैं और इसमें सफल रहती हैं। साहित्य स्वतन्त्र करता है, उदातीकरण करता है। मॉरीसन अपने साहित्य से यही करती हैं। अफ्रो-अमेरिकन लोगों का अतीत दुःख-तकलीफ़ों से पटा पड़ा है, शोषण-अत्याचार से अटा पड़ा है। गुलामों का मुँह लोहे की जॉबी लगाकर बन्द कर दिया जाता था। वे बोलें नहीं इसलिए कई बार उनकी जिह्वा काट ली जाती थी। इन्हीं गुलामों की एक सन्तान टोनी मॉरीसन अपने पूर्वजों के दुःख-कष्ट, शोषण-अत्याचारों को अपने साहित्य में मुखर करती हैं, शब्दों में पिरोती हैं। इस तरह से अपने साहित्य के द्वारा वे अपने पूर्वजों का अक्स उतारती हैं, उनका श्राद्ध करती हैं। वे गुलामों और अपने अतीत को वाणी प्रदान करती हैं। यह सारा कार्य वे निराशा और हताशा के साथ नहीं वरन् आह्लाद, उल्लास के साथ करती हैं। वे केवल जीवन के श्याम पक्ष को ही नहीं चित्रित करती हैं, जीवन के उल्लास, उजले पक्ष, आशा भरे भविष्य की ओर भी इंगित करती हैं। उनका साहित्य पढ़कर मानवता के प्रति आशा का संचार होता है, जीवन के प्रति लगाव और आस्था कायम होती है।

उनके संदेश का उपकरण भाषा है। टोनी मॉरीसन को भाषा से लगाव है। अपने नोबेल भाषण में वे भाषा का उत्सव-गान करती हैं। कहती हैं कि भाषा मनुष्य के हाथ में एक बहुमूल्य विरासत है। उनकी अपनी भाषा अत्यन्त खूबसूरत होने के साथ-साथ अति शक्तिशाली भी है। वे अपने नोबेल पुरस्कार भाषण को भाषा का एक सुंदर गीत बना लेती हैं। एक सौन्दर्य गीत, एक शक्ति-गीत बना लेती हैं। उनके अनुसार भाषा को उन्मुक्त छोड़ना, उसे जीवन्त और अर्थपूर्ण बनाए रखना अत्यावश्यक है। उन्हें बहुत दुःख पहुँचता है जब वे देखती हैं कि आज भाषा राजनेताओं, धर्माचार्यों, सम्प्रदायवादियों, राष्ट्राध्यक्षों, तानाशाहों और सरकारों एवं अन्य आजादी के जल्लादों के हाथ में एक हथियार बन गयी है। आम आदमी को अपने काबू में रखने का एक औजार बन गयी है। उसे सोचने-समझने और अनुभव करने से रोकने का उपकरण बन गयी है। यह भाषा और मानवता दोनों

के लिए विनाश की बात है। भाषा की भूमिका है सृजन करना, न कि हिंसा करना और आज भाषा हिंसा के लिए बहुतायत से प्रयोग की जा रही है। भाषा का कार्य है नये ज्ञान, नयी संवेदनाओं को जन्म देना न कि ज्ञान और संवेदनाओं को सीमाओं के बन्धन में कैद करना। आज भाषा की स्थिति बहुत दुःखद हो गयी है, चारों ओर उसकी इज़्ज़त लूटी जा रही है और उसकी महत्ता और आत्मसम्मान को समाप्त कर उसे मलबे का ढेर बनाया जा रहा है, सरेआम उसका बलात्कार किया जा रहा है। टोनी मॉरीसन का नोबेल भाषण आज होनेवाली भाषा की दुर्गति और उस पर हो रहे अत्याचार के खिलाफ़ अपने विरोध का प्रदर्शन है। क्रौंच मिथुन में से एक के निर्मम वध पर वाल्मीकी का दुःख, रुदन और आक्रोश आदि श्लोक बनकर फूटा। भाषा के साथ जो अन्याय हो रहा है, उस पर जो अत्याचार हो रहा है, उसका दुःख, रुदन और आक्रोश मॉरीसन के नोबेल भाषण में निःसृत हुआ है। एक समय भाषा अराधना-पूजा की बात थी आज यह पूजा-अराधना की बात न रहकर इसका बाज़ारीकरण हो गया है। संपत्तिवान और सत्ताधारी लोगों की असीम लालसा ने इसके पंख बेरहमी से काट डाले हैं। मॉरीसन का भाषण भाषा को प्यार करनेवालों, उसकी अन्तहीन क्षमताओं को जानने-पहचानने वाले एक व्यक्ति का आक्रोश है। उन्होंने भाषा को अपनी अभिव्यक्ति का माध्यम बनाया हुआ है। वे चाहती हैं कि भाषा फिर से सजीव हो जाए, जिन्दगी के उत्स से पुनः उसका सर्जन हो। वह जीवन की अजस्त्र धाराओं से शक्ति ग्रहण करे, उसका विस्तार हो और वह जीवन की कथा, आनन्द की कथा, दुःखों-उन्मादों की कथा कहे, जीवन की उपलब्धियों का गान करे, जीवन की हानियों पर सिर धुने, जीवन के उत्साह का गान करे। समस्त जीवन की कथा कहे।

टोनी मॉरीसन का लेखन अमेरिका के अश्वेत इतिहास का स्वर है। अमेरिका के इतिहास का यह काला हिस्सा मानवता के इतिहास का काला शर्मनाक धब्बा है। इतिहास को मिटाया नहीं जा सकता है, उसे बदला नहीं जा सकता है— हालाँकि बहुत से लोग लिखित इतिहास से छेड़छाड़ का प्रयास करते रहते हैं। सत्ता-शक्ति सम्पन्न लोग अपने पक्ष में सदा से इतिहास लिखते आए हैं— मगर इतिहास से बहुत कुछ सीखा जा सकता है, उसके जघन्य अपराधों को स्वर देकर उससे सीख ली जा सकती है। इतिहास की गलतियों को दोहराने से बचा जा सकता है। इतिहास के द्वारा लोगों को संवेदनशील बनाया जा सकता है ताकि लोग भविष्य में ऐसे अमानुषीय कार्य करने से परहेज़ करें। यह एक तरह का कैथारसिस, उदात्तीकरण का कार्य है। साहित्य सदियों से दबी-कुचली अस्मिताओं को वाणी प्रदान कर सकता है। एक प्रतिबद्ध साहित्यकार यही करता है। टोनी मॉरीसन अपनी भाषा, अपने साहित्य, अपने विचारों से यही करती आ रही हैं। उनका साहित्य इतिहास

में सदियों से बेजुबान रहते आए लोगों को स्वर देता है। उनके लिए एक समतामूलक समाज की आशा जगाता है। समग्र समाज के उत्थान, विकास की बात करता है। वह बताता है कि अश्वेत लोगों के बिना अमेरिका के समाज की कल्पना नहीं की जा सकती है और अश्वेतों को किनारे करके अमेरिकी राष्ट्र का विकास भी नहीं हो सकता है। उनके साहित्य ने अफ्रो-अमेरिकन लोगों के जीवन को विश्व के हर कोने तक पहुँचाया है। उनके दु:ख-सुख, आशा-निराशा-हताशा, उमीदों-आकांक्षाओं-स्वप्नों से विश्व को परिचित कराया है। विश्व साहित्य की बात बिना टोनी मॉरीसन और उनके साहित्य की बात के बिना कभी पूरी नहीं हो सकती है।

विस्लावा शिम्बोर्स्का

खरी कवयित्री और उसकी दुनिया

''विस्लावा शिम्बोर्स्का का सम्मान करने के पीछे स्वीडिश अकादमी का उद्देश्य एक ऐसे व्यक्ति का सम्मान करना है जिसकी जीवनदृष्टि काव्यात्मक है—वह काव्यात्मकता विशुद्धि और ताकतवर, पूरी तरह असाधारण तथा समझौता न करनेवाली है।''

—बिर्जिटा ट्रोटज़िग

खरा कवि कविता का सृजन करना जानता है पर उसके लिए भी कविता को परिभाषित करना, कविता पर बोलना आसान नहीं है। शिम्बोर्स्का जिन्होंने जीवनभर कविता लिखी उनको भी जब कविता पर बोलना पड़ता है तो वे कहती हैं यह आसान नहीं है। अपने नोबेल भाषण का प्रारम्भ विस्वावा शिम्बोर्स्का कुछ इसी तरह करती हैं। इसी तरह किसी भी भाषण का पहला वाक्य बोलना काफी कठिन होता है। क्योंकि उसी पर भाषण की सफलता और असफलता का सारा दारोमदार होता है। संकोची, सीधी, सरल तथा दो टूक बात कहनेवाली इस कवयित्री के लिए यह आसान न था। पर वे तीक्ष्ण बुद्धि और हास्य का माद्दा रखनेवाली हैं। यह भी उनके इस भाषण से पता चलता है।

'लोग कहते हैं कि बोलते समय पहला वाक्य सबसे कठिनता से आता है। पर मैं उसे बोल चुकी हूँ।' इसी वाक्य से वे अपना नोबेल भाषण प्रारम्भ करती हैं। उनका भाषण एक ओर जहाँ सीधा-सरल है, वहीं दूसरी ओर वह बिल्कुल जमीन से जुड़ा हुआ है। उन्हें लगता है कि दूसरा, तीसरा और चौथा वाक्य भी आसान नहीं है क्योंकि उन्हें कविता के विषय में बोलना है। इसके पहले उन्होंने इस विषय पर बहुत कम कहा है, करीब-करीब न के बराबर। और जब भी इस विषय पर उन्होंने कुछ कहा उन्हें लगता है कि वह बहुत अच्छा नहीं बन पड़ा है। वह नाकाफी रहा है। एक बार जब पहले उनसे किसी ने कविता की परिभाषा एक वाक्य में देने के लिए कहा तो उनका उत्तर था कि हम कविता

की कम-से-कम पाँच सौ परिभाषाएँ जानते हैं परन्तु उनमें से कोई भी सटीक और काफी नहीं लगती है। हरेक अपने दौर के स्वाद को अभिव्यक्त करती है। पर बोलने का अन्दाज मजेदार है। वे कहती हैं कि सारे दोषों, सारी अपूर्णताओं को झेला जा सकता है यदि वे थोड़ी मात्रा में दी जाएँ। छोटी-छोटी खुराक में दी जाए। इसीलिए वे अपने भाषण को संक्षिप्त रखती हैं।

उन्हें अपने कवि होने पर बहुत गर्व है। अक्सर वे पाती हैं कि कवि कविता करते हैं परन्तु कविकर्म को लेकर वे बहुत गर्व अनुभव नहीं करते हैं। ऐसा शिम्बोर्स्का को लगता है कि लोगों को अपना कवि होना बहुत सम्मानित नहीं लगता है। उनके अनुसार समकालीन कवि सशंकित और आशंकित भी हैं। ख़ासकर अपने विषय में। वे लोगों के बीच में बहुत संकोच के साथ अपना कवि होना स्वीकार करते हैं। मानो वे खुद इस बात को लेकर तनिक लज्जित हों। परन्तु आज के हड़कम्प वाले समय में अपने गुणों की बनिस्बत अपनी कमी को स्वीकार करना आसान है। गुण छिपे होते हैं और आप खुद उनमें पूरी तरह विश्वास नहीं करते हैं। जब कभी कोई प्रश्नोत्तरी का फॉर्म भरना होता है अथवा अजनबियों से बात करनी होती है और जहाँ अपना पेशा गुप्त रखना कठिन होता है वहाँ कवि सामान्य शब्द 'लेखक' का प्रयोग करते हैं। सामान्य शब्द लेखक से काम चला लेने का प्रयास करते हैं। वे कवि शब्द को लेखक में तब्दील करके प्रस्तुत करते हैं। साथ ही उस कार्य को भी जोड़ देते हैं जो वे लिखने के साथ-साथ करते हैं। यहाँ एक बात स्पष्ट है कि बहुत कम कवि कविता के द्वारा जीवन की गाड़ी खींच सकते हैं। मात्र कविता करके पेट भर पाना, सम्मानित जीवन-यापन कर पाना असम्भव नहीं तो कठिन अवश्य है। उन्हें अपना और अपने परिवार का पेट भरने के लिए कोई अन्य कार्य करना पड़ता है। शायद सब देशों के अधिकांश कवियों की यही नियति है। कविता से घर की दाल-रोटी नहीं चलती है। भरण-पोषण के लिए कविता के अलावा कुछ-न-कुछ और करना ही पड़ता है।

अफसर और बस के यात्रियों को जब मालूम होता है कि वे कवि से बात कर रहे हैं तो वे अविश्वास और एक खतरे की सूचना के साथ व्यवहार करने लगते हैं। शिम्बोर्स्का को लगता है कि शायद फिलॉसफर के साथ भी लोग ऐसा ही व्यवहार करते हैं, परन्तु जरा अच्छी तरह से। क्योंकि वे कवि से बेहतर स्थिति में होते हैं। क्योंकि उनके संग सदा एक तरह की बौद्धिक पदवी जुड़ी होती है। प्रोफेसर ऑफ फिलॉसफी सुनने में बेहतर लगता है। लेकिन प्रोफेसर ऑफ पोयट्री नहीं होता है। ऐसा नहीं हो सकता है, क्योंकि कविता यदि पेशा हो तो उसके लिए विशिष्ट पठन-पाठन की व्यवस्था होगी। निरन्तर परीक्षाएँ होंगी। सन्दर्भ ग्रन्थों

की सूची के साथ सैद्धान्तिक लेख होंगे। पाद टिप्पणियाँ होंगी और अन्त में समारोह के साथ डिग्री से कवि को नवाज़ा जाएगा। और इन सबका मतलब होगा कि बिना विशिष्ट कविता लिखे भी कवि पैदा होने लगेंगे। कवि वही होगा जिसके पास एक खास मुहर लगा आधिकारिक कागज का टुकड़ा होगा। वे कविकर्म को बहुत उच्च स्थान देती हैं। वे कार्ल सैंडबर्ग के प्यारे सूक्त को स्मरण करती हैं : 'कविता एक डायरी रखना है। एक समुद्री जीव के द्वारा डायरी रखना है जो जमीन पर रहता है और उड़ने की इच्छा करता है।' शायद वह किसी एक दिन ऐसा करेगा। वैसे स्वयं शिम्बोर्स्का ने खूब पढ़ाई की है। उन्होंने अपनी शिक्षा पोलैंड में ग्रहण की और 1945 से 1948 तक यूनिवर्सिटी में समाजशास्त्र की पढ़ाई की। 1995 में पोलैंड की ही पोज़नान यूनिवर्सिटी ने उन्हें 'ऑनरेरी डॉक्टरेट ऑफ लेटर्स' दिया। पोल लेखक संघ का सदस्य होने के कारण 1857 में उन्हें पेरिस जाने के लिए स्कॉलरशिप भी मिली थी।

फिर वे अपने भाषण में रूस के कवि और साहित्य के नोबेल पुरस्कार विजेता जोसेफ ब्रोड्स्की को याद करते हुए बताती हैं कि कैसे इस कवि के पास कविता करने का ऑफिसियल सर्टिफिकेट न होने के कारण उसे परजीवी घोषित कर दिया गया था। उसे इसी आधार पर सज़ा दी गयी थी। जोसेफ ब्रोड्स्की का जन्म लेनिनगार्ड (आज के सेंट पीट्र्सबर्ग) में हुआ। उन्होंने स्कूली शिक्षा हाई स्कूल तक भी पूरी न की परन्तु स्वाध्याय द्वारा स्वयं को शिक्षित किया। 24 वर्ष की उम्र में 'सामाजिक परजीवी' का आरोप लगाकर उन्हें रूस के यातना शिविर में डाल दिया गया। जहाँ वह 18 महीने रहा। रिहा होने के सात साल बाद 1972 में पुनः उन्हें सोवियत यूनियन से निर्वासित कर दिया गया। 1977 में उन्होंने अमेरिका की नागरिकता ले ली। 1973 में उनकी चुनी हुई कविताओं का पहला अँग्रेज़ी में अनूदित काव्य संग्रह आया। 1980 में 'ए पार्ट ऑफ स्पीच' नामक दूसरा संग्रह आया। उनके आलोचनात्मक लेखों के संग्रह 'लेस दैन वन' को 1986 में नेशनल बुक क्रिटिक सर्किल अवार्ड मिला। इसी साल 'एक और काव्य संग्रह 'हिस्ट्री ऑफ ट्वंटीयेथ सेंचुरी' प्रकाशित हुआ। 1992 में एक लम्बा निबन्ध 'टू यूरेनिआ एंड वाटरमार्क' नाम से प्रकाशित हुआ। 1987 में उन्हें साहित्य का नोबेल पुरस्कार प्राप्त हुआ। उन्हें बहुत कम उम्र में यह पुरस्कार प्राप्त हुआ। वैसे अब तक पुरस्कृत व्यक्तियों में सबसे कम उम्र के 1915 में भौतिकशास्त्र के लिए पुरस्कृत विलियम लॉरेंस ब्रैग हैं। उन्हें यह पुरस्कार मात्र 25 वर्ष की उम्र में मिला था। 1907 में साहित्य का नोबेल पुरस्कार पानेवाले रुडयर्ड किपलिंग की उम्र उस समय मात्र 42 वर्ष थी। ब्रोड्स्की पर क्लासिकल रूसी साहित्य का प्रभाव है। इसके साथ ही उन पर अँग्रेज़ी रहस्यवादी रचनाकारों, आधुनिक पॉलिश

कविता, मार्शल प्रूस्त, डब्ल्यू एच औडेन तथा हरमन मेलविल का प्रभाव भी देखा जा सकता है। 1991–1992 तक वे यू एस पोयेट लोरेट के रूप में सम्मानित थे। उन्होंने कॉलेज में साहित्य शिक्षण भी किया। इसी कवि, जोसेफ ब्रोडस्की की बात वे कर रही हैं।

कई साल पहले शिम्बोर्स्का को ब्रोड्स्की से मिलने का अवसर मिला था। इसे वे अपना सम्मान और खुशी मानती हैं। इस मुलाकात में उन्होंने देखा कि आज तक वे जितने भी कवियों से मिली थीं केवल ब्रोड्स्की ऐसा था जो स्वयं को प्रसन्नता के साथ कवि कहता था। वह यह शब्द बिना किसी संकोच के उच्चरित करता था। इसके ठीक विपरीत वह अवज्ञा के साथ इसके बारे में बात करता था। शायद इसलिए क्योंकि उसे अपनी युवावस्था में हुए बर्बर अपमान के अनुभव का स्मरण था। ज्यादा भाग्यशाली देशों में जहाँ मानवीय अस्मिता पर ऐसा प्रहार नहीं होता है वहाँ कवि प्रकाशित होते हैं। पढ़े जाते हैं और समझे जाते हैं। परन्तु वे सामान्य जन और दैनन्दिन के कार्यों से स्वयं को अलग करने के लिए बहुत कम कुछ करते हैं। और यह दूर की बात नहीं बल्कि इस सदी के प्रारम्भ की बात है कि कवि अपनी विशिष्ट पोशाक और अपने सनकी व्यवहारों से हमें चकित किया करते थे। हमारे अपने देश में भी कुछ समय पहले तक कवि की छवि विशिष्ट हुआ करती थी। शायद सब देशों में कवि को सनकी या अर्धविक्षिप्त मानते हैं। मगर यह सब मात्र बाहरी दिखावा होता है। सदैव वह पल आता है जब कवि भीड़-भाड़ से दूर एकान्त में दरवाजे के पीछे स्वयं को बन्द कर लेता है। सारे ताम-झाम उतार फेंकता है और मौन में धैर्य के साथ प्रतीक्षा करता है। अपने स्व में स्थित होकर अपने सामने सादे कागज का एक पन्ना रखकर। और तब कविता उस पर उतरती है। शिम्बोर्स्का कहती हैं कि यही क्षण मायने रखता है कवि के जीवन में, बाक़ी कुछ महत्त्वपूर्ण नहीं है।

और क्या होता है? और इन पलों में जो होता है, क्या उसे पकड़ पाना और शब्दों में बयान करना या फिल्म के परदे पर उतार पाना सम्भव है? वे कहती हैं कि यह असम्भव नहीं तो कठिन अवश्य है। इसी कारण किसी महान वैज्ञानिक अथवा कलाकार पर फिल्म बनती है और खूब बनती है। यहाँ मुझे कलाकारों के जीवन पर बनी कुछ बेहतरीन फिल्मों के नाम याद आ रहे हैं। एक निगाह उन पर भी डाल लें। चित्रकार विसेंट वेन गॉग के जीवन पर पॉल कोक्स ने एक बहुत संवेदनशील फिल्म 'विसेंट : द लाइफ ऐंड डेथ ऑफ विसेंट वेन वैन गॉग' वृत्तचित्रात्मक शैली में बनायी है। पाब्लो पिकासो के समकालीन और उनके चित्रकार मित्र अमेडिओ मोडिग्लियानी के ऊपर 'मोडिग्लियानी' नामक इसी तरह की एक और फिल्म हाल फिलहाल बनी है। स्वयं पाब्लो पर फिल्म तथा वृत्तचित्र

उपलब्ध हैं। कलाकारों पर भी दर्शनीय फिल्में बनती हैं। कैसे चित्र उभरता है, पहले पेंसिल की एक लकीर, फिर ब्रश के कुछ स्ट्रोक्स, संगीतज्ञों का काम भी दीखता है। कैसे साज के मीज़ान बैठाते हैं। कैसे एक प्रौढ़ राग-रागिनी तैयार होती है। शायद फिल्म के परदे पर इन सब बातों को दिखाया जा सकता है। महत्त्वाकांक्षी निर्देशक वैज्ञानिकों की सृजनात्मक प्रक्रिया को प्रस्तुत कर मास्टरपीस बनते हैं। एक वैज्ञानिक किन कठिनाइयों के साथ कार्य करता है। उसे कितने प्रयोगों के बाद सफलता हासिल होती है। प्रयोगशाला में उपकरणों से वह कैसे जुड़ा होता है। इन बातों को विस्तार से प्रदर्शित किया जा सकता है। ऐसे दृश्य दर्शकों को रुचिकर लगते हैं और उन्हें बाँधे रखते हैं। और प्रयोग सफल होगा या नहीं ऐसे संशय के क्षण, कितनी बार प्रयोग किया गया, हर प्रयोग में कौन-सा, जरा-सा परिवर्तन किया गया और अन्त में किस ख़ासियत के कारण सफलता मिली। यह सब काफी नाटकीय हो सकता है। हालाँकि देखने में यह सब आसान लगता है। परन्तु यह नहीं बताता है कि वह कौन सी अनोखी मानसिक स्थिति है जो इसकी जिम्मेदार होती है। शिम्बोर्स्का इस अनोखी मानसिक स्थिति को प्रेरणा कहती हैं।

वैज्ञानिक अथवा चित्रकार के कार्य के रूप में कुछ तो दीखता है, परन्तु कवि का कार्य? कवि सबसे गये गुजरे हैं। उनका कार्य फिल्म के लिए बिलकुल बेकार है। एक व्यक्ति टेबल पर बैठता है या सोफा पर लेटता है और बिना हिले-डुले दीवार या छत को घूरता है। यदा-कदा यह व्यक्ति कागज पर सात पंक्तियाँ लिखता है जिनमें से बाद में वह एक पंक्ति को पन्द्रह बार काटता है और इस तरह घंटों बीत जाते हैं। इस बीच में कुछ नहीं होता है। कौन देखना चाहेगा इस तरह के बेकार के काम को? शिम्बोर्स्का ने प्रेरणा की बात कही है। यदि इसका असल में अस्तित्व है और समकालीन कवियों से जब इसके विषय में पूछा जाता है, तो वे बड़ा बचता हुआ उत्तर देते हैं। ऐसा नहीं है कि उन्होंने कभी इस आन्तरिक संवेदना की अनुकम्पा को अनुभव नहीं किया है। बस जिस चीज को हम स्वयं नहीं समझ पाते हैं उसे किसी दूसरे को व्याख्यायित करना सरल नहीं है।

शिम्बोर्स्का को बहुत लोकप्रियता और सम्मान मिला है। परन्तु स्वयं स्वभाव से वे एकान्तप्रिय हैं। यही कारण है कि उनके निजी जीवन के विषय में लोगों को बहुत कम ज्ञात है। वे साक्षात्कार देने से बचती हैं। बहुत कम बोलती हैं। बोलने के विषय का यह संकोच उनके भाषण में भी परिलक्षित होता है। वे सभा-सोसाइटी, भीड़-भाड़ वाले स्थानों से दूर रहती हैं। यहाँ तक कि उन्हें अपने देश पोलैंड से बाहर जाने में भी कोई रुचि नहीं है। पर ऐसा नहीं है कि वे समाज

विरोधी या मनुष्य से घृणा करनेवाली हैं। बस उन्हें लोगों से ज्यादा घुलना-मिलना पसन्द नहीं है। उनके गिने-चुने मित्र हैं। वे अपने इन मित्रों के संग प्रसन्न रहती हैं। अपने दोस्तों के बीच वे अपनी जिन्दादिली और हँसमुख स्वभाव के लिए जानी जाती हैं। उनका यह चित्र एक और नोबेल पुरस्कृत रचनाकार नजीब महफ़ूज़ से काफी मिलता-जुलता है। नजीब भी अपने शहर कैरो से कभी बाहर नहीं गये। यहाँ तक कि नोबेल पुरस्कार लेने भी नहीं और अपने मित्रों के बीच काफी लोकप्रिय थे। 2 जुलाई 1923 को पोलैंड के एक छोटे से शहर में जन्मी शिम्बोर्स्का 1931 से क्राकोव शहर में रह रही हैं (तब)। सृजन के लिए एकान्त अत्यावश्यक है। पामुक, इमरे कर्टीज़, गुंटर ग्रास सब लिखने के लिए एकान्त आवश्यक मानते हैं और शिम्बोर्स्का की भाँति एकान्त में रहकर ही सृजन करना पसन्द करते हैं।

वे कहती हैं कि जब उनसे यह प्रश्न पूछा जाता है, प्रेरणा के विषय में पूछा जाता है तो वे भी किनारा कर लेती हैं। लेकिन भाषण में उनका उत्तर है कि सामान्यतः प्रेरणा मात्र कवियों या कलाकारों का विशेषाधिकार नहीं है। सदा से ऐसा हुआ है और सदा होता रहेगा कि एक ख़ास समूह के लोगों पर प्रेरणा अनुग्रह करती है। यह समूह उन लोगों से बनता है जो अपने कर्म को चेतन रूप से चुनते हैं, और अपने कार्य को प्रेम तथा कल्पना के साथ करते हैं। इसमें वे डॉक्टर, शिक्षक, माली—और सौ से ज्यादा पेशों की सूची बना सकती हैं। इन लोगों का कार्य निरन्तर अपूर्व अनुभव बनता जाता है। जब तक कि वे इसमें नयी-नयी चुनौतियाँ खोजते रहते हैं। परेशानियाँ और रुकावट उनकी उत्सुकता को कभी नहीं रोक पाती हैं। एक समस्या को हल करते ही नये प्रश्नों की बाढ़ उन्हें घेर लेती है। प्रेरणा जो भी हो, लगातार 'मैं नहीं जानता हूँ' से जन्मती है। ऐसे बहुत से लोग नहीं हैं। पृथ्वी पर अधिकांश लोग बस यूँ ही काम करते हैं। उन्हें काम करना है, इसलिए करते हैं। वे इस या उस काम को पैशन के कारण नहीं चुनते हैं। उनके जीवन की परिस्थितियाँ उनके लिए काम चुन देती हैं। प्रेमविहीन कार्य। उबाऊ कार्य। कार्य का महत्त्व है क्योंकि कितना भी प्रेमविहीन और उबाऊ कार्य हो दूसरों को वह भी नहीं मिला है—मानव के लिए यह सबसे कठिन विपत्ति है। इस दिशा में आनेवाली सदी में इसके कोई चिह्न नहीं हैं कि बेहतरी का कोई मौक़ा होगा। अतः, वे भले ही कवियों को प्रेरणा पर एकाधिकार न दें फिर भी उन्हें चुने हुए एक भाग्यशाली समूह में अवश्य रखती हैं।

इस स्थान पर वे स्वयं ही शंका उठाती हैं। प्रश्न करती हैं। वे कहती हैं कि इस बिन्दु पर मेरे श्रोताओं के मन में सन्देह उभरेंगे। सब तरह के अत्याचारी, तानाशाह, मतान्ध और उत्तेजक भाषणकर्ता कुछ जोरदार नारों के द्वारा सत्ता शक्ति के लिए संघर्ष करनेवाले लोग भी अपने-अपने कार्य का मजा उठाते हैं। वे भी अपना कर्तव्य

जोशोखरोश के साथ करते हैं। वे फर्क दिखाते हुए कहती हैं कि हाँ, ऐसा होता है। लेकिन वे 'जानते हैं'। वे जानते हैं और जो भी वे जानते हैं वह उनके लिए सदा के लिए काफी होता है। ऐसे लोग और कुछ नहीं जानना चाहते हैं। कुछ नया सीखने-जानने में उनकी कोई रुचि नहीं होती है क्योंकि नये ज्ञान से उनके तार्किक बल में ह्रास हो सकता है। और कोई भी ज्ञान जो नये प्रश्नों की ओर नहीं ले जाता है बड़ी तीव्रता से मर जाता है। यह जीवन को साधने के तापमान को बनाये रखने में नाकामयाब रहता है। प्राचीन और आधुनिक इतिहास में ऐसे मामले भली-भाँति जाने जाते हैं। कई मामलों में यह समाज के लिए घातक खतरा प्रस्तुत करते हैं। मनोविज्ञान कहता है मानव में जब तक कौतूहल है, जिज्ञासा है तभी तक वह सीख सकता है अर्थात् तभी तक उसका मानसिक विकास, उसके व्यक्तित्व का विकास सम्भव है। इसी कारण वे इस छोटे से पद कथन "मैं नहीं जानती हूँ" को इतना मूल्य-महत्त्व देती हैं। यह छोटा है, परन्तु यह मजबूत पंखों पर उड़ता है। यह हमारे जीवन का विस्तार करता है ताकि हम अपने आप में स्थान बना सकें साथ ही उस बाहरी विस्तार को भी स्वयं में समा सकें जिसमें हमारी नन्हीं-सी पृथ्वी लटकी हुई हैं। अगर आइज़क न्यूटन ने स्वयं से कभी नहीं कहा होता, "मैं नहीं जानाता हूँ", उसके छोटे से बगीचे का सेव जमीन पर ओले की तरह गिर गया होता और हद-से-हद वह उसे झुककर उठा लेता और गड़प कर गया होता। अगर उनकी हमवतनी मेरी क्यूरी ने खुद से कभी न कहा होता "मैं नहीं जानती", वह अच्छे परिवार की स्त्रियों को किसी निजी स्कूल में रसायनशास्त्र पढ़ाकर समाप्त हो जाती। सम्मानित कार्य करते हुए जीवन समाप्त करती। लेकिन वह सदैव कहती रही, "मैं नही जानती", और इन शब्दों ने उसे, न केवल एक बार वरन् दो मर्तबा स्टॉकहोम पहुँचाया। जहाँ बेचैन, प्रश्नाकुल आत्माएँ कभी-कदा नोबेल पुरस्कार से नवाज़ी जाती हैं। कवि, यदि वे खरे हैं तो, उन्हें भी निरन्तर दोहराते रहना चाहिए कि 'मैं नहीं जानता हूँ' प्रत्येक कविता इस कथन का उत्तर देने का प्रयास करती है। परन्तु ज्योंही कविता समाप्त होती है कवि हिचकिचाने लगता है। सोचने लगता है कि यह खास उत्तर पूर्णरूप से बनावटी और नाकाफी था। वह खोज जारी रखता है। बार-बार प्रश्न पूछता है। और इसी क्रम में रचना करता जाता है। अत: कवि कोशिश जारी रखता है। देर-सबेर उनके स्व असन्तोष का नतीजा एक साथ नत्थी होकर एक बड़ा आकार ग्रहण कर लेते हैं और उसकी 'कृति' कहलाता है।

यहाँ आकर वे अपने नोबेल भाषण में एक शब्द-चित्र खींचती हैं। वे कहती हैं कि कभी-कभी वे ऐसी स्थितियों के स्वप्न देखती हैं जो शायद पूरे नहीं हो सकते हैं। उदाहरण के लिए वे कल्पना करने की गुस्ताख़ी करती हैं कि यदि उन्हें एक्लेसिएस्टेस से बातचीत करने का अवसर मिले। इस लेखक ने मनुष्य के समस्त

प्रयासों के घमंड पर आँसू बहाये हैं। तो वे उसे खूब नीचे झुककर अभिवादन करेंगी। क्योंकि आखिरकार कम-से-कम उनके लिए वह एक महान कवि है। इस अभिवादन के बाद वे उसका हाथ पकड़ेंगी। फिर वे उस कवि से पूछेंगी, ''सूर्य के नीचे कुछ भी नया नहीं है'' यह तुमने लिखा था, एक्लेसिएस्टेस। पर तुम खुद सूर्य के नीचे नये पैदा हुए थे। और कविताएँ जो तुमने रची वे भी सूर्य के नीचे नई हैं। क्योंकि तुमसे पहले किसी ने इन्हें नहीं लिखा था। और तुम्हारे सारे पाठक भी नये हैं। तुमसे पहले जो जीवित थे तुम्हारी कविताएँ नहीं पढ़ सकते थे। और ये साइप्रस जिनके नीचे तुम बैठे हो ये समय के प्रारम्भ से नहीं हैं। तुम्हारी तरह ही ये दूसरे साइप्रस से आये हैं, परन्तु ठीक वही नहीं हैं। और एक्लेसिएस्टेस, मैं तुमसे पूछना चाहूँगी कि तुम कौन-सा नया काम करने की योजना बना रहे हो? जो तुम अभिव्यक्त कर चुके हो उसी का अगला पूरक अगला परिशिष्ट? या उनमें से कुछ का खंडन करने का लालच है? तुमने अपने पिछले कार्य में प्रसन्नता का उल्लेख किया है अगर अब वह उड़ गयी है? सूर्य के नीचे शायद तुम्हारी नयी कविता खुशी के बारे में होगी? क्या तुमने नोट्स ले लिये हैं, क्या प्रारूप तुम्हारे पास है? मुझे शक है तुम कहोगे, 'मैं सब लिख चुका हूँ, जोड़ने के लिए मेरे पास कुछ नहीं बचा है।' दुनिया में कोई कवि नहीं है जो यह कह सकता है। कम-से-कम तुम्हारे जैसा महान कवि तो कभी नहीं। वे एक सुन्दर शब्द चित्र खड़ा करती हैं। जो लोग कहते हैं कि ''सूर्य के नीचे कुछ भी नया नहीं है'' मतलब सब लिखा जा चुका है। ऐसे लोगों का मजाक उड़ाती हैं। आज तक कोई ऐसा नहीं हुआ है जो कहे कि सब लिखा जा चुका है। अब लिखने के लिए कुछ नहीं बचा है। वैसे इस तरह के सिरफिरे लोगों की कमी नहीं है जो जब-तब किसी-न-किसी चीज के अन्त की घोषणा करते रहते हैं।

वे मनुष्य की जानकारी की सीमा और विश्व की विशालता की बात करती हैं। हम जो चाहे दुनिया के बारे में सोचें। इसकी विशालता से भयभीत हों, या हमारी अपनी नपुंसकता या लोगों के या लोगों, जानवरों और वनस्पति के दुःख से व्यक्ति के निरपेक्ष रहने की कटुता, इसके बारे में हम जो चाहें सोचें। हम इसके लिए इतने पक्का विश्वास से कैसे कह सकते हैं कि वनस्पति को दर्द का अनुभव नहीं होता है। ग्रहों से घिरे हुए तारों की किरणें जिनका भेदन करती हैं, जिनको हमने अभी जानना प्रारम्भ किया है। ग्रह मर चुके हैं? मरे हुए हैं? हम इस अमूल्य थिएटर जिसका रिजर्व्ड टिकट हमें मिला हुआ है, के बारे में चाहे जो सोचें पर इसे हम नहीं जानते हैं। परन्तु टिकट का जीवनफलक हँसी योग्य छोटा है। दो तिथियों की सीमा में सिमटा हुआ है। इस दुनिया के बारे में हम चाहे जो भी सोचें यह है आश्चर्यजनक। हमारा ज्ञान और जीवन सीमित है। इस

दुनिया के बारे में हम केवल आश्चर्य कर सकते हैं। परन्तु 'आश्चर्यजनक' एक समाधिलेख है जो अपने आप में तार्किक जाल छिपाये हुए है। आखिरकार हम आश्चर्यचकित हैं उन चीजों से, जो जानी-पहचानी और सार्वभौमिक नियमों से भिन्न हैं। जिसके हम आदी हो चुके हैं, ऐसी बातों से विचलित हैं। अब बात यह है कि कोई ऐसी प्रत्यक्ष दुनिया है नहीं। हमारा आश्चर्य है और यह किसी अन्य चीज की तुलना पर आधारित नहीं है। हम रोज़मर्रा की बातचीत में जहाँ प्रत्येक शब्द को बोलने के पहले सोचते नहीं हैं। हम 'सामान्य दुनिया', 'सामान्य जीवन', 'सामान्य घटनाएँ' जैसे पदों का प्रयोग करते हैं, परन्तु कविता की भाषा में जहाँ हर शब्द का अर्थ होता है। जहाँ कुछ भी सामान्य या यूँ ही नहीं होता है। कविता में एक पत्थर या एक बादल का टुकड़ा सामान्य या यूँ ही नहीं होता है। एक दिन और एक रात भी सामान्य या यूँ ही नहीं होती है। और कोई अस्तित्व, किसी का अस्तित्व इस दुनिया में नहीं होता है। इसलिए उन्हें ऐसा भान होता है कि कवियों के लिए सदा कार्य रहेगा।

कविता के प्रभाव पर उन्हें शक है परन्तु उनका सारा समय कविता को समर्पित है। यह एक कठिन कार्य है। पहले संघर्ष करना पड़ता है क्योंकि प्रत्येक कविता के केन्द्र में संवेदना होती है। और उनके अनुसार कवि को इस संवेदना से लड़ना होता है। अगर मात्र संवेदना का प्रयोग करना होता तो 'मैं तुमसे प्रेम करती हूँ, मुझे मत त्यागो। मैं तुम्हारे बिना क्या करूँगी? ओह मेरे देश! ओह मेरे बिचारे देश!' कहना काफी होता। और कैसे लिखती हैं वे कविता? कभी-कभी बहुत तेजी से लिखती हैं। कभी एक कविता पर कई सप्ताह लग जाते हैं। पर वे नहीं चाहती हैं कि उनके पाठक अनुमान लगाने बैठे कि किस कविता पर कितना काम किया गया है। नोबेल समिति ने अपनी प्रेस विज्ञप्ति में उनके काव्य के विषय में कहा है, 'कविता जो व्यंग्य की सूक्ष्मता के साथ ऐतिहासिक और जैविक सन्दर्भ को मानवीय सचाई के अंशों में प्रकाशित करती है।'

पोलिश कवयित्री तथा आलोचक विस्वावा शिम्बोर्स्का काफी वृद्ध हैं और क्राकोव में रहती हैं। पोलैंड में 1957 से लगी सेंसरशिप जब कुछ साल पहले तनिक ढीली पड़ीं तब वे अपनी थोड़ी-सी कविताएँ प्रकाशित करवा सकीं। उन्होंने भले ही थोक के भाव से कविताएँ न लिखी हों परन्तु जो भी लिखा है वह काफी सशक्त है। कावाबाता, मार्खेज़ की भाँति शिम्बोर्स्का भी मृत्यु विषय पर लगातार लिखती हैं। उनके काव्य में मृत्यु, अस्तित्व का प्रश्न बराबर आता है। मृत्यु उनके काव्य की स्वरलहरी है। वे अस्तित्व को क्षणभंगुर, साथ ही शाश्वत मानती हैं। उनके विचार भारतीय दर्शन के निकट हैं।

वे मानती हैं कि जीवन बहुत समृद्ध और विभिन्नता भरा है। आपको याद

रखना होगा कि प्रत्येक चीज का एक हास्य पक्ष भी है। उनके आकर्षक और हास्य के पुट भरे व्यक्तित्व के कारण इटली के एक अखबार ने उन्हें काव्य संसार की ग्रेटा गार्बो का खिताब दिया था। 'दैट इज़ वी लिव फॉर' उनका प्रथम कविता संग्रह पोलैंड के कम्युनिस्ट शासन से प्रभावित होने की वजह से समाजवादी यथार्थवाद का नमूना है। परन्तु शीघ्र वे उसके प्रभाव से बाहर निकल आयीं। दो साल बाद वे एक व्यक्ति के रूप में लिखने लगीं। ''बेकार में लोग मेरे बारे में इतनी बातें करते हैं,'' वे मुस्कुराती हुई कहती हैं। उनके अनुसार हर एक को एकान्त चाहिए। ख़ासकर उस व्यक्ति को जो अपने अनुभवों के बारे में चिन्तन करने का आदी है। उनके लिए एकान्त अत्यन्त आवश्यक है। यह उन्हें प्रेरणा प्रदान करता है परन्तु वे एकाकीपन को इसके लिए अच्छा नहीं मानती हैं। वे स्पष्ट करती हैं कि उनकी कविता एकाकीपन के बारे में नहीं है। वे अपने काव्य में प्रजातान्त्रिक हैं। हालाँकि वे राजनीति में भाग नहीं लेती हैं। उनके काव्य में बोलचाल की भाषा का प्रयोग दिखता है। वे वृद्ध हैं और कभी-कभी उनका काव्य सलाह भी देता है।

पोलिश अख़बार 'लिटरेरी लाइफ' में उनका एक स्तम्भ है जिसमें वे पाठक तथा लिखने को उत्सुक लोगों के प्रश्नों का उत्तर देती हैं। ऐसे ही एक प्रश्नकर्ता ने उन्हें लिखा, 'मुझे मालूम है कि मेरी कविता में बहुत सी गलतियाँ हैं तो क्या हुआ, मैं कविता लिखना बन्द नहीं करनेवाला हूँ। मैं रुककर उनका सुधार भी नहीं करने जा रहा हूँ।' उसको उनका उत्तर था कि शायद तुम कविता को बहुत पवित्र मानते हो। या फिर इसे तुच्छ मानते हो। कविता को दोनों रूपों में लेना गलती है। और सबसे खराब है ये दोनों बातें नौसिखिया कवि को अपने पद पर आवश्यक मेहनत करने से स्वतन्त्र कर देती है। अपने परिचितों को यह बताना कि शुक्रवार शाम दो बजकर पैंतालीस मिनट पर हमें बार्डिक आत्मा (कवि चेतना) ने पकड़ लिया। प्रसन्नता और पुरस्कार की तरह है। लेकिन कविता पर मेहनत करना आवश्यक है। खरे कवि घर में बन्द दरवाजे के पीछे उन अलौकिक शब्दों को बार-बार काटते-छाँटते हैं। आत्मा ठीक है और छैल-छबीली है परन्तु कविता का भी एक इतिवृत्तात्मक पक्ष है। कविता के इतिवृत्तात्मक पक्ष को इतने हलके तरीके से लेने के पक्ष में वे नहीं हैं। ऐसे ही एक उत्तर में वे कहती हैं, 'अनुवादक को न केवल कथ्य के प्रति ईमानदार होना होता है। उसे कविता का पूर्ण सौन्दर्य दिखाना है, साथ ही जहाँ तक सम्भव हो उस दौर की आत्मा तथा शैली को भी सुरक्षित रखना होता है। चलो पंखों से उतर आते हैं और पैरों पर लिखने की कोशिश करते हैं'।

उनमें हास्य का भरपूर माद्दा है। वे हँसी-हँसी में चुटीली बात कह जाती हैं। एक व्यक्ति उनसे सलाह लेने के लिए अपनी कविता भेजता है। यह व्यक्ति

हिज्जे की बहुत गलतियाँ करता है। उसको सलाह देते हुए वे कहती हैं, 'तुम्हें नयी कलम की जरूरत है। जो तुम्हारे पास है वह बहुत गलतियाँ करती है। यह अवश्य विदेशी होगी'। इसमें दो मत नहीं है वे बहुत बुद्धिमान हैं पर हास्य का पुट उनके व्यक्तित्व में एक विशिष्ट रंग भर देता है। एक और प्रश्नकर्ता को वे कहती हैं, ''तुमने लय में पूछा है क्या जिन्दगी खुशबू है (प्रश्नकर्ता ने सेंस और सेंट की लय में प्रश्न पूछा था) मेरा शब्दकोश नकार में उत्तर देता है।'' तुम मुक्त छन्द को मुफ्त में लेते हो। लेकिन कविता सदा एक खेल रही (हम जो भी कहें) है, रही थी और रहेगी। और जैसा कि हर बच्चा जानता है कि सब खेलों के नियम होते हैं। तो वयस्क क्यों भूल जाते हैं? यहाँ तक कि ऊब को भी जोश के साथ अंकित करना चाहिए। जिस दिन कुछ नहीं होता है उस दिन कितना कुछ हो रहा होता है। तुम्हारा अस्तित्वगत दर्द काफी तुच्छ रूप में आसानी से आया। हमारे पास काफी हताशा है और उदासी की गहराई है। 'गहन विचार को' प्रिय थॉमस मान कहते हैं, 'हमें मुस्कान देनी चाहिए'। तुम्हारी कविता 'सागर' पढ़ते हुए हमने खुद को छिछले तालाब में उतरते पाया। तुम्हें अपने जीवन को, जो तुम्हें मिला है एक खास एडवेंचर की तरह सोचना चाहिए। वर्तमान में हमारी मात्र यही सलाह है। एक और प्रश्नकर्ता को वे कहती हैं कि हमारी एक पॉलिसी है कि वसन्त पर सारी कविताएँ स्वतः ही खारिज हो जाएँगी। यह विषय अब कविता में अस्तित्व नहीं रखता है। हालाँकि यह जीवन में स्वयं धड़कता है। परन्तु ये दो भिन्न बातें हैं। स्पष्ट बोलने का भय, निरन्तर, कष्ट के साथ सब चीजों को परिवर्तित करना, प्रत्येक पंक्ति में स्वयं को बिना रुके कवि सिद्ध करने की जरूरत : ये हर खिलते कवि की चिन्ताएँ हैं। लेकिन ये ठीक हो सकती हैं यदि समय पर इनको पकड़ लिया जाए। तुमने कई गौरवशाली शब्दों को तीन लघु कविताओं में निचोड़ लिया, जिन्हें अधिकांश कवि मैनेज करने में जिन्दगी लगा देते हैं। 'जन्मभूमि', 'सत्य', 'स्वतन्त्रता', 'न्याय' सस्ते शब्द नहीं हैं। इनमें सच्चा खून बहता है, जिसे स्याही के साथ खोटा नहीं कर सकते हैं। वे रिल्के को उद्धृत करते हुए कहती हैं कि रिल्के ने नये कवियों को चेतावनी दी है कि वे बड़े विषय न उठाएँ, क्योंकि ये बहुत कठिन तो हैं और कलात्मक प्रौढ़ता की माँग करते हैं। उसने उन्हें सान्त्वना दी है कि वे अपने आसपास देखी चीजों पर लिखें, कैसे वे हर दिन जीते हैं, क्या नष्ट हो गया है, क्या प्राप्त हुआ है, इन बातों पर लिखें, वह उन्हें प्रोत्साहित करता है कि वे जो चीजें उन्हें घेरे हुए हैं, स्वप्न की आकृतियों, जो याद रह जाती हैं ऐसी चीजों पर लिखें। 'यदि प्रतिदिन का जीवन तुम्हें इम्प्रोवाइज़्ड लगता है', उसने लिखा, 'जीवन को दोष मत दो। तुम खुद दोषी हो। तुम इस ऐश्वर्य को देखने योग्य कवि नहीं हो।' यह सलाह

तुम्हें बेकार और बकवास लग सकती है। इसीलिए हमने अपने बचाब में विश्व साहित्य से सर्वाधिक रहस्यवादी कवि को पुकारा है—और देखो वह कैसे सामान्य लगनेवाली चीजों की प्रशंसा करता है! स्वयं को महान समझनेवाले कवियों के बारे में वे कहती हैं, हमें ऐसे कवि से जो स्वयं की इकारस से तुलना करता है बनिस्बत लम्बी कविता दिखती है। तुम भूल रहे हो कि सचाई यह है कि आज का इकारस एक दूसरी भूमि पर पैदा होता है उस पुराने समय के इकारस से। उसे हाईवे कारों और ट्रकों, एयरपोर्ट्स, रनवेज़, बड़े शहरों, आधुनिक खर्चीले बन्दरगाहों और अन्य चीजों से भरा दीखता है। उसके कान को जेट की आवाजाही है।

उन्हें अफसोस है कि स्कूल में साहित्यिक कार्य के सौन्दर्य विश्लेषण पर समय नहीं लगाया जाता है। केन्द्रीय भाव को उनके ऐतिहासिक परिप्रेक्ष्य में बता दिया जाता है। ऐसा ज्ञान आवश्यक है, लेकिन इतना काफी नहीं है। इससे कोई अच्छा, स्वतन्त्र पाठक बनने की इच्छा नहीं करेगा। सृजनात्मक अभिलाषा की तो बात छोड़ ही देनी चाहिए। वे कहती हैं कि हमारे युवा यह देखकर कि युद्धोपरान्त उनकी वार्सा निर्माण की कविताएँ अथवा वियतनाम की त्रासदी की कविताएँ अच्छी नहीं हैं अक्सर शॉक होते हैं। उन्हें लगता है कि अच्छा उद्देश्य शैली को प्रोत्साहित करता है। वे कवियों को सलाह देती हैं कि यदि तुम अच्छे मोची बनना चाहते हो तो आदमी के पैर पर उत्साहित होना काफी नहीं है, तुम्हें चमड़े, अपने औजारों को जानना होगा, सही पैटर्न पकड़नी होगी और बहुत कुछ...यह साहित्यिक सृजन के लिए भी आवश्यक है। उन्हें दुःख है कि गद्य में आज के नये कवियों की कविताएँ एक महान कवि की आकृति में घुस रही हैं। उस कवि की जिसने शराब के उल्लासोन्माद की स्थिति में विशिष्ट कार्य किया। हम अन्दाजा लगा सकते हैं कि तुम्हारे दिमाग में कौन था, लेकिन अन्तिम विश्लेषण में नाम की चिन्ता हम नहीं करते हैं। बल्कि इस गलत धारणा कि 'शराब लेखन को सम्भव बनाती है, कल्पना को बोल्ड करती है और बुद्धि को धार देती है और काव्य-चेतना के बहुत से कार्य करती है,' हमारी जानकारी में न तो इस कवि ने और न ही किसी अन्य कवि ने हार्ड लिकर के प्रभाव से कोई महान रचना की है। सारे अच्छे कार्य दर्द से उत्पन्न होते हैं। दर्दनाक होश में किये जाते हैं। दिमाग में बगैर किसी प्रसन्न भुनभुनाहट के। 'मुझे सदा विचार मिलते हैं परन्तु वोदका के बाद मेरा सिर दुखता है,' वाइस्पियांस्की ने कहा है। यदि कवि पीता है, यह एक कविता से दूसरी कविता के बीच में पीता है। यह नंगी सचाई है। आगे वे जोड़ती हैं कि यदि अल्कोहल महान कविता को बढ़ावा देता तो हमारे राष्ट्र का हर तीसरा नागरिक कम-से-कम होरास होता। अतः हम एक और मिथ को नष्ट करने के लिए बाध्य हैं। हमें आशा है कि तुम बर्बादी के ढेर से बिना खरोंच

से निकल आओगे। अपनी बात की पुष्टि के लिए वे उदाहरण देते हुए कहती हैं कि नोबेल पुरस्कृत अमेरिकी लेखक विलियम फॉक्नर सारे जीवन पीने के लिए बदनाम थे परन्तु वे लिखने के लिए कभी नहीं पीते थे। एक व्यक्ति की काव्य में गति नहीं दीखती है उसे कवयित्री की सलाह है कि शायद वह गद्य में प्रेम करना सीख सकता है। उतावली में लिखकर प्रसिद्धि की चाहना वालों के लिए उनकी चेतावनी है, 'युवावस्था सच में जिन्दगी में एक दुरभिसंधिकाल है। यदि कोई युवावस्था में लेखन की महत्त्वाकांक्षा की मुसीबतों को जोड़ता है तो उससे तारत्म्य बनाने के लिए काफी मजबूत माद्दा होना चाहिए। इसमें अध्यवसाय, जागरुकता, व्यापक अध्ययन, उत्सुकता, निरीक्षण, स्वयं से एक ख़ास दूरी, दूसरों के प्रति संवेदनशीलता, एक विश्लेषणात्मक मस्तिष्क, हास्य का माद्दा, और एक प्रतिबद्धता की दुनिया 1. अस्तित्व के काबिल है, और 2. अब तक जो इसे मिला है इससे बेहतर इसका भाग्य है। तुमने जो कार्य भेजा है वह केवल एक संकेत देता है कि लिखने की इच्छा है और तुममें उपरोक्त कोई अन्य गुण नहीं है। तुम्हें अपना कार्य खोजना होगा।' कई बार वे बहुत कठोर उत्तर देती हैं। उन्हें साहित्य में अगम्भीर लोगों का प्रवेश सहन नहीं है।

जो लोग सलाह के लिए उनके पास अपनी रचनाएँ भेजते हैं, उन्हें वे ध्यान से पढ़ती हैं और फिर अपने खिलन्दड़ी अन्दाज में जवाब देती हैं। इसका एक और उदाहरण उन्हीं के शब्दों में, "जो कविताएँ तुमने भेजी हैं वे बताती हैं कि तुम कविता और गद्य में एक महत्त्वपूर्ण अन्तर देखने में अक्षम हो, मसलन, 'यहाँ' शीर्षक एक कमरे और उसके फर्नीचर का वर्णन मात्र है : वे कार्यव्यापार के लिए मात्र भूमिका तैयार करते हैं। एक क्षण में दरवाजा खुलेगा, कोई भीतर आएगा और कुछ होगा। कविता में वर्णन होना चाहिए। सब चीजें महत्त्वपूर्ण, अर्थवान हो जाती हैं : रूपक का चुनाव, उनका स्थान, शब्दों में उनका आकार। एक सामान्य कमरे का वर्णन आँखों के सामने उसकी खोज बन जानी चाहिए, और उसमें समाए वर्णन की संवेदना पाठकों द्वारा साझा की जानी चाहिए। अन्यथा गद्य गद्य रहेगा भले ही तुम वाक्यों को तोड़कर पद्य की पंक्ति में बैठाने का कितना ही द्रविड़ प्राणायाम करो। और उससे भी बुरा है कि अन्त में कुछ बनता नहीं है।" इस तरह चुटकी लेते हुए वे उभरते कवियों को राह दिखाती चलती हैं।

नोबेल पुरस्कार मिलने के विषय में उनका मजेदार किस्सा प्रचलित है। वे अपने दोस्तों से मुस्कुराती हुई बताती हैं कि यह सारा कुछ अमेरिका में रहनेवाले एक मित्र के कारण हुआ है। और सारा खेल इस सोफे का है। नोबेल पुरस्कार मिलने के ठीक पहले 1980 में चेस्लाव मिलोज़ इस सोफा पर बैठे थे। उन्हें पुरस्कार मिला। फिर 1995 में सीमस हीने बैठे और उन्हें भी पुरस्कार मिला।

फिर ऐसा हुआ कि मैं इस सोफे पर बैठी और मुझे भी नोबेल पुरस्कार मिला। यह चमत्कारी सोफा है। और फिर हँसती हुई झूठमूठ की गम्भीरता के साथ कहती हैं कि इसके बाद इसकी मरम्मत हो चुकी है अतः आप लोगों के इस पर बैठने के बावजूद आपके नोबेल पुरस्कार पाने का कोई मौका नहीं है।

इन उदाहरणों को देखने से लगता है कि वे बहुत हल्के–फुल्के मिजाज की महिला हैं। लेकिन अन्दर से वे व्यथित हैं। यह उनके काव्य में परिलक्षित होता है। कवयित्री के रूप में वे मनुष्य पर होनेवाले अमानुषिक अत्याचारों से विचलित हैं। दूसरे महायुद्ध के दौरान उन्होंने नाज़ियों का अत्याचार देखा था और उससे विचलित हुईं। इन्हीं अनुभवों का प्रतिफल है उनकी कविता 'स्थिर'। इसमें यहूदियों को समाज से काटकर अलग कर दिये जाने की प्रक्रिया को वे कुछ शब्दों में साकार करती हैं। बानगी प्रस्तुत है:

सील किये बक्सों में डिब्बे यात्रा करते हैं
नाम इस छोर से उस छोर तक
और ऐसा कब तक करेंगे
क्या वे कभी बाहर आएँगे,
मुझसे मत पूछो, मैं नहीं कहूँगी, मैं नहीं जानती।
नाथन नाम सबसे पहले दीवार पर कटा,
आइज़क नाम, उन्मत्त, (घोषणा) गाता है,
सराह नाम पानी माँगता है
एरॉन नाम जो प्यासा मर रहा है।

नाज़ियों के यातना शिविर में उनके अत्याचार से कौन बचेगा, कौन समाप्त होगा, कहना कठिन था। इसी अनुभव पर एक और उदाहरण द्रष्टव्य है, कविता का शीर्षक है 'हो सकता था':

तुम बच गये क्योंकि तुम प्रथम थे।
तुम बच गये क्योंकि तुम अन्तिम थे।
अकेले। दूसरों के संग। दायें। बायें।
क्योंकि बारिश हो रही थी। क्योंकि छाया थी।
क्योंकि दिन खुशनुमा था।
नतीजन, क्योंकि, हालाँकि, बावजूद।

उन्होंने जो भी लिखा, वह महत्त्वपूर्ण है। भले ही थोक के भाव में न लिखा हो। वे कम लिखनेवाली मगर प्रतिबद्ध कवयित्री हैं। आज तक कुल 250 कविताएँ

लिखी होंगी। जहाँ कुछ समालोचक उन्हें कविता का मोज़ार्ट कहते हैं, वहीं कुछ और लोग उनके रचनात्मक कार्य में क्रोध की चाप देखकर उनकी तुलना बीथोवन से करते हैं। पोलैंड की भयंकर हालात के बाद उनकी कविता सकून पहुँचाती है, वे प्रतिदिन के जीवन और संवेदनाओं पर लिखती हैं, जिसे पढ़कर मानवता में पुनः विश्वास जगता है। वैसे उनकी कविता इतनी सीधी भी नहीं है उसमें जीवन की जटिलता प्रतिबिम्बित होती है। वे कम-से-कम शब्दों में अपनी बात कहती हैं। उनका कहना है कि वे बुरे कवि के विरुद्ध लड़ रही हैं जो तमाम ढेर सारे शब्द प्रयोग करना चाहता है। अपनी वय के कारण वे अपने देश में बड़े प्रेम से साहित्यिक दादी माँ की भाँति देखी जाती हैं। देश को उनपर गर्व है। उनकी कविताएँ लोग आसानी से कंठस्थ करते हैं। उनकी एक कविता 'कैट इन अ एम्प्टी अपार्टमेंट' को पूरे पोलैंड में बूढ़े-जवान सबने रट रखा है। इस कविता में अपने जा चुके मालिक के बारे में बिल्ली का नज़रिया है।

उनकी हर कविता ख़ास है। काव्य जगत में एक अप्रतिम स्थान रखती है। जब से उनका अन्य भाषाओं में अनुवाद हुआ है वे विश्व के प्रायः सब देशों के पाठक वर्ग द्वारा सराही गयी हैं। हिन्दी में उनकी लोकप्रियता का अन्दाज़ा इसी बात से लग सकता है कि उन्हें असद ज़ैदी, मंगलेश डबराल, राजेश जोशी, कुमार अम्बुज, विष्णु खरे, अशोक वाजपेयी, मैनेजर पांडेय, राजेन्द्र उपाध्याय, विजय अहलूवालिया और विजय कुमार ने अनूदित किया है। एक साथ इतने लोगों का ध्यान आकृष्ट करनेवाली कविताओं में कुछ तो अवश्य है। ये बात दीगर है कि हिन्दी का छोटे शहरों और कस्बों का पाठक इससे अभी भी परिचित होना बाक़ी है। शोर-शराबे से दूर वे अपने घर में काव्य सृजन में लगी हुई हैं। 'साउंड्स, फीलिंग, थॉट्स : सेवेंटी पोयम्स', 'पीपुल ऑन द ब्रिज', 'व्यू विथ ए ग्रेन ऑफ सैंड : सेलेक्टेड पोयम्स', 'नथिंग ट्वाइस : सेलेक्टेड पोयम्स', 'पोयम्स, न्यू ऐंड कलेक्टेड', 'नथिंग्स अ गिफ्ट', 'मिरकल फेयर', आदि उनके कविता संग्रह अँग्रेज़ी में उपलब्ध हैं। कविता के साथ-साथ वे बहुत प्रौढ़ गद्य भी लिखती हैं।

उन्होंने महायुद्ध की विभीषिका देखी है और बड़ी-बड़ी बातों और वादों को बनते-टूटते भी देखा है पर वे स्वयं बड़ी-बड़ी बातें नहीं करती हैं। वे कवयित्री हैं और संक्षेप में अपनी बात कहती हैं। उनकी प्रतिबद्धता आम आदमी के साथ है। वे उसी के सुख-दुःख की बात करती हैं, जीवन की सामान्य छोटी-छोटी बातें उन्हें आकर्षित करती हैं और उसे ही वे अपनी कविता का विषय बनाती हैं। वे प्रश्न उठाती हैं और पाठकों को उनपर विचार करने के लिए छोड़ देती हैं। रेडीमेड हल सुझाने में विश्वास नहीं रखती हैं और जीवन की समस्याओं के उससे जुड़े प्रश्नों के हल दूसरों के द्वारा दिये नहीं जा सकते हैं। हर एक को

स्वयं अपना हल खोजना है। शिम्बोर्स्का यही चाहती हैं कि सब स्वयं चिन्तन-मनन करें और अपने हल निकालने की चेष्टा करें। 1857 में प्रकाशित कविता 'कॉलिंग आउट टू यति' से लेकर 1993 में प्रकाशित 'द एंड ऐंड द बिगनिंग' से चुनकर 100 कविताओं का एक संग्रह 'व्यू विथ अ ग्रेन ऑफ सैंड' नाम से अँग्रेज़ी में आया है। इस दीर्घ काल में लिखी कविताएँ उनके नज़रिये का बखूबी प्रतिनिधित्व करती हैं। हिम मानव यति स्टालिन से काफी साम्य रखता है। स्टालिन के वाद से वे काफी भ्रमित लगती हैं। ''जो कविता सटीक ढंग से ऐतिहासिक और शारीरिक सन्दर्भ में मानवीय यथार्थ को आने देती है'' यही कहा गया था नोबेल पुरस्कार की प्रेस विज्ञप्ति में विस्वावा शिम्बोर्स्का के काव्य के लिए।

1957 में जब सेंसरशिप का शिकंजा थोड़ा ढीला हुआ, शिम्बोर्स्का ने अपने कविता-संग्रह प्रकाशित करवाये। इसके साथ ही उन्होंने पुस्तक समीक्षाओं और फ्रेंच कविताओं के अनुवाद कार्य को भी प्रकाशित करवाया। वे अपने पहले के कार्य जो सामाजिक यथार्थवाद पर आधारित था, उसे आज अस्वीकार करती हैं। अपनी कविता के विषय में उनका कहना है :

'लेखन की खुशी
बचाने की शक्ति
एक मर्त्य हस्त का प्रतिकार।'

उनमें तीक्ष्ण अवलोकन शक्ति है। जीवन की छोटी-छोटी बातें इनकी नजर से बच नहीं पाती हैं। जब लोग किसी के अन्तिम संस्कार में शरीक होते हैं तो उनके पास मृतक को देने के लिए बस कुछ ही मिनट होते हैं। पहले शुरू में कैसी बातें करते हैं और धीरे-धीरे कैसे उनकी बातों का विषय अपनी रोजमर्रा की जिन्दगी और चिन्ताओं की ओर लौट आता है, उनकी 'अन्त्येष्टि' नामक कविता में यह देखना रोचक होगा :

''इतना अचानक, कौन जानता था''
''तनाव और धूम्रपान, मैंने सदा उसे कहा''
''बुरा नहीं, थैंक्स, और तुम''
''इन फूलों को खोलना है''
''उसके भाई का दिल भी जवाब दे गया, परिवार बर्बाद हो गया''
''मैंने तुम्हें कभी दाढ़ी में नहीं देखा''
''वह इसे माँग रहा था, सदा किसी-न-किसी बात में उलझा रहा''
''तुम स्मार्ट हो, सिर्फ तुम छाता लाये''

''दो अंडे के योक और एक टेबल स्पून शक्कर''
''उससे मतलब, इसमें उसका क्या है''
''सिर्फ नीला और छोटा साइज़''
''मेरी ओर से विधवा को सान्त्वना देना, मुझे जरा जल्दी जाना है''
''मुझे फोन करना''
''कौन सी बस शहर जाती है''
'' मैं इस ओर से जा रहा हूँ'
''हम लोग नहीं''

1945 में उनकी प्रथम कविता 'आई सीक द वर्ल्ड' आयी और उसके बाद से वे निरन्तर सक्रिय हैं। वे बड़े-बड़े सिद्धान्तों की बातें नहीं करती हैं। हाँ, उनके काव्य में मर्मस्पर्शी शब्द-चित्र अवश्य मिलते हैं। उन्होंने द्वितीय विश्वयुद्ध की विभीषिका देखी है। इसीलिए जब ग्यारह सितम्बर को वर्ल्ड ट्रेड सेंटर पर हमला हुआ तो वे इतनी विचलित हो गयीं कि उन्होंने उस भयंकर दृश्य को फोटोग्राफ की भाँति अपने शब्दों में बाँध दिया। 'ग्यारह सितम्बर का फ़ोटोग्राफ' कविता की पंक्तियाँ हैं :

वे कूद रहे थे धधकती इमारतों से
एक
दो
कुछ और
कुछ ऊपर थे, कुछ नीचे थे।
एक फोटोग्राफ ने उन्हें कैद किया था
जब वे जीते थे
धरा के ऊपर
धरा तक पहुँचते हुए।

हर आदमी पूरा साबुत
हर एक का अपना चेहरा
और हर एक का अच्छी तरह छिपा हुआ रक्त
अभी समय है उनके केशों के गड्मड हो जाने में
अभी समय है उनकी जेबों से
कुंजियाँ और चिल्लर निकलकर गिरने में
वे अभी भी हैं हवा की सचाई के अन्दर

उन स्थानों में जहाँ अभी-अभी
उनके लिए स्थान बना है

उनके लिए मैं सिर्फ दो काम कर सकती हूँ
उनकी उड़ान का वर्णन करूँ
और अपनी ओर से न दूँ कोई अन्तिम शब्द।

उनकी दुनिया संकुचित नहीं है, उनका नज़रिया विस्तृत है। उन्होंने जीवन का उत्सव, प्रेम, मृत्यु, अस्तित्व जैसे विभिन्न विषयों को अपने काव्य का विषय बनाया है। जब उन्हें नोबेल पुरस्कार मिला तो समिति की एक सदस्य ब्रिजिटा ट्रोटज़िंग ने अपनी प्रस्तुति में कहा कि 'शिम्बोर्स्का के रूप में स्वीडिश अकादमी एक प्रतिनिधि-काव्य के एक असामान्य और अनम्य शुचिता और मजबूत प्रतिनिधि को सम्मानित करना चाहती है। कविता जो जीवन के प्रत्युत्तर में है, जीवन की एक राह है, विचारों और उत्तरदायित्व का कार्य है—अकादमी उसे सम्मानित करना चाहती है।'

नोबेल पुरस्कार ग्रहण करने के लिए उन्हें आमन्त्रित करते हुए उन्हीं की कविता 'अन्वेषण' (डिस्कवरी) की पंक्तियाँ उद्धृत की गयीं :

मैं शामिल होने से इनकार करने में विश्वास करती हूँ,
मैं बर्बाद जीवन में विश्वास करती हूँ।
मैं कार्य के नष्ट हुए वर्षों में विश्वास करती हूँ।
विश्वास करती हूँ रहस्यों को कब्र तक ले जाने में।
ये शब्द नियमों के परे ऊँचे जाते हैं
बगैर नज़ीरों की सहायता खोजे,
मेरी आस्था अडिग है, अन्ध और बिना नींव के।

इमरे कर्टीज़, गाओ जिंग्जियाँग जैसे कई अन्य रचनाकारों की भाँति ही प्रारम्भ में शिम्बोर्स्का की कविताओं को उनके अपने देश में प्रकाशित होने में कठिनाइयों का सामना करना पड़ा। अपने काव्य में वे बड़ी-बड़ी बातें न करके सामान्य मनुष्य की दुनिया को प्रस्तुत करती हैं, उनकी कविताएँ प्रश्न उठाती हैं। वे सीधे-सरल तरीके से अपनी बात कहती हैं। शिम्बोर्स्का की कविताओं में एक सादगी मिलती है, साथ ही मिलती है आन्तरिक संघर्ष की झलक। वे मानती हैं कि जो व्यक्ति कहता है कि वह नहीं जानता है, वही व्यक्ति पूर्णता की तलाश कर सकता है। दुनिया के तानाशाह और अत्याचारी व्यक्ति बहुत भयावह रूप से आत्मविश्वास से भरे हुए हैं। यह मानवता के लिए बहुत खतरनाक है। चरम आत्मविश्वास

भयानक होता है। वे निरन्तर तलाश, एक तरह की बेचैनी को कवि धर्म मानती हैं। अपनी अज्ञानता को स्वीकार करके ही कवि आगे बढ़ सकता है। उनकी कविता को उनके ही शब्दों में समेटा जा सकता है। वे अपनी कविता 'अंडर वन स्मॉल स्टार' में कहती हैं,

'नाराज़ न हो मुझसे, ज़बान,
कि लिए तुझसे उधार भारी भरकम शब्द,
फिर की मेहनत जमकर सो वे बन जाएँ फूल से हलके।'

कविताएँ रचने के साथ-साथ उन्होंने अनुवाद और पुस्तक समीक्षा का कार्य भी किया। वे फ्रेंच साहित्य से पोलिश में अनुवाद करती हैं। जब वे एक पत्रिका के सम्पादन विभाग की सदस्य थीं तब उन्होंने बागवानी, इतिहास, पाकशास्त्र, पर्यटन, इत्यादि विभिन्न विषयों की किताबों की समीक्षा लिखी। वे इतनी वृद्ध हैं फिर भी आज के परिवेश पर उनकी पैनी नजर है। विज्ञापन ने कैसे आदमी के अस्तित्व पर अधिकार जमा रखा है उस पर उनकी 'विज्ञापन' शीर्षक कविता में यह टिप्पणी क़ाबिले ग़ौर है :

'मुझे बेच दो अपनी आत्मा।
कोई और लेनेवाले नहीं हैं।
अब और कोई शैतान नहीं है।'

शिम्बोर्स्का लिखने का उत्सव मनाती हैं। उनकी एक कविता का शीर्षक है 'जॉय ऑफ राइटिंग'। जीवन को सूक्ष्मता से देखने और अनुभव करनेवाली यह रचनाकार अपना परिचय देने के लिए 'मेरी पहचान की विशेषता/हर्षोन्माद और हताशा' जैसे शब्दों का प्रयोग करती हैं। वे अपने काव्य में विभिन्न मानवीय संवेदनाओं को स्पर्श करती हैं और स्थान और भाषा की सीमाओं के पार जाकर सार्वजनिक तथा सार्वभौमिक हो जाती हैं। उनमें गम्भीरता, हास्य, हर्ष-उल्लास, हताशा, प्रेम, मृत्यु, यथार्थ, कल्पना, विश्वास, संशय, आदि तमाम विपरीत भाव मिलते हैं परन्तु वे विरोधाभासी नहीं हैं। उनके संग्रह 'व्यू विथ ए ग्रेन ऑफ सैंड' का फलक काफी विस्तृत है इसमें एक ओर 'कॉलिंग आउट टू यति' है तो दूसरे छोर पर 'दि ऐंड एंड द बिग्निंग' है। स्टालिन जिसके सिद्धान्तों से वे भ्रमित हैं, उस पर कविता है तो अपने परिचय की कविताएँ भी हैं। उन्हें काव्य का मोज़ार्ट कहा जाता है परन्तु उनके काव्य में बीथोवन की तीव्र उत्तेजना भी मिलती है। उनकी कुछ चुनी हुई कविताओं का संग्रह स्वीडिश भाषा में 'यूटोपिया' नाम से आया है। स्वीडिश अकादमी ने उसी के आधार पर उनका चुनाव पुरस्कार के

लिए किया था। इस संग्रह की एक कविता है 'पॉसीबिलिटीज़', इसमें वे कहती हैं :

'मैं असल में सम्भावनाओं पर ध्यान लगाऊँगी/
ताकि अस्तित्व को न्यायोचित ठहराया जा सके।'

इसी तरह मृत्यु के विषय में उनका नज़रिया बहुत कम शब्दों में उनकी कविता 'मृत्यु बग़ैर अतिशयोक्ति के' में प्रस्तुत है :

'कोई जीवन नहीं है
जो शाश्वत नहीं है
यदि केवल एक क्षण के लिए।'

1996 में जब उन्हें नोबेल पुरस्कार मिला तो वे काफी वृद्ध हो चुकी थीं। उनकी उम्र 73 साल थी परन्तु वे तब भी सक्रिय थीं। वे अब भी सक्रिय हैं। अक्सर पुरस्कार बहुत देर से मिलते हैं। 2007 की पुरस्कार विजेता डोरिस लेसिंग की ही बात ली जाए तो उन्हें 86 साल की वय में यह पुरस्कार मिला। नजीब महफ़ूज़ को भी जब नोबेल मिला वे 77 साल के थे। नोबेल पुरस्कार मिलने या न मिलने से इस उम्र में बहुत फर्क नहीं पढ़ता है। परन्तु उनका साहित्य अवश्य अनेक भाषाओं, अनेक देशों में फैल जाता है और साहित्य के इतिहास में सदा के लिए दर्ज हो जाता है। नोबेल पुरस्कार उनके पाठकों को उनमें नया विश्वास उत्पन्न कराता है। अपने प्रिय रचनाकार में उनके विश्वास को मजबूत करता है और उन्हें नये पाठक भी देता है।

एल्फ्रिड जेलिनिक

नारीवाद की प्रवक्ता

''शैली और कथ्य दोनों स्तर पर वे (एल्फ्रिड जेलिनिक) एक बहुत ही सृजनात्मक लेखक हैं।''

—पीटर आइरनोट

दो दशकों से अधिक से एल्फ्रिड जेलिनिक अपने समकालीनों को चुनौती देती आ रही हैं। उनका साहित्य नारीवादी है और आस्ट्रिया के समाज का कटु आलोचक है। उनके आलोचक उनके साहित्य को अश्लील, खिझानेवाला और उपहासपूर्ण मानते हैं। व्यंग्यात्मक लहजे और भाषा से खेलनेवाली एल्फ्रिड जेलिनिक इन बातों की परवाह नहीं करती हैं और अपने समाज की कमियों को खोलकर दिखाती चलती हैं। वे निरन्तर प्रयोग करती जाती हैं। कभी उपन्यास, कभी नाटक। नाटक जिन्हें देखने लोग आते थे परन्तु अपना एजेंडा लेकर आते थे और नाटक के दौरान जानबूझकर हूटिंग करते, इतना हल्ला-गुल्ला मचाते कि प्रायोजक भी उठकर चले जाते। यह सब हो रहा था राजनीति से प्रेरित होकर। जैसाकि गुंटर ग्रास कहते हैं लेखक सत्ता की आँख की किरकिरी होता है। जेलिनिक सत्ता की आँख की किरकिरी हैं। वे आँख में उँगली डालकर सत्ता और शक्ति के दुरुपयोग की कारस्तानियों को दिखाती हैं। एक समय ऐसा भी आया जब उन्होंने आत्मसम्मान के कारण अपने नाटकों के प्रदर्शन पर स्वयं रोक लगा दी। अपने प्रकाशकों से कहा कि जब तक देश में हैदर की पार्टी का शासन है वे उनके नाटकों के प्रदर्शन के अधिकार को रोक लें। हालाँकि अब पुनः उनके देश में उनके नाटकों का प्रदर्शन प्रारम्भ हो गया है। अपने देश और समाज की इस आलोचक को अपने देश के कतिपय शहरों को छोड़कर देश से विशेष लगाव नहीं है। उनके मन में वियना तथा कुछ ही अन्य शहरों के प्रति लगाव है। वे देशप्रेम का झूठा दम्भ नहीं भरती हैं। उन्होंने अपने उपन्यास 'चिल्ड्रेन ऑफ द डेड' में अपने देश ऑस्ट्रिया को मृत्युक्षेत्र के रूप में चित्रित किया है।

ऐसा क्या लिखती हैं जेलिनिक कि लोग उनके ख़िलाफ़ हैं? असल में

वे वर्जित क्षेत्रों में प्रवेश करती हैं (क्या लेखक के लिए कोई क्षेत्र वर्जित होता है?) खासकर यौन के क्षेत्र में प्रवेश कर वे खुलकर लिखती हैं। पुरुष नज़रिये और पुरुष-निर्मित जगत के सूक्ष्म पैतरों को ऐसे खोलकर रख देती हैं जैसे हथेली पर रखी सरसों हो। वे स्त्री-जगत का चित्रण बड़ी सूक्ष्मता और मनोवैज्ञानिक तरीके से करती हैं और दिखाती हैं कि कैसे स्त्री स्वयं को पुरुष नज़रिये से देखती हैं, क्योंकि उसका अपना कोई नज़रिया है ही नहीं। इतना ही नहीं अपने साम्राज्य, अपने अधिकार क्षेत्र में ठीक पुरुष की तरह ही व्यवहार करती है। ठीक पुरुष की भाँति ही दमनकर्ता और अत्याचारी होती है। स्त्री यह सब सोच-समझकर नहीं करती है। यह सब वह अचेतन रूप से करती है क्योंकि उन्होंने पुरुष की सत्ता को पूर्ण रूप से आत्मसात कर लिया है। यह सब लिखकर जेलिनिक अपनी आलोचना आमन्त्रित करती हैं। उन्हें अच्छी तरह ज्ञात है कि यह सब लिखने पर समाज उन पर पुष्प वर्षा करने से रहा। हाँ, ऐसे भी पाठक और समीक्षक हैं जो उनके कार्य के महत्त्व को जानते-पहचानते और सराहते हैं। यदि ऐसा न होता तो उन्हें 2004 का साहित्य का नोबेल पुरस्कार न मिलता।

जब उन्हें नोबेल पुरस्कार मिला तो काफी लोगों को आपत्ति हुई। यहाँ तक कि चयन समिति में भी विवाद खड़ा हो गया। पुरस्कार की घोषणा के ठीक एक दिन पहले समिति के एक सदस्य ने अपनी नाराजगी दिखाते हुए समिति से इस्तीफा भी दे दिया। परन्तु स्वयं जेलिनिक ने एक साक्षात्कार में कहा कि नोबेल पुरस्कार सबसे बड़ा सम्मान है और नोबेल समिति ने उन्हें विश्वास दिलाया है कि वे लोग उनके काम को महत्त्व देते हैं इसलिए पुरस्कार दे रहे हैं। इसलिए नहीं कि वे एक स्त्री हैं। किसी अन्य ऑस्ट्रिया लेखक की न तो इतनी कटु आलोचना होती है न ही ऑस्ट्रिया के किसी दूसरे लेखक को इतना सम्मान मिलता है। जब उन्हें नोबेल पुरस्कार मिला। वहाँ की कम्युनिस्ट पार्टी के चेयरमैन वाल्टर बाएर ने उनकी प्रशंसा की और कहा कि वे एक नारीवादी हैं और उन्हें 'दूसरे ऑस्ट्रिया' का सर्वाधिक महत्त्वपूर्ण स्वर कहा। उन्होंने फ्रीडम पार्टी पर जेलिनिक के नि:संकोच और खुले प्रहार को रेखांकित किया। खुश तो ऑस्ट्रिया की पार्लियामेंट के प्रेसिडेंट एंड्रियाज़ कोल भी थे क्योंकि यह ऑस्ट्रिया के लिए खुशी की बात थी। नोबेल पुरस्कार से उनके जीवन और लेखन में एक परिवर्तन आया है। अब वे भौतिक चिन्ताओं से मुक्त होकर ज्यादा आसानी से, ज्यादा प्रफुल्लित मन से लेखन कार्य कर सकती हैं। यह उनकी भाषा-प्रक्रिया के लिए भी अच्छा है। क्योंकि वे भाषा के संगीतात्मक पक्ष का प्रयोग करती हैं। पुरस्कार ने उन्हें एक बड़े स्वतन्त्रता के स्रोत से जोड़ दिया है।

'सोशल फोबिया' के कारण वे नोबेल पुरस्कार समारोह में नहीं जाना चाहती

थीं। 1996 में विस्लावा शिम्बोर्स्का के बाद जेलिनिक पहली और नोबेल के इतिहास में दसवीं महिला साहित्यकार हैं जिन्हें नोबेल पुरस्कार मिला है। वे स्वयं को 'कमजोरों' का प्रवक्ता मानती हैं। स्वीडिश अकादमी ने उनकी प्रशंसा में कहा कि उनके उपन्यासों और नाटकों में वाणी और प्रतिवाणी संगीतात्मकता के साथ प्रवाहित होती है। जो समाज के घिसे-पिटे शब्दों और अधीन करने की शक्ति की विसंगति को दिखाती है।

उनके लेखन पर उनकी पृष्ठभूमि का गहरा प्रभाव है। 20 अक्टूबर 1946 को ऑस्ट्रिया के मुर्जुशलैग शहर में जन्मी एल्फ्रिड जेलिनिक के पिता चेक यहूदी मूल के थे। पेशे से वे केमिस्ट थे। वे द्वितीय विश्वयुद्ध के दौरान एक महत्त्वपूर्ण औद्योगिक उत्पादन से जुड़े थे अतः उत्पीड़न से बच गये। उनकी माँ वियना के एक समृद्ध परिवार से ताल्लुक रखती थीं। जेलिनिक वियना में ही पली-बढ़ीं। वहीं उनकी स्कूली शिक्षा हुई। बहुत बचपन से ही उन्हें पियानो, ऑर्गन और रिकॉर्डर बजाने का प्रशिक्षण मिला और इन्हीं क्षेत्रों में वे उच्च शिक्षा के लिए वियना कंजरवेटरी गयीं। 1964 में एलब्रट्सज़िम्नेज़ियम से ग्रेजुएशन करने के पश्चात् वे थियेटर तथा कला का इतिहास पढ़ने के लिए यूनिवर्सिटी ऑफ वियना गयीं, साथ ही संगीत की शिक्षा जारी रही। 1971 में उन्हें कंजर्वेनिस्ट से ऑर्गनिस्ट का डिप्लोमा मिला।

बहुत कम उम्र से ही जेलिनिक कविता लिखने लगीं। 1967 में उनका प्रथम संग्रह 'लिसास शेटन' आया। उनके विचारों में उत्तरोत्तर विकास होता गया। छात्र आन्दोलन से जुड़े होने के कारण उनके लेखन ने सामाजिक मोड़ लिया। 1970 में उनका व्यंग्यात्मक उपन्यास 'विर सिंड लोक्वीगेल बेबी!' आया। उनके अगले उपन्यास में भाषा का विद्रोह नजर आता है। सातवें दशक में कुछ साल बर्लिन और रोम में व्यतीत करने के बाद उन्होंने गोटफ्रेड हंगसबर्ग से विवाह किया और अपना समय वियना तथा म्युनिख में बाँटकर बिताने लगीं। 1975 में अपने उपन्यास 'वीमेन एज़ लवर्स' से उन्होंने जर्मन पाठकों का मन जीत लिया। 1980 में 'वंडरफुल, वंडरफुल टाइम्स' तथा आत्मकथात्मक उपन्यास 'द पियानो टीचर' आया। 2001 में इस पर इसी नाम से माइकेल हैक ने एक प्रसिद्ध फिल्म बनायी।

1974 में उन्होंने अपना पहला रेडियो नाटक लिखा, जो ख़ासा चर्चित हुआ। तब से उन्होंने अपना ज्यादा कार्य रेडियो तथा थियेटर के लिए ही किया है। इन रचनात्मक कार्यों में वे परम्परागत संवादों को सफलतापूर्वक त्यागकर बहुत लयात्मक एकालाप का प्रयोग करती हैं। जिनमें स्वर परिवर्तन के द्वारा मन के विभिन्न स्तर प्रस्तुत होते हैं। इनमें बहुत भूमिकाएँ नहीं होती हैं। 2003 में ड्रामा के लिए लिखे गये कार्यों का उनका संग्रह 'प्रिंसेस ड्रामाज़' नाम से आया है। प्रकाशकों के अनुसार

आजकल अमेरिका में अनूदित कार्य बेचना अत्यन्त कठिन हो गया है, परन्तु नोबेल पुरस्कार मिलने के बाद उम्मीद है कि जेलिनिक का कार्य अँग्रेज़ी में रूपान्तरित होकर अमेरिका में खूब बिकेगा। हिन्दी समाज को भी अनुवाद द्वारा उनके काम का परिचय मिलना चाहिए।

नाज़ी अतीत और उसके बाद का समाज उनकी रचनाओं में मुखर होता है। आज के राजनैतिक परिवेश पर उनकी कड़ी नजर है। सत्ता की राजनीति की गहरी समझ उन्हें है। उनका स्वर स्थायी रूप से विरोध का है और उनका नज़रिया विवाद को जन्म देता है। वे यथास्थिति को पसन्द करनेवाले लोगों की शान्ति भंग करती हैं। वे लगती हाशिए पर हैं परन्तु असल में वे केन्द्र में प्रवेश करके अदृश्य चिन्तन पैटर्न को खोलती हैं। चिन्तन जो हमारे समय के केन्द्रीय विचार होने चाहिए। जिन मुद्दों पर चिन्तन होना चाहिए, जिनके सम्बन्ध में चर्चा होनी चाहिए। परन्तु जिन पर बात करने से हम बचना चाहते हैं और पोलिटिकली करेक्ट रहने के लालच में हम आँख मींचे रहने का नाटक करते रहते हैं। जिन पर बात करने से हम डरते हैं। वे उन्हीं महत्त्वपूर्ण मुद्दों पर लिखती हैं और आँख में उँगली डालकर दिखाती हैं। समाज के पाखंड, सत्ता और शक्ति के दुरुपयोग, दमित-शोषित नारी उनके साहित्य का केन्द्र है। जो छिपा हुआ है वे उसे दिखाती हैं, अतीत के छिपे हुए को भी दिखाती हैं। बर्तोल ब्रेष्ट की भाँति वे भी विश्वास करती हैं कि साहित्यिक कार्य विरोध करने पर ही बच सकता है।

जब एक साक्षात्कार के समय पत्रकार मरिका ग्रीसेल ने पूछा कि आप लेखक कैसे बनीं तो जेलिनिक का उत्तर था कि वे बचपन से जो भी हाथ में आता था पढ़ती थीं और जितना ज्यादा पढ़तीं उन्हें दुनिया और अपने बीच दूरी नजर आती। इस खाई को भरने का उनके पास एक उपाय था लिखना। उन्होंने बहुत बचपन से लिखना प्रारम्भ कर दिया। एक और भी कारण था उनके माता-पिता सदा बीमार थे। इसलिए उनका बचपन बड़ा एकाकी था और एकाकी बच्ची ने किताबों को अपना साथी बनाया। उनको लिखने की विशेष प्रेरणा मिली उस समूह से जो 1950 में वियना ग्रुप के नाम से लेखक एचसी आर्टमान ने बनाया था। इस समूह से जेलिनिक ने सीखा कि तुम्हें जो कहना है उसे भाषा को स्वयं कहने दो। क्योंकि जो आप कहना चाहते हैं उसके लिए कथ्य से ज्यादा भाषा अर्थपूर्ण होती है। संगीत में रुचि के कारण वे शब्दों के स्वर से खेलती हैं। वे अपनी बात शब्दों की ध्वनि में कहना पसन्द करती हैं।

हमारी सोच का एक पैटर्न है कि हम जीवन और जगत् को अक्सर पुरुष के नज़रिये से देखते हैं। जेलिनिक इस मिथक को तोड़ती हैं वे अपने नज़रिये को तरज़ीह देती हैं। उनके उपन्यास और नाटक दिखाते हैं कि एक मनुष्य के

एक में कैसे अनुभव किया जाता है। एक मनुष्य के रूप में कैसे सोच-विचार करना चाहिए। कैसे एक मनुष्य के रूप में व्यवहार करना चाहिए। अपनी प्रारम्भिक रचनाओं 'वी आर डेकॉयस, बेबी!', 'वीमेन एज लवर्स' और इब्सन से प्रभावित श्रव्य नाटकों 'ह्वाट हैपेंड आफ्टर नोरा लेफ्ट हर हसबैंड', 'पिलर्स ऑफ सोसाइटी' में उन स्त्रियों को चित्रित करती हैं जिनके प्रति समाज में, उनके मन में सबसे ज्यादा संवेदना है। उन स्त्रियों को चित्रित करती हैं जिनका कोई भविष्य नहीं है। जो आर्थिक रूप से पराश्रित हैं और समाज के सबसे निचले पायदान पर हैं। ये सामान्य औरतें शब्दश: अपने पुरुषों पर निर्भर होती हैं और इस कारण अपने पुरुष की छाया मात्र होती हैं। यहाँ तक कि ये स्त्रियाँ स्वयं को तथा अपनी स्थिति को भी पुरुष के नज़रिये से देखती हैं। विरले ही कभी वे अपनी इच्छाएँ, अपने विचार, अपनी आकांक्षाएँ अभिव्यक्त करती हैं। वे अपना कार्य मात्र बच्चे पैदा करना, खाना बनाना और खुद को सजा-सँवारकर शो-केत् में गुड़िया की तरह रहना ही मानती-जानती हैं। इनका बाह्य जगत् से कोई सम्पर्क नहीं होता है। यदि कभी कोई पढ़ना-लिखना चाहती भी है तो शादी की बलि चढ़ जाती है। ये दमित स्त्रियाँ दोहरी शारीरिक मार झेलती हैं। एक अपने पुरुष द्वारा और दूसरी जो उन्होंने स्वयं पर सामाजिक भूमिका खुद ही ओढ़ रखी है उसकी। परन्तु जेलिनिक की स्त्रियाँ केवल निष्क्रिय जीव नहीं हैं, वे मात्र पुरुषों की यौन इच्छा पूर्ति और दमन का साधन नहीं हैं। असल में वे काफी सक्रिय हैं इसके बावजूद वे सब भीतर से टूटी हुई हैं। उन्होंने स्वयं ही आत्मसमर्पण किया हुआ है। इसके साथ ही उन पर नारीपन का जो मुखौटा थोपा हुआ है उसे उतार फेंकने का प्रयास करती हैं। जेलिनिक के अनुसार एक स्त्री का जीवन धधकता हुआ नरक है और अपने लेखन में वे उसके मूल तक जाती हैं।

वे अपने पात्रों का निजी, पारिवारिक परिवेश में चित्रण करती हैं। इसका मतलब नहीं है कि वे पारिवारिक जीवन द्वारा किसी बड़े सामाजिक परिवर्तन की गुंजाइश देखती हैं। या फिर स्त्री की स्थिति में, उसके स्तर में किसी उलटफेर की सम्भावना देखती हैं। इसके विपरीत निजी पारिवारिक परिवेश में आश्चर्यजनक विचार और स्तम्भित करनेवाली संवेदनाएँ होती रहती हैं। यह सब इसीलिए होता है क्योंकि स्त्रियों ने स्वत: पुरुष सत्ता स्वीकारी हुई है। और तो और माताएँ भी अपने अधिकार क्षेत्र, अपने साम्राज्य में दमनकर्ता दिखाई देती हैं। सताई हुई दमित स्त्री अपने बच्चों को सताती हैं। माँ खुद को शहीद देखती हैं पर भीतर से बुरी तरह से चिढ़ी हुई होती हैं। भयंकर क्रोध से भरी हुई होती हैं। बिना जाने, बिना सोचे-समझे अपने से नीचे, अपने से कमजोर बच्चों पर अत्याचार करती हैं। ठीक वैसे ही जैसा कि पुरुष करता है। यह सब इसलिए होता है क्योंकि सबकुछ एक

ढर्रे में बँधा हुआ है। कोई इस लकीर को तोड़ना नहीं चाहत। है। उनके साहित्य से एक उदाहरण देखना काफी होगा।

'माँ के झन्नाटेदार झापड़ से चार साल के बच्चे का सिर पीछे घूम गया। एक पल के लिए सिर असहाय घूमता रहा, जैसे गोलमटोल गुड़िया का सन्तुलन खो गया हो। और जो अपने पैरों पर खड़ा होने की कोशिश कर रही हो। अन्ततः बच्चे का सिर फिर से सीधा हुआ और वापस अपने सही स्थान पर आ गया। परन्तु अधीर माँ ने तेजी से उसे फिर मारा...माँ भारी थैलों से जूझ रही थी....आप देखें बच्ची के साथ बुरा व्यवहार करने के चक्कर में उसे बार-बार अपने थैले नीचे रखने पड़ रहे थे, जिससे उसका काम बढ़ रहा था...बच्चा अत्याचार की भाषा सीख रहा था।'

जेलिनिक के कार्यों में लैंगिकता (सैक्सुअलिटी) के माध्यम से सामाजिक शक्ति संरचना परिलक्षित होती है। वे विज्ञापन तथा मीडिया की भाषा पर भी प्रहार करती हैं। ख़ासतौर पर राजनीतिक जुमलों और खोखले शब्दों की आलोचना करती हैं। उन तरीकों का खुलासा करती हैं जो चिन्तन में नाज़ी अतीत को नकारते हैं। आज के राजनीतिक विश्व की राष्ट्रीय और अन्तरराष्ट्रीय स्तर पर आलोचना करती हैं। जैसे नारीवाद पर उनकी कड़ी दृष्टि है वैसे ही नाज़ी अतीत और आज के ऑस्ट्रिया के राजनीतिक परिदृश्य पर उनकी कलम निर्भीक चलती है। अपने 'वंडरफुल, वंडरफुल टाइम्स' उपन्यास में वे चित्रित करती हैं कि कैसे पुरानी पीढ़ी अपने अतीत से तालमेल न बैठा पाने की इच्छा के कारण आस्ट्रिया में किशोर अपराधों का पचासवें और साठवें दशक में बोलबाला हो गया। किसी न किसी रूप में नयी पीढ़ी नाज़ियों के अत्याचार को कायम रखी हुई है।

इमरे कर्टीज की भाँति वे भी मानती हैं कि ऑश्वित्ज़ की गूँज साहित्य में सदैव रहनी चाहिए। भले ही यातना का भौतिक अस्तित्व आज न हो। जब वे वर्तमान में आते-जाते मृत लोगों के विषय में लिखती हैं तो इसलिए कि उनके मूक इतिहास को निरन्तर अभिसंस्कार की आवश्यकता है। ये विषय समारोहों की भाषणबाजी में खोने नहीं चाहिए। उनके उपन्यास 'दि चिल्ड्रन ऑफ द डेड' पर भयंकर प्रतिक्रिया हुई। यहाँ तक कि चारों ओर से उन पर प्रहार होने लगा और 1995 दक्षिणपन्थी राजनीतिक होर्ग हैदर ने अपने चुनाव प्रचार के दौरान पोस्टर लगवा दिये। जिन पर बड़े-बड़े हरफों में लिखा रहता था 'आप संस्कृति चाहते हैं या एल्फ्रिड जेलिनिक?' और जवाब में उन्होंने (जेलिनिक ने) अपने नाटक, नाटक गृहों से उठा लिये। जब 2002 में तख़्ता पलटा तब ही उन्होंने अपने नाटकों का पुनःप्रदर्शन अपने देश में होने दिया।

एक स्त्री के पास उसके शरीर के मौन साम्राज्य के अलावा और कुछ नहीं

होता है। जेलिनिक अपने साहित्य में इस मौन को मुखरित करती हैं वे स्त्री के अवचेतन को बोलने का अवसर देती हैं। यह अवचेतन न केवल उन सब बातों को नकारता है जो स्त्री को परम्परागत रूप में देखने में है, बल्कि स्त्री की यौन तथा अन्य संवेदनाओं को भी दिखाता है। पुरुष के सत्ता एवं शक्ति की माँग पर प्रश्न खड़े करता है। यह यहीं नहीं रुकता है बल्कि औरत के समपर्ण पर भी प्रश्न खड़े करता है। वे यह सब बड़ी कुशलता से ऐसी भाषा के द्वारा करती हैं जो स्त्री को समाज के शक्ति एवं सत्ता संरचना पर सोचने-विचारने का अवसर देता है।

'इन दि एल्प्स' में पुनः वे अतीत और वर्तमान में सम्बन्ध स्थापित करती हैं। इसमें कापरन में 2000 में हुए पहाड़ी रेलवे सुरंग के पास एक हादसे को कथानक बनाया गया है। जिस हादसे में 150 लोग मरे थे और बहुत अधिक नुकसान हुआ था। इसी स्थान पर महान बाँध योजना है। योजना नाज़ियों ने प्रारम्भ की थी। इसमें संस्कृति, तकनीकी और प्रकृति के जटिल सम्बन्धों को दर्शाया गया है। एक भुतहे स्की लिफ्ट स्टेशन पर विभिन्न दौर के जीवित और मृत लोग एकत्र होते हैं और वे आदमी द्वारा प्रकृति से छेड़छाड़ पर विचार-विमर्श करते हैं। एक अन्य लेखक ने भी मृतकों से विचार-विमर्श करवाया है। नोबेल साहित्य पुरस्कृत नजीब महफ़ूज़ के जीवित और मृत लोग जब एकत्र होते हैं तो वे राजनीति की सत्ता शक्ति पर विमर्श करते हैं। और नेताओं, शासकों की नीतियों पर प्रश्न खड़े करते हैं। परन्तु जेलिनिक आज की प्रमुख समस्या, पर्यावरण प्रदूषण के प्रति भी चिन्तित हैं। अतः इस पुस्तक में वे इस विषय को उठाती हैं। 'डेथ एंड द मेडन 1-4 : प्रिंसेस प्लेज़' में स्नो व्हाइट, स्लीपिंग ब्यूटी, जेकलीन कैनेडी और मर्लिन मुनरो जैसी रोल मॉडलों के माध्यम से स्व-विडम्बना को उघाड़ा है। यहाँ स्त्री की दुनिया है। उसकी स्व-छवि है और है समर्पित होने की बात। शक्ति, जीवन-मृत्यु सब पर उन्होंने बहुत गम्भीरता से विचार किया है।

मार्केस, कावाबाता तथा कई अन्य नोबेल पुरस्कृत रचनाकारों की भाँति जेलिनिक भी बार-बार मृत्यु को अपना कथानक बनाती हैं। वे स्वयं कहती हैं कि वे अस्तित्व और शून्य (बीइंग ऐंड नथिंगनेस) के बीच के बिन्दु पर बराबर रहती हैं। अस्तित्व और शून्य के इसी बिन्दु पर वे ऑस्ट्रिया की अस्मिता को पाती हैं। ऑस्ट्रिया समाज के पाखंड, शर्मनाक घटनाओं को छिपाने और पितृसत्तात्मक उत्पीड़न के बरक्स वे मानवता के प्रश्न खड़े करती हैं। अहंकार, साफ-सुथरे, चिकने-चुपड़े दिखावटी माहौल के पीछे की घिनौनी सचाई को उजागर करती हैं। वे ऑस्ट्रिया के अतीत को उघाड़कर दिखाती हैं। लेकिन इसकी कीमत उन्हें चुकानी पड़ी है। उन्हें देशद्रोही, कम्युनिस्ट और पोर्नोग्राफर की उपाधियों से

सुशोभित किया जाता रहा है। पर उनकी लेखनी नहीं रुकी है। इसके उत्तर में उन्होंने 'द बर्ग थियेटर' लिखा। यह नाटक व्यंग्यात्मक है। इसमें वे दिखाती हैं कि कैसे वियना के बहुत सारे प्रसिद्ध कलाकार थर्ड रीख के समय नेशनल सोशलिस्ट प्रोपेगंडा मशीन के अंग थे। और युद्ध के बाद भी वे नेशनल थियेटर का हिस्सा हैं। और आज ऑस्ट्रिया का सिनेमा, नाटक और सांस्कृतिक जीवन इन्हीं लोगों के हाथ में है। और कोई इस पर विचार नहीं करता है। न ही कोई प्रश्न पूछता है। उनके इस नाटक ने उनके देश में बड़ा तूफान खड़ा किया।

इसी तरह वे अपने नाटक 'स्टिक, स्टाफ एंड पोल' में नाज़ी अतीत को कुरेदती हैं। इसमें पत्र बम के द्वारा चार रोमानियन लोगों को ऑस्ट्रिया के एक गाँव में मार डाला जाता है। परन्तु प्रेस और मीडिया हत्याओं के विषय में कोई रुचि नहीं लेता है। नाज़ी न केवल यहूदियों को नष्ट कर रहे थे वरन उनके निशाने पर रोमानियन लोग भी रहे हैं। इसके साथ ही वे दिखाती हैं कि कैसे नस्लगत भेदभाव स्पोर्ट्स के प्रति उत्साह तथा सनसनीखेज पत्रकारिता के द्वारा आज भी जारी है। उनके नाटक 'अ स्पोर्ट्स प्ले' का यही कथानक है। वे राष्ट्रवाद, फासीवाद और स्पोर्ट्स के प्रति पागलपन में समानता दिखाती हैं। उनके लिए स्पोर्ट्स कलात्मक और बौद्धिक उपलब्धि की अवज्ञा है। एक तरह का युद्ध जो जनता को कमजोर के प्रति हेय भाव और अत्याचार को समर्थन देने के लिए उकसाता है। फिटनस के प्रति पागलपन, शरीर के प्रति लगाव अमीरों के चोचले हैं और बाजार की चाल हैं। स्वयं को सुन्दर एवं मजबूत बनाये रखने का इस पागलपन का दूसरों का दमन शोषण करने में अन्त होता है। अपनी सारी ऊर्जा शरीर पर खर्च करना इस संस्कृति का शगल है। और इसके लिए लोग क्या-क्या करते हैं उन्हीं के शब्दों में :

'पैर टूटा, स्नायु फट गये, रगें फट पड़ीं, पेशियाँ जरूरत से ज्यादा खिंच गयीं, लेकिन किसी तरह बच गये। मानव शरीर पित्ज़ा बॉक्स या फेंकने योग्य मग की तरह स्पोर्ट्स में लगा है। पहले वे खूबसूरत हैं और फिर सेकेंड हैंड उतरन, हाँ पूरी तरह निचोड़े हुए! परन्तु किसी भी कीमत पर वे धोने योग्य हैं और आसानी से देखभाल की जा सकती है। आधुनिक फाइबर का शुक्रिया सृजनहार ने बनाने के लिए जिसका प्रयोग किया।'

भले ही उनके रचनात्मक कार्यों की भूमि ऑस्ट्रिया हो परन्तु, कथानक किसी एक देश की सीमाओं में नहीं बँधे हैं। वे मानती हैं कि ये दुःस्वप्न सार्वभौमिक हैं। जहाँ भी मनुष्य है ये दुःस्वप्न पाये जाते हैं। 2004 में इराक युद्ध पर लिखे 'बैम्बी लैंड' में वे सीएनएन की न्यूज रिपोर्ट और एचीलस की ग्रीक त्रासदी 'द पेरसियंस' के बीच सम्बन्ध स्थापित करती हैं। वे स्वयं इसे इराक की मीडिया

रिपोर्ट का सम्मिश्रण कहती हैं। वे युद्ध को, युद्ध के शिकार लोगों के नज़रिये को नहीं दिखाती हैं, बल्कि दर्शकों की दर्शक बनकर पूरे परिदृश्य को प्रस्तुत करती हैं। कमेंटेटर्स पर टिप्पणी करती हैं और इस तरह तत्कालीन राजनीतिक विकास पर अपने विडम्बनापूर्ण विचारों द्वारा टिप्पणी करती हैं। इसका एक उदाहरण दृष्टव्य है :

'वे लड़ते हैं। अच्छा तब। वे और क्या करेंगे। वे लड़ते हैं। उनके बेटों के साथ जो अब सेना में हैं। मेरे शब्द भयभीत करनेवाले विचार लाते हैं। कोई बात नहीं। कहीं और, गरीबी से लाचार लोग समाप्त होते हैं। कम-से-कम यहाँ उनके पास काम है और वे सड़कों से दूर रहते हैं। वे खेतों से मुँह फेरे हुए हैं जहाँ उनकी जरूरत है। वे दूसरी सड़क हैं, पर हम पहले ही वहाँ हैं। हम वहाँ हैं और हम चित्र भेजते हैं और उन्हें चिपकाते हैं। हम अपने चित्रों की टिकट हैं जिनका एकमात्र काम उन्हें घर भेजना है। हम चरम हैं। कोई हमसे अधिक कुशल नहीं है। इसीलिए हम चित्र भेजते हैं। ताकि खुद हमें न भेजा जाए। बालू में। अच्छाई खुद आए, हम जीते! हम दीवार हैं हमारा 'हाँ' कहना पहली क्रिया है। जब हम हाँ कहते हैं शुरुआत होती है। हम शूट करते हैं। हम पीते हैं और हम भेजते हैं। वह इस शहर को क्यों लूटना चाहता है? हम उसे कहेंगे, और हम उसे संग में चित्र भेजेंगे ताकि वह जाने कि हम क्या कह रहे हैं।'

उनका कथानक तो बेचैन करता ही है और सोचने-विचारने को उकसाता है, उनके चरित्र भी विशिष्ट होते हैं। वे चरित्रों को विलय करके प्रस्तुत करती हैं और इस तरह उनके खोखलेपन को दिखाती हैं। ये चरित्र अखबारों, टेलीविजन, विज्ञापनों, राजनीतिक आदर्शों, ऐतिहासिक विचारों के खंड-खंड से तैयार होते हैं। पुरुषों की भाषा, कुलीनों के पॉलिश किये हुए कथन, अन्तरराष्ट्रीय मीडिया का संकुचित नज़रिया सब उनके साहित्य का अंग हैं।

जब 2001 में कान फिल्म समारोह में ऑस्ट्रियन फिल्म डॉयरेक्टर माइकल हैनेक की फिल्म 'द पियानो टीचर' दिखाई गयी तो उसका स्वागत बड़े अजीबोगरीब तरीके से हुआ। फिल्म समाप्त होने पर जहाँ एक ओर दर्शक पागलपन की हद तक तालियाँ बजाकर अपना हर्ष प्रकट कर रहे थे, वहीं बहुत सारे दर्शक भौंचक थे, वे चकरा देनेवाली चुप्पी के साथ स्तम्भित थे और कुछ अन्य दर्शक छी: छी: करके अपनी घृणा का इज़हार कर रहे थे। कुछ फिल्म बीच में छोड़कर पहले ही जा चुके थे। एक ही फिल्म पर इतनी अलग-अलग प्रतिक्रिया आश्चर्यचकित करती है, साथ ही उत्सुकता भी जगाती है। कैसी है यह फिल्म जो इतनी विचित्र प्रतिक्रियाओं को जन्म देती है?

साहित्य के लिए नोबेल पुरस्कार (2004) पानेवाली एल्फ्रिड जेलिनिक

के आत्मकथात्मक उपन्यास 'द पियानो टीचर' पर इसी नाम से फिल्म बनी। अपने देश और समाज की इस आलोचक को अपने देश के कतिपय शहरों को छोड़कर इससे विशेष लगाव नहीं है। उनके मन में वियना तथा कुछ ही अन्य शहरों के प्रति लगाव है। 'पियानो टीचर' की कहानी भी वियना के उच्च परिवेश में चलती है। वे स्त्री जगत का चित्रण बड़ी सूक्ष्मता और मनोवैज्ञानिक तरीके से करती हैं और दिखाती हैं कि कैसे स्त्री स्वयं को पुरुष नज़रिये से देखती है क्योंकि उसका अपना कोई नज़रिया है ही नहीं। इतना ही नहीं अपने साम्राज्य, अपने अधिकार क्षेत्र में ठीक पुरुष की तरह ही व्यवहार करती हैं। ठीक पुरुष की भाँति ही दमनकर्ता और अत्याचारी होती हैं। स्त्री यह सब सोच-समझकर नहीं करती है। यह सब वह अचेतन रूप से करती हैं क्योंकि उन्होंने पुरुष की सत्ता को पूर्ण रूप से आत्मसात कर लिया है। पियानो टीचर की नायिका एरिका इसका एक सटीक उदाहरण है।

यहाँ भी उन्होंने अपने स्थायी स्वर विरोध को जारी रखा है। इसके द्वारा भी उन्होंने यथास्थिति को पसन्द करनेवाले लोगों की शान्ति भंग की है। यहाँ भी वे केन्द्र में प्रवेश करके अदृश्य चिन्तन पैटर्न को खोलती हैं, चिन्तन जो हमारे समय के केन्द्रीय विचार होने चाहिए, जिन मुद्दों पर चिन्तन होना चाहिए। जिनके सम्बन्ध में चर्चा होनी चाहिए परन्तु जिन पर बात करने से हम बचना चाहते हैं और पॉलिटिकली करेक्ट रहने के लालच में हम आँख मींचे रहने का नाटक करते रहते हैं। जिन पर बात करने से हम डरते हैं उन्हीं महत्त्वपूर्ण मुद्दों पर लिखती हैं। 'द पियानो टीचर' में भी उन्होंने समाज के पाखंड, दमित-शोषित नारी, सत्ता और शक्ति के दुरुपयोग को केन्द्र में रखा है। जेलिनिक के अनुसार एक स्त्री का जीवन धधकता हुआ नरक है और वे अपने साहित्य में उसके मूल तक जाती हैं। पियानो टीचर में भी उन्होंने यही किया है।

सताई हुई दमित स्त्री अपने बच्चों को सताती है। माँ खुद को शहीद देखती है पर भीतर से बुरी तरह से चिढ़ी हुई और भयंकर क्रोध से भरी हुई, अन्दर से बहुत असुरक्षित होती है। बिना सोचे-समझे अपने से नीचे, अपने से कमजोरों पर अत्याचार करती है, ठीक वैसे ही जैसा कि पुरुष करता है। एरिका की माँ के जीवन में उबाऊपन के अलावा कुछ नहीं है। वह टी.वी. देखती है। शराब पीती है। घड़ी देखती और बार-बार फोन करती है। बेटी कहाँ है यह जानकारी लेती रहती है। इस फिल्म में पहले डोमिनेटिंग और बाद में लाचार माँ की भूमिका में ऐनी गिराडॉट का अभिनय सराहनीय है।

जेलिनिक के कार्यों में लैंगिकता (सैक्सुआलिटी) के माध्यम से सामाजिक शक्ति संरचना परिलक्षित होती है। पियानो टीचर की नायिका एरिका इसका जीता

जागता उदाहरण है। एक स्त्री के पास उसके शरीर के मौन साम्राज्य के अलावा और कुछ नहीं होता है। जेलिनिक अपने साहित्य में इस मौन को मुखरित करती हैं। वे स्त्री के अवचेतन को बोलने का अवसर देती हैं यह अवचेतन न केवल उन सब बातों को नकारता है जो स्त्री को परम्परागत रूप में देखने में है बल्कि स्त्री की यौन तथा अन्य संवेदनाओं को भी दिखाता है और पुरुष के सत्ता एवं शक्ति की माँग पर प्रश्न खड़े करता है और औरत के समर्पण पर भी प्रश्न खड़े करता है। वे यह सब बड़ी कुशलता से ऐसी भाषा के द्वारा करती हैं जो स्त्री को समाज की शक्ति एवं सत्ता-संरचना पर सोचने-विचारने का अवसर देता है।

जेलिनिक का कथानक तो बेचैन करता ही है और सोचने-विचारने को उकसाता है। उनके चरित्र भी विशिष्ट होते हैं। एरिका एक ऐसा ही विशिष्ट चरित्र है। एरिका में आसुरी लीडरशिप के सारे गुण मौजूद हैं। एरिका एक प्रतिभावान स्त्री है। प्रतिभावान एक असामान्य व्यक्ति होता है। फिर भी समाज उससे सामान्य व्यवहार की अपेक्षा करता है। यदि प्रतिभावान एक पुरुष है तो समाज उसे असामान्य व्यवहार की छूट देता है लेकिन यह प्रतिभावान व्यक्ति यदि एक स्त्री है तो क्या समाज उसे यह छूट देगा? वियना कंजर्वेटरी में एरिका एक असामान्य, अतिकुशल, उत्कृष्ट पियानो टीचर है। साथ ही वह क्रूर और कठोर है। महान संगीतज्ञ शूबर और शुमान उसकी पसन्द हैं और वह उनकी विशेषज्ञ है। कहा जाता है कि शूबर होमोसेक्सुअल था और उसकी मृत्यु सिफिलिस से हुई और शूमैन पागल होकर मरा था। मगर एरिका अपने छात्रों के प्रति बहुत कठोर है। वह उनसे परफेक्शन चाहती है। उत्कृष्टता के अलावा वह कुछ सहन नहीं कर सकती है। लेकिन इसके साथ ही वह अपने प्रतिभावान छात्रों को किसी-न-किसी भाँति नष्ट भी करती है। ख़ासकर उस छात्र एना स्कोबर (एना सिगलविच) को जिसकी माँ (सुसैन लोथर) बहुत महत्त्वाकांक्षी है। शायद इस तरह वह अपनी माँ से प्रतिशोध ले रही है। एरिका कठोर शब्दों से एना को भेदती है। इतना ही नहीं एक ख़ास अवसर पर उसकी कोट की जेब में काँच के टुकड़े रखकर उसके हाथ को घायल भी कर देती है। लहूलुहान हाथ से भला कोई क्या पियानो बजाएगा? यह सब एरिका इतने ठंडे, शान्त और कठोर तरीके से करती है कि देखकर रीढ़ में सनसनी पैदा हो जाती है।

माँ-बेटी का रिश्ता बड़ा नजदीकी का और बड़ा जटिल है। माँ जहाँ बेटी में अपना प्रतिरूप देखती है वहीं वह प्रतिरूप उसे भयभीत भी करता है। उसकी ढलती उम्र और बेटी की चढ़ती जवानी माँ को बेचैन किये रहती है। वह बेटी को प्यार करती है मगर वह जकड़न की हद छूने लगता है। पार्टी में भी एरिका पर उसकी माँ बराबर नजर रखे रहती है। एक उम्रदराज़ बेटी के बैग को खोलकर

यदि उसकी माँ जाँच-पड़ताल करे तो इसे क्या कहा जाए। बेटी काम से कब निकली, रास्ते में किससे मिली, क्या किया, कब घर लौटी जैसी पूरी जानकारी माँ चाहे तो इसे किस श्रेणी में रखा जाएगा? इसी दृश्य से इस फिल्म का प्रारम्भ होता है। वैसे इसके पहले पियानो पर फिरती उँगलियों के साथ कास्टिंग होती है, जो फिल्म की थीम को स्पष्ट करती चलती है। एल्फ्रिड जेलिनिक की माँ-बेटी कुत्ते-बिल्लियों की तरह लड़ती हैं और अगले पल एक-दूसरे की गोद में समाकर सोती हैं। बड़ा जटिल है उनका रिश्ता। यह मात्र माँ-बेटी का नाता नहीं है। यह दो असुरक्षित स्त्रियों का रिश्ता है। यह वर्जित यौन सम्बन्धों (इंसेस्ट) की हद तक जाता लगता है, हालाँकि उन्हें लेस्बियन नहीं दिखाया गया है। वे एक-दूसरे पर भावात्मक रूप से निर्भर हैं मगर एक-दूसरे के प्रति आशंका से भरी हुई भी हैं। माँ भविष्य के लिए जी रही है, उसका जुगाड़ कर रही है, पाई-पाई दाँत से पकड़कर एक खुला घर लेना चाहती है ताकि दोनों मनमर्जी से रह सकें। बेटी वर्तमान में जीना चाहती है और माँ के द्वारा जमा की गयी रकम चुपचाप निकालकर अपने लिए एक सुन्दर मनपसन्द ड्रेस खरीदने में गुरेज़ नहीं करती है।

युद्ध के बाद का क्षत-विक्षत वियना, छोटा-सा मकान, घर के अन्दर दमघोंटू वातावरण। चालीस की उम्र होने तक कोई पुरुष मित्र नहीं। एक मायने में एरिका आधुनिक स्वतन्त्र स्त्री है। बिना विवाह किये नौकरी करते हुए रह रही है। संगीतज्ञ पिता पागल होकर बहुत पहले मर चुका है और तक़रीबन पागलपन को छूती माँ के साथ रहते हुए एरिका कैसे सामान्य हो सकती है। वह गरीब है लेकिन वियना के उच्च समाज में विचरण करती है। पति और बच्चों की जवाबदेही न होने पर भी परिवार (माँ और अपना खर्च) चलाने की जिम्मेदारी एरिका की है। उसने पुरुष की भूमिका जाने-अनजाने में अपना ली है। उसका स्वर, छात्रों को निर्देश देने का लहजा, कठोर मुखमुद्रा, दूसरों के प्रति उपेक्षापूर्ण ठंडा व्यवहार सब अपनी सत्ता स्थापित करने के तरीके हैं। वह स्त्री से ज्यादा पुरुष नजर आती है। वह बहुत एकाकी है। बेटी इस दमनकारी वातावरण से ऊबी हुई है उसकी यौन ऊर्जा कुंठा में परिवर्तित हो चुकी है। वह पर्वर्ट है। यह ताक-झाँक में सुख लेने वाली (वोयूर) स्त्री पर्दे पर और अन्य लोगों को रतिरत देखकर दृष्टि सुख लेती है। उसे दर्शन रति की भूख है, जिसके शमन के लिए वह कभी पुरुषों के पार्लर में जाकर पोर्नोग्राफी की फिल्में देखती है और पहले के किसी ग्राहक की फेंकी गयी वीर्य से सनी नैपकीन सूँघती है। कभी ड्राइव इन फिल्म शो में जाकर अन्य युवा जोड़ों को प्रेम क्रीड़ा में लिप्त देख सहन नहीं कर पाती है और खलखलाकर आवाज के साथ पेशाब करती है। उसे ऐसा करते देखकर लोग ताज्जुब और जुगुप्सा से भर उठते हैं। सत्ता का खेल सब स्थान पर चलता है।

राज्य से लेकर परिवार तक। परिवार सामाजिक संरचना की मूल इकाई है, सब सामाजिक संरचनाओं की भाँति सत्ता का खेल यहाँ भी चलता है। एरिका का दो प्राणियों का परिवार भी इससे अछूता नहीं है। परिवार में अपनी सत्ताहीनता की कसर वह क्लास में निकालती है।

सेक्स, हिंसा, क्रूरता आदमी के व्यक्तित्व के आदिम अंग हैं। वह शक्ति और सत्ता चाहता है, कभी प्रत्यक्ष रूप से कभी परोक्ष रूप से। सामनेवाले पर अधिकार जमाना उसे अपने क़ब्ज़े में रखना आदमी की प्रकृति है। हर आदमी (औरत) गाँठों का एक पुलिन्दा है। उसके अन्दर सेक्स को लेकर अजीबोगरीब भ्रम होते हैं। किसी में ज्यादा, किसी में कम, पर होते सबमें हैं। सैक्स भी हिंसा का एक रूप है, सत्ता कायम करने का एक तरीका है। एरिका एक आइस हॉकी के हँसमुख, सत्रह वर्षीय युवा खिलाड़ी वाल्टर क्लेमर की आँखों में पड़ जाती है। वह उसकी संगीत कुशलता का कायल है और कल्पना करता है कि वह एरिका से प्रेम करता है। वाल्टर जिद करके उसकी क्लास में प्रवेश लेता है और मौका मिलते ही अपना प्रणय निवेदन कर डालता है। एरिका भी उसकी ओर आकर्षित है लेकिन वह प्रेम में भी अपनी सत्ता कायम रखना चाहती है। वह प्रेम में भी शुबर की अपनी शिक्षा को कायम रखना चाहती है और कहती है कि शुबर बहुत गत्यात्मक है वह 'चीखने से फुसफुसाने की ओर जाता है, जोर से नम्र की ओर नहीं।' वह इस युवक वाल्टर (बेनोट मैगीमल) को हुक्म देती है कि कैसे और कितना प्रेम किया जाए। वह उसे अपनी यौनेच्छाओं की एक फ़ेहरिस्त थमाती है जिसमें वह आत्मयन्त्रणा के विविध नुसख़े लिखकर देती है। इन तरीकों से वह अपनी उत्तेजना को जगाना चाहती है। और यह सारा कुछ उसकी माँ को सताने के लिए वह उसकी दृष्टि और श्रवण सीमा के भीतर करती है ताकि माँ को भरपूर सता सके। उसे परपीड़न में सुख मिलता है। वह यौन-सम्बन्ध के चरम पर ले जाकर अपने प्रेमी को ऐसी पटकनी देती है कि वह चूर-चूर हो जाता है। लेकिन एक समय आता है जब भूमिकाएँ बदल जाती हैं। शोषक शोषित और शोषित शोषक बन बैठता है। वाल्टर एरिका की एक नहीं सुनता है और खूब मनमानी करता है। उस पर खूब अत्याचार करता है। माँ-बेटी उसके सामने लाचार हो जाती हैं। एरिका की इच्छाएँ पूरी होती हैं मगर इस तरह पूरी होंगी उसने कभी न सोचा था। वह स्तम्भित रह जाती है। उसका अनुभव उसकी कल्पना से बहुत भिन्न है। योजनाबद्ध औपचारिक रूप से किये गये परपीड़न रति और कामोत्तेजना से क्रोधित व्यक्ति के अत्याचार-बलात्कार में बहुत अन्तर होता है। वाल्टर एक बौराये हुए साँड़ की तरह व्यवहार करता है। वह एरिका को धमकी देता है।

एरिका आत्मयन्त्रणा में सुख पाती है। स्वयं अपने जननांग को उस्तरे से चीरती है। फिल्म में दर्शक ये सब मात्र झलक के रूप में ही देखता है। पूरी फिल्म में कहीं भी न तो भौंडापन है, न ही सेक्स का प्रदर्शन। असल में निर्देशक एरिका के एकाकीपन, उसकी हताशा को दिखाना चाहता है, इसीलिए वह एरिका और उसकी माँ के बेतुके व्यवहार को प्रदर्शित करता है। उसकी यौनेच्छाएँ बरसों से दबी हुई हैं जिन्हें वह जब तब अप्राकृतिक रूप से शमित करने की चेष्टा करती है। एरिका वाल्टर से कहती है कि वह बरसों से मार खाने की तमन्ना रखे हुए है। जब इन इच्छाओं के पूरा करने का अवसर आता है तो वह कला और जीवन को अलग नहीं कर पाती है और अन्तरंग क्षणों में भी अपने साथी को सीख देने लगती है। वह अपने साथी को हर हाल में नियन्त्रित करना चाहती है। उसे कष्ट देकर स्वयं सुख पाना चाहती है। वाल्टर के हाथों प्रताड़ित होकर वह फिल्म के अन्तिम दृश्य में जब रसोई से चाकू उठाती है और कन्सर्ट हॉल में जिस बेसब्री से किसी का इन्तजार करती है उससे दर्शक यही निष्कर्ष निकालता है कि वह वाल्टर को मारना चाहती है। सारे समय उसकी कठोर मुखमुद्रा दर्शक को संशय में डाले रहती है। मगर जब वाल्टर आता है वह ऐसा बेफिक्र व्यवहार करता है, मानो उनके बीच कुछ हुआ ही न हो। तब एरिका खुद को घायल करती है। उसके मरने की सम्भावना न के बराबर है। हाँ, इससे उसे चोट अवश्य पहुँचती है। शायद यह भी आत्म-प्रताड़ना का उसका एक तरीका है। जेलिनिक एक ऐसी विशिष्ट स्त्री की कहानी बता रही हैं जो भीतर से बहुत उलझी हुई है, जिसे शायद यह पता भी नहीं है कि वह वास्तव में चाहती क्या है। हाँ, एक बात स्पष्ट है कि वह अपनी डोमिनेटिंग माँ से छुटकारा पाना चाहती है। मगर अन्त तक ऐसा कर नहीं पाती है।

चरित्रों के लिए कलाकारों का चुनाव भी फिल्म की सफलता-असफलता के लिए जिम्मेदार होता है। 'द पियानो टीचर' में उम्रदराज़ एरिका के रूप में बौद्धिक तथा प्रतिभावान फ्रेंच अभिनेत्री इसाबेला हप्पर्ट का चुनाव बहुत सटीक है। कभी न मुस्करानेवाली, अकड़ी, ईर्ष्यालु टीचर, असहाय, दमित बेटी, पर्वर्ट स्त्री, प्रेम की चाहत रखनेवाली और शारीरिक अत्याचार से प्रेम सुख पाने की आकांक्षी आदि विभिन्न रूपों में उसका अभिनय लाजवाब है। नाममात्र के मेकअप वाले एरिका के चेहरे और उसके हाथों पर कैमरा ज्यादा-से-ज्यादा समय फोकस है। इसमें कोई आश्चर्य नहीं है कि उस वर्ष कान अन्तरराष्ट्रीय फिल्म समारोह में उसे सर्वोत्तम अभिनेत्री का पुरस्कार प्राप्त हुआ। इस खतरनाक भूमिका को करने के लिए अत्यन्त साहस और टैलेंट की जरूरत है। हप्पर्ट ने यह भरपूर प्रदर्शित किया है। इसी तरह का बोल्ड अभिनय उन्होंने 'डेस्टनीज', 'स्कूल ऑफ फ्लेश',

तथा 'सेरेमनी' फिल्म में भी किया है। मगर पियानो टीचर की भूमिका इनमें से सर्वाधिक कठिन थी।

पूरी फिल्म इंटेंस दृश्यों की एक शृंखला है। कहीं से भी एक पल के लिए कॉमेडी या नरमी-नाजुकता का भान नहीं कराती है। फिल्म विधा में दृश्यों का क्रम बहुत मायने रखता है। पियानो टीचर में एकाध उदाहरण काफी होंगे। एरिका खुद को दूसरों से बचाकर रखना चाहती है, दूसरों को हेय समझती है। इसका एक दृश्य में विशिष्ट प्रदर्शन हुआ है। रास्ता चलते एरिका का कन्धा एक आदमी से टकरा जाता है। वह बेख़याली में बार-बार अपना कन्धा हाथ से झाड़ती जाती है। एरिका कंजरवेटरी के शालीन, सुसंस्कृत वातावरण में शुबर की संगीतत्रयी का अभ्यास करवा रही है और अगले पल वह एक सेक्स दुकान में खड़ी है। माँ-बेटी एक दूसरे को थप्पड़ मारती हैं, बेटी माँ के बाल खींचती है और दूसरे क्षण वह देखती है कहीं माँ का बाल उखड़ तो नहीं गया है। एरिका पर्स में चाकू लिए किसी का इन्तजार कर रही है और खुद को उसी चाकू से घायल करती है। वाल्टर के कमरे से जाने के बाद एरिका अपनी माँ के साथ लिपटती है। क्लॉस्ट्रोफोबिया को स्पष्ट करने के लिए तकरीबन पूरी फिल्म एरिका का कमरा, माँ का कमरा, टीवी रूम, क्लासरूम, वीडियो पार्लर, वाशरूम, चेंजरूम बन्द स्थानों में चलती है। एक छोटे से दृश्य में पुरुष सत्ता को बहुत प्रभावशाली तरीके से फिल्माया गया है। आइस स्केटिंग रिंग पर दो लड़कियाँ बहुत प्रसन्न और उन्मुक्त भाव से स्केटिंग कर रही हैं, तभी लड़कों का एक झुंड हॉकी लिये ऐरीना में भड़भड़ाकर आता है। उनका आक्रमक रुख़ लड़कियों को संकुचित कर देता है। वे किनारे हटते हुए अन्ततः रिंग से बाहर हो जाती हैं। मात्र वाल्टर उनके प्रति तनिक नम्रता प्रकट करता है जो उसके व्यक्तित्व के कोमल पहलू को उजागर करता है।

जर्मन हैनेक स्वयं एक नाटककार हैं और पियानो टीचर को एक विषय के रूप में एक क्लीनिकल स्टडी के रूप में प्रस्तुत करते हैं। जिसमें सौन्दर्य तो है ही साथ ही दार्शनिक संवाद भी है। वे बहुत गरिमामय ढंग से अपने कैमरे का प्रयोग करते हैं। कैमरा स्थिर रहता है, लेकिन उससे लिए शॉट्स चलायमान होते हैं। यह फिल्म सेक्स, शक्ति, सत्ता, दमन और पश्चिमी सभ्यता तथा उच्च स्तरीय कला और यौन सम्बन्धों का बेहतरीन चित्रण है। दर्शक इसमें सेक्स की सनसनी खोजेगा तो उसे निराशा मिलेगी क्योंकि नायिका कहीं भी कपड़े नहीं उतारती है। फिल्म देखकर एक उदासी तारी हो जाती है, और यह इहलाम होता है कि कला और जीवन एक नहीं हैं। इन्हें लेकर कोई घालमेल या भ्रम नहीं होना चाहिए। एरिका जीवन और कला को मिलाकर देखती हैं, जबकि जीवन नैसर्गिक है और

कला जीवन की नकल। फिल्म की सिनेमेटोग्राफी क्रिश्चियन बर्ग ने की है। इसमें संगीत मार्टिन एचनबॉख ने दिया है। आश्चर्य नहीं कि इस फिल्म की झोली में 2001 और 2002 के ढेरों पुरस्कार आए।

निर्देशक फिल्म का अन्त खुला छोड़ देता है। एरिका खुद को चाकू मारती है मगर ऐसे नहीं कि वह मर जाए और फिर हॉल के बाहर चली जाती है जबकि हॉल में तमाम लोग उसे सुनने के लिए एकत्र हुए हैं। यह दर्शक पर है कि वह सोचे कि एरिका कहाँ जा रही है। क्या वह पोर्न देखने जा रही है? देखने के बाद फिल्म कई दिनों तक दर्शक को हांट करती है। 'द पियानो टीचर' उपन्यास अनोखा है। इस पुस्तक पर इसी नाम से बनी फिल्म भी कम अनोखी नहीं है। इस फिल्म को एप्रिशियेट करने के लिए जिगर चाहिए। हाँ दूसरों को 'द पियानो टीचर' फिल्म देखने की सलाह देने से पहले यह अवश्य देख लेना चाहिए कि जिसे सलाह दी जा रही है वह ऐसी फिल्म देखने के लायक है भी या नहीं।

जो नारीवादी हैं और समाज की आलोचना करते हैं जेलिनिक अपने कथ्यों से, अपने कथानक से ऐसे लोगों को चुनौती देती आ रही हैं। इससे भी ज्यादा उनके कथानक परेशान करनेवाले, खिजाने वाले और कटु हास्य करनेवाले, मजाक उड़ानेवाले के रूप में देखे जाते हैं। अपने व्यंग्य की तेज धार के साथ, भाषा के प्रयोगों तथा मौन के क्षेत्र में वर्जित माने जानेवाले विषयों पर मजबूती से कदम रखने के कारण वे तीखी प्रतिक्रिया उकसाने में सफल रही हैं। वे ऑस्ट्रियन समाज की कटु आलोचक हैं। कार्ल क्राउस तथा थॉमस बर्नहार्ड की तरह ही वे भी व्यंग्य और विवाद से घिरी रहती हैं। समाज की कैथोलिक पृष्ठभूमि और सत्ता के दुरुपयोग वाले समाज की उन्होंने मुख़ालफ़त की है। वे स्वयं को स्पष्ट रूप से लड़ाकू नारीवादी स्वीकारती हैं। वे मानती हैं कि उनका झुकाव स्पष्ट रूप से वाम की ओर है। वे बहुत मायूसी और दुःख के साथ समाज के पाखंड, खोखलेपन और सामाजिक रीति-रिवाजों, परम्पराओं, जिन्होंने स्त्री का शोषण और दमन किया है, उसको उघाड़ती हैं। सत्ता के दुरुपयोग पर वे करारा व्यंग्य करती हैं। खुद उनके शब्दों में 'वे जो लिखती हैं वह समाज में सत्ता के बँटवारे का एक नमूना है।' वे दिखाती हैं कि कैसे अर्थ, मौन, भेदभाव, नस्लवाद सब एक दूसरे में गुँथे हुए हैं। उनके सब कार्यों में नाज़ी अतीत की अनन्तः सलिला वर्तमान है। लेकिन 'द चिल्ड्रन ऑफ द डेड' में वह बहुत स्पष्ट रूप से दिखाई पड़ती है। जहाँ वे नव नाज़ी विचारों को चित्रित करती हैं। छः सौ पन्नों की इस किताब को वे अपनी सर्वाधिक महत्त्वपूर्ण कृति मानती हैं। इस प्रतीकात्मक किताब के कार्यकलाप एल्प्स पर्वतों में स्थित एक बोर्डिंग हाउस में चलते हैं। जहाँ वे एक मृत परिदृश्य खड़ा करती हैं। जहाँ न अतीत का अस्तित्व है, न भविष्य का। किताब के 'वर्तमान'

में जो नाज़ियों के शिकार हैं—तथाकथित 'नहीं मरे हुए' जो मरेंगे नहीं वे जीवितों से बात करते हैं। जो मरे हुए हैं यह बिना जाने हुए कि मरे हुए हैं बात करते हैं। उपन्यास को 'ऑस्ट्रिया की अस्मिता की भुतहा कहानी' कहा जाता है, एक बेचैन करनेवाले खालीपन की पहचान जो मृतकों की आवाज से गूँजती है।

लेखिका के रूप में उनका लेखन एक त्रिकोण प्रस्तुत करता है। जिसकी सतह उफनती भाषा से ढँकी है और जिसके तीन कोण तीन दिशाओं में है। ये कोण हैं : नारीवादी नज़रिया, नाज़ी अतीत तथा तात्कालिक राजनीतिक क्षेत्र। वे तीनों में विद्रोही मुद्रा में नजर आती हैं। उनका नज़रिया विवादास्पद है। वे शान्ति भंग करनेवाली, बाहर हाशिए पर खड़ी नजर आती हैं। वे इस स्थिति में हैं कि अपने समाज के केन्द्र के अदृश्य विचारों की संरचना को देख और दिखा पाती हैं।

एक पैटर्न है जीवन और दुनिया को अक्सर पुरुष नज़रिये से देखना। वे इसके विरोध में अपना नज़रिया प्रस्तुत करती हैं। यह बताती हैं कि कैसे एक मनुष्य के रूप में सोचा, अनुभव किया और काम किया जा सकता है। दमन तथा शोषण की थीम को उन्होंने अपने अन्य उपन्यासों 'लस्ट' और 'वीमेन एज लवर्स' में भी चित्रित किया है। कम्पनी के बॉस घर आकर अपनी पत्नी को प्रताड़ित करते हैं, उन्हें जानवरों की तरह ट्रीट करते हैं।

उनकी स्त्रियाँ जब-तब अपना लादा हुआ समर्पण का लबादा उतार फेंकती हैं। यह लबादा उन पर थोप दिया गया है। स्त्री का जीवन नरक है और वे उसके केन्द्र तक जाती हैं। उसकी जड़ तक खँगालती हैं। जेलिनिक की अधिकांश स्त्रियाँ घरेलू वातावरण में चित्रित हुई हैं। वे शहीदानापन भी इसीलिए प्रदर्शित करती हैं क्योंकि उन्होंने जाने-अनजाने दमन की संस्था को जारी रखने का दायित्व अपने ऊपर ले लिया है। माँ-बेटी का रिश्ता भी सत्ता का दुरुपयोग है। दोनों का रिश्ता भी नरक है। सार्त्र ने कहा है कि दूसरा नरक है। जेलिनिक के यहाँ यह स्पष्ट रूप से दिखाई पड़ता है। उनके लेखन में तीन आयाम स्पष्ट रूप से उभरते हैं। नारीवादी नज़रिया, नाज़ी अतीत तथा समकालीन राजनीति उनके लेखन के आयाम हैं। बाहर से भले ही वे परेशान करनेवाली लगें लेकिन अगर उनके लेखन का विश्लेषण किया जाए तो वे हमारे समय और समाज का चित्रण करती नजर आती हैं वह भी बड़ी बेबाकी से, बहुत हिम्मत के साथ। उनके प्रारम्भिक उपन्यास—जो कोलाज की तरह का पॉप उपन्यास है—में अपना नज़रिया स्पष्ट कर देती हैं। इसी तरह उन्होंने इब्सन से प्रेरित होकर, उसके काम को आगे बढ़ाते हुए 'ह्वाट हैप्पेंड आफ्टर नोरा लेफ्ट हर हसबैंड' या 'पिलर्स ऑफ सोसाइटी' लिखा। ये स्त्रियाँ खुद कुछ करने में समर्थ नहीं हैं। क्योंकि इन्होंने खुद को सदैव पुरुष

की दृष्टि से देखा है। खुद को पुरुष के लिए सजा-सँवारकर रखा है। वे खुद को पुरुष की दृष्टि में ऊँचा और प्यारा बनाये रखना चाहती हैं। इनमें से यदि कभी कोई जाग भी जाते हैं तो वह बिना पुरुष द्वारा दी गयी सुविधाओं के कैसे जीवन गुजारेगी। पढ़ने-लिखने की इच्छा अथवा अन्य कोई भी महत्त्वाकांक्षा सामाजिक दबाव और शादी में सिमटकर रह जाती है। अपने शरीर के मूक साम्राज्य के अलावा स्त्री के पास कुछ नहीं है। जेलिनिक स्त्री के इसी अवचेतन को वाणी देती हैं। इसी मूक को ध्वनित करती हैं। अपनी विशिष्ट भाषा से वे समाज की सत्ता और शक्ति-संरचना को प्रतिबिम्बित करती हैं।

वे शक्तिसम्पन्न और शक्तिविहीन लोगों को बखूबी दिखाती हैं। आज के ऑस्ट्रिया का राजनैतिक माहौल भी उनकी नजरों से नहीं बचा है। जो रहस्य है और जिसे छिपा रहना चाहिए उसे भी वे अचेतन के रूप में प्रदर्शित करने से नहीं चूकती हैं। उनके देशवासी अपने देश की जिन बातों को देखना नहीं चाहते हैं या जानबूझकर अनदेखा करते हैं वे उन बातों को भी बड़ी शिद्दत से दिखाती हैं। जिन बातों को झूठ में लपेटकर या दबाकर रखा जाता है उन्हें भी वे बताती हैं। वे यह बड़ी बेरहमी के साथ चित्रित करती हैं। अपने साक्षात्कारों में 'द चिल्ड्रन ऑफ द डेड' को अपना सर्वाधिक महत्त्वपूर्ण कार्य कहती हैं। ऐसी खरी-खरी बातें कहने और लिखनेवाली जेलिनिक से यदि समाज के तथाकथित ठेकेदार बौखलाए रहते हैं तो कौन-सी आश्चर्य की बात है!

डोरिस लेसिंग

मानवीय सरोकारों की पैरोकार

कहानी अपने कहने का तरीका निर्देशित करती है।

—डोरिस लेसिंग

नोबेल समिति कभी-कभी अपनी परम्परा का घेरा तोड़ती हुई ऐसे लोगों को पुरस्कृत करती है जो लीक से हटकर लिखते हैं। उसने बच्चों के लिए लिखने वाले आइज़क बाशविस सिंगर को 1978 में पुरस्कृत किया और 2007 में उसने एक ऐसी लेखिका को सम्मानित किया है जो अन्य विधाओं में रचने के अलावा विज्ञान कथाएँ लिखती हैं, फन्तासी रचती हैं। वैसे समिति ने अपनी अनुशंसा में डोरिस लेसिंग के इस पक्ष पर बल नहीं दिया है और उनके नारीवादी लेखन को रेखांकित किया है। पर वे न तो मात्र नारीवादी रचनाकार हैं, न ही विज्ञान कथाओं में उन्हें सीमित किया जा सकता है। उनके सरोकार इन साहित्यिक विधाओं से ज्यादा विस्तृत हैं। वे मानवता को लेकर चिन्तित हैं। स्वयं लन्दन में उच्चस्तरीय जीवन व्यतीत करते हुए भी तीसरी दुनिया के दुःख-दर्द, गरीबी, अशिक्षा से विचलित हैं। जंगलों का कटना, पेय जल की कमी, सूखा, पर्यावरण प्रदूषण उन्हें परेशान करता है। वे लोगों के साथ मिलकर इन समस्याओं का सामना करना चाहती हैं। अभावग्रस्त लोगों की सहायता करना चाहती हैं। सहायता कर रही हैं।

व्यक्ति जहाँ अपने जीवन के प्रारम्भिक वर्ष व्यतीत करता है, जहाँ उसकी नाल गड़ी होती है, उस स्थान, वहाँ के लोगों और उस परिवेश को वह कभी नहीं भूल सकता है। सलमान रुश्दी कई वर्षों से भारत से बाहर हैं पर उनके लेखन में भारत बराबर बना हुआ है। गुंटर ग्रास के बचपन का शहर डेंज़िग राजनीतिक, भौगोलिक, सामाजिक दृष्टि से पूरी तरह से बदल चुका है पर आज भी वे उसे केन्द्र बनाकर लिखते हैं। आइज़क बाशविस सिंगर का बचपन घेटो में गुजरा, बाद में वे अमेरिका में बस गये पर उन्हीं घेटो पर ताजिन्दगी कलम

चलाते रहे। दूर क्यों जाएँ तसलीमा नसरीन की रचनाओं से यदि बाँग्लादेश निकाल दिया जाय तो उसमें क्या बचेगा? हालाँकि उन्हें अपना देश छोड़े एक लम्बा अरसा हो चुका है। इसी तरह डोरिस लेसिंग लौट-लौटकर अपने बचपन के देश अफ्रीका को अपने लेखन में स्थान देती हैं। उन्होंने अपने जन्म स्थान ईरान और अफगानिस्तान पर भी कलम चलायी है।

डोरिस टेलर (लेसिंग) का जन्म 22 अक्टूबर, 1919 को आज के ईरान और उस समय के फारस के करमेंशाह नामक स्थान में हुआ था। उनके पिता अल्फ्रेड कुक टेलर पहले ब्रिटिश फौज में कप्तान थे। उन्होंने प्रथम विश्वयुद्ध में भाग लिया था और बाद में वे बैंक में ऑफिसर हो गये थे। युद्ध में उन्होंने अपना एक पैर और स्वास्थ्य गँवाया था। उनकी माँ का नाम एमिली मैकवी टेलर है जो एक नर्स थीं। उनके पिता ने लन्दन में एक प्रदर्शनी में देखा कि श्वेत लोग अफ्रीका जाकर अच्छा जीवन बिता सकते हैं। उस समय माना जा रहा था कि अफ्रीका में खेती करके धनी हुआ जा सकता है अतः डोरिस के पिता ने रोडेशिया के एक गाँव में जमीन खरीदी और मक्के की खेती करने लगे। खेतों पर बिताया एकान्त बचपन डोरिस के लिए बहुत हितकारी साबित हुआ। वे स्वयं लिखती हैं कि उनका बचपन बहुत मजेदार था क्योंकि वे खेत पर बड़ी हुईं। यह उनके जीवन की एक उपलब्धि सिद्ध हुआ। वहाँ उनकी माँ अपने पियानो पर बिथोवन और चोपिन बजाया करती थीं। साथ ही उनके आस-पास ड्रम बजा करते थे। दोनों प्रकार के संगीत साथ-साथ चलते और बचपन में उन्हें कभी नहीं लगा कि ये दो भिन्न प्रकार के संगीत संग नहीं बजने चाहिए। बाद में बड़े होने पर उन्होंने जाना कि ये दोनों संगीत बिल्कुल भिन्न हैं पर इन्हीं भिन्न प्रकृतियों से मिलकर स्वयं डोरिस के व्यक्तित्व का निर्माण हुआ है। एक ओर श्वेत वंशावली और दूसरी ओर अफ्रीकी जीवन का पर्यावरण। आज इतनी उम्र हो जाने के बावजूद वे अफ्रीका को भूली नहीं हैं। वे अपने नोबेल भाषण में भी अफ्रीकी जीवन को याद करती हैं। हमारे पूरे जीवन की नींव किशोरावस्था आते-आते तक पड़ जाती है। पहले कुछ वर्षों के अनुभव जीवन-भर की थाती होते हैं, खासकर रचनाकारों के लिए। डोरिस का मानना है कि तनावपूर्ण और कष्टकर बचपन अक्सर लेखक उत्पन्न करता है क्योंकि ऐसा बचपन बच्चों को प्रत्येक चीज के प्रति जागरूक और निरीक्षक बन जाना सिखाता है। और लेखक बनने के लिए यही सब चाहिए। अपनी माँ से उनकी नहीं बनती थी। इस तनाव को दूर करने के लिए वे लिखने लगीं। वे 7 साल की उम्र से लिख रही हैं। 86 वर्ष की उम्र में जाकर उन्हें नोबेल पुरस्कार मिला। थियोडोर मोमसेन को जब 1902 में साहित्य का नोबेल पुरस्कार मिला तो उनकी आयु 85 साल की थी। मगर डोरिस लेसिंग को यह

उससे भी अधिक आयु होने पर प्राप्त हुआ। 2003 के नोबेल पुरस्कृत जॉन मैक्सवेल कट्ज़ी कहीं आहत हैं कि जब तक पुरस्कार मिलते हैं हमारे माता-पिता जा चुके होते हैं। लेसिंग को जब मिला, उम्र ने उनकी श्रवणशक्ति पर अपना प्रभाव दिखाना शुरू कर दिया था।

उनकी स्कूली शिक्षा नाममात्र को हुई। 14 वर्ष की उम्र में स्कूल छूट गया पर पढ़ना चलता रहा। पढ़ने से इतना लगाव है कि वे जहाँ भी जाती हैं लोगों को पढ़ने को प्रेरित करती हैं। पढ़ने की ललक वाले जिन लोगों के पास किताबें नहीं हैं उनके लिए किताबों का इन्तजाम करने का प्रयास करती हैं। अपने भाषण में वे लोगों को किताबें दान करने के लिए कह रही हैं। सत्रह साल की उम्र में सलिसबरी (आज का हरारे) गयीं पर वह स्थान उन्हें जँचा नहीं, वह उन्हें बहुत उबाऊ और नीरस स्थान लगा। वहाँ की रोमन कैथोलिक सिस्टर्स ने उन्हें उनके प्रोटेस्टेंट आस्था से डिगाने का प्रयास किया जिसे वे सहन न कर सकीं। बीस बरस की होते न होते उनकी शादी फ्रेंक चार्ल्स विस्डम से हो गयी। जल्दी ही दो बच्चे जॉन और जीन हो गये। परन्तु दक्षिण रोडेशिया के श्वेत शासन से वे बहुत असन्तुष्ट थीं—खासकर नस्ल भेदभाव की नीति से। जिम्बाब्वे में उन्होंने रंगभेद, उपनिवेश नीति तथा दमन का नंगा नाच देखा। वे उससे विचलित हो उठीं। तेईस साल की उम्र में वे कम्युनिस्ट पार्टी में शामिल हो गयीं। एक साल के बाद उन्होंने अपने पहले पति और दोनों बच्चों को छोड़ दिया। और 1945 में अपने एक कम्युनिस्ट साथी, जर्मन-यहूदी प्रवासी गोटफ्राइड लेसिंग से विवाह कर लिया जिनसे उनका एक पुत्र है। आज वे उसी पुत्र पीटर के साथ रहती हैं। 1949 में वे रोडेशिया के जीवन से तंग आकर इंग्लैंड चली आयीं, वहाँ रह पाना उनके लिए असह्य हो गया। गोटफ्राइड लेसिंग बाद में युगांडा में जर्मन राजदूत बन गये और 1979 में इदी अमीन के विरुद्ध विद्रोह में उनकी और उनकी तीसरी पत्नी की हत्या हो गयी।

जब वे इंग्लैंड आयीं, उनके संग उनका बेटा पीटर और उनकी पांडुलिपि 'द ग्रास इज़ सिंगिंग' थी। पहले उन्होंने गवर्नेस, ऑफिस असिस्टेंट, टेलीफोन ऑपरेटर, स्टेनोग्राफर आदि तरह-तरह के कार्य किये, परन्तु इंग्लैंड आने के बाद उन्होंने लेखन के अलावा कुछ नहीं किया और आज भी वे सक्रिय हैं। शुरू में वे ब्रिटिश कम्युनिस्ट पार्टी की सदस्य रहीं और उन्होंने परमाणु अस्त्र विरोधी कार्यक्रमों में बराबर हिस्सा लिया है। पति-बच्चों को छोड़कर जब वे इंग्लैंड आईं तो उनकी मनोदशा का सहज ही अनुमान किया जा सकता है। बच्चों को लेकर जो दर्द था उसके अलावा वहाँ की स्थिति से वे बहुत दुःखी थीं। स्वयं उनके अनुसार यह बहुत दर्दनाक था। वे वहाँ के समाज को स्वीकार नहीं कर पा रही

थीं। उनकी मानसिक शान्ति नष्ट हो चुकी थी। पागलपन से बचने के लिए वह स्थान छोड़ना ही एकमात्र विकल्प था। उन्होंने भूख-प्यास से छटपटाते लोगों को देखा था। साथ-ही-साथ वे गोरे लोगों के जीवन की सम्पन्नता को भी देख रही थीं। इन बातों का उनके मन पर इतना गहरा असर पड़ा कि उनकी अनेक रचनाएँ इन्हीं तथ्यों पर आधारित हैं। आज उन्हें अपने आत्मबल पर आश्चर्य होता है क्योंकि उस समय उनके पास कोई सहारा न था। फिर भी वे रोडेशिया छोड़ने का निश्चय कर सकीं। वहाँ का औपनिवेशिक जीवन दमघोंटू, व्यर्थ और रुका हुआ था और वे उस समय जवान थीं। उन्हें उस जीवन को छोड़ने का दुःख है, पर अफसोस नहीं। अगले साल उनकी किताब प्रकाशित हुई जिसे अभूतपूर्व सफलता मिली, तब से वे बराबर लिख रही हैं। उनकी दिनचर्या निश्चित है। जीवन के आठवें दशक में भी वे सुबह पाँच बजे उठ जाती हैं और पहला काम करती हैं चिड़ियों को चुग्गा डालना। एक दो नहीं सैकड़ों चिड़ियों को दाना खिलाना और लौटकर नाश्ता बना, खाकर नौ बजे अपनी लिखने की मेज पर आ जाती हैं। नोबेल पुरस्कृत साहित्यकार सिंगर को भी कबूतरों को दाना खिलाने की आदत थी जो जीवनपर्यन्त बनी रही।

उन्होंने जितना श्वेत लोगों के बारे में लिखा है, उतना ही अश्वेतों के बारे में भी लिखा है। अपनी पहली किताब 'द ग्रास इज़ सिंगिंग' में वे एक श्वेत किसान पत्नी तथा अश्वेत नौकर के आपसी सम्बन्धों को चित्रित करती हैं। इसमें प्रेम, घृणा, नस्लीय टकराहट जीवन्त हुई है। इसका शीर्षक टी.एस. इलियट के 'द वेस्ट लैंड' से लिया गया है। किसान पत्नी मैरी टर्नर दिमागी तौर पर खिसकी हुई और दुःखी स्त्री है। वह अपनी कमियों और कमजोरियों को अपने अश्वेत नौकरों, खासतौर पर युवा नौकर मोसेस पर निकालती है। शीर्षक के विपरीत यह एक हताशाजनक और चकित करनेवाला उपन्यास है। किसी लेखक की प्रथम रचना में इतनी प्रौढ़ता और संवेदनशीलता कदाचित् ही मिलती है। उस समय इस किताब को कोई दक्षिण अफ्रीकी प्रकाशक लेने को तैयार न था। युवावस्था में वे अपनी प्रखर राजनीतिक टिप्पणियों के लिए जानी जाती थीं। आज के राजनीतिक रूप से तनिक नर्म पड़ गयी हैं। रोडेशिया सरकार के प्रति उनकी प्रखर कटूक्तियों के कारण 1956 में दक्षिण अफ्रीका ने उन्हें प्रतिबन्धित (प्रोहिबिटेड एलीयन) घोषित कर दिया। आज वे स्वयं को वामपन्थ से भी अलग कर चुकी हैं। 'द ग्रास इज़ सिंगिंग' के बाद 'मार्था क्वेस्ट', 'अ प्रोपर मैरेज़', 'अ रिपिल फ्रॉम स्टॉर्म', 'लैंडलॉक्ड', 'द फोर गेटेड सिटी' नामक पाँच उपन्यास 'चिल्ड्रेन ऑफ वायलेंस' सीरीज़ में आये। इनकी प्रमुख पात्र मार्था क्वेस्ट है। अतः इनको 'मार्था क्वेस्ट सीरीज़' भी कहा जाता है। पाँचों उपन्यासों में अन्तिम 'द फोर गेटेड

सिटी' सर्वाधिक महत्त्वपूर्ण माना जाता है। पर वे अपने नये युवा पाठकों को अपनी किताब 'द फिफ्थ चाइल्ड' से प्रारम्भ करने की सलाह देती हैं, वे साहस कथा 'मारा ऐंड डैन' पढ़ने की सलाह देती हैं और कहती हैं कि लोगों को अब भी उनकी पहली किताब 'द ग्रास इज़ सिंगिंग' अच्छी लगती है।

2007 की साहित्य की नोबेल पुरस्कार विजेता डोरिस लेसिंग ने 1949 में ज़िम्बाब्वे छोड़ दिया। तब से लगातार वे इंग्लैंड में रह रही हैं पर आज भी ज़िम्बाब्वे का जनजीवन उनकी चिन्ता का विषय है। उनके साहित्य में वहाँ का परिवेश उपस्थित है। उस स्थान पर वे जब-तब जाती रही हैं। वे साधन सम्पन्न हैं। इसके बावजूद ज़िम्बाब्वे की गरीबी, भुखमरी और सबसे बढ़कर अशिक्षा से वे मर्माहत हैं। और तो और जब उन्हें पुरस्कार मिला तो इस अवसर पर दिये जानेवाले अपने भाषण में भी वे सबसे पहले वहाँ की दरिद्रता, अन्न-पानी की कमी, शिक्षा के अभाव को याद करती हैं। नोबेल भाषण सारे संसार का ध्यान आकर्षित करता है, वे इस मंच से दुनिया से ज़िम्बाब्वे की जनता के लिए सहायता की गुहार लगाती हैं। तीक्ष्ण अवलोकन शक्ति वाली लेसिंग की आँख से कुछ नहीं छूटता है। वे चीजों को, समय को और लोगों को कितनी सूक्ष्मता से देखती हैं यह उनके नोबेल भाषण में उभरकर आया है। वहाँ की दारुण अवस्था के बीच उन लोगों की खूबियाँ उनकी नजर से नहीं चूकती हैं। वे उनकी खूबियों को खोज निकालती हैं। यह एक ऐसी खूबी है जो उन लोगों की सारी कठिनाइयों को दूर करने की क्षमता रखती है बशर्ते लोग उनकी इस विशेषता, इस क्षमता को बढ़ावा देने में तनिक-सी सहायता कर दें। ज़िम्बाब्वे के भूखे-प्यासे, सूखाग्रस्त इलाके के लोगों में जिजीविषा है पर उससे भी बढ़कर उनके अन्दर शिक्षा की भूख है। वे शिक्षित होना चाहते हैं। जो शिक्षित हैं वे अपने लोगों को शिक्षित करना चाहते हैं। वे पढ़ना और पढ़ाना चाहते हैं। उन लोगों की इस विशेषता को लेसिंग ने तहेदिल से अनुभव किया है।

पर्यावरण के प्रति चिन्तित डोरिस पिछली सदी के अस्सी की शुरुआत में फिर से ज़िम्बाब्वे गयी थीं। 1956 में जहाँ उन्होंने खूबसूरत जंगल देखे थे वहाँ अब मीलोंमील मात्र ठूँठ थे। जंगल काटकर, जलाकर नष्ट कर डाले गये थे। लोगों ने अपने जलावन के लिए, अपने खाने के लिए उन्हें समाप्त कर डाला था। इसी दृश्य से वे अपने भाषण की शुरुआत करती हैं। वहाँ वे अपने एक मित्र से मिलने गयी थीं। वह एक समय लन्दन के एक स्कूल में शिक्षक था और अब अफ्रीका की सहायता करने के लिए वहाँ था। उनका यह आदर्शवादी मित्र जब अफ्रीका के स्कूल में पहुँचा तो उसे ऐसा धक्का लगा कि उस हताशा से वह कभी उबर न पाया। यहाँ स्कूल में दीवारों के अलावा कुछ न था। सारे स्कूल

स्वतन्त्रता के बाद बने थे और एक जैसे थे। स्कूल में लाइन से चार कमरे होते और अन्त में एक आधा कमरा पुस्तकालय के लिए। कक्षाओं में श्यामपट्ट हैं, परन्तु खल्ली टीचर को अपनी जेब में रखनी पड़ती वरना चोरी हो जाएगी। एटलस, ग्लोब, पाठ्यपुस्तक का सवाल नहीं उठता है। पुस्तकालय में किताबें हैं, पर छात्रानुकूल नहीं हैं। वे अमेरिकी विश्वविद्यालयों से दान में आई मोटी-मोटी, भारी भरकम किताबों से पटे पड़े हैं, जिन्हें कोई नहीं पढ़ता है। वे इन किताबों में से कुछ के उदाहरण देती हैं जैसे 'वीक ऐंड इन पेरिस', 'फेलिसिटी फाइंड लव'। जहाँ खाने के लाले हैं वहाँ इन किताबों का लोग क्या करेंगे?

उनका भाषण बहुत चित्रात्मक है। वे स्कूल का दृश्य प्रस्तुत करती हैं। एकमात्र बकरी सूखी घास चर रही है। स्कूल के हेडमास्टर ने स्कूल फंड की रकम डकार ली है अतः निलम्बित है। लोग कैसे ऐसा कर पाते हैं जबकि उन्हें मालूम है कि दूसरे उन्हें देख रहे हैं। उनके मित्र को जब वेतन मिलता है उनसे शिक्षक-छात्र सब उधार ले लेते हैं, जिसे चुकाने की उनकी हैसियत नहीं होती है। नतीजन उनके मित्र के पास पैसे नहीं हैं। छः साल से लेकर छब्बीस साल तक के छात्र हैं। बहुत से लोग जो विभिन्न कारणों से पहले स्कूल नहीं जा सके थे अब यहाँ हैं। कई छात्र वर्षा, आँधी-पानी, धूप की परवाह किये बिना मीलों चलकर, नदियाँ पार करके स्कूल आते हैं। गाँवों में बिजली नहीं है, अतः वे गृहकार्य नहीं कर पाते हैं और लट्ठा जलाकर की गई रोशनी में पढ़ाई कठिन है। लड़कियाँ स्कूल आने के पहले और स्कूल से लौटकर पानी भरना, खाना बनाना आदि घर के काम करती हैं। डोरिस का नोबेल भाषण पढ़कर लगता है हम अपने ही देश की तस्वीर देख रहे हैं। वे जब अपने मित्र के संग उनके कमरे में बैठी हुई हैं लोग आते हैं और तकरीबन हरेक व्यक्ति किताबों के लिए याचना करता है। वे लोग कहते हैं, 'जब आप लन्दन जाएँ कृपया हमारे लिए किताबें भेजें।' ये लोग पढ़ना जानते हैं परन्तु इनके पास पढ़ने के लिए किताबें नहीं हैं। जहाँ भी वे जाती हैं लोग उनसे किताबों के लिए प्रार्थना करते हैं। इंग्लैंड से आया हुआ एक और आदर्शवादी शिक्षक स्कूल की हालत देखकर बीमार पड़ गया है। जब स्कूल का सत्र समाप्त होता है वे उसी एकमात्र बकरी को हलाल करते हैं। उसे एक बड़े से टिन में पकाते हैं। यह उनका सत्र समाप्ति का समारोह है। वे सब उबला गोश्त और दलिया खाते हैं। उसी दिन वे वहाँ से निकल आती हैं। उन्हें नहीं लगता है कि इस स्कूल में से बहुत से छात्र कभी पुरस्कार जीतेंगे।

अगले दिन वे उत्तरी लन्दन के स्कूल में थीं। एक बहुप्रतिष्ठित और नामी स्कूल में। यह लड़कों का स्कूल है जिसमें बढ़िया इमारत और बगीचा है। इस स्कूल में प्रति सप्ताह विशिष्ट लोग आते हैं। लड़कों के पिता, रिश्तेदार और माताएँ

भी आती हैं। विशिष्ट अतिथियों का आना उनके लिए कोई बहुत बड़ी बात नहीं है। इन लोगों के यहाँ जब वे आती हैं, वे अपने ज़िम्बाब्वे के अनुभव बताती हैं। ज़िम्बाब्वे जहाँ कक्षाएँ बिना पाठ्यपुस्तक, बिना नक्शों और एटलस के हैं। जहाँ के शिक्षक किताब भेजने की याचना करते हैं। जहाँ के शिक्षक स्वयं अट्ठारह-उन्नीस साल के हैं। पर इस लन्दन के स्कूल के विद्यार्थियों के लिए उनकी बात का कोई मतलब नहीं है। उनके चेहरे भावहीन रहते हैं। वे कुछ नहीं समझते हैं, क्योंकि उनके दिमाग में ऐसा कोई चित्र नहीं उभरता है। वे ज़िम्बाब्वे या उस तरह की दुनिया से सर्वथा अपरिचित हैं। धूल भरे स्कूल, बिना किताबों की कक्षाएँ, मात्र एक बकरी के उबले गोश्त से सत्रान्त का जश्न। इस तरह की गरीबी की कल्पना लन्दन के इन बच्चों के लिए असम्भव है। वे लेखिका की बात सुन रहे हैं, पर समझ नहीं रहे हैं। यह उनकी दुनिया का हिस्सा नहीं है। वे कहती हैं कि उन्हें पक्का विश्वास है कि इनमें से कई छात्र आगे चलकर पुरस्कार जीतेंगे। वे अमीरी और गरीबी का बड़ा सटीक तुलनात्मक अध्ययन प्रस्तुत करती हैं। दुनिया कितनी असन्तुलित है। दुनिया गरीबी-अमीरी के खेमों में बँटी हुई है।

बच्चों को सम्बोधित करने के बाद वे शिक्षकों से मिलती हैं। पुस्तकालय के बारे में पूछती हैं। जानना चाहती हैं क्या बच्चे पढ़ते हैं? उन्हें वही सुनने को मिलता है जो वे सदा स्कूलों, यहाँ तक कि यूनिवर्सिटी में भी सुनती आयी हैं। वही रटा-रटाया उत्तर। यहाँ भी शिक्षकों की वही शिकायत है, बच्चे पढ़ते नहीं हैं। आधा पुस्तकालय भी प्रयोग नहीं होता है, वे इसे अच्छी तरह जानती हैं। सब लोग जानते हैं। हम विखंडित संस्कृति में रहते हैं। लेसिंग आज की शिक्षा पद्धति पर कटाक्ष करती हैं। जहाँ यदि हम कुछ दशक पहले की बातें नहीं जानते हैं तो हमारी शिक्षा पर प्रश्न उठता है। परन्तु जहाँ पढ़े-लिखे लोग, जिन्होंने अपने जीवन के कई बरस शिक्षा के लिए लगा दिये, वे दुनिया के बारे में कुछ नहीं जानते हैं। वे मात्र अपने विषय के विशेषज्ञ हो जाते हैं। दूसरों के बारे में कुछ नहीं पढ़ते हैं। कुछ नहीं जानते हैं। कैसी शिक्षा है यह?

मानव ने बहुत सारे अन्वेषण किये हैं। आश्चर्यजनक अन्वेषण किये हैं कम्प्यूटर, इंटरनेट, टीवी. इसके पहले भी बहुत से अन्वेषण हुए हैं। जैसे छापाखाना यह एक दिन में नहीं हुआ पर इसने हमारा दिमाग बदल दिया। हमारे सोचने का तरीका बदल दिया। बेवकूफ की तरह हमने तब भी नहीं पूछा कि अब हमारा क्या होगा? छापाखाने की खोज के बाद हमारा क्या होगा? इसी तरह हमने कभी ठहरकर नहीं सोचा, नहीं पूछा कि इस नये इंटरनेट के साथ हमारा दिमाग कैसे बदलेगा। वे कहती हैं कि इस इंटरनेट ने अच्छे-अच्छे दिमागों को अपने जाल में फँसा लिया है। वे इसकी लत में पड़ गये हैं। लोग इसके बिना नहीं रह सकते

हैं। सारा-सारा दिन लोग इंटरनेट लॉग किये रहते हैं। ब्लॉगिंग करते रहते हैं। मगर पास-पड़ोस के बारे में नहीं जानते हैं।

लेसिंग का मानना है कि कुछ दिन पहले तक थोड़े पढ़े-लिखे लोग भी शिक्षा का आदर करते थे। साहित्य के प्रति आश्चर्य और आदर का भाव रखते थे। लोग किताबों के लिए लालायित रहते थे। उन दिनों कामगार लोगों के पुस्तकालय हुआ करते थे। संगठनों, कॉलेजों के पुस्तकालय हुआ करते थे। किताबें पढ़ना सामान्य शिक्षा का हिस्सा था। आज का युवा नहीं पढ़ता है अत: उसे बहुत कम जानकारी है। यह एक दु:खद बात है। वे एक पुरानी कहावत याद करती हैं 'पठन एक पूर्ण मनुष्य बनाता है' वह लोगों की सूचनाओं, इतिहास और सब तरह के ज्ञान से भरता है। लेसिंग का नोबेल भाषण उनकी तरह ही है जैसे वृद्ध बातें करते हैं। अपने जमाने की। बहुत सारे अनुभवों की। दुनिया जहान की चिन्ता करते हुए। वे एक बुजुर्ग की तरह नयी पीढ़ी के लिए चिन्तित हैं।

उनकी तरह के और लोग भी हैं जो नयी पीढ़ी को लेकर चिन्तित हैं। कुछ समय पूर्व उनकी एक मित्र ने उन्हें फोन करके बताया कि वे ज़िम्बाब्वे गयी थीं। वहाँ गाँव में लोगों के पास खाने के लिए अन्न नहीं है। तीन दिन से उन लोगों ने खाना नहीं खाया है। लेकिन वे लोग किताबों की बातें कर रहे थे। वे लोग बात कर रहे थे कि कैसे किताबें मिल सकती हैं। कैसे शिक्षा मिल सकती है। लेसिंग एक संगठन का हिस्सा हैं। यह संगठन गाँवों में पुस्तकें भेजने का कार्य करता है। वे बताती हैं कि एक और समूह के लोग किसी और सिलसिले में ज़िम्बाब्वे के गाँवों में पहुँचे। उनकी रपट के अनुसार गाँव के लोग अन्य लोगों की सोच के विरुद्ध बुद्धिमान हैं। लेसिंग के समूह और अन्य समूहों ने सर्वे किया और जानना चाहा कि वहाँ के लोग क्या पढ़ना चाहते हैं? ऐसा ही सर्वे स्वीडन ने भी करवाया था। सबके परिणाम एक जैसे हैं। वे लोग वही पढ़ना चाहते हैं जो यूरोप के लोग पढ़ना चाहते हैं। अगर पढ़ने को मिला तो वे सब तरह के उपन्यास पढ़ना चाहते हैं। विज्ञान कथाएँ, कविताएँ, जासूसी उपन्यास, नाटक, शैक्सपीयर पढ़ाना चाहेंगे। और स्व-सहाय (सेल्फ हेल्प) किताबें उनकी सूची में काफी निचले पायदान पर हैं। ग्रामीणों के लिए किताबें चुनते समय दिक्कत यह आती है कि मालूम नहीं होता है क्या उपलब्ध है। अत: स्कूली पाठ्यपुस्तकें मसलन 'मेयर ऑफ कैस्टरबिज़' और 'एनीमल फॉम' जैसी किताबें भेज दी जाती हैं। ज़िम्बाब्वे में इंग्लैंड की एक अच्छी पेपरबैक किताब भी उन लोगों के एक महीने के वेतन से ज्यादा महँगी होती है। वहाँ पेट्रोल भी महँगा है। अत: जब कोई उन्हें एक बॉक्स भर के किताबें देता है तो वे कृतज्ञता से गद्गद हो जाते हैं। आँसू भरी आँखों से किताबों का स्वागत करते हैं। पुस्तकालय के नाम पर

वहाँ पेड़ के नीचे एक पटरा मात्र होता है पर किताबें मिलते ही जो पढ़ सकते हैं वे दूसरों को पढ़ना सिखाने लगते हैं। एक सप्ताह के भीतर इस तरह की क्लास शुरू हो जाती है। इन्हें वे नागरिकता की क्लास कहती हैं। वहाँ की भाषा टोंगा में उपन्यास नहीं हैं। लड़के टोंगा में उपन्यास लिखते हैं। ज़िम्बाब्वे में करीब छः मुख्य भाषाएँ हैं। उन सबमें उपन्यास हैं। पर इन उपन्यासों में जुर्म, हत्या, अत्याचार आदि की भरमार है।

लेसिंग का संगठन नार्वे से सहायता पाता है। कहा जाता है कि जैसे लोग होते हैं उन्हें वैसी ही सरकार मिलती है। परन्तु लेसिंग ज़िम्बाब्वे के विषय में ऐसा नहीं मानती हैं। वे लोगों के पढ़ने की ललक को मुगाम्बे की सरकार को श्रेय नहीं देती हैं। वे कहती हैं कि यह किताबों के प्रति ललक और आदर की भावना इन लोगों में श्वेत लोगों से आयी है। और यह आश्चर्यजनक है पर केंया से लेकर केप ऑफ गुड होप तक इसे देखा जा सकता है। वे स्वयं फूस की छत वाली माटी की एक झोपड़ी में बड़ी हुई हैं। उनके घर में चार कमरे थे। पूरा घर किताबों से भरा हुआ था। उनके अभिभावक किताबें इंग्लैंड से अफ्रीका लाते थे। उनकी माँ अपने बच्चों के लिए इंग्लैंड से किताबें मँगाती थीं। भूरे कागज में बँधी पार्सल में आती किताबें उनके लिए खुशी का बायस हुआ करती थी। मिट्टी का घर, पर किताबों से भरा हुआ। उन्हें अक्सर लेखक बनना चाहनेवालों के पत्र मिलते हैं। ऐसे लोगों के घरों में न बिजली की सुविधा है न पानी की। ये लोग लेखक बनना चाहते हैं। इन लोगों को लगता है कि जब वे मिट्टी के घर में रहकर लेखक बन सकती हैं तो वे क्यों नहीं बन सकते हैं। वे उसी तरह के घरों में रहते हैं जैसे में वे रहा करती थीं। वे कहती हैं कि इसमें एक फर्क है। यह बहुत बड़ा फर्क है, पर इस पर इन लोगों का ध्यान नहीं जाता है। लेसिंग का घर किताबों से भरा होता था और इन लोगों के पास किताबें नहीं हैं। वे कहती हैं कि बिना किताबों के घरों से लेखक नहीं निकलते हैं। लिखना और लेखक होना किताबों के बिना नहीं हो सकता है।

वे हाल-फिलहाल के कुछ नोबेल पुरस्कृत साहित्यकारों का जिक्र करती हैं। ओरहान पामुक के पिता के पास 1,500 किताबें थीं। पामुक एक महान परम्परा से जुड़े हैं। नॉयपॉल के पिता उन्हें लिखने के लिए उत्साहित करते थे। उनके परिवार में वेदों की स्मृति थी और जब वे इंग्लैंड आये वहाँ के पुस्तकालय से जुड़े रहे। वे एक महान परम्परा के नजदीक हैं। यदि हम अन्य लेखकों को देखें तो वे भी किताबों के बीच रहे हैं। किताबें उनके आसपास रही हैं। चाहे वे गुंटर ग्रास हों अथवा जॉन मैक्सवेल कट्ज़ी। कट्ज़ी न केवल परम्परा के निकट हैं। उन्होंने स्वयं परम्परा बनायी। वे केप टाउन में साहित्य पढ़ाते थे। लेसिंग को

अफसोस है कि वे कट्ज़ी की कक्षा में न थीं। वे उन्हें बहादुर और साहसी दिमाग का व्यक्ति मानती हैं। लिखने के लिए आवश्यक है कि व्यक्ति पुस्तकालय, किताबों, परम्परा से जुड़ा हो। लेसिंग का एक मित्र ज़िम्बाब्वे से है। वह स्वयं लेखक है। अश्वेत है यह भी एक प्रमुख बात है। इस लेखक मित्र ने स्व शिक्षा प्राप्त की। उसने जाम, फलों के डिब्बों पर लगे लेबल को पढ़-पढ़कर स्वयं को शिक्षित किया। यह मित्र ग्रामीण इलाके से आता है, जहाँ के स्कूलों का वर्णन लेसिंग कर चुकी हैं। भयंकर गरीबी। इस मित्र को कचड़े के ढेर पर पड़ा हुआ बच्चों का एक एनसाइक्लोपीडिया मिल गया और उसने उसी से बहुत कुछ सीखा। 1980 में जब ज़िम्बाब्वे स्वतन्त्र हुआ वहाँ लेखकों का एक झुंड था। ये दक्षिण रोडेशिया में पले-बढ़े थे। श्वेत लोगों की मिशनरी द्वारा शिक्षित। लेसिंग का मानना है कि मुगाम्बे के शासन में आसानी से लेखक उत्पन्न नहीं होते हैं। वहाँ लेखक बनना आसान नहीं है। शिक्षित होना आसान नहीं है। फलों-जाम के डिब्बों पर छपे शब्दों, फेंके गये एनसाइक्लोपीडिया से सीखना सामान्य बात है। वहाँ भूखे-नंगे आपस में खाने-कपड़े को लड़ते बच्चे हैं और हम शिक्षा के स्तर की बात करते हैं! इन कठिनाइयों के बावजूद लेखक होते हैं। लेसिंग याद दिलाती हैं कि जिम्बाब्वे गुलामी के पहले मौखिक कथाओं की परम्परा का देश था। बाबा-दादी अवश्य अपने बच्चों को कहानियाँ सुनाया करते होंगे। बाद में, एक दो पीढ़ियों के बाद ये वाचिक प्रथा छपने लगी। यह उन लोगों की उपलब्धि है। प्रकाशन की स्थिति को लेकर वे चिन्तित हैं। पांडुलिपि भले हो पर प्रकाशक कहाँ मिलता है? किताबों का वितरण कैसे होगा? जैसे प्रश्न उन्हें परेशान करते हैं। अफ्रीका से उनके पास बहुत सारी पांडुलिपियाँ आती हैं। यहाँ तक कि उत्तरी अमेरिका जहाँ परिस्थितियाँ बेहतर हैं, जहाँ की परम्परा भिन्न है वहाँ भी किताब का प्रकाशन एक स्वप्न है।

बहुत-सी किताबें कभी नहीं लिखी जाएँगी। लेखक कभी नहीं बन पाएँगे। क्योंकि प्रकाशक नहीं हैं। ये आवाजें सदा अनसुनी रह जाएँगी। वे कहती हैं कि कितनी सम्भावित प्रतिभा नष्ट हो जाएगी। लेकिन लिखने के पहले प्रकाशक के मिलने के पहले भी कुछ और कमी है। लिखने के लिए कुछ और चाहिए होता है। लेखकों से अक्सर पूछा जाता है वे कैसे लिखते हैं? प्रोसेसर से? इलैक्ट्रानिक टाइपराइटर पर? पंख से? शॉर्टहैंड में? या लॉगहैंड में? परन्तु लेसिंग के अनुसार इन सबसे ज्यादा महत्त्वपूर्ण प्रश्न है, 'क्या आपको वह स्थान प्राप्त है, वह स्थान जो लेखक के आसपास होना चाहिए? जिस स्थान में वह सुनता है, ध्यान लगाता है, जहाँ से शब्द निकलते हैं, शब्द जो उसके चरित्र बोलते हैं, जहाँ से विचार-प्रेरणा आती है। क्या आपके पास यह स्थान है?' अगर लेखक इस स्थान को

नहीं पा सकता है तब कविताएँ-कहानियाँ सब मृत पैदा होंगी। जब लेखक एक दूसरे से बात करते हैं वे सदा इस स्थान की ही बात करते हैं। इस भिन्न समय की बात करते हैं। वे एक दूसरे से पूछते हैं, 'क्या तुम्हें यह मिला?'

फिर वे एक दूसरे दृश्य की चर्चा करती हैं। कहती हैं, मान लो हम लन्दन, किसी बड़े शहर में हैं। यहाँ एक नया लेखक आता है। हम निन्दक की भाँति पूछते हैं उसकी किताबें कैसी हैं? क्या वह देखने में अच्छी हैं? अगर पुरुष है तो क्या वह चमत्कारी है? सुन्दर है? हम मजाक करते हैं। परन्तु यह मजाक नहीं है। इस नवागन्तुक को खूब सिर चढ़ाया जाता है। खूब धन दिया जाता है। पत्रकार आगे-पीछे घूमते हैं। वे कहती हैं हम प्रौढ़ लोग जिन्होंने यह सब देखा है, इस लेखक के लिए अफसोस करते हैं, क्योंकि उसे पता नहीं होता है कि उसके संग क्या हो रहा है। वह फूलकर कुप्पा हो जाता है। बहुत उड़ता है। लेकिन एक साल के बाद उससे पूछो कि वह क्या सोचता है? वह कहेगा यह सबसे दुर्भाग्यपूर्ण बात उनके संग हुई है। बहुत से लेखक जिन्हें शुरु में खूब सिर चढ़ाया गया उन्होंने फिर कुछ नहीं लिखा है। या फिर जो वो लिखना चाहते हैं वह वे नहीं लिख सके हैं। वे इन लेखकों के मासूम कान में फुसफुसाना चाहती है कि क्या तुम्हारे पास अब भी अपना स्थान है? तुम्हारी आत्मा, तुम्हारा अपना स्थान जहाँ तुम खुद से बात कर सको। अपनी आवाज खुद सुन सको। जहाँ तुम एकान्त पा सको। स्वप्न देख सको। इसे पकड़े रहो। हाथ से फिसलने मत दो। वे कहती हैं कि इन लोगों के लिए ऐसी शिक्षा की व्यवस्था होनी चाहिए।

उनके पास वहाँ की दूसरी स्मृतियाँ भी हैं। एक अठारह वर्ष का युवा अश्रुपूरित आँखों से अपना पुस्तकालय देखता हुआ। एक अतिथि अमेरिकन ने बिना किताबों के पुस्तकालय को देखकर एक बॉक्स भरकर किताबें उसके लिए भेजी हैं। वह उन्हें सँभालकर प्लास्टिक में लपेटकर रख रहा है। जब उससे कहा जाता है कि किताबें पढ़ने के लिए भेजी गयी हैं तो वह जवाब देता है कि वे गन्दी हो जाएँगी और मुझे और किताबें कहाँ मिलेंगी? वह उनसे इंग्लैंड से और किताबें भेजने का अनुरोध करता है। ऐसी किताबें जो उसे पढ़ाना सिखा सकें। ताकि वह दूसरों को पढ़ना सिखा सके। वह मात्र चार साल सीनियर स्कूल में पढ़ा है परन्तु किसी ने उसे नहीं सिखाया कि पढ़ाया कैसे जाता है। वह दूसरों को पढ़ना सिखाना चाहता है। उन्होंने वहाँ एक शिक्षक को देखा है जो खल्ली के अभाव में छः से अठारह साल के लोगों को धूल में पत्थर की सहायता से लिखना-पढ़ना सिखाता है। एक लड़की किताबों के बिना धूल में टहनी की सहायता से ए बी सी लिखना-पढ़ना सिखाती है। अफ्रीका में शिक्षा के लिए क्षुधा है। लोग पढ़ना-लिखना सीखना चाहते हैं। शिक्षा एक वरदान है। लोग चाहते हैं कि उनके बच्चे शिक्षा प्राप्त करें

और गरीबी से छुटकारा पाएँ। वे ऐसे उत्सुक प्रयासरत लोगों की सहायता करना चाहती हैं। चाहती हैं लोग आगे आएँ और दुनिया से ज़हालत को मिटाने में योगदान करें।

लेसिंग अपने श्रोताओं से कहती हैं कि कल्पना करें कि वे दक्षिण अफ्रीका में हैं। एक सूखाग्रस्त इलाके में खड़े हैं। स्टोर में पानी लेने के लिए लोगों की कतार लगी हुई है। कतार में ज्यादातर औरतें हैं। उनके संग उनके बच्चे हैं। पानी के लिए उनके पास हर आकार-प्रकार के बरतन हैं। दोपहर को शहर से पानी आता है, उसी कीमती पानी के लिए कतार लगी है। दुकानदार एक अश्वेत स्त्री को देख रहा है। स्त्री किसी किताब के फटे पन्नों को पढ़ रही है। किताब है 'ऐना केरेनीना'। वह धीरे-धीरे पढ़ रही है, बुदबुदाते हुए, अक्षरों को जोड़कर। लगता है एक कठिन किताब है। उस युवा स्त्री के पैरों के पास दो बच्चे हैं। वह गर्भवती है। औरत का स्कार्फ धूल से पीला हो रहा है। उसके सीने, बाँहों सब पर धूल है। दुकानदार परेशान है सब लोगों को पानी चाहिए और उसके पास पर्याप्त पानी नहीं है। वह गुस्सा है क्योंकि वह जानता है कि बिना पानी के लोग मर रहे हैं। दुकान पर उसका बड़ा भाई बैठता है परन्तु वह थक गया है, अतः शहर गया है। भाई सूखे से बीमार है। भाई के स्थान पर दुकान पर खड़ा यह आदमी उत्सुक है। वह उस औरत से पूछता है कि वह क्या पढ़ रही है? स्त्री उत्तर देती है यह रूस के बारे में है। वह स्वयं नहीं जानता है, फिर भी औरत से पूछता है तुम जानती हो रूस कहाँ है? स्त्री गर्व से सिर उठाकर धूल से लाल हुई आँखों से उसे देखती है और कहती है कि वह कक्षा में सबसे अच्छी थी। उसकी टीचर कहती थी कि वह सबसे तेज है। और वह फिर पढ़ने में जुट जाती है। दुकानदार बच्चों को देखता है और उन्हें फैन्टा देना चाहता है। औरत कहती है कि फैन्टा से उनकी प्यास बढ़ जाती है। दुकानदार जानता है कि पानी की कमी है उसे ऐसा नहीं करना चाहिए। परन्तु वह मग में बच्चों को पीने के लिए पानी देता है। वह उस औरत को भी पानी देता है। वह इतनी प्यासी थी कि सारा पानी गटक जाती है। वह अपना पानी का बरतन भरने के लिए देती है जिसे वह भर देता है। वह फिर किताब पढ़ने लगती है। वह बार-बार पढ़ती है। उसे अच्छा लग रहा है। लेसिंग 'ऐना केरेनीना' का वह अनुच्छेद अपने भाषण में प्रस्तुत करती हैं,

"वारेनका अपने काले बालों पर अपने सफेद रुमाल के साथ, अपने खुश और मस्त बच्चों के साथ व्यस्त और साथ ही जिस व्यक्ति की वह परवाह करती है उसके विवाह के प्रस्ताव की सम्भावना से उत्तेजित, बहुत आकर्षक लग रही थी...और निःशब्दता में उसने उसे एक मुस्कान दी जो बहुत कुछ कहती थी।"

काउंटर पर कुछ और पुरानी मैगजीन के हिस्से, पुराने अखबार पड़े हैं। स्त्री को अब जाना है। उसे चार मील चल चलकर अपने गाँव पहुँचना है। कतार में पीछे खड़ी भीड़ आगे बढ़ने के लिए बेचैन है। वह दुकानदार उसे किताब का हिस्सा देना चाहता है परन्तु उसे सच में समझ नहीं आ रहा है कि यह गर्भवती दो बच्चों के संग वाली औरत यह सब पढ़कर समझ सकती है। लेसिंग इसके पीछे की कहानी जानती हैं कि कैसे इस सुदूर हिस्से में 'ऐना केरेनीना' पहुँची। और इस बात का खुलासा वे अपने श्रोताओं के समक्ष करती हैं। यू.एन.ओ. का कोई अफसर कई समुद्रों पार की अपनी यात्रा पर चलते समय इसकी एक प्रति खरीद लाया था। हवाई जहाज पर अपनी आरामदायक सीट पर बैठते समय उसने सुविधा के लिए किताब को तीन हिस्सों में फाड़ लिया। मजे के लिए उसने अपने सहयात्रियों की ओर देखा और उन्हें सुनाते हुए बोला कि वह लम्बी यात्रा पर ऐसा हमेशा ही करता है। कौन भारी भरकम किताब को उठाये फिरे। किताब पेपरबैक होते हुए भी लम्बी थी। जब वह एक हिस्सा पढ़ लेता एयर होस्टेस को बुलाकर वह हिस्सा दूसरे सस्ते हिस्से में बैठी अपनी सचिव के पास भेज देता। कहानी वह जानता था पर ऐसा करने का खास मकसद था। लोग उसे याद रखें। सच में स्वयं को याद रखवाने का इससे नायाब तरीका क्या होगा। लोग उसकी हरकत को कौतूहल से देखें या नहीं पर मजा तो आ ही रहा था। इसका प्रभाव भी पड़ रहा था। लेसिंग कहती हैं कि 'ऐना केरेनीना' पढ़ने का यह मौलिक, खब्ती तरीका शायद ही कोई भूले।

उसी किताब का एक हिस्सा जब दुकानदार उस औरत को देता है तो वह कृतज्ञता ज्ञापित करती है। यह औरत जीन्स भी पहने है और उस पर अपना परम्परागत ऊनी लबादा भी पहने हैं। बच्चों और उस स्त्री का गला धूल से भरा हुआ है। धूल में चलना कठिन है। वे लोग इसके अभ्यस्त हैं। उस औरत के मन में किताब की कहानी चल रही है। वह मन में उसे बार-बार पढ़ रही है। वह सोच रही है कि ऐना बिल्कुल उसकी तरह है। सिर सफेद स्कार्फ से ढँके हुए, बच्चे पालती हुई मैं वह रूसी लड़की हो सकती हूँ। वह आदमी उसे प्यार करता है और उससे शादी करना चाहता है। उसने केवल वही अनुच्छेद पढ़ा है। मेरे लिए एक आदमी आएगा और मुझे ले जाएगा, बच्चों को भी वह प्यार करेगा और हमारी देखभाल करेगा। वह पानी का भारी बरतन उठाकर चल रही है। बीच में वह रुकती है। बच्चे पानी पीने को जिद कर रहे हैं पर वह बरतन का मुँह नहीं खोलती है। उसमें धूल चली जाएगी। वह घर जाकर बरतन खोलेगी। बच्चों को वह रुकने के लिए कहती है। फिर बरतन लेकर चल पड़ती है। वह याद करती है कि उसकी टीचर ने कहा था कि वह तेज है। एक बड़ा पुस्तकालय

है, सुपर मार्केट से भी बड़ा। एक बड़ी इमारत। किताबों से भरी इमारत। वह मुस्कुरा रही है। उसके मुँह पर धूल उड़कर पड़ रही है। वह सोचती है वह चालाक है। उसकी टीचर ने कहा है कि वह होशियार है। पूरे स्कूल में सबसे ज्यादा होशियार। वह सोचती है कि उसके बच्चे भी होशियार हैं। वह उन्हें पुस्तकालय ले जाएगी। उसकी टीचर ने कहा था कि वह भी टीचर बन सकती है। वह अपने बच्चों को पढ़ाने की बात सोचती है। उसे इस बात का अभिमान है कि वह पढ़ सकती है। इसी तरह वे वहाँ के एक और व्यक्ति की चर्चा करती हैं जिसमें पढ़ने-पढ़ाने की ललक है। लेसिंग एक संगठन का हिस्सा हैं जो गाँवों में पुस्तकें भेजने का कार्य करता है।

उनका मन अफ्रीका की स्मृतियों से भरा हुआ है। उनके लिए यह एक ऐसा अक्षय पात्र है जो कभी समाप्त नहीं होगा। इससे जब जितना चाहे वे अँजुरी भर-भरकर ले सकती हैं। इन स्मृतियों को वे जब भी चाहें ताजा कर सकती हैं। जब चाहें उसे देख सकती हैं। शाम को वहाँ के आकाश में फैला सुनहरा, बैंगनी, नारंगी सूर्यास्त, कलाहारी की सुगन्धित झाड़ियों पर मँडराती तितलियाँ, पतंगे और मधुमक्खियाँ। या फिर ज़ैम्बेसी के तट पर बैठना। तट जो पीली घास पर लोटता है। सूखे मौसम में इसके तट पर सब तरह के पक्षी आते हैं। जहाँ बहुतायत में हाथी, ज़िराफ, शेर जैसे जानवर हैं। और रातों के क्या कहने, शान्त बिना प्रदूषण के काला खूबसूरत तारों भरा आकाश। हमारे पूरे जीवन की नींव किशोरावस्था आते-आते तक पड़ जाती है। पहले कुछ वर्षों के अनुभव जीवन-भर की थाती होते हैं। खासकर रचनाकारों के लिए। डोरिस का मानना है कि तनावपूर्ण और कष्टकर बचपन अक्सर लेखक उत्पन्न करता है क्योंकि ऐसा बचपन बच्चों को प्रत्येक चीज के प्रति जागरुक और निरीक्षक बन जाना सिखाता है और लेखक बनने के लिए यही चाहिए। उनकी अपनी माँ से नहीं बनती थी, इस तनाव को दूर करने के लिए वे लिखने लगीं। वे सात साल की उम्र से लिख रही हैं और आज भी सक्रिय हैं। कई बरसों से उनका नाम नोबेल पुरस्कार की सूची में था। अब 86 वर्ष की उम्र में जाकर उन्हें नोबेल पुरस्कार प्राप्त हुआ है। बहु अनूदित, बहु पठित, वय प्राप्त लेसिंग के जीवन में इस पुरस्कार से अब बहुत ज्यादा फर्क नहीं पड़ेगा। हाँ, उन्हें पुरस्कार देकर नोबेल समिति अवश्य सम्मानित हुई है।

अपने भाषण में वे आगे कहती हैं कि हम बूढ़े हो गये हैं। अपनी दुनिया में रहते हैं—दुनिया जो खतरे में है। हम बूढ़े लोग विडम्बना और सनकीपन से भरे हैं। कुछ विचार और शब्द हम विरले ही प्रयोग करते हैं। ये विचार और शब्द छीज चुके हैं। लेकिन हम कुछ ऐसे शब्दों को पुनः स्थापित करना चाहते

हैं जिन्होंने अपनी क्षमता खो दी है। उनके अनुसार, हमारे पास खजाना है। साहित्य का खजाना। प्राचीन मिस्र, यूनान और रोम का खजाना। यह है, हमें इसे पुनः खोजना है, जो भाग्यशाली हैं वे इसे पाएँगे। मान लो यह नहीं होता तो हम कितने खोखले, कितने रिक्त होते। भाषाओं, कविताओं, इतिहासों की एक विरासत हमारे पास है जो अक्षय है। जो कभी समाप्त नहीं होगी। यह सदा हमारे पास है। हमें प्राचीन कहानी कहनेवालों से लेना है। उनसे भी जिनके नाम भी हम नहीं जानते हैं। वे कहानी कहनेवालों की परम्परा को पीछे ले जाते हुए उस समय को याद करती हैं जब जंगल में आग जला करती थी। बूढ़े ओझा नृत्य करते, गाते थे। कहानी की हमारी विरासत आग, जादू-टोना की दुनिया तक जाती है। आज भी वह वहाँ है। आज के कहानी कहनेवाले भी कहते हैं कि उनके जीवन में ऐसे क्षण आते हैं जब आग उन्हें स्पर्श करती है, जिसे हम प्रेरणा कहते हैं। यह प्रेरणा हमारी नस्ल के प्रारम्भ, आग, हिम, पवन तक जाती है, जिसने हमें और हमारी दुनिया को निर्मित किया है।

यह कहानी कहनेवाला हम सबके भीतर गहरे बैठा हुआ है। वह सदा हमारे संग है। मान लें कि हमारी दुनिया युद्ध से आक्रान्त होती है। जिसकी भयावहता की हम आसानी से कल्पना कर सकते हैं। मान लो हमारी दुनिया, हमारे शहर बाढ़ में बह जाएँ, समुद्र उफनने लगे...तब भी कहानी कहनेवाले होंगे। क्योंकि यह हमारी कल्पनाएँ हैं जो हमें बनाती हैं। भले-बुरे दोनों के लिए। जब हम नष्ट हो जाएँगे, ये हमारी कहानियाँ, हमारे कहानीकार ही हैं जो दुबारा सब बनाएँगे। कहानीकार, स्वप्नकार, मिथककार हमारे फीनिक्स हैं। इसी में हम सर्वाधिक कुशल और सर्वाधिक सृजनात्मक हैं। फिर वे उस गरीब लड़की का स्मरण करती हैं जो अपने बच्चों के लिए शिक्षा का स्वप्न देख रही है। हम, जिनके पास खाने-पहनने को भरपूर है अपनी सतह पर ही रहते हैं। और वे यह कहते हुए अपने भाषण का अन्त करती हैं कि जिन स्त्रियों और लड़की ने तीन दिन से खाना नहीं खाया है फिर भी किताबों और शिक्षा की बातें करती हैं। ये लोग ही निश्चित करेंगे कि हम असल में क्या हैं। वे अभावग्रस्त लोगों के लिए चिन्तित हैं। भूखे, नंगे, अशिक्षित लोगों के लिए चिन्तित हैं। शरणार्थियों को लेकर परेशान हैं। ये समस्याएँ वैश्विक हैं। सार्वभौमिक हैं। और डोरिस लेसिंग की चिन्ता का विषय हैं।

1999 में आयी उनकी किताब 'मारा ऐंड डैन' पढ़कर महाभारत की याद आना स्वाभाविक है। यह उनके अफ्रीकी जीवन के इर्द-गिर्द घूमता है और उनके अपने जीवन से काफी हद तक जुड़ा हुआ है। वे लिखने में इतना डूबी हुई हैं कि रात को बिस्तर पर जाने के बाद भी उसी की बात सोचती रहती हैं। नतीजन

उन्हें स्वप्न उन्हीं बातों के आते हैं। 'मारा ऐंड डैन' का प्रथम भाग वे नित रात को स्वप्न में देखा करती थीं। यह भविष्य की एक साहस कथा है। अगले हिम युग के बाद की। एक भाई-बहन सूखे और युद्ध से त्रस्त होकर, उससे निकल भागने को उत्तर की ओर बढ़ रहे हैं। वे गृहयुद्ध के दौरान अपने कबीले की एक स्त्री डाइमा के द्वारा बचाये जाते हैं। बहन मारा अपने छोटे भाई डैन की सुरक्षा एक माँ की तरह बहादुरी से करती है। लेकिन जब वह लड़की से स्त्री बनती है वह आघातों का निशाना बनने लगती है। उसे अपने गर्भवती होने का भय लगातार सताता है क्योंकि बचपन से उसने भयंकर परिस्थितियाँ देखी और भोगी हैं। दूसरी ओर डैन के अपने अनुभव हैं। उसके व्यक्तित्व का एक दूसरा पहलू है। जब दोनों भाग रहे थे वे एक शहर में फँस जाते हैं, जिसे मारा नापसन्द करती है, परन्तु डैन जुए की लत में पड़ जाता है। एक दिन जुआ खेलते हुए वह हारता जाता है और जब दाँव पर लगाने के लिए उसके पास कुछ और नहीं बचता है वह अपनी बहन को दाँव पर लगा देता है। मारा और डैन, भाई-बहन के सम्बन्धों को लेसिंग ने सीधे अपने और अपने भाई हैरी के सम्बन्धों से लिया है। कुछ दिन पहले उन्होंने मारा ऐंड डैन की अगली यात्रा पर हाल ही में एक और उपन्यास 'द स्टोरी ऑफ जनरल डैन ऐंड माराज़ डॉटर, ग्रिओट ऐंड द स्नो डॉग' लिखा है।

नोबेल समिति ने अपनी अनुशंसा में उनको स्त्री-अनुभव की महान गाथाकार कहा है जिसने आग और भविष्य देखने की शक्ति के साथ एक विभक्त संस्कृति को अपने सूक्ष्म निरीक्षण का विषय बनाया। पर उनको किसी एक खाँचे में बिठाना आसान नहीं है। ढेरों किताबें और तमाम शैलियाँ उनकी झोली में हैं। वे अपने लेखन को समझने का कार्य, उसे खाँचों में बाँटने का कार्य अपने पाठकों पर छोड़ती हैं, क्योंकि वे जानती हैं कि पाठक ऐसा करेगा ही। यहाँ तक कि यदि वह रचनाकार के लिखे का विपरीत अर्थ निकालता है तब भी लेखक के बस में नहीं है कि वह सबको समझाता फिरे। अत: वे मानती हैं कि लेखक को लिखते जाना है और पाठक को अपने-अपने तरीके से उसे पढ़ना-समझना है। कविता भी उन्होंने लिखी हैं लेकिन बहुत कम मात्रा में। उन्होंने तकरीबन सब विधाओं में लिखा है। पर विधा और शैली स्वत: आती है। वे उसके लिए सचेत प्रयास नहीं करती हैं। उन्होंने विज्ञान कथाएँ लिखीं पर नोबेल समिति ने उसका उल्लेख नहीं किया। इसके लिए वे कहती हैं कि शायद इन किताबों को किसी खाने में रखना कठिन है इसीलिए इनका उल्लेख नहीं किया गया है। वे अपने हर नये विषय को नये अन्दाज, नयी शैली में रचती हैं। उन्होंने उपन्यास, कहानियाँ, ओपेरा, ड्रामा और अन्य विधाओं में भी रचा है। स्वयं उनके अनुसार वे अपने सारे लेखन में परिवर्तन

चक्र की बात करती हैं। प्रकृति और राजनीति में परिवर्तन चक्र की। उन्होंने अपने जीवन में बहुत उतार-चढ़ाव देखे हैं। ब्रिटिश शासन जिसे सदा रहना था उसका अन्त होते, हिटलर की हजार वर्ष शासन करने की घोषणा, मुसोलिनी का शासन, दक्षिण अफ्रीका पर श्वेत दबदबा जो सदा चलनेवाला लगता था और तमाम परिवर्तन देखे हैं। इसीलिए वे किसी चीज के स्थायी रहने पर विश्वास नहीं करती हैं। एक अन्य लेखिका मार्गरेट ड्रैबल डोरिस लेसिंग की प्रशंसक हैं और लेखन में उन्हें उपना गुरु मानती हैं। उनका कहना है कि लेसिंग प्रारम्भिक लेखिकाओं में से एक हैं जिन्होंने स्त्री की समस्या को उठाया है और उसे उपन्यास का केन्द्र बना दिया। उनके सब उपन्यासों में एक बात पिरोई हुई है वह है सत्ता की दहशत और स्त्री के नाजुक होने से उत्पन्न कठिनाइयाँ। इन दोनों बातों का सम्मिश्रण उनके कार्य में मिलता है।

1962 में जब उनकी किताब 'द गोल्डेन नोटबुक' आयी तो उन्हें नारीवादी के रूप में खूब ख्याति मिली। नोबेल समिति ने उनकी इसी किताब को पुरस्कार के लिए ध्यान में रखा है और कहा है कि यह उन थोड़ी-सी किताबों में से है जो स्त्री-पुरुष सम्बन्धों को बीसवीं सदी के नजरिये से बताती है। 'द गोल्डेन नोटबुक' की नायिका ऐना वुल्फ का व्यक्तित्व काफी हद तक उस समय की लेसिंग का व्यक्तित्व है। यह व्यक्तित्व के विभिन्न खानों में बँटने और उससे उत्पन्न सन्त्रास की कहानी है। अन्ना वुल्फ स्त्री, प्रेमिका, रचनाकार, सक्रिय राजनीतिक कार्यकर्ता अनेक भूमिकाओं को निभाती है और इन विभिन्न भूमिकाओं में तालमेल बैठाने की जद्दोजहद में मानसिक आघात से ग्रसित हो जाती है। यह बिखरन उसे नष्ट नहीं करती है वरन एक तरह की समग्रता प्रदान करती है। वह समानता के लिए संघर्ष करती है। मनुष्य मनुष्य के बीच समानता का स्वप्न लेसिंग का स्वप्न है। यही उनके लेखन की मजबूती है। कुछ लोगों को यह किताब बहुत आक्रामक लगी। इसमें वर्णित स्त्री-पुरुष के सम्बन्धों से उन्हें बहुत झटका लगा। दूसरी ओर नारीवादी आन्दोलनकारी इस गम्भीर चित्रण से काफी प्रसन्न थे और उन्हें एक सर्वोच्च नारीवादी लेखिका के खिताब से नवाज रहे थे। पर स्वयं वे इससे पूरे तौर पर सहमत नहीं हैं। वे खुद पर नारीवादी मोहर नहीं लगवाना चाहती हैं। उन्हें समझ नहीं आता है और आश्चर्य होता है कि इस किताब में ऐसी कौन-सी अनोखी बात है जिससे लोग आक्रान्त हैं। आहत हैं। क्योंकि उन्होंने जो लिखा है वैसी बातें स्त्रियाँ अक्सर आपस में करती हैं। इस समय कम्युनिज्म भी बिखर रहा था। यह भी इस किताब में आया है। यह व्यक्ति के टूटने की कथा है। स्त्री-पुरुष का सम्बन्ध बहुत जटिल है इस बात को वे मानती हैं।

अक्सर उनके श्रोता उनकी प्रशंसा करते हैं पर उन्हें डोरिस लेसिंग से वह सुनने को नहीं मिलता है जिसकी आशा करके वे आते हैं। नारीवाद की जिस सोच को लेकर वे उनके पास आते हैं, उसके पक्ष में उनसे जो सुनने की अपेक्षा श्रोता करते हैं उन्हें अक्सर निराश होना पड़ता है। उनका मानना है कि स्त्रियों को साठ के दशक से अधिकारों का अवसर मिला है। उन्हें कम भावुकता और ज्यादा व्यावहारिक तरीके से आगे बढ़ाना चाहिए। इन अधिकारों से वे बहुत ज्यादा परिवर्तन की उम्मीद नहीं कर रही थीं। इसीलिए वे ज्यादा निराश भी नहीं हैं। उस समय नारीवादी आन्दोलन बहुत विद्रोही तेवर लिए हुए था। वे उसे ज्यादा शान्त आन्दोलन के रूप में देखना चाहती हैं। उनके निजी जीवन और साहित्य को देखकर लोगों को लगता है कि वे 'फायरब्रांड' नारीवादी हैं। पर जब वे कहती हैं कि पुरुष के संग मिलकर काम करने का प्रयास करना चाहिए तो लोगों को आश्चर्य होता है। पुरुषों के संग मिलकर स्त्रियों को क्यों काम करना चाहिए इसके लिए वे बहुत मजबूत तर्क देती हैं। कहती हैं कि यदि तुम खुद से ही बातें करती रही तो चीजें कैसे बदलेंगी? वे मानती हैं कि पुरुष से अलग होकर कभी भी प्रगति नहीं हो सकती है। ये बातें नारीवादी आन्दोलनकर्ताओं के गले नहीं उतरती है। लेसिंग जानती और मानती हैं कि कुछ महान और उपयोगी नारीवादी पुरुष हुए हैं। वे यह भी जानती हैं कि अमेरिका, इंग्लैंड और यूरोप में एक सीमित वर्ग की स्त्रियों के लिए चीजें बेहतर हुई हैं। लेकिन दूसरे देशों की स्त्रियाँ, तीसरी दुनिया इससे अछूती रही हैं। उन्होंने स्त्रियों के क्रोध और उनके लड़ने और आघात करने का वर्णन किया है। इसलिए नारीवादी उनसे बहुत खफा हैं।

वे खूब भ्रमण करती हैं। स्थान-स्थान पर उन्हें भाषण देने के लिए आमन्त्रित किया जाता है। एक और प्रश्न उनसे लोग बराबर पूछते हैं, क्या उनका लेखन खासतौर से स्त्री से सम्बन्धित है? इससे वे स्पष्ट रूप से इनकार करती हैं 'द गोल्डन नोटबुक' एक स्त्री के नजरिये से लिखी गयी है। वे मानती हैं कि ऐसा इसलिए हुआ क्योंकि वे एक स्त्री हैं पर वे चीजों को इतने संकुचित नजरिये से देखने के खिलाफ हैं। जब पुरुष लिखता है तो कोई नहीं कहता है कि यह पुरुष नजरिये से लिखा गया है या एंटीवूमन है। पर यदि स्त्री मानवीय सम्बन्धों के विषय में लिखती है तो उसे तुरन्त एक चौखटे में बैठा दिया जाता है। किसी ने कहा भी है कि हेमिंग्वे को कोई पुरुषवादी लेखक नहीं कहता है। वे मानती हैं कि स्त्री-पुरुष के बीच संघर्ष है। युद्ध है। पर उनका कहना है कि यौन युद्ध सर्वाधिक महत्त्वपूर्ण युद्ध नहीं है। और न ही यह सबसे ज्यादा प्राणघातक समस्या है। नव स्त्री की स्वतन्त्रता पर उनका कहना है कि आज इस बात को पहचानने की, समझने की आवश्यकता है कि वह स्वतन्त्र रूप से चिन्तन और व्यवहार

करें। प्रत्येक व्यक्ति भिन्न है। सबको अपनी ऊर्जा का उपयोग करना सीखना चाहिए। दिमाग आराम करते समय भी काम करता रहता है। लेसिंग इसीलिए स्वप्न को बहुत महत्त्व देती हैं। कभी-कभी लोग उनसे बहुत निरर्थक प्रश्न पूछते हैं, मसलन वे टाइपराइटर पर लिखती हैं या वर्ड प्रोसेसर पर। पर सृजनात्मक लेखन का कोई फार्मूला नहीं होता है। वे अपने एक मित्र का उदाहरण देती हैं। उनके इस मित्र की शादी एक लेखक से हुई थी जो अपने सिरहाने एक टेप रिकॉर्डर रखता था ताकि जब भी विचार मन में आए उन्हें टेप किया जा सके और बाद में उनका उपयोग किया जा सके। कुछ समय के बाद उनकी मित्र ने शर्त रख दी या तो मैं अथवा टेपरिकॉर्डर। पत्नी की जीत हुई इसमें शक नहीं है।

प्रारम्भ में वे मार्क्सवाद से प्रभावित थीं और सामाजिक विषयों पर यथार्थवादी ढंग से लिख रही थीं। पार्टी से मोहभंग होने के पश्चात् उन पर आध्यात्मिकता का रंग चढ़ा और वे सूफी दर्शन की ओर मुड़ीं। फिर उनके लेखन में एक नया मोड़ आया और वे विज्ञान कथाओं की ओर चल पड़ीं। वे फन्तासी की ओर मुड़ गयीं। इस तरह उनके लेखन में तीन स्पष्ट विभाजन प्राप्त होते हैं। 'कैनोपस इन अर्गोज़' नामक शृंखला (यह पाँच भागों में लिखा गया उपन्यास है) काफी विवादास्पद रही। एक समय उनकी किताब 'कैनोपस इन अर्गोज़' का पाठकों पर इतना प्रभाव पड़ा कि उसकी तर्ज पर अमेरिका में कुछ लोगों ने एक धर्म समुदाय 'शिकस्ता' बना डाला और देवताओं के आगमन का इन्तजार करने लगे। जब उन्होंने ऐसे लोगों को लिखा कि यह ब्रह्मांड नहीं एक अन्वेषण है, तब भी उन लोगों को विश्वास नहीं होता था। वे सोचते थे कि लेसिंग उन लोगों की परीक्षा ले रही हैं। 'रेफ: कोलोनाइज़्ड प्लेनेट 5 शिकस्त', 'द मेरेजेज बिट्वीन जोंस थ्री', फोर ऐंड फाइव', 'द सिरीयन एक्सपेरिमेंट्स', 'द मेकिंग ऑफ रिप्रेजेंटेटिव फॉर प्लेनेट 8', 'डॉक्यूमेंट्स रिलेटिंग टू द सेंटीमेंटल एजेंट्स इन द वॉल्येन एम्पायर' ये पाँच भाग हैं, उनके प्रसिद्ध विज्ञान कथा 'कैनोपस इन अर्गोज़ : आर्काइव्स' के। इनमें एक फन्तासी के रूप में वे अन्तरिक्ष की कथा कहती हैं। पर कुछ लोगों को शिकायत थी कि धरती छोड़कर वे इस सुदूर क्षेत्र खगोल में क्यों गयीं? उनका उत्तर बहुत मजेदार है। वे कहती हैं कि दुनिया में जो हो रहा है वह इतना विचित्र है कि इसे फन्तासी की जरूरत है—कल्पना के पुनर्जन्म की आवश्यकता है। विज्ञान की प्रगति के साथ नया साहित्य आना ही था। इसलिए उन्होंने विज्ञान कथाएँ लिखीं। पर वे मात्र विज्ञान कथाएँ नहीं लिखती हैं। वे अतीत शैली का फन्तासी साहित्य रचती हैं। कहानी कहने की प्राचीन विधाओं का प्रयोग करती हैं। 12,000 साल पहले प्रयोग होनेवाली विधियाँ अपनाती हैं। परिकथाओं, दन्त कथाओं, नीति कथाओं, साहस कथाओं का सहारा लेती हैं। थॉमस मान,

एच.जी. वेल्स आदि का उदाहरण देती हैं जिन्होंने फन्तासी का प्रयोग किया है। अक्सर विज्ञान कथाओं को साहित्य से इतर माना जाता है। पर लेसिंग इस बात को बड़े गर्व के साथ प्रस्तुत करती हैं। उनके अनुसार विज्ञान कथाओं में हमारे समय का उत्कृष्ट साहित्य भी शामिल है।

उनका उपन्यास 'मेमोयर्स ऑफ द सर्वाइवर' विज्ञान कथा है। फिर उन्होंने पाँच भागों में 'कैनोपस इन अर्गोस' भी इस शैली में लिखा। उनका 'मेमोयर्स ऑफ द सर्वाइवर' में वे समाज पर पैनी दृष्टि रखते हुए बताती हैं कि कानून नाम की कोई बात समाज में नहीं रह गयी है। पर्यावरण को लेकर लेखिका की चिन्ता इसमें उजागर होती है। कहानी बताती है कि पर्यावरण पूरी तरह से दूषित हो चुका है और जीवन कठिन ही नहीं असम्भव हो गया है। मानव सभ्यता विनाश के कगार पर है। बच्चे, युवा, बूढ़े सब इस प्रदूषित दुनिया में जीने को शापित हैं और अपनी-अपनी तरह से संघर्ष कर रहे हैं। जहाँ कभी जीवन, हरियाली, खुशहाली हुआ करती थी, वहाँ आज वीरानी है। झाड़-झंखाड़ हैं। सारा कुछ एक वयप्राप्त स्त्री की स्मृति में है। अतीत और वर्तमान सब। पर वे निराशावादी नहीं हैं। इस वीरानगी में आशा की एक किरण है। एक व्यक्ति इस वृद्ध स्त्री के पास देखभाल के लिए एक बालिका रख गया है। बालिका के भविष्य की जिम्मेदारी हमारी जिम्मेदारी को याद दिलाने का एक बेहतरीन तरीका है। भविष्य के लिए हम सब जिम्मेदार हैं। हम अगली पीढ़ी के लिए कैसा संसार छोड़ रहे हैं? यह चिन्ता उनके भाषण में भी झलक रही है। वे साहित्य में पूर्ण यथार्थ की पक्षधर नहीं हैं क्योंकि यथार्थ ने उपन्यास का काफी नुकसान किया है। उनका कार्य यथार्थ और फन्तासी के बीच में आता है। उसमें दोनों का सम्मिश्रण है। जब उन्होंने विज्ञान फन्तासी लिखनी प्रारम्भ की, उस समय लोग उन्हें तरह-तरह की सलाह दिया करते थे। कुछ लोग कहते थे कि अब उन्हें यथार्थवादी उपन्यास नहीं लिखने चाहिए। कुछ और लोग कहते वे अपना कीमती समय विज्ञान कथाओं की फन्तासी लिखने में बर्बाद न करें। पर वे रुकी नहीं। लिखती गयीं और आज इस मुकाम पर पहुँची हैं। लेखक यदि लोगों की सलाह मानने लगे तो हो चुका लिखना। वैसे भी कोई सबको खुश नहीं कर सकता है। आध्यात्मिकता की ओर भी उनके काम में झुकाव देखा जा सकता है। उन्होंने 1979 में एक लाख डॉलर से एक सूफी ट्रस्ट की स्थापना की थी।

'कैनोपस' में परमाणु युद्ध के बाद की जबरदस्ती विकसित की गयी सभ्यता के अलग-अलग आयामों को कहानी के रूप में बुना गया है। वे अपनी एक फन्तासी की दुनिया रचती हैं। यह दुनिया बहुत बड़े क्षेत्र में यहाँ तक कि कई ग्रहों तक फैली हुई है। इन पर सूफी प्रभाव स्पष्ट रूप से लक्षित होता है। कथाओं

में यह भी दर्शाया गया है कि युद्ध या संघर्ष कोई भी रोक नहीं सकता है। यह होगा ही। 'द मैरेजेज बिट्वीन जोंस थ्री, फोर ऐंड फाइव' में वे एक आदर्श ग्रह की कल्पना करती हैं जहाँ अचानक एक संकट पैदा हो गया है। हमारे देश की समस्या भ्रूण हत्या यदि जारी रही तो हमारे यहाँ भी कभी भी संकट उत्पन्न हो सकता है। पर जैसा कि हम पहले देख आये हैं वे निराशावादी नहीं हैं। वे इस संकट का समाधान पेश करती हैं। वह समाधान है सामाजिक एवं भौगोलिक सीमाओं के बन्धन को तोड़कर विवाह करना। वे मानती हैं कि मानवता की रक्षा के लिए विभिन्नता और सहनशक्ति अत्यन्त आवश्यक है।

'द सीरियन एक्सपेरिमेंट्स' में उन्होंने उपनिवेशवाद पर गम्भीर प्रश्न उठाये हैं। वे बचपन से नस्लीय भेदभाव देख रही हैं। उन्होंने ब्रिटिश साम्राज्य के सूर्य को अस्त होते देखा है पर नस्लीय भेदभाव भी जारी हैं। इससे वे अत्यन्त दुःखी और चिन्तित हैं। वे जानती हैं कि उच्च विकसित जातियाँ, अविकसित और अल्प विकसित जातियों को अपने लाभ के लिए गिनी पिग की तरह प्रयोग करती हैं। फिर भी कई बार वांछित फल नहीं मिलते हैं। इसके स्थान पर यदि विज्ञान और प्रौद्योगिकी का उपयोग सब मानवों की भलाई के लिए किया जाय तो मानवता का उद्धार हो सकता है। विज्ञान एक औजार है उसका उपयोग अथवा दुरुपयोग उसके प्रयोगकर्ता पर निर्भर करता है। 'द सीरियन एक्सपेरिमेंट्स' को 'बुकर पुरस्कार' के लिए चयनित किया गया था। 'प्लेनेट 8' एक युटोपिया की धारणा से प्रारम्भ होता है पर शीघ्र ही पाठक हिमयुग की मुसीबतों से रू-ब-रू होता है। लेसिंग के अनुसार जीवन सहज-सरल नहीं होकर सदैव संघर्षपूर्ण है। चाहे वह धरती पर हो अथवा अन्तरिक्ष में। चाहे अतीत देखें अथवा वर्तमान या फिर भविष्य। संघर्ष सब कालों में सर्वव्यापी है। इसी तरह 'सेंटीमेंटल एजेंट्स' में प्रयोगकर्ता स्वयं प्रभावित होने लगते हैं। उनकी मानसिकता में परिवर्तन हो जाता है। वे आज के जीवन और सोच का एक बहुत बड़ा कारण टेलीविज़न को मानती हैं। और कहती हैं कि मेरे बाबा को दुनिया का कुछ पता न था क्योंकि वे टेलीविज़न से वाकिफ नहीं थे। उन्होंने कभी भी ग्रहों, नक्षत्रों को खँगालने की बात नहीं सोची। उन्हें चिन्ता थी तो बस चर्च के ऑर्गन की, कि वह ठीक है या नहीं, क्योंकि उसे वे बजाते थे। पर आज दुनिया बदल गयी है। टेलीविज़न ने हमारी दुनिया उलट-पुलट डाली है। इतनी बड़ी संख्या में विज्ञान कथाएँ लिखे जाने में टेलीविजन का बहुत बड़ा हाथ है। उन्हें विश्व विज्ञान-साहित्य समारोहों, कॉलेजों, विश्वविद्यालयों में आदर के साथ आमन्त्रित किया जाता है, जहाँ वे बहुत अधिकार और गर्व के साथ विज्ञान-साहित्य पर व्याख्यान देती हैं। परन्तु अपना नोबेल भाषण उन्होंने स्टॉकहोम जाकर स्वयं नहीं दिया। उनका भाषण उनके

ब्रिटिश प्रकाशक निकोलस पीयरसन ने स्वीडिश अकादमी के समक्ष प्रस्तुत किया था।

उन्होंने जेन सोमर्स छद्म नाम से 'डायरी ऑफ ए गुड नेबर' और 'इफ द ओल्ड कुड' लिखा। इस छद्म नाम ने उन्हें तरह-तरह की विधाओं में प्रयोग करने का अवसर प्रदान किया। 'ब्रीफिंग फोर अ डेसेंट इंटू हेल' अतियथार्थवादी शैली में है और 'मेमोयर्स ऑफ सर्वाइवर' समाज के विघटन को दिखाता है। 'वर्ल्ड साइंस फिक्शन कन्वेंशन' में सम्मानित अतिथि लेखक के रूप में व्याख्यान देते हुए उन्होंने कहा था कि मेमोयर्स लिखना उनके लिए आत्मकथा लिखने का ही एक और प्रयास था। 'द गुड टेरेरिस्ट' आदर्शवाद और आतंकवाद के बीच की पतली-सी दीवार को चित्रित करता है। 'लव, अगेन' थियेटर की दुनिया से सम्बन्धित है और 'अफ्रीकन लाफ्टर' उनके चार बार ज़िम्बाब्वे की यात्रा पर आधारित है। 'द समर बीफोर द डार्क' के लिए एक समालोचक की टिप्पणी है कि यह साबित होता है कि डोरिस लेसिंग सीधी, कभी-कभी बेढंगी, लेकिन आधुनिक कहानी की अत्यन्त आकर्षक मास्टर हैं। इस कहानी में उन्होंने एक स्त्री के इर्द-गिर्द कथा बुनी है। यह 45 वर्ष की स्त्री, जिसके बच्चे बड़े हो चुके हैं और पति व्यापार में व्यस्त है, स्वयं को फालतू पाती है। कुछ समय छोटे-मोटे कामों में खुद को उलझाये रखती है। पर फिर एक युवा पुरुष के साथ स्पेन की यात्रा पर निकल पड़ती है। उसकी दोस्ती एक अन्य स्त्री से होती है। और तरह-तरह के अनुभव उसे स्वयं को जानने-समझने के अवसर प्रदान करते हैं। वह पाती है कि उसके समक्ष स्वतन्त्रता की सम्भावनाएँ हैं। 'द स्वीटेस्ट ड्रीम' एक पारिवारिक गाथा है। 2007 में आई 'द कैफ्ट' उनकी नवीनतम किताब है।

नोबेल समिति की सूची पर वे एक लम्बे समय से थीं। यह पुरस्कार उन्हें देर से मिला, पर इस बीच उनकी झोली में अनेकानेक दूसरे पुरस्कार आये हैं। 1954 में 'समरसेट मॉम', 1976 में 'प्री मेडिसिक' 1986 में 'स्मिथ लिटरेरी', 1987 में 'पल्मेरो प्राइज़', 1987 में 'प्रिमिओ इंटरनेशनल मोंडेलो', 1989 में 'प्रिमिओ ग्रिंज़ाने कैवर', 1995 में 'जेम्स टैट ब्लैक मेमोरियल बुक प्राइज़', 1995 में 'लॉस एंजल्स टाइम्स बुक', 1999 में 'प्रिमो इंटरनेशनल काटालुन्या', 2001 में 'डेविड कोहन ब्रिटिश लिटरेरी', 2001 में ही 'कम्पेनियन ऑफ ओनर फ्रॉम द रॉयल सोसाइटी ऑफ लिटरेचर' और उसी साल 'प्रिमिओ प्रिंसिप ड अस्टूरियस' तथा 2002 में 'एस टी डूपोंट गोल्डेन पी ई एन एवार्ड' प्राप्त हुआ। नोबेल समिति ने अपनी प्रशस्ति में लेसिंग को स्त्री-अनुभव के महाकाव्य की रचयिता कहकर सम्बोधित किया है। लेकिन उन्हें मात्र स्त्री-अनुभव की चितेरी कहकर सीमित नहीं किया जा सकता है। उन्होंने उपनिवेशवाद की शोषण नीति का चित्रण किया

है। रंगभेद, नस्लभेद जैसी गम्भीर समस्याओं को अपने लेखन का अंग बनाया है।

जब एक व्यक्ति की किताबें इतनी बड़ी संख्या में प्रकाशित हुई हों तो सबमें समान गुणवत्ता की अपेक्षा करना ज्यादती होगी। किसी भी लेखक की रचना में उतार-चढ़ाव स्वाभाविक है। बहुलिखित में जहाँ बहुत अच्छा होता है, वहीं सामान्य या कभी-कभी औसत से कम गुणवत्ता होना कोई आश्चर्य नहीं है। लेसिंग भी इसका अपवाद नहीं हैं। उनके समीक्षकों की एक लम्बी सूची है जो उनकी प्रशंसा करते नहीं थकते हैं। लेकिन साथ ही उनके कुछ आलोचक भी हैं। कुछ आलोचकों जैसे जेरी लाबर को आपत्ति है कि वे अपनी किताब 'द विंड ब्लोज़ आवर वर्ड्स ऐंड अदर डोक्यूमेंट्स रेलेटिंग टू द अफगान रेजिस्टेंस' में अफगान की स्थिति और वहाँ की राजनीति का सही चित्रण नहीं करती हैं। उनके अनुसार लेसिंग ने तथ्यों को तोड़-मरोड़कर अपनी किताब में प्रस्तुत किया है। उनके चित्रण अधकचरे हैं। जेरी लाबर अफगान पर 'ए नेशन इज डाइंग : अफगान अंडर द सोवियत' नामक एक किताब के लेखक हैं। वे लेसिंग की अफगान के प्रति सहानुभूति को सराहते हैं। कहते हैं, काश उन्होंने और बेहतर काम किया होता। उन्होंने 1986 में पेशावर तक की यात्रा की और पाँच लाख अफगान शरणार्थियों तथा एक लाख मृत लोगों की बात से द्रवित हुईं। उन्हें दुःख इस बात का है कि पश्चिम सब जानते-समझते हुए भी चुप है। वे इसका एक कारण मानती हैं कि लोग रूस की आलोचना नहीं करना चाहते हैं। कुछ और लोग अफगान लोगों को असभ्य मानते हैं, इसलिए अफगानों की परवाह नहीं करते हैं। अब स्थिति बदल चुकी है। पश्चिम अफगान में रुचि ले रहा है। रूस वहाँ से हट चुका है। अब वहाँ दूसरी समस्याएँ हैं।

अपने 'फिफ्थ चाइल्ड' को वे एक हॉरर कथा मानती हैं। असल झटका उन्हें तब लगा जब फ्रांस की एक पत्रकार ने उन्हें देखते ही दावे के साथ कहा कि मैं जानती हूँ यह एड्स की कहानी है। किताब खूब लोकप्रिय हुई पर उस पर मिली प्रतिक्रियाएँ विचित्र हैं। एक आलोचक दावा करता है कि यह पेलेस्टीन की समस्या पर आधारित है। एक और के अनुसार यह यूरोप की कामगार समस्या को चित्रित करता है। किसी को यह किताब नारीवाद की प्रवक्ता लगी। जितने लोग, उतनी प्रतिक्रियाएँ। वे कहती हैं कि यदि उन्हें पेलेस्टीन की समस्या पर अथवा एड्स की समस्या पर लिखना होता तो उपन्यास क्यों लिखती। यह काम वे पम्फ्लेट्स लिखकर कर सकती थीं। काल्पनिक काम को किसी समस्या से जोड़कर लोग उसे हल्का बनाने की कोशिश करते हैं, क्योंकि इतनी भयावहता को स्वीकारना कठिन होता है। कल्पना, कल्पना होती है। उसका पोलिटिकली

करेक्ट होना कोई जरूरी नहीं है। लेसिंग खुश हैं कि लोग इतनी जोरदार प्रतिक्रियाएँ दे रहे हैं। उनके लिए यह किताब लिखना आसान न था। यह एक दर्दनाक अनुभव था। इसे लिखते समय वे काफी विचलित थीं और जब यह समाप्त हुई तो उन्होंने राहत की साँस ली। यह उनकी 35वीं किताब थी और साठवें दशक से आठवें दशक तक के इंग्लैंड के एक उपनगर में कथा घटित होती है। जहाँ एक खुशनुमा जोड़ा अपने चार बच्चों की मजे में परवरिश कर रहा है। इसी समय अनचाहा गर्भ ठहरता है जो काफी कष्टकर भी है और जब बच्चे बेन का जन्म होता है वह आदमी के रूप में एक राक्षस है। प्रश्न उठता है कि अब परिवार क्या करे? उन्होंने इस कहानी को दो बार लिखा। पहली बार कहानी को हल्का करते हुए पर वह आधिकारिक न बन पड़ा, तो दूसरी बार ज्यादा बेबाकी और ईमानदारी के साथ। जबकि सचाई इससे भी ज्यादा भयंकर थी। प्रथम विश्वयुद्ध में हुई अपने पिता की अपंगता को बचपन में देखने के कारण वे कभी युद्ध की भयावहता से उबर न सकीं। फिर उन्होंने द्वितीय विश्वयुद्ध देखा। इन युद्धों ने बचपन, बच्चों और परिवार सबको नष्ट किया। शायद 'फिफ्थ चाइल्ड' इसी भयावहता का परिणाम है। किताब की सफलता को देखते हुए वे उसके अगले भाग को लिखने का विचार कर रही हैं।

इस लेखिका ने अपने लम्बे लेखकीय जीवन में इतना रचा है कि उनके काम को देखते हुए उनके प्रकाशक ने कहा है कि वे स्त्रियों और साहित्य की, हम सबकी माँ हैं। इससे भी आगे बढ़कर उनके काम की संख्या और मानव तथा पर्यावरण के प्रति उनकी चिन्ता को देखते हुए, उनकी आयु को ध्यान में रखते हुए उन्हें आसानी से दादी माँ बुलाया जा सकता है। उनका आज का फोटोग्राफ भी इस बात की पुष्टि करता है।

हेरटा मूलर

तानाशाही की बखिया उधेड़ने वाली

''हेरटा मूलर कविता की एकाग्रता और गद्य की स्पष्टता के साथ बेदखलों के भू-दृश्यों को चित्रित करती हैं।''

—नोबेल समिति प्रेस विज्ञप्ति

इस वर्ष साहित्य के दोनों महत्त्वपूर्ण पुरस्कार स्त्री रचनाकारों की झोली में आये हैं। हिलेरी मैंटल को बूकर और हेरटा मूलर को नोबेल। लेखक का अनुभव उसके लेखन में प्रतिध्वनित होता है। यह अनुभव स्व-भुक्त हो सकता है अथवा दूसरों का वह अनुभव हो सकता है जो लेखक की संवेदना का हिस्सा बनता है। 1953 में जनमी हेरटा मूलर के पास उनके अनुसार केवल एक थीम है। और उन्होंने यह थीम खोजी नहीं है, इस थीम ने उन्हें चुना है अपनी अभिव्यक्ति के लिए। अपनी पहली रचना से आज तक उन्होंने जो भी लिखा है इसी एक थीम पर लिखा है। क्या है हेरता मूलर के लेखन की थीम? यह तानाशाही का घिनौना चेहरा है जिसे वे उजागर करती हैं। रोमानिया की जिस क्रूर और घृणित तानाशाही की वे वर्षों शिकार रहीं वही उनके लेखन का मूल है। इसी से जुड़ा राजनीतिक निर्वासन और कहीं से न जुड़े होने का दुःख, जो स्वतः उनके लेखन में आता है। अस्सी के दशक में रोमानिया में बिना प्रतिबन्ध के कुछ भी प्रकाशित नहीं किया जा सकता था। वे कई वर्षों से कहानियाँ लिख रही थीं लेकिन तानाशाही उनके लेखन से प्रसन्न न थी। 1982 में जाकर हेरता का प्रथम कार्य 'लो लैंड्स' प्रकाशित हुआ मगर पूरा नहीं, प्रतिबन्धित रूप में काट-छाँट के साथ। इसमें उन्होंने एक बच्चे की दृष्टि से अपने गाँव बनात और तानाशाही को दिखाया है। यही कहानी-संग्रह अपने पूरे स्वरूप में पश्चिम पहुँचा और जब वहाँ प्रकाशित हुआ तो जमकर इसकी सराहना हुई। वे फ्रैंकफर्ट पुस्तक मेले में गयीं और वहाँ उन्होंने पहली बार खुलकर रोमानिया की तानाशाही की आलोचना की। नतीजा जो होना था वही हुआ। वे रोमानिया में प्रकाशित होने से प्रतिबन्धित कर दी गयीं।

जर्मन मूल की मूलर अपने जीवन के प्रारम्भिक तीन दशक से ज्यादा रोमानिया में रहीं। उनके बाबा एक धनी किसान थे और पिता हिटलर की सेना एसएस के सदस्य थे। उनकी माँ पाँच साल तक सोवियत लेबर कैम्प में थीं। जर्मन उनकी मातृभाषा है लेकिन गाँव से शहर आने के बाद हेरता ने रोमानियन भाषा और साहित्य का अध्ययन किया। वे रोमानियन भाषा की विशेषताओं पर लहालोट हैं। उन्होंने रोमानियन भाषा बहुत देर से सीखी, जब वे पन्द्रह साल की थी। उन्हें यह भाषा बहुत अच्छी लगती है। रोमानियन एक बहुत सुन्दर, मांसल, काव्यात्मक भाषा है। उनके अनुसार रोमानियन भाषा बिम्ब में बहुत समृद्ध है, खूबसूरत रूपक इसमें हैं। सामान्य रूपक जिन्हें लोग अपनी प्रतिदिन की भाषा में, अपने अन्धविश्वासों में, अपनी अभिव्यक्ति में प्रयोग करते हैं। बहुत सारी बातें विरोधाभासी हैं। यह एक ही चीज का भिन्न नजरिया है। इन दो भाषाओं को सीखने से उन्हें दो भिन्न नजरिए प्राप्त हुए हैं। किसी चीज के लिए उनकी भाषा में एक नजरिया और दूसरी भाषा में उसी के लिए बिलकुल अलग नजरिया है। ये केवल भिन्न शब्द नहीं हैं। यह भिन्न दृष्टिकोण हैं। उनके अनुसार भाषा की विविध दृष्टियाँ होती हैं। उनके सन्दर्भ में रोमानियन सदा उनके साथ-साथ होती है। जब वे रोमानियन में नहीं लिख रही होती हैं, तब भी। क्योंकि यह उनके मन में है। रोमानियन यूनिवर्सिटी में पढ़ते हुए ही उन्होंने अभिव्यक्ति की स्वतन्त्रता के पोषक रोमानियन-जर्मन लेखकों के एक संगठन की सदस्यता ग्रहण की। 1976 से उन्होंने एक फैक्टरी में अनुवादक के रूप में कार्य प्रारम्भ किया। मगर शीघ्र ही उन्हें उस काम से निकाल दिया गया क्योंकि उन्होंने कम्युनिस्ट शासन के लिए गुप्त सूचनाएँ एकत्र करना स्वीकार नहीं किया। वे कुछ समय तक छोटे बच्चों को पढ़ाने का काम करती रहीं। साथ ही, निजी तौर पर जर्मन भाषा सिखाने का काम करके गुजारा करती रहीं।

दो साल के बाद उनकी पुस्तक 'ड्रूकेंडर टैंगो' आयी। इन दोनों किताबों में उन्होंने ग्रामीण जीवन के मिथ्याचार, दम्भ और क्रूर शोषण को चित्रित किया है। शासन की नीतियों से इत्तेफाक न रखनेवालों के प्रति शासन के कटु व्यवहार का कच्चा चिट्ठा इन किताबों में दर्ज है। वे बराबर लिख रही थीं लेकिन दिन-ब-दिन उनके लिए रोमानिया में रहना कठिन होता जा रहा था। और अन्ततः 1987 में अपने उपन्यासकार पति रिचर्ड वैगनर के साथ रोमानिया छोड़ दिया और पश्चिम बर्लिन में आकर बस गयी। उन्होंने रोमानिया छोड़ दिया मगर असल में वे उसे कभी न छोड़ सकीं। उनके लेखन में निरन्तर वह उपस्थित है। वे स्वयं भी कहती हैं कि मेरे पास कोई अन्य लैंडस्केप नहीं है। उनके समस्त चरित्र तानाशाही द्वारा कुचली शोषित पृष्ठभूमि से आते हैं। वे इनके बारे में लिखने को

विवश हैं क्योंकि ये उन्हें चैन से नहीं रहने देते हैं। वे यह भी जानती-मानती हैं कि इस तरह का साहित्य समस्त विश्व में रचा जा रहा है। पूरी दुनिया में उपलब्ध है। यह क्यूबा से लेकर चीन तक उपलब्ध है। वे जिस थीम पर लिखती हैं, उसी पर कई अन्य नोबेल पुरस्कृत रचनाकारों ने कलम चलायी है। अलैक्ज़ेंडर सोल्ज़ेनित्सिन, इमरे कर्टीज, चेश्लाव मिलोश, एल्फ्रिड येलेनिक, गुंटर ग्रास और भी कई साहित्यकार विश्वयुद्ध से प्रभावित हुए और उन्होंने अपने-अपने ढंग से इन अनुभवों को साहित्य में अभिव्यक्त किया है।

लेखन उनके लिए अत्यावश्यक है, अस्तित्व की तरह। लेखन ही केवल वह चीज है जहाँ वे स्वयं में होती हैं। क्योंकि तानाशाही के नीचे उन्हें यह कुछ सहारा देता था। यह तब उतना महत्त्वपूर्ण नहीं होता जब वे काम कर रही थीं—जब उनके पास नौकरी थी। लेकिन यह बहुत कम समय के लिए था क्योंकि वे सदैव निकाली जाती थीं, सब जगहों से। और वे सब स्थानों पर निरन्तर इस सारी चालबाजी का शिकार थीं। पूछताछ और उत्पीड़न द्वारा। कभी-कभी उन्हें ऐसा लगता मानो लेखन थोड़ा-सा सनकीपन है। क्योंकि उनका देश गरीब था और उन्होंने इतना दुःख देखा और कभी-कभी वे सोचतीं कि ऐसा ही है। इन बातों का दुनिया में कोई स्थान नहीं है।

वे सोचती हैं कि ये अनुभव बोझ हैं। और साहित्य वहीं जाता है जहाँ बोझ होता है। तीस साल से ज्यादा वे तानाशाही में रहीं और वहाँ मिली चोट और घाव ही उनकी थीम हैं। अभी भी वे इस थीम से उबरी नहीं हैं। और उनके अनुसार आदमी को वही लिखना है जो निरन्तर उसे घेरे रहता है, कचोटता है। और यह महत्त्वपूर्ण है। वे बहुत व्यथित हैं कि तानाशाही अभी समाप्त नहीं हुई है और दुर्भाग्य से रोमानिया की तानाशाही अन्तिम नहीं थी। दुनिया में अभी भी इतनी सारी और तानाशाहियाँ हैं। क्योंकि आज भी उनके पास रोमानिया की स्थिति के विषय में कहने के लिए बहुत-सी नकारात्मक बातें हैं। क्योंकि पुराने समूह के सारे लोगों ने और सीक्रेट सर्विस ने देश के समस्त पदों को आपस में अपने लिए ही बाँट रखा है। यह एक पूरा नेटवर्क है। वे अपनी सहायता करते हैं और एक दूसरे की सहायता करते हैं। और यही कारण है कि रोमानिया में भ्रष्टाचार सर्वव्यापी है। दुःखद है कि रोमानिया अभी भी प्रजातन्त्र से कोसों दूर है। रोमानिया में वे ये बातें सुनना पसन्द नहीं करते हैं। वे लोग चाहते हैं कि जो देश के बाहर हैं वे अपनी जबान बन्द रखें। उन्हें कहना चाहिए कि वे इस विषय में अब कुछ नहीं जानते हैं।

'द लैंड ऑफ ग्रीन प्लम्स' रोमानिया के गाँव से आकर रोमानिया यूनिवर्सिटी में पढ़ रही एक युवा स्त्री की कहानी है। कथावाचक लोला की रूममेट है जो

बताती है कि लोला राजनीतिक रूप से परेशान की गयी और यौनिक रूप से सदमे में थी। जब दबाव सहनशक्ति के बाहर हो गया तो वह खुद को समाप्त कर लेती है। शीर्षक प्रतीकात्मक है। शहर के पुलिस ऑफिसर्स जब सड़कों परं घूम रहे होते हैं तो वे कच्चे प्लम्स चोरी से तोड़ कर खाते हैं। वे क्रूरता का वर्णन करती हैं। खासकर स्त्रियों के प्रति होनेवाली क्रूरता का। स्त्रियों के प्रति होनेवाली मानसिक, शारीरिक और भावात्मक क्रूरता का वर्णन करती हैं।

'द अपाइंटमेंट' का विषय भी स्त्री से सम्बन्धित है। कपड़े बनाने की एक फैक्ट्री में एक युवा स्त्री काम करती है और एक दिन वह सीक्रेट पुलिस के द्वारा गिरफ्तार कर ली जाती है। उसका दोष था कि वह इटली जानेवाले कपड़ों की सीवन में अपने नाम और पते के साथ एक नोट भेजती थी कि मुझसे शादी करें। 2001 में आया यह उपन्यास जमे-सड़े हुए तानाशाही के अन्तर्गत दमित जीवन का दैनन्दिन का बहुत तीखा और विस्तृत चित्रण करता है। 'पासपोर्ट' में उन्होंने अपने ही इतिहास को चित्रित किया है। दिखाया है कि जब एक रोमानियन जर्मन किसान परिवार देश छोड़ कर जाने के लिए पासपोर्ट पाना चाहता है तो उन्हें किन-किन मुसीबतों का सामना करना पड़ता है। किस तरह पासपोर्ट जारी करने के एवज में गाँव के अधिकारी, पोस्टमास्टर से लेकर पादरी तक आर्थिक और सैक्सुअल फायदा उठाना चाहते हैं। यह उनके अन्य कार्यों की तरह ही गाँव में व्याप्त भ्रष्टाचार की पोल खोलता है। तानाशाह निकोलाई सेयूसेस्कू के कम्युनिस्ट रोमानिया में होनेवाले अत्याचार मूलर के विषय हैं। अब तक उनकी 20 पुस्तकें प्रकाशित हो चुकी हैं लेकिन बहुत कम, मात्र चार पुस्तकों का इंग्लिश अनुवाद उपलब्ध है। हाँ, अब नोबेल मिलने के बाद सारी पुस्तकें अवश्य विभिन्न भाषाओं में उपलब्ध हो जाएँगी। सामान्यतः उनकी किताबें जहाँ भी गयी हैं उनका स्वागत हुआ है।

जर्मनी और विदेशों में उन्हें कई यूनिवर्सिटी में शिक्षण कार्य का निमन्त्रण मिला। 1995 में जर्मन अकादमी फॉर राइटिंग ऐंड पोयट्री की सदस्यता प्रदान की गयी और फिर तो ना मालूम कितनी प्रतिष्ठित संस्थाओं ने उन्हें अपने यहाँ आमन्त्रित किया। पेडरबोन, वारविक, हार्नबर्ग, फ्लोरिडा, ज्यूरिख आदि कई यूनिवर्सिटी, कॉलेज तथा अन्य स्थानों पर मूलर को भाषण देने के लिए आमन्त्रण मिलते रहते हैं। मगर उनके अपने जन्म स्थान रोमानिया से उन्हें कोई निमन्त्रण नहीं मिलता है, क्योंकि वे वहाँ पसन्द नहीं की जाती हैं।

कई मामलों में हेरटा मूलर तथा एल्फ्रिड येलेनिक में कई समानताएँ हैं। दोनों जर्मन भाषा में लिखती हैं। दोनों नारीवादी हैं। स्त्री का दमन, शोषण दोनों के प्रिय विषय हैं। दोनों सत्ता की कुरीतियों को उघाड़ती हैं। समाज की बुराइयों

की आँख में उँगली डालकर दिखाती हैं। नतीजन दोनों अपने देश की सत्ता की आँख की किरकिरी हैं। दोनों का काम अपने देश में प्रतिबन्धित हुआ है। हेरटा मूलर समझौते नहीं करती हैं और जब भी कुछ अनुचित लगता है तो उसका विरोध करने से हिचकिचाती नहीं हैं। जब जर्मनी की पेन संस्था पूर्व जर्मन डेमोक्रेटिक रिपब्लिक में मिल गयी तो उन्होंने विरोध में पेन से 1997 में त्यागपत्र दे दिया। इसी तरह रोमानियन जर्मन स्कूल द्वारा खुफिया संस्था के पूर्व सदस्यों की सहायता करने के विरोध में 2008 में उन्होंने रोमानियन कल्चरल संस्था के प्रेसीडेंट को एक खुला पत्र लिखा।

हेरटा मूलर सदैव खुद के लिए लिखती हैं। चीजों को अपने लिए स्पष्ट करने के लिए। आन्तरिक रूप से समझने के लिए कि वास्तव में क्या हो रहा है। या उनका क्या हो गया है। वे एक बहुत छोटे गाँव से आती हैं। बहुत बाद में शहर आयीं और इन स्थानों पर सदा विच्छिन्नता थी और वे एक अल्पसंख्यक थीं। और किसी तरह रोमानिया को बिलांग नहीं करती थीं, उनका हिस्सा नहीं थीं। इसी बात को लेकर उनका अपने देशवासियों से बड़ा संघर्ष था। जर्मन अल्पसंख्यक होने के कारण उन्होंने मूलर को निकाल बाहर किया। जब उन्होंने अपनी पहली किताब लिखी। उन लोगों ने सोचा कि मूलर ने अपना ही घर दूषित कर दिया है। क्योंकि उन्होंने नेशनल सोशिलिज्म में घुलमिलकर स्थिति के विषय में लिखा। गाँव के पुरातनपन्थी जीवन के विषय में लिखा। ग्रामीणों के अपनी संस्कृति के प्रति अति लगाव के विषय में लिखा। और इसके लिए उन लोगों ने उन्हें कभी माफ नहीं किया।

वे लोग अपने देश के विषय में जैसा साहित्य चाहते थे, वैसा चिकना-चुपड़ा साहित्य मूलर ने नहीं लिखा। रोमानियन समाज बहुत परम्परावादी अल्पसंख्यक है, अत: उन लोगों ने मूलर को बाहर निकाल दिया। और राजनीतिक कारणों से वे रोमानिया के समाज से निकाली गयीं। और तब वे जर्मनी आयीं और यहाँ जर्मनी में वे सदा रोमानिया की समझी गयीं। और रोमानिया में सदा जर्मन मानी गयी, अत: सदा बाहरी ही रह गयीं। यह विडम्बना है कि वे न रोमानिया के समाज में स्वीकृत हो सकीं, न ही जर्मन समाज में। दोनों समाजों में उनकी स्थिति एक बाहरी व्यक्ति की ही बनी रही। वे मानती हैं कि बाहरी रहते हुए, बिना किसी को बिलांग किये हुए बिना चल सकता है। मगर कभी-कभी यह तकलीफ देता है। लोग किसी तरह बिलांग करना चाहते हैं। वे सदा बाहरी थीं, सदैव दूसरी थीं और फिर उन्हें इसकी आदत पड़ गयी। वे इसकी अभ्यस्त हो गयी यह मात्र सचाई है। वे जानती हैं कि कोई किसी पर खुद को लाद नहीं सकता है। और धोखा नहीं दे सकता है। यदि वे अपनी सोच के कारण और अपने विचारों

के कारण बिलांग नहीं करती तो न सही ऐसा ही ठीक है। वे इसके विषय में क्या कर सकती हैं? आदमी बिलांग करने के लिए झुक नहीं सकता है या कोई और होने का दिखावा नहीं कर सकता है। और किसी भी हालत में यह काम नहीं आता है। एक बार आप बिलांग नहीं करते हैं तो बस बात खत्म।

उनका दृढ़ विश्वास है कि व्यक्ति को खुद के प्रति ईमानदार होना ही है। पाँचों ज्ञानेन्द्रियों से जो अनुभव होता है लेखन के द्वारा उससे थोड़ा भिन्न अनुभव होता है। क्योंकि भाषा एक अलग व्यापार है। एक अलग कार्यकुशलता है। और लेखन में व्यक्ति खोजता है इसीलिए व्यक्ति लिखता रहता है। व्यक्ति एक बिल्कुल दूसरे नजरिये से देखता और अनुभव करता है। लेखन की प्रक्रिया के दौरान व्यक्ति खुद को अनुभव करता है। लिखते समय पता नहीं चलता है कि लेखन कैसा होगा। केवल समाप्त होने पर ज्ञात होता है। जब तक वे लिख रही होती हैं तब तक उन्हें लगता है कि वे सुरक्षित होती हैं। उस समय उनके पास विचार होते हैं कि जीवन कैसे चलना चाहिए। और जब वे समाप्त करती हैं तो नहीं जानती हैं कि जीवन कैसे चलना चाहिए।

मूलर के विचार से सामूहिक अपराध सदैव अन्याय होता है। क्योंकि जिन्हें निर्वासित किया गया था, वे लोग अपराध में शामिल नहीं थे। वे दूसरे थे। युद्ध से तो लोग अभी लौटे नहीं थे। जनवरी 1945 में पहले ही निर्वासन प्रारम्भ हो गया था, जबकि युद्ध मई तक समाप्त नहीं हुआ था। मूलर के पिता एसएस में थे। वे सीमा से लौटे भी नहीं थे। अतः वे लोग नागरिकों को उठा ले गये। युवाओं को ले गये। सत्रह साल के युवा जैसे ऑस्कर पैसीओर (जिसके बारे में प्रचलित मौखिक बातों का उन्होंने अपने लेखन में उपयोग किया है) को ले गये जो अपराधी नहीं था। इतना ही नहीं उस समय रोमानिया भी एंटनेस्कू के साथ हिटलर की ओर एक फासिस्ट राज्य था। लेकिन रोमानिया अन्तिम क्षणों में सोवियत के दबाव में आकर पाला बदलने के लिए मजबूर हो गया था। उससे जबर्दस्ती पाला बदलवाया गया था। और इस बात ने भी जर्मन अल्पसंख्यकों के नेशनल सोशिलिज़्म में शामिल होने के विचार को हठी बना दिया। क्योंकि रोमानियन लोग भी एंटनेस्कू के साथ उस समय स्टालिन गार्ड में खड़े थे। और बाद में, 1945 के बाद, केवल अल्पसंख्यकों को जिम्मेदार ठहराया गया। होर्टी के साथ हंगेरियन अल्पसंख्यक, होर्टी के अनुयायी, हिटलर के समर्थक जर्मन। लेकिन उस समय रोमानिया की समस्त जनता नाज़ी जर्मनी के साथ थी। बाद में, 1945 के बाद इतिहास झुठला दिया गया। हेरटा मूलर की माँ भी पाँच साल के लिए निर्वासित की गयीं। मगर वे इन बातों को सन्दर्भ में देखती हैं। वे मानती हैं कि यदि नाज़ी जर्मनी ने ऐसे अपराध नहीं किये होते तो निर्वासन न होता।

इसे सदा ध्यान में रखना होगा। यह कहीं शून्य से उत्पन्न नहीं हुआ था। यह एक परिणाम था जिसमें अल्पसंख्यक भी भागीदार थे।

नोबेल की घोषणा के तत्काल बाद जब उनसे किसी ने पूछा कि वे अपनी किस किताब से प्रारम्भ करने की सिफारिश करेंगी तो उनका उत्तर था कि जर्मन में वे अपना नवीनतम काम पढ़ने की सिफारिश करेंगी। क्योंकि आदमी अपने नवीनतम काम के करीब होता है। और वे अपनी नवीनतम पुस्तक 'डाई एटमशोकेल' पढ़ने की सलाह देती हैं। इस पुस्तक में उन्होंने अपनी माँ के साथ सोवियत लेबर कैम्प हुए अनुभवों को चित्रित किया है साथ ही, ऑस्कर पैसीओर को अपना कथ्य बनाया है। यह पुस्तक विस्तार से बताती है कि द्वितीय विश्वयुद्ध के बाद ट्रांसिलवानिया की जर्मन जनता का गुलाग के यातनागृह में क्या हुआ।

उपन्यास के अलावा उन्होंने बहुत सारे आलेख भी लिखे हैं और कोलाज भी रचे हैं। वे एक सफल कवयित्री भी हैं। भाषा पर उनका असाधारण अधिकार है। नोबेल समिति ने हेरटा मूलर की अनुशंसा में कहा है कि 'वे काव्य की एकाग्रता और गद्य की बेबाकी के साथ तानाशाही के दृश्य को चित्रित करती हैं।' जब उन्हें नोबेल पुरस्कार प्राप्त होने की सूचना मिली तो वे अवाक थीं। उनकी पहली प्रतिक्रिया थी कि वे आश्चर्यचकित हैं और उन्हें विश्वास नहीं हो रहा है। तत्काल बाद दिये साक्षात्कार में वे बताती हैं कि नोबेल पुरस्कार मिलने से वे अत्यन्त प्रसन्न हैं। मगर वे बदली नहीं हैं क्योंकि आदमी नहीं बदलता है। असल में इस सबका लेखन से कुछ लेना-देना नहीं है। वे बहुत खुश हैं। मगर वे सामान्य रहेंगी। उनके अन्दर अभी यह सीझा नहीं हैं। वे नहीं जानती हैं कि इतनी प्रसन्नता की अधिकारी क्यों हैं। कभी-कभी सोचती हैं कि खुशी ने गलती की है। उन्हें अभी लग रहा है कि शायद वे इस पुरस्कार की अधिकारिणी नहीं हैं। वे नहीं जानती हैं कि उन्हें इतनी प्रसन्नता क्यों मिली है?

एलिस मनरो
छोटे शहर की बड़ी कहानीकार

''मैं ब्रिज नहीं खेल सकती। मैं टेनिस नहीं खेलती। वो सारी चीजें जो लोग सीखते हैं, मैं उनकी प्रशंसा करती हूँ, लगता है मेरे पास उनके लिए समय नहीं है। लेकिन खिड़की से बाहर देखने के लिए समय है।''

—एलिस मनरो

वर्ष का 2013 का साहित्य का नोबेल पुरस्कार एलिस मनरो को प्राप्त हुआ है। देख-सुन कर अच्छा लगा, थोड़ा बुरा भी। अच्छा लगा कि इस साल का नोबेल पुरस्कार एक महिला रचनाकार को मिला। एक सौ तेरह साल में केवल तेरह महिलाएँ इस योग्य मानी गयीं। खुशी इस बात की हुई कि एक कहानीकार को नोबेल पुरस्कार मिला। उन्होंने एक साक्षात्कार में कहा कि उन्हें नोबेल मिलने की खुशी है, साथ ही इस बात की खुशी है कि यह कहानियों को मिला है। उन्होंने ज़िन्दगी भर केवल कहानियाँ लिखीं, छोटे शहर के जीवन पर कहानियाँ लिखीं। एक बार एक साक्षात्कार में उन्होंने थोड़ा उदास होते हुए कहा था कि शायद जब तक आप उपन्यास नहीं लिखते हैं तब तक आपको गंभीरता से नहीं लिया जाता है। हाँ, भी सही है कि इस विधा को काफ़ी समय तक आलोचक गम्भीरता से नहीं लेते रहे हैं। लेकिन कहानी की पूछ नहीं है यह बात पूरी तरह से सच नहीं है। साहित्य जगत में सदा से कहानी लिखने वालों की पूछ रही है। कहानी विधा कभी नहीं मर सकती है। चेखव ने कहानियाँ लिख कर अपना स्थान विश्व साहित्य में सुरक्षित कर लिया। एलिस मनरो को भी मात्र कहानी विधा अपनाने के कारण 'कनाडा का चेखव' नाम से नवाजा जाता रहा है। नोबेल समिति ने अपनी प्रेस विज्ञप्ति में उन्हें 'समकालीन कहानी का शिखर' कहा है। लंडन टाइम्स ने उनकी एक किताब की समीक्षा करते हुए लिखा है, उनकी किताब पढ़ते हुए यह याद रखना कठिन है कि उपन्यास का अन्वेषण क्यों हुआ। इंटरनेशनल मैन बूकर ने

भी उनके नाम की घोषणा करते हुए कहा, वे हर कहानी में इतनी गहराई, बुद्धिमानी और सटीकता लाती हैं जितनी अधिकतर उपन्यासकार अओअने जीवन भर के काम में लाते हैं। एलिस की गिनती थॉमस हार्डी, जेम्स जॉयस, ओ हेनरी, एडगर एलन पो, रडयॉर्ड किपलिंग, समरसेट मॉम, कैथरीन एन पोर्टर, ब्लादीमीर नाबोकोव, डी.एच लॉरेंस, फ्रांत्स काफ़्का, जॉर्ज लुई बोर्खेज, विलियम फॉकनर, अर्नेस्ट हेमिंग्वे, स्कॉट फ़िट्ज़ेरॉल्ड, मोपांसा, साकी (एच.एच. मनरो) आदि की भाँति उच्च कहानीकारों में होती रही है, आगे भी होगी। दुनिया भर में उनके पाठक फैले हुए हैं।

नोबेल पुरस्कार कई बार विवादों के घेरे में आता रहा है। एल्फ्रीड येलेनिक, मो यान यहाँ तक कि ओरहान पामुक के समय यह विवाद जोर-शोर से उठा था कि नोबेल पुरस्कार समिति साहित्य पर कम और रचनाकार के राजनैतिक रुझान और राजनीति पर अधिक ध्यान देती है। जहाँ तक मेरी जानकारी है एलिस मनरो के संदर्भ में ऐसा नहीं कहा जाना चाहिए। एक तो वे कनाडा से आती हैं जहाँ राजनीति का उतना बोलबाला नहीं है, दूसरे उनके लेखन पर राजनीति हावी नहीं है। अतः किसी को शिकायत का मौका नहीं मिलना चाहिए। इस बार का नोबेल पुरस्कार साहित्यिक कारणों से दिया गया है, साहित्य को दिया गया है, राजनीति से प्रेरित नहीं लगता है। पुरस्कार समिति के इस निर्णय से उसकी विश्वसनीयता एक बार फिर से कायम होती है।

एलिस मनरो नोबेल पुरस्कार मिलने के कुछ समय पूर्व इस साल की जुलाई में लेखन से संन्यास की बात कह चुकी हैं। दुःख इस बात का है कि उन्हें इतनी देर से, इतनी उम्र होने के बाद यह पुरस्कार मिला। वे खुद एक साक्षात्कार में कह चुकी हैं कि उनकी 2012 में आई किताब 'डीयर लाइफ़' शायद उनकी अंतिम रचना होगी। उनके अनुसार उन्हें अनुभव होता है कि अब उनके पास ऊर्जा नहीं है। ठीक ही है अब उनकी उम्र बयासी साल की हो चुकी है। जे एम कोट्ज़ी ने नोबेल पुरस्कार के प्रीति भोज के अवसर पर कहा था कि यदि उस दिन उनकी माँ जीवित होती तो साढ़े निन्यानवे साल की मतिभ्रम-स्मृति लोप की शिकार होती। थोड़ा रुक कर वे उदासी के साथ कहते हैं कि शायद मेरी माँ मुझे नोबेल पुरस्कार मिलने से बहुत खुश-गर्वित होती। आखिर हम माँ के लिए नहीं तो और किसके लिए काम करते हैं और नोबेल तक पहुँचते हैं। वे आहत थे कि जब तक पुरस्कार मिलता है, माता-पिता जा चुके होते हैं। जॉन मैक्सवेल कोट्ज़ी को भी काफ़ी उम्र होने पर यह पुरस्कार मिला था और उन्होंने दुःखी हो कर कहा कि जब पुरस्कार मिलता है तो जिनके साथ हम यह खुशी बाँटना चाहते हैं वे इस दुनिया से जा चुके होते हैं। नज़ीब महफ़ूज को भी सतहत्तर साल की उम्र में मिला और उन्होंने

कहा था काश यह पहले मिलता, उसके बाद उन्होंने कुछ और महत्वपूर्ण नहीं लिखा। ओरहान पामुक जैसे बहुत कम लेखक होते हैं जिन्हें लेखन की उम्र रहते नोबेल मिला है।

जब साहित्यकार अपना सर्वोत्तम दे चुका होता है तब पुरस्कार मिलना बहुत मायने नहीं रखता है। मनरो के संदर्भ में भी कुछ ऐसा ही हुआ है। वे इतनी उम्र की हो चुकी हैं, लगता है नोबेल समिति ने सोचा कि यदि इस साल पुरस्कार नहीं दिया तो शायद यह मौका उन्हें फिर न मिले। मृत व्यक्ति को नोबेल पुरस्कार नहीं दिया जाता है। कई बार नामित होने के बाद जिस साल गाँधी जी को पुरस्कार देना तय हुआ, वे जा चुके थे। इसी कारण उन्हें यह पुरस्कार नहीं मिल सका। अब एलिस को इस पुरस्कार से कोई खास फर्क नहीं पड़ने वाला है। जब फोन से उन्हें पुरस्कार की सूचना दी गई, वे सो रहीं थीं और उनकी पहली प्रतिक्रिया थी, 'उन्होंने कभी नहीं सोचा कि यह उन्हें मिलेगा।' वे करीब-करीब इसकी उम्मीद छोड़ चुकी थीं। जब उनसे पूछा गया कि इस खुशी के मौके पर वे किसे याद कर रहीं हैं तो उन्होंने भी कहा कि वे अपने पिता को याद कर रहीं हैं, यदि वे होते तो यह जान कर बहुत खुश हुए होते।

कनाडा के साउथवेस्ट के एक छोटे-से शहर ओण्टारिओ में 10 जुलाई 1931 को एलिस एन मनरो का जन्म हुआ। वे अपने माता-पिता की पहली संतान हैं। उनके पिता रॉबर्ट एरिक लैडलॉ ऊन के लिए सिल्वर लोमड़ी पालन का व्यवसाय करते थे जिसमें उन्हें कभी बहुत लाभ नहीं हुआ। व्यापार में असफ़ल हो कर उन्होंने पास की फाउंड्री में वाचमैन का काम किया। साथ ही टर्की पालन भी करते रहे। अपने जीवन के अंतिम हिस्से में उन्होंने 'द मैक्ग्रेगर' नाम से एक उपन्यास भी लिखा। उस समय तक एलिस नहीं जानती थीं कि लिखने का कीड़ा उनके परिवार के खून में है। अपनी एक किताब के सिलसिले में शोध करते हुए यह बात उन्हें बहुत बाद में पता चली। माँ एन चमनी लैडलॉ काफी समय तक एक स्कूल शिक्षिका थीं। माता-पिता चाहते थे कि एलिस सिलाई-बुनाई और घर के अन्य कार्य सीख ले ताकि आगे चल कर परम्परागत तरीके से एक किसान की पत्नी की भूमिका सफलतापूर्वक निभा सके। लड़कियों के लिए पढ़ना-लिखना बेकार समझा जाता था। लेकिन एलिस सदा से पढ़ना-लिखना चाहती थीं, एक लेखक बनना चाहती थीं। इसके भी पहले, बचपन में वे एक फिल्म स्टार बनने के स्वप्न देखा करती थीं। हाई स्कूल पास करके एलिस ने कॉलेज में प्रवेश लिया, 1949 में उन्हें दो साल के लिए एक स्कॉलरशिप मिली। अगर वे घरवालों से कहतीं कि वे लेखक बनना चाहती हैं तो मुश्किल होती इसलिए इसे छिपाने के लिए उन्होंने पत्रकारिता की पढ़ाई करना चुना। प्रकाशित होने के पहले ही वे अपनी

पहली कहानी सीबीसी रेडियो को बेच चुकी थीं। रेडियो से उनका सम्बन्ध सदैव बना रहा।

परन्तु 1951 में बीच में उन्होंने पढ़ाई छोड़ दी। कारण था वे प्रेम में थीं और मात्र बीस साल की उम्र में बाइस साल के जेम्स आर्मस्ट्रॉन्ग मनरो से उन्होंने विवाह किया। 1952 में ब्रिटिश कोलम्बिया में आ बसीं जहाँ बाद में उन्होंने अपने पति के साथ एक किताबों की दुकान 'मनरो बुक शॉप' खोली। उनकी दूसरी बच्ची पैदा होते ही मर गई। शैला, जेनी तथा एंड्रिया उनकी तीन बेटियाँ हैं। लिखना उन्होंने बहुत पहले शुरू कर दिया था। प्रारम्भ में पति मनरो उनके लेखन में बहुत सहयोगी थे। शादी के बाद भी वे पति, बच्चों और घर की देखभाल के बीच बराबर लिख रही थीं, पत्र-पत्रिकाओं में प्रकाशित हो रही थीं। उन्हें घर के काम या बच्चों की देखरेख से कोई परहेज नहीं था, घर का काम उन्होंने सदा किया। असल में उन दिनों उनके परिवेश में एक अलिखित पर प्रमुख नियम था कि यदि कोई स्त्री लेखन जैसा विचित्र काम करती है तो उसे अनदेखा किया जाना चाहिए। उस इलाके में बहुत समय तक उनकी अलग से कोई पहचान नहीं थी। वे बुक स्टोर चलाने वाले की पत्नी के रूप में ही जानी जाती रहीं। हाउसवाइफ के रूप में ही लोग उन्हें जानते थे। वहाँ आसपास ऐसे बहुत लोग नहीं थे जिनसे वे अपने लेखन के विषय में बात कर पातीं। बराबर प्रकाशित होने के बावजूद लोग उनके लेखन को गम्भीरता से नहीं ले रहे थे।

इस दौरान उनकी कुछ कहानियाँ कनाडा की मेफेयर, द टैमराक रिव्यू, कनाडा फोरम, द मॉन्ट्रियलर आदि पत्रिकाओं में प्रकाशित हो रहीं थीं। वे बहुत धीमी गति से लिख रही थीं, साल में मात्र एक या दो कहानियाँ। कभी-कभी साल में एक भी नहीं। इस समय उनका आत्मविश्वास डगमगाया हुआ था। पहले वे सोच रही थीं कि तीस की होते-न-होते वे लेखिका के रूप में स्थापित हो जाएँगी। मगर ऐसा हो नहीं रहा था। पत्रिकाओं से उन्हें बराबर खेद के साथ अस्वीकार की पर्चियाँ मिल रहीं थीं। वे अवसाद में उतरने लगीं थीं। बुक स्टोर में काम करके, लोगों से बतियाते हुए किसी तरह उन्होंने अपना मानसिक सन्तुलन बनाए रखा। लिखना-पढ़ना कई बार आस-पास के अरुचिकर, स्थिर-उबाऊ जीवन से पलायन होता है, एलिस खुद स्वीकारती हैं कि पलायन करने के लिए मैंने अपनी एक नई दुनिया की सर्जना शुरू कर दी। उन्होंने अपनी एक कहानी की दुनिया बना ली, उसमें रमना उन्हें भाता।

उनका अपनी माँ से अजीब रिश्ता था जिसमें प्रेम और परेशानी दोनों यानि तनाव शामिल था। जब 1959 में उनकी माँ की मृत्यु हुई तो वे इससे बहुत आहत हुईं। बाद में उनका अपने पति से भी सम्बन्ध बिगड़ गया और 1976 में उनका

तलाक हो गया। वे अपने जन्मस्थान ओंटारिओ लौट आईं। यहाँ वापस आ कर उन्होंने अपने एक पुराने परिचित जेरॉल्ड फ्रेमलिन से शादी की और अपने जन्मस्थान से थोड़ी दूरी पर क्लिंटन नामक स्थान में रहने लगीं। दूसरे पति जियोग्राफर जेरॉल्ड फ्रेमलिन उनके कॉलेज के दिनों के मित्र थे। उनका झुकाव एलिस की ओर था लेकिन उस समय एलिस का झुकाव मनरो की ओर था। जब तलाक ले कर वे वापस लौटी थीं काफी कुछ बदल चुका था। उनके पिता दूसरी शादी कर चुके थे और घर में उनकी सौतेली माँ थीं। आजकल भी अपने जन्मस्थान ओंटारिओ से थोड़ी दूरी पर उसी क्लिंटन नामक स्थान में अपने दूसरे पति फ्रेमलिन के साथ रहती हैं। ओंटारिओ कनाडा का एक बड़ा प्रोविंस है। यह ऑटवा नदी से ले कर पश्चिम में लेक सुपीरियर तक फैला हुआ है। साउथवेस्ट ओंटारियो इसका एक खास हिस्सा है। यह बहुत बड़ा और विभिन्नताओं वाला इलाका है। यहाँ कई झीलें और नदियाँ हैं।

वैसे तो एलिस ने पन्द्रह वर्ष की किशोरावस्था से ही कहानियाँ लिखना शुरू कर दिया था। उनकी पहली कहानी 'द डाइमेंशन्स ऑफ अ शैडो' 1950 में छात्रों की पत्रिका में प्रकाशित हुई थी। इस कहानी के पीछे भी संयोग की एक कहानी है। अपनी इस कहानी को ले कर वे छात्र जेरॉल्ड फ्रेमलिन के पास गई। वे सोच-समझ रहीं थीं कि वही छात्र-पत्रिका का सम्पादक है। कहानी छप गयी मगर फ्रेमलिन उस पत्रिका का सम्पादक नहीं था। फ्रेमलिन का ध्यान तभी से एलिस पर रहा। बाद में तलाक के बाद जब वे एक रेडियो साक्षात्कार दे रही थीं तो उसे बहुत सारे अन्य श्रोताओं की तरह फ्रेमलिन ने भी सुना, इसके बाद उसने एलिस को पुनःखोज निकाला और दोनों इस बार करीब आ गये तथा इस बार दोनों ने विवाह किया। बुढ़ापे में दोनों का समय एक साथ अच्छा बीत रहा है, दोनों मिल कर सड़क पर टहलते हुए देखे जा सकते हैं।

बहुत पहले से विभिन्न पत्र-पत्रिकाओं में वे प्रकाशित हो रही थीं पर पहला कहानी संग्रह 'डॉन्स ऑफ द हैप्पी सेड्स' बहुत बाद में 1968 में जा कर प्रकाशित हुआ। संग्रह को कनाडा में समीक्षकों ने हाथों-हाथ लिया। पाठकों की प्रतिक्रिया उतनी उत्साहवर्धक नहीं थी। इसके लिए उन्हें 1969 में वहाँ का सबसे अधिक प्रतिष्ठित पुरस्कार कनाडा का गवर्नर जनरल का पुरस्कार प्राप्त हुआ। और जब यही संग्रह 1973 में यूनाइटेड स्टेट्स में प्रकाशित हुआ तो एक बार फिर से इसकी भरपूर प्रशंसा हुई। न्यू यॉर्क टाइम्स बुक रिव्यू में मार्टिन लेविन ने प्रशंसा करते हुए लिखा कि कनाडा में कहानी जीवित है। संग्रह की तकरीबन सारी कहानियाँ (संग्रह में कुल 15 हैं) उत्तर की ताजी हवा के झोंके की तरह हैं। एक अन्य समीक्षक ने लिखा कि एलिस मनरो अपने साहित्य में एक ठोस रिहाइश—साउथवेस्ट

ओंटारिओ का सृजन करती हैं। अतीत की पीढ़ी, किसानों और वहाँ के रहनेवालों का बहुत जीवन्तता और सहानुभूति के साथ चित्रण करती हैं। वे कहानियों के स्थान का, इस दुनिया का चित्रण इतने आधिकारिक रूप से करती हैं कि जिस पाठक ने कनाडा का नाम कभी नहीं सुना है वह भी कनाडा को समझ सकता है और शायद आधा पहचानने भी लगे। साथ ही समीक्षकों ने उनकी सीमा की ओर भी इशारा किया। कहा कि उनके द्वारा खड़े किए गए चरित्र और व्यक्तित्व का चित्रण कमजोर है। आगे चल कर उन्होंने अपनी इस कमी को काफ़ी हद तक दूर कर लिया। सीबीसी का एक प्रोड्यूसर बॉब वीवर उनका मेंटर था, उसके साथ के कारण वे एक वृहत्तर लेखक जगत से जुड़ी हुई थीं। बॉब वीवर और अन्य कई लघु पत्रिकाओं ने माना कि अपनी पहली किताब 'डॉन्स ऑफ द हैप्पी सेड्स' के साथ रातों-रात वे प्रसिद्ध हो गई हैं। स्थानीय अखबार द विक्टोरिया टाइम्स ने किताब के स्वागत में एक नया शीर्षक प्रकाशित किया। उसने शीर्षक दिया था 'हाउसवाइफ फाइंड्स टाइम टू राइट शॉर्ट स्टोरीज' (गृहणी ने कहानियाँ लिखने का समय निकाला)।

'लाइफ्स ऑफ गर्ल्स ऐंड वीमेन' 1971 में आया और समीक्षकों ने इसे उनके ही जीवनवृत्त के रूप में देखा। इसे उनके एकमात्र उपन्यास की संज्ञा भी दी जाती है। यहाँ आकर उनकी प्रमुख पात्र और कथावाचक डेल जोर्डन बचपन और किशोरावस्था से एक उभरती हुई उपन्यासकार के रूप में विकसित हो रही है। उपन्यास की कथा भूमि जुबिली का वही छोटा शहर है जहाँ एलिस की अधिकांश अन्य कहानियाँ घटित होती हैं, मनरो का जन्मस्थान विन्घम का साहित्यिक चित्रणवाला शहर। खुद मनरो ने स्वीकारा है कि यह कुछ हिस्सों में आत्मकथात्मक है। कई लोग इस संग्रह को उनका एकमात्र उपन्यास मानते हैं, यहाँ तक कि एक सेमीनार के समय एक प्रोफ़ेसर ने इसे उपन्यास सिद्ध करने के लिए आकाश-पाताल एक कर दिया था। इस सेमीनार की बात सुन कर एलिस को बहुत दुःख और निराशा हुई क्योंकि वे खुद इसे कभी उपन्यास की संज्ञा नहीं देती हैं। आगे चल कर इसी बात को वे थोड़ा मजाक के रूप में अपनी एक कहानी 'फिक्शन' (2008 में आए संकलन 'टू मच हैप्पीनेस' में शामिल) लिखती हैं, ''कहानियों का एक संकलन, उपन्यास नहीं। यह अपने आप में निराशाजनक है। इससे किताब की सत्ता कम हो जाती है, लगता है लेखक आराम से साहित्य के भीतर सुरक्षित स्थापित होने के सथान पर साहित्य के द्वार कर ही लटका हुआ है।''

एक साक्षात्कार में उन्होंने बताया कि यह सही है कि इस संग्रह की सारी कहानियाँ आपस में गुँथी हुई हैं, लेकिन वे अपने आप में स्वतन्त्र कहानियाँ हैं। हर कहानी अपने आप में पूर्ण है और इसे वे कहानी संग्रह ही कहना पसन्द करेंगी।

कहानी संग्रह कहे जाने पर आलोचकों की दृष्टि से इसकी कहानियों में जरूरत से ज्यादा विस्तार है। कहानी लम्बी होने से उसकी सघनता कम हो जाती है ऐसा अक्सर माना जाता है—मगर यह लेखक की कुशलता पर निर्भर करता है। कुशल कहानीकार लम्बी कहानी की रोचकता-पठनीयता बनाये रखता है। इन्हीं लम्बी कहानियों की बदौलत एलिस मनरो को नोबेल मिला है। इस संग्रह को 1872 का कैनेडियन एसोशिएसन बुक अवॉर्ड मिला था। वे इसे उपन्यास नहीं मानती है पर स्वीकार करती हैं कि इस संग्रह की कहानियों से वे बहुत खुश नहीं हैं और कई बार उन्होंने इसके पुनर्लेखन की बात सोची। यह सम्भव न हो सका। सम्भव है भी नहीं जो हो गया सो हो गया। लिखने के लिए इतना कुछ और है, लौट कर दोबारा लिखने का वक्त कहाँ।

वे मानती हैं कि 'लाइफ्स ऑफ गर्ल्स ऐंड वीमेन' उपन्यास नहीं है। अपनी कहानियों की कथावस्तु वे अपने जीवनानुभव से प्राप्त करती हैं और इस बात को वे खुले दिल से स्वीकार भी करती हैं। उनका कहना है कि हमेशा यथार्थ में कहानी का शुरुआती बिन्दु होता है। उनकी कहानियाँ अधिकतर वास्तविक जीवन से प्रारम्भ होती हैं। एलिस ने समय-समय पर अपने संस्मरण लिखे हैं। इन संस्मरणों और उनकी कहानियों में बहुत अधिक साम्यता है। वे खुद कहती हैं कि उन्होंने अपने जीवन के अंशों को सदा अपने लिखन की कथावस्तु बनाया है और उनकी अंतिम किताब 'डीयर लाइफ' में उन्होंने इस सत्य को पूरी तरह से अपनी चारों कहानियों में उतार दिया है। इसी तरह उनके कहानी संग्रह 'द व्यू फ्रॉम कैसल रॉक' उनके परिवार की ही कहानी है। इन कहानियों के लिए शोध करते समय उन्हें यह जान कर बहुत आश्चर्य हुआ कि उनके परिवार में पीढ़ियों से लोग लिखने का काम करते आए थे। उनके अनुसार स्कॉटिश लोग कितने भी गरीब हों या अमीर हों वे लिखना-पढ़ना अवश्य सीखते हैं। मगर जब उन्होंने लिखना शुरु किया था तब उन्हें अपने परिवार की यह विशेषता ज्ञात नहीं थी।

दूसरे संग्रह 'लाइफ्स ऑफ गर्ल्स ऐंड वीमेन' ने उन्हें वृहत्तर पाठक वर्ग दिया और समीक्षकों ने स्वीकारा कि एक महत्त्वपूर्ण प्रतिभा का उदय हुआ है। 1977 में वे कनाडा की पहली रचनाकार हैं जिन्हें कनाडा-ऑस्ट्रेलिया लिटरेरी प्राइज़ मिला। तब से लगातार उनके कहानी संग्रह प्रकाशित हो रहे हैं, 1978 में 'हू डू यू थिंक यू आर?' आया और इसे भी कनाडा के गवर्नर जनरल का पुरस्कार प्राप्त हुआ। यह संग्रह बाद में 'द बैगर मेड' नाम से भी प्रकाशित हुआ। इस संग्रह की दस कहानियाँ फ्लो तथा रोज दो स्त्रियों के चालीस साल के जीवन की कहानियाँ हैं। दोनों स्त्रियाँ की दसों कहानियाँ आपस में जुड़ी हो कर अपने आप में स्वतन्त्र कहानियाँ भी हैं। ये कहानियाँ पहले न्यू यॉर्कर, मिस, रेडबुक जैसी

पत्रिकाओं में प्रकाशित हो चुकी थीं। फ्लो व्यावहारिक, दूसरों के विषय में शंकालु और कई बार बहुत बुरी तरह अभद्र हो जाती है। दूसरी ओर फ्लो की सौतेली बेटी रोज एक अनाड़ी, शर्मीली लड़की है। पता नहीं कैसे वह फ्लो के कटाक्ष, निन्दा और भयंकर चेतावनी के बावजूद छोटा परिवेश छोड़ कर बाहर निकलती है और वृहत्तर दुनिया में विकास करती है अपने तई सफलता पाती है।

रोज की कहानी वे शुरू से लिखती आ रही हैं। असल में एलिस अपनी ही कहानी कहती हैं। रोज का बचपन गरीबी में बीतता है उसे पढ़ने के लिए स्कॉलरशिप मिलती है, उसकी शादी और तलाक कहानी में वर्णित सारी बातें एलिस के जीवन की सचाई हैं। वे स्वयं स्वीकारती हैं कि प्रारम्भ में सारी कहानियाँ उनके अपने जीवन से आई, उस समय निजी बातें लिखना ही उनकी कहानियों का कथ्य हुआ करता था। कोई प्रतिभावान व्यक्ति कब तक एक संकुचित दायरे में रह सकता है। बाद में वे इससे ऊबने लगीं, उससे दूर हट गईं। शुरू में वे ऐसा सोच रहीं थीं कि कहानियाँ लिखना उपन्यास लिखने का पूर्वाभ्यास है। पर बाद में उन्हें समझ में आया कि ऐसा नहीं है। ऐसा नहीं है कि जब तक कोई लेखक उपन्यास नहीं लिखता है वह तब तक कहानियाँ लिख-लिख कर उसका पूर्वाभ्यास करता है, अब वे दावे के साथ यह बात कहती हैं।

वे कहानियाँ ही लिखना चाहती हैं क्योंकि वे अपने आस-पास के जीवन को इसी तरह देखती हैं। वे जीवन के गहन पलों को उकेरना चाहती हैं, जरूरी नहीं कि अनुभव के क्षण आपस में जुड़े हों। लोग खुद को थोड़ा-थोड़ा करके बनाते हैं और जो वे करते हैं, आवश्यक नहीं कि वे उसे पूरा समझते हों। वे अपने चारों ओर उपन्यास नहीं कहानियाँ ही पाती हैं। अतः कहानियाँ ही लिखती हैं। किसी ने कहा भी है हमें अपनी कमजोरियों को मेहनत करके सुधारने के बजाए अपनी मजबूतियों को निखारने का काम करना चाहिए, मनरो ने यही किया है। कहानियाँ और केवल कहानियाँ लिखीं और उन्हें इसमें खूब सफलता मिली है। नोबेल मिलने के बाद एक साक्षात्कार में उन्होंने बताया कि मुझे अब पक्का लगता है कि लोग इस बात से मुतमईन हो जाएँगे कि कहानी लिखना भी एक मुख्य विधा है। अपनी जीवन्त और आपस में गुँथी हुई कहानियों में वे एक विकसित होता हुआ सम्बन्ध रचती हैं जो व्यक्तित्व को संकुचित कर बाँधता है और सशक्त कर विस्तार देता है।

1974 में एलिस मनरो की तेरह कहानियों का 'समथिंग आईहैव बीन मीनिंग टु टेल यू' अगला संकलन आया। इसकी छः कहानियाँ साउथवेस्ट ओंटारियों में स्थापित है। बाकी का स्थान शहरी है। अब मनरो का क्षेत्र बढ़ रहा था, उनके लेखन में प्रौढ़ता आने लगी थी। बारीकी से अध्ययन करने पर सारी कहानियों

की विविधता और उनका अन्तर नजर आता है। शहरी जीवन की कठिनाइयाँ, स्त्री-पुरुष के सम्बन्धों की जटिलताएँ, खासकर वैवाहिक जीवन की परेशानियाँ, पीढ़ियों की सोच का अन्तर आदि सब इन कहानियों में आया है। बहनें, माताएँ, बेटियाँ, बुआ, मौसियाँ, दादी-नानी, दोस्त सब-की-सब स्त्रियाँ आशा, प्रेम, क्रोध, मिलाप से ऊभ-चूभ हो रहीं हैं। वे अपना इतिहास, वर्तमान देख रही हैं, उसके बल पर वे अपना भविष्य भी देख सकती हैं। शारीरिक-मानसिक अपंगता का चित्रण यहाँ है। जीवन का क्रूर हास्य, बिडंबना, रहस्य इन कहानियों की जान है और एलिस मनरो की कहानी कला की कुशलता को दर्शाती हैं। इस संग्रह की कहानियों का रेडियो और टेलीविजन नाट्यरूपान्तरण भी प्रसारित हुआ।

1982 में एलिस मनरो का कहानी संग्रह 'द मून्स ऑफ जूपिटर' प्रकाशित हुआ। इसकी प्रशंसा करते हुए कहा गया कि ये कहानियाँ आम आदमी के साधारण जीवन को की जटिलता को प्रस्तुत करती हैं। कहानीकार अपने चरित्रों को ईमानदारी और संवेदनशीलता के साथ चित्रित करती है। इन कहानियों में आम आदमी को सम्मान और गर्व के साथ दिखाया गया है। न्यू यॉर्क टाइम्स बुक रिव्यू में डे मोट ने लिखा कि एलिस के पात्र खासकर उनकी स्त्रियाँ दिल से जोखिम लेने वाली, स्वतन्त्र और जीवन्त कामुकता बहुल हैं। साथ ही स्थान को जीता-जागता दिखाने में उनका सानी नहीं है। पूरा संग्रह मानवीय संवेदना से ओतप्रोत है। इसमें वर्णित स्थान और कहीं शायद ही मिलेगा। संग्रह में 'बार्डन बस' नामक एक कहानी है जिसके नारी पात्र को ऑस्ट्रेलिया में एक मानवशास्त्री से प्रेम हो जाता है। कनाडा वापस आने के बाद वह उस आदमी की याद में बहुत परेशान रहती है, यहाँ तक की प्रेम की स्मृति उसका मानसिक सन्तुलन बिगाड़ने लगती है। वह स्त्री खुद निर्णय लेकर मजबूत होती है, तय करती है कि वह अपना सन्तुलन नहीं खोएगी और इस दुःखद स्थिति से बाहर निकलेगी। वह जिन्दगी को अपनी तरह से चलने देती है। इस सारी प्रक्रिया का चित्रण लाजवाब हुआ है। स्त्री शारीरिक रूप से होती हुई मानसिक परिवर्तन तक पहुँचती है और इसके बाद जीवन का दार्शनिक निरीक्षण आदि कहानी को एक नई ऊँचाई पर ले जाते हैं।

मनुष्य की काम भावना का चित्रण उनकी कहानियों में अक्सर मिलता है। साथ ही आश्वस्तकारी है उससे ज्यादा परेशान करने वाले मानवीय सम्बन्ध यहाँ मिलते हैं। उनकी एक कहानी 'डिफरेंटली' है, इसमें एक कामकाजी माँ घर जल्दी पहुँचने के लिए एक खतरनाक आकर्षक व्यक्ति की मोटरसाइकिल की सवारी करती है। वह विक्टोरिया वाटरफ्रंट की झाड़ियों में उलझती है और देर से घर पहुँचने पर बेबीसीटर को सफाई देती हुई कहती है कि उसकी कार खराब हो गयी थी। जबकि उसके बाल बिखरे हुए थे, होंठ सूजे और कपड़े बालू से भरे

हुए थे। 'द मून्स ऑफ जुपीटर' नामक कहानी इसका एक अपवाद है। इसमें एक स्त्री अन्तिम साँस गिन रहे अपने पिता से मिलने अस्पताल जाती है। पिता से मिलने आने-जाने के बीच वह प्लानेटोरियम भी घूमती है। अगली बार जब वह अपने पिता से मिलती है तो दोनों सौर-परिवार की बहुत सारी विशेषताओं पर बातचीत करते हैं। उसके पिता को अपने ज्ञान पर गर्व था, यह विषय दोनों को बहुत करीब ला देता है। जीवन-मृत्यु-प्रेम-विरह, क्रोध-पछतावा, असीम दया, संवाद क्या नहीं आया है इस कहानी में और जो आया है वह बड़ी शिद्दत से आया है। सब कुछ एक बड़े परिपेक्ष्य में नजर आता है।

1986 में आया संग्रह 'द प्रोग्रस ऑफ लव' एक बार फिर कनाडा के गवर्नर जनरल का पुरस्कार प्राप्त करने में सफल हुआ। इस संग्रह की कहानियों की प्रशंसा करते हुए लेखक और आलोचक जॉयस कैरोल ओट्स ने इन्हें अडिग दुःसाहस की कहानियाँ कहा है। प्रेम में हम जिस तरह खुद को धोखा देते हैं उसका बेधड़क चित्रण और उसकी विस्तार से चीड़फाड़ एलिस की अवलोकन शक्ति और श्रवण शक्ति का नमूना है। जिन्दगी एक ओर क्षमा तो दूसरी ओर क्रूरता का नाम है। अमेरिकी लेखिका एन टेलर खुले दिल से एलिस मनरो के इस संग्रह की कहानियों की प्रशंसा करती हैं और कहती हैं कि कुछ कहानियाँ उपन्यास जैसा मजा देती हैं क्योंकि इनमें पूरे दृश्य, पूरी संस्कृति और चरित्रों का पूरा परिवार नजर आता है। उनके अनुसार शीर्षक कहानी इस संग्रह की श्रेष्ठ कहानी है। इसके साथ 'व्हाइट डम्प' में कहानीकार एक घटना को कई नजरिए से पेश करती है जिस कारण किसी नतीजे पर पहुँचना कठिन है। इस कहानी से मुझे मार्केस का उपन्यास 'क्रॉनिकल्स ऑफ ए डेथ फॉरटोल्ड' का स्मरण हो आता है जिसमें मास्टर स्टोरीटेलर ने एक हत्या को तमाम लोगों के नजरिये से प्रस्तुत किया है। मनरो एक माँ की आत्महत्या को एक बेटी की नजर में हताशा का कार्य तो दूसरी बेटी के अनुसार पिता को डराने के लिए किया गया मजाक मानती हैं। मनरो स्वीकारती हैं कि समय के साथ उनका जीवन के प्रति नजरिया खिन्न होता गया है लेकिन उनकी हताशापूर्ण कहानी में भी व्यंग्यात्मक हास्य रहता है।

1990 में आए 'फ्रेंड ऑफ माई यूथ' के साथ वे अटलांटिक के दोनों ओर पढ़ी-जानी जाने लगीं। लन्दन के संडे टाइम्स के पीटर केम्प ने उनके लिए कहा कि वे मनुष्य प्रकृति को लिपिबद्ध करने में अद्वितीय हैं। इसकी दसों कहानियाँ न्यू यॉर्कर या द अटलांटिक में प्रकाशित हुई थीं। यहाँ एक बार फिर कहानी विधा पर मनरो की महारथ नजर आती है। वे अपने समकालीनों में कुशल कहानीकार के रूप में शीर्ष पर दीखती हैं। न्यू यॉर्क टाइम्स के मिशिको काकुटानी समय के साथ चरित्रों का विकास, चाहतों को पैटनर्स में बदलते, जीवन में चाहते अनन्त

रूप रूप धरती हैं दिखाने के लिए उनकी प्रशंसा करते हैं। ऐसा अक्सर उपन्यास में होता है लेकिन उनकी कहानियाँ इतनी पूर्ण और समृद्ध हैं कि पाठक उनके चरित्रों को गहराई में समझ पाता है। उत्तम कहानी लिखने के लिए निरीक्षण शक्ति का गुण अनिवार्य है। एलिस की निरीक्षण शक्ति कमाल की है, सूक्ष्म निरीक्षण शक्ति के कारण वे अपने पात्रों के रहस्य, उनके भय ऐसे औचक क्षणों में पकड़ती हैं और पाठक पात्रों के अन्तस की झाँकी पा लेता है।

इस संग्रह के समय उपन्यासकार सिन्थिया ओज़िक ने कहा, 'वे हमारी चेखव हैं।' उन्होंने आगे कहा कि एलिस अपने समकालीनों को काफी पीछे छोड़नेवाली हैं। ओज़िक की बात अब सच हो चुकी है। 1998 में 'द लव ऑफ अ गुड वूमन' प्रकाशित हुआ जिसे नेशनल बुक क्रिटक सर्किल अवार्ड प्राप्त हुआ। स्त्रियों के जीवन और उनकी प्रेरणा का निरीक्षण उनकी विशिष्टता है यह इन कहानियों में भी नजर आती है पर इसके साथ-साथ उनके लेखन में विस्तार और गहराई भी परिलक्षित होती है। बदलते समय और समाज का प्रभाव उनकी इन कहानियों में देखा जा सकता है। यहाँ सांमाजिक और राजनैतिक विषय भी स्थान पाते दीखते हैं। इनमें पीढ़ियों का संघर्ष, गर्भपात, बेवफाई भी समाहित है। 1996 में उनके 'सलेक्टेड स्टोरीज' की समीक्षा करते हुए जॉन अपडाइक लिखते हैं, एलिस मनरो नियति को दृढ़ता के साथ बुनती हैं। उनका अपना लेखकीय स्वर साहित्य में वैसे ही फूटता है जैसे ईश्वर का, जो चुप नहीं रह सकता है।

2001 में 'हेटशिप, फ्रेंडशिप, कोर्टशिप, लवशिप, मैरेज' आया जिस पर साहार पोली के निर्देशन में 'अवे फ्रॉम हर फ्रॉम' नामक एक फिल्म भी बनी है। 2004 में आया उनका अगला कहानी संग्रह 'रनअवे' उनके लिए कनाडा का गिलर पुरस्कार ले कर आया और इसे गवर्नर जनरल के लिटरेरी अवॉर्ड के लिए नामित भी किया गया। इसमें हर उम्र की स्त्री की कहानी है। शीर्षक कहानी 'रन अवे' में एक स्त्री अपने पति को छोड़ कर भागना चाहती है, मगर नहीं भाग पाती है। 'पैशन' में एक ग्रामीण लड़की होतेल में काम करने के सिलसिले में एक पल में अपने पैशन को अनुभव करती है। यह लड़की अपनी छोटी-सी दुनिया से निकल कर बाहरी बड़ी दुनिया में प्रवेश करती है। यहाँ तीन कहानियों की मुख्य पात्र जूलिएट है। पहली कहानी में वह स्कूल टीचर का काम छोड़ कर दूर जा कर अपना प्रेम तलाशती है, दूसरी में वह अपनी बच्ची लिए अपने माता-पिता के घर लौटती है, शादी, जिन्दगी को तलाशती हैं और तीसरी कहानी 'साइलेंस' में उसकी बेटी एक आध्यात्मिक संस्था से जुड़ कर उससे दूर हो जाती है। इन कहानियों में खूब चिन्तन-मनन हुआ है। संग्रह की अन्तिम कहानी 'पॉवर्स' भविष्य जान सकने और उससे होनेवाली उथल-पुथल को दर्शाती है। सारी कहानियों का चित्रण

इतना सुन्दर और स्पष्ट है कि पाठक को ये सबकुछ अपना लगता है।

इसके बाद 2006 में 'द व्यू फ्रॉम केसल रॉक' आया। यह उन्होंने बहुत शोध के बाद लिखा। इस संग्रह में एलिस ने अपने परिवार का इतिहास उकेरा है। स्कॉटलैंड में 1800 के उत्तरार्द्ध से लेकर वर्तमान कनाडा में अपने पूर्वजों तथा आज के परिवारजन को साक्ष्य और कल्पना के आधार पर प्रस्तुत किया है जो काफी रोचक बन पड़ा है। इसमें मनरो ने अपने परिवार की पृष्ठभूमि में अपने अनुभव को मिश्रित किया है और अपनी कल्पना शक्ति से सारी बातों को सशक्त कहानियों में पिरो दिया है। यह शायद उनका सबसे मूल्यवान और महत्त्वपूर्ण संग्रह कहा जा सकता है। एक युवा लड़का जिसे उसका पिता एडिनबर्ग के कैसल रॉक पर ले जाता है ताकि वह वहाँ से समुद्र पार का अमेरिका देख सके, लड़का वहाँ से अपने पिता के स्वप्न की झाँकी पाता है। प्रेम और हानि के अनुभवों के साथ स्कॉट लोगों के प्रवास की एक लम्बी यात्रा उन्हें ऑन्टारियो के ग्रामीण इलाके में पहुँचाती है। इन कहानियों में माताएँ-पिता, पत्नियाँ, बच्चे सब आशा-निराशा, आश्चर्य, विपरीत स्थितियों में झूल रहे हैं। इस संग्रह की कहानियों में मानवीयता कूट-कूट कर भरी हुई है।

फिर 2009 में 'टू मच हैप्पीनेस' प्रकाशित हुआ। इसी साल एलिस को मैन बूकर इंटरनेशनल पुरस्कार प्राप्त हुआ। अब कहा जाने लगा कि यदि एलिस मनरो नहीं होतीं तो कनाडा की आत्मा अव्यक्त रह जाती, विस्मृत हो जाती। साउथवेस्ट ओंटारियो का ग्रामीण परिवेश, वहाँ के स्कॉटिश प्रेसबाएटेरियन बासिन्दे, रिश्तेदारों के साथ खाते-पीते बीतता नीरस रविवार, छोटी दुकानें, मेहनत के लिए इज्जत, दिखावे के लिए भर्त्सना कौन साहित्य में अमर करता? वे अपने पात्रों के साथ इन स्थानों में पाठकों को भी टहलाती हैं। रोजमर्रा का जीवन साहित्य में प्रतिष्ठित कर पाना एक बहुत विशिष्टता की माँग करता है। वे इन सामान्य बातों को अपनी जादूई कलम से विशिष्ट बना देने की क्षमता रखती हैं। यहाँ के सामान्य निवासी आज विश्व साहित्य के अंग हैं। इसके कुछ दिन बाद उनका एक और संग्रह 'द लव ऑफ ए गुड वूमन' और 'ओपेन सिक्रेट' आया। यहाँ भी मानवीय इच्छाओं का प्रगटन हुआ है।

पिछले साल 2012 में उनके अनुसार उनका अन्तिम संग्रह 'डीयर लाइफ' प्रकाशित हुआ है। इस संग्रह की कहानियों में उन्होंने लेक हर्टन के आस-पास के शहरी और ग्रामीण बासिन्दों की जिन्दगी का अन्वेषण किया है। कहानियाँ विदाई, शुरुआत, दुर्घटनाओं, वापस घर लौटने का वास्तविक और काल्पनिक मिश्रण हैं। जीवन कितना विविध और विचित्र हो सकता है मुनरो इसका स्पष्ट और स्थाई चित्रण करने में लाजवाब हैं।

नोबेल समिति के स्थाई प्रमुख सचिव पीटर इंग्लैंड ने निर्णायकों के विचारों को प्रस्तुत करते हुए कहा कि एलिस ने कहानी विधा चुनी है जो उपन्यास की छाया में रहने के कारण तनिक पीछे रहती आयी है, और एलिस मनरो ने इस विधा को सर्वोकृष्टता के साथ साधा है। इसी तरह 1996 में आये संग्रह 'सलेक्टेड स्टोरीज' के लिए एलिस की प्रशंसा करते हुए हेरॉल्ड ब्लूम कहते हैं कि उन्हें इस बात का सटीक ज्ञान है कि पुरुष और स्त्री को क्या विभाजित करता है। मनरो के कहानी संग्रह 'रनअवे' के बारे में लिखते हुए जोनाथन फ्रेंजेन ने कहानीकार के रूप में उनकी विशेषताओं के होते हुए भी उनकी प्रसिद्धि उतनी न होने के कारण गिनाते हुए लिखा कि वे अपनी किताबों के नाम भारी-भरकम नाम नहीं देती हैं जैसे 'कैनेडियन पैस्टॉरल', 'कैनेडियन साइको', 'पर्पल कनाडा', 'इन कनाडा' या 'द प्लॉट अगेंस्ट कनाडा'। एक कारण उन्होंने और बताया था मनरो को अब तक नोबेल पुरस्कार न मिलना। इसके बाद भी मनरो ने अपनी किताबों के नाम अपने मनमाफिक दिये, बिकने की संख्या को बढ़ाने के ख्याल से नहीं दिए। अब उन्हें नोबेल पुरस्कार मिल भी चुका है, लेकिन प्रसिद्ध वे पहले हो चुकी थीं। हाँ, इसमें शक नहीं कि नोबेल मिलने से पुराने पाठक एक बार फिर से उन्हें पढ़ेंगे और खूब सारे नए पाठक मिलेंगे।

एलिस, शादी के पहले ओंटारियो में रह रहीं थीं फिर वे ब्रिटिश कोलम्बिया में रहने लगीं, लेकिन बाद में वे फिर ओंटारिओ वापस आ गयीं। उन्हें प्रवास रास नहीं आया। उनकी कहानियों में भी यह घर से दूर जाना और वापस आना देखा जा सकता है। खासकर 'वॉकर ब्रदर्स काउब्वॉय' और 'इमेजेज' में घर से विदाई और वापस घर आना बहुत स्पष्टता के साथ रेखांकित किया जा सकता है। इन कहानियों में बेटी पिता के साथ एडवेंचर्स के लिए बाहर जाती है, जबकि माँ घर पर ही रह जाती है। लेकिन सदैव ऐसा नहीं होता है। उनकी कहानी 'द पीस ऑफ यूट्रेक्ट' में प्रक्रिया ठीक इससे उल्टी चलती है। इस कहानी में माँ मर चुकी है और बेटी घर वापस लौटती है। इस कहानी के विषय में बोलते हुए वे स्वयं कहती हैं कि यह उनकी अपनी माँ की कहानी है। लाइलाज बीमारी से ग्रसित माता-पिता सम्बन्धों में तनाव ला देते हैं। बीस साल तक उनकी माँ पार्किंसन बीमारी से प्रभावित थीं, अतः माँ की बीमारी, उनकी मृत्यु और उनके बीच तनाव यह सब इस कहानी में आया है। यह सब उनके लिए जीवन में भी बहुत महत्त्वपूर्ण था और यह कहानी उन्होंने वास्तव में अपनी माँ पर लिखी। 'द पीस ऑफ यूट्रेक्ट' को वे अपनी पहली यथार्थ कहानी मानती हैं जो, उन्होंने अपनी माँ और अपने सम्बन्धों के बदलते रिश्तों को ले कर लिखी। यह एक माँ की मृत्यु के विषय पर लिखी गई कहानी है। यह कहानी उनके संग्रह 'डॉन्स ऑफ द हैप्पी शेड्स'

में संकलित है।

एलिस की माँ की मृत्यु 1959 में हुई थी यह उनके जीवन का एक बड़ी घटना थी। उनकी कहानियों की माँ निरन्तर काम करनेवाली, घर के पुराने कपड़ों को काट-छाँट कर अपनी बेटी के लिए कपड़े सिलने के जुगाड़ में रहने वाली परन्तु बेटी के लिए तनाव का कारण होती हैं। जिससे बेटी का पीछा कभी नहीं छूटता है। कहानियों की माँ हाउसकीपर, गरीबी में पिसती हुई मगर स्वतन्त्र स्वभाव की, गर्वीली स्त्री होती है। कथावाचक अक्सर माँ को लेकर मिश्रित भावनाओं से भरी होती है, उसके मन में माँ को ले कर गर्व, चिन्ता और अपराधबोधहोता है। माँ के लिए उसके मन में ललक होती है। उसे सपने में भी मरी हुई माँ बराबर दिखाई देती है। मगर सपने की माँ भली-चंगी होती है और वह बेटी को देखने आई हुई होती है। 1994 में द पेरिस रिव्यू में उनका साक्षात्कार प्रकाशित हुआ, उसमें उन्होंने बताया कि मेरी माँ मृत्यु के पहले भी मेरे लिए प्रमुख थीं और मरने के बाद भी मेरे जीवन में प्रमुख व्यक्ति हैं। इसका कारण बताते हुए वे कहती हैं क्योंकि उनकी माँ की जिन्दगी बहुत उदास और गलत थी लेकिन वे बहुत बहादुर औरत थीं। साथ ही वे अपनी माँ से हमेशा संघर्ष करती रहीं, तब से जब वे सात साल की थीं और उनकी माँ चाहती थीं कि एलिस संडे-स्कूल में गाना गाएँ, कोर ग्रुप में शामिल हों। उनकी माँ जिस बरताव की अपेक्षा उनसे करती थीं वह एलिस को रास नहीं आता था।

उनकी कहानियों की कथावाचक एक किशोरी या निर्भीक दादीमाँ या बीच की उम्र की कोई स्त्री हो सकती है या कोई पुरुष भी हो सकता है। कभी-कभी कोई अन्य व्यक्ति भी यह काम कर सकता है। कथा सुनानेवाले ये लोग सर्वव्यापी होते हैं। कहानियाँ समय की सीमा तोड़ कर अतीत की गलियों में घूमती हैं, फ़िर वर्तमान में लौट आती हैं, यह आवाजाही बराबर जारी रहती है। एलिस मनरो की कहानियों में बार-बार लेखिका या कलाकार स्त्री आती रही है। यह लेखिका या कलाकार स्त्री अक्सर अपने काम को ले कर बहुत आश्वस्त नहीं होती है, फिर भी अपना काम करती जाती है। ये स्त्रियाँ बुद्धिमान और जीवंत प्रकृति की हैं। इनका लालन-पालन स्कॉटिस-आइरिश प्रोटेस्टेंट धर्म के दमित वातावरण में होता है और इसी कारण इनके भीतर तनाव और द्वन्द्व उत्पन्न होता रहता है। वे एक ओर तो आत्मनिर्भरता रहना चाहती हैं, स्वतन्त्रता चाहती हैं, दूसरी ओर घर-परिवार के दायित्व से बँधी रहती हैं। लिखने की ललक और परिवार का दायित्व उन्हें दो भिन्न दिशाओं में खींचता रहता है। ग्रामीण परिवेश स्त्री को लेखन जैसा कार्य करते स्वीकार नहीं करना चाहता है अतः स्त्री के मन में भी इस बात को ले कर संशय रहता है।

दक्षिण ओंटारियो के जीवन की क्रूरता, सीमित-संकुचित नजरिये वाला ग्रामीण समुदाय, लोगों के विश्वास, गरीबी, वहाँ का सामाजिक जीवन प्रमुखता से उनकी कहानियों में आता है। उनका बचपन दरिद्रता में बीता था जिसे वे कभी न भुला पाईं। उनकी शुरुआती कहानियों में एक बच्ची वयस्कों के समझ में न आनेवाले व्यवहारों को बहुत बारीकी से देखती है। बीच की कहानियाँ साठ के दशक की सामाजिक उथल-पुथल, नारीवादी चेतना के उदय और युवा लड़की और उसके परेशानी भरे वैवाहिक जीवन को वे अपनी परेशानियों में पिरोती हैं। वे खुद मानती हैं कि बीस साल तक कनाडा के पश्चिमी तट पर, ब्रिटिश कोलम्बिया में रहने के बाद भी वे उस जगह के जीवन के बारें में कुछ खास नहीं जानती हैं। उनके पात्र ग्रामीण परिवेश से आते हैं। इस दौरान की उनकी कहानियाँ 'समथिंग आईहैव बीन मीनिंग टू टेल यू' में संग्रहित हैं। उन्हें वैंकूवर और विक्टोरिया में रहते हुए सदा लगता था कि उन्हें मरने के लिए वापस घर जाना है, क्योंकि पश्चिमी तट पर जिन्दगी वास्तव में वैसी नहीं थी जिसकी वे आदी थीं। 1978 में आया संग्रह 'हू डू यू थिंक यू आर?' जो बाद में 'द बैगर मैड' नाम से भी प्रकाशित हुआ, की कहानियाँ ओंटारियों वापस आने के साथ समाप्त होती हैं। उनका मानना है कि वे वही लिखती जहाँ उनका जीवन है। वे जिन्हें जानती हैं उनके बारे में लिखती हैं। भले ही समीक्षक इन्हें आम आदमी कहें मगर खुद मनरो की नजर में ये लोग सामान्य नहीं हैं, कारण ये लोग कुछ बहुत ज्यादा चाहते हैं, और ये लोग कभी-कभी बहुत अनपेक्षित करने की क्षमता रखते हैं।

'समथिंग आईहैव बीन मीनिंग टू टेल यू' के बाद उन्हें एक साल के लिए बेस्टर्न ओंटारियो विश्वविद्यालय में राइटर-इन-रेसीडेंट का पद मिला था। वे अपने पति जेम्स मनरो और बाइस साल के वैवाहिक जीवन को छोड़ कर लौटी थीं, इसे बाद में वे अपने एक पात्र के मुँह से कहलवाती हैं कि उसने वैवाहिक घर से एक लम्बी आवश्यक यात्रा की है। उनके पति विक्टोरिया उसी घर में रह गए थे। उस समय उनकी बेटी शैला बीस साल की थी, जेनी सत्रह की और एंड्रिया मात्र सात साल की थी। यदि बड़ी बेटी बड़ी और आत्मनिर्भर हो चुकी थी तो छोटी आत्मनिर्भर नहीं हुई थी, उसे देखभाल की जरूरत थी। एलिस बहुत तनाव और चिन्ता में थीं, खासकर एंड्रिया को ले कर। उनके सामने भविष्य की कोई निश्चित योजना नहीं थी मगर उन्होंने वह स्थान छोड़ने का मन बना लिया था। एलिस ने घर लौटने का निश्चय कर लिया था और वे घर लौट आई थीं। दो दशक दूर रहने के बाद भी ओंटारियो उनका घर था जहाँ वे अपनापन अनुभव करती थीं।

उनकी कहानियों में माँ शिद्दत से आती है मगर पिता भी यहाँ उपस्थित

हैं। एलिस की कहानियों के पिता मजबूत, साहसी, मेहनती हैं और कठिनाइयों को वे हास्य में बदलने का माद्‌दा रखते हैं। उदाहरण स्वरूप 'वॉकर ब्रदर्स काउब्वॉय' के बेन जोर्डन या 'द स्टोन इन द फील्ड' के फलेमिंग को देखा जा सकता है। ये पिता बुद्धिमान हैं और इन्हें भाषा से प्रेम है, इस दृष्टि से 'रॉयल बीटिंग्स' में रोज का पिता और 'द मून्स ऑफ जूपिटर' के कथावाचक के पिता को देखा जा सकता है। 'द मून्स ऑफ जूपिटर' का प्रकाशन एलिस के पिता की मृत्यु के दो वर्ष बाद हुआ था। वे पारिवारिक जीवन की बहुत अच्छी चितेरी हैं।

उनका लालन-पालन एक छोटे शहर या यूँ कहें कि ग्रामीण परिवेश में हुआ था। जहाँ लोगों का विश्वास था कि सबसे खराब बात है अपने प्रति दूसरों का ध्यान आकर्षित करना या सोचना कि आप स्मार्ट हैं। लोग मानते थे कि यदि आप ऐसा करते हैं तो इसकी सजा आपको अवश्य मिलेगी। इसीलिए वे खुद भी सदा लो प्रोफाइल में रहीं। उनके परिचितों में से शायद ही कोई लड़की कॉलेज गयीं, बहुत थोड़े से लड़कों को यह अवसर मिला। वे लोग गरीब थे मगर किताबें सदा उनके आस-पास उपलब्ध थीं। यही महानगर या बड़े शहरों से दूर का वातावरण और पात्र उनकी कहानियों में हर बार आते हैं। अपने यहाँ के लोगों, खासकर पिछली पीढ़ी के लोगों की प्रकृति बताते हुए 'स्टोरीज अबाउट स्टोरीटेलर्स' की भूमिका में वे लिखती हैं कि कुछ लोग फ़ेमस हैं, लगता है कि वे सदा जानते थे कि वे प्रसिद्ध होंगे। दूसरे इस बात को स्वीकार नहीं करते हैं कि वे प्रसिद्ध हैं। इस बात की पुष्टि के लिए वे कोष्ठक में लिखती है कि अधिकतर ये लोग कनैडियन्स हैं और 50 साल से ऊपर के हैं। वे हमेशा खुद को बड़े गर्व से छोटे शहर साउथवेस्ट ओंटारियो की ऐसी स्त्री कहती हैं जिसका बचपन गरीबी में गुजरा हैं। पुरस्कारों-समारोहों में वे शान्त-चुपचाप बैठी रहती हैं।

कुछ लेखक अपने साहित्य में अपने खास स्थान का चित्रण बार-बार इस तरह करते हैं कि वह स्थान साहित्य में अपनी खास जगह बना लेता है, प्रसिद्ध हो जाता है। हिन्दी में बनारस, इलाहाबाद, दिल्ली, बम्बई, कलकत्ता को लेखकों ने साहित्य में स्थापित कर दिया है। जैसे गुंटर ग्रास ने डेंज़िग, जेम्स जॉयस ने डब्लिन, नजीब महफ़ूज़ ने कैरो, ओरहान पामुक ने इस्ताम्बुल को साहित्य में अमर कर दिया ठीक इसी तरह एलिस मनरो ने अपने शहर साउथवेस्ट ओंटारियो को अमरता प्रदान की है। आज इस शहर को 'एलिस मुनरो का देश' के नाम से जाना जाता है। उनकी हार्दिक इच्छा है कि उन्हें यहीं दफनाया जाय। पाठक अपने प्रिय लेखकों के विषय में बहुत सारी जिज्ञासाएँ रखता है उनमें से एक है, वे कैसे लिखते हैं। 'ए लौंड्री रूम ऑफ हर ओन' लिखनेवाली के पास आज भी अपना लिखने का अलग कमरा नहीं है जहाँ दरवाजा बन्द करके घर के तमाम कामों से दूर रह

कर वे लिख सकें। इस प्रश्न का उत्तर देते हुए एलिस मनरो कहती हैं कि उन्हें लिखने की प्रेरणा अचानक नहीं मिलती है। वे केवल दो काम एक साथ कर सकती हैं। उनके लिए घर का काम शाश्वत है और लिखना शाश्वत है, यही दो काम वे कर सकती हैं। वे एक दिन में दो या तीन पेज हाथ से अपनी नोटबुक में लिखती हैं। फिर महीनों उसे टाइपराइटर पर सुधारती रहती हैं। यह पहले की बात है जब कम्प्यूटर चलन में नहीं था। आजकल जब वे पहला प्रारूप तैयार करती हैं उस समय दिन भर के तमाम काम मन में होते हैं लेकिन जब कम्प्यूटर पर लिखने बैठती हैं तो प्रवाह में चली जाती हैं। जितनी दूर जा सकती हैं, उतनी दूर चली जाती हैं। वह रचनाकार ही क्या जो अपने लेखन की सीमा का अतिक्रमण न करे। अपने ग्रामीण परिवेश को केन्द्र में रख कर लिखनेवाली मनरो यदा-कदा अपने घेरे को तोड़ कर दिखाती हैं। मानो कह रही हों, देखो मैं ऑस्ट्रेलिया, स्कॉटलैंड भी जा सकती हूँ, उन्हें अपने लेखन का स्थान बना सकती हूँ। इसी तरह अपने लेखन का बंधन तोड़ती हुई वे अलबानिया के पर्वतों पर जा पहुँचती हैं, वह भी एक सदी पहले। उन्होंने 'टू मच हैप्पीनेस' में उन्नीसवीं सदी की रूसी महिला गणितज्ञ पर पन्ने पर पन्ने रचे हैं। लेकिन यह सही है कि वे बार-बार अपनी जन्मभूमि हर्टन काउंटी लौट आती हैं।

जब एलिस मनरो से पूछा गया कि क्या वे नारीवादी रचनाकार हैं? तो उनका उत्तर था उन्होंने कभी यह बनने की बात नहीं सोची। मगर वे इस बात को पक्के तौर पर नहीं जानती हैं। न ही उस तरह से सोच कर लिखती हैं। उनके अनुसार पुरुष होना भी बहुत कठिन है, परिवार पालना आसान नहीं है। अपने प्रिय रचनाकार के विषय में बताते हुए वे कहती हैं कि वे यूडोरा वेल्टी (1909-2001) की प्रशंसक हैं, मगर कभी उसकी नकल की कोशिश उन्होंने नहीं की, वे ऐसा कर भी नहीं सकती हैं क्योंकि वेल्टी बहुत अच्छी और खास निजी शैली की लेखिका हैं। एलिस 'द गोल्डन एप्पल्स' को वेल्टी का बेहतरीन काम मानती हैं। यूडोरा वेल्टी अमेरिका की लेखिका हैं और वे अपनी कहानियों और उपन्यासों में ग्रामीण जीवन को उकेरती हैं, उन्हें 1872 में 'द ओप्टिमिस्ट्स डॉटर' के लिए पुलित्ज़र पुरस्कार प्राप्त हुआ था। वेल्टी की भाँति ग्रामीण जीवन पर लिखनेवाली मनरो की कई कहानियों का नाट्य-रूपान्तरण हुआ है।

प्रकाशकों से एलिस मनरो का बहुत पुराना रिश्ता है, दशकों से वे एलिस के कहानी संग्रह प्रकाशित कर रहे हैं। इन रिश्तों के उनके तमाम खट्टे-मीठे अनुभव हैं। कुछ से उनका रिश्ता मात्र व्यावसायिक रहा है तो कुछ उनके आजीवन मित्र हैं। पहले वे कनाडा के मैकमिलन से प्रकाशित हो रही थीं। उस प्रकाशक के बारे में एक पत्र से पता चलता है। यह पत्र उन्होंने मैकमिलन की प्रमुख को उस समय

लिखा जब डगलस गिब्सन कनाडा मैकमिलन छोड़ कर अपनी प्रकाशन फ़र्म कायम करने जा रहे थे। मैकमिलन छोड़ने के पहले गिब्सन ने मनरो की किताब 'द प्रोग्रेस ऑफ लव' का अनुबन्ध मैकमिलन के लिए किया था। जब उन्होंने प्रकाशन छोड़ा तो मनरो भी अपनी किताब वहाँ से उठा लेना चाहती थीं। अनुबन्ध समाप्त करने का कारण बताते हुए मनरो ने लिंडा मैक्नाइट को पत्र लिखा। वे लिखती हैं कि वे अपना अनुबन्ध समाप्त करके गिब्सन के पास जाना चाहती हैं। डगलस गिब्सन ने उन्हें मैकमिलन से जुड़ने का प्रस्ताव सत्तर के मध्य में दिया था। उस समय के अपने प्रकाशक मेग्रा-हिल रेसन से वे बहुत परेशान थीं। रेसन ने उनकी किताब के पहले संस्करण के प्रचार-प्रसार के लिए कुछ नहीं किया था, दूसरा संस्करण बहुत हिचकिचाहट के साथ निकाला था। तीसरा संस्करण बिना किसी उत्साह के प्रकाशित किया था, मात्र इसलिए कि वे अपनी लिस्ट में किसी कनाडा लेखक का नाम देना चाहते थे। दूसरी बात उस समय वे जिस भी प्रकाशक से मिल रहीं थी सब उन्हें मुफ्त की सलाह दे रहे थे कि उन्हें अपना विकास करना चाहिए, कहानियाँ छोड़ कर उपन्यास लिखना चाहिए, कहानियों का भविष्य नहीं है। कहानीकार को कोई गम्भीरता से नहीं लेता है, साहित्य में स्थायित्व पाने के लिए उपन्यास ही जरिया है, आदि, आदि। वे बहुत हताश-निराश और परेशान थीं। उन्होंने उपन्यास लिखने का प्रयास किया, यह उनकी विधा न थी। शीघ्र ही उन्हें पता चला कि वे अपनी ऊर्जा और समय नष्ट कर रही हैं। नतीजन कुछ समय के लिए उनका लिखना पूरी तरह से ठप्प हो गया। कनाडा का कोई प्रकाशक उस कहानीकार में कोई रुचि लेने को राजी न था जो साल-दर-साल कहानी संग्रह रचती जा रही थी।

ऐसे कठिन समय में डगलस गिब्सन ने उनका विश्वास लौटाया। गिब्सन ने उनकी दुनिया बदल दी उसने उन्हें भरोसा दिलाया कि कहानी लिखना एक बड़ा काम है, इसमें शर्म और झिझक नहीं होनी चाहिए। वह पहला व्यक्ति था जिसने कहा कि वे सब भूल कर बस कहानियाँ लिखें। कहानियों का प्रकाशन हो सकता है, कहानी साहित्य की एक प्रमुख विधा है। उस समय ऐसा कहना एक बहुत बड़ी क्रान्तिकारी बात थी। एक व्यक्ति का विश्वास मनुष्य का जीवन बदल सकता है, डगलस गिब्सन के विश्वास का नतीजा हुआ एलिस मनरो का आत्मविश्वास लौटा और वे जोर-शोर से कहानियाँ लिखने लगीं नतीजा हुआ वे नोबेल की हकदार बनीं। आज उन प्रकाशकों को अवश्य अफसोस हो रहा होगा। डगलस के कहानी विधा और कहानीकार के प्रति उसके सम्मान के कारण वे मैकमिलन के पास पहुँची थीं। डगलस के कारण वे एक अनजान कहानीकार से एक प्रमुख कहानीकार बनीं। जिसके लिए कहा जा रहा था कि वे बिकती नहीं

हैं, उसकी किताबें धड़ल्ले से बिकने लगीं (बिक वे पहले भी रहीं थीं अन्यथा तीसरा संस्करण न निकल्ता)। डगलस को वे इसका श्रेय देती हैं। वे अपने पत्र में लिखती हैं कि वे डगलस की ऋणी हैं और चाहती हैं कि उनकी जो भी किताब प्रकाशित हो वह डगलस के द्वारा ही हो। वे मैकमिलन को कमतर नहीं मानती हैं मगर डगलस के कारण उनका सम्बन्ध इस प्रकाशन से था और जब वही इसे छोड़ चुका है तो वे अपना अनुबन्ध वापस लेना चाहती हैं ताकि डगलस को यह सौंप सकें।

मगर प्रकाशक तो प्रकाशक है। मनरो को रोके रखने का मैक्मिलन के पास कोई कारण नहीं था मगर वे मुफ्त में नहीं छोड़ना चाहते थे अत: शर्त थी मनरो हर्जाने की रकम भर दें और जहाँ चाहें जाएँ। जीवन बहुत विचित्र है, पता नहीं कब कहाँ से सहायता के हाथ आगे आ जाएँ। एलिस मनरो के सम्बन्ध में भी इस मोड़ पर ऐसा ही हुआ। एवी बेनेट की विशाल हृदयता से वे इस परेशानी से उबरीं, एवी बेनेट ने हर्जाने की यह रकम मैक्मिलन को चुकाई। इसके बाद जो हुआ वह आज का इतिहास है। ये सारी बातें एलिस के पत्र के माध्यम से पता चलीं, इस पत्र को खोज निकालने का श्रेय रॉबर्ट थाकेर को जाता है, जिन्होंने बहुत परिश्रम और शोध के साथ एलिस मनरो की जीवनी 'एलिस मनरो : राइटिंग हर लाइव्स' लिखी है और उसे बार-बार परिवर्धित करके 2005 और 2011 में प्रकाशित कराया है। ये सारी बातें डगलस गिब्सन ने अपनी किताब 'स्टोरीज़ ऐंड स्टोरीटेलर्स पब्लिशिंग एलिस मनरो' में लिखीं हैं। वे अपने प्रकाशक से लेखक बनने का श्रेय एलिस मनरो को देते हैं।

अगर सम्पादक खुद अपना ढोल पीटनेवाला नहीं है तो वे अनाम ही रहते हैं। लेखक उसे नाम दे दे तो अलग बात है। जब एलिस मनरो ने 2006 में आई अपनी किताब 'द व्यू फ्रॉम कैसल रॉक' अपने प्रकाशक डगलस गिब्सन को समर्पित की तो यह डगलस के लिए एक सुखद आश्चर्य साबित हुआ। एलिस मानती हैं कि उन पर डगलस के बहुत उपकार हैं और अपनी किताब उन्हें समर्पित करके एलिस ने अपनी कृतज्ञता ज्ञापित की है। उन्होंने लिखा है, "डगलस गिब्सन को समर्पित, जिसने मुझे मेरी कई कठिन परिस्थितियों में संभाला, जिसके उत्साह ने इस खास किताब के लिए एट्रिक किर्क की कब्र खोज निकालने उसे भेजा, शायद बारिश में।" डगलस गिब्सन अपनी इस यात्रा के विषय में खुद विस्तार से बताते हैं। जाब कोई गिब्सन से एलिस मनरो के विषय में पूछता है तो वे दो मनरो की बात करते हैं। एक मनरो जो एक बहुत अच्छी नागरिक है और अच्छी नागरिक के कर्तव्य निभाने के लिए प्रतिबद्ध है। इसके उदाहरण स्वरुप वे बताते हैं कि जब बड़े प्रकाशक नामी-गिरामी लेखकों के बेस्टसेलर सामान्य कागज

पर छाप रहे थे तब उस समय एलिस मनरो ने जिद की कि उनकी किताब रिसाइकिल्ड पर्यावरण सुरक्षित कागज पर छापी जाए भले ही वह महँगा हो। उन दिनों कुछ थोड़े से प्रकाशक ऐसा कर रहे थे यह बहुत विरल था। मगर एलिस ने दबाव डाला और ऐसा ही किया गया। इसका परिणाम बहुत अच्छा रहा, लोगों पर इसका गहरा प्रभाव पड़ा। दूसरी ओर डगलस उस मनरो को जानते हैं जो सीबीसी के कर्मचारियों के सहयोग के लिए घंटों यात्रा करके उनकी रैली में पहुँचती है और मंच पर खड़ी हो कर उनसे अपना जुड़ाव प्रदर्शित करती है, गिरफ़्तारी देती है। यही मनरो 2009 में गिलर पुरस्कार की प्रतियोगिता से अपना नया संकलन यह कह कर उठा लेतीं है कि नए लोगों को अवसर मिलना चाहिए वे यह पुरस्कार पहले दो बार जीत चुकी हैं। उनका निःस्वार्थ निर्णय उनके प्रकाशक गिब्सन को नहीं जँच रहा था वह अपना स्वार्थ देख रहा था। उसने मनरो को मनाने की कोशिश की जब मनरो अपने निर्णय से टस-से-मस नहीं हुई तो प्रकाशक ने भी उनके निर्णय का सम्मान करते हुए हथियार डाल दिया। बाद में इस बात को गिब्सन बड़े गर्व से अपनी किताब में लिखते हैं। इससे मनरो को आर्थिक घाटा हुआ, प्रकाशक को भी काफ़ी नुकसान हुआ, उसने इस किताब को प्रमोट करने के लिए विज्ञापन पर बहुत खर्च किया था। बिक्री पर तो असर पड़ना ही था। ऐसी है एलिस मनरो। एक बार इसी प्रतियोगिता से बाहर रहने के लिए वे पुरस्कार की निर्णायक बन गई थीं। प्रकाशक ने जब इस बाबत उनसे पूछा तो वे हँसते हुए बोली कि यदि वे उनसे पूछती तो उन्हें गिब्सन का उत्तर मालूम था। एलिस मनरो खूब दिल खोल कर हँसती हैं। उन्हें मजाक करना खूब पसन्द है। फोटो और वीडियो में भी उन्हें हँसते हुए देखा जा सकता है। उनकी कहानियों में मजाक का यह पुट देखा जा सकता है। डगलस गिब्सन से उनकी गहरी छनती है दोनों घंटो आमने-सामने या फोन पर बातें करते हैं खूब हँसते मजाक करते हैं। शायद इसी खुली तबियत के कारण उनके दुश्मन नहीं हैं।

उनकी कहानियों में ग्रामीण परिवेश में खूब ईर्ष्या-द्वैष मिलता है लेकिन डब्ल्यू पी किंसेला के अनुसार उन्होंने कभी किसी को एलिस मनरो के विषय में निजी या व्यावसायिक कोई ओछी बात कहते नहीं सुना है। जब वे पुरस्कार जीतती हैं तब कोई नहीं कहता है कि इस-इस किताब को पुरस्कार मिलना चाहिए था। जबकि उनका नाजुक स्वास्थ्य उन्हें किताब के प्रमोशन के लिए यात्रा करने की इजाजत नहीं देता है। पुरस्कार मिलने पर वे बहुत शान्त रहती हैं। एक बार जब उन्हें गिलर प्राइज़ मिला तो गिब्सन उनकी बगल में बैठे हुए थे। जब पुरस्कार की घोषणा हुई, संगीत बजने लगा, सर्चलाइट उनके टेबल की ओर घूम गई, उन पर केन्द्रित हो गयी, सब लोग आशा कर रहे थे कि अन्य पुरस्कारों की भाँति

अब प्रकाशक, लेखक और उनके एजेंट एक दूसरे के गले लग कर एक दूसरे को चूमने लगेंगे, हवाई चुम्बन उछालने लगेंगे, कैमरा स्टेज तक उन्हें कैच करता चलेगा। मगर ऐसा कुछ नहीं हुआ। गिब्सन ने कहा अब तुम स्टेज पर जाओ और वे उठ कर स्टेज पर चली गयी। इसी तरह एक बार एक अन्य पुरस्कार के लिए उनका नाम कई अन्य लेखकों के साथ सूची में आया। एलिस ने गिब्सन को कहा कि उन्हें उम्मीद है कि यह उनके फ्रैंड... को मिलेगा। जब नतीजा निकला तो गिब्सन ने फोन करके बताया कि एक अच्छी और एक खराब खबर है। अच्छी खबर है कि उनके फ्रैंड को पुरस्कार मिला है, सुन कर एलिस बहुत खुश हुई। गिब्सन ने आगे कहा कि बुरी खबर यह है कि उस बेचारे को यह पुरस्कार तुम्हारे साथ साझा करना होगा। मनरो का उत्तर था यदि उसे किसी के साथ साझा करना है, तो मेरा अनुमान है कि मेरे साथ ही करना है।

अक्सर वे पुरस्कार समारोहों में नहीं जा पाती हैं। उनका पुरस्कार ग्रहण करने उनके प्रकाशक और नजदीकि मित्र डगलस जाते हैं। उनके अनुसार इन अवसरों पर उद्घोषक और दर्शकों को बहुत निराशा होती। एक बार इसी तरह के एक समारोह में डगलस के मित्र और ऐसे प्रोड्यूसर स्टुअर्ड मैक्लेन उद्घोषक थे जिनके यहाँ काफी दिनों तक डगलस ने लेखन किया था। उसने बड़े उत्साह से विजेता के रूप में एलिस मनरो के नाम की घोषणा की। जब चमकती रौशनी में डगलस स्टेज पर पहुँचे तो स्टूअर्ड ने मरी हुई आजाव में कहा, "अ... यह तो डगलस है, उसने नहीं कहा कि ये मेरा पुराना मित्र डगलस है।" अक्सर उद्घोषक कहते हैं कि यह दुर्भाग्य है कि एलिस मनरो पुरस्कार लेने स्वयं उपस्थित नहीं हो पा रही हैं। डगलस लिखते हैं कि उन्हें बहुत अच्छा लगता है जब एलिस खुद ऐसे पुरस्कार समारोह में उपस्थित होती हैं। वे 2009 के डबलिन समारोह को स्मरण करते हुए बताते हैं कि इस साल एलिस को मैन बूकर प्राइज़ मिला, यह उनके लिए बहुत उत्तेजक घटना थी। आर्थिक कठिनाइयों के कारण एलिस के साथ उन्हें नहीं भेजा जा रहा था। मगर जहाँ चाह वहाँ राह, डगलस जाना चाहते थे उन्हें मनरो के जीतने की पूरी उम्मीद थी। उन्होंने उपाय निकाला और एलिस मनरो को विजयी देखने के लिए ग्लोब ऐंड मैल के पत्रकार के रूप में पुरस्कार को कवर करने जा पहुँचे। उस साल इस पुरस्कार की प्रतिस्पर्द्धा में पीटर केरी, जेम्स केलमैन, मारिया वर्गास लोसा (लोसा को 2010 का नोबेल पुरस्कार मिला), वी एस नॉयपॉल जैसे दिग्गज शामिल थे मगर पुरस्कार मनरो की झोली में आया। ओब्जर्वर अखबार के अनुसार मैन बूकर नोबेल से अधिक प्रतिष्ठित पुरस्कार बनता जा रहा है (2013 का मैन बूकर ऐेलिनॉर कैटन को मिला है)। पुरस्कार के पूर्व एलिस डबलिन की लाइब्रेरी में चुपचाप बैठीं थीं, उन्होंने अपने रुपहले बालों से

मिलता-जुलता रुपहला गाउन पहना हुआ था। उनके चारों ओर चहल-पहल थी। पुरस्कार की घोषणा के बाद उन्होंने अपने लेखन जीवन के विषय में बताया।

बॉब ठाकर ने 'एलिस मनरो राइटिंग हर लाइफ्स' शीर्षक से एलिस मनरो की जीवनी लिखी है। उसमें वो बताते हैं कि दुनिया भर में सैंकड़ों विद्वान एलिस के काम का अध्ययन-मनन कर रहे हैं। इनमें से वे मार्ग्रेट एटवुड का 'एलिस मनरोज सलेक्टेड स्टोरीज' पर लिखी गई भूमिका को सर्वोत्तम मानते हैं। मार्ग्रेट शुरुआत में ही लिखती हैं कि एलिस मनरो हमारे समय की प्रमुख इंग्लिश साहित्यकारों में हैं। आगे वे लिखती हैं कि मनरो की कई स्त्रियों के लिए सैक्सुअल सीमाओं को आगे बढ़ाना विशिष्ट तौर पर रोमांचक है। उन्होंने दिन पर दिन लम्बी कहानियाँ लिखी हैं जिनकी लम्बाई बढ़ती जा रही है। उन्होंने कहानी की सीमा को कुशलता से बढ़ाया है। कहानियाँ पीढ़ियों को और सदियों को समेटती हैं।

काल और स्थान की सीमा के पार जानेवाली कहानियाँ लिखनेवाली एलिस मनरो लम्बी कहानियाँ लिखती हैं मगर कहीं भी पाठक को अपने बौद्धिक आतंक से डराना नहीं चाहती हैं। उनकी कहानियाँ भावात्मक होती हैं। वे अक्सर स्त्रियों को आकर्षित करनेवाली होती हैं। उनके लेखन में चरित्रों का केन्द्रीय कार्य कहानी कहना होता है। एलिस के लिए लिखना जादू और प्रेम का कार्य है। परन्तु प्रेम अक्सर उनके प्रमुख पात्र की लेखन क्षमता को बाधित करता है और इस तरह उसकी पहचान को भी खतरे में डालता है। मनरो की एक विशेषता उनका भाषा प्रेम है। चुन-चुन कर वाक्य लिखना, तरह-तरह से वाक्य लिखना उनकी खासियत है। इसका यह मतलब कतई नहीं है कि वे कठिन भाषा लिखती हैं, उनकी भाषा बड़ी सरल और सरस तथा दृश्यात्मक है। अक्सर उनकी कहानियों का अन्त अनिश्चित होता है, यथार्थ और कल्पना के बीच, मानो खुले आकाश में लहराते हुए पुल हों। वे खुद कहती हैं, ''मैं चाहती हूँ कि कहानियाँ खुली हों। लोग जो जानना चाहते हैं, मैं उसे चुनौती देना चाहती हूँ। या जो जानने की आशा करते हैं। या जिसका पूर्वानुमान करते हैं। और पक्के तौर पर जो मैं सोचती हूँ कि मैं जानती हूँ।'' ऐसी कहानीकार को पढ़ना और उनकी कहानियों से अपेक्षा करना दुनिया भर के पाठकों को रास आता है। आज एलिस मनरो की कहानियाँ इंग्लिश के अलावा फ्रेंच, स्पेनिश, स्वीडिश, जर्मन भाषा में उपलब्ध हैं। हिन्दी में शीघ्र उनके संकलन आने चाहिए।

णाणं पयासयं

वीर नि.सं. 2470

ई.सन् 1944

भारतीय ज्ञानपीठ